元曲選

四部備要

集部

中華書局據明刻本校刊

桐鄉陸費逵總勘
杭縣高時顯
杭縣吳汝霖輯校
杭縣丁輔之監造

嚴司徒薦達萬言書

珍倣宋版印

朱太守風雪漁樵記雜劇

元　　撰

明吳興臧晉叔校

第一折

〔沖末扮王安道上詩云〕一葉扁舟繫柳梢酒開新瓮鮓開包自從江上爲漁父二十年來手不抄老漢會稽郡人氏姓王雙名安道別無甚營生買賣每日在這曹娥江邊堤岸左側捕魚爲生我有兩個兄弟一個是朱買臣一個是楊孝先他兩個每日打柴爲活我那兄弟朱買臣有滿腹才學爭奈文齊福不齊功名不得到手在這本處劉二公家爲壻今日遇着暮冬天道紛紛揚揚下着如此般大雪兩個兄弟山中打柴去了老漢沽下一壺兒新酒等兩個兄弟來時與他盪寒我且在這避風處等待着這早晚兩個兄弟敢待來也〔正末扮朱買臣同外扮楊孝先上〕〔楊孝先云〕哥哥你看這般大雪呵怎生打柴不如回去了罷〔正末云〕小生是這會稽郡集賢庄人氏姓朱名買臣幼年頗習儒業現今於本庄劉二公家作贅有妻是劉家女人見他生得有幾分人才都喚他做玉天仙此女頗不賢會數次家和小生作鬧小生只得將就讓他些罷了小生在這本庄上結義了兩個朋友哥哥是王安道兄弟是楊孝先哥哥是個捕魚的漁夫兄弟楊孝先和小生一般負薪爲生俺弟兄每日在堤圈左側閑談一會今日紛紛揚揚下着如此般大雪凍的手都僵的怎生打柴〔歎科〕〔云〕朱買臣你如今四十九歲也功名未遂看何年是你那發達的時節也呵〔楊孝先云〕哥哥想咱每日打柴幾時是了也〔正末唱〕

〔仙呂點絳唇〕十載攻書半生埋沒學干祿誤殺我者也之乎打熬

成這一付窮皮骨
〔混江龍〕老來不遇枉了也文章滿腹待何如俺這等謙謙君子須
不比泛泛庸徒俺也曾蠹簡三冬依雪聚怕不的鵬程萬里信風扶
〔云〕孔子有言吾十有五而志於學三十而立四十而不惑五十而知天命天那天那〔唱〕我如
今空學成這般贍天才也不索着我無一搭兒安身處我那功名在
翰林院出職可則剗地着我在柴市裏遷除
〔楊孝先云〕哥哥似俺楊孝先學問不深這也罷了哥哥你今日也寫明日也寫做那萬言長策何
等學問也還不能取其功名豈非是個天數〔正末云〕常言道皇天不負讀書人天那我朱買臣這
苦可也受的勾了也〔唱〕
〔油葫蘆〕說甚麼年少今開萬卷餘每日家長歎吁想他這陰陽造
化果非誣常言道是小富由人做咱人這大富總是天之數我空學
成七步才謾長就六尺軀人都道書中自有千鍾粟怎生來偏着我
風雪混樵漁
〔天下樂〕我一會家時復挑燈倈看古書我可便躊也波躇那官職
有也無一會家受饑寒便似活地獄則俺這朱買臣雖不做真宰輔
〔云〕我雖然不做官却也和那做官的一般〔楊孝先云〕哥哥可怎生與做官的一般〔正末唱〕俺
可也伴着他播清名一萬古
〔楊孝先云〕哥哥說的是〔正末云〕那江岸邊不是哥哥的漁船待我叫他一聲〔做叫科云〕哥哥

〔王安道云〕俺兩個兄弟來了也快上船來〔做上船科〕〔王安道云〕你兩個兄弟請坐老漢沽下一壺兒新酒等你來盪寒咱就此處閑攀話咱〔楊孝先云〕雪大的緊着哥哥久等也〔王安道做遞酒科云〕兄弟滿飲一盃〔正末云〕哥哥先請〔王安道云〕兄弟請〔正末做飲酒科〕〔王安道再遞酒科云〕孝先兄弟滿飲一盃〔孝先做飲科〕〔王安道云〕兄弟咱閑口論閑話我想來這會稽城中有錢的財主每不知他怎生受用兄弟細說一徧我試聽咱〔正末云〕哥哥便好道風雪酒家天據着哥哥說呵也有那等受苦的人據着你兄弟說呵也有那等受用的人〔王安道云〕兄弟也可是那一等人受用〔正末云〕哥哥且休題別處則說會稽城中有那等仕戶財主每遇着那大熱的時節他也不受熱遇着那大冷的時節他也不受冷哥哥不信時聽你兄弟說一遍咱〔王安道云〕兄弟你道那財主每他冬月間不受冷夏月間不受熱你說的差了也可不道冷呵大家冷熱呵大家熱偏他怎生受用你說你說〔正末唱〕

〔村裏迓鼓〕他道下着的是國家祥瑞〔帶云〕哥哥這雪呵〔唱〕則是與那富家每添助〔王安道云〕那富貴的人家怎生般受用快活〔正末唱〕他向那紅鑪的這暖閣一壁廂添上獸炭他把那羊羔來淺注〔王安道云〕紅鑪煖閣獸炭銀瓶飲着羊羔美酒遇着這等大雪果然是好受用也〔正末云〕哥哥他一來可也會受用第二來又遇着這般好景致〻〔唱〕門外又雪飄飄耳邊廂風颯颯把那氈簾來低簌〔王安道云〕看這等凜冽寒天低簌氈簾羊羔美酒正飲中間還有甚麼人扶侍他〔正末唱〕一壁廂有各刺刺象板敲聽波韻悠悠佳人唱醉了後還只待笑吟吟酒美沽〔王安道云〕兄弟這一會兒雪大風緊越冷了也〔正末唱〕哎哥也他每端的便怎

知俺這漁樵每受苦〔王安道云〕兄弟我想來你學成滿腹文章受如此窮暴幾時是你那發達的時節也〔正末唱〕

〔元和令〕總饒你似馬相如賦子虛怎比的他石崇家誇金谷〔王安道云〕那有錢的怎如你這有學的好也〔正末唱〕豈不聞冰炭不同鑪也似咱賢愚不並居〔王安道云〕兄弟我見這會稽城市中的人有穿着那寬衫大袖的喬文假醋詩云子曰可不知他讀書也不會〔正末唱〕他則待人前賣弄些好粧梳扮一個峩冠士大夫

〔王安道云〕似他這等奢華受用假扮儒士難道就無有人識破他的〔正末唱〕

〔上馬嬌〕那一等本下愚假扮做儒他動不動一刻地謊喳呼見人呵閑言長語三十句〔王安道云〕怕不的他外相兒好看只是那腹中文章須假不得〔正末唱〕他虛道是腹隱九經書

〔勝葫蘆〕可正是天降人皮包草軀〔王安道云〕他也曾看書麼〔正末唱〕學料嘴不讀書他每都道見賢思齊是說着謬語那裏也溫良恭儉〔王安道云〕那禮節上便不省的倘遇着人說起詩詞歌賦來怎生答應〔正末唱〕那裏也詩詞歌賦端的個半星無

〔王安道云〕兄弟我今日也捕不的魚兩個兄弟也打不的柴喒各自還家去罷孝先兄弟你家中借一擔柴與你哥哥將的家去爭奈媳婦兒有些不賢惠免得他又要炒鬧〔正末唱〕

〔寄生草〕見哥哥把那魚船纜凍的我手怎舒〔王安道云〕兄弟好大雪也

〔正末唱〕正值着揚風攪雪可便難停住你待要收綸罷釣還家去哎哥也只怕你披簑頂笠迷歸路似這等戰欽欽有口不能言〔帶云〕看了哥哥和兄弟這個模樣呵〔唱〕還說甚這晚來江上堪圖處〔正末同孝先下〕〔王安道云〕俺兩個兄弟去了也老漢也撑船還家去罷〔下〕〔外扮孤領祗從上詩云〕寒窗書劍十年客智勇干戈百戰場萬里雷霆驅號令一天星斗煥文章小官乃大司徒嚴助是也小官以儒術起家累蒙擢用現拜大司徒之職奉聖人的命着小官徧巡天下採訪文學之士今來到此會稽城外風又大雪又緊左右擺開頭踏慢慢的行〔應科〕〔正末同孝先冲上〕〔祗從做打科云〕喂甚麼人避路〔孝先下〕〔孤云〕住者兩個人冲着我馬頭被祗從人打將一個去了只有這一個放下他那拘繩匾擔立在道傍明明是個打柴的了怎麼身邊有一本書想必是個讀書的我試問他咱兀那打柴的大雪之中因何衝着我馬頭〔正末云〕小生是一個貧窮的書生低着頭迎着風雪走的快了些不想誤然間衝着馬頭望大人則是寬恕咱〔孤云〕你既然是讀書之人爲何不進取功名却在布衣中負薪爲生莫非差矣〔正末云〕大人自古以來不只是小生一個多少前賢曾受窘來〔孤云〕你看此人貧則貧攀今覽古像個有學的我就問你前賢有那幾個受窘來你試說一遍小官拱聽〔正末云〕大人不嫌絮煩聽小生慢慢的說一遍咱〔唱〕

〔後庭花〕想當日傅說曾板築〔孤云〕傅說板築殷高宗封爲太宰還再有誰〔正末唱〕更有那倪寬可便曾抱鋤〔孤云〕倪寬是我武帝時御史大夫還再有誰〔正末唱〕有一個甯戚曾歌牛角〔孤云〕甯戚叩角而歌齊桓公舉爲上卿還再有誰〔正末唱〕有一個韓侯他也曾去釣魚〔孤云〕韓侯就是那三齊王韓信果然曾釣魚來可再有誰

〔正末唱〕有一個秦白起是軍卒〔孤云〕那白起是秦將起于卒伍之中再呢〔正末唱〕有一個凍蘇秦田無半畝〔孤云〕蘇秦後來并相六國可怎麼凍的他死再呢〔正末唱〕有一個公孫弘曾牧豬〔孤云〕那公孫弘也是我漢朝的宰相曾牧豬於東海再呢〔正末唱〕有一個灌將軍曾販屨〔孤云〕那灌嬰我只知他販繒却不知他販屨〔正末唱〕朱買臣一略數請相公聽拜覆

〔青哥兒〕哎我這裏叮嚀叮嚀分訴這都是始貧始貧終富〔帶云〕且休說別的則這一個古人堪做小生比喻〔孤云〕可是那個古人〔正末唱〕則說那姜子牙正與區區可比如他也曾朝歌市裏爲屠蟠溪水上爲漁直捱到滿頭霜雪八旬餘纔得把文王遇

〔孤云〕看此人是個飽學的人賢士你說了一日不知你姓甚名誰〔正末云〕小生姓朱名買臣〔孤云〕誰是朱買臣〔正末云〕小生便是〔孤云〕左右快接了馬者我尋賢士覓賢士爭些兒當面錯過了久聞賢士大名如雷灌耳今日幸遇尊顏實乃小官萬幸也〔正末云〕不敢不敢〔孤云〕賢士你平日之間曾做下甚麼功課來〔正末云〕小生有做下的萬言長策向在布衣不能上達望大人略加斤正咱〔孤云〕你將來我看〔做看科云〕嗨真乃龍蛇之體金石之句賢士我與你將此萬言長策獻與聖人到來年春榜動選場開我舉保你爲官你意下如何〔正末云〕若得如此多謝了大人〔唱〕

〔賺煞〕一轉眼選場開發了願來年去直至那長安帝都〔孤云〕據憑賢士錦繡文章何所不至〔正末唱〕憑着我錦繡也似文章敢應舉〔孤云〕明年去也

是遲了〔正末云〕大人你道爲何這幾年不進取功名來〔孤云〕這可是爲何〔正末唱〕也是我不得時可便韞匵藏諸我若是釣鰲魚怕不就壓倒羣儒〔孤云〕賢士你若去進取功名豈在他人之下〔正末唱〕我着普天下文人每那一個不拱手的伏〔孤云〕請賢士收拾琴劍書箱來年應舉去也〔正末云〕大人別的書生用那琴劍書箱小生則用着身邊一般兒物件奪取皇家富貴〔孤云〕賢士可那一般兒物件〔正末唱〕憑着這砍黃桑的巨斧端的便上青霄獨步〔云〕別的書生說道月中丹桂若到的那裏折得一枝回來足可了一生之願不是我朱買臣敢說大言也〔唱〕落可便我把那月中仙桂剖根除〔下〕

〔孤云〕賢士去了也小官不敢久停將此萬言長策獻與聖人走一遭去〔詩云〕雖未相逢早識名爲將長策獻朝廷買臣若不遭嚴助空作樵夫過一生〔下〕

〔音釋〕會音桂　僵音姜　沒音暮　祿音路　骨音古　蠹音妒　贍傷佔切　粟須上聲
俫離靴切　獄于句切　颯音薩　簌蘇上聲　剌音辣　谷音古　長音丈　築音主
卒從蘇切　伏房夫切

第二折

〔外扮劉二公同旦兒扮劉家女上詩云〕段段田苗接遠村太公庄上戲兒孫庄農只得鋤鉋力答賀天公雨露恩老漢姓劉排行第二人口順都喚我做劉二公嫡親的三口兒家屬一個婆婆一個女孩兒婆婆早年亡逝已過我這女孩兒生的有幾分顏色人都喚他做玉天仙昔年與他招了個女壻是朱買臣這廝有滿腹文章只恨他偎妻靠婦不肯進取功名似這般可怎生是好〔做沉吟

科云〕哦只除非這般孩兒也你去問朱買臣討一紙兒休書來〔旦兒云〕這個父親越老越不曉事了想着我與他二十年的夫妻怎生下的問他要索休書〔劉二公云〕孩兒也你若討了休書我揀着那官員士戶財主人家我別替你招了一個你若是不討休書呵五十黃桑棍決不饒你快些去討來〔下〕〔旦兒做歎科云〕待討休書來我和朱買臣是二十年的夫妻待不討來父親的言語又不敢不依罷罷罷我且關上這門朱買臣敢待來也〔正末拏拘繩匾擔上云〕這風雪越下的大了也天阿你也有那住的時節也呵〔唱〕

〔正宮端正好〕我則見舞飄飄的六花飛更那堪這昏慘慘的兀那彤雲靄恰便似粉粧成殿閣樓臺有如那撏綿扯絮隨風灑既不沙却怎生白茫茫的無個邊界

〔滾繡毬〕頭直上亂紛紛雪似篩耳邊廂颯剌剌風又擺〔帶云〕可端的便這場冷也呵〔唱〕哎喲勿勿勿暢好是冷的來奇怪〔帶云〕天那天那〔唱〕也則是單注着這窮漢每月值年災〔帶云〕似這雪呵〔唱〕則俺那樵夫每怎打柴便有那漁翁也索罷了釣臺〔帶云〕似這雪呵〔唱〕則問那映雪的書生安在便是凍蘇秦也怎生去搠筆巡街則他這一方市戶有那千家閉抵多少十謁朱門九不開〔帶云〕似這雪呵〔唱〕教我委實難捱

〔云〕來到門首也劉家女開門來開門來〔旦兒云〕這喚門的正是俺那窮廝我不聽的他喚門萬事罷論纔聽的他喚門我這惱就不知那裏來我開開這門〔做見便打科云〕窮短命窮弟子孩兒你去了一日光景打的柴在那裏〔正末云〕這婦人好無禮也我是誰你敢打我〔唱〕

〔倘秀才〕我纔入門來你也不分一個皁白〔旦兒云〕我不敢打你那〔正末唱〕你向我這凍臉上不倈你怎麽左摑來右摑〔旦兒云〕我打你這一下有甚麽不緊〔正末唱〕哎你個好歹鬬的婆娘〔云〕我不敢打你那〔旦兒云〕你要打我那你要打這邊打那邊打我舒與你個臉你打你打我的兒只怕你有心沒膽敢打我也〔正末唱〕你個好歹鬬的婆娘可便忒利害也只爲那雪壓着我脖項着這頭難擧冰結住我髭髮着這口難開〔旦兒云〕誰和你料嘴哩〔正末唱〕劉家女倈你與我討一把兒家火來

〔旦兒云〕哎呀連兒盼兒憨頭哈叭刺梅爲嘴相公來家也接待相公打上炭火釃上那熱酒着相公盪寒問我要火休道無那火便有那火我一瓢水潑殺了便無那水呵一個屁也迸殺了可那裏有火來與你這窮弟子孩兒〔正末云〕兀那潑婦你休不知福〔旦兒云〕甚麽福是是前一幅後一幅五軍都督府你老子賣豆腐你妳妳當轎夫可是甚麽福〔正末唱〕

〔滾繡毬〕你每日家橫不拈豎不擡〔旦兒云〕你將來波有甚麽大綾大羅洗白復生高麗氁絲布大紅通袖膝襴仙鶴獅子的胸背你將來我可不會裁不會翦我可是不會做〔正末云〕我雖無那大綾大羅與你我呵〔唱〕慣的你千自由百自在〔旦兒云〕你這般窮再不着我自在些兒我少時跟的人走了也窮短命窮弟子孩兒窮醜生〔正末唱〕我雖受窮呵我又不曾少人甚麽錢債〔旦兒云〕你窮再少下人錢債割了你窮耳朶剜了你窮眼睛把你皮也剝了我兒也休嚮嘴晚些下鍋的米也沒有哩〔正末云〕劉家女倈喒家裏雖無那細米呵你覷去者波〔唱〕我比別人家長趲下些乾柴〔旦兒云〕你看麽我問他要米他則把

柴來對我可着我吃那柴穿那柴咽那柴止不過要燒的一把兒柴也那〔正末唱〕你是個壞

人倫的死像胎〔旦兒云〕窮短命窮剝皮窮剮肉窮斷脊梁觔的〔正末唱〕你這般毁

夫主暢不該〔旦兒云〕我兒也鼓樓房上琉璃瓦每日風吹日晒雹子打見過多少振鼕振倒

怕你清風細雨洒我和你頂磚頭對口詞我也不怕你〔正末云〕止不過無錢也囉你理會的好人家

好家法你這等惡人家惡家法〔唱〕哎劉家女倈你怎生只學的這般惡叉白

賴〔旦兒云〕窮弟子窮短命一世兒不能勾發跡〔正末云〕由你罵由你罵除了我這個窮字兒〔一

唱〕你可便再有甚麼將我來栽排〔旦兒云〕可也勾了你的了〔正末云〕留着些熱

氣我且温肚咱〔唱〕則不如我側坐着土坑這般頦攙着膝〔旦兒云〕似這般窮

活路幾時捱的徹也〔正末云〕這個歹婆娘害殺人也波天那天那〔唱〕他那裏斜倚定門

兒手托着腮則管哩放你那狂乖

〔旦兒云〕朱買臣巧言不如直道買馬也索糴料耳簷兒當不的胡帽牆底下不是那避雨處你也

養活不過我來你與我一紙休書我揀那高門樓大糞堆不索買卦有飯吃一年出一個叫化的我

別嫁人去也〔正末云〕劉家女你這等言語再也休說有人算我明年得官也我若得了官你便是

夫人縣君娘子可不好那〔旦兒云〕娘子娘子倒做着屁眼底下穰子夫人夫人在磨眼兒裏你砂

子地裏放屁不害你那口磣動不動便說做官投到你做官你做那桑木官柳木官這頭踹着那頭

掀吊在河裏水判官丟在房上晒不乾投到你做官直等的那日頭不紅月明帶黑星宿嘶眼北斗

打呵欠直等的蛇叫三聲狗拽車蚊子穿着兀剌靴蟻子戴着煙氈帽王母娘娘賣餅料投到你做

官直等的炕點頭人擺尾老鼠跌脚笑駱駝上架兒麻雀抱鵝彈木伴哥生娃娃那其間你還不得

做官哩看了你這嘴臉口角頭餓紋驢也跳不過去你一世兒不能勾發跡將休書來將休書來〔一

正末云〕劉家女那先賢的女人你也學取一個波〔旦兒云〕這廝窮則窮攀今覽古的你着我學

那一個古人你說你妳妳試聽咱〔正末唱〕

〔快活三〕你怎不學賈氏妻只爲射雉如皐笑靨開〔旦兒云〕我有什麼歡喜在那裏你着我笑〔正末云〕你不笑敢要哭我就說一個哭的〔唱〕你怎不學孟姜女把長城哭倒也則一聲哀〔旦兒云〕朱買臣窮叫化頭我也沒工夫聽這閑話將休書來休書來〔正末唱〕你則管哩便胡言亂語將我廝花白你那些個將我似舉案齊眉待

〔旦兒云〕快將休書來〔正末唱〕

〔朝天子〕哎喲我罵你個叵耐〔旦兒云〕你叵耐我甚麼〔正末唱〕叵耐你個賤才〔旦兒云〕將休書來休書來〔正末云〕這個歹婆娘害殺人也波天那天那〔唱〕可則誰似你那索休離舌頭兒快〔旦兒云〕四村上下老的每都說劉家女有三從四德哩〔正末云〕誰那般道來〔旦兒云〕是我這般道來〔正末唱〕你道你便三從四德〔旦兒云〕你說去是我道來我道來〔正末唱〕你敢少他一畫〔云〕劉家女你有一件兒好處四村上下別的婦人都學不的你〔旦兒云〕可又來我也有那一樁兒好處你說我聽〔正末唱〕劉家女倈你比別人家愛富貴你也敢嫌俺這貧的忒煞〔旦兒云〕你這破房子東邊刮過風來西邊刮過雪來恰似漏星堂也似的虧你怎麼住〔正末云〕劉家女這破房子裏你便住不的俺這窮秀才正好住〔唱〕豈不聞自古寒儒在這冰雪堂何礙〔旦兒云〕你也不

怕人嗔怪〔正末云〕哎天那天那〔唱〕我本是個棟梁材怎怕的人嗔怪〔旦兒云〕
你是一個男子漢家頂天立地帶眼安眉連皮帶骨帶骨連觔你也掙閫些兒波〔正末云〕我和他唱
叫了一日則這兩句話傷着我的心兀那劉家女這都是我的時也運也命也豈不聞不知命無以爲
君子則這天不隨人呵〔唱〕你可怎生着我掙閫〔旦兒云〕你也佈擺些兒波〔正末唱〕
你怎生着我佈擺〔旦兒做拿匾擔拘繩放前科云〕則這的便是你營生買賣〔正末云〕天
那天那〔唱〕我須是不得已仍舊的擔柴賣
〔旦兒云〕我恰纔不說來你與我一紙休書我別嫁個人我可戀你些甚麼我戀你南庄北園東閣
西軒旱地上田水路上船人頭上錢憑着我好描條好眉面善裁翦善針線我又無兒女廝牽連那
裏不嫁個大官員對着天曾罰願做的鬼到黃泉我和你麻線道兒上不相見則爲你凍妻餓婦二
十年須是你妳妳心堅石也穿窮弟子孩兒你聽者我只管戀你那布襖荊釵做甚麼〔正末唱〕
〔脫布衫〕哦既是你不戀我這布襖荊釵〔旦兒云〕街坊鄰里聽着朱買臣養活
不過媳婦兒來廝打哩〔正末云〕你這般叫怎麼我寫與你則便了也〔旦兒云〕這等快寫快寫〔正
末唱〕又何須去拽巷也波囉街〔旦兒云〕你洗手也不會〔正末唱〕我止不過
畫與你個手模〔云〕兀那劉家女你要休書則道我這般寫與你便乾罷了那〔旦兒云〕由你
寫或是跳牆蓦圈翦柳搠包兒做上馬强盜白晝搶奪或是認道士認和尚養漢子你則管寫不妨事
〔正末云〕劉家女我則在這張紙上將你那一世兒的行止都教廢盡了也〔唱〕我去那休書
上朗然該載
〔云〕劉家女那紙墨筆硯俱無着我將甚麼寫〔旦兒云〕有有有我三日前預准備下了落鞋樣兒

的紙描花兒的筆都在此你快寫你快寫〔正末云〕劉家女也須的要個桌兒來〔旦兒云〕兀的不是桌兒〔正末云〕劉家女你掇過桌兒來你便似個古人我也似個古人〔旦兒云〕只管有這許多古人你也少說些罷〔正末唱〕

〔醉太平〕桌文君你將那書桌兒便快擡〔旦兒云〕你可似誰〔正末唱〕馬相如我看你怎的把他去支劃〔旦兒云〕紙筆在此快寫了罷〔正末唱〕你你你把文房四寶快安排〔云〕劉家女我寫則寫只是一件人都算我明年得官我若得了官呵把個夫人的名號與了別人你不乾受了二十年的辛苦〔旦兒云〕我辛苦也受的勾了委實的捱不過是我問你要來不干你事〔正末云〕請波請波〔唱〕你也索回頭兒自揣〔旦兒云〕我揣個甚麼是我問你要休書來不干你事〔正末唱〕非是我朱買臣不把你糟糠待赤緊的玉天仙忍下的心腸歹〔帶云〕罷罷罷〔唱〕這梁山伯也不戀你祝英臺〔云〕任從改嫁並不爭論左手一箇手模將去〔唱〕我早則寫與你個賤才

〔旦兒云〕賤才賤才一二日一雙繡鞋我是你家妳妳將來我看這休書咱寫着道任從改嫁並不爭論左手一個手模正是休書〔正末云〕劉家女這休書上的字樣你怎生都認的〔旦兒云〕這休書我家裏七八板箱哩〔正末云〕劉家女風雪越大了天色已晚這些時再無去處借一領蓆薦兒來外間裏宿到天明我便去也〔旦兒云〕朱買臣想俺是二十年的兒女夫妻便怎生下的趕你出去投到你來呵我秤下一斤兒肉裝下一壺兒酒我去取來〔做出門科云〕我出的這門來且住者這廝倒乖也他既與了我休書還要他在我家宿則除是恁的呀我道是誰原來是安道伯伯你家裏來朱買臣在家裏伯伯你到裏面坐我喚朱買臣出來〔再入門科云〕朱買臣王安道伯伯在門

首你出去請他進來坐〔正末云〕哥哥在那裏請家裏來〔旦兒推末出門科云〕出去我關上這門朱買臣你在門首聽者你當初不與我休書我和你是夫妻你既與了我休書我和你便是各別世人你知道麼疾風暴雨不入寡婦之門你再若上我門來我撾了你這廝臉〔正末云〕他賺我出門來關上這門則是不要我在他家中劉家女你既不開門將我這㧁繩匾擔來還我去〔旦兒云〕我開喚這等道兒沙地裏井都是俺淘過的你賺的我開開門他是個男子漢家他便往裏擠我便往外推他又氣力大便有十八個水牛拽也拽不出去你要㧁繩匾擔你看着我打這貓道裏攛出來〔正末云〕兀那婦人你在門裏面聽者你恰纔索休的言語在我這心上恰便似印板兒一般記着異日得官時劉家女你不要後悔也〔旦兒云〕既討了休書我悔做甚麼〔正末云〕劉家女喒兩個唱叫有個比喻〔旦兒云〕喻將何比〔正末唱〕

〔三煞〕你似那碔砆石比玉何驚駭魚目如珠不揀擇我是個插翅的金鵰你是個沒眼的燕雀本合兩處分飛焉能勾百歲和諧你則待折靈芝喂牛草打麒麟當羊賣摔瑤琴做燒柴你把那沉香木來毀壞偏把那臭榆栽

〔二煞〕那知道歲寒然後知松柏你看我似糞土之牆朽木材斷然是捱不徹饑寒禁不過氣惱怎知我守定心腸留下形骸但有日官居八座位列三台日轉千堦頭直上打一輪皁蓋那其間誰敢道我負薪來

〔隨煞尾〕我直到九龍殿裏題長策五鳳樓前騁壯懷我若是不得

官和姓改將我這領白襴衫脫在玉堦金榜親將姓氏開勅賜宮花滿頭戴宴罷瓊林微醉色狠虎也似弓兵兩下排水確銀盆一字兒擺恁時節方知這個朱秀才不要你插插花花認我來哭哭啼啼淚滿腮你這般怨怨哀哀磕着頭拜（云）兀那馬頭前跪着的是劉家女麽祗候人與我打的去（唱）那其間我在馬兒上醉眼朦朧將你來並不睬（下）

（旦兒云）朱買臣你去了罷你則管在門首唧唧噥噥怎的（做聽科云）呀這一會兒不聽的言語俫（做開門科云）開開這門朱買臣你回來我勸你要悔他真個去了他這一去心裏敢有些怪我哩我既討了休書也不敢久停久住回俺父親的話走一遭去（下）

（音釋）鉋音袍　阿何哥切　彤音同　撏詞纖切　搠聲卯切　白巴埋切　摑乖上聲　憨音酣　㲚音模　雹音薄　攙初銜切　醃音掩　叵音頗　德當美切　畫胡乖切　煞音晒　國音儈　擔平聲　劃胡乖切　攛粗酸切　碔音武　砆音夫　擇池齋切　摔音洒　柏音擺　禁平聲　策釵上聲　色篩上聲

楔子

（王安道上云）老漢王安道因爲連日大雪不曾出去捕魚只在家裏閑坐却不知我那兩個兄弟可是如何（劉二公上云）水不搭不寒木不鑽不着馬不打不奔人不激不發我劉二公爲何道這言語只因朱買臣苦戀着我家女孩兒玉天仙不肯去進取功名昨日着女孩兒强索他寫了一紙休書也我暗地裏却將着這十兩白銀一套綿衣送與王安道教他齎發朱買臣上朝取應去若得一官半職改換家門可不好也我如今往見王安道走一遭去可早來到他家門首安道哥哥在家

麼(王安道云)甚麼人喚門哩我開開這門我道誰元來是劉二公老的你那裏去來(劉二公云)安道哥哥我別無甚事我家女孩兒問你兄弟朱買臣索了休書也(王安道云)老的你差了也想兄弟朱買臣學成滿腹文章異日爲官不在他人之下爲何問他索了休書(劉二公云)那裏是真個問他索休書因爲他偎妻靠婦不肯進取功名只管在山中打柴爲生幾時是那發跡的日子我着玉天仙明明的索了休書老漢暗備下這十兩白銀一套綿衣寄在哥哥根前等你那兄弟來辭你呵你齎發他上朝取應去若得一官半職改換家門認俺不認俺哥哥你則做一個大大的證見(王安道云)老的這個你主的是等他來辭我時我自有個見識老的也你放心的去久已後他不認你時都在老漢身上(劉二公云)恁的呵老漢回去也(下)(王安道送科云)劉二公去了朱買臣兄弟這早晚敢待來也(正末上云)小生朱買臣自從與了劉家女一紙休書我要上朝取應不免辭別王安道哥哥走一遭去(做見科云)呀兀那門首不是哥哥(王安道云)兄弟你來了也請裏面坐(楊孝先上云)且喜今日雪晴了也我要去打柴就順路看我安道哥哥去(做見科)(王安道云)兄弟你正來的好一發同進去買臣兄弟你今日爲何面帶憂容(正末云)哥哥你兄弟與那婦人一個了絶也(王安道云)你休了媳婦兒兄弟你如今可往那裏去(正末云)你兄弟要上朝取應去辭別哥哥來也(王安道云)好兄弟你若到京師得一官半職改換家門不强似你打柴爲生只是你如今應舉去可有甚麼盤纏(正末云)正憂着這件你兄弟怎得那盤纏來 (楊孝先云)我想哥哥學成滿腹文章不去應舉怎麼能勾發達時節只是兄弟貧難連自己養活不過那討一甕盤纏相送如何是好(王安道云)兄弟你哥哥在這江邊捕魚二十年光景積儹下十兩白銀又有新做下一套綿衣都是我身後的底本兒兄弟你如今上京求官應舉去我一發都與了你

一路上好做盤纏久以後得官時你則休忘了你哥哥者（楊孝先云）這儘勾盤纏了（正末云）若得如此索是謝了哥哥受你兄弟幾拜咱（做拜科）（王安道云）兄弟免禮（正末云）哥哥今年也則是朱買臣到來年也則是朱買臣哥哥記着你兄弟臨行之時說的兩句話（王安道云）兄弟可是那兩句話（正末云）哥哥道不的個知恩報恩風流儒雅知恩不報非為人也（王安道云）兄弟我是個不讀書的人你說的話恰便似印在我這心上我則記着知恩報恩風流儒雅知恩不報非為人也兄弟此一去則要你着志者（正末云）哥哥放心（唱）

【仙呂賞花時】十載詩書曉夜習（楊孝先云）哥哥此去必然為官也（正末唱）一舉成名天下知（王安道云）兄弟你哥哥專聽喜信哩（正末唱）你是必耳打聽好消息（做拜別科）（王安道云）兄弟你小心在意者（正末唱）休囑付小心在意我可敢包奪的一個錦衣歸（下）

（王安道云）買臣兄弟去了也他此一去必得成名我眼望旌捷旗（楊孝先云）耳聽好消息（同下）

【音釋】揞音闇　習星西切　息喪擠切

第三折

（劉二公上云）事要前思免勞後悔誰想朱買臣得了官肯分的除授在俺這會稽郡做太守我想來他若說起這前情俺可怎了也我如今且着孩兒在家中炰下那疙疸茶兒烙下些椽頭燒餅兒等張懺古那老兒來問他一聲便知道個好歹這早晚那張懺古敢待來也（正末扮張懺古上叫云）笊籬馬杓破缺也換那（詩云）月過十五光明少人到中年萬事休兒孫自有兒孫福莫與兒

孫作馬牛老漢是這會稽郡集賢庄人氏姓張做着個撚靶兒的貨郎人見我性子乖劣都喚我做張㑳古三日五日去那會稽城中打勾些物件則見那城中百姓每三個一攢五個一簇說道是接待新太守相公哩我道我也看一看怕做甚麼無一時則見那西門骨刺刺的開了那骨朵衙仗水礶銀盆茶褐羅傘下五明馬上端然坐着個相公百姓每說看去來波老漢也分開人叢不當不正站在那相公馬頭前我不見那相公時萬事都休我見了那相公不由我眼中撲簌簌的只是跳你道是誰原來是俺這本村裏一個表姪朱買臣他今日得了官也我是他鄉中伯伯哩我叫他一聲怕做甚麼我便道朱買臣倒不叫這一聲萬事都休恰纔叫了這一聲則見那挺脊梁不着的大漢把老漢恰便似鷹拏燕雀拏到那相公馬頭前喝聲當面着我磕撲的跪下爹爹我老漢死也我則道相公不知打我多少元來那相公寬洪大量他着我擡起頭來我道老漢不敢擡頭他道你為甚麼不擡頭我道我直到二月二那時可是龍擡頭我也不敢擡頭那相公道恕你擡頭老漢只得擡起頭來那相公認的是我張㑳古也那相公滾鞍下馬在那道傍邊放下那栲栳圈銀交椅着兩個公吏人把老漢按在那栲栳圈銀交椅上那相公納頭的拜了我兩拜拜的我個頭恰便似那量米的栲栳來大小我道相公拜殺老漢也那相公道伯伯你吃御酒麼我道老漢酒便吃却不會吃什麼御酒他道那個御酒是朝廷賜的黃封御酒一連勸老漢吃了三鍾他便道伯伯你孩兒公事忙不會探望的伯伯伯伯休怪老漢道不敢不敢那相公上的馬去了老漢挑起擔兒恰待要走則見那相公滴溜的撥回馬來問道伯伯王安道哥哥好麼我說道快楊孝先兄弟好麼我說道快他把那四村上下姑姑姨姨嬸子伯娘兄弟妹子都問道好麼我說道都快那相公撥回馬去了老漢挑起擔兒恰待要走則見那相公滴溜的又撥回馬來問道那劉二公家那個妮子還有麼我道相公

你問他怎的那相公道伯伯你不知道你見他時說你姪兒這般威勢我道老漢知道那相公上馬去了也我挑起這擔兒往村裏來賣老漢平生一世有三條戒律第一來不與人作保第二來不與人作媒第三來不與人寄信我待不寄信來想着那相公拜了兩拜道了又道說了又說這般怎的呆弟子孩兒漫坡裏又無人見鬼的也似自言自語絮絮聒聒的你寄信不寄信也只憑得你張懶古誤了買賣也〔做走科叫云〕笊籬馬杓破缺也換那〔唱〕

〔中呂粉蝶兒〕我每日家則是轉疃波尋村題起這張懶古那一個將我來不認〔做走科叫云〕笊籬馬杓破缺也換那〔唱〕我搖着這蛇皮鼓可便直至庄門小孩兒每揣着銅錢兒兜着米豆〔云〕三個一攢五個一簇都耍子哩聽的我這蛇皮鼓兒響處說道張懶古那老子來了也咱買砂糖魚兒吃去波〔唱〕則他把我似聞風兒尋趁若遇見朱太守的夫人索與他寄一個燒的着燎的着風信

〔醉春風〕你看我抖搜着老精神我與你便花白麼娘那小賤人想着你二十載夫妻怎下的索休離這妮子你暢好是狠狠道不的個一夫一婦一家一計你可甚麼一親一近

〔云〕這裏是劉二公家門首搖動這不琅鼓兒若那老子出來呵我着幾句言語我直着心疼殺那老子便罷〔做搖鼓科叫云〕笊籬馬杓破缺也換那這個是那老子出來也〔劉二公上云〕來了也這不琅鼓兒嚮的是那老子我出去問他一聲〔做見科云〕拜揖〔張云〕拜揖拜揖我少你那拜揖〔劉二公云〕快麼〔張云〕快不快干你甚事〔劉二公云〕誰惱着你來〔張云〕可不會惱着我來

〔劉二公云〕老的也這兩日不見你往那裏來〔張云〕我往城裏去來〔劉二公云〕老的也城裏有
甚麼新事〔張云〕無甚麼新事一貫鈔買一個大燒餅除了這的别無了〔劉二公云〕不是這個新
事是那新官理任舊官遷除那個新事〔張云〕我見來我見來接待新太守相公來我待說與你爭
奈誤了我買賣也我改日說與你〔劉二公云〕你只今日說了罷〔張云〕你真個要我說你望着你
那祖宗頂禮了我便說與你〔劉二公云〕老的你說了罷〔張云〕你個老弟子孩兒你若不頂禮呵
我說了不折殺你你頂禮了我便說與你〔唱〕
〔迎仙客〕我則見那公吏一字兒擺那父老每兩邊分〔云〕無一時則見
那西門骨剌剌的開了我則見那骨朵衙仗水罐銀盆茶褐羅傘那五明馬上坐着的呵〔劉二公云〕
可是誰那〔張云〕我買賣忙不曾看我忘了也〔劉二公云〕我央及你波那做官的可是誰〔張云〕等
我想哦我想起來了也〔唱〕是你那前年索了休離的喚做朱買臣〔劉二公云〕
慚愧俺家女壻做了官也〔張云〕老弟子孩兒你道不要便宜去年時節不說是你家女壻今日得了
官便說是你家女壻一個好相公也〔唱〕他可不託大不嫌貧〔云〕他不看見我萬事都
休一投得見了我便認的俺是本村裏張伯伯連忙滾鞍下馬按我在那銀交椅上納頭的拜了兩拜
〔唱〕他先下拜險些兒可便驚殺那衆人施禮罷復敘寒溫〔云〕那相公
問道王安道哥哥好麼楊孝先兄弟好麼那四村上下姑姑姨姨嬸子伯娘兄弟妹子都好麼我道都
好都好〔唱〕他把那舊伴等可便從頭兒問
〔劉二公云〕曾問我來麼〔張云〕不曾問你想着你是個好人兒哩〔劉二公云〕待我喚出孩兒來
玉天仙孩兒朱買臣做了官也你出來張撇古在這裏你見他一見〔旦兒上云〕嗨謝天地我去問

他個信咱〔張云〕這個是那妮子出來了也我直着幾句言語氣殺那妮子便罷〔旦兒云〕伯伯萬福〔張做拜科云〕呀呀呀早知夫人妳妳來到只合遠接那壁廂雖然年紀小是那五花官誥駟馬高車太守夫人妳妳哩這壁廂雖然年紀老則是個村庄家老子妳妳免禮折殺老漢也〔旦兒云〕我不是夫人我問朱買臣討了休書也〔張云〕妳妳休鬬老漢耍〔旦兒云〕我不鬬你耍我真個討了一紙休書哩〔張云〕妳妳不是那等不賢惠的人〔旦兒云〕我真個要了休書也〔張云〕是真個要了休書也〔旦兒云〕是真個〔張云〕小妮子你早些兒說不的倒可惜了我這幾拜〔旦兒云〕誰着你拜來老的你見我那朱買臣他說甚麼來〔張云〕我見來〔旦兒云〕他說甚麼〔張唱〕

〔喜春兒〕剛只是半星兒道着呵〔張做嚙臉科〕〔旦兒云〕老的你怎麼做這嚙臉〔張唱〕他把你十分恨〔旦兒云〕他恨我些甚麼那〔張唱〕他無非想着你一夜夫妻有那百夜恩〔旦兒云〕他還說甚麼〔張唱〕他道漢相如伸意你個卓文君〔旦兒云〕伸個甚的意思〔張云〕他道你把車駕的穩〔旦兒云〕他敢是要來取我麼〔張唱〕沒着便嫁他人

〔旦兒云〕我想他在俺家做了二十年夫壻每日家偎慵墮懶生理不做今日做了官就眼高了這廝原來是個忘人大恩記人小恨改常早死的歹弟子孩兒〔張云〕這妮子好無禮也〔唱〕

〔上小樓〕你道他忘人大恩又道他記人小恨誰着你生勒開他生則同衾死則同墳〔旦兒云〕他每日家偎妻靠婦四十九歲全不把功名爲念我生逼的他求官去我是歹意來〔張唱〕你道他過四旬還不肯把那功名求進〔云〕老的也你記的俺莊東頭王學究說的那一句書麼〔劉二公云〕是那一句書〔張唱〕他則是個君子

人可便固窮守分
〔劉二公云〕他全不想在我家這二十年把冷水温做熱水熱水燒作滾湯與他吃如今做了官糙老米不想舊了可怎生則記短處〔張唱〕
〔幺篇〕那妮子強勒他休這老子又絕了他親眼見的身上無衣肚裏無食〔帶云〕大雪裏趕出他來〔唱〕可着他便進退無門〔劉二公云〕我孩兒又不曾別嫁了人是顯他要怎麼這等認真就說嘴說舌背槽拋糞〔張唱〕你道他纔出身便認真和咱評論〔云〕他在你家做了二十年女壻只是打柴做活不曾受了一些好處臨了着個妮子大風大雪裏勒了休書趕他出去你則說波〔唱〕這個是誰做的來背槽拋糞
〔劉二公云〕哎他如今做了官便不認的俺家裏眼見的是忘恩背義了也〔張唱〕
〔滿庭芳〕這的是知恩哎報恩〔旦兒云〕他再說些甚麼來〔張唱〕他着你便別招女壻再嫁取個郎君〔旦兒云〕他再說些甚麼來〔張唱〕他道你枉則有蛾眉螓首堆鴉鬢可怎生少喜多嗔道你是個木乳餅錢親也那口緊道你是個鐵掃箒掃壞他家門〔旦兒云〕他再說些甚麼來〔張唱〕他道你便無些兒淹潤又道你不和那六親端的是雌太歲毋凶神
〔云〕誤了我買賣也〔搖鼓做走科〕〔旦兒云〕老的還有甚說話一發說了罷〔張云〕他說來說來〔唱〕
〔耍孩兒〕他肩將那柴擔擔口不住把書賦温每日家穿林過澗誰瞅問他和那青松翠柏爲交友野草閑花作近隣但行處有八個字

相隨趂〔劉二公云〕是那八個字〔張唱〕是那斧鐮繩擔琴劍書文〔旦兒云〕他如今做了官比那舊時模樣可是如何〔張唱〕

〔一煞〕他如今得了本處官端的是別換了一個人那的是貎隨福轉你可也急難認他往常黃乾黑瘦衣衫破〔帶云〕你覷去波〔唱〕到如今白馬紅纓彩色新一弄兒多豪俊擺列着骨朵衙仗水礶銀盆〔劉二公云〕這話不是他說的都是你說的〔旦兒云〕說了這一日都是你這老蘔麻嘴沒空生有說謊吊皮片口張舌斷出來的〔張唱〕

〔煞尾〕這的是他道來他道來可着我轉伸我轉伸〔劉二公云〕他做了官呵便把我怎的〔張云〕他敢怎的你〔唱〕他將你掤扒吊栲施呈盡〔旦兒云〕堅我是他的夫人他敢怎麽的我〔張云〕誤了我買賣〔搖鼓叫科云〕笊籬馬杓破缺也換那〔唱〕直將你那索休離的冤讐他待證了本〔下〕

〔劉二公云〕孩兒不妨事有我哩咱去王安道伯伯那裏打個關節去來〔同下〕

〔音釋〕炰音袍　慠音鰲　杓繩昭切　疃彖上聲　別皮耶切　蓁音秦　鐮音廉　蘔音頃　⿰口芻音鄒

第四折

〔王安道上云〕老漢王安道自與兄弟朱買臣別後他奮着那一口氣到的帝都闕下一舉及第除在俺這會稽郡爲太守之職正是俺的父母官哩我在這曹娥江邊堤圍左側安排下酒餚請他到此飲宴可是爲何當初兄弟未遇時俺與楊孝先兄弟每日在此談話他若不忘舊時必然到此這

早晚兄弟敢待來也〔劉二公同旦兒上云〕老漢劉二公是也今日朱買臣做了本處太守料他爲休書的緣故必然不肯認我如今先與王安道老的說知着他說個方便纔是這是他家門首孩兒我與你自家過去〔做見科〕〔王安道云〕這是令愛老的你同他來有何說話〔劉二公云〕只爲女壻朱買臣得了官他若不認俺時可怎了也〔王安道云〕老的放心這樁事元說老漢做個大證見今日都在老漢身上〔劉二公云〕既是這般老漢在一壁伺候着等你回話便了〔同旦兒下〕〔正末領張千上云〕小官朱買臣是也自從到的帝都闕下一舉及第所除會稽郡太守有王安道哥哥教人請我在這江堤左側安排酒餚你道爲甚的來俺哥哥則怕我忘舊哩祇從人慢慢的擺開頭踏行者朱買臣誰想有今日也呵〔唱〕

〔雙調新水令〕往常我破紬衫麤布襖煞曾穿今日個紫羅襴恕咱生面對着這煙波漁父國還想起風雪酒家天見了些靄靄雲煙我則索映着堤邊聳定雙肩尚兀自打寒戰

〔云〕左右接了馬者〔做見科云〕哥哥間別無恙〔王安道云〕相公來了也相公崢嶸有日奮發有時請坐〔正末云〕若不是哥哥你兄弟豈有今日記得你兄弟臨行時說的話麼去年時也則是朱買臣到今年也則是朱買臣道不的個知恩報恩風流儒雅知恩不報非爲人也哥哥請上受你兄弟幾拜咱〔做拜科〕〔王安道回拜科云〕相公免禮折殺老漢也相公請坐將酒來〔做遞酒科云〕相公喜得美除滿飲十盃〔正末云〕哥哥先請〔王安道云〕不敢相公請〔正末飲酒科〕〔王安道云〕相公慢慢的飲幾杯〔正末云〕張千俺兄弟每說話休要放過那閑雜人來打攪者〔張千云〕理會的〔做喝科云〕相公飲酒閑雜人靠後〔楊孝先上云〕自家楊孝先便是打聽的俺哥哥朱買臣得

了官在這裏飲酒我過去見哥哥呀這等威嚴怎好過去待我高叫一聲怕做甚麼朱買臣哥哥㥿(張千喝云)喂這廝是甚麼人怎敢叫俺相公的諱字(做打科)(正末云)張千你好無禮也不得我的言語擅自把那打馬的棍子打他這平民百姓你跟前多有罪過好打也(唱)

[川撥棹]我則待打張千(云)且問那吃打的是誰(楊孝先云)哥哥是你兄弟楊孝先(正末唱)原來是同道人楊孝先(孝先做拜踢倒酒瓶科)(正末回科云)兄弟免禮(楊孝先云)哥哥喜得美除(王安道云)兄弟你也來了(正末云)兄弟好麼(楊孝先云)哥哥你兄弟好(正末唱)俺也曾合火分錢共起同眠間別來隔歲經年(云)兄弟也你如今做甚麼營生買賣(楊孝先云)哥哥你兄弟依舊打柴哩(正末唱)還靠着打柴薪爲過遣怎這般時命蹇(劉二公同旦兒上云)孩兒俺和你同見朱買臣去來(旦兒云)父親我先過去(劉二公云)孩兒你先過去看他認也不認(旦兒見跪科云)相公喜得美除我道你不是個受貧的麼(正末云)俺這朋友飲酒處張千誰着你放他這婦人來打起去(唱)

[七弟兄]這是那一家宅眷穩便(王安道云)夫人也來了也(正末做見怒科唱)請起波玉天仙去年時爲甚躭疾怨覷絕時不由我便怒沖天今日家喒兩個重相見(旦兒云)這都是我的不是了也(正末唱)

[梅花酒]呀做多少假腼腆喒須是夙世姻緣今世纏綿可怎生就待不到來年(旦兒云)相公舊話休題(正末唱)當初你要休離我便休離你

今日呵要團圓我不團圓〔云〕劉家女你不道來那〔旦兒云〕我道甚麼來〔正末唱〕你道你正青春正少年你道你好描條好眉面善裁翦善針線無兒女廝牽連別嫁取個大官員

〔喜江南〕去波俫更怕你捨不了我銅斗兒的好家緣〔旦兒做悲科云〕我那親哥哥你不認我着我投奔誰去〔正末唱〕孟姜女不索你便淚漣漣殢人情使不着你野狐得這涎〔旦兒云〕你今日做了官也忒自專哩〔正末唱〕非是我自專你把那長城哭倒聖人宣

〔旦兒云〕你認了罷〔正末云〕張千不與我搶出去怎的〔張千做搶科云〕快出去〔旦兒做出門〕〔劉二公問科云〕孩兒也他認你了不曾〔旦兒云〕他不肯認我〔劉二公云〕孩兒也喒兩個過去來〔做見科云〕朱買臣我說你不是個受貧的人麼〔正末云〕兀那老子是誰〔王安道云〕是相公的太山岳丈哩〔正末云〕你兄弟不認的他〔王安道云〕是相公岳丈劉二公〔正末云〕哥哥他不是卓王孫麼〔唱〕

〔鴈兒落〕你這卓王孫呵怎生便不重賢〔王安道云〕他是劉二公怎做的那卓王孫〔正末云〕他既不是卓王孫〔唱〕索怎生則搬調的個文君女嫌貧賤我則問你逼相如索了休你當初可也對蒼天曾罰愿

〔云〕今日座上的衆人你可認得麼〔旦兒云〕認的這個是王安道伯伯這個是楊孝先叔叔〔正末唱〕

〔得勝令〕你可便明對着衆人言還待要強留連〔旦兒云〕今日個富貴重

完聚可也好也〔正末唱〕你想着今日呵富貴重完聚〔云〕劉家女俫〔唱〕你當初何不的饑寒守自然〔云〕你不道來〔旦兒云〕我道着甚麼來〔正末唱〕你道便做鬼到黃泉咱兩個麻線道兒上不相見各辦着個心也波堅豈不道心堅石也穿

〔王安道云〕相公認了他罷〔正末云〕哥哥你兄弟難以認他〔劉二公云〕我是你丈人你認我也不認〔正末云〕我不認〔劉二公云〕親家勸一勸兒〔王安道云〕相公你認他也不認〔正末云〕我不認〔王安道云〕你不認我則捕魚去也〔楊孝先云〕相公你認也不認〔正末云〕我不認〔楊孝先云〕你不認我則打柴去也〔旦兒云〕朱買臣你認我麼〔正末云〕我不認〔旦兒請謝科云〕你不認我則嫁人去也〔王安道云〕相公你只是認了他罷〔正末云〕我斷然的不認他〔旦兒云〕朱買臣你若不認我呵我不問那裏投河遶井要我這性命做甚麼〔正末云〕噤聲〔唱〕

〔甜水令〕折莫你便遶井投河自推自跌自埋自怨〔旦兒云〕王伯伯你勸一勸兒波〔正末唱〕便央及煞俺也不相憐折莫便一來一往一上一下將咱解勸總蓋不過你這前愆

〔王安道云〕相公你認了罷〔正末云〕哥哥〔唱〕

〔折桂令〕從來你這打漁人順水推船想着那凜冽寒風大雪漫天想着我那身上無衣肚裏無食懷內無錢〔云〕劉家女你不道來〔旦兒云〕我道甚麼來〔正末唱〕你怕甚捨不得我那南庄北園撇不了我那東閣西軒我如今旱地上也無田水路裏也無船只除這紫綬金章可不的依

還是赤手空拳
〔云〕劉家女你欲要我認你也你將一盆水來〔張千云〕水在此〔王安道云〕相公你只認了夫人罷〔正末唱〕
〔落梅風〕也不索將咱勸你也索聽我的言你將那一盆水放在當面〔王安道云〕兀的不有了水也〔正末唱〕請你個玉天仙任從那裏潑〔旦兒做潑水科云〕我潑了也〔正末唱〕直等的你收完時再成姻眷
〔王安道云〕相公這是潑水難收怎麼使得〔劉二公云〕親家勢到今日你不說開怎麼〔王安道云〕住住住請相公停嗔息怒聽老漢慢慢的試說一遍咱也非是我忍耐不禁也非是我牽牽搭搭則爲你四十九歲只思偎妻靠婦不肯進取功名你丈人搬調你渾家故意的索休索離大雪裏趕你出去男子漢不毒不發料得你要進取功名無有盤費必然辭別老漢我又貧窮有甚東西把你齎發你也想這白銀十兩綿衣一套我是個打魚人那裏得來是你丈人暗暗的送來與我着我明明的齎發你投至赴得科場一舉及第飲御酒插宮花做了會稽太守當初受貧窮三口兒受貧窮今日享榮華却獨自個享榮華相公你可早忘了知恩報恩風流儒雅知恩不報非爲人也〔正末云〕哦有這等事若不是哥哥說開就裏你兄弟怎生知道丈人則被你瞞殺我也〔劉二公云〕女壻則被你傲殺我也〔旦兒云〕官人則被你勒掯殺我也〔正末唱〕
〔沽美酒〕我只道你潑無徒心太偏元來是姜太公使機變不釣魚兒只釣賢你可便施恩在我前暗齎發與盤纏
〔太平令〕從來個打漁人言如鈎線道的我羞答答閉口無言明明

的這關節有何難見險些把一家兒恩多成怨我如今意轉性轉也是他的運轉呀不獨是爲尊兄做些顏面

〔孤領祗從上詩云〕漢家七葉聖明君不尚軍功只尚文試問會稽朱太守是誰吹送上青雲小官大司徒嚴助會爲採訪賢士到此會稽遇着朱買臣將他萬言長策舉薦在朝果得重用除授會稽太守之職聞的他妻子劉氏曾于大雪之中强索休書趕他出去他記此一段前讐不肯廝認豈知這也非他妻子之罪元來是丈人劉二公粧圈設套激發他進取功名之意小官早已體探明白奏過官裏如今就着小官親自齎勅着他夫妻完聚既是王命在身怎麼還憚的跋涉須索馳驛去走一遭可早來到也左右接了馬者〔做入見科云〕朱買臣你休棄前妻一事聖人盡知來歷今着小官齎勅到此一干人都望闕跪者聽聖人的命朱買臣苦志固窮負薪自給雖在道路不廢吟哦特歲加二千石以充俸祿妻劉氏其貌如玉其舌則長雖已休離本應棄置奈遵父命曲成夫名姑斷完聚如故王安道楊孝先劉二公等並係隱淪不慕榮進可各賜田百畝免役終身謝恩〔正末同衆謝科〕〔唱〕

〔鴛鴦煞尾〕方知是皇明日月光非遍天恩雨露霑還淺道我祿薄官卑歲加二千昔日窮交都皆賜田便是妻子何緣早遂了團圓願倒與他後世流傳道這風雪漁樵也只落的做一場故事兒演

〔劉二公云〕天下喜事無過夫婦團圓今日既是認了便當殺羊造酒做一個慶賀的筵席〔詞云〕玉天仙容貌多嬌媚戀恩情進取偏無意假乖張故逼寫休書到長安果得登高第除太守卽在會稽城顯威風誰不驚迴避懷舊恨夫婦兩參商覆盆水險做傍州例若不是嚴司徒齎勅再重來怎

結末朱買臣風雪漁樵記

〔音釋〕鴿音合 疾精妻切 腼音免 腆天上聲 殢音膩 涎徐煎切

題目 嚴司徒薦達萬言書

正名 朱太守風雪漁樵記

朱太守風雪漁樵記雜劇

潯陽商婦琵琶行
倣董北苑筆

江州司馬青衫淚
珍倣宋版印

江州司馬青衫泪雜劇

元　馬致遠撰

明吳興臧晉叔校

第一折

〔沖末扮白樂天同外扮賈浪仙孟浩然上〕〔白詩云〕宴游飲食漸無味杯酒管絃徒繞身賓客歡從童僕喜始知官職爲他人小生姓白名居易字樂天太原人氏見任吏部侍郎這二位老兄一位是賈浪仙一位是孟浩然他都是翰林院編修方今大唐天下憲宗即位時遇春三月在公廨中悶倦待往街市上私行一遭更了衣衫只作白衣秀士聽的人說這教坊司有個裴媽媽家一個女兒小字興奴好生聰明尤善琵琶是這京師出名的角妓咱三人同訪一遭去來〔賈浪仙云〕咱三人去來〔詩云〕高興出塵外攜尊翫物華〔孟浩然詩云〕偷將休沐暇去訪狹邪家〔老旦扮卜兒上云〕老身姓李是這教坊司裴五之妻夫主亡化已過止生下一個女兒叫做興奴生得顏色出衆聰明過人吹彈歌舞詩詞書算無所不通自小時曾拜曹善才爲師學得一手琵琶官員子弟聞名都來吃酒只是孩兒養的嬌了一來性兒好自在二來有些揀擇人這早晚還不起來只怕有人來吃酒孩兒起來罷〔正旦扮裴興奴引梅香上〕〔云〕妾身裴興奴是也在這教坊司樂籍中見應官妓雖則學了幾曲琵琶爭奈叫官身的無一日空閑這門衣食好是低微大清早母親來叫只得起來天色還早哩〔唱〕

〔仙呂點絳唇〕從天未拔白酒旗挑在歌樓外呀地門開早送舊客迎新客

〔混江龍〕好教我出於無奈潑前程只辦的好裁排想着這半生花月知他是幾處樓臺經板似粉頭排日喚落葉似官身吊名差〔帶云〕俺這老母呵〔唱〕更怎當他銀堆裏捨命錢眼裏安身掛席般出落着孩兒賣幾時將纏頭紅錦換一對插鬢荊釵

〔做見科云〕母親萬福喚你孩兒有何話說〔卜兒云〕沒甚麼話說只是咱這等人家要早起些光頭淨面打扮的嬌媚着些倘有俊俫來賺他幾文錢養家你只管裏睡覺誰送錢來與你〔正旦唱〕

〔油葫蘆〕俺娘不殢酒時常鬏髻歪一鼻凹衠是乖看看兩鬢雪霜般白我則道過中年人老朱顏改誰想他撲郎君虎瘦雄心在折倒的我形似鬼熬煎的我骨似柴似恁的女殘疾不敢怨娘毒害則嘆自己年月日時該

〔卜兒云〕你則管裏說甚麼快打扮了則怕有客來〔正旦唱〕

〔天下樂〕則索倚定門兒手托腮想別人家奴胎也得個自在輪到我跟脚裏都世襲了烟月牌他管甚桃李開風雨篩更問甚青春不再來

〔白樂天同賈孟上云〕走了這半日人說道這是裴媽媽家不好進去我咳嗽一聲〔卜兒云〕是誰在外邊〔出見科〕原來是三位進士公請裏面坐〔白樂天同賈孟云〕媽媽祗揖〔卜兒云〕與奴孩兒來陪三位進士公快擡桌兒看酒來〔正旦覷科云〕好是奇怪娘見了三個秀才踏門怎生便教看酒〔唱〕

〔醉扶歸〕送了幾輩兒茶員外都是這一副兒酒船臺俺娘吃不的葷腥教酒肉擄待貧厭飫的新黃菜他手裏怎容得這幾個酸寒秀才〔帶云〕我知道了也〔唱〕俺娘八分裏又看上他那條烏犀帶

〔正旦出見科〕三位萬福〔白樂天同賈孟云〕大姐祗揖了〔正旦唱〕

〔後庭花〕這裏是風塵花柳街又不是王侯宰相宅我忙着笑臉兒迎將去學士是甚風兒吹到來〔白樂天云〕我等久慕高名特來一拜〔正旦唱〕是幾個俊英才偏他還咱一拜怎做的內心兒不敬色

〔云〕敢問官人尊姓大名〔白樂天云〕小生是侍郎白居易這二位是學士賈浪仙孟浩然因此春日公衙無事換了衣服來街市閑行久慕大姐德性一徑的來拜望〔正旦云〕不敢不敢學士大人不棄下賤小酌三杯如何〔白樂天云〕好便好只是不當取擾〔正旦把酒科〕〔賈浪仙云〕今日幸遇大姐咱多飲幾杯〔孟浩然云〕我還有人求的幾首詩未了少吃醉些〔正旦唱〕

〔金盞兒〕一個笑哈哈解愁懷一個酸溜溜賣詩才休強波灞陵橋踏雪尋梅客便是子猷訪戴敢也凍回來咱這裏酥烹金盞酒香搵玉人腮不強如前村深雪裏昨夜一枝開

〔賈孟做意科云〕我醉了也咱回去罷〔白樂天云〕再坐一會怕做甚麼〔正旦唱〕

〔後庭花〕你待賺鰲魚釣頰顋怎想與劉伶粧布袋我這怪臉兒姦如鬼你酒腸寬似海〔賈孟云〕我們都已醉了不要過了酒戒不吃罷〔正旦唱〕暢開懷都似你朦朧酒戒那醉鄉侯安在哉

〔卜兒云〕二位學士醉了侍郎再坐一坐〔賈孟云〕樂天侍郎咱且回去明日再來〔白樂天云〕平白裏打攪了一日怎生就空去了〔正旦唱〕

〔金盞兒〕我不曾流水出天台你怎麽走馬到章臺〔樂天云〕定害了你這一日〔正旦唱〕更待要秦樓夜訪金釵客索甚麽惡乂白賴鬧了洛陽街兀那酒喪門臨本命餓太歲犯家宅雖是我管待這兩個窮秀士權當一百日血光災

〔賈孟云〕咱去罷則管纏甚麽〔卜兒云〕白侍郎要住下着這二位攉逼的慌好生敗興〔白樂天云〕下官有心待住下二位醉了不好獨回待下官送他回去明日自己再來只是大姐費了茶酒定害這一日容下官陪補〔正旦云〕侍郎說那裏話〔唱〕

〔賺煞〕稍似閒有些錢抵死裏無多債權做這場折本買賣若信着俺當家老妳妳把惜花心七事兒分開哎你個俏多才不是我相攛你更怕辱沒着俺門前下馬臺俺娘山河易改解元每少怪〔帶云〕侍郎記者〔唱〕怕你再行踏休引外人來〔同下〕

〔音釋〕廨音戒　空去聲　白巴埋切　客音楷　俫梨靴切　[石+帶]音膩　鬏音狄　凹汪卦切　衜音諱　搋抽埋切　飫音位　宅池齋切　色篩上聲　揾温去聲　頰音結　顋與腮同　擇池齋切

楔子

〔外扮唐憲宗引內官上〕〔詩云〕勵精圖治在勤民宿弊都將一洗新雖則我朝詞賦重偏嫌浮藻

事虛文寡人唐憲宗皇帝是也承祖宗基業嗣守天位自安史之亂藩鎮强盛寡人用裴度之謀漸次削奪爭奈文臣中多尚浮華各以詩酒相勝不肯盡心守職中間白居易劉禹錫柳宗元等尤以做詩做文誤却政事若不加譴責則士風日漓矣內侍每傳與中書省可將白居易貶江州司馬柳宗元柳州司馬劉禹錫播州司馬如勅奉行〔內官云〕領聖旨〔隨下〕〔白樂天上云〕小官白樂天平生以詩酒爲樂因號醉吟先生目今主上圖治心切不尚浮藻將某左遷江州司馬刻日走馬之任別事都罷只是近日與裴興奴相伴頗洽誰料又成遠別須索與他說一聲我去的也放心〔正旦引梅香上〕〔詩云〕世間好物不堅牢彩雲易散琉璃脆妾身裴興奴自從與白侍郎相伴朝來暮去又早半年光景相公在妾身上十分留意妾身也有終身之托近日聞的人說白侍郎左遷江州司馬就要起行天那誰想有這一場惡別離也梅香安排下酒餚待侍郎來時與他奉餞一杯多少是好〔梅香云〕理會的〔白樂天上云〕早來到興奴門首無人在此我自過去〔見旦科〕大姐祗揖〔正旦云〕相公萬福〔白樂天云〕大姐實指望相守永久誰想又成遠別〔正旦云〕妾之賤軀得事君子誓托終身今相公遠行兀的不閃殺人也〔樂天云〕下官這一去多則一年少則半載回來再相會也〔正旦云〕只是一時間放心不下梅香將酒來與相公奉餞一杯〔把酒科〕〔唱〕

〔仙呂端正好〕有意送君行無計留君住怕的是君別後有夢無書一尊酒盡青山暮我搵翠袖泪如珠你帶落日踐長途情慘切意躊躇你則身去心休去

〔云〕相公此別之後妾身再不留人專等相公早些回來〔白樂天云〕大姐則要着志者下官決不相負我去也〔旦隨下〕

〔音釋〕 脆音翠 錢音箭

第二折

〔卜兒上云〕自從白侍郎去了孩兒與奴也不梳粧也不留人只在房裏靜坐俺這唱的人家再靠些甚麽昨日茶坊裏張小閑來說有個浮梁茶客劉一郎要來和孩兒吃酒孩兒百般不肯今日他說要自來等來時再做計較〔丑扮小閑引淨扮劉一郎上〕〔詩云〕都道江西人不是風流客小子獨風流江西最出色小子劉一郎是也浮梁人氏帶着三千引細茶來京師發賣聽的人說教坊司裴媽媽家有個女兒名與奴昨日央張二哥說知老媽叫我今日自去走了一會來到門首也張二哥喒進去咱〔丑見卜科云〕媽媽劉員外來了也〔卜兒云〕請進來〔淨見卜科云〕媽媽拜揖〔卜兒云〕客官拜了〔淨云〕久聞令愛大姐大名小子有三千引細茶特來做一場子弟〔卜兒云〕俺孩兒只爲白侍郎再不留人我如今叫他出來好歹教他伴你若再不肯你寫一封假書只說白侍郎已死他可待肯了〔丑云〕此計大妙媽媽你叫大姐出來陪着我就去做假書不要遲了〔下〕

〔卜兒云〕與奴孩兒有客在此快來快來〔正旦上云〕妾身裴與奴自從白侍郎別後儘着老虔婆百般啜哄我再不肯接客求食近日有一個茶客劉一郎待要與我作伴我那裏肯從爭奈老虔婆被他錢買轉了似這般怎生是好兀的不煩惱人也呵〔唱〕

〔正宮端正好〕命輕薄身微賤好人死萬萬千千世間兒女別離偏也數不上俺那陽關怨

〔帶云〕侍郎不爭你去了教我倚靠何人〔唱〕

〔滾繡毬〕你好下得白解元閃下我女少年道不得可憐而見他又

不曾故違着天子三宣〔云〕人說白侍郎吟詩吃酒誤了政事前人也有這等的〔唱〕只
那長安市李謫仙他向酒裏臥酒裏眠尚古自得貴妃捧硯常走馬
在五鳳樓前偏教他江州迭配三千里可不道吏部文章二百年甚
些的納士招賢
〔見卜科云〕母親叫你孩兒怎麼〔卜兒云〕白侍郎一去杳無音信喒家柴沒米沒怎生過活如今
浮梁劉官人有三千引茶又標致又肯使錢你留下他賺些錢養家〔正旦云〕母親我與白侍郎有
約在前我再不留人了〔卜兒云〕我說你也不信請劉官人自家來和你說〔淨見旦科云〕大姐拜
揖小子久慕大名拿着三千引茶來與大姐焐脚先送白銀五十兩做見面錢〔正旦云〕過一邊去
好不知高低我做了白侍郎之妻休來纏我〔卜兒云〕你不肯陪伴劉員外好個白侍郎夫人如今
白侍郎那裏敢頹氣了也〔正旦唱〕
〔倘秀才〕這姻緣成不成在天你休見兔兒起呵漾磚情知普天下
虔婆那一個不愛錢〔帶云〕劉員外呵〔唱〕他便是貴公子趙平原你也要
過遣
〔淨云〕你家是賣俏門庭我來做一程子弟你不留我如何倒拒絕我〔正旦唱〕
〔滾繡毬〕這的是我逆耳言休厮纏厮纏着舞裙歌扇這兩般兒曾
風流斷沒了家緣劉員外你若識空便早動轉倒落得滿門良賤休
覷着我這陷人坑似誤入桃源我怕你兩尖擔脫了孤館思鄉客三
不歸翻了風帆下水船枉受熬煎

〔淨云〕小子世來你家大姐不要說閑話咱兩個吃鍾酒兒〔做勸酒科〕〔正旦云〕拿開我不吃〔卜兒怒科云〕好賤人上門好客你怎生不順從和錢賭鱉打死你這奴才〔正旦唱〕

〔呆骨朵〕我覷着眼前人卽世裏休相見我又不曾鞾着你驗上直拳好生地人也似揪他他驢也似調蹇他着酒兒將咱勸我索屎做糕糜嚥我須打是惜罵是憐娘呵可休窮廝炒餓廝煎

〔卜兒云〕這小賤人不聽我說只想白侍郎他那裏想着你哩左右是左右員外多拿些錢來我嫁與你將去〔淨云〕隨老媽要多少錢小子出的起〔正旦云〕我心在那裏你則管胡纏我〔唱〕

〔倘秀才〕這些時但合眼早懷兒裏夢見則是俺喫倒賺江州樂天

〔卜兒云〕見鐘不打更去煉銅樂天樂天在那裏〔淨云〕小子也看的過咱做一程夫妻怕做甚麼〔正旦唱〕誰教你悶向秦樓列管絃〔帶云〕劉員外〔唱〕休信我醉中言說則說在前

〔云〕天那怎生教我陪伴這樣人也〔唱〕

〔滾繡毬〕往常我春心寄錦箋離情接斷絃風流煞謝家庭院到如今剗地教共猪狗同眠〔淨云〕大姐任路上大官都是我鄉親小子金銀又多又波俏你不陪我卻伴那樣人〔正旦唱〕那廝正拽大拳使大錢這其間枉了我再三相勸怎當他癡迷漢苦死歪纏想着那蒙山頂上春風細肯分地揚子江心月正圓也是天使其然

〔丑扮寄書人上云〕小人是江州一個皂隸俺白司馬老爹在任偶感病症寫了這一封書教我送

與教坊司裴與奴家寫下書俺司馬相公就死了小人不免稍與他去走了半月方到京師問人說

這裏是他家不免進去〔做見卜兒科云〕老人家作揖〔卜兒云〕大哥是那裏來的〔丑云〕我是江

州白司馬老爹差來下書的〔卜兒云〕你老爹好麽〔丑云〕俺老爹打發了書就死了也〔卜兒云〕

誰這等說拿書來我看〔丑呈書科〕〔卜兒云〕孩兒你看〔正旦接書念云〕寓江州知末白居易書

奉裴小娘子向在宅上擾聒自別來魂馳夢想此心無時刻得離左右也滿望北歸以償舊約不料

偶感時疾醫藥不効死在旦夕專人走告勿以死者爲念別結良姻以圖永久臨楮不勝哽咽伏冀

情亮〔旦悲科云〕兀的不痛殺我也悶殺我也〔卜兒云〕孩兒白侍郎已死了夫人也做不得了再

不必說你如今可嫁劉員外去罷〔淨云〕小子可等着了〔丑云〕小人去罷〔正旦云〕吃了飯去〔

丑云〕不必了〔下〕〔正旦唱〕

〔叨叨令〕我這兩日上西樓盼望三十徧空存得故人書不見離人面聽的行鴈來也我立盡吹簫院悶得聲馬嘶也目斷垂楊線相公呵你元來死了也麽哥你元來死了也麽哥從今後越思量越想的寃魂兒現

〔淨云〕媽媽既許了親事小子奉白銀五百兩爲聘禮小子歸家心切就請小娘子上船〔卜兒云〕

老身已許了你豈肯退悔就打發孩兒去罷〔正旦云〕罷罷罷劉員外既成親容我與侍郎澆一椀

漿水燒一陌紙錢咱〔淨云〕這也使得〔正旦燒紙澆酒科云〕侍郎活時爲人死後爲神〔哭科云〕

則被你悶得我苦也〔唱〕

〔倘秀才〕侍郎呵你往常出入在皇宮內院只合生死在京師帝輦

也落得金水河邊好墓田〔帶云〕劉員外〔唱〕你且離了我根前他從來有些腼腆

〔滾繡毬〕你文章勝賈浪仙詩篇壓孟浩然不能勾侍君王在九間朝殿怎想他短卒律命似顏淵今日撲通的餅墜井支楞的琴斷絃怎能勾眼前面死魂活現你若有靈聖顯形影向月下星前則這半提淡水招魂紙侍郎也當得你一盞陰司買酒錢止不住雨泪漣漣〔做化紙起旋風科〕〔云〕這一陣旋風兀的不是侍郎來了也〔做悲科〕〔唱〕

〔醉太平〕燒一陌兒紙錢敘幾句兒衷言待不啼哭夫乃婦之天拋閃殺我也少年只見一個來來往往旋風足律即留轉誂的我慌慌張張手脚滴羞都蘇戰一個俏魂靈不離了我打盤旋我做人的解元

〔淨云〕大姐紙也燒了夫婦之情也盡了請上船罷〔正旦唱〕

〔一煞〕興奴也你早則不滿梳紺髮挑燈剪一炷心香對月燃我心下情絕上船恩斷怎捨他臨去時舌姦至死也心堅到如今鶴歸華表人老長沙海變桑田別無些掛戀須索向紅蓼岸綠楊川

〔淨云〕大姐去罷道等哭哭到幾時〔正旦唱〕

〔二煞〕少不的聽那驚回客夢黃昏犬聒碎人心落日蟬止不過臨萬頃蒼波落幾雙白鷺對千里青山聞兩岸啼猿愁的是三秋鴈字

一夏蚊雷二月蘆烟不見他青燈黃卷却索共漁火對愁眠
〔卜兒云〕員外等久了去罷〔正旦唱〕
〔三煞〕赤緊的大姨夫緣分咱身上淺老太母心腸這壁廂偏誰想司馬墳邊彩雲零落茶客船頭明月團圓娘呵你早則皂裙兒拖地柱杖兒過頭鬏髻兒稍天却下的這拳槌不善教我空捱那沒程限的竇娥冤
〔云〕母親我是你親生之女替你掙了一生只為這幾文錢千鄉萬里賣了我去母親好狠也〔唱〕
〔四煞〕怎想他能捱磨扇似風車轉更合着夢見槐花要黃襖兒穿我虛度三旬是這婆娘親女受用了十年是這趙媽媽金蓮我也會前廳上待客後閣內留賓只不會坐車上當轅偌來大窮坑火院只央我一身填
〔云〕罷罷罷母親我也顧不的你了我去也〔淨云〕媽媽小子去也多承厚意來年稍細茶來吃〔正旦唱〕
〔尾煞〕不甫能一聲金縷辭歌扇刬地聽半夜鐘聲到客船少年的人苦痛也天狠毒呵娘好使的錢你好隨的方就的圓可又分的愚別的賢女愛的親娘不顧戀娘愛的鈔女不樂願今日我前程事已然有一日你無常到九泉只願火煉了你教鑊湯滾滾煎碓搗罷教牛頭磨磨研直把你作念到關津渡口前活呪到天涯海角邊都道

這風塵是夙緣明理會得窮神解不的冤〔帶云〕娘呵〔唱〕你只把我早嫁潯陽一二年怎到的他乾貶去江州四千里遠〔同下〕

〔音釋〕 啜樞說切　焐烏去聲　軃音朵　輦連上聲　腼音免　腆他典切　卒粗上聲　楞盧登切　旋去聲　紺甘去聲　鑊音和　碓音對

第三折

〔白樂天引左右上云〕下官白居易自左遷司馬來此江州又早一年光景昨日驛中報來說故人元微之有事江南打從這裏經過不免分付左右預備飲饌伺候則個〔外扮元微之上云〕小官姓元名稹字微之見任廉訪使之職昨蒙聖恩差來採訪民風經過江州我想此處司馬白樂天乃某至交契友不免上岸探望他一遭來到這州衙門首左右報復去道有故人元稹來訪〔左右報科云〕有故人元老爹來訪〔白樂天云〕道有請〔左右云〕請〔進見科〕〔白樂天云〕微之甚風吹得你來貴脚踏賤地使下官喜從天降〔元微之云〕樂天久居江鄉牢落殊甚下官常切懷抱奈拘職守不得相從今幸天假其便再睹眉宇豈勝慶幸〔白樂天云〕左右將酒過來微之少屈片時〔元微之云〕不必留坐下官行李俱在船上下官正要與樂天文敘一會可將這酒席移到船上送我一程如何〔白樂天云〕下官亦有此心喒就同去左右快擡酒餚來者〔同下〕〔淨上云〕小子劉一郎自從娶得裴興奴又早半年光景衆朋友日日置酒相招無有虛日今日又是王官人相邀大姐好生看家小子吃酒去來〔下〕〔正旦引梅香上云〕妾身裴興奴不想狠毒虔婆貪錢為我不肯留客求食把我賣與茶客劉一郎為妻隨他茶船來到這裏問人說來這裏正是江州那里倈吃酒去了不在船上對着這般江天景物想起那故人樂天不由人不傷感也呵〔唱〕

〔雙調新水令〕正夕陽天闊暮江迷倚晴空楚山疊翠冰壺天上下雲錦樹高低誰倩王維寫愁入畫圖內

〔駐馬聽〕常教他盡醉方歸是他拂茶客青山沽酒旗伴着我死心搭地是兀那隱離人望眼釣漁磯〔帶云〕這江那裏是江〔唱〕則是遞流花草武陵溪幽囚風月藍橋驛直恁的天闊鴈來稀莫不是衡陽移在江州北

〔云〕天色將晚那廝吃酒去了甚時回來梅香拂了牀我自家睡去罷〔唱〕

〔步步嬌〕這個四幅羅衾初做起本待招一個風流壻怎知道到如今命運低長獨自托冰藍兩頭兒偎恁的般受孤恓知他是誰喚你做鴛鴦被

〔云〕本待睡些兒怎生睡得着梅香將那琵琶過來對此明月寫我愁懷咱〔做抱琵琶科〕〔唱〕

〔攪箏琶〕都是你個琵琶罪少歡樂足別離爲你引商婦到江南送昭君出塞北紫檀面拂金猊越引的我傷悲想故人何日回歸生被這四條絃撥俺在兩下裏到不如清夜聞笛

〔做彈琵琶科〕〔白樂天同元微之上云〕來到這舟中一江明月萬頃蒼波秋光可人微之咱慢慢的飲幾杯〔做聽科〕〔元微之云〕那裏琵琶响〔左右云〕是那對過客船上有人彈的琵琶哩〔白樂天云〕左右你將船棹近些〔做移船科〕〔白樂天云〕這琵琶不是野調好似裴興奴指撥〔元微之云〕左右的你去着他過來彈一曲怕做甚麼〔左右見旦科〕小娘子那邊船上兩位老爹教

請一見〔正旦云〕我就去〔做見白樂天認科〕〔正旦唱〕
〔鴈兒落〕我則道是聽琴鍾子期錯猜做待月張君瑞又不是歸湖的越范蠡却原來是遭貶的白居易
〔旦做怕迴避科〕〔白樂天云〕與奴你躲我怎麼〔正旦唱〕
〔小將軍〕肯分的月色如白日他不說我的知是鬼相公呵怕你要做好事與奴儘依得你則休漸漸來跟底
〔白樂天云〕與奴你是甚意思越躲的遠了〔正旦唱〕
〔沉醉東風〕我觀覷了衣服樣勢審察了言語高低你且自靠那邊俺須有生人氣遠些兒個好生商議〔做取錢投水科〕〔白樂天云〕你丟錢怎的〔正旦唱〕我為甚將幾陌黃錢漾在水裏便死呵也博個團圓到底
〔白樂天云〕與奴你近前來〔正旦又認科〕〔白樂天云〕你如何來到這裏〔正旦云〕這等看來想還是活的〔歎科云〕相公你做的好勾當弄的我這等還推不知哩〔唱〕
〔撥不斷〕但犯着喫黃虀者不是好東西想着那引蕭娘寫恨書千里撥倩女離魂酒一杯攜文君逃走琴三尺恁秀才每那一椿兒不該流遞
〔白樂天云〕我自相别來此江州無時不思念大姐只是無心腹人不好寄書你却等不的我回家就跟着這商船來了到說我的不是〔正旦悲科〕苦死人也教我一言難盡〔白樂天云〕你說〔正旦云〕自從與相公分别之後妾再不留人求食專等相公回來以諧終身之托不想老虔婆逐日

嚷鬧百般啜哄妾身只是不從那一日走將那茶客劉一郎來帶的錢多要來請我妾抵死不肯老虔婆和那蠻子設計送到相公一封書說相公病危死了妾捱不過虔婆貪錢把妾賣與他來到這裏聽的人說是江州妾身正要打聽相公的消息今日那單休又吃酒去了妾身思想無奈對月彈一曲琵琶遣懷不想得見相公實天賜其便也這位相公是誰〔白樂天云〕是我心友廉訪元微之〔做悲科〕〔元微之云〕樂天不必煩惱這廝掉寫假書妾稱人死騙人之妾自有罪犯慢慢治他〔一白樂天云〕適間我做了一篇琵琶行寫在這裏大姐試看咱〔正旦接科念云〕潯陽江頭夜送客楓葉荻花秋瑟瑟忽聞水上琵琶聲主人忘歸客不別移船相近邀相見添酒回燈重開宴千呼萬喚始出來猶抱琵琶半遮面轉軸撥絃三兩聲未成曲調先有情絃絃掩抑聲聲思似訴平生不得志低眉信手續續彈說盡心中無限事輕攏慢撚撥復挑初為霓裳後六幺曲終抽撥當心畫四絃一聲如裂帛自言家在京城住名屬教坊第一部曲罷常教善才服妝成每被秋娘妬今年歡笑復明年秋月春花等閑度門前冷落鞍馬稀老大嫁作商人婦我聞琵琶已歎息又聞此語重唧唧同是天涯淪落人相逢何必曾相識我從去年辭帝京謫居臥病潯陽城其間旦暮聞何物杜鵑啼血猿哀鳴豈無山歌與村笛嘔啞嘲哳難為聽今夜聞君彈一曲為君翻作琵琶行却坐促絃絃轉急滿坐聞之皆掩泣就中泣下誰最多江州司馬青衫溼〔正旦云〕相公好高才也〔梅香慌上云〕姐姐員外回來了也〔正旦唱〕

〔掛搭沽〕恰打算別離苦況味見小玉言端的又驚散鴛鴦兩處飛喒須索權迴避我這裏淹粉泪懷愁戚忙趲金蓮緊蕩羅衣

〔白元虛下〕〔淨帶酒上云〕大姐那裏我醉了扶我一扶者〔正旦唱〕

〔沽美酒〕我則道蒙山茶有價例金山寺裏說交易每日江頭如爛泥把似噇不的少喫則被你殃煞我喫敲賊

〔太平令〕常教我羨鸂鶒鴛鴦貪睡看落霞孤鶩齊飛〔淨云〕大姐過來扶着我睡去〔正旦唱〕聽不上蠻聲獠氣倒敢恁煩天惱地摟只抱只愛你休醉漢扶着越醉

〔淨云〕我娶到的老婆如何不伏侍我我醉了〔正旦唱〕

〔川撥棹〕廝禁持這是誰根前撒殢滯喫得來眼腦迷希口角涎垂覷不的村沙樣勢也是我前緣廝勘對

〔七弟兄〕從早至晚夕知他在那裏喒是甚夫妻撇得我孤孤另另難存濟我凄凄楚楚告他誰你朝朝日日醺醺地

〔淨做醉睡科〕〔正旦云〕這廝醉的睡着了我如今就過白相公船上去罷〔唱〕

〔梅花酒〕我子待便摘離把頭面收拾倒過行李休心意徘徊正愁煩無了期〔白樂天上云〕大姐叫我怎的〔旦云〕單倈沉醉睡着妾隨相公去罷〔唱〕恰相逢在今夕相公你還待要候甚的和俺有情人一搭裏那單倈正昏睡囫圇課你拿只江茶引我擡起比及他覺來疾

〔收江南〕我教他滿船空載月明歸三更難撥棹歌齊我把這畫船權做望夫石便去波莫遲却不道五湖西子嫁鴟夷

〔白樂天云〕趁此秋清夜靜咱過船撐將開去他那裏尋我〔元微之云〕樂天等小官回朝奏知聖

人取你上京先奏辨此事決得與興奴明白完聚〔白樂天云〕微之若得如此咱兩個感恩非淺〔正旦唱〕

〔水仙子〕再不見洞庭秋月浸玻璃再不見鴉噪漁村落照低再不聽晚鐘烟寺催鷗起再不愁平沙落鴈悲再不怕江天暮雪霏霏再不愛山市晴嵐翠再不被瀟湘暮雨催再不盼遠浦帆歸

〔白樂天云〕誰想今日又重相會使初心得遂實天所賜也〔正旦唱〕

〔太清歌〕莫不是片帆飽得西風力怎能勾謝安攜出東山妓此行不爲鱸魚膾成就了佳期無個外人知那廝正茶船上和衣兒睡黑婁婁地鼻息如雷比及楊柳岸秋風喚起人已過畫橋西

〔二煞〕咱兩個離愁雖似茶烟溼歸心更比江流急離江州謝天地出烟波漁父國遮莫他耳聽春雷茶吐鎗旗着那廝直趕到五嶺三湘建溪乾相思九萬里

〔白樂天云〕開了船去罷〔正旦唱〕

〔鴛鴦煞〕若不是浮梁茶客十分醉怎奈何江州司馬千行泪早則你低首無言仰面悲啼暢道情血痕多青衫泪溼不因這一曲琵琶成佳配泪似杷推荅添滿潯陽半江水〔同下〕

〔淨做酒醒慌上云〕喫的醉了一覺睡着醒來不見了大姐可往那裏去了只怕落在江中怎麽箱籠開着一定是走了地方拏人拏人〔雜當扮地方上云〕這船上是甚麼人半夜三更大呼小叫的

〔淨云〕是小子新娶的個小娘子不知逃走那裏去了一定有個地頭鬼拐着他去你們與我拿一拿〔地方云〕哇胡說這明月滿江又靜悄悄無一隻船來往只是你這船在此走往那裏去想是你致死了故意找尋我拿你到州衙裏見官去來〔地方鎖淨科〕〔淨詩云〕我劉一郎何曾搗鬼小老婆多應失水〔地方詩云〕這裏面定有欺心送官去敲折大腿〔同下〕

〔音釋〕稹音真 北邦每切 猊音移 笛丁梨切 蠡音里 日人智切 得當美切 倩阡去聲 尺音恥 啁音周 唽音昔 的音底 戚倉洗切 易銀計切 噇音床 喫音恥 賊則平聲 鸂音欺 鶒音尺 鶩音木 只張恥切 夕星西切 拾繩知切 囫音忽 圇音倫 疾精妻切 石繩知切 鴟音痴 嵐音藍 力音利 膾音桂 溼傷以切 急巾以切 國音鬼 嶮與險同 找音爪

第四折

〔元微之上云〕小官元稹前者江南採訪回來面奏聖人說白居易無罪遠謫蒙聖人可憐已將他宣喚回朝仍復舊職他謝恩畢便奏知劉員外計騙人妾假稱死亡蒙聖人准歸本夫今日旨意下來御斷此事只得先報樂天知道〔下〕〔唐憲宗引內官上云〕寡人唐憲宗昨日廉訪使元稹奏白居易無罪遠謫朕也惜他才華已取回京復他侍郎之職他又奏稱側室裴興奴原是樂籍他去之任被茶商劉某妄報他死拐騙為妻昨在江州撞見奪回於例該歸前夫內侍們宣白居易來者〔內官云〕領聖旨白居易安在〔白樂天上云〕小官白居易前蒙放逐江鄉多虧故人元微之舉保重得回京復還原職下官因將裴興奴之事奏聞蒙聖恩許歸本夫今日朝堂宣呼須索走一遭去〔做見駕科云〕侍郎臣白居易欽取回京朝見〔駕云〕卿在江州多有辛苦爾所奏裴興奴被人計

騙倒該歸從前夫但中間緣故未詳必須宣裴與奴問個端的〔內官云〕領聖旨裴與奴安在聖人呼喚哩〔正旦冠帔上云〕誰想有今日來與奴賀本下賤幸得瞻天仰聖非同小可也呵〔唱〕

〔中呂粉蝶兒〕秋月春花都出在待郎門下比及我博的個富貴榮華恰便似盼辰勾逢大赦得重回改嫁今日裏聖旨宣咱吉和凶索問天買卦

〔云〕來到這朝前好怕人也〔唱〕

〔醉春風〕又不比順子弟意前行就郎君心上打只見兩行武士列金瓜這裏敢不是耍耍他教我與樊素齊肩受小蠻節制聖機難察

〔內侍云〕宣到裴與奴見駕〔正旦拜舞科〕〔唱〕

〔迎仙客〕無禮法婦人家山呼委實不會他只辦得緊低頭忙跪下願陛下海量寬納聽臣妾說一套兒傷心話

〔駕云〕那婦人是裴與奴麼〔正旦云〕臣妾便是裴與奴〔駕云〕你將始末緣由細細說來不可欺隱〔正旦唱〕

〔石榴花〕妾自來楚雲湘水度年華誰樂這生涯俺娘把門兒倚定看甚人踏當日見他放了句假老虔婆意中只待頻蓃刮先陪了四缾酒十餅香茶其間一位多姦猾只待要大雪裏探梅花

〔鬭鵪鶉〕一個待咏月嘲風一個待飛觴走斝談些古是今非下學上達一個毬子心腸到手滑和賤妾勾勾搭搭但得個車馬盈門這

便是錢龍入家
〔云〕妾本教坊樂籍曾師曹善才學成琵琶忽一日侍郎白居易放假同孟浩然賈浪仙到妾家吃酒妾因留伴白侍郎因此認的〔駕云〕既如此怎生又有後來這場說話〔正旦唱〕
〔上小樓〕俺那白頭媽媽年紀高大見他每帶繫烏犀衣着白襴帽褁烏紗怎生地使手法待席罷敲他一下倒噎的俺老虔婆血糊淋刺
〔幺篇〕從此日娘嗔女妾愛他愛他那走筆題詩出口成章頂針續麻是他百般地妳妳行過從不下怎當那獠姨夫物擡高價
〔云〕妾身自從見了白侍郎俺那虔婆見他是個官人心中要敲他一下不想又沒甚麼大錢好生埋怨妾見侍郎人品高才華富遂有終身之托只是打發老虔婆不下誰想又走將這個茶客來〔駕云〕這茶客來卻怎生地〔正旦唱〕
〔紅芍藥〕那廝每販的是紫草紅花蜜蠟香茶宜舞東風鬪蝦蟆巾幘是青紗聽不得蠻聲氣死勢煞無過在客船中隨波上下那廝分不的兩部鳴蛙所事村沙
〔云〕這茶客是江西人拿着三千引茶要來伴宿妾因侍郎分上堅意不從他〔唱〕
〔紅繡鞋〕他有數百塊名高月峽兩三船玉屑金芽元來他准備下一場說謊天來大本待要綠珠辭衛尉則說道賈誼沒長沙可不這寄哀書的該萬剮

〔云〕老虔婆與茶客設計寄假書一封說侍郎死了使妾無倚逼令嫁與茶客〔駕云〕既有假書你如何張主〔正旦唱〕

〔喜春來〕既道是江州亡化白司馬因此上飛入尋常百姓家俺那愛錢娘一日坐八番衙不由妾不隨順他有分看些二個駝腰柳釣魚槎

〔云〕那虔婆不由分說把妾嫁與茶客妾強不過只得隨他而去〔駕云〕既嫁茶客怎生又歸白氏〔正旦唱〕

〔普天樂〕到潯陽無牽掛弔英魂何處渡口殘霞思往事空嗟訝半夜燈前長吁罷泪和愁付與琵琶寒波漾漾芳心脈脈明月蘆花

〔駕云〕元來你彈琵琶來那白居易可在那裏聽見得與你相會你再說咱〔正旦唱〕

〔快活三〕俺本待蘭舟看月華見漁燈映蒹葭他便似莽張騫天上泛浮槎可原來不會到黃泉下

〔云〕那一夜茶客不在妾身對月理琵琶忽見別船上二客細視之乃是白侍郎方知他不會死妾身就跟白侍郎來了〔唱〕

〔鮑老兒〕秀才每八怪洞裏妖精也覷上了他那一個不色膽天來大投到俺啼哭出煙村四五家央及殺青衫袖香羅帕故人見後潯陽怕甚水地湫凹今日個君王召也長安避甚道路兒搭

〔駕云〕與奴你認這文武班中那個是白居易〔正旦做認科〕〔唱〕

〔叫聲〕這都是一般兒的執象簡戴烏紗好着我眼花眼花只得偷睛抹去向那文武班中試尋咱

〔做見三人科云〕這是賈學士這是孟學士這是白侍郎〔唱〕

〔剔銀燈〕舊主顧先生好麽新女壻郎君煞驚詫那翰林學士行無多話則這白侍郎正是我生死的寃家從頭認都不差可怎生粧聾作啞

〔駕云〕與奴你仔細認者敢不是他麽〔正旦唱〕

〔蔓菁菜〕他怎敢面欺着當今駕他當日爲尋春色到兒家便待強風情下榻俺只道他是個詩措大酒遊花却元來也會治國平天下

〔駕云〕一行人跪者聽朕剖斷〔衆跪科〕〔詞云〕自古來整齊風化必須自男女幃房但只看關雎爲首詩人意便可參詳裴與奴生居樂籍知倫禮立志剛方見良人終身有托要脫離風月排場老虔婆羊貪狠狠逼令他改嫁茶商裴與奴心堅不變只等待司馬還鄉老虔婆使姦定計寫假書只說身亡遂將他嫁爲商婦一帆風送至潯陽正值着江干送客聞琵琶相遇悲傷與故人生死相別彈一曲情淚千行放逐臣偏多感歎兩悲啼淚溼衣裳從前夫自有明例便私奔這也何妨今日個事聞禁闕斷令您永效鳳凰白居易仍復舊職裴夫人共享榮光老虔婆決杖六十劉一郎流竄遐方這賞罰並無私曲總之爲扶植綱常便揭榜通行曉諭示臣民恪守王章〔衆謝恩科〕〔正旦唱〕

〔隨煞〕恰纔來萬里天涯早愁鬢蕭蕭生白髮俺把那少年心撇罷再不去趁春風攀折鳳城花

〔音釋〕 簌抽鮓切　法方雅切　納囊亞切　灺徐靴切　刮音寡　猾呼佳切　斝音賈　達當加切　滑呼佳切　搭音打　剌那架切　獠音老　峽奚佳切　湫兹囚切　抹音馬　髮方雅切

題目　潯陽商婦琵琶行
正名　江州司馬青衫泪

江州司馬青衫泪雜劇

李監軍大鬧香山會

四丞相高宴麗春堂
倣蔣長源筆
珍倣宋版印

四丞相高會麗春堂雜劇

元大都王實甫撰

明吳興臧晉叔校

第一折

〔冲末扮押宴官引祗從上詩云〕小帽虬頭裹絳紗征袍砌就鴈啣花花根本豔公卿子虎體鵷班將相家老夫完顏女直人氏小字徒單克寧祖居泰州人也幼年善騎射有勇略曾爲山東路兵馬都總管行軍都統後遷樞密院副使兼知大興府事官拜右丞相老夫受恩甚厚以年老乞歸田里聖人言曰朕念衆臣之功無出卿右者今拜左丞相之職時遇蕤賓節屆奉聖人的命但是文武官員都到御園中赴射柳會老夫爲押宴官射着者有賞射不着者無賞老夫在此久等這早晚官人每敢待來也〔正末引屬官上云〕老夫完顏女直人氏小字樂善老夫幼年跟隨郎主南征北討東蕩西除多有功勞汗馬謝聖恩可憐官拜右丞相領大興府事正受管軍元帥之職今日五月端午蕤賓節令奉聖人命都着俺文武官員御園中赴射柳會聖人着左丞相徒單克寧爲押宴官想老夫幼年間苦爭惡戰得到今日非同容易也呵〔唱〕

〔仙呂點絳唇〕破虜平戎滅遼取宋中原統建四十里金鏞率萬國來朝貢

〔混江龍〕端的是走輪飛輅車如流水馬如龍綺羅香裏簫鼓聲中盛世黎民歌歲稔太平聖主慶年豐正遇着蕤賓節屆今日個宴賞羣公光祿寺醞江釀海尚食局炮鳳烹龍教坊司趨蹌妓女仙音院

整理絲桐都一時向御苑來供奉恰便似衆星拱北萬水朝東
〔帶云〕是好一座御園也〔唱〕
〔油葫蘆〕則見貝闕蓬壺一望中從地湧看了這五雲樓閣日華東恰似那訪天台悞入桃源洞端的便往揚州移得瓊花種勝太平獨秀岩冠神龍萬壽峯則他這雲間一派簫韶動不弱似天上蕊珠宮〔天下樂〕可正是氣壓山河百二雄元也波戎將軍校統宰臣每爲頭兒又盡忠文官每守正直武將每建大功到今日可也樂昇平好受用
〔云〕令人報復去道某家來了也〔祗從報科云〕有四丞相來了也〔押宴官云〕道有請〔見科〕〔押宴官云〕老丞相今奉聖人的命教俺文武官員今日赴射柳會左右那裏都擺佈下了也未〔祗從云〕都擺佈了也〔淨扮李圭上詩云〕幼年習兵器都諳咱武藝也會做院本也會唱雜劇要飽一隻羊好酒十瓶醉聽的去廝殺躲在帳房睡某普察人氏姓李名圭見爲右副統軍使我這官不爲那武藝上得的爲我唱得好彈得好舞的好今日是蕤賓節令聖人的命着俺大小官員赴射柳會到那裏我便射不着呵也有我的賞賜可早來到也令人報復去道我李監軍來了也〔祗從報科〕〔押宴官云〕着過來〔李圭見科云〕老大人小子李圭來了也〔押宴官云〕李監軍你來了也我奉聖人的命在此押宴左右那裏將這聖人賜來的錦袍玉帶若射着的將這錦袍玉帶賞與他先飲酒射不着的則飲酒無賞〔祗從云〕理會得〔押宴官云〕老丞相聖人前日分付操練的軍馬如何〔正末云〕大人數日前分付老夫操練的軍馬都有了也〔押宴官云〕如今有那幾員上將

〔正末唱〕

〔那吒令〕俺如今要取討呵有普察副統要辨真呵有得滿具中要做準呵有完顏內奉非是咱賣藴藉誇強勇端的是結束威風

〔鵲踏枝〕衲襖子繡攙絨兎鶻碾玉玲瓏一個個躍馬揚鞭插箭彎弓他每那祖宗是斑斕的大蟲料想俺將門下無犬跡狐蹤

〔押宴官云〕老丞相先射〔正末云〕您官人每那個先射〔李圭云〕老丞相勿罪小官先射〔押宴官云〕你若射着這錦袍玉帶便與你〔李圭做射不中科云〕我本射着了我這馬眼乂走了箭也〔押宴官云〕李副統你不中靠後老丞相請射〔正末云〕老夫射來孩兒先領馬者〔做射中衆吶喊擂鼓科〕〔正末唱〕

〔賞花時〕萬草千花御苑東簌翠偎紅彩繡中滿地綠茸茸更打着軍兵簇擁可兀的似錦衚衕

〔勝葫蘆〕不刺刺引馬兒先將箭道通伸猿臂攬銀鬃靶內先知箭有功忽的呵弓開秋月撲的呵箭飛金電脫的呵馬過似飛熊

〔幺篇〕俺只見一縷垂楊落曉風〔押宴官云〕老丞相射中三箭也將過那錦袍玉帶來送與老丞相令人將酒來老丞相滿飲一盃〔正末唱〕人列繡芙蓉翠袖殷勤捧玉鍾贏的這千花錦段萬金寶帶掛却醉顏紅

〔押宴官云〕老丞相再飲一杯〔正末做醉科〕〔李圭云〕我也吃一杯〔押宴官云〕老丞相今日吃酒已散聖人的命教您這管軍元帥明日都到香山賞翫排有筵宴管待您咱〔正末云〕感謝聖恩

大人老夫酒彀了也〔押宴官云〕老丞相再飲幾盃〔正末唱〕
〔賺煞〕公吏緊相隨虞候忙扶捧休落後了一行步從得勝歸來喜笑濃氣昂昂志捲長虹飲千鍾滿面春風回首金鑾紫霧重跎登登催着玉驄笑吟吟袖裔着絲鞚〔做上馬科〕〔押宴官云〕老丞相慢慢的行〔正末唱〕我可便醉醺醺扶出御園中〔下〕

〔押宴官云〕你衆人每都散罷令人將馬來我回聖人的話去也〔下〕〔李圭云〕大人俺回去也〔出云〕羞殺人我爲副將軍一連三箭無一箭中的將錦袍玉帶都着四丞相贏將去了怎麼氣得過這也容易他說道明早叫俺這幾個管軍的元帥都到香山賞翫安排筵宴管待俺前人賜與我的一領八寶珠衣明日穿到香山去我與四丞相不射箭和他打雙陸將我這八寶珠衣賭他那錦袍玉帶他必然輸與我也我若贏了他呵便是我平生之願〔詩云〕我一生好唱曲弓馬原不熟明日到香山只與他賭雙陸〔下〕

〔音釋〕麧兒追切　鏞音容　鞚空去聲　稔壬上聲　屆音戒　醞音韻　醲尼降切　炮音袍　劇其去聲　攙初銜切　鶻紅姑切　簌音速　茸音戎　剌音辣　行音杭　從去聲

第二折

〔押宴官引祗從上云〕老夫左丞相是也昨日在御園中射柳已過今日在此香山設宴着老夫仍舊做押宴官這早晚官人每敢待來也〔正末上云〕昨日在御園中射柳今日在香山設宴須索走一遭是好香山也呵〔唱〕

〔中呂粉蝶兒〕山勢崔巍倚晴嵐數層金碧照皇都一片琉璃端的箇路盤桓山掩映堆藍疊翠俺這裏佇立丹梯則見那廣寒宮在五雲鄉內

〔醉春風〕堪寫在畫圖中又添入詩句裏則我這紫藤兜轎趁着濃陰直等涼些兒個起起受用足萬壑清風半堦涼影一襟爽氣

〔云〕可早來到也令人報復去道某家來也〔祗從報科〕〔押宴官云〕有請〔見科〕〔押宴官云〕老丞相昨日再飲幾杯去也好〔正末云〕大人老夫昨日沉醉多有失禮也〔唱〕

〔迎仙客〕不知幾時節離御苑多早晚出庭闈不記得是誰人扶下這白玉梯〔押宴官云〕老丞相昨日也不曾飲甚麼酒〔正末唱〕怎當他酬酢處兩三巡揭席時五六盃醉的我將宮錦淋漓莫不我觸犯着尊嚴罪

〔押宴官云〕老丞相請坐則有李圭不曾來着人覷者若來時報復知道〔李圭上云〕小官李圭我今日就穿着這八寶珠衣和四丞相打雙陸那錦袍玉帶必然輸與我可早來到也接了馬者令人報復去道有李圭來了也〔祗從報見科〕〔李圭云〕大人老丞相昨日恕罪可不是我射不着我那馬眼生他躲一躲把我那箭擦過去了〔押宴官云〕你也說不過老丞相李監軍您眾官每聽者我非私來奉聖人的命如今八方寧靜四海晏然五穀豐登萬民樂業俺文武官僚同享太平之福昨日在御園中射柳今日教您這管軍元帥在此香山一者飲宴二者教您遊賞取樂隨你官人每手談博戲盤桓一會慢慢的飲酒〔正末云〕比及飲酒呵我等且博戲一會咱〔李圭云〕住住住老丞相我與你打一會兒雙陸〔正末云〕你要和我打雙陸好波我和你打〔李圭云〕老丞相這般打無

興可賭此些利物〔押宴官云〕你二位老夫奉聖人的命在此押宴則許你作歡取樂不許你鬧炒爭競但有攪擾者着老夫便奏知聖人決無輕恕〔李圭云〕誰敢炒鬧我將這聖人賜與我的八寶珠衣爲賭賽老丞相你將甚麼配的我這八寶珠衣〔正末云〕是好一領袍也〔唱〕

〔紅繡鞋〕金彩鳳玲瓏翡翠繡蟠龍瓔珞珠璣他怎生下工夫達着俺那大人機則俺那仁慈的明聖主掌一統錦華夷可則是平安了十萬里

〔李圭云〕老丞相你將甚麼配得我這八寶珠衣的〔正末云〕要配的過那八寶珠衣孩兒將先王賜與我的那劍來〔卒子做拿劍科〕〔李圭云〕苦也他怎麼拿出那件來老丞相這劍有甚好處〔正末云〕怎生我這劍不好〔唱〕

〔上小樓〕且休說白虹貫日青龍藏地這劍比那太阿無光鏌鋣無神巨闕無威你可休將他小覷的輕微不貴端的個有吹毛風力

〔云〕這劍上立了多少大功你那珠衣怎比的我這劍〔李圭云〕你這劍也不值錢〔正末云〕你不知這劍先帝賜與我的〔李圭云〕老丞相雖然如此我這珠衣是無價之寶哩〔正末唱〕

〔幺篇〕你的是無價寶則我的也不是無名器是祖宗遺留兄弟相傳輩輩承襲〔李圭云〕老丞相則怕我如今一回雙陸贏了你這劍可怎了〔正末唱〕饒你便會泛遲快打疾能那能遞怎贏的俺這三輩兒齊天福氣

〔李圭輸科云〕色不順不是我輸了〔押宴官云〕老丞相贏了也〔正末唱〕

〔滿庭芳〕這都是托賴着大人的虎勢贏的他急難措手打的他馬

不停蹄做色數喚點兒皆隨意〔李圭云〕我可生悔氣這色兒不順〔正末云〕你昨日也說馬眼叉哩〔唱〕不比你射柳處也推着馬眼迷奚〔押宴官云〕李監軍你輸了這翡翠珠衣也老丞相你鐃他一擲波〔正末唱〕我若不覷大人面皮直贏的他與我跟隨〔李圭云〕你說這大話贏的我跟隨我和你如今別賭些利物看那個贏那個輸〔正末云〕我如今再和你打鐃你一擲〔唱〕鐃先遞〔李圭云〕我怎麼要你鐃〔正末唱〕則你那赤瓦不剌強嘴兀自說兵機

〔押宴官云〕你兩個便再打一會〔李圭云〕恰纔我翡翠珠衣輸與他了我如今再打一會若輸了的抹一個黑臉〔正末云〕我待不和你打你輸了你忍不的這口氣料着我便輸了呵他便怎敢抹我個黑臉我再和你打〔李圭云〕也罷我若贏了呵搽他個黑臉也出了這場氣喒打來〔正末唱〕

〔石榴花〕紫雲堆裏月如眉幾點曉星稀岸滑霜冷玉塵飛已抛下二擲似啄木尋食從來那撚無凝滯疾局到底便宜〔李圭云〕這一盤是我贏了〔正末唱〕我見他那頭盤裏打一箇無梁意〔李圭云〕你這馬不得到家可不輸了〔正末云〕則我要一個幺六〔做喝科〕〔李圭云〕你喝幺六就是幺六這骰子是你的骨頭做的

〔正末唱〕只喝着個幺六是贏的

〔李圭云〕可知叫不出是你輸了〔正末唱〕

〔鬬鵪鶉〕這本是賤骨無知怎肯便應聲也那做美不爭我連勝連贏却教你越羞越恥也是我不合單行強出了底便輸呵怕甚的雖然是作耍難當怎敢失了尊卑道理

〔云〕呀我輸了也〔李圭云〕你輸了將墨來搽臉〔末怒做拂雙陸科云〕李圭你是甚麼人敢如此無禮〔李圭云〕一言爲定元說道輸了的搽墨臉〔押宴官云〕你兩個休得炒鬧有聖人的命在此

〔正末唱〕

〔耍孩兒〕這潑徒怎敢將人戲你托賴着誰人氣力〔李圭云〕難道我托賴你的氣力〔正末唱〕睜開你那驢眼可便覷着阿誰我更歹殺者波是將相的苗裔大人呵尚兀自高擎着玉液來酬我你待濃醮着霜毫敢抹誰這廝也不稱你那元戎職〔李圭云〕什麼這廝那廝只管罵誰〔正末云〕我不敢罵你敢打你〔做打科唱〕我則待一拳兩脚打的他似土如泥

〔李圭云〕好也打下我兩個門牙來也〔押宴官云〕你兩個不得無禮你既是大臣怎敢不尊上命

〔李圭云〕大人可憐見昨日射柳是他贏了錦袍玉帶今日打雙陸又贏了我翡翠珠衣我恰纔贏了他他就不許我抹黑臉咱須是賭賽哩〔押宴官云〕你都回去〔正末唱〕

〔尾聲〕我與那左丞相是兄弟我和你須叔姪若不爲聖人言怕攪了香山會我不打你這潑無徒可也放不過你〔下〕

〔押宴官云〕不想四丞相將李圭毆打攪了筵宴老夫不敢欺隱須回聖人話去〔詩云〕則爲李監軍素性疎狂香山會攪亂非常也不是我有心私向從實的奏與君王〔下〕

〔音釋〕嵐音藍 碧音彼 鏌音莫 鎁音耶 力音利 襲星西切 疾精妻切 那音挪 擲征移切 食繩知切 撚尼蹇切 便平聲 的音底 醮音站 職張恥切 姪征移切

第三折

〔外扮孤上詩云〕聲名德化九天聞長夜家家不閉門雨後有人耕綠野月明無犬吠荒村小官完顏女直人氏自幼跟隨郎主多有功勳今除小官在此濟南府爲府尹近聞京師有四丞相因打李圭如今貶在濟南府歇馬想小官幼年間都是四丞相手裏操練成的不料今日到俺這裏這四丞相每日則在溪邊釣魚飲酒我知他平日好歌舞小官今日載着酒餚攜一歌妓直至溪邊與四丞相解悶走一遭去〔下〕〔左相上云〕變幻者浮雲無定者流水君看仕路間升沉亦如此自從四丞相打了李圭聖人見怒貶去濟南府歇馬去了不想聖人思起此人往日功勞又值草寇作亂今奉聖人命着老夫遣使臣星夜趕到濟南府取四丞相還朝依舊爲官左右說與去的使命小心在意疾去早來〔下〕〔正末拿漁竿上云〕自從香山會被李圭所奏聖人見怒貶在濟南府閑住老夫每日飲酒看山好是快活也呵〔唱〕

〔越調鬬鵪鶉〕閑對着綠樹青山消遣我煩心倦目潛入那水國漁鄉早跳出龍潭虎窟披着領箬笠蓑衣隄防他斜風細雨長則是琴一張酒一壺自飲自斟自歌自舞

〔紫花兒序〕也不學劉伶荷鍤也不學屈子投江且做個范蠡歸湖遶一灘紅蓼過兩岸青蒲漁夫將我這小小船兒棹將過去驚起那幾行鷗鷺似這等樂以忘憂胡必歸歟

〔云〕我暫停短棹看一派好景致也〔唱〕

〔小桃紅〕水聲山色兩模糊閑看雲來去則我怨結愁腸對誰訴自

躊躇想這場煩惱都也由咱取感今懷古舊榮新辱都裝入酒葫蘆

〔云〕家童將漁竿來者〔孤引旦兒上云〕此女子乃有名歌妓小字瓊英談諧歌舞無不通曉今日將着酒餚直到溪邊與老丞相脫悶走一遭去瓊英你到那裏好生追歡作樂務要丞相喜歡來到這裏左右人遠避者喚着你你便來不喚你你休來兀的不是老丞相在那裏釣魚哩〔旦兒云〕喒則在他背後立着看這老丞相釣魚〔正末唱〕

〔金蕉葉〕撑到這蘆花密處款款將船兒纜住見垂柳風搖翠縷蕩的這幾朶兒荷花似舞

〔調笑令〕我向這淺處扭定身軀呀慢慢的將釣兒我便垂將下去銀絲界破波文綠可怎生浮蝣兒不動纖須〔旦兒云〕老爺好快活也〔正末做回頭科唱〕我這裏回頭猛然覷豔姝可知道落鴈沉魚

〔孤云〕小可聞知老丞相在此特來與老丞相脫悶將酒來瓊英你唱一曲者〔旦兒云〕理會的〔做唱科〕〔正末唱〕

〔禿廝兒〕可人意清歌妙舞酬吾志美酒鮮魚則這春風一枝花解語似出塞美人圖可便粧梳

〔聖藥王〕樂有餘飲未足樽前無酒典衣沽倒玉壺聽金縷直吃的滿身花影倩人扶我可也不讓楚三閭

〔孤云〕想老丞相在京時那般畫閣蘭堂錦茵繡褥香車寶馬歌兒舞女那般受用快活今日在此閑居索是憂悶也〔正末唱〕

〔麻郎兒〕昨日個深居華屋今日個流竄荒墟冷落了歌兒舞女空
閑了寶馬香車
〔幺篇〕知他是斷與甚處外府則落的遶青山十里平湖駕一葉扁
舟睡足抖擻着綠蓑歸去
〔孤云〕老丞相也則一時間在此閑居久後聖人還有任用〔正末云〕府尹你不知老夫爲官不如
在此閑居也〔唱〕
〔東原樂〕縱得山林趣慣將禮法疎頓忘了馬上燕南舊來路如今
揀溪山好處居爲甚麽懶歸去被一片野雲留住
〔綿搭絮〕也無那採薪的樵子耕種的農夫往來的商賈談笑的鴻
儒做伴的茶藥琴棋筆硯書秋草人情即漸疎出落的滿地江湖我
可也釣賢不釣愚
〔絡絲娘〕到今日身無所如想天公也有安排我處可不道呂望嚴
陵自千古這便算的我春風一度
〔孤云〕老丞相再飲一盃〔旦兒云〕妾與老丞相把一杯咱〔做遞酒科〕〔使命上云〕小官天朝使
命爲四丞相貶在濟南府歇馬如今草寇作亂奉聖人的命着小官直往濟南府取他回朝今日到
此處說他在河邊釣魚不在家中一徑尋來兀的不是四丞相左右接了馬者四丞相聽聖人的命
〔孤云〕老丞相天朝使命至也〔正末做跪科〕〔使命云〕聖人的命將你前項罪盡皆饒免今因草
寇作亂着你星夜還朝將你那在先手下操練過的頭目每選揀幾個收捕草寇若收伏了時依舊

着你爲右丞相之職望闕謝恩者〔正末拜謝科〕〔使命云〕老丞相恭喜賀喜〔正末云〕官人每鞍馬上驅馳辛苦了也〔使命云〕小官索回聖人話去老丞相不必延遲早早建功以慰聖意〔正末云〕官人穩登前途〔使命云〕左右的將馬來則今日便回京師去也〔下〕〔孤云〕小官說是麼今日果來宣取老丞相復還舊職也〔正末云〕我去呵我則放不過李圭那匹夫〔孤云〕老丞相量那李圭何足道哉〔正末唱〕

〔拙魯速〕我今日赴京都見鑾輿也不是我倚仗着功勞敢喝金吾其實的瞞不過這近御我去處便去那一個閑人敢言語那無徒甚的是通曉兵書他怎敢我跟前我跟前無怕懼

〔孤云〕老丞相臨行有甚麼話分付小官者〔正末唱〕

〔么篇〕我如今上路途你聽我再囑付則要你撫恤軍卒愛惜民戶兄弟和睦伴當賓伏從今一去有的文書申到區區再也不用支吾你跟前你跟前敢做主

〔孤云〕老丞相若到朝中必然重用也〔正末云〕我去之後則是辜負了這派好景也〔唱〕

〔收尾〕則我這好山好水難將去待寫入丹青畫圖白日裏對酒賞無休到晚來挑燈看不足〔下〕

〔孤云〕不想天朝使命來還取的四丞相往京師去了瓊英〔旦兒云〕有〔孤云〕我與你將酒餚整備再到十里長亭與丞相送行走一遭去〔詩云〕香山設宴逞粗豪久矣閑居更入朝不知此去成功後李圭頭上可能饒〔下〕

〔音釋〕幻音患 目音暮 窟音苦 荷去聲 鍤音插 蠡音里 辱如去聲 綠音慮 螃音由 姝音朱 解音械 塞音賽 足臧取切 屋音伍 卒從蘇切 睦音暮 伏房夫切

第四折

〔老旦扮夫人上詩云〕花有重開日人無再少年一從夫主去皓月幾回圓老身完顏女真人氏夫主是四丞相因與李圭在香山飲會炒鬧聖人見怒將俺丞相汗馬功勞一旦忘了貶在濟南府閑住今因草寇作亂聖人遣使命去濟南府取他去了使命昨日來說道俺老丞相今日下馬下次小的每便安排酒食茶飯伺候丞相回來〔使命領衆官上云〕小官天朝使命奉聖人的命着我往濟南府取四丞相小官先回來復命聖人着衆官人都到他宅上接待這早晚四丞相敢待來也左右接了馬者報復與老夫人知道說俺衆官人都在門首〔左右報科云〕老夫人衆官人每都在門外〔夫人云〕有請〔出見科〕〔夫人云〕衆官人每爲何到此〔使命云〕老夫人恭喜賀喜某等非是私來奉聖人的命着衆官每都來接待老丞相〔夫人云〕衆官人每裏面請坐〔使命云〕老夫人俺這裏安排酒果都在門外等待想四丞相只在早晚來也〔正末引家僮持釣竿上云〕老夫自謫濟南歇馬倒也清閑自在今奉聖人的命宣我還朝收捕草寇暗思俺這爲官的好似翻掌也呵〔唱〕

〔雙調五供養〕我覷了這窮客程舊行裝我可甚麼衣錦還鄉〔家僮云〕這裏比那濟南不同〔正末唱〕我恰離了這雲水窟早來到是非場你與我棄了長竿拋了短棹我又怕惹起風波千丈我這裏凝眸望元來是文官武職一剗地濟濟蹌蹌

〔衆官接科云〕老丞相賀萬千之喜〔正末云〕衆公卿每間別無恙也〔唱〕

〔喬木查〕自別來間闊幸得俱無恙這裏是土長根生父母邦怎將咱流竄在濟南天一方這些時怎不淒涼

〔衆官云〕左右將酒來老丞相滿飲一杯一壁廂虎兒赤那都着與我動樂者〔做作樂科〕〔正末唱〕

〔一錠銀〕玉管輕吹引鳳凰餘韻尙悠揚他將那阿那忽腔兒合唱越感起我悲傷

〔相公愛〕淚滴千行與萬行那一日不登樓長望我平也波常何曾道離故鄉那一日離的我這心兒上

〔衆官云〕老丞相請〔正末云〕衆官人每請〔正末與夫人見打悲科〕〔夫人云〕相公今日聖恩取你回朝爲何又煩惱〔正末云〕夫人教我怎生不煩惱〔唱〕

〔醉娘子〕剛道不思量教人越悽惶我家裏撇下一個紅粧守着一間空房如何教我不思量

〔金字經〕早是人寂寞更那堪更漏長點點聲聲被他滴斷腸到曉光到曉光便道他不斷腸又被這家私上橫枝兒有一萬樁

〔夫人云〕自從老相公去後俺一家兒每日則是煩惱望老相公回來〔正末唱〕

〔山石榴〕夫人也我則道你一身亡全家喪三百口老小添悲愴我怕你斷送了別頭項

〔夫人云〕老相公當初一日是你的不是也謝聖恩可憐還取你來家實是萬千之喜〔正末唱〕

〔幺篇〕平白地這一場從天降想也不想誰承望夫人也誰承望又到俺這前廳上

〔衆官云〕老夫人去取的新衣服與老丞相換了者〔夫人云〕下次孩兒每將那相公舊日穿的衣服來〔雜當云〕衣服在此〔夫人云〕請老相公換了者〔正末云〕夫人這是幾時做的衣服〔夫人云〕老相公是你舊時穿的衣服〔正末云〕是呵〔唱〕

〔落梅風〕這山字領緣何慢〔夫人云〕老相公元的帶〔正末唱〕玉兔鶻因甚長〔夫人云〕都是你舊時穿的〔正末唱〕待道是我舊衣服怎生虛儾〔云〕夫人將鏡兒來〔夫人云〕鏡兒在此〔正末云〕我試照咱〔唱〕我這裏對青鏡猛然見我兩鬢霜哎可怎生不似我舊時形像

〔夫人云〕孩兒每一壁廂安排茶飯來〔左相上云〕小官是左丞相奉聖人命去四丞相宅上加官賜賞走一遭去可早來到也左右接了馬者四丞相聽聖人的命〔正末同夫人安排香案科〕〔唱〕

〔鴈兒落〕你與我拂綽了白象牀整頓了銷金帳高擎着鸚鵡杯滿捧着羊羔釀

〔得勝令〕准備着翠袖舞霓裳却又早丹詔下茅堂未見真龍面先聞寶篆香托賴着君王高力士休攔擋我若不斟量又只怕李太白貶夜郎

〔使命上云〕聽聖人的命因你有功在前將你的罪犯盡皆饒免如今取你回朝本要差你破除草

寇不想草寇聽的你回都來投降了聖人大喜教你依舊統軍復你右丞相之職賜你黃金千兩香酒百瓶就在麗春堂大吹大擂做一個慶喜的筵席望闕謝恩者〔正末叩謝科〕〔左相同衆官云〕老丞相賀喜〔正末唱〕

〔風流體〕我則道官封做官封做一字王位不過位不過頭廳相想着老無知老無知焉敢當〔左相云〕老丞相你受了官職者何不太謙〔正末唱〕哎怎比的你左丞相左丞相洪福量

〔古都白〕願陛下聖壽無疆頓首誠惶諕的我手兒脚兒忙也波忙俺如今托賴着君王可憐我踈狂直來到宅上死生應難忘

〔唐兀歹〕端的是萬萬載千秋聖主昌地久天長老臣怎敢道不謙讓可是當也波當

〔左相云〕老丞相今日衆官人都在此聖人着李圭到丞相跟前負荊請罪丞相休記前讎〔正末云〕老夫怎敢〔左相云〕既然如此教李圭來見老丞相〔李圭負荊上見科云〕老丞相是李圭不是今來負荊請罪〔正末云〕呀元帥請起〔李圭云〕老丞相不分付起來李圭敢起〔正末唱〕

〔攪箏琶〕他背着些粗荊杖〔衆官云〕請老丞相責罰他幾下〔正末唱〕誰敢道先打後商量〔李圭云〕都因那一日與老丞相射柳時的寃讎〔正末唱〕且休說百步穿楊我和你先打一盤無梁從今後你也要安詳我也不誇強〔李圭云〕老丞相打我幾下倒等我放下心者〔正末唱〕休慌我若是手稍兒在你身上盪〔李圭云〕老丞相打幾下怕怎麼〔正末云〕不中〔唱〕又只怕惹起風霜

〔云〕李圭既然聖人饒了我和你也不記舊讎〔左相云〕好將酒來我與你一位把一盃做一個和合者〔夫人云〕老相公穩便我着那歌兒舞女來伏侍老相公〔正末云〕夫人你執壺我與衆官每把一盃酒左右動起細樂者〔唱〕

〔沽美酒〕舞蹁躚翠袖長擊鼉鼓奏笙簧高髻雲鬟宮樣粧金釵列數行歡聲動一座麗春堂

〔太平令〕歌金縷清音嘹喨品鸞簫餘韻悠揚大筵會公卿宰相早先聲把烟塵掃蕩從今後四方八荒萬邦齊仰賀當今皇上

〔左相詩云〕在香山作耍難當聖人怒謫貶他方念功臣重加宣召依然的衣錦還鄉

〔音釋〕蹌妻相切 儾囊上聲 忘去聲 盪湯去聲 鼉音陀

題目 李監軍大鬧香山會

正名 四丞相高宴麗春堂

四丞相高宴麗春堂雜劇

梁伯鸞甘貧守志
儆崔子西筆

孟德耀舉案齊眉
珍倣宋版印

孟德耀舉案齊眉雜劇

元　撰

明吳興臧晉叔校

第一折

〔外扮孟府尹同老旦王夫人領家僮上詩云〕白髮刁騷兩鬢侵老來灰却少年心不思再請皇家俸但得身安抵萬金老夫姓孟雙名從叔祖居汴梁扶溝縣人氏嫡親的三口兒家屬老夫人王氏所生一女名曰孟光小字德耀老夫幼年間曾爲府尹之職因年邁告了致仕閑居已數年矣老夫有個同堂故友梁公弼曾與他指腹成親他所生一男乃是梁鴻不想公弼夫妻早都下世去了如今梁鴻學成滿腹文章爭奈身貧如洗沿門題筆爲生我待將這門親事悔了來則道我忘却前言我待要將女兒聘與他來他一身也養活不過若是俺女兒過門之後那裏受的這般苦楚老夫人似此如之奈何也〔夫人云〕老相公也還再做個商議〔孟云〕老夫人如今此處有個張小員外是巨富的財主又有一個馬良甫是官員家舍人久已後也是爲官的如今就請將梁鴻來着他三人都到俺前廳上設一酒席管待他放下斑竹簾兒來請小姐在簾兒裏邊看他三個人隨小姐心下自選一個他久已後也不怨的我兩口兒你可意下如何〔夫人云〕老相公主的是〔下〕〔孟云〕下次小的每一壁厢着人請張小員外馬舍人和梁秀才來者若到時報復我家知道〔家僮云〕理會的〔二淨扮張小員外馬舍上張詩云〕他是舍人馬良甫我是豪家張員外一氣吃缾泥頭酒則嚼肉鮓不吃菜自家張小員外便是這個是我表弟馬良甫孟相公家請俺二人不知有甚事須索走一遭去可早來到也門上的報復去道請的客來了也〔家僮報科〕〔孟云〕道有請〔家僮云〕請進

去〔做見科〕〔張云〕老醬棚呼喚俺兩人有何說話若是有酒快拿出來打三鍾〔孟云〕二位且少待請梁鴻去了這早晚敢待來也〔末扮梁鴻上詩云〕三十男兒未濟時腹中曉盡萬言詩一朝若遂風雷志敢折蟾宮第一枝小生姓梁名鴻字伯鸞有父母在日多蒙嚴教學成滿腹文章未曾進取功名俺父親當初曾與孟府尹家指腹成親自從父母棄世之後小生累次使人說親去他見小生一貧如洗堅意不肯今日使人來請不知爲何須索走一遭去門上人報復去道有梁鴻來了也〔家僮報見科〕〔梁鴻云〕老相公呼喚小生有何見諭〔孟云〕請坐下次小的每擡上果桌來者〔家僮做擡果桌科〕〔孟低聲分付云〕一壁廂行酒一壁廂轉報繡房中請將小姐出來〔家僮云〕理會的〔正旦扮孟光領梅香上云〕妾身孟光是也正在繡房中做針指父親母親在前廳上呼喚不知甚事須索見來〔梅香云〕小姐你還不知道如今老相公見小姐成人長大未曾招嫁前廳上請下三個客人一個是財主張小員外一個是官宦家舍人馬良甫一個是窮秀才喚做甚麼梁鴻着小姐三人裏面自選其偶相招一個姐夫小姐你便喜歡則是梅香苦惱〔正旦云〕莫不是指腹成親的梁秀才麼〔梅香云〕不知是不是有那窮的不似他窮的怕人小姐則揀那富貴的招一個又爲人又受用〔正旦云〕梅香你說差了也〔梅香云〕小姐我可怎生說的差了〔正旦做歎科云〕梅香你看這暮春天道好生困人也呵〔唱〕

〔仙呂點絳唇〕你看這春滿皇都落花無數飄香雨蝶翅蜂鬚猶兀自留春住

〔梅香云〕小姐這三春天氣鶯慵燕懶蝶困蜂忙我心中只想一覺兒睡可是怎麼說那〔正旦唱〕

〔混江龍〕恰離了蘭堂深處倩東風扶策我這困身軀懶設設梳雲

掠月意遲遲傳粉施朱你道是春睡不禁啼鳥喚我則待日長偷看古人書〔梅香云〕老相公喚哩你也梳粧打扮些兒波〔正旦唱〕我這裏蕩香塵忙把扇兒遮踏殘紅軟襯着鞋兒去再提掇綺羅衣袂重整頓珠翠冠梳〔梅香云〕我梅香看來小姐則不要嫁那窮秀才好〔正旦唱〕

〔油葫蘆〕這須是五百年前天對付〔梅香云〕這也只憑你自家主意有什麼天緣在那裏〔正旦唱〕怎教咱自做主〔云〕這三人裏面〔唱〕除梁鴻都是些小人儒〔梅香云〕小姐你差了也這梁鴻窮的怕人子哩〔正旦唱〕你道他現貧窮合受貧窮苦他有文章怕沒文章福〔梅香云〕那文章是肚裏的東西你怎麼就看的出〔正旦唱〕常言道賢者自賢愚者自愚就似那薰蕕般各別難同處怎比你有眼却無珠

〔梅香云〕世間多少窮秀才窮了這一世不能發跡你要嫁他好不顢氣也〔正旦唱〕

〔天下樂〕哎屈沉殺三尺龍泉萬卷書何也波如非浪語便道是秀才每秀而不實有矣夫想皇天既與他十分才也注還他一分祿包的個上青雲平步取

〔梅香報科云〕老相公小姐來了也〔孟云〕着老夫人陪小姐在簾兒裏邊看去你就問他一個端的〔梅香云〕理會的〔做請夫人科〕〔夫人云〕孩兒你簾兒裏邊看去你父親請的三位客來一個是官員一個是財主一個是窮秀才在俺廳上飲酒任從你意下招選一個〔正旦云〕母親您孩兒只嫁那窮秀才〔夫人云〕嗨孩兒不肯嫁官員財主只要嫁那窮秀才老相公你可枉着了也〔孟

云〕二位舍人蔬食薄味管待不周且請回宅去後會有期〔張云〕老官兒你請俺吃酒酒又不醉飯又不飽就着俺起身也等俺家吃個攔門鍾兒去〔馬云〕君子略嘗滋味小人吃殺不飽他既然支調喒家回去早氣出我個四句來了〔詩云〕老孟是個真夾腦酒不醉來食不飽以後還有何人肯上門看他做不的孟嘗君一隻脚〔同下〕〔孟云〕他二人去了也梁秀才你暫且迴避者〔梁鴻云〕小生告退〔下〕〔孟云〕梅香喚小姐來老夫親自問他〔正旦見科〕〔孟云〕孩兒也這官員財主秀才你可要嫁那一個〔正旦云〕父親你孩兒只嫁那秀才〔孟云〕則他便是梁鴻每日在長街市上題筆爲生的怎比那兩個是官員財主你嫁了他也得受用哩〔正旦云〕父親秀才是草裏旛竿放倒低如人立起高如人便嫁他也不誤了孩兒也〔唱〕

〔村里迓鼓〕喒爲人且貧且富爲官的一榮一辱〔孟云〕做官的有什麼辱來〔正旦唱〕他請的是皇家俸祿又科斂軍民錢物直等待削了官職賣了田地散了奴僕那時節方悔道不知止足

〔孟云〕那梁鴻是個窮秀才幾能勾發達日子你苦苦要嫁他怎的〔正旦唱〕

〔元和令〕你道他一介儒消不的千鍾粟料應來盡世裏困窮途嫁他時空受苦有一日萬言長策獻鑾輿纔信他是真丈夫

〔孟云〕他的文章我也見過他的如今是這個模樣到老也不得長進了〔正旦唱〕

〔上馬嬌〕這的是時命乖非是他文學疎須知道天不負詩書則看渭水邊呂望將文王遇哎怎笑的霜雪也白頭顱

〔孟云〕這馬家的是官宦張家是財主比梁鴻差得多哩〔正旦云〕父親〔唱〕

〔勝葫蘆〕這都是廕庇驕奢潑賴徒打扮出謊規模睜眼苫眉撚髩鬚帶包巾一頂繫環絛一付怎知他不識字一丁無

〔孟云〕那張小員外便也罷了這馬舍的官是他荷包兒裏盛着的嫁他有甚麼不好〔正旦唱〕

〔幺篇〕哎兀的是豹子峨冠士大夫何必更稱譽也非我女孩兒在爺娘行敢抵觸富時節將親偏許貧時節把親偏阻可不道君子斷其初

〔孟云〕這妮子既然要嫁梁鴻我如今只問他要兩件寶貝有便嫁他〔正旦云〕父親可是那兩件寶貝〔孟云〕我要那帶秋色羊脂玉賽明月照夜珠〔正旦唱〕

〔後庭花〕他是個守青氈一腐儒捱黃虀忍餓夫那裏取帶秋色羊脂玉賽明月照夜珠父親阿你壞風俗枉了你清廉名目你斷別人家不是處下財錢要等足少分文不放出敢如何違法度

〔孟云〕可不道在家從父那〔正旦唱〕

〔柳葉兒〕我如今在家從父枉教那窮書生一世孤獨他家寒冷落無他物每日沿門兒題詩句投至的儹下些須〔帶云〕父親你則想波〔唱〕那秀才少不的搜索盡者也之乎

〔孟云〕我着你嫁一個官員財主你堅意不肯則嫁梁鴻久已後受苦休得怨我也〔正旦唱〕

〔賺煞〕他富則富富不中我志誠心這秀才窮則窮窮不辱我姻緣簿我若是合快樂不遭受苦若是我合受苦強尋一個榮貴處也只

怕無福消除教人道這喬男女則是些牛馬襟裾〔孟云〕孩兒也有錢的好
〔正旦唱〕父親你原來不敬書生敬財主我又不曾臨邛縣駕車他又
不曾昇仙橋題柱早學那卓文君擬定嫁相如〔同梅香下〕
〔孟云〕老夫人這事本已有約在先况兼孩兒又執意定要嫁他也是他的緣分了明日是個好日辰將梁鴻招過門罷〔夫人云〕老相公主的是〔孟云〕下次小的每後花園中打掃書房乾淨待梁鴻成親之後就着他攻書畢則梅香送飯再休着小姐與他對面久已後老夫自有個主意〔詩云〕
孩兒忒滯泥不必再沉吟待他得志後方顯老夫心〔同下〕

〔音釋〕長音掌　慵音蟲　禁平聲　重平聲　福音府　猶音由　祿音路　辱如去聲　物音務　僕邦模切　足臧取切　粟須上聲　應平聲　苫聲占切　撚尼蹇切　盛音呈　譽平聲　觸音楚　妮音尼　阿何哥切　俗詞疽切　目音暮　出音杵　獨東盧切　中去聲　分去聲　泥去聲

第二折

〔梁鴻上云〕小生梁鴻自從老相公招過門來七日光景也並不曾見小姐面皮則着梅香供茶送飯今日若來時我做意惱怒着幾句言語他必然去與小姐說知那小姐是讀書的人難道不來見我梅香這早晚敢待來也〔正旦領梅香上云〕妾身孟光自從俺父親將梁秀才招贅入門七日光景並不會見面今日父親母親不在家梅香我和你書房中探望梁秀才去來〔梅香云〕小姐老相公知道則怕不中麼〔正旦云〕若知道呵有我哩不妨事〔梅香云〕這等我隨着小姐去來〔正旦唱〕

〔正宮端正好〕又不是卓文君撫琴悲又不是秦弄玉吹簫恨爲甚些家務事曉夜傷神則爲俺不崢嶸女壻相招進可着我怎打疊閑愁悶

〔云〕我也聽的有人說我哩〔梅香云〕說小姐甚的來〔正旦唱〕

〔滾繡毬〕人都道孟德耀有議論梁秀才甚氣憒這其間又不是女孩兒暗傳芳訊父親呵你瞞人怎瞞過空裏靈神道當初許了的親他不曾來謝肯因此上無主意的爹娘失信依着他則待要別選高門依着我寧可亂鋪着雲鬢爲貧婦怎肯巧畫蛾眉別嫁人燕爾新婚

〔云〕可早來到書房門首也梅香你過去看他說甚麼〔梅香做見科云〕姐夫〔梁鴻做惱科〕〔梅香出門云〕小姐姐夫不言語他好生的惱怒不知爲何〔正旦云〕待我自過去咱〔做見科云〕秀才你過門七日誰與你遞茶送飯那〔梁鴻做不語科〕〔正旦云〕我早猜着你了也〔唱〕

〔笑歌賞〕莫不是老嬷嬷欠供待的勤莫不是小梅香有些的言詞蠢莫不是太夫人不曾與你相通問莫不是妾身行做甚的多迴避莫不是老相公近新來有什麼別處分你你你只管裏這等不鄧鄧含嗔忿

〔梁鴻背歎科云〕早知如此掛人心悔不當初莫相識〔正旦唱〕

〔醉春風〕你悔則悔咱須是百年恩你惱則惱咱須是兩意肯又不

會強逼你結了婚姻我當初將你來儘儘又不曾五載十年止不過
三朝兩日便恁般萬愁千恨
〔云〕秀才你不言語我下跪問你咱〔做跪科云〕秀才過門七日矣妾問不答一言莫非責妾之罪
乎〔梁鴻云〕豈不聞素富貴行乎富貴素貧賤行乎貧賤我觀爾非梁鴻之匹你頭戴珠翠面施朱
粉身穿錦繡恰似夫人一般你試看我身上襤褸衣服破碎怎與你相稱依着我呵去了衣服頭面
穿戴布襖荊釵那其間方纔與你成其夫婦也〔正旦云〕我則道爲甚麼來這東西我已備之久矣
自今與你改換了衣服則便了也〔梁鴻云〕若改了粧換了衣這纔是梁鴻之匹〔正旦換粧科唱〕
〔石榴花〕往常時畫堂嬌慣數年春錦繡四時新凌波羅襪不生塵
〔梅香云〕小姐這個是什麼打扮你當初嫁那富貴的可不好來〔正旦唱〕暗想着當初一
人調弄精神他指望官員財主咱須順豈知我甘心的則嫁寒門〔
梁鴻云〕似小生這等衣衫襤褸只怕你也心困哩〔正旦唱〕你是我親男兒豈怨身貧
困〔梁鴻云〕小姐你當初何不嫁那富貴的來〔正旦唱〕我怎肯將顏色嫁他人
〔鬬鵪鶉〕重整頓布襖荊釵收拾起嬌紅膩粉〔梁鴻云〕小生這幾日好生傷
感也〔正旦唱〕你道是往日堪憐到今日更親可不道一夜夫妻百夜恩
我見你便忒認真須是在夫婦行殷勤也要去爺娘行孝順
〔孟暗上云〕隔牆須有耳窗外豈無人這小賤人無禮瞞着老夫引着梅香去書房中看梁鴻去了
兀的不氣殺老夫也我到那裏就將他二人趕出去者〔做見科云〕好大膽的小賤人也〔正旦唱〕
〔上小樓〕又不是挑牙料唇只待要尋爭覓釁〔孟云〕這小賤人辱沒殺老夫

也〔正旦唱〕我有甚的敗壞風俗羞辱爺娘玷累家門你將這赤的金白的銀饕餮都盡又道是女孩兒有槽拋糞

〔孟云〕你這等大膽在我根前還敢回話哩〔正旦唱〕

〔幺篇〕這不是我言語村須是你情性緊我又不曾打罵家奴欺負良人抵觸家尊〔孟云〕小賤人將這頭面衣服不穿不戴可怎生這般打扮〔正旦唱〕我收了這珠翠衣錦繡裙怕待飾蛾眉綠鬢〔云〕父親我孩兒不敢說你也想波〔唱〕和他那破襴衫怎生隨趁

〔孟云〕兀的不氣殺我也〔正旦唱〕

〔十二月〕父親呵你既然恁般發狠怎教我不要半語支分這秀才書讀萬卷有一日筆掃千軍他須是黃閣宰臣休猜做白屋窮民

〔孟云〕我看這窮秀才一千年不得發跡的女生外向怎教我不着惱〔正旦唱〕

〔堯民歌〕你道是儒人今世不如人只合虀鹽歲月自甘貧直等待鳳凰池上聽絲綸宮袍賜出綠羅新青也波雲男兒一致身父親呵那些時你可便休來認

〔孟云〕則今日便與我趕將出去〔正旦云〕父親多共少也與您孩兒些奩房斷送波〔孟云〕一文也無你便出去〔正旦云〕秀才如今父親將俺趕出門去如之奈何〔梁鴻云〕常言道好男不吃婚時飯好女不穿嫁時衣小姐放心小生若出去呵拚的覓些盤纏便上朝求官應舉去也〔正旦唱〕

〔耍孩兒〕你看舉頭日遠長安近則把這讀過的經書自温當今天

子重賢臣大開着海也似的賢門早遂了從龍從虎風雲氣穩受些滋草滋花雨露恩這是咱逢時運父親呵休錯認做蛙鳴井底鶴立雞羣

〔孟云〕我觀那梁鴻則當是蓬蒿草底塵土一般〔正旦唱〕

〔煞尾〕你看他是蓬蒿草底塵我覷他是麒麟閣上人〔云〕則今日辭別了父親出去久以後不發跡也不見父親之面了〔唱〕須有日御簾前高捧三台印都省裏安身正一品〔同下〕

〔孟云〕他兩個去了也我想他此一去必定往那皐伯通家庄兒上往那秀才猶可俺小姐富家生長的孩兒如何受的這般苦楚分付管家的嬷嬷一日送三餐茶飯去則與小姐食用休要與梁鴻食用久已後老夫自有個主意嬷嬷那裏〔嬷嬷上云〕堂上一呼階下百諾老身是孟老相公宅上嬷嬷的便是老相公呼喚須索見來老相公呼喚老身有何分付〔孟云〕我喚你來不為別事我今日將小姐和梁鴻兩個都趕出去了你近前來可是恁般〔做打耳喑科〕〔嬷嬷云〕理會的老相公放心都在我身上老相公他兩口兒此一去雖然有些兒怪你只怕久已後謝你也是遲了我將着這衣服寶鈔鞍馬不敢久停久住直到皐大公家庄兒上探望小姐走一遭去來〔下〕〔孟云〕嬷嬷去了也正是眼觀旌捷旗耳聽好消息〔下〕

〔音釋〕行音杭　稱去聲　覷欣去聲　饕音叨　餮湯也切　奩音廉

第二折

〔梁鴻同正旦上詩云〕一去孟從叔來依皐伯通將何度朝夕且與作傭工小生梁鴻自從孟老相

公趕將俺兩口兒出來到這皐大公庄兒上居住俺兩口兒與人家舂米爲生小姐你如何受的這等苦楚也〔正旦云〕秀才你怎生這般說豈不聞夫唱婦隨也呵〔唱〕

〔越調鬭鵪鶉〕我本生長在仕女圖中到今日權充在傭工隊裏剛備下布襖荆釵又加着這一副苕帚簸箕〔梁鴻云〕當初你不嫁我可不好也〔正旦云〕我嫁你也不爲別〔唱〕則爲你書劍功能因此上甘受這糟糠氣息我避不的人笑恥人是非〔梁鴻云〕你看咱住的這房舍麽〔正旦唱〕住的是灰不答的茅團鋪的是乾忽剌的葦蓆

〔紫花兒序〕恰捧着個破不剌椀內呷了些淡不淡白粥喫了幾根兒硬支殺黃虀〔嬤嬤上云〕老身是孟老相公家嬤嬤今有小姐趕在皐大公庄兒上住每日使梅香送飯梅香與老相公說有小姐高高的舉案齊眉伏侍秀才老相公不信今日着我送飯就看他去老相公暗暗的齎發他綿團襖一領白銀兩錠鞍馬一副則當是老身的贈與他做盤纏着他去求官可早來到也小姐在家麽〔梁鴻云〕小姐門首有甚麽人叫你哩〔正旦云〕秀才我試看去咱〔唱〕若是別人來不須迴避怕只怕是俺爹媽皆知他着你奮志奪魁劃地在這裏舂着粗糧篩着細米問時節怎生支對可不空着你七步文才只這等是一世衣食〔梁鴻下〕

〔嬤嬤云〕小姐萬福〔正旦云〕我道是誰原來是嬤嬤往常時梅香送飯今日着嬤嬤來〔嬤嬤云〕梅香不中用我親自送飯來〔正旦云〕我與你說話恐怕唾津兒噴在茶飯裏有失敬夫主之禮我高高的舉案齊眉先着俺秀才食用者〔嬤嬤云〕他有甚麽高官重職你怎生這般敬他那〔正旦

云〕豈不聞夫乃婦之天嬤嬤你道的差了也〔唱〕

〔金蕉葉〕你道他有甚的高官重職也須要承歡奉喜雖不曾夫貴妻榮我只知是男尊女卑

〔嬤嬤云〕我看梁官人也是三十以外的人了還是這般模樣幾時能勾發跡也〔正旦唱〕

〔調笑令〕你道他發跡已無期眼睁睁早虛過了三四十〔嬤嬤云〕量他打甚不緊〔正旦唱〕你道他根前還講甚尊卑禮常言道是夫唱婦隨爲甚那男兒死了喒掛孝衣這消不的我舉案齊眉

〔嬤嬤云〕他便有甚聰明智慧在那裏你這般敬他〔正旦唱〕

〔禿廝兒〕你道他無聰明智慧折莫他便魯坌愚癡常言道嫁的雞兒則索一處飛與梁鴻旣爲妻也波相宜

〔嬤嬤云〕他每日家飯也無的吃哩〔正旦唱〕

〔聖藥王〕折莫他從早起到晚夕不得口安閒飯食與充饑雖然是運不齊他可也志不灰只等待桃花浪暖蟄龍飛平地一聲雷

〔嬤嬤云〕我聞得梁官人替人做傭工每日舂米爲生這碓場在那裏待我去看一看〔張小員外馬舍上張云〕自小從來好耍笑家中廣有金銀鈔兄弟喚做歪廝纏則我叫做胡廝鬧自家張小員外的便是這個是馬良甫俺兩個打聽的孟光被他父親趕將出來在臯大公庄兒上住與人家傭工舂米爲生俺如今故意的到他那裏調戲他一番有何不可〔做見科云〕我道是誰原來是孟光小姐來來來你與我舂些米兒舂了米糠皮兒都是你的你與我多舂幾遍兒〔正旦云〕你看這

廝甚麼道理兀那廝你聽者〔唱〕

〔鬼三台〕喒與你甚班輩自來不相會走將來磕牙料嘴〔張云〕兄弟你看這女人他這般受苦倒說喒磕牙料嘴〔正旦唱〕陪着笑賣查梨〔馬云〕小姐你嫁了我時比別人不強多着哩〔正旦唱〕調弄他舌巧口疾這廝村的來恁般村性格俺窮則窮不曾折了志氣〔張云〕小姐你當初嫁了俺呵可不好那〔正旦唱〕只管裏故意乾喬〔張做扯正旦衣服科云〕小姐向前來我和你說一句話兒咱〔正旦推科唱〕去波你歪纏些些怎的

〔張做跌出起踢門科云〕你久以後是打蓮花落的相識〔馬云〕喒兩個去罷你便跌了一交也落的他親手推這一推俺又不會言語倒吃他一場花白〔詩云〕我兩個有錢有鈔天生來又波又俏鬬孟光不得便宜空惹他傍人一笑〔下〕〔梁鴻上云〕小姐你爲什麼大驚小怪的〔正旦云〕可不悔氣被那兩個潑男女羞辱了一場〔唱〕

〔麻郎兒〕我窮則窮是秀才的妻室你窮則窮是府尹的門楣那些些兒輸與這兩個潑皮白白的可乾受了一場惡氣

〔梁鴻云〕小姐這樣人禮他則甚〔正旦唱〕

〔幺篇〕想起就裏事體〔帶云〕我待和他計較來〔唱〕與這廝爭甚麼閑是閑非〔帶云〕我待不計較來〔唱〕我又做不的那沒羞沒耻哎喲天阿怎生家博得個一科一第

〔嬤嬤云〕既然如此怎不教梁官人上朝進取功名去來若得一官半職也不受人這等羞辱〔正

旦云〕嬤嬤你怕說的不是但我三餐粥飯尚不能勾完全這一路盤纏出在那裏不知嬤嬤平日可曾攢下的些私房不論多少齎發與秀才前去此恩異時必當重報也〔唱〕

〔絡絲娘〕但得你肯齎發到皇都帝里我怎敢便忘了你這深恩大德直將你一倍加增做十倍也還表不的我相酬之意

〔嬤嬤虛下取砌末上科云〕小姐老身無甚麼餽送止有這綿團襖一領白銀兩錠鞍馬一副你官人此去若得了官時休忘了老身也〔詩云〕堪嘆梁鴻徹骨貧今朝遠踐洛陽塵會須金榜標名姓始信儒冠不誤人〔下〕〔正旦云〕嬤嬤去了也虧他送與俺偌多東西秀才你則着志者〔梁鴻云〕小姐放心若到帝都闕下小生必然為官也〔正旦唱〕

〔收尾〕只願的丹墀早把千言對施展你男兒壯氣休得要做了無名金榜不回歸空教我斜倚定柴門盼望着你〔下〕

〔梁鴻云〕多謝嬤嬤齎助了鞍馬盤纏則今日好日辰上朝取應走一遭去〔詩云〕昔作五噫歌今成萬言策誰知滌器人卽是題橋客〔下〕

〔音釋〕傭音庸 簸音播 息喪擠切 刺音辣 薺星西切 食繩知切 職張恥切 跡將洗切 十繩知切 埿滂悶切 夕星西切 螫音輒 碓音對 疾精妻切 便平聲 室傷以切 德當美切

第四折

〔孟上云〕老夫孟從叔是也自從趕我女孩兒和梁鴻出門以來便好道木不鑽不透人不激不發果然那梁鴻上朝取應一舉狀元及第除授本處縣令老夫如今牽羊擔酒與孩兒慶喜走一遭去

來〔下〕〔梁鴻冠帶引祗從上詩云〕去日曾攜一束書歸來玉帶掛金魚文章未必能如此多是家門積慶餘小官梁鴻是也到於帝都闕下一舉狀元及第除授扶溝縣縣令之職今早到任已畢將的這駟馬高車着祗從人取夫人去了這早晚敢待來也〔正旦引梅香祗從上云〕我孟光誰想有今日也呵〔唱〕

〔雙調新水令〕疑怪這叫喳喳靈鵲噪花梢却元來得除授狀元來到若不是螢窗文史足怎能勾虎榜姓名標誰想今朝天開眼自然報

〔祗從報科云〕報的相公得知有夫人來了也〔梁鴻出迎科云〕夫人賀萬千之喜左右將過來〔祗從捧砌末上科〕〔梁鴻云〕夫人這五花官誥金冠霞帔你請受了者〔正旦唱〕

〔沉醉東風〕我則見這一壁捧着的光閃閃金花紫誥那一壁捧着的齊臻臻珠翠鮫綃〔梁鴻云〕夫人今日纔表的你有冰清玉潔之心也〔正旦唱〕你道是纔表我冰清玉潔心〔梁鴻云〕廝稱你雲錦花枝之貌〔正旦唱〕又道是廝稱我雲錦花枝貌我今日呵做夫人豈敢粧幺〔梁鴻云〕夫人請穿上者〔正旦云〕相公我不敢穿〔梁鴻云〕可是爲何〔正旦唱〕爭奈我兩次三番不待着則怕不穩如荊釵布襖

〔梁鴻云〕夫人這是天子所賜你可穿上望闕謝了恩者〔正旦做穿科唱〕

〔慶宣和〕元來這象簡烏紗出聖朝若是沒福的也難消只爲俺讀書人受過淒涼合榮耀因此上把儒衣換了換了

〔做同謝恩科〕〔張小員外馬舍上張云〕自家張小員外這個是馬良甫縣裏差俺兩個接新官誰想是孟老相公家女壻梁鴻做了本處縣令想着咱在皐大公庄兒上調戲他渾家若與俺算起舊帳來怎生是了〔馬云〕不妨事他那裏記的起咱每大着膽見他去〔做見跪科〕〔梁鴻云〕這廝如何不擡頭〔張云〕直等到二月二哩〔梁鴻云〕原來是這兩個弟子孩兒你認的我麼〔張馬做慌科〕〔梁鴻云〕您是甚麼身役〔張云〕俺兩個是儒戶縣裏揀選來接待新官的〔梁鴻云〕今日你接我可是我接你既是儒戶與我吟詩若吟的好便饒恕你吟的不好一百大毛板一個〔馬云〕這詩須讓咱先吟〔做念科詩云〕我做秀才冷酒熱釃一氣一椀盪的嘴歪〔梁鴻云〕你看這廝胡說左右拏下去打呀〔做打科〕〔張云〕我道你不濟聽我吟〔詩云〕我做秀才快噇飯五經四書不會慣帶葉清蒜嚼兩根泥頭酒兒吃瓶半〔梁鴻云〕一發胡說左右拏下去打呀〔做打科〕〔正旦唱〕

〔鴈兒落〕他那曾習讀古聖學枉惹的儒人笑今日個折將丹桂來〔梁鴻云〕這廝你當初可道來〔張云〕小的不會道甚麼來〔正旦唱〕可不道俺則會打蓮花落

〔張云〕呀夫人一句也不會忘了休和俺每一般兒見識只是饒了俺罷〔正旦唱〕

〔得勝令〕俺如今行處馬頭高人面上逞英豪則俺那美玉十分俊不似你花木瓜外看好哎你個兒曹誰着你行無道〔張云〕夫人可憐見這都是舊話休題也〔正旦云〕左右那裏〔唱〕準備着荊條將他扣廳階吃頓拷

〔梁鴻云〕這廝接待不周好生無禮發到縣間去每人杖一百枷號一個月打退儒戶永爲農夫〔祗從云〕理會的〔張云〕可不是悔氣他起初要我吟詩偏生再做不來如今倒氣出我四句來了

〔詩云〕他家忒煞賣弄打的屁股能重燒酒備下三餅到家自已燒痛〔同下〕〔嬤嬤上云〕門上人報復去道有孟老相公家嬤嬤在於門首〔祗從做報科〕〔正旦云〕相公大恩人在門首嗜迎接他去來嬤嬤請〔嬤嬤見科云〕您兩口兒索是歡喜也〔正旦唱〕

〔喬牌兒〕往常時獨自焦到今日大家樂〔帶云〕想在皐大公庄兒上呵〔唱〕那其間撲頭撲面糠飛遶今日個玉玲瓏金鳳翹

〔嬤嬤云〕小姐你當初受那般苦楚你可還記的麼〔正旦唱〕

〔掛玉鈎〕這的是舉案齊眉有下稍〔嬤嬤云〕小姐你如今還守着舊時的節操哩〔正旦唱〕你道我不改初時操我從來貧不憂愁富不驕怎肯敗壞了閨門教〔云〕嬤嬤請上受我夫妻一拜〔唱〕你昔日恩今朝報不是你撥散浮雲怎能勾得上青霄

〔嬤嬤云〕小姐穩重有老相公同老夫人在於門首你接待他去咱〔正旦云〕我有什麼老相公老夫人今日要來認我〔唱〕

〔甜水令〕趕離了畫閣蘭堂錦裀繡褥珠圍翠繞趕的我無處厮歸着〔帶云〕想起那時來呵〔唱〕住的是草舍茅菴蓬戶柴門陋巷簞瓢我可也委實難熬

〔孟夫人同入見做不認科〕〔嬤嬤云〕老相公他堅意不認您哩〔孟云〕他不認俺麼嬤嬤如今到這其間你不說等到幾時〔嬤嬤云〕告大人暫息雷霆之怒略罷虎狼之威當此一日令尊與老相公指腹成親不想令尊棄世大人你一身流落老相公豈不要就將你招贅為壻則怕你貪戀富貴

榮華不肯進取功名故意的將您逐趕在外不期春榜動選場開老相公暗暗的着我齎發你盤纏鞍馬上朝取應去你也看嘴臉難道我老婆子有這東西不成你今日上則功名成就下則夫婦團圓我說兀的做甚〔詩云〕困守寒窗數載間一朝平步上金鑾非干賤妾能資助則拜你那皓首蒼鬚老泰山〔正旦云〕嬷嬷你早不說則被你瞞殺我也〔唱〕

〔折桂令〕却元來晏平仲善與人交〔梁鴻云〕這本是嬷嬷齎發俺來〔正旦唱〕難道他掩耳偷鈴則待要見世生苗〔云〕相公認了丈人丈母罷〔唱〕俺和你夫婦商量休教外人把俺評跋你是個君子人不念舊惡想一雙哀哀的父母劬勞他雖然不采分毫我如今怎敢輕薄〔云〕父親母親請上孩兒則認便了也〔唱〕且只索做小伏低從今後望爹爹權把俺耽饒

〔梁鴻正旦跪科梁云〕則被你瞞殺我也丈人〔孟云〕則被你傲殺我也女壻〔使命上云〕萬里雷霆驅號令一天星斗煥文章小官乃天朝使命是也奉聖人的命因為你梁鴻甘貧守志孟光舉案齊眉着小官親齎此封丹詔與他加官賜賞須索走一遭去可早來到縣衙門首也〔見科云〕聖旨到來梁縣尹你夫婦跪聽者〔梁鴻云〕張千快裝香來〔同正旦跪科〕〔使命云〕我大漢孝章皇帝正乾坤萬里無塵尚惓惓勵精圖治總則要風俗還淳喜的是義夫節婦愛的是孝子順孫你梁鴻本世家子弟能守志不厭清貧妻孟光尤為賢達舉案處相敬如賓若天朝不加褒賞將何以激勸斯人可超陞本處府尹更賜予黃金百斤其妻父能曲成令德亦堪稱耆舊之臣並着令題名史冊一家的望闕謝恩〔衆拜謝科〕〔正旦唱〕

〔鴛鴦煞〕荷君恩特降黃麻詔謝天臣遠踐紅塵道却教我一介書

生早做了極品隨朝暢道頓首誠惶瞻天拜表則俺這犬馬微勞知甚日能圖效且自快活逍遙兩口兒夫妻共諧老

〔音釋〕從去聲　着池燒切　噇音床　學奚交切　落音澇　樂音澇　跋巴毛切　惡音襖　薄巴毛切　令平聲

題目　梁伯鸞甘貧守志

正名　孟德耀舉案齊眉

孟德耀舉案齊眉雜劇

中華書局聚

包待制智勘後庭花
珍倣宋版印

包龍圖智勘後庭花雜劇

元　鄭庭玉撰

明吳興臧晉叔校

第一折

〔沖末扮趙廉訪引祗從上詩云〕一片忠勤報國心漸看白髮已蒙頭可憐恩賜如花女非我初心不敢留老夫汴梁人氏姓趙名忠字德方嫡親的三口兒夫人張氏有一箇家生的孩兒是王慶爲某居官頗有政聲加老夫廉訪使之職今日早間聖人賜老夫一女小字翠鸞着他母親隨來近身伏侍老夫尚不知夫人意下如何未敢便收留他我今着王慶領的去見夫人看道有何話說左右那裏與我喚將王慶來〔祗候云〕理會的王慶那裏老爺呼喚〔淨扮王慶上云〕自家王慶在這趙廉訪老相公府內做着箇堂候官家私裏外都是我執掌一應人等誰不懼怕我今日老相公呼喚不知有甚事須索走一遭去不必報復徑自過去〔做見科云〕老相公呼喚王慶那廂使用〔趙廉訪云〕王慶你近前來我問你聖人賜我的那娘兒兩箇在於何處〔王慶云〕現在府中〔趙廉訪云〕你與我喚將來〔王慶云〕翠鸞子母二人安在〔旦扮翠鸞同卜兒上詩云〕數日府門下無緣得自通承恩不在貌教妾若爲容妾身姓王名翠鸞這是俺母親聖人將俺子母二人賜與趙廉訪大人到此數日不蒙呼喚哥哥你喚俺做甚麼〔王慶云〕您見相公去〔見科〕〔趙廉訪云〕王慶這是那子母兩箇麼你如今領的他去見夫人若說甚麼便來回老夫的話者〔下〕〔王慶云〕你子母二人跟我見老夫人去來〔同下〕〔旦扮夫人上〕〔詩云〕夫主爲官在汴京祿享千鍾爵上卿一生不得閫中力若個相扶立此名妾身是趙廉訪的夫人嫡親的三口兒有箇家主孩兒王慶我平昔

性不容人家中內外事務都來問我這兩日怎麼不見王慶來〔王引旦卜上云〕奉老相公言語教我領他二人見夫人去您兩個只在門首待我先見過了夫人出來喚你〔旦云〕理會的　〔王見夫人科云〕今有聖人御賜翠鸞女子母二人伏侍老相公老相公不敢收留教王慶領來見夫人〔夫人云〕你喚來我看〔王慶云〕您子母二人見夫人去〔旦卜見科〕〔夫人云〕　這年紀小的女孩兒是生的好教他伏侍老相公假若得一男半女那裏顯我則除是這般王慶你來你如今將他子母二人或是勒死或是殺死我只要死的不要活的只在你身上幹得停當待死了呵回我話來〔下〕〔王慶云〕可有甚麼難處將他兩個所算了便是您子母且去這耳房中安下者　〔旦卜下〕〔王慶云〕　且住我欲待害了他兩個柰我下不的手如今有一人乃是李順他是個酒徒他渾家與我有些不伶俐的勾當我如今到他家去若不在時和他渾家說句話我自有個主意〔下〕　〔搽旦扮張氏上云〕　妾身姓張夫主李順有個孩兒喚做福童是個啞子不會說話我不幸嫁了這箇漢子他每日只是吃酒家私不顧在這衙門中做着箇祗候人又有個王慶管着俺李順我與他有些不伶俐的勾當這兩日怎生不見王慶來〔王慶上云〕來到門首也李順在家麼〔搽旦云〕家裏來李順不在〔王見科〕〔搽旦云〕王慶怎生這幾日不見你〔王慶云〕這幾日家裏事忙〔搽旦云〕有甚麼事〔王慶云〕如今聖人賜與俺廉訪相公翠鸞子母兩個伏侍相公教我領去見夫人夫人教我所算了他我可下不的手我如今待着李順所算他去〔搽旦云〕王慶你來欲要咱兩個長久做夫妻呵我有一計你如今見了李順則道夫人着你所算他子母二人則要死的不要活的則三日便要回話他必定領來家中所算他我見了呵便道休要害了他我將他兩個的首飾頭面都拿了我着他將子母二人放了到第三日你可來問李順那子母二人安在他必然說所算了也你便說兀那

廝說你要了他首飾頭面放的他走了他必然支吾你便道你渾家必定知情你便將着大棍子諕
我我便道休打我俺丈夫要了他首飾頭面放的他二人走了你便道是實呵拖你見夫人去來那
廝害慌你便道李順你要饒麽他道可知要饒哩你道要饒呵休了你那媳婦他道休呵誰要你道
我要若是他休了我呵喒兩口兒永遠做夫妻如何〔王慶云〕此計大妙〔搽旦云〕我回房中去李
順敢待來也〔正末扮李順上云〕自家李順的便是衙門中回來到俺家門首也〔王慶云〕兀那李
順說甚麽哩你又醉了也〔正末云〕是王慶哥喚我做甚麽〔王打科云〕這廝不辦公事則是吃酒
〔正末云〕哥你休打我不曾吃酒我若吃酒吃血〔王慶云〕你看這廝現醉了只賭咒〔又打科云〕
你這廝則吃酒不幹公事〔正末云〕哥也〔唱〕

〔仙呂點絳唇〕你但來絮的頭昏不嫌口困施呈盡抖擻精神做一
箇煿煎滾

〔王慶云〕你這廝每日家在那裏來〔正末唱〕

〔混江龍〕我從撞鐘時分〔王慶云〕撞鐘時你在那裏做甚麽〔正末唱〕我立欽欽
誰敢離衙門常懷着心驚膽戰滴溜着脚踢拳墩哎你個身着紫衣
堂候官欺負俺這面雕金印射糧軍〔王慶云〕你這廝緊使着緊不去慢使着慢不
去〔正末唱〕哥也把小人緊使緊去慢喚慢來誰敢道違了方寸何須
發怒不索生嗔

〔王慶云〕兀那廝我如今分付你一件事便與我所算了兩個人去〔正末云〕哥也小人不敢去教
別人去罷〔王慶打科云〕我使着你怎生不去〔正末唱〕

〔油葫蘆〕你直恁的倚勢挾權無事狠〔王慶打科云〕好打這弟子孩兒〔正末唱〕脊梁上打到有五六輪似這等潑差使誰敢道賺分文〔王慶云〕你這廝有酒肉吃處便去的緊也〔正末唱〕我只道噇酒吃肉央的人困元來是殺生害命揣的咱緊〔王慶云〕你每日將錢鈔則是吃酒〔正末唱〕誰有閑錢補笊籬〔王慶云〕你這廝貪酒溺脚跟一世兒不得長俊〔正末唱〕誰貪酒溺脚跟若是你那殺人也一地裏將咱尋趁〔帶云〕若是殺人處不教別人去則教李順去〔唱〕哥也偏怎生我手裏有握刀紋

〔王慶云〕你看這糟頭則是強嘴〔正末唱〕

〔天下樂〕哥也你可甚自己貪杯惜醉人〔王慶云〕兀那廝你跟的來〔正末跟走科〕〔唱〕我罵你個遭瘟〔王慶做回頭科云〕兀那廝做甚麼〔正末唱〕哥也你可也喚甚麼村我將這快刀兒把你來挑斷那脊筋有一日掂折你腿脡打碎你腦門〔王慶云〕兀那廝你罵誰哩〔正末唱〕我覷你直我甚脚後跟

〔王慶云〕兀那廝我將你罵我的罪過且饒了如今有老夫人的言語〔正末做驚科云〕呀聽的道老夫人呵諕的我一點酒也無了敢問哥哥有甚麼事〔王慶云〕如今有子母二人在這耳房裏安下老夫人分付着你領去所算了他或是勒死或是殺死則要死的不要活的限三日後便來回話我去也〔下〕〔正末云〕似此怎生區處天色將晚了也〔唱〕

〔醉中天〕可又早日落殘霞隱天色恰黃昏〔云〕我開開這門那子母兩個在那裏〔旦下見科〕〔旦云〕哥哥做甚麼〔正末云〕跟我來快行動些〔唱〕喒二個直臨汴水

濱〔旦云〕哥哥可憐見咱〔正末唱〕你可也枉分說難逃遁〔帶云〕這非是我私下來
〔唱〕我奉着廉訪夫人處分留不到一更將盡則登時將你來送了
三魂
〔云〕你且跟我家中去來〔做行到科云〕這是我家門首也你則在這裏〔做叫科〕〔搽旦引倈兒
上云〕李順你又醉了也〔正末云〕如今諕的我一點酒也無了〔搽旦云〕爲甚麼〔正末云〕如今
廉訪夫人分付教我將那子母兩個所算了限三日便要回話我來取一條繩子將他勒死也留個
完全屍首〔搽旦云〕李順你領過來我看咱〔旦卜見科〕〔旦云〕姐姐萬福〔搽旦云〕一個好女子
也〔正末云〕孩兒取繩子來〔倈兒遞繩子〕〔正末做勒旦推科〕〔搽旦云〕好個女孩兒李順我和
你說那裏不是積福處喒如今把他首飾頭面都拿了放的他走了有誰知道這些東西喒一世兒
盤纏不了〔正末云〕噤聲〔唱〕
〔金盞兒〕你口快便施恩則除是膽大自包身我其實精皮膚揑不
過那批頭棍你大古裏言而有信你休惱犯那女魔君可知道錢是
人之膽則你那口是禍之門〔搽旦云〕便有誰知道〔正末唱〕豈不聞隔牆還
有耳窗外豈無人
〔搽旦云〕你則依着我不妨事〔正末云〕大嫂也中也不中我則依着你〔搽旦向旦兒云〕兀那小
娘子我對丈夫說饒了你性命你把你那首飾頭面都拿下來與我放你兩個走了罷你心下如何
〔旦兒云〕若肯饒了俺性命呵這個打甚麼不緊久後犬馬相報〔做與首飾科〕〔搽旦云〕李順你
看這釵環頭面咱〔正末云〕將來我看〔唱〕

〔一半兒〕這釵釧委的是金子委的是銀〔搽旦云〕是金子的〔正末云〕兀那婆子我問你咱〔唱〕你兩個端的是家奴端的是民〔卜兒云〕哥哥俺是好百姓〔正末唱〕似這般俺夫妻心不忍〔帶云〕大嫂〔唱〕若有那拿粗挾細踏狗尾的但風聞這東西一半兒停將一半兒分

〔云〕兀那婆婆俺兩個饒了你性命你可休忘了俺這恩念你則牢記在心者〔旦兒云〕哥哥的恩念俺死生難忘〔正末唱〕

〔後庭花〕俺渾家心意眞您母子性命存那壁廂歡喜殺三貞婦這壁廂鑊鐸殺五臟神你可也莫因循天色兒初更時分你今宵怎睡穩俺夫妻同議論敢教你免禍釁等來朝到早晨快離了此郡門向他州尋遠親往鄉中投近鄰向山中影占身但有日逢帝恩却離了一庶民小娘子爲縣君老婆婆做太郡食珍羞臥錦裀列金釵使數人似這般有福運

〔旦兒云〕怎敢想望這個福分但留得性命便死生難忘也〔正末唱〕

〔青歌兒〕呀是必常思常思危困我則怕有人有人盤問夫人意教咱算你二人我教你遠害全身放你私奔則要你好好安存我使盡金銀投托你們說起原因有活命之恩那時節你休道不因親者強來親是必將咱認

〔旦兒云〕俺娘兒兩個想哥哥恩念死生難忘也〔正末云〕您則今日便索逃走〔旦兒云〕多謝哥哥

哥〔正末唱〕

〔賺煞〕您兩個快離了汴梁城我與你速出了夷門郡人問你則推道是探親你可休淹淚眼新痕壓舊痕你且粧些古憋温淳有一日嫁夫君顯耀精神將你那緣慘紅愁證了本俺夫妻口穩您子母們心順這其間是必休忘了我這大恩人〔下〕

〔旦卜走被巡卒沖散科下〕〔卜兒上云〕俺子母兩個正行中間被巡城卒驚散不見了我女兒翠鸞我不問那裏尋將去〔下〕〔旦慌上云〕正和俺母親走着被巡城卒驚散不見了俺母親〔做悲科云〕我今不揀那裏尋母親去來〔詩云〕子母私奔若斷蓬半途驚散各西東我今拚死尋將去便是黃泉路上要相逢〔做叫科云〕母親母親兀的不苦殺我也〔下〕

〔音釋〕抖音斗　擻音叟　煿音包　賺音湛　噇音床　笊音爪　溺尼叫切　掂店平聲
釧川去聲　鑊音和　鐸多勞切　釁欣去聲　憋音鱉

第二折

〔搽旦上云〕早間李順拿金釵兒賣去了還不見回來我這裏等着敢待來也〔正末帶酒上云〕衆兄弟少罪少罪改日回席恰纔多吃了幾盃天色將晚了也我索還家去來〔唱〕

〔南呂一枝花〕不覺的日沉西不覺的天將暮不覺的身趔趄不覺的醉模糊則我這眼展眉舒蓋因是一由命二由做我則要千事足百事足常言道馬無夜草不肥人不得外財不富

〔梁州第七〕他兩個忙忙如喪家之狗急急似漏網之魚他兩個無

明夜海角天涯去單注他合有命俺合粧孤兀的不歡喜殺俺子父快活殺俺妻夫我則道盡今生久困窮途永世兒陋巷貧居他他他天也有晝夜陰晴是是是人也有吉凶禍福來來來我也有成敗榮枯〔帶云〕我來到後巷裏舞一回咱〔做舞科〕〔唱〕自歌自舞那些兒教我心寬處倚仗着花朵般好媳婦說甚麽九烈三貞孟姜女他可也不比其餘〔做到見搽旦科云〕大嫂我來家了也〔搽旦云〕你賣的那金釵呢〔正末背云〕我是闘他要咱〔回云〕我掉了也〔搽旦云〕你看這廝波我家吃的穿的都靠着他你怎生掉了那〔正末云〕我闘你要來我賣了也〔搽旦云〕你諕我一跳你賣了呵那金釵重幾錢賣了多少鈔你說來我聽〔正末唱〕

〔牧羊關〕那金釵兒重六錢半三折來該九貫五你從明朝打扮你兒夫你與我置一頂紗皁頭巾截一幅大紅裹肚與孩兒做一箇單絹褲遮了身命做一箇布上衣蓋了皮膚〔搽旦云〕您爺兒兩箇都有了也怎麽様打扮我咱〔正末云〕大嫂〔唱〕你買取一付蠟打成的銅釵子更和那金描來的棗木梳

〔搽旦云〕李順你有酒了你歇息咱〔正末睡科〕〔搽旦云〕這些時怎麽得王慶來纔好〔王慶上云〕我教李順勒死翠鸞子母二人今日三日光景不見來回話我問那廝去元來這廝關着門哩李順開門來〔搽旦云〕好了好了這是王慶來了〔做叫正末科云〕李順有人叫門哩〔正末醒科云〕甚麽人打門住了你那驢蹄是您家裏我來也〔王慶云〕這廝又醉了開門來開門來〔正末

唱〕〔賀新郎〕這門前喚的語音熟〔莫〕不是李萬張千〔搽旦云〕我去開門〔正末扯搽旦科〕〔唱〕和大嫂你來我去〔帶云〕好渾家也常言道家有賢妻〔唱〕如今有日頭却又早關了門戶他不道的教別人說言道語〔云〕我開開這門是誰好打這廝〔王慶云〕咄兀那廝你打誰〔正末見王怕科〕〔唱〕哥哥你有甚事誰敢道是支吾教把誰所伏便所伏教把誰虧圖便虧圖有甚惡差使情願替哥哥做〔正末跪倒科〕〔王慶云〕你看這廝又醉了也你待要那裏去〔正末唱〕遮莫去大蟲口中奪脆骨驪龍頷下取明珠

〔王慶云〕這廝又醉了你怎敢罵我〔正末云〕哥到小人家吃鍾茶怕做甚麼〔王慶云〕兀那廝你教我去你家吃茶我這等人可往你家裏去〔正末云〕若哥哥到小人家裏吃一盃茶兒呵外人道管李順的官人來他家吃茶教人也好看波〔王慶云〕這廝醉則醉倒說的好我去你家吃茶與你家長些節槩我去吃茶怕做甚麼〔王入門坐科〕〔正末云〕哥小人有個醜媳婦教來拜哥哥咱〔王慶云〕不中你的渾家教來拜我外觀不雅休教來罷〔正末云〕哥不妨事〔王慶云〕既然你好心教他來見〔正末向搽旦云〕大嫂有管我的那王慶哥來咱家吃茶你拜他一拜〔搽旦云〕李順敢不中麼〔正末云〕大嫂不妨事〔搽旦出見拜科云〕哥哥萬福〔王慶云〕李順我分付你的翠鸞母子二人呢〔正末云〕哥哥分付我的那子母兩個我怎敢推辭將兩條繩子勒死他丟在汴河裏這其間流三千里遠也〔王慶云〕兀那廝有人看見說你要了他錢鈔放的他走了〔正末慌科云〕小人不會〔唱〕

〔牧羊關〕並無一箇人知道可端的誰告與你則一聲問的我似沒嘴的葫蘆〔王慶云〕你怎敢違誤了官司放了他去〔正末唱〕小人怎敢違悮了官司縱放了他子母〔王慶云〕有人說你受了他買告也〔正末唱〕若是受了他買告咱當罪若是有證見便承伏我可也甘情願餐刀刃我可也無詞因上木驢

〔云〕小人並然不敢若有證見小人便當罪〔王慶云〕你不肯招認他渾家必然知情叫他渾家過來〔搽旦上跪科云〕不干我事〔王慶云〕兀那婦人你丈夫賣放了人你必然知情你若實說呵萬事罷論你若不說呵我不道的饒了你哩〔做打科〕〔搽旦云〕住住住你休打我我與你說俺丈夫拿了他首飾頭面放的他子母走了也〔王慶云〕好也你道不曾放了他麼〔正末唱〕

〔哭皇天〕好不忍事桑新婦好不藏情也魯義姑又不曾麻搥下腦箍你怎麼口聲的就招伏〔王慶怒揪正末頭髮科〕〔正末唱〕他把我頭稍頭稍搊住〔帶云〕哥也小人出扵無奈〔唱〕小人也則爲家私窮暴妻子熬煎因此上愛他錢物釋放了囚徒待要你十拷九棒萬死千生打殺這個射糧軍哥也你可甚麼那得甚福〔王慶云〕兀那廝你要饒你麼〔正末云〕可知要饒哩〔王慶云〕兀那廝你要饒呵把你那渾家休了者〔正末云〕一箇醜媳婦子便休呵誰要〔王慶云〕你休了呵我要〔正末唱〕哥也你何須致怒小人怎敢做主

〔云〕哥也小人怕不肯未知俺那婦人心裏如何〔王慶云〕你和你那婦人商量去〔正末唱〕

〔烏夜啼〕我向前體問俺渾家去〔向搽旦云〕大嫂王慶哥哥道要我饒你休了你

那媳婦者我便道休了呵誰要他便道我要我不知你心裏肯也不肯〔搽旦云〕你休顧我則顧你的性命〔正末唱〕好也囉枉做了二十年兒女妻夫這孩兒又不會人言語他可又性痴愚不識親疎你不尋思撇下的我孤獨天也生扢支的割斷這娘腸肚這壁廂爺受苦那壁廂兒啼哭哥也你可憐見同衙共府你休要運計鋪謀

〔王慶云〕兀那廝快休了者〔正末云〕小人要寫休書爭奈無筆〔搽旦云〕我這裏有描花兒的筆〔正末云〕無紙〔搽旦云〕有剪鞋樣兒的紙〔正末云〕無硯瓦〔搽旦云〕便碟兒也磨得墨〔正末云〕他可早准備下了也罷罷罷〔唱〕

〔鬬蝦蟆〕我這裏書名字畫手模便有你待何如想着想着做出真然真然淫欲瞞着瞞着丈夫窩盤窩盤人物說着說着起初今日今日羞辱不由我滴羞跌屑怕怖乞留兀良口絮他剔抽禿刷廝覷迷留沒亂躊躇想起來想起來殺人可恕將咱欺侮並不糊塗早則招取〔云〕醜弟子你將去波〔唱〕這一紙絕恩斷義的休書〔搽旦假哭科〕〔正末唱〕你休那裏雨淚如珠可不道鳳凰飛上梧桐樹見放着開封府執法的老龍圖必有個目前見血劍下遭誅

〔云〕你放心我直開封府裏告他去〔搽旦云〕不中王慶你可不聽見〔王慶背云〕那廝說出來必然做出來我如今不先下手倒着他道兒〔回云〕不順我不要你這媳婦我則要你一件東西〔正末云〕哥也你要甚麼〔王慶云〕只要你那顆頭〔正末云〕可連着筋哩兀的不有人來也〔王慶看

科〕〔正末走〕〔王拿住科〕〔正末云〕罷罷罷〔唱〕

〔黃鍾尾〕早則這沒情腸的兇漢衚跋扈更打着有智量的婆娘更狠毒難分說怎分訴做納下廝欺負要行處便行去由得你愛的做似這般倚官府生有地死有處奪了俺妻兒送了俺子父揉碎胸脯磕破頭顱我把那不會雪恨的孩兒覷一覷我見他手揞着巨毒把我這三思臺揝住〔帶云〕我好冤屈也〔唱〕兀的不沒亂殺我這喉嚨我其實叫不出這屈〔王慶殺正末科下〕

〔王慶云〕殺了他也將一個口袋來裝了丟在井裏大嫂我和你永遠做夫妻憑着我這一片好心天也與我半碗兒飯吃〔搽旦云〕休說閑話喒和你後房中快快活活的做生活去來〔同下〕

〔音釋〕趔郎夜切　趄且去聲　足臧取切　福音府　熟繩朱切　伏房夫切　做租去聲
頷含去聲　刃仁去聲　箍音姑　揝簪上聲　獨東盧切　哭音苦　謀音模　出音杵
欲于句切　物音務　辱如去聲　衚音胡　毒東盧切　磕音可　揞音闇　屈丘兩切

第三折

〔淨扮店小二上詩云〕酒店門前七尺布過來過往尋主顧昨日做了十瓮酒倒有九缸似頭醋自家是這汴梁城中獅子店小二哥的便是開着這一座店南來北往經商客旅都來俺這店中安下今日天晚看門前有甚麼人來〔旦上云〕正走間被巡城卒衝散了俺母親不知所在天色晚了我去這店裏尋一箇宵宿處〔做見小二科云〕哥哥我來投宿〔小二云〕小娘子頭間房兒乾淨〔旦

云）你與我一箇燈咱（小二云）我與你點上這燈（做看科背云）好箇女子也天又晚了人又靜了他又獨自一個我要他做個渾家豈不是好（回云）小大姐這裏也無人我和你做一對夫妻如何（旦云）咗你說那裏話（小二云）你如今落在圈裏飛也飛不出去我不怕你不與我做夫妻（旦云）我至死也不肯（小二云）你真箇不肯（旦云）我不肯（小二背云）他說不肯我取出這斧頭來諕他他是箇女孩兒家必然害怕我好歹要了他（做拿斧科云）你真箇不肯我一斧打死了你（旦做倒科）（小二云）怎麼半晌不言語（看科云）原來諕死了怎生是好這暴死的必定作怪我門首定的桃符拿一片來插在他鬢角頭將一個口袋裝了丟在這井裏（扶旦下云）把一塊石頭壓在上面省得他浮起來（下兒上云）誰想翠鸞孩兒到處尋覓不見天色晚了我且去獅子店裏覓個寄宿去（見科云）小二哥我來投宿（小二云）後面那間房兒乾淨婆婆你歇息去（下兒云）我到後面歇息去也（下）（小二云）啣做這等勾當我且再坐一坐怕還有人來（外扮劉天義上詩云）埋頭聚雪窗文史三冬足今日一寒儒明朝食天祿小生姓劉名天義洛陽人氏學成滿腹文章未曾進取功名目今春榜動選場開收拾琴劍書箱上朝取應來到汴京天色晚了且去那獅子店中覓一宵宿（見淨科云）小二哥我來求宿（小二云）頭間房裏安歇去（劉天義云）小二哥與我點一箇燈來（小二與燈科云）燈在此（劉天義云）小二哥安排些酒殽來等我自己酌一盃明日連房錢一併還你（小二將酒上云）酒殽都有了我自去睡也（下）（劉天義云）我關上這門自飲幾盃咱（旦魂子上云）我乃王婆婆的女兒翠鸞去那店房中點箇燈咱秀才開門來（劉天義云）更深夜靜有人喚門好是奇怪兀那喚門的是誰（旦云）我是王婆婆女兒我來點個燈咱（劉天義云）兀那女子我點與你門縫較寬小娘子接燈（旦吹滅科云）秀才風大刮殺了

〔劉天義云〕我再點與你〔旦又吹滅科云〕又滅了〔劉天義云〕我與他燈兩次三番刮殺了既然如此我開門你自己點〔開門旦入科〕〔劉天義云〕小娘子點燈我開了門他可去了只是鬪小生耍來我還關上這門〔回身見旦拜科云〕秀才萬福〔劉天義云〕好一個女子也小娘子誰氏之家姓甚名誰〔旦云〕我是王婆婆的女兒聞知秀才在此特來探望〔劉天義云〕小生有何德能敢勞小娘子垂顧若不棄嫌同席共飲數盃未審雅意如何〔旦云〕願從尊命〔坐科〕〔劉把盞科云〕小娘子滿飲此盃〔旦飲科云〕敢問秀才姓甚名誰那裏人氏因何至此〔劉天義云〕小生姓劉名天義洛陽人氏因上朝取應天色已晚到此店中投宿不期相遇小娘子實小生之幸也〔旦云〕敢問秀才告珠玉咱〔劉天義云〕小生不才怎敢在小娘子跟前獻醜聊作後庭花一闋小生表白一徧小娘子試聽〔詞云〕雲鬟堆綠鴉羅裙斂絳紗巧鎖眉顰柳輕勻臉襯霞小粧鑒凌波羅襪洞天何處家詞寄後庭花劉天義作〔旦云〕好高才也我依韻也和一首〔寫科云〕寫就了也我表白一徧與秀才聽咱〔詞云〕無心度歲華夢魂常到家不見天邊鴈相侵井底蛙碧桃花鬢邊斜插伴人憔悴殺詞寄後庭花翠鸞作〔劉天義云〕妙哉妙哉小娘子再飲一盃〔卜兒上云〕我心中悶倦再睡不着起來閑走一閑走〔做聽科〕〔旦云〕秀才你則休負心〔劉天義云〕小生豈敢負心〔卜兒云〕兀的不是我翠鸞孩兒說話哩〔做叫科云〕翠鸞翠鸞〔旦應科走下〕〔卜兒云〕我推開這門〔見劉科云〕我孩兒在那裏〔劉天義云〕無有人小生獨自在此〔卜見詞科云〕你道無有這兩篇詞是誰做的有我女孩兒名字在上你藏了我女兒更待干罷明有王法我和你見官去來〔劉天義云〕你看我這命波〔同下〕〔趙廉訪引祗從上云〕老夫趙忠前者聖人賜與我翠鸞母子二人我着王慶領去見夫人數日光景不見來回話左右的喚王慶來者〔祗從云〕王慶安在老爺呼喚〔王慶

上云〕老相公呼喚不知有甚事須索見去咱〔見科〕〔趙廉訪云〕王慶日前那子母二人我教你領去見夫人至今不曾回話如今那子母二人在那裏〔王慶云〕王慶領的與了夫人也〔趙廉訪云〕既然如此請的夫人來〔王慶云〕老夫人相公有請〔夫人上見科云〕老相公喚妾身不知爲何〔趙廉訪云〕夫人我教王慶領的那翠鸞子母二人見你去如今在那裏〔夫人云〕王慶領的那子母二人來見了我我分付王慶就領去了〔趙廉訪云〕王慶夫人說道分付與你了如今可在那裏〔王慶云〕是相公教小人領去見夫人夫人交付與我我可交付與李順也〔趙廉訪云〕他說交付與李順這樁事其中必有暗昧夫人且回後堂中去〔夫人詩云〕一點妬心生斷送女娉婷任他沒亂煞只做不知情〔下〕〔趙廉訪云〕老夫待親自問來有些難問則除是開封府尹包待制此人清廉正直可問這樁事左右的請包府尹來者〔祗侯云〕理會的府尹大人老相公有請〔正末扮包龍圖引張千上云〕老夫姓包名拯字希文廬州金斗郡四望鄉老兒村人氏官拜龍圖閣待制正授開封府尹有趙廉訪着人相請不知甚事須索去見咱〔唱〕

〔雙調新水令〕欽承聖敕坐南衙掌刑名糾察姦詐衣輕裘乘駿馬列祗候擺頭踏憑着我憋劣村沙誰敢道僥倖姦猾莫說百姓人家便是官宦賢達綽見了包龍圖影兒也怕

〔云〕左右報復去道包拯來了也〔祗從報科云〕報的老爺得知有包待制在於門首〔趙廉訪云〕請他進來〔祗從云〕請進〔見科〕〔正末云〕相公喚包拯有何分付〔趙廉訪云〕待制我煩你一件事數日前聖人賜我王翠鸞子母二人我教王慶領去見我夫人不見回話我問夫人夫人道分付與了王慶王慶又道分付與了李順這樁事其中必有暗昧你與我仔細究問多因是我夫人做下

違條犯法也〔正末唱〕

〔沉醉東風〕相公道老夫人違條犯法怎敢就教他帶鎖披枷〔帶云〕相公〔唱〕你侯門似海深利害有天來大則這包龍圖怕也不怕老夫怎敢共夫人做兩事家〔帶云〕若是被論人睜起眼來〔唱〕枉把村老子就公廳上誅殺

〔云〕相公小官職小斷不的〔趙廉訪云〕你也說得是與你勢劍銅鍘限三日便與我問成這樁事若問成了呵老夫自有個主意〔詩云〕這樁事莫得消停三日裏便要完成若問出子母下落我與你寫表箋申奏朝廷〔下〕〔正末云〕是好一口劍也呵〔唱〕

〔風入松〕這劍冷颼颼取次不離匣這惡頭兒揣與咱家我若出公門小民把我胡撲搭莫不是這老子賣弄這勢劍銅鍘〔帶云〕我出的這門來〔唱〕覷了王慶呵慌張勢煞這漢就裏決謅札

〔云〕王慶這樁事都在你身上〔王慶云〕你看這大人干我甚麼事〔正末云〕噤聲〔唱〕

〔胡十八〕這話兒你休對答莫虛詐〔云〕張千牽馬來〔張千做牽馬科云〕請大人上馬〔正末上馬科〕〔唱〕我將這寶蹬來踏把轡鞚來拿我扭回頭見他左右眼覷咱〔云〕張千與我拿下王慶者〔張千云〕理會的〔做拿王慶科〕〔王慶打張千科云〕你敢拿誰〔正末唱〕您如今直恁般怕他〔帶云〕三品官尚然到開封府裏量你到的那裏〔唱〕您一火祇從人將王慶快拿下

〔云〕張千回衙門去來〔旦魂子上旋風科〕〔正末云〕一陣好大旋風也〔唱〕

〔鴈兒落〕見一箇旋風隨定馬不由我展轉生疑訝〔帶云〕兀那鬼魂聽者〔唱〕你去到黃昏插狀來喒兩箇白口裏難說話〔云〕兀那鬼魂到晚間開封府裏來速走速走〔旋風下〕〔卜兒扯劉天義上云〕寃屈相公與老婆子做主咱〔正末唱〕

〔掛玉鈎〕則聽的唱叫揚疾鬧怎麽我與你觀絕罷〔帶云〕張千〔唱〕你教他近向前來我問咱你休喝掇休驚詫便膽寒心驚怕你與我盡說緣由細訴根芽〔云〕兀那婆子你告甚麽〔卜兒云〕這箇秀才藏了我的女孩兒翠鸞告相公與老婆子做主咱〔正末云〕誰是翠鸞女的母親〔卜兒云〕則我便是〔正末云〕慚愧一椿問做兩椿事張千將這一行人都拿到開封府裏去〔做到排衙科〕〔正末云〕張千將那一行人拿過來者〔張千云〕理會的〔衆跪科〕〔正末云〕王慶兀那廝你怎麽不跪〔王慶云〕我無罪過〔正末云〕你無罪過來俺這開封府裏做甚麽〔王慶云〕我跪下便了也〔王跪科〕〔正末云〕兀那婆子說你那詞因〔卜兒說〕〔王攙科云〕老相公教我領見夫人夫人分付與王慶王慶可分付了李順也〔正末云〕兀那廝誰問你來兀那婆子說你詞因來〔卜說王又攙科云〕老相公教我領見夫人夫人分付與王慶王慶可分付了李順也〔正末云〕張千將王慶拿下與我打着者〔張千打科〕〔正末唱〕

〔川撥棹〕我敢搠碎你口中牙不刺這是你家裏說話那恰便似一部鳴蛙絮絮答答叫叫吖吖覷了他精神口抹再言語還重打〔云〕張千着那廝咬着棍子者〔張千云〕理會的〔王咬棍子科〕〔正末云〕兀那婆子你說你那詞

因〔王丢棍子攙說科云〕老相公教我領見夫人夫人分付與王慶王慶可分付了李順也〔正末云〕這廝直恁般好說話〔卜兒云〕老婆子夜來晚間在獅子店裏安下只聽的這秀才和我翠鸞孩兒說話我踏開門不見我女孩兒明明是他藏了相公與我做主咱〔正末云〕兀那廝可說你那詞因〔王慶云〕老相公教我領見夫人夫人分付與王慶王慶可分付了李順也〔正末云〕再呢〔王慶云〕無了也〔正末云〕似這般怎生是好〔唱〕

〔夜行船〕三下裏葫蘆提把我來傒倖殺〔帶云〕這公事少呵〔唱〕連累着七八十家兀的是人命爭差恰便似金剛廝打佛也理會不下

〔云〕張千將王慶監下者〔張千云〕理會的〔押王慶下〕〔正末云〕兀那婆子你說他藏了你女兒有何見證〔卜兒云〕有兩首詞在這裏〔正末云〕將來我看〔卜兒出詞正末念科云〕雲鬟堆綠鴉羅裙皺絳紗巧鎖眉顰柳輕勻臉襯霞小粧鋻凌波羅襪洞天何處家詞寄後庭花劉天義作〔唱〕

〔殿前歡〕你道是不曾見他女嬌娃這的是誰人題下這首後庭花須不是把你來胡遮刺莫不我雙眼昏花〔云〕再看這首詞咱無心度歲華夢魂常到家不見天邊鴈相侵井底蛙碧桃花鬢邊斜插伴人憔悴殺詞寄後庭花翠鸞女作〔正末再念科〕〔唱〕我從頭兒再念咱〔帶云〕不見天邊鴈相侵井底蛙〔唱〕我這裏呫詳罷〔云〕不見天邊鴈相侵井底蛙嗨這女孩兒那得活的人也可憐可憐〔唱〕這孩兒敢死在黃泉下這官司無頭無尾那賊人難捉難拿

〔云〕則除是這般張千把這婆子監下者〔張千云〕理會的〔押卜兒下〕〔正末云〕兀那劉天義你休驚莫怕我放了你你今夜還去那店裏宿歇若是那女子來呢你問他那裏人氏姓甚名誰有甚

信物要些來我便饒你〔劉天義云〕知道我這一去好歹要些信物來〔正末唱〕

〔沽美酒〕爲甚麼將原告人倒監押哎你個被論人莫驚諕你與我還似昨宵臨臥榻你可也若教得見他用心兒討回話

〔太平令〕我見他扭身子十分希詫須是我賞發與一夜歡洽喒欲要兩家都罷赤緊的我領得三朝嚴假若事發教咱救拔你穩情取功名科甲

〔云〕兀那秀才他不是人是箇鬼魂〔劉天義怕科〕〔正末唱〕

〔鴛鴦煞〕我說破陰魂莫更潛身怕只要你秀才肯做迷心耍不須今夜遭囚免了每日隨衙暢道殺人賊不在海角天涯我先知一箇七八〔帶云〕張千〔唱〕你與我傳語他家將寃恨都銷化到明朝管取擒拿看那鬧市雲陽木驢上剮〔下〕

〔張千同劉天義行科云〕來到這獅子店裏兀那秀才那間房兒是〔劉天義云〕是這一間〔張千云〕你自在這裏宿我明早來討回話〔下〕〔劉天義云〕天那兀的不諕殺我也我則道他是人誰想他是箇鬼可早三更了你聽那牆上土撲簌簌的房上瓦廝琅琅的兀的不諕殺我也〔做睡科〕〔旦魂子上云〕我今夜再望那秀才走一遭去〔見科〕〔旦云〕秀才秀才〔劉天義驚走〕〔旦扯住科〕〔劉天義云〕你靠後說你是箇鬼〔旦云〕我不是鬼〔劉天義云〕如今包龍圖大人問你那裏人氏姓甚名誰〔旦云〕我是那家〔劉天義云〕那家可是那裏〔旦云〕在那家井裏〔劉天義云〕你有甚麼信物與我些〔旦云〕我鬢邊有一朵嬌滴滴碧桃花你自取咱〔劉取花旦閃下〕〔劉天義

云〕兀的不諕殺我也當真是個鬼旣然有了信物等不到天明便回包大人話去〔詩云〕分明見昨夜嬌娃取與我鬢上桃花且休提上朝取應先諕得膽戰身麻〔下〕

〔音釋〕簌音速　襯初艮切　鬔莊瓜切　娉聘平聲　婷音亭　拯音整　踏當加切　猾呼佳切　達當加切　法方雅切　殺雙鮓切　鑠音查　匣奚佳切　搭音打　煞雙鮓切　謅音鄒　札莊洒切　答音打　詫瘡詐切　搠聲卯切　不音補　刺邦架切　那音拿　抹音罵　娃音蛙　呫店平聲　押奚佳切　榻湯打切　洽奚佳切　發方雅切　拔邦加切　甲江雅切　八巴上聲　剮音寡

第四折

〔正末上云〕老夫包拯爲這件事用盡心力也呵〔唱〕

〔中呂粉蝶兒〕這些時廢寢忘食眼睜睜一宵無寐坐早衙便待施爲喚張千刑案裏喚該房司吏別公事且勿行提只那樁最䏌干繫〔迎仙客〕不由我心似痴意如迷那樁事不分箇虛共實好着我怎參詳難整理准備下六問三推快與我喚過來劉天義

〔張千同劉天義上跪科〕〔正末云〕兀那秀才你昨夜看見女子來麼〔劉天義不語科〕〔正末云〕他怎生不言語張千你着他說〔張千云〕他還昏迷着哩〔正末唱〕

〔快活三〕偏前夜笑吟吟的似魚水今日箇戰兢兢的怕做夫妻正是得便宜翻做了落便宜教你試探那佳人的意

〔朝天子〕你可也盡知就裏昨夜箇正使着鴛鴦會〔帶云〕兀那秀才〔唱〕

你從頭至尾說真實可怎生只恁的難分細我問在當廳無言抵對
他和你可曾說來歷你明知是鬼怕他來纏你常言道愛他的着他
的
〔云〕兀那秀才那女子誰氏之家姓甚名誰〔劉天義云〕他是那家〔正末云〕那家可是誰家好傒
倖殺人也呵〔唱〕
〔紅繡鞋〕那家居住在東村西地那家委實的姓甚名誰似這般幾
時得個分明日你休得要硬抵諱休得要假疑惑我索合從頭推勘
你
〔云〕張千把這廝監下者等他省時問他〔張押下〕〔正末云〕張千拿過王慶來者〔張千云〕理會
的〔拿王慶上見科〕〔正末云〕兀那廝將翠鸞女分付與誰了也〔王慶云〕老相公教我領見夫人
夫人分付與王慶王慶分付了李順也〔正末云〕既然分付了李順張千拿將李順來者〔張千云〕
李順在逃了〔正末云〕李順在逃似此可怎了張千且將王慶拿在一邊者〔押王下〕〔正末云〕張
千李順在逃須有他家裏人你去他家看去或有溝渠或有池沼若是有井呵你就下去打撈可是
為何他道李順在逃不在井裏却那裏尋他〔張千云〕理會的我出的這衙門來轉過隅頭抹過裏
角來到李順家裏也無一箇人我自進去看來到這院後怎麽靜悄悄的好怕人也我開開這後門
〔做撞倒科云〕有鬼有鬼〔做起身科云〕原來是這晒衣服的繩子倒諕我一跳我是再看咱這是
一眼井好包待制通神真箇一眼井我試看咱怎麽這般臭氣待我下去看怎生下的去可有這晒
衣服的繩子我解下來一頭拴在井欄上一頭料下去我拽着繩子下去井裏試看咱〔做下井看

科云〕這是一箇口袋不知是甚麼東西我將繩子拴住等我出到井口上我再拽上這繩子來〔做出井拽科云〕拽上這口袋來了不知是甚麼物件須索將着見老爺去〔做背走〕〔倈上扯住科〕

〔張千云〕是誰扯住我〔做回頭看科云〕原來是箇小弟子孩兒〔做打倈兒下〕〔行科云〕可早來到府中也〔丢下口袋科云〕稟爺真個通神是有一眼井小的下去打撈出這箇口袋來不知是甚物件老爺試看咱〔正末云〕好好這廝能幹事你打開口袋我看〔張解開科〕〔正末云〕原來是個屍首張千你喚那婆子來教他認〔張千喚科〕〔卜兒上認云〕大人這屍首不是俺女兒是一個有髭鬚的〔正末云〕張千你怎生撈將一箇有髭鬚的屍首來〔張千云〕老爺這是井裏的小的怎生知道〔正末唱〕

〔剔銀燈〕聽說道荊棘列半日猛覷了呆打頦一會兀那婆婆不是你女孩兒身軀殼且別尋覓這一箇尸首可是誰的兀那婆婆你休瞞我我問你這尸首如何不識

〔卜兒云〕相公這尸首不是俺女兒的〔正末云〕張千你在誰家井裏撈出這尸首來〔張千云〕我在李順家井裏打撈出來的〔正末唱〕

〔蔓菁菜〕可則去李順家裏訪蹤跡〔帶云〕張千我再問你〔唱〕你下井去井根底那時節有誰人見你〔張千云〕小的不曾見甚麼人去到李順家後院內見一眼井下的井去撈出這尸首來我背着便走哦小的想起來了我見箇小廝來〔正末云〕張千兀的不有了也〔唱〕則去那小廝根前取箇真實十共九知詳細

〔云〕張千你去尋將那小廝來〔張千云〕理會的那小廝走了呵怎生是好我出的這衙門來走了

一會我依舊到李順家後院看咱這是口井〔見俫兒云〕兀的不是那小廝你還在這裏我背着你見老爺去來〔做背俫行科云〕早到了也稟爺這便是那小廝〔正末云〕張千休驚諕着他你看這小廝到這開封府裏諕的他眼腦剔抽禿刷的兀那小廝你近前來我問你咱你是誰家的〔俫打手勢科〕〔正末云〕這小廝是箇啞子張千你怎生尋了個啞子來〔張千云〕這便是李順家裏住的小的怎生知道他是啞子〔正末云〕那小的你雖然啞你心裏須明白你認那尸首咱〔俫兒見尸哭科〕〔正末云〕好可憐人也〔唱〕

〔乾荷葉〕他猛見了痛傷悲兀的不有蹺蹊〔云〕兀那小的我問你咱這個是你甚麼人〔俫打手勢科〕〔正末云〕似這般可怎生是好〔唱〕好教我不解其中意起初道眼迷奚他如今則把手支持真箇是啞子做夢說不的落可便悶的人心碎

〔云〕那小的我如今問你若問的是你便點頭若不是你便擺手你記着〔俫做聽科〕〔正末問云〕這個敢是你叔叔〔俫擺手科〕〔正末云〕是你伯伯〔俫擺手科〕〔正末云〕是你父親〔俫點頭就拜科〕〔正末云〕原來是你父親兀那小的誰殺了你那父親來〔俫打手勢科〕〔正末云〕是一條大漢拽起衣服扯出刀來殺了你父親丟在井裏好可憐人也兀那小的我再問你咱〔唱〕

〔上小樓〕兒也你親娘如今在那裏〔俫指科〕〔正末唱〕他可又不知端的似這般殺壞平人怎生乾休他待至死無對〔俫拖住張千科〕〔張慌科〕

〔正末云〕兀那小的莫不是張千殺了你父親來〔俫擺手科〕〔正末云〕哦我知道了兀那小的〔唱〕你待要共張千相尋相覓〔張千云〕我和你同出去尋你娘來〔俫點頭科〕〔張千云〕則

被你謊殺我也〔正末唱〕也是你爲爺娘孝當竭力

〔云〕張千你和他尋去〔張千云〕理會的兀那小的我和你尋去出的這門來往那裏尋他去〔搽旦帶酒上云〕我吃了幾盃酒醉了也〔倈扯科〕〔張千云〕這正是那婦人〔張千打科〕〔搽旦云〕哥哥你爲甚麼打我〔張千云〕開封府裏勾喚你哩〔搽旦云〕我又無罪過我去見便了〔同見末科〕〔搽旦云〕相公我又無罪過喚我來做甚麼〔正末云〕這婆娘兀的不醉了也兀那婦人你認的那尸首麼〔搽旦認假哭科云〕兀的不是我丈夫李順怎生死了來〔正末云〕兀那婦人你丈夫死了你須知道〔搽旦云〕不知怎生死了俺丈夫來〔正末唱〕

〔滿庭芳〕你休推東主西可甚麼三從四德那些箇家有賢妻若是抛一塊瓦兒須要着田地你與我快說真實〔云〕兀那婦人我問你咱你在家呵〔唱〕决有些嗔忿忿眉南面北〔搽旦云〕俺兩口兒並不曾〔正末唱〕你莫不氣沖沖話不投機〔搽旦云〕俺夫妻最說的着〔正末唱〕你休則管裏胡支對我當廳問你〔帶云〕我不問你別的〔唱〕則問你誰是殺人賊

〔云〕兀那小的誰殺了你父親來〔倈依前比手勢科〕〔正末云〕你認的那個人麼〔倈點頭科〕〔正末云〕張千將這一行人提在一壁押過那秀才來〔張押劉天義上見科〕〔正末云〕兀那劉天義我教你夜來問那女子個詳細要他一件信物你又不將來這官司都問在你身上〔劉天義云〕大人我劉天義問他要一件信物來了〔正末云〕是甚物件〔劉天義云〕是一朵嬌滴滴碧桃花〔正末云〕將來我看〔劉懷中取出正末接看科云〕原來是一根桃符上寫着長命富貴這殺人賊有了也〻〔唱〕

〔倘秀才〕我則道殺人賊不知在那壁則他這翠鸞女却元來在這裏他門定桃符辟邪祟增福祿書鍾馗知他甚娘報門神戶尉

〔呆骨朵〕兀的是自作自受身當罪〔云〕張千〔唱〕你把殺人賊快與我勾追〔張千云〕着小的去勾喚誰〔正末唱〕你挨門兒則尋那宜入新年我手裏現放着長命富貴這言語表出人凶吉這桃符泄漏春消息怎瞞那掌東嶽速報司和這判南衙包待制

〔云〕張千你將這一根桃符與我尋對那一根兒去〔張千云〕理會的我出的這門來轉過隅頭抹過裏角來到這飯店門首桃符都有來到獅子店門首我試看咱可怎生則有宜入新年一個無那長命富貴我將這一根比咱〔做比科云〕正是一對兒我都拿着見老爺去來〔做見科云〕稟爺桃符有了也〔正末云〕是那裏的〔張千云〕在獅子店門首〔正末云〕你與我到獅子店左右看去若有井便下去打撈必有下落〔張千云〕我出的衙門來早到店中也呀後面真個一眼井我下去打撈咱〔做撈尸首上科云〕又一個尸首我將的見老爺去〔見科云〕稟爺又一個尸首〔正末云〕教那婆子來認〔卜兒上〕〔正末云〕兀那婆婆你認那尸首〔唱〕

〔倘秀才〕這潑官司連累着我哩敢是這尸首又不是你的〔卜認科云〕大人這尸首正是我女孩兒的〔正末云〕既是呵張千你去將那店小二一步一棍打將來者〔張千云〕理會的〔做拿小二打上見科〕〔正末云〕兀那廝從實說你怎生所算了這女孩兒來你若說的是萬事罷論若是說的不實呵張千准備下大棍子者〔小二云〕是我殺了來〔正末云〕這殺人賊既有了〔唱〕那王慶如何肯招罪〔云〕張千〔唱〕你去喚王慶至堦基試聽我

省會

〔云〕張千與我拿過王慶來〔王慶上云〕喚我做甚麼〔正末云〕王慶你歡喜麼這殺人賊有了也不干你事你回去罷〔王慶云〕可道不是我我回家去來〔王走俫上扯住科〕〔正末云〕兀那小的莫不是他殺你父親來〔俫打手勢科云〕正是他與俺母親如此如彼做出來的〔正末云〕這廝可不啞了張千與我拿下王慶者〔唱〕

〔滾繡毬〕我則道連累着我便教放了你你可在這壁廂不伶不俐常言道天網恢恢你則待廝摘離暗歡喜對清官磕牙料嘴古自道無憂愁無是無非怎想這金風未動蟬先覺暗送無常死不知准備着拷打凌遲

〔云〕張千你領着這一行人跟着我見廉訪大人去來〔同下〕〔趙廉訪引祗從上云〕事不關心關心者亂我教包府尹問那件事今三日光景怎生不見來回話〔正末引衆上見科〕〔趙廉訪云〕包府尹那事體如何〔正末云〕小官問成了也誰想一樁事問做兩樁事〔趙廉訪云〕你說我聽〔正末唱〕

〔伴讀書〕告相公自知會這都是王慶把詞因起他共李順渾家姦情密教平人正中拖刀計把兒夫殺在黄泉內強嚇了休離

〔趙廉訪云〕這一件可是怎麼〔正末唱〕

〔笑和尚〕是是是這一箇開店的他他他強要人妻室嗨嗨嗨想這廝狠情理我我我論到底休休休待推辭來來來索請夫人敢與這

招伏罪

〔趙廉訪云〕這樁事元來如此我盡知了也一行人聽老夫下斷〔詞云〕果然是包待制剖決精明

便奏請加原職三級高陞王婆婆可憐見賞銀千兩劉天義准免罪進取功名翠鸞女收骸骨建墳

營葬還給與黃籙醮超度陰靈這福童着開封府官民恩養店小二發市曹明正典刑因王慶平日

間姦淫張氏假官差謀李順致喪幽冥這兩個都不待秋後取決纔見的官府內王法無情便着寫

榜文去四門張掛諭知我軍民共如右施行〔正末謝科〕〔唱〕

〔煞尾〕他則待明明將計策施不承望暗暗的天地知今日個勘成了因姦致命一兇賊還報了這負屈銜寃兩怨鬼

〔音釋〕

食繩知切　繫音計　實繩知切　壁音利　的音底　日人智切　慼音回　覓忙閉切

識傷以切　跡將洗切　力音利　德當美切　北邦每切　賊則平聲　壁音彼

辟音匹　祟音歲　墯音葵　尉音謂　吉巾以切　息喪擠切　密忙閉切　室傷以切

題目　老廉訪恩賜翠鸞女

正名　包待制智勘後庭花

包龍圖智勘後庭花雜劇

義烈傳子母褒揚

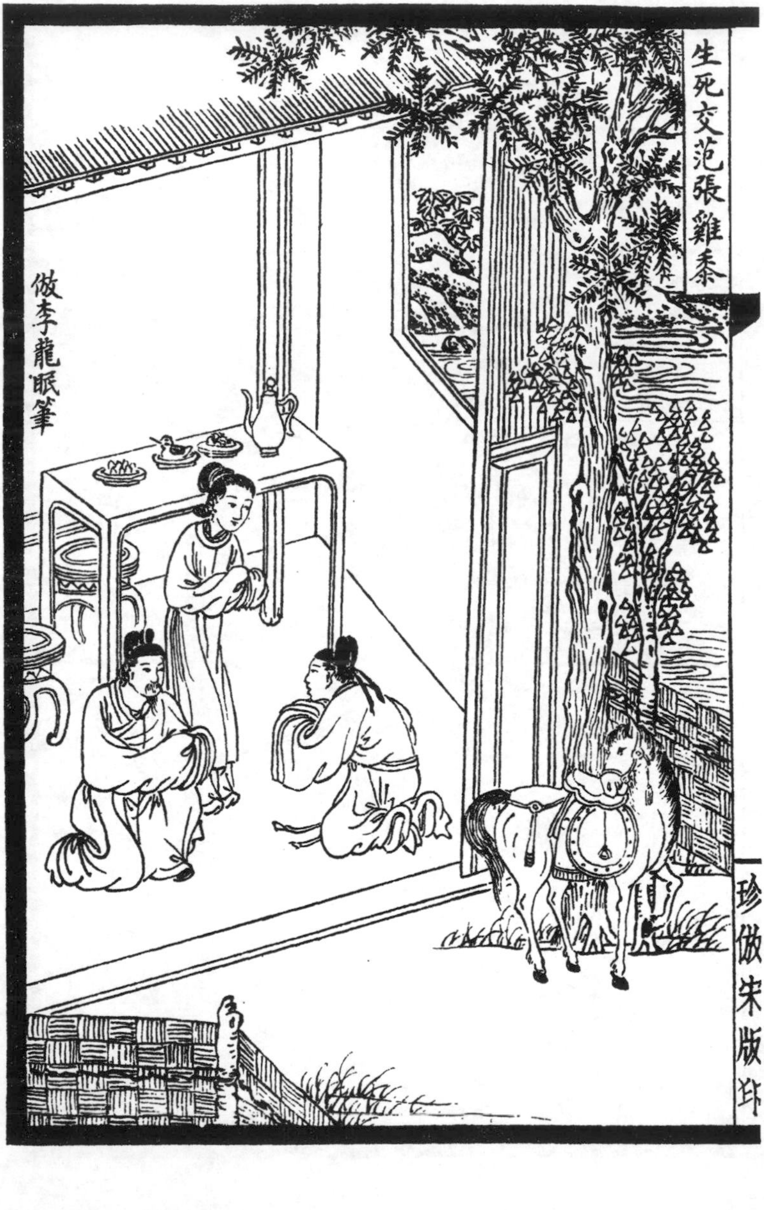
生死交范張雞黍
倣李龍眠筆
珍倣宋版印

死生交范張雞黍雜劇

元　宮大用撰

明吳興臧晉叔校

楔子

〔正末扮范巨卿同沖末扮孔仲山張元伯淨扮王仲略上正末云〕小生姓范名式字巨卿山陽金鄉人也這一個秀士姓張名劭字元伯是汝陽人氏我和元伯結爲死生之交他有老母在堂本不樂於遠遊只因小生勸道今日君聖臣賢正士大夫立功名之秋爲此來就帝學未及數年選居上館聲動朝廷累次辟召皆不肯就蓋因志大恥爲州縣又見諂佞盈朝辭歸閭里這一個秀士是小生同鄉人氏姓孔名嵩字仲山是孔宣聖一十七代賢孫亦同遊學京師這個秀士姓王名韜字仲略洛陽人氏乃天官主爵都尉兼學士判院門下女壻雖無文才同在帝學今知小生與元伯歸鄉故來相別于長亭之上仲山兄弟我和你今日作別不知幾時再得相會〔孔仲山云〕您兄弟做下萬言長策要貢院中獻去爭柰差事在身哥哥可爲兄弟覓個方便央帶的去加一美言咱〔正末云〕你不早說仲略泰山見爲學士判院你將仲山萬言長策獻了可加一美言但得一官半職也是朋友的情弟兄的意〔王仲略云〕將來我看哥哥放心這等文才愁甚麼不做大官仲山不用你去我獨自去與你梢一官來纔顯我的面情我也是個有行止的人〔孔仲山云〕謝了兄弟〔張元伯云〕哥哥今日在此酌別再幾時相會〔正末云〕兄弟今日酌別直至後二年今月今日汝陽莊上拜探老母〔張元伯云〕哥哥您兄弟在家殺雞炊黍等待哥哥相會哥哥你休失信也〔正末云〕兄弟爲人豈敢輕言可不道信近于義言可復也去食去兵不可去信大車無輗小車無軏其何以

行之哉〔唱〕

〔仙呂賞花時〕俺本是義烈堂堂大丈夫況同在成均共業儒聚首數年餘今日個臨岐歸去情憫默意躊躕

〔幺篇〕直等到後歲今朝來探汝參拜白頭堂上母〔張元伯云〕既然肯來赴約呵您兄弟隻雞斗酒等待我的哥哥也〔正末唱〕何必釀雲腴若但殺雞炊黍〔張元伯云〕秖怕路途遙遠不能俺兩個相會到一處〔正末唱〕豈避千里遠程途〔同下〕

〔音釋〕 辟音壁　釀尼降切

第一折

〔丑扮賣酒上詩云〕買賣歸來汗未消上床猶自想來朝為甚當家頭先白日夜思量計萬條小可是個賣酒的在這汝陽鎮店開着酒肆掛上這望子看有甚麼人來〔王仲略扮孤上詩云〕朝為田舍郎暮登搶撞窗跌下獅子來騎上羖羊小官王仲略自從前歲孔仲山所央我與他獻的萬言長策不曾替他出力誰想貢院中有這等利害我見那秀才每做詩文諕得我魂飛天外我連夜將孔仲山的萬言策改了頭尾則做我的文章有我泰山與衆官見了甚喜就除我杭州僉判走馬赴任來到這汝陽鎮一個酒店兒我買兩鍾酒喫拴了馬者小二哥打二百錢腦兒酒來若沒好酒渾酒也罷〔丑云〕官人請坐有酒有酒〔王飲酒科〕〔正末騎馬領家僮上云〕小生范巨卿前歲九月十五日約張元伯汝陽莊上拜探老母依期到此至元伯處尚有數里田地天色早哩去這村中且飲一杯我下的這馬來盤韁兒繫定入的這酒店呀我道是誰原來是仲略賢弟得了官也〔做見科王仲略云〕哥哥你請起污了衣服小官待還禮來則是壽不壓職〔正末云〕賢弟那裏遷除〔王

仲略云〕所除杭州僉破〔正末云〕敢是僉判〔王仲略云〕您兄弟這兩日說話有些兒聲緊〔正末云〕賢弟喜得美除途路之間無以慶賀〔王仲略云〕哥哥你不必巧語這裏有的是海郎打半瓶喫罷〔正末云〕小二哥打二百錢酒來草草權爲作慶〔正末把酒科云〕賢弟滿飲一杯〔王仲略云〕拿甌子來我先喫兩甌〔做喫酒科云〕哥哥我要回你酒待我去看些按酒來〔做背科云〕嗨誰想擯將他來若問起孔仲山的萬言策呵我可怎生支對我如今灌上幾鍾我和他講文他文才高似我萬倍我偷學他幾句到杭州去好和人說〔回云〕哥哥想的兄弟文章到的那裏哥哥才學與在下不同有甚麼名人古書前皇後代哥哥講說些兒小官洗耳拱聽〔正末云〕賢弟你莫非謙乎〔王仲略云〕區區實是不濟不是詐謙〔正末云〕既不謙呵想聖人教人不過仁義禮智孝悌忠信而已足下豈可不知正是以能問于不能以多問于寡自天地開闢以來聖賢相傳之道試聽小生略說一遍咱〔王仲略云〕你說你說不要稍了可瞞不過我〔正末唱〕

〔仙呂點絳唇〕太極初分剖開混沌陰陽運萬物紛紛生意無窮盡

〔王仲略云〕這個我也知道把那三皇五帝從頭至尾你說一遍我聽者〔正末唱〕

〔混江龍〕自天地人三皇興運至軒轅氏纔得垂裳端冕御乾坤總年數三百二十七萬稱尊號一百八十餘君總不如唐虞氏把七政蒐羅成曆象夏后氏把百川平定粒蒸民成湯氏東征西怨文武氏革舊維新周公禮百王兼備孔子道千古獨尊孟子時空將性善說諄諄怎知道歷齊梁無個能相信到嬴秦儒風已滅從此後聖學湮淪

〔王仲略云〕哥哥這些話我也省的這一向我早忘了一半也只是貴人多忘事哥哥你將我朝的故事再說一遍您兄弟聽咱〔正末唱〕

〔油葫蘆〕想高皇本亭長區區泗水濱將諸侯西入秦不五年掃清四海絕烽塵他道是功成馬上無多遜公然把詩書撇下無勞問雖則是儒不坑雖則是經不焚直到孝文朝挾書律蠲除盡纔知道天未喪斯文

〔王仲略云〕哥哥說的是自古道文章好立身着我做官人有人來告狀則要爛精銀〔正末唱〕

〔天下樂〕你道是文章好立身我道今人都為名利引怪不着赤緊的翰林院那夥老子每錢上緊〔王仲略云〕怎見得他錢上緊〔正末云〕有錢的無才學有才學的却無錢有錢的將着金帛干謁那官人每暗暗的衙門中分付了到舉場中各自去省試殿試豈論那文才高低〔唱〕他歪吟的幾句詩胡謅下一道文都是些要人錢諂佞臣

〔王仲略云〕這話傷將我來也哥哥你則狠慵惰懶不以功名為念你這等閑言長語當的甚麼〔正末云〕賢弟也如今人難求仕進〔王仲略云〕怎麼難求仕進〔正末云〕只隨朝小小的職名被這大官人家子弟都占去了赤緊的又有權豪勢要之家三座衙門把的水油不通〔王仲略云〕可是那三座衙門〔正末唱〕

〔那吒令〕國子監裏助教的尚書是他故人祕書監裏著作的參政是他丈人翰林院應舉的是左丞相的舍人〔帶云〕且莫說甚麼好文章〔唱〕

則春秋不知怎的發〔王仲略云〕春秋這的是莊家種田之事春種夏鋤秋收冬藏咱秀才每管他做甚麼〔正末云〕不是這等說是讀書的春秋〔王仲略云〕小生不曾讀春秋敢是西廂記〔正末唱〕周禮不知如何論〔王仲略云〕這的是所行衙門事自下而上的勾當縣裏不理州裏去理州裏不理府上去理俺秀才每管他怎麼〔正末云〕不是這等說是周公制作之書〔王仲略云〕小生也不曾讀這本書不省得〔正末唱〕制詔誥是怎的行文

〔王仲略云〕那兩椿其實不知這椿兒且是做得滑熟那告狀的有原告有被告〔正末云〕一發說到那裏去了賢弟你怎生得這一任官來〔王仲略云〕這是各人的造物你管他怎麼誰不着你學我做官來〔正末唱〕

〔鵲踏枝〕我堪恨那夥老喬民用這等小猢猻但學得些粧點皮膚子曰詩云本待要借路兒苟圖一箇出身他每現如今都齊了行不用別人

〔王仲略云〕哥哥你從來有些多事誰不教你求官應舉去來〔正末云〕我去不得〔王仲略云〕誰攔着你來去不得〔正末唱〕

〔寄生草〕將鳳凰池攔了前路麒麟閣頂殺後門便有那漢相如獻賦難求進賈長沙痛哭誰偢問董仲舒對策無公論便有那公孫弘撞不開昭文館內虎牢關司馬遷打不破編修院裏長蛇陣

〔王仲略云〕俺雖然文章塌撒也是各人的福分如今都是年紀小聰明的做官也〔正末云〕正是年紀小麼〔唱〕

〔幺篇〕口邊廂妳腥也猶未落頂門上胎髮也尚自存生下來便落在那爺羮娘飯長生運正行着兄先弟後財帛運又交着夫榮妻貴催官運〔王仲略云〕哥哥你如今雖有文章可也學不的俺這爲官的受用快活俺端的軃蹤不離了朝門裏〔正末唱〕你大拚着十年家富小兒嬌也少不的一朝馬死黃金盡

〔六幺序〕您子父每輪替着當朝貴倒班兒居要津則欺瞞着帝子王孫猛力如輪詭計如神誰識您那一夥害軍民聚斂之臣〔王仲略云〕哥哥俺雖年紀小那一夥做官的箇箇都是棟梁之材〔正末唱〕現如今那棟梁材平地上剛三寸你說波怎支撑那萬里乾坤〔王仲略云〕俺許多官人怎生無一個棟梁之材似我才學也勾了哥你也少說少說〔正末云〕有有有〔唱〕都是些裝肥羊法酒人皮囤一個個智無四兩肉重千斤

〔幺篇〕這一夥魔軍又無甚功勳却着他畫戟朱門列鼎重裀赤金白銀翠袖紅裙花酒盈樽羊馬成羣有一日天打算衣絶祿盡下場頭少不的吊脊抽筋〔王仲略云〕哥哥何必致怒你這等猥惰慵懶有甚麼好處〔正末唱〕小子白身樂道安貧覷此輩何足云云滿胸襟拍塞懷孤憤將雲間太華平吞〔王仲略云〕好大口也〔正末云〕賢弟且略別〔王仲略云〕正歡喜飲酒可那裏去〔正末云〕前歲也有你來約定元伯莊上赴會去〔王仲略云〕哦我記得了哥哥你饞嘴爲那一隻雞半碗飯幾鍾酒如今要走一千里路哩〔正末云〕大丈夫豈爲餔啜而已大剛來則是赴一信字〔唱〕

想爲人怎敢言而無信〔王仲略云〕哥哥爲人不要老實還是說幾句謊兒好就失信使怎的〔正末云〕大丈夫若失了信呵〔唱〕枉了咱頂天立地束髮冠巾〔王仲略云〕我長這麽大纔失了一個信兒〔正末云〕小二哥還你二百文酒錢〔王仲略云〕哥哥你若赴雞黍會就帶小弟同去如何〔正末云〕既然賢弟要去其路也不背同往赴會去便了〔同下〕〔老旦扮卜兒同張元伯上詩云〕花有重開日人無再少年休道黃金貴安樂最值錢老身姓趙夫主姓張不幸夫主蚤年身亡止留下這孩兒與山陽范巨卿爲友情堅金石終始不改因見豺狼當道告歸閭里却早二年光景也〔張元伯云〕母親今日是九月十五日前歲哥哥約定今日來拜探母親俺如今可殺雞炊黍等待哥哥者〔卜兒云〕孩兒二年之後千里之途怎生便信的他〔張元伯云〕母親俺哥哥是至誠君子必不失信〔卜兒云〕孩兒既是這等呵我如今便安排下雞黍你去門外望一望來〔張元伯云〕理會得我出的這門來怎生這早晚不見俺那哥哥來也〔正末領家僮上云〕小生范巨卿可早來到也家僮接了馬者〔做相見科正末云〕兄弟我來了也〔張元伯云〕語未懸口哥哥真個來了千里之途驅馳不易〔正末唱〕

〔金盞兒〕想二載隔音塵千里共消魂〔張元伯云〕我則道哥哥不來赴會也誰想有今日〔正末唱〕我恨不的趁天風飛出山陽郡想弟兄的情分痛關親我特來升堂重拜母尊酒細論文當初若不因雞黍約今日個誰識俺志誠人

〔云〕兄弟有王仲略得了官他同我到此〔王仲略云〕哥哥你也等我一等〔正末云〕我在此等候哩元伯與相公相見咱〔張元伯云〕請進賀相公千萬之喜二位哥哥受小生兩拜〔拜科王做受

科云〕免禮免禮小官欲待還禮來一了說壽不壓職〔張元伯云〕是是是〔正末云〕請起請起元伯請母親拜見咱〔張元伯云〕母親在草堂哥哥喒和您進去見來〔做進拜卜兒科〕〔卜兒云〕巨卿千里赴會真乃信士也〔正末云〕山陽一介寒儒荒疎愚野孤陋寡聞謝老母不擇我和兄弟元伯結爲死生之交此德此恩生死難忘〔卜兒云〕孩兒你說道今日哥哥決來赴會真箇來到這一句話何其有準也〔正末唱〕

〔醉中天〕母親道一句話何其準您孩兒不錯了半箇時辰〔卜兒云〕孩兒將那村酒雞黍飯來與哥哥喫〔做擺設科〕〔正末唱〕小子心真你更真〔張元伯云〕哥哥俺有甚麽真處〔正末唱〕你却早備下美饌餚下佳醞〔云〕家僮將來山陽淮楚之地別無異物新鮓數包新橙百枚黃絲絹一疋荊婦親手自造萬望老母笑納爲幸〔卜兒云〕何勞如此重意〔正末唱〕量這些些輕人事您孩兒別無甚孝順〔卜兒云〕感承重禮孩兒將酒來〔正末唱〕何須母親勞頓〔卜兒云〕巨卿生受您遠路風塵也〔正末唱〕您孩兒有多少遠路風塵

〔王在外做怒科云〕你每說到幾時早不是臘月裏不凍下我孤拐來〔正末云〕呀忘了仲略兄弟在外廂了〔卜兒云〕有請有請〔王進堂科正末云〕相公是杭州僉判〔卜兒拜科云〕相公請〔王仲略云〕老母免禮免禮我待要還禮來壽不壓職小官在京師也帶了些人事來送老母〔做取喬砌末科正末云〕母親您兒與荊州刺史相約定赴會不敢失信來日五更便行恐晚間酒後不能拜別老母受孩兒幾拜咱〔拜科卜兒云〕你寬懷飲數杯我親自執料去〔下〕〔正末云〕賢弟將過酒餚來吾等對此佳景可以散心儘歡竟暮來日爲別〔唱〕

〔金盞兒〕就着這黃菊吐清芬白酒正清醇相逢萬事都休問想咱人則是離多會少百年身〔張元伯云〕將黍飯來〔做食科正末唱〕烹雞方味美炊黍恰嘗新我做了箇急喉嚨陳仲子你便是大肚量孟嘗君〔王仲略云〕我們飲不多幾鍾早天色明了也行人貪道路哥哥慢行您兄弟先行哥哥您兄弟無伴當于道路上自做飯吃這些果子下飯您兄弟將去路上噻他耍子〔做取按酒放唐巾內戴上揭衣服取竹筒裝酒科下〕〔張元伯云〕哥哥今年已過到來年九月十五日您兄弟到哥哥宅上赴雞黍會來〔正末云〕兄弟你若來時休到山陽至荊州郭外尋問我來尊堂前不敢驚擾了〔張元伯云〕哥哥咱和您幾時進取功名去〔正末云〕男子漢非不以功名為念那堪豺狼當道不如只在家中侍奉尊堂兄弟您豈不聞盡忠不能盡孝哩〔唱〕

〔賺煞〕禮義乃國之綱孝悌是人之本修天爵其道自尊遶溪上青山郭外村您與我賸養此不值錢狗彘雞豚每日家奉萱親笑引兒孫便是羲皇以上人〔張元伯云〕哥哥若有人舉薦我呵去也不去〔正末唱〕便有那送皇宣叩門聘玄纁訪問且則可掩柴扉高枕臥白雲〔同下〕

〔音釋〕 秸音吉 貍音里 蒐音搜 長音掌 謅音鄒 長音丈 行音杭 別皮耶切 分去聲 囤音頓 重平聲 華去聲 餔音逋 啜樞說切 趁嗔去聲 鎪又搜切 噻腮上聲 纁音薰 白巴埋切

第二折

〔卜兒同旦兒倈兒扶張元伯抱病上元伯云〕小生張元伯自從與哥哥相別之後未經一載不料

染起疾病百般醫藥不能療理眼見的我這病覷天遠入地近無那活的人也大嫂趁我精細囑付你咱母親也近前〔卜兒云〕孩兒也精細者〔張元伯云〕母親我死之後多留幾日待巨卿哥哥來主喪下葬我靈車動口眼閉若哥哥不到休想我靈車動母親我這會昏沈上來扶著我者大嫂好覷當母親看我那孩兒者呵〔詩云〕淚盈盈遺囑自嗟咨意遲遲懷恨漫尋思荊釵婦好覷青春子白頭母先哭少年兒〔做死科下〕〔卜兒云〕孩兒亡了則被您痛殺我也〔旦兒云〕兀的不痛殺我也〔卜兒云〕孩兒今日囑付的話要等他哥哥來主喪下葬千里程途怎生便得箇書信到他那裏我且將孩兒停在棺函裏過了七日之後選日辰埋葬孩兒元伯則被你痛殺我也〔同下〕〔外扮五倫引祗從上詩云〕龍樓鳳閣九重城新築沙堤宰相行我貴我榮君莫羨十年前是一書生老夫覆姓第五名倫字百愈乃京兆長陵人也自漢光武建武元年曾為京兆尹專領長安事某平生公直廉介市無姦枉後補淮陽王為醫工長淮陽入朝某隨官屬得見光武問以政事某因應對帝遂大悦明日復特召入與語至夕以某為扶夷長未曾到任尋拜會稽太守為政清而有惠百姓愛之至明帝卽位改元永平遷某為蜀郡太守至十八年拜為司空今為吏部尚書奉聖人的命為因選法弊壞國學書生多有托故還鄉不肯求進況兼各處山間林下賢人君子多有隱跡埋名將賢門閉塞聖人着小官于荊州等處採訪各州縣若有能文會武棟梁之材選取入朝量材擢用某到荊州經年半載並不見合屬郡縣所舉人材小官近聞一人乃山陽金鄉人姓范名式字巨卿此人原是國子監生正為選法不明告辭還鄉還葬父母隱于此處閉戶讀書與官府絕交某累次遣人持書辟召皆不肯就老夫今日閑暇將印信牒與佐貳官不避驅馳就范式宅中親自訪問此人若肯為官便當薦之朝中作柱石之臣也見老夫一點為國求賢的意思左右那裏將馬來則今日至

范式宅中相訪走一遭去也呵〔下〕〔正末引家僮上云〕小生范巨卿自離了山陽來到這荊州郭外閉戶讀書與官府絕交肯本郡太守是第五倫累次聘小生爲掌吏功曹此意雖善爭奈這豺狠當道不若隱居山林爲得吾聞仲尼有言邦有道則仕邦無道則卷而懷之正今日也〔唱〕

〔南呂一枝花〕天不生仲尼萬古如長夜秦灰猶未冷漢道復衰絕滿目姦邪天喪斯文也今日個秀才每遭逢着末劫有那等刀筆吏入省登臺屠沽子封侯建節

〔梁州第七〕如今那蕭丞相爭頭鼓腦便有那魯諸生也索緘口藏舌將古今人物分優劣爲吏者矜誇顯達爲儒者賣弄修潔舜庭八凱孔門十哲更和那漢國三傑況中興以後三絕如今那憲臺疎亂滾滾當路豺狼選法弊絮叨叨請俸日月禹門深眼睜睜不辨龍蛇紀綱敗缺炎炎的漢火看看滅士大夫尙風節恰便似寸草將來撞巨鐵柱自摧折

〔第五倫上云〕說話中間可早來到也左右那裏接了馬者家僮報復去有第五倫特來相訪〔家僮報科云〕有五丞相在于門首〔正末云〕你可不早說〔唱〕

〔隔尾〕見高車來俺只索倒屣連忙接〔第五倫云〕老夫非私來奉聖人的命特來敦請賢士〔正末唱〕聽的道君命至越着俺披襟走不迭〔云〕相公有請〔第五倫云〕老夫久聞賢士大名如雷貫耳今得一覩實爲三生之幸願賢士早脫白衣同朝帝闕〔正末云〕小生墮落文章似賣着一件物事不能出手〔第五倫云〕似賣着甚物事〔正末唱〕賣着領

雪練也似狐裘赤緊的遇着那熱但得本錢兒不折上手來便撇〔第五倫云〕老夫特來沽之〔正末唱〕本待要求善價而沽諸爭奈這行貨兒背時也

〔第五倫云〕賢士休這般說你自不肯進取功名想自古至今運去運來一進一退從來有之何必拘拘然以掛冠爲高捧檄爲屈哉〔正末唱〕

〔牧羊關〕想當日那東都門逢萌冠不掛〔第五倫云〕賢士何不學那朱雲折檻〔正末唱〕長朝殿朱雲檻不折〔第五倫云〕靈輒一飯必酬真乃壯士也〔正末唱〕桑樹下食椹子噎殺靈輒〔第五倫云〕孫叔敖舉于海濱位至上卿〔正末唱〕滄海上孫叔敖乾受苦十年〔第五倫云〕管夷吾霸諸侯一匡天下〔正末唱〕囹圄內管夷吾枉餓做兩截〔第五倫云〕賢士你只學那張子房功成之後棄職歸山也不遲哩〔正末唱〕赤松嶺張子房迷了歸路〔第五倫云〕豈不見范蠡霸越泛舟五湖〔正末唱〕洞庭湖范蠡爛了椿橛〔第五倫云〕那殷伯夷採薇甘餓首陽他自有故〔正末唱〕首陽山殷伯夷撐的肥胖〔第五倫云〕那楚屈原終日獨醒投江而死何足道哉〔正末唱〕汨羅江楚三閭醉的來亂跌

〔第五倫云〕賢士乃儒門俊秀藝苑菁華何苦屈節于芸窗甘心于茅舍依老夫之言只當進身顯耀建立功名纔是正理〔正末云〕量小生有何才能敢當相公舉薦〔唱〕

〔隔尾〕我待學踰垣的段干木非爲慠垂釣的嚴子陵不是呆枉了您個閑閣公孫弘到茅舍〔第五倫云〕傅說板築高宗封爲太宰豈非古今盛事〔正末

唱〕量小生才不及傅說〔第五倫云〕據賢士之才斷不在蒯徹之下〔正末唱〕辯不及蒯徹〔第五倫云〕賢士老夫此一來專是徵聘賢士爲官〔正末唱〕我只怕進退無名着人做笑話兒說

〔正末做睡科第五倫云〕賢士睡着了也老夫且去那古樹之下賞翫一迴家僮等你主人醒時我老夫再來攀話〔下〕〔張元伯上云〕小生張元伯自從與范巨卿哥哥相別不幸死歸冥路小生曾有遺言有巨卿哥哥到方可主喪下葬我這靈車便動口眼也閉哥哥若不來休想這靈車動況老母年高妻嬌子幼倚門而望千里之途怕哥哥不知今日日當午托一夢與哥哥說知詳細可早來到也〔叫科云〕巨卿哥哥〔正末做醒科云〕正思想元伯不期來到〔唱〕

〔罵玉郎〕這些時平安信斷連三月我正心緒不寧貼猛聽的家僮報喜高聲說俺兄弟在那裏我與你親自接〔做見科唱〕不由人添歡悅

〔感皇恩〕兄弟你煞是千里途賒自從咱兩處離別〔張元伯云〕哥哥你靠後你豈知我心中煩惱也〔正末云〕兄弟怎這般煩惱〔唱〕阻隔着路迢遙山遠近水重疊〔張元伯云〕哥哥靠後些〔正末唱〕我這裏迎門兒問候他將我躲閃藏遮咱兩箇爲朋友比外人至親熱

〔云〕兄弟有請〔張元伯云〕哥哥你靠後些〔正末唱〕

〔採茶歌〕我恰待向前些他把我緊攔截〔張元伯遮面云〕哥哥靠後些〔正末唱〕只見他摺回衫袖把面皮遮〔張元伯云〕哥哥你豈知我心中煩惱〔正末云〕兄弟

〔唱〕既然道有事關心能哽咽怎這般無言低首謾傷嗟〔張元伯云〕您兄弟特來探望哥哥〔正末唱〕

〔哭皇天〕你既是肯相探多承謝〔張元伯云〕我見了哥哥面便回程也〔正末唱〕便回程因甚也〔張元伯云〕您兄弟就此回去了也〔正末云〕那裏去〔唱〕把書房門忙閉上〔做扯張科唱〕將衣袂緊揪揝〔張元伯云〕哥哥放手你是生魂我是鬼魂您兄弟死了也〔正末哭科唱〕誰想你今番今番命絕想着俺同堂學業同舍攻書指望和你同朝帝闕同建功名你如今四旬不到一事無成拋離老母割捨妻男怎下的撇了您歹哥哥歹哥哥死去也這回相見今番永別〔做哭科云〕兄弟我和你幾時再得相見也呵〔唱〕

〔烏夜啼〕咱兩個再相逢似水底撈明月把咱這弟兄情一筆勾絕〔張元伯云〕您兄弟臨亡時曾有遺言囑付老母多停我幾日等哥哥來主喪下葬哥哥若不到時我靈車不動不入墳坵不期老母選後五日出殯家中老母年高妻嬌子幼無處所托則望哥哥照顧老母和那妻子便是俺朋友的情分〔正末唱〕把平生心叮嚀說你可便不必喋喋少住些些〔張元伯推末科云〕哥哥休推睡裏夢裏〔下〕〔正末唱〕元來是破莊周一枕夢蝴蝶〔云〕呀元來是一夢家僮多早晚也〔家僮云〕午時了也〔正末唱〕正日當卓午非夤夜〔歎科云〕可惜元伯一代奇才不能遂志〔唱〕命矣夫斯人也閃的這老親無子幼子無爺

〔做悲科云〕兄弟元伯不痛殺我也〔第五倫上云〕老夫正撫古樹盤桓片時則聽的草堂上賢士舉哀不知爲何〔見科云〕賢士因何舉哀〔正末云〕相公恕罪兄弟張元伯亡了因此上舉哀〔第五倫云〕可惜可惜寄書的人在那裏〔正末云〕無人寄書信來〔第五倫云〕既無書信你怎知張元伯亡了也〔正末云〕相公不知小生平昔與汝陽張元伯結爲生死之交恰纔與相公談話覺一陣昏沈元伯夢中來報因病而亡于後五日下葬專等小生去老母妻子在家悲望小生便索長行也〔第五倫云〕賢士差矣你平日間思想你兄弟所以做這等夢俗話說夢是心頭想此事真假未辨敢是甚麼邪神外鬼問你討祭祀來麼〔正末云〕相公俺兄弟決不失信小生持服掛孝便索奔喪去也〔唱〕

〔三煞〕奠楹夢斷陰風冽薤露歌殘慘日斜他從來正性不隨邪凜凜英雄神道般剛明猛烈〔第五倫云〕多嗜是邪神外鬼問你討祭祀不可深信〔正末唱〕他豈似餓鬼暮饕餮他恰纔白日分明顯化者我問甚麼是耶非耶

〔云〕家僮我囑付你咱〔唱〕

〔二煞〕怕少盤纏立文書問隔壁鄰家借怕無布絹將現錢去長街上鋪內截〔第五倫云〕既然賢士要去奔喪弔孝就將小官的從馬與賢士代步意下如何〔正末云〕多謝了〔唱〕乘騎的鞍馬相公賒〔第五倫云〕賢士幾時回來〔正末唱〕則這千里程途至少呵來回得二月他既值凶事我問甚麼勳業〔第五倫云〕小官欲待薦舉賢士爲掌吏功曹也〔正末唱〕這掌吏功曹那箇名缺請相公別尋

箇有政事豪傑

〔第五倫云〕賢士你二人相交怎這般深厚也〔正末唱〕

〔黃鍾尾〕俺弟兄比陳雷膠漆情尤切比管鮑分金義更別張元伯性忠烈范巨卿信士也半世交一夢絕覺來時淚流血寸心酸五情裂咱功名已不藉到來朝避甚些披殘星帶曉月衝寒風冒凍雪披喪服拽轝車築墳坵蓋廬舍種松楸蔭四野那其間尚未捨猛思量在時節我和他一處行一處歇戚同憂喜同悅生同堂死同穴到黃昏廝守者據平生心願徹着後人向墓門前高聳聳立一統碑碣〔第五倫云〕賢士碑碣上可寫着甚麼那〔正末唱〕將俺這死生交范張名姓寫〔下〕

〔第五倫云〕賢士去了也此一事未審虛實一壁廂着人打聽果若有此事老夫自有主意左右將馬來且回私宅去也〔詩云〕世人結友須黃金黃金不多交不深直待巨卿親葬張元伯方表悠悠生死心〔下〕

〔音釋〕累上聲　思去聲　絕藏靴切　節音姐　舌繩遮切　劣閭夜切　潔饑也切　哲長蛇切　傑其耶切　月魚夜切　缺區也切　滅迷夜切　折繩遮切　接音姐　迭音爹　熱仁蔗切　撇偏也切　輒張蛇切　圄音吾　圉音語　截藏斜切　撅渠靴切　汨音密　跌音爹　菁音精　呆音爺　悅魚夜切　徹昌偖切　說書惹切　貼湯也切　別邦也切　疊音爹　摺音執　咽衣也切　撦昌惹切　別邦也切　喋音爹　蝶音爹　冽郎夜切　薤音械　烈郎夜切　饕湯也切　從去聲　業音夜　切音且

也音耶　血希也切　裂耶夜切　雪須也切　轝音餘　歇希也切　穴胡靴切　者
音遮　碣其耶切

第三折

(卜兒同旦兒俫兒衆街坊駕轝車上卜兒云)老身張元伯母親自從孩兒亡化却早過了七日他臨亡時囑付下直等范巨卿哥哥來主喪下葬許多程途又無人寄封信去今日是個好日辰且安葬了等他哥哥來祭奠也無妨(衆街坊云)婆婆這轝車不肯行拽不動了也(卜兒云)再幫上幾個親眷拽一拽(衆做拽不動科云)又添上許多人越發拽不動了(卜兒云)衆位不知他臨終時分付下幾句言語直等待范巨卿哥哥來靈車動他纔肯入壙坵只是千里路途怎生便得他來(衆街坊云)俺衆人拽不動老人家你看着俺衆人且回家裏吃了飯再來拽(下)(正末騎馬上云)小生范巨卿今來與元伯奔喪弔孝一路上好是淒涼也呵(唱)

(商調集賢賓)兄弟也我和你二十年死生交同志友咱兩個再相見永無由一靈兒伴孤雲冥冥杳杳趁悲風蕩蕩悠悠恨不的摔碎我袖裏絲鞭走乏我坐下驊騮兄弟也為你呵整整的三晝夜水漿不到口沿路上幾曾道半霎兒停留身穿的絲麻三月服心懷着今古一天愁

(云)這正是心急馬行遲再加上幾鞭者(唱)

(逍遙樂)打的這馬不剌剌風團兒馳驟百般的抹不過山腰盼不到地頭知他那裏也故塚新坵仰天號哭破咽喉更那堪樹梢頭陰

風不住吼恰荒郵雪霽雲收猛聽的哭聲哽咽遙望見旛影飄揚眼見的滯魄夷猶

（云）遠遠的聽見許多人鬧莫非是元伯的靈柩呀只見一首旛上面有字寫着道張元伯引魂之旛元來果有此事（下馬至車前哭科卜兒云）原來是巨卿哥哥來了知他是睡裏也那是夢裏（一正末唱）

〔金菊香〕三生夢斷九泉幽兄弟也誰想你一日無常萬事休（卜兒云）哥哥許多人拽不動這靈柩（正末云）這靈車不動呵（唱）莫不爲尊堂妻子留這三件事我索承頭你身亡之後不須憂

（做哭科云）兄弟兀的不痛殺我也（衆街坊云）巨卿省煩惱（正末云）母親安排祭祀來小生于路上思想兄弟做了一通祭文祭祀兄弟咱（祝云）維永平元年歲次戊午十月癸亥朔越五日丁卯不才范式謹以清酌庶饈致祭于張元伯靈柩之前維公三十成名四十不進獨善其身專遵母訓至孝至仁無私無遜功名未立壯年壽盡吁嗟元伯魂歸九泉吾今在世若蒙皇宣將公之德薦舉君前門安綽楔墓頂加官二人爲友萬載期言嗚呼哀哉伏惟尚享（做哭科唱）

〔梧葉兒〕舉孝廉曾三聘論文才第一流我道你不拜相決封侯正滄海魚龍夜趁西風鵰鶚秋此一去不回頭好教我這煩惱越感的天長地久

（云）你衆人打開棺函我試看咱（卜兒云）哥哥不可已死過許多時則怕屍氣撲着你也（正末云）母親便有屍氣撲死我我和我兄弟一處埋葬更好哩（衆開棺正末看跌倒科唱）

〔掛金索〕我見他皮殼骷髏面色兒黃乾乾渾消瘦恰便似刀攪我這心腸痛殺殺難禁受恨子恨這個月之間少個人來問候早知你病在膏肓我可便捨性命將伊救

〔卜兒云〕哥哥千里之途不曾有信哥哥你便怎生知道來〔正末云〕您孩兒正在草堂上與第五倫大人談話覺一陣昏沈見兄弟來托一夢所說身死一事忽然醒來乃是一夢因此上您孩兒星夜前來俺兄弟先有顯應也〔卜兒云〕這等異事古今少有哥哥你試說一遍咱〔正末唱〕

〔村裏迓鼓〕兄弟也不爭你在黃泉埋沒却教我在紅塵奔走想着那世人幾個能全德更幾人全壽可惜你腹中大才胸中清氣都做了江山之秀閃的我急急如漏網魚呀呀似失羣鴈忙忙似喪家狗〔云〕只這一夢呵〔唱〕不由人不痛心疾首

〔卜兒云〕除了做夢一節還有顯應麼〔正末唱〕

〔元和令〕數日前落長星大似斗流光射夜如晝原來是喪賢人地慘共天愁空餘下劍掛盡汝陽城外柳則這青山一帶也白頭滿街人兩淚流

〔衆街坊云〕巨卿上千的人拽不動靈車誰想有這等靈驗〔正末唱〕

〔上馬嬌〕休道是人一舟便有那力萬牛百般的拽不動轝車軸〔帶云〕兄弟〔唱〕則你那陰魂耿耿將咱候志已酬將你那靈聖暫時收

〔衆街坊云〕好大風也〔正末唱〕

〔遊四門〕踈剌剌陰風吹過冷颼颼支生生頭髮似人揪靜悄悄荒
林曠野申時候昏慘慘落日墜城頭早亂紛紛寒鴈下汀洲
〔勝葫蘆〕都做了野草閑花滿地愁你爲甚不肯上墳坵枉教那一
二千人都落後這的是誰親誰舊誰薄誰厚〔帶云〕兄弟也〔唱〕不能勾
相守到白頭
〔云〕再將酒來我與兄弟澆奠咱〔唱〕
〔後庭花〕祭酒奠到五六斗輓詩吟到十數首可惜耗散了風雲氣
沈埋了經濟手咱兩個論交遊不在諸人之右播聲名横宇宙吐虹
霓貫斗牛臥白雲商嶺頭釣西風渭水秋笑嚴光傲許由到如今一
筆勾
〔云〕兄弟你今日下葬呵〔唱〕
〔青哥兒〕雖不曾功名功名成就早已將世情世情參透覷的個一
介寒儒過如萬戶侯既今日歸休人死不終留咱意氣相投你知我
心憂來歲到神州將高節清修向白玉堦前拜冕旒我與你叮嚀奏
〔柳葉兒〕呀似這般光前裕後一靈兒可也知不〔云〕兄弟你若有靈聖跟
您哥哥到墳頭去來若無靈聖只似這般拽不動者〔做拽靈車科唱〕我親身自把靈車扣
〔衆街坊云〕異事你看靈車行動了也〔正末唱〕一來是神明祐二來是鬼推軸〔云
〕兄弟跟我來跟我來〔唱〕我與你扢剌剌直拽到墳頭

〔衆街坊云〕可早來這墳院中埋了這棺槨一壁厢掩土燒紙燒紙〔做葬科卜兒云〕下了葬了停當了也哥哥咱和你回去來〔正末唱〕

〔醋葫蘆〕母親你伴魂旛即便回孀子共姪兒休落後〔謝辭衆科唱〕我這裏謝相識親友省僝僽我今夜只伴着衰草白楊在這墳院宿〔衆街坊云〕巨卿他的親眷都家去了你沒來由倒在這裏歇〔正末云〕我不爲別的〔唱〕自恨我奔喪來後又不是沽名弔譽沒來由

〔卜兒云〕哥哥你三晝夜不曾歇息你若不回家去呵老身也不回去〔正末唱〕

〔么篇〕待不去呵逆不過這老母情〔云〕着兄弟說不甫能盼得你來守不的我一夜〔唱〕待去呵我又怕應不得兄弟口想着俺那對寒窗風雨幾春秋則落得墓門前一杯澆奠酒從今別後要相逢則除是枕蓆間夢黃昏雞報曉五更頭

〔衆街坊云〕巨卿咱且回去改日再來〔正末云〕衆位你不知元伯在墳院中一年四季怎生捱這等淒楚〔衆街坊云〕他是個死人這一年四季曉得甚麼淒涼〔正末唱〕

〔么篇〕到春來怎聽那杜鵑啼山月曉到夏來怎禁那亂蟬聲暮雨收到秋來怎聽那寒蛩啾唧泣清秋到冬來你看那寒鴉萬點都在老樹頭這幾般兒經年依舊漫漫長夜幾時休

〔衆街坊云〕巨卿天色晚了也咱回去來〔正末唱〕

〔高過浪來裏〕則被你君章子徵將我緊追逐並不曾厮離了左右

今日不得已且隨衆還家到來日絶早到墳頭道是我與你廬墓丁憂這一片心雖過當果無虛謬更那堪朔風草木偃落日虎狼愁覷了這四野田疇三尺荒圻魂魄悠悠誰問誰瞅〔帶云〕兄弟〔唱〕空着我欲去也傷心再回首

〔卜兒云〕巨卿我豈知元伯孩兒撇了老身幷媳婦兒先去了也〔正末唱〕

〔隨調煞〕可憐朱顏妻未老青春子年幼撇下個白頭老母正堪憂眼中淚和我心上愁這兩般兒合輳做一江春水向東流〔同下〕

〔音釋〕撒音洒　剌音辣　號平聲　邨與村同　楔音屑　骷音枯　髏音婁　禁平聲　肓音荒　軸直由切　過平聲　不甫鳩切　孱鋤山切　僽音驟　宿羞上聲　當去聲

第四折

〔第五倫領祗從上云〕小官第五倫自從范巨卿與張元伯奔喪去了我隨着人打聽果有此事他如今現在墳院中栽松種柏築壘墳牆早巳百日有餘也老夫在聖人前奏過言巨卿至仁至德古今無比就着老夫將頭踏傘蓋皇宣丹詔直至汝陽元伯墳內徵聘此人臨朝加官賜賞又着老夫順帶玄纁丹詔隨路有高才大德的即便舉入朝中重用老夫既奉朝命不敢久停久住直至汝陽徵聘巨卿走一遭去來〔下〕〔正末上云〕自從元伯亡過小生在這墳院中栽松種柏壘墓修墳却早過了百日光景〔詩云〕元伯蕭然一命亡有才無壽兩堪傷妻夫鏡裏鸞孤影朋友叢中鴈失行三尺素絲書姓字一堆黃土蓋文章晚來不敢高聲哭只恐猿聞也斷腸〔唱〕

〔中呂粉蝶兒〕直哭的山月蒼蒼野猿啼老松枝上滿郊祠風捲白

楊弔英魂歌楚些=不勝悲愴若不是築室居喪枉惹的黃泉下故人失望

〔醉春風〕我只待壘高塚臥麒麟栽長松引鳳凰〔云〕人都道自古及今那得兄弟廬墓禮來〔唱〕這死生交金石友至誠心怎道的謊謊今日箇浮坵有朝得志我將你依時改葬

〔紅繡鞋〕我若是爲宰爲卿爲相〔帶云〕元伯也〔唱〕我與你立石人石虎石羊撇下個九歲子四旬妻八十娘另巍巍分一宅小院高聳聳蓋一座萱堂我情願奉晨昏親侍養〔第五倫驟馬兒引祗從孔仲山上云〕老夫第五倫是也奉聖人的命與范巨卿加官賜賞說話中間可早來到也令人接了馬者〔正末云〕只見遠遠的一簇人馬來到這墳前不知爲何〔唱〕

〔石榴花〕我則見蕩晨光一道驛塵黃鬧炒炒人馬扣墳牆〔做見五倫科唱〕我這裏曲躬躬叉手問端詳〔第五倫云〕奉聖人的命採訪賢士來〔正末唱〕道當今聖上訪問賢良〔第五倫云〕賢士接了宣詔者〔正末唱〕聽的道接皇宣諕的我魂飄蕩〔第五倫云〕快脫了喪服〔正末唱〕脫喪服手脚張狂〔第五倫云〕昔日文王訪太公于磻溪立周朝之政賢士比太公何別〔正末唱〕我又不曾映斜陽垂釣磻溪上怎生墳院裏遇着文王〔第五倫云〕賢士今日加官賜賞便好道崢嶸有日奮發有時〔正末唱〕

〔鬪鵪鶉〕人都道我暮景桑榆合有些=崢嶸氣象可正是樂極悲生

今日個泰來否往〔第五倫云〕爲你在此築壘墳牆栽松種柏百日有餘小官奏知聖人特來宣命〔正末唱〕壘築了這五六板墳牆奏與帝王又不曾學傅說作楫爲霖誤陛下眠思夢想〔第五倫云〕賢士不可遲延怠慢便索臨朝同見聖人去來〔正末唱〕

〔上小樓〕過舉他門下侍郎落保了也朝中宰相〔第五倫云〕因賢士高才大德舉薦爲官〔正末唱〕有甚麽孝廉方正德行才能政事文章〔第五倫云〕若得賢士爲官黎民有望也〔正末唱〕怎消的一方之地百萬生靈將咱倚仗〔第五倫云〕賢士您有尹鐸之才當以重用〔正末唱〕我又無尹鐸才怎生保障〔第五倫云〕請賢士上馬〔正末云〕念吾弟威靈可表苑式丹誠本來廬墓但朝廷有詔禮不容違苟得志于朝必不使吾弟湮滅九泉之下〔做辭墓科〕〔第五倫云〕祗從人擺開頭踏慢慢的行〔孔仲山喝云〕避路〔正末唱〕

〔幺篇〕列旌旗一望中擺頭踏半里長我則見馬前虞候志氣昂昂狀貌堂堂問姓名是故人別來無恙〔云〕那喝道的敢是孔仲山麽〔孔仲山云〕然也〔正末驚問云〕呀兄弟你怎做馬前一卒〔孔仲山云〕因爲王韜賴了我萬言長策所以不能爲官您兄弟該當馬前虞候的身役哥哥您請穩便〔正末唱〕我怎敢恰爲官貴人多志〔第五倫云〕賢士他是何人〔正末云〕相公不知此人是孔宣聖一十七代賢孫孔仲山是也這秀才文章勝在下十倍被判院門下女壻王韜賴了他萬言長策以此不能爲官〔第五倫云〕便着人拿王韜來我奏知聖人依律重責賢士想王韜這廝則待閉塞賢門情理可惡〔正末云〕相公據

孔仲山之才當以重用〔第五倫云〕既然賢士說孔仲山才德過人小官順帶有玄纁丹詔在此就着孔仲山受了宣詔俺三人一同上馬見聖人去來〔正末云〕既如此賢弟你可脫了衣服換了朝章者〔孔仲山做換衣服科〕〔正末唱〕

〔十二月〕忙換了麻衣布裳便穿上束帶朝章拜受了玄纁一箱跪聽了丹詔十行〔第五倫云〕孔仲山您望闕謝了聖人的恩者〔正末唱〕面朝着東都洛陽三舞蹈頓首誠惶

〔堯民歌〕多謝你荊州太守漢循良舉薦我布衣芒屩到朝堂死生交端不比孫龐清廉吏須當効龔黃行藏行藏暗酌量也不是咱虛謙讓

〔第五倫云〕范巨卿爲你高才大德信義雙全老夫奏聖人的命與賢士加官賜賞〔正末唱〕

〔耍孩兒〕愧微臣勅賜加官賞〔帶云〕只是張劭呵〔唱〕他未霑恩我豈敢承當念生平籍貫在山陽幼年間父母雙亡三公若是無伊呂四海誰知有范張〔第五倫云〕那張劭的才能德行比你如何〔正末唱〕臣比張劭無名望張劭德重如曾顏閔冉才高似賈馬班楊

〔第五倫云〕張劭有多大年紀了〔正末唱〕

〔二煞〕犬馬年雖是長論學問他更強私心願奉爲宗匠想漢朝豈無良史書名姓衆文武自有傍人話短長臣舉孔仲山可作頭廳相〔第五倫云〕那孔嵩比你如何〔正末唱〕似臣呵常人有數論此人國士無雙

〔第五倫云〕雖然無了張元伯可得了孔仲山却正是得一賢失一賢〔正末唱〕

〔一煞〕雖然是得一賢失一賢〔孔仲山云〕可惜無了元伯哥哥〔正末唱〕您也何須的涕兩行淚兩行得蜀望隴休多想〔帶云〕死了元伯呵〔唱〕恰便似攧折了千尋白玉擎天柱〔帶云〕用了孔仲山呵〔唱〕陪與你個萬丈黃金架海梁豈不聞晏平仲為齊相乘車人憂心悄悄倒是御車吏壯志揚揚

〔第五倫云〕令人與我拿的王韜安在〔祗候拿王仲略上云〕稟爺拿的王韜到了也當面〔王仲略不肯跪科祗候云〕你怎麽不跪〔王仲略云〕甚不壓職也罷也罷我跪着〔第五倫云〕兀那王韜你怎敢混賴了孔仲山萬言長策〔王仲略云〕你這個老大人差了我若不賴他的文章我可怎麼能勾做官便總甲我也不得做〔第五倫云〕您等俱望闕跪者聽聖人的命〔斷云〕聖天子思求良輔下弓旌廣開賢路何止是聘及山林但聞名不遺坵墓汝陽郡張劭雖亡有范式亟稱其素可遙封翰院編修賜母妻並霑榮祿遺弱息君章子徵可即授陳留主簿范式拜御史中丞其孔嵩尚書吏部王仲略詐冒為官杖一百終身廢錮見天恩浩蕩無私與羣臣相安舉錯〔正末等謝恩科唱〕

〔煞尾〕我為甚覷功名不在心也則念窮交不忍忘因此乞天恩先到泉臺上纔留的這雞黍深盟與那後人講

〔音釋〕些梭去聲　磻音盤　否滂米切　行去聲　鐸多勞切　忘去聲　屩音皎　蜀繩朱切　錮音固

題目　義烈傳子母褒揚
正名　死生交范張雞黍

死生交范張雞黍雜劇

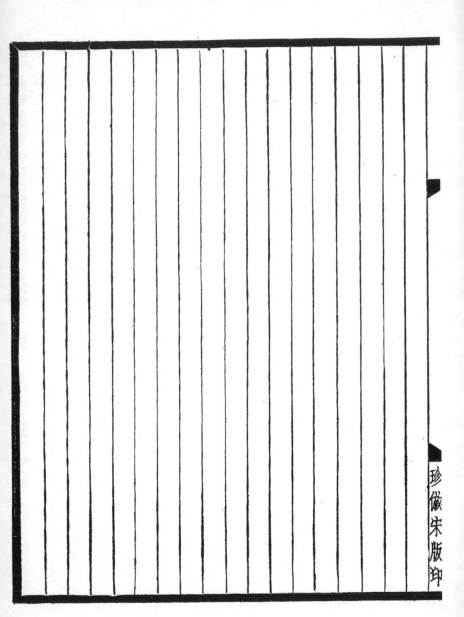

韋元帥重諧配偶

玉簫女兩世姻緣
珍倣宋版印

玉簫女兩世姻緣雜劇

元　喬夢符撰

明吳興臧晉叔校

第一折

〔老旦扮卜兒上詩云〕少年歌舞老年身喜笑常生滿面春脂粉豈爲無價寶郎君自是有情人老身許氏夫主姓韓是這洛陽城箇中人家不幸夫主早亡止有一個親生女兒小字玉簫做個上廳行首我這女兒吹彈歌舞書畫琴棋無不精妙更是風流旖旎機巧聰明但是見他的郎君無一個不愛的只是孩兒有一件病生性兒好吃口酸黃菜如今伴着一個秀才是西川成都人好不纏的火熱今日是對門王媽媽生辰我着孩兒去送手帕只當告箇半日假他百般不肯去只要守着那秀才我索自家走一遭去〔下〕〔末扮韋皐引正旦扮玉簫梅香同上詩云〕學成折桂手閑作惜花人巫峽臺端夢襄王病裏身小生姓韋名皐字武成祖貫西川成都人也幼習儒業博覽羣書奈生來酷好花酒不能忘情先年遊學至此幸遇大姐韓玉簫不棄做了一程夫妻彼此赤心相待白首相期只是他母親有些間阻今日他母親不在我與大姐排遣一會者〔正旦云〕解元我待與王媽媽遞手帕去來只怕來的遲教你盼望着娘替我去了〔末云〕多謝大姐眷愛〔正旦云〕梅香安排酒來我與您姐夫飲幾盃者〔梅香云〕酒在此〔正旦把盞科末云〕大姐先飲此盃〔正旦云〕我與解元同飲〔末云〕咱閑口論閑話似大姐這般玉質花容清歌妙舞在這歌妓中可是少也〔正旦云〕解元俺這門衣食不知幾時是了也呵〔唱〕

〔仙呂點絳唇〕雲鬢簪花鈿舞裙歌扇我却也無心戀怕不道春正芳

妍只落得人輕賤
〔混江龍〕我不比等閑行院煞教我占場兒住老麗春園賣虛脾眉尖眼角散和氣席上尊前是學的擊玉敲金三百段常則是撩雲撥雨二十年這家風願天下有眼的休教見我想來但得個夫妻美滿煞強如旦末雙全

〔末云〕我想大姐如此花貌如此清音尚不願樂有那等老妓萬分不及大姐似他每怎覓那衣食來〔正旦唱〕

〔油葫蘆〕有那等滴溜的猱兒不覓錢他每都錯怨天情知那乾村沙怎做的玉天仙那裏有野鴛鴦眼禿刷的在黃金殿則這䴕木鸚哥嘴骨邦的在仙音院搽一箇紅頰腮似赤馬猴舒着雙黑爪老似通臂猿抱着面紫檀槽彈不的昭君怨鳳凰簫吹不出鷓鴣天
〔天下樂〕哎也算做悶向秦樓列管絃〔帶云〕到那三盃酒後呵〔唱〕覷不的那抓揪鬏髻偏便似那披荷葉搭刺着個褐袖肩〔末云〕他這等模樣倘那子弟道你歌舞一會咱他却如何〔正旦云〕他便道我醉了歌舞不的了倘若再三央浼呵〔唱〕狗沁歌噥了幾聲雞爪風扭了半邊〔云〕投至臨散時可有一件好處〔末云〕有甚好處〔正旦唱〕抓着塊羊骨頭一道煙

〔末云〕這的不足言了如大姐這般人物聲價那子弟每便怎能勾到的根前〔正旦云〕不是我賣弄但是郎君每來行走焉敢造次近傍的我〔末云〕你是怎的〔正旦云〕那子弟每到我行呵〔唱〕

〔那吒令〕見一面半面棄茶船米船着一拳半拳毀山田水田待一年半年賣南園北園我着他白玉粧了翡翠樓黃金壘了鴛鴦殿珍珠砌了流水桃源

〔鵲踏枝〕他見我舞蹁躚看的做玉嬋娟抹一塊鼻凹裏沙糖流兩行口角底頑涎有那等花木瓜長安少年他每不斟量隔屋攛椽

〔末云〕大姐這子弟每得能到你家裏可是不容易也〔正旦云〕子弟每來俺家裏豈止不容易還有那些着傷哩〔唱〕

〔寄生草〕我溜一眼偎着他三魂喪放一交嚮的他八步遠如今些淚包嘍難註煙花選啃禽兒怎入鶯花傳賺郎君不索桃花片但來的忽刺刺腦門上喫一箇震天雷响味味心窩裏中幾下連珠箭

〔末云〕大姐你怎麼這等利害〔正旦云〕還不見俺娘更是利害哩〔唱〕

〔幺篇〕俺娘休想投空寨常則待掿大拳恰便是老妖精曾炒鬧了蟠桃宴憑着那巧舌頭敢聒噪了森羅殿拖着條黃桑棒直輪磨到悲田院藕池中鋸折並頭蓮泥窩裏掐殺雙飛燕

〔云〕梅香將熱酒來我與您姐夫再把一盞〔末云〕多承大姐厚愛我委實吃不的了〔正旦云〕解元趁此清暇好歹多飲幾盃咱〔唱〕

〔得勝樂〕將羅袖捲香醪勸請學士官人穩便這的是釀清泉朝來新鏇直喫的金盞裏倒垂蓮

(卜兒上打咳嗽科)(正旦唱)

(醉中天)這些時聒炒到三百遍要成合只除是九千年要茶飯揀口兒支分要衣服換套兒穿那些兒不稱你個婆婆願我與你積趲下銅斗般家私過遣每日價神頭鬼面(卜兒云)兒嚛娘有話說(正旦唱)怎生的將我來直恁熬煎

(末云)媽媽有甚見教(卜兒云)韋姐夫不是我老婆子多言你忒沒志氣如今朝廷掛榜招賢選用人材對門王大姐家張姐夫間壁李二姐家趙姐夫都提選登科去了你還只在俺家纏俺家愛你那些來不過爲着這個醋瓶子不爭別人求了官來對門間壁都有些酸辣氣味只是俺一家兒淡不剌的知道的便說你沒志氣不知道的還說俺家誤了你的前程(末向旦云)大姐你娘支我哩(正旦云)解元放心見有我哩睬他怎的(末云)小生在此實難久住不如趁此離門倒也好看(正旦云)解元你怎便下的捨了我去也(末云)男子漢也有個立身揚名時節既是黃榜招賢我索走一遭去倘得一官半職大姐則你便是夫人縣君也(正旦云)解元既去待我與你收拾些盤費更到十里長亭餞一盃咱(旦打悲科云)天那都只爲愛錢的娘阻隔了人也(做送行科唱)

(後庭花)今日在汴河邊倚畫船明日在天津橋聞杜鵑最苦是相思病極高的離恨天空教我淚漣漣淒涼殺花間鶯燕散東風榆莢錢鎖春愁楊柳煙斷腸在過鴈前銷魂向落照邊苦懨懨恨怎言急煎煎情慘然

(打悲科唱)

〔青歌兒〕天那人在這離亭離亭開宴酒和愁怎生怎生吞嚥狠毒娘下的也麼天情緒綿綿想柳畔花邊月下星前共枕同眠攜手凭肩離暮雨亭軒望落日山川問雕鞍何日是歸年俺和你重相見〔末云〕大姐你放心者我此一去得了官便來取你〔正旦云〕解元你若得官呵便休負了我也〔末云〕我怎敢負了大姐〔正旦唱〕

〔賺煞〕眼見的天闊雁書遲赤緊的日近長安遠則怕我受官誥的緣薄分淺則願的一舉成名在日邊〔帶云〕你寄音書呵〔唱〕休愛惜象管鸞箋〔末云〕大姐屈着指頭兒數不出三年我便來也〔正旦唱〕則願的早三年人月團圓休教妾常倚東風泣斷絃你休戀京師帝輦別求夫人宅眷把咱好姻緣翻做了惡姻緣〔下〕

〔音釋〕旖音以　旎音你　行音杭　十繩知切　獿音撓　鷓音柘　鴣音姑　抓莊瓜切　掀音軒　覿音狄　沁侵去聲　躚音仙　凹汪卦切　涎徐煎切　攛粗酸切　哨雙罩切　咮音床　中去聲　鋸音遽　掐音恰　釀尼降切　鏇旋去聲　餞音賤　莢音結　輦連上聲

第二折

〔正旦扮病梅香扶上云〕自從韋秀才去後早已數年杳無音信妾身思成一病雖是不疼不痒却又不茶不飯則被這相思病害殺我也〔梅香云〕姐姐進此湯藥咱〔正旦云〕你不知我這病症非湯藥能醫〔卜兒上云〕兒嚛你害的是甚的病怎麼這等憔悴了我則願咱家一年勝似一年兒嚛

你怎麼一日不如一日你娘憑着誰過日子兒㗽好歹闌閾些兒〔正旦云〕娘呵不要炒聒我省些話兒罷我眒睡咱〔旦做睡作醒科云〕梅香我恰纔待睡一會是甚麼驚覺我來〔梅香云〕姐姐不是這窗前花影敢是那樓外鶯聲〔正旦唱〕

〔商調集賢賓〕隔紗窗日高花弄影聽何處囀流鶯虛飄飄半衾幽夢困騰騰一枕春酲趁着那遊絲兒恰飛過竹塢桃溪隨着這蝴蝶兒又來到月榭風亭覺來時倚着這翠雲十二屏恍惚似墜露飛螢多咱是寸腸千萬結只落的長嘆兩三聲

〔逍遙樂〕猶古自身心不定倚遍危樓望不見長安帝京何處也薄情多應戀金屋銀屏想則想於咱不志誠空說下磣磕磕海誓山盟赤緊的關河又遠歲月如流魚鴈無憑

〔梅香云〕姐姐你這等情況無聊我將管絃來你略吹彈一回消遣咱〔扶旦看砌末科〕〔旦長吁云〕與我拿在一邊者〔唱〕

〔尚京馬〕我覷不的鴈行絃斷臥瑤箏鳳嘴聲殘冷玉笙獸面香消閑翠鼎門半掩悄悄冥冥斷腸人和淚夢初醒

〔卜兒上云〕兒㗽你這病勢却是何如〔正旦唱〕

〔梧葉兒〕火燎也似身軀熱錐剜也似額角疼即漸裏瘦了身形這幾日茶飯上不待吃睡臥又不甚寧〔卜兒云〕我請醫者看看你這脈息知他是甚麼症候〔正旦唱〕若將這脈來憑多管是廢寢忘餐病症

（卜兒云）梅香好生伏事您姐姐我下邊看些湯藥來（虛下）（梅香云）姐姐你怎麼這等想俺姐夫（正旦云）我實瞞不的你據着他那人物才學如何教我不想也（唱）

（醋葫蘆）看了他容貌兒實是撐衣冠兒別樣整更風流更灑落更聰明唱一篇小曲兒宮調清一團兒軟款溫柔情性兀的不坑了人性命引了人魂靈

（金菊香）想着他錦心繡腹那才能怎教我月下花前不動情信口裏小曲兒編揑成端的是剪雪裁冰惺惺的自古惜惺惺

（梅香云）俺姐夫這等知音可知姐姐想他哩（正旦云）你還不會見他在我身上那樣的疼熱哩（唱）

（浪裏來）假若我乍吹簫別院聲他便眼巴巴簾下等直等到星移斗轉二三更入門來畫堂春自生緊緊的將咱摟定那溫存那將惜那勞承

（帶云）解元呵想起你那般風韻害殺我也（唱）

（後庭花）想着他和薔薇花露清點胭脂紅蠟冷整花朶心偏耐畫蛾眉手慣經梳洗罷將玉肩凭恰似對鴛鴦交頸到如今玉肌骨減了九停粉香消沒了半星空凝盼秋水橫甚情將雲鬢整骨岩岩瘦不勝悶懨懨扮不成

（卜兒上云）兒喫我辦了些湯水來你吃上幾口兒咱（正旦云）妳妳不拘甚麼飲食我吃不下去

丁但覺道病越越的沉重了你拿幅絹來我待自畫一個影身圖兒寄與那秀才咱〔做對砌末畫像科唱〕

〔金菊香〕怕不待幾番落筆強施呈爭奈一段傷心畫不能腮斗上淚痕粉漬定沒顏色鬢亂釵橫和我這眼皮眉黛欠分明

〔云〕我再做一首詞一併將去詞名長相思〔詞云〕長相思短相思長短相思楊柳枝斷腸千萬絲生相思死相思生死相思無了時寄君腸斷詞梅香將鏡兒來我照一照則怕近日容顏不似這畫中模樣了也〔覽鏡長吁科唱〕

〔柳葉兒〕兀的不寂寞了菱花粧鏡自覷了自害心疼將一片志誠心寫入了冰綃幀這一篇相思令寄與多情道是人憔悴不似丹青

〔對卜兒云〕妳妳你將此盤費倩一箇人把我這幅真容和這篇詞往京師尋那韋秀才去〔卜兒云〕王小二在那裏〔丑扮王小二上云〕只我便是王小二妳妳你叫我做甚麼〔卜兒云〕俺那女兒要央你去京師尋那韋秀才你去的麼〔小二云〕天下路程我都曾走過〔卜兒引見旦分付畫科云〕小二哥你到京師好生尋着那韋秀才道我心事咱〔唱〕

〔浪裏來〕你道箇題橋的沒信行駕車的無準成我把他漢相如廝敬重不多爭我比那卓文君有上稍沒了四星空教我叫天來不應秀才呵豈不聞舉頭三尺有神明

〔小二云〕大姐你自將息我到京師尋着韋秀才就和他來也〔正旦打悲科云〕縱是來時我也不得見了〔唱〕

〔高過隨調煞〕心事人拔了短籌有情人太薄倖他說道三年來到如今五載不回程好教咱上天遠入地近潑殘生恰便似風內燈〔帶云〕小二哥〔唱〕比及你見俺那虧心的短命則我這一靈兒先飛出洛陽城〔做死科下〕

〔卜兒云〕玉簫孩兒已是死了我索高原選地破木爲棺葬埋了者兒㗂則被你閃殺我也〔下〕

〔音釋〕鬬爭上聲 闠音債 盹敦上聲 囀專去聲 酲音呈 磣森上聲 剜碗平聲 漬音恣 黛音代 諍爭去聲

第二折

〔末戎裝引卒子上詩云〕萬里功名衣錦歸當年心事苦相違月明獨憶吹簫侶聲斷秦樓鳳已飛自家韋臯的便是自離了玉簫大姐到的京都一舉狀元及第蒙聖恩除爲翰林院編修之職後因吐蕃作亂某願爲國家樹立邊功乃領兵西征一戰而收西夏又蒙聖恩加爲鎭西大元帥鎭守吐蕃安制邊疆自得官至于今日早已十有八年想我當初與玉簫臨別之言期在三年以裏相見初則以王命遠征無暇寄個音信及至坐鎭時節方纔差人取他母子去〔作掩面悲科云〕不想那玉簫爲我憂念成疾一臥不起他那媽媽亦不知其所在某想念其情至今未曾婚娶日夜憂思不覺鬢髮斑白我看這駟馬香車五花官誥可教何人請受也今聖恩詔某班師回朝路過荆州節度使張延賞乃某昔年同學故人不免探望他一遭傳與前軍望荆州進發者〔卜兒上云〕老身韓媽媽是也自我玉簫孩兒身死之後我將他自畫的那幅眞容往京師尋韋秀才去不想秀才應過舉得了官蒙朝廷欽命領兵西征吐蕃去了我欲往那裏尋他一來途路迢遙二來干戈擾攘況我是個

老婦人家怎受的那般驅馳辛苦以此不曾去的今聞得他班師回朝我不免就軍門前見他者大哥煩你通報元帥知道有韓媽媽特來求見〔卒子報見科〕〔末云〕媽媽你在那裏來〔卜兒云〕萬苦千辛非一言可盡有我女兒遺下的真容你自看者〔末對砌末發悲科云〕大姐教你痛殺我也媽媽就留在軍中待我回朝之日與你養贍終身便了〔並下〕〔外扮張延賞引卒子上詩云〕披文握武鎮荊襄立地擎天作棟梁寶劍磨來江水白錦袍分出漢宮香老夫姓張名權字延賞祖貫西川人氏幼習儒業兼讀兵書早年一舉成名蒙聖恩見我人材器識尚以太平公主官拜虞部尚書後因邊關不靖出為荊襄節度使兼控制西川有一個義女小字玉簫原是優門人家善吹彈歌舞更智慧聰明每開家宴或是邀會親貴高賓出以侑酒無不傾醉今有鎮西大元帥韋皋蒙詔頒師路經于此此人乃幼年同學故人某頗有一日之長他今駐節城外聞說乘晚要來拜望老夫我早已差人邀請去了不免大開夜宴待兄弟來時就出玉簫佐酒以敘十數年渴懷左右待韋元帥來時報我知道〔末上云〕自家韋皋早至荊州即欲投拜延賞哥哥奈以軍情事重未敢擅離他却早差人來邀我我須乘此夜色帶的數十騎親隨人去會見哥哥一遭把門的報復去道有韋元帥來也〔卒子報見科〕〔張延賞云〕多承元帥屈尊降臨有失迎迓願乞恕罪〔末云〕久違尊顏復得瞻拜何幸何幸〔張延賞云〕多謝元帥不棄將酒來我與元帥奉一盃咱〔作樂行酒科〕〔末云〕量你兄弟有何德能着哥哥如此管待〔張延賞云〕教左右喚出女孩兒來勸酒者〔末云〕哥哥既蒙置酒張筵何勞又出愛女相見此禮怕不中麼〔張延賞云〕你我異姓兄弟有何不可〔喚旦科〕〔正旦扮玉簫上云〕妾身張玉簫乃節度使之義女也聞的堂前呼喚不免走一遭去不知又管待甚人好個夜宴也呵〔唱〕

〔越調鬬鵪鶉〕翡翠窗紗鴛鴦碧瓦孔雀金屏芙蓉繡榻幕捲輕綃
香焚睡鴨燈上上簾下下這的是南省尚書東牀駙馬
〔云〕好整齊也〔唱〕
〔紫花兒序〕帳前軍朱衣畫戟門下士錦帶吳鉤坐上客繡帽宮花
本教坊歌舞依內苑奢華板撒紅牙一派簫韶准備下則兩行美人
如畫有粉面銀箏玉手琵琶
〔末云〕哥哥夜已深了免教令愛出來也不勞多賜酒殽〔張延賞云〕蔬酌不堪供奉待孩兒出來
勸上一盃〔正旦入見科〕〔張延賞云〕這位是你叔父乃征西大元帥不比他人與你叔父把一盃
者〔奏樂旦把酒科〕〔唱〕
〔金蕉葉〕則見那宮燭明燒絳蠟我這裏纖手高擎玉斝見他那舉
止處堂堂俊雅我在空便裏孜孜覷罷
〔做打認科〕〔唱〕
〔調笑令〕這生我那裏也曾見他莫不是我眼睛花手抵着牙兒是
記咱〔帶云〕好作怪也〔唱〕不由我心兒裏相牽掛莫不是五百年歡喜冤
家何處綠楊曾繫馬莫不是夢兒中雲雨巫峽
〔張延賞云〕孩兒好生與你叔父滿把一盃〔旦把盞末低首偷叫科云〕玉簫〔正旦低應科云〕有
〔張延賞見科云〕你不好生把酒說些甚的〔正旦慌科唱〕
〔小桃紅〕玉簫吹徹碧桃花端的是一刻千金價〔末偷覷科〕〔正旦唱〕他

背影裏斜將眼稍抹諕的我臉烘霞〔張延賞云〕再滿斟酒者〔旦把盞科唱〕俺
主人酒盃嫌殺春風凹〔末低云〕小娘子多大年紀曾許配與誰〔正旦低唱〕俺新年
十八未曾招嫁〔末云〕小娘子是他親生女兒麼〔正旦唱〕 俺主人培養出牡丹
芽
〔張延賞云〕韋臯我道你是個有道理人教孩兒與你把盞你如何因而調戲看承的我為何人〔末云〕實不相欺我有已亡過的妻室乃洛陽角妓與此女小字相同面貌相類因此見面生情逢新感舊〔正旦云〕好可憐人也〔唱〕
〔鬼三台〕他說起凄涼話和我也淚不做行兒下兜的喚回我心猿意馬我是朵嬌滴滴洛陽花呀險些的露出風流話靶〔張延賞云〕你這等胡說你道與你亡妻相類不道與你做了媳婦罷〔正旦唱〕這言詞道耍來不是耍這公事道假來不是假〔末云〕委實似我亡妻非爲借言調戲〔正旦唱〕 他那裏拔樹尋根〔張延賞云〕韋臯這是我親生女兒你做何人看承〔正旦唱〕便似你指鹿道馬
〔末云〕令愛既不曾許聘于人末將自亡妻室以來亦不曾再娶倘蒙不棄也不辱你駙馬門庭〔張延賞云〕休的胡說我與你是故人纔敢出妻見子你如何見面生情似你這等人外君子而中小人貌人形而心禽獸即當和你絕交矣〔正旦云〕主公息怒〔張延賞云〕這妮子也向着他兀的不氣殺我也〔正旦唱〕
〔禿廝兒〕我勸諫他以水裏納瓜他看覷咱如鏡裏觀花書生自來情性要怎生調戲他好人家嬌娃

〔張延賞怒云〕如此惡客請他做甚的左右將筵席徹了〔做鬧起科〕〔正旦唱〕

〔聖藥王〕怎救搭怎按納公孫弘東閣鬧喧譁散了玳瑁筵漾了鸚鵡斝踢翻銀燭絳籠紗〔張延賞拔劍科〕〔正旦唱〕翻扯三尺劍離匣〔張趕殺科云〕我好意請你你倒起這樣歹念頭我先把你殺死待我面奏聖人去〔正旦云〕主公不可造次〔唱〕

〔麻郎兒〕他如今管領着金戈鐵甲簇擁着鼓吹鳴笳他雖是違條犯法咱無甚勢劍銅鍘

〔幺篇〕怎麽性大便殺他有罪呵御堦前吃幾金瓜他掌着百十萬軍權柄把建奇功收伏了西夏

〔末出外科云〕大小三軍與我圍了宅子拿出老匹夫來碎屍萬段者〔軍士作喊圍宅科〕〔正旦唱〕

〔絡絲娘〕不爭你舞劍的田文意差惱的個絕纓會將軍怒發〔覷末科唱〕那裏有娶媳婦當筵廝喑啞也合倩個官媒打話

〔張延賞仗劍做意科〕〔正旦云〕主公息怒待玉簫自去同他只消的兩三句可着他散了軍馬〔出見末科云〕元帥你須是讀書之人何故躁暴〔末云〕老匹夫無禮小娘子本爲義女他却詐作親生其間必有暗昧我求親事他不許我還可乃敢輒自拔劍將我趕殺我如今只着他片時間寸草無遺〔三軍作喊殺科〕〔正旦唱〕

〔東原樂〕俺家裏酒色春無價休胡說生香玉有瑕他丈人萬萬歲

君王當今駕這的是玉葉金枝宰相衙你這般廝蹅踏惡噉噉在碧油幢下

〔拙魯速〕論文呵有周公禮法論武呵代天子征伐不學雲間翔鳳恰似井底鳴蛙你這般搖旗納喊簸土揚沙蔞蔞磨磨叫叫喳喳你這般耀武揚威待怎麼將北海尊罍做了兩事家你賣弄你那搊扎你若是掐一掐該萬剮

〔末云〕匹夫欺我太甚我先殺此匹夫歸朝面奏天子我也有收伏西夏之功當的將功折罪〔正旦云〕元帥不可你奉聖旨破吐蕃定西夏班師回朝便當請功受賞如何為求親不成輒敢矯詔劫殺節使罪不容誅豈不聞周易有云師出以律失律凶也夫子云暴虎馮河死而無悔者吾不與也元帥請自思之〔末云〕末將不才便求小娘子以成秦晉之好亦不玷辱了他他如何便不相容〔正旦云〕元帥果要問親當去朝廷奏准來取妾身豈不榮耀便俺駙馬亦豈敢違宣抗敕不思出此而擅自相殺討亦左矣〔末云〕這也說的是大小三軍可卽解了圍者〔正旦云〕可不好也〔唱〕

〔收尾〕從來秀才每個個色膽天來大險把我小膽兒文君諕殺〔張延賞云〕若不看着故人分上我必殺汝以雪吾之恥〔正旦唱〕息怒波忒火性卓王孫〔末云〕待我奏過朝廷那時不道和你干休了哩〔領衆下〕〔正旦唱〕噤聲波強風情漢司馬〔下〕

〔張延賞云〕請的好客請的好客兀的不氣殺我也我想他此一去必然面奏朝廷你去的我也去的大家奏大家奏〔下〕

〔音釋〕贍傷佔切　慧音惠　榻湯打切　鴨羊架切　蠟那架切　斝音賈　峽奚佳切　抹音罵　靶音霸　搭音打　納囊亞切　匣奚佳切　甲江雅切　笳音加　法方雅切　鍘音查　殺雙鮓切　發方雅切　喑音音　啞鴉上聲　踏當加切　嗽歆上聲　幢音床　伐扶加切　簸音播　茇徐靴切　擲音鄭　扎莊洒切

第四折

〔卜兒上云〕老身韓媽媽聞得韋元帥道張節度使家歌女玉簫與我家孩兒面貌一個樣兒他因求親不成反與張節使怪怒一場如今奏准朝廷取張家回京成此親事今日蒙元帥教我將着我女兒這幅真容當個美人圖兒向他駙馬府前賣去且看有人來買麽〔叫賣畫科〕〔張延賞上云〕老夫張延賞昨在荊州因請韋皐着小女玉簫出而勸酒倒惹那廝一場羞辱不想他班師回朝倒將此事奏知官裏蒙聖旨詔我攜家回京與他成此親事此係聖人天語誰敢違背不免入朝走一遭者〔作見卜科云〕是甚人喧鬧〔左右云〕是個賣畫的婆子〔張延賞云〕叫他過來你這老婆子賣的是甚麽畫兒〔卜兒云〕是幅美人圖〔張延賞云〕將來我看〔作看科云〕呀好是奇怪怎麽與俺玉簫女兒一個模樣兀那婆子你這美人圖兒却是甚人畫的〔卜兒云〕是我亡過的女兒韓玉簫他親手畫的真容寄與他夫主韋皐秀才我來京師尋他人說他領兵鎮守西蕃我在此等他早已十八年了囊篋使的罄盡我不免拏此當做一幅美人圖兒賣此錢鈔作盤費〔張延賞云〕元來如此可知韋皐他前日見面生情也（卜兒云）老爺恰纔說甚的韋皐（張延賞云）你這婆子不知你這畫中美人與我養女玉簫一般模樣我前在荊州請韋皐教我女兒與他把盞他却恁的無禮被老夫怪怒一場他今回朝奏知官裏我今日正欲與他面奏此事你就將這畫兒賣與我可要多

少錢鈔〔卜兒云〕既我女壻見在我待將去與他哩便與我千金也賣不成了〔張延賞云〕左右將這婆子帶者與他同入朝去見的此事真實那韋臯不為欺我也〔作帶卜兒下〕〔外扮唐中宗引末一衆上云〕寡人唐中宗是也昨有征西大元帥韋臯班師回京奏道駙馬張延賞養女玉簫與他亡妻韓玉簫面貌一般他欲求成這段婚姻寡人特取駙馬還朝與他兩家就此好事不免宣的駙馬入朝對衆文武前聽寡人裁斷〔內侍宣科〕〔張延賞上云〕今蒙宣裏宣喚不免入朝見駕去來〔做見駕科〕〔駕云〕駙馬韋臯在你家欲求一門親事不知你意下何如〔張延賞云〕陛下臣家見有玉簫女兒宣的他來教他自說〔駕云〕宣來〔內侍喚旦科〕〔正旦上云〕妾身張玉簫蒙聖人恩旨隨駙馬爹爹還朝要與韋元帥成就親事今聞宣裏宣喚不免見駕走一遭者〔入見駕科〕〔駕云〕玉簫你說當日荊州張駙馬怎麽請那韋元帥來〔正旦唱〕

〔雙調新水令〕當夜呵那裏是太平公主家夜筵排恰只是請了個宴鴻門殢虞姬的樊噲拖地錦是鳳尾旗撞門羊是虎頭牌倚仗着御筆親差征西夏大元帥

〔駕云〕玉簫你是駙馬親生女兒麽〔正旦唱〕

〔沉醉東風〕玉簫習學就詩山曲海生長在柳陌花街燕鶯集每日忙鴛鴦社逐朝賽〔駕云〕你可怎麽入的駙馬家裏〔正旦唱〕俺那老虔婆見錢多賣一札脚王侯宰相宅誰敢道半米兒山河易改

〔駕云〕玉簫你認的那韋臯麽〔正旦云〕妾曾會過見時尚自認的〔駕云〕你向班部中試認者〔旦起認末科〕〔唱〕

〔喬牌兒〕見他裹着烏紗帽那氣概秉着白象笏那尊大寬綽綽紫羅袍偏稱金魚帶氣昂昂立在白玉階

〔駕云〕玉簫只怕不是他麼〔正旦唱〕

〔水仙子〕這公會絕纓會上戲裙釵〔末云〕我在那裏來〔正旦唱〕也曾細柳營中大會垓〔末云〕我卻怎生鬧起來〔正旦唱〕你將個相公宅看覷似鶯花寨〔末云〕是他先怒了我來〔正旦唱〕你道是他不該便活佛也惱下了蓮臺〔末云〕我是大元帥他如何便敢欺我〔正旦唱〕也是俺官官相爲你可甚賢賢易色〔末云〕我是好意求親他怎敢恁的〔正旦唱〕因此上不遠千里而來

〔駕云〕駙馬他兩個說的是與不是〔張延賞云〕陛下朝門外有個賣畫婆子可作一個證人〔駕云〕宣來〔內侍宣卜兒科〕〔見旦作悲科云〕玉簫兒嚛你怎麼到的這裏〔駕做意科云〕這個婆子怎麼就認的是玉簫如何這等煩惱〔正旦唱〕

〔攪箏琶〕衆文武都驚怪不由咱心下轉疑猜這個卽世婆婆莫不是前世的妳妳小字兒喚的明白絮叨叨怨怨哀哀似綠窗前喚回我春夢來和我也兩淚盈腮

〔駕云〕那個婆子你怎麼便見這女兒就認的他〔卜兒云〕妾有一幅畫兒是我女兒玉簫的真容所以認的〔駕云〕將來看咱〔掛砌末衆驚科云〕怎麼這個畫中美人和這女兒如一個模兒脫的一樣〔正旦云〕有這等異樣的事〔唱〕

〔鴈兒落〕都一般胭脂桃杏腮都一般金粉芙蓉額都一般爲雲爲

兩情都一般傾國傾城態

〔得勝令〕恰便似一個印盒兒脫將來因春瘦骨厓厓〔卜兒云〕這是我孩兒臨危之時畫的真容寄與他夫主韋秀才的〔正旦唱〕那裏是寄心事丹青幀則是個等身圖煙月牌出落在長街猶古自還不徹風流債得幾貫錢財恰便是放從良得自在

〔駕云〕玉簫你既是韋元帥之妻你如何尙在猶自青春〔正旦唱〕

〔甜水令〕他說的是十八年前三千里外因此上弄玉錯投胎〔駕云〕玉簫你原來死後投胎到今一十八歲你是青春幼女韋元帥他是已過中年的人了你肯與他做夫妻麼〔正旦跪云〕人命修短不齊焉知妾不死于元帥之先〔唱〕陛下道我正在青春他雖年邁也都是天地安排

〔駕云〕玉簫你既願意就配與元帥爲夫人者〔正旦扯末做謝駕科唱〕

〔折桂令〕兀的不桃源洞枯樹花開他是那八輔官員生的來一品人材〔卜兒云〕孩兒你這等年貌不齊何不別求佳壻〔正旦唱〕他也年未衰殘聖恩匹配相守頭白〔張延賞云〕我是貴戚宰相之家爲女求配必得少年佳客爲何嫁此老夫〔正旦唱〕遮莫你廣成子吹簫鳳臺姜太公流水天台情願琴瑟和諧連理雙栽生則同衾死則同埋

〔駕云〕韋元帥就此謝了駙馬作岳父者〔旦扯末科〕〔末云〕臣官居一品位列三台何處求婚不遂怎肯拜他〔正旦唱〕

〔落梅風〕可知可知賣弄那金花誥〔扯張科云〕過來過來〔唱〕休觸抹着玉鏡臺秀才價做的來齏鹽黃菜溫太真更做道情性乖怎敢向晉明行大驚小怪

〔末云〕他誇他家勳貴卻又棄嫌老夫倘事不濟倒惹的傍人恥笑〔正旦唱〕

〔沽美酒〕你麟閣上論戰策鳳池裏試文才〔帶云〕元帥你煩惱怎麼〔唱〕搖椿廝挺春風門下客更怕甚宋弘事不諧放心波今上自裁劃

〔張延賞云〕則是我養女兒的不氣長也我與你做個丈人便一拜也落不的你哩〔正旦唱〕

〔太平令〕也是他買了個陪錢貨無如之奈笑你個強項侯不伏燒埋那壁似狠吃了幞頭般寧耐這壁如草地裏毬兒般打快不索你插釵下財納采有甚消不的你展脚伸腰兩拜

〔旦末共謝科〕〔駕云〕既是婚姻已就各自歸家做慶喜筵席朕回宮去也〔下〕〔正旦唱〕

〔絡絲娘煞尾〕不爭你大鬧西川性窄翻招了個笑坦東牀貴客

〔張延賞云〕天下喜事無過夫婦團圓何況今日以兩世之姻緣諧三生之配合尤爲人間奇異今古無雙便當殺羊造酒做個大大筵席慶賀者〔詩云〕詔遣成親入帝都老夫焉敢惜鸞雛男婚女嫁尋常有兩世姻緣自古無

〔音釋〕殢音膩　噲音快　宅池齋切　爲音畏　色篩上聲　白巴埋切　額崖去聲　策釵上聲　客音楷　劃胡乖切　窄齋上聲

題目　韋元帥重諧配偶

正名　玉簫女兩世姻緣

玉簫女兩世姻緣雜劇

虎頭寨馬武仗義

宜秋山趙禮讓肥
倣李從訓筆
一珍倣宋版印

宜秋山趙禮讓肥雜劇

元　秦簡夫撰

明吳興臧晉叔校

第一折

〔冲末扮趙孝正末趙禮擡老旦卜兒上〕〔卜兒詩云〕漢季生民可奈何深山無處避兵戈朝來試看青銅鏡一夜憂愁白髮多老身姓李夫主姓趙是這汴京人氏所生下兩個孩兒大的趙孝小的趙禮兩個十分孝順爭奈家業飄零無升合之粟方今漢世中衰兵戈四起士民逃竄似此亂離只得隨處趁熟兩個孩兒不知擡着老身到這甚麼去處〔趙孝云〕母親這是宜秋山下〔正末云〕哥哥似這般艱難何以度日呵〔唱〕

〔仙呂點絳唇〕這些時囊篋消乏又值着米糧增價憂愁殺一日三衙幾度添白髮

〔趙孝云〕母親想俺弟兄兩個空學成滿腹文章俺只在這山中負薪兄弟採些野菜藥苗似此充饑幾時是俺弟兄們發達的時節也〔正末云〕哥哥母親年紀高大俺正是家貧親老如之奈何〔唱〕

〔混江龍〕待着些麤糲眼睜睜俺子母各天涯想起來我心如刀割題起來我淚似懸麻餓殺人也無米無柴腹內饑痛殺人也好兒好女眼前花恢恢天網漫漫黃沙我一身餓死四海無家眼看得青雲兄長事無成可憐我白頭老母年高大壓的我這雙肩苦痛走的我

這兩腿酸麻

〔趙孝云〕兄弟俺二人擡着母親來到這宜秋山下是好一派山景也〔正末云〕哥哥看了這郊外景致好是傷感人也呵〔唱〕

〔油葫蘆〕子母哀哉苦痛殺恨轉加我這裏舉頭一望好嗟呀傷心老母難安插空對着賞心山色堪圖畫故園風落花荒村水褪沙俺只見斜陽一帶林梢掛掩映着茅舍兩三家

〔卜兒云〕孩兒你看那日落山腰漸漸的晚了也〔正末唱〕

〔天下樂〕我則見落日平林噪晚鴉天涯何處家則俺那弟兄每日月好是難過咱母親也年紀高觔力乏被這些窮家活把他沒亂煞

〔云〕哥哥如今有那等官員財主每朝朝飲宴夜夜歡娛他每那裏知道俺這窮儒每苦楚也〔趙孝云〕俺這窮的如此富的可是怎生兄弟略說一遍咱〔正末唱〕

〔那吒令〕想他每富家殺羊也那宰馬每日裏笑恰飛觥也那走斝俺百姓每痛殺無根椽片瓦那裏有調和的五味全但得個充饑罷母子每苦痛哎天那

〔趙孝云〕兄弟富豪家如此般受用兀的不苦殺俺這窮儒百姓也〔正末唱〕

〔鵲踏枝〕他可也忒矜誇忒豪華爭知俺少米無柴怎地存札子母每看看的餓殺天那則虧着俺這百姓人家

〔卜兒云〕孩兒每似這般饑餒如之奈何也〔正末云〕母親〔唱〕

〔寄生草〕餓的這民饑色看看的如蠟渣他每都家家上樹把這槐芽掐他每都村村沿道將榆皮剮他每都人人遶戶將糧食化〔趙孝云〕兄弟俺如今衣不遮身食不充口兀的不窮殺俺也〔正末唱〕現如今弟兄衣袂不遮身可着俺貧寒子母無安下

〔云〕我安排些飯食與母親食用咱〔趙孝云〕兄弟你則在這裏守着母親我安排去〔正末云〕哥哥陪侍母親說話你兄弟去〔卜兒云〕你兩個孩兒休去老身安排去〔正末云〕母親坐的您孩兒去這轎兒後面還有一把兒米就着這澗泉水我淘了這米拾的一把兒柴兀的那一家兒人家我去討一把兒火莊院裏有人麼〔丑扮都子開門科云〕是誰喚門哩〔正末云〕我來討一把兒火來〔都子云〕兀的是火等你做罷飯時剩下的刷鍋水兒留些與我〔正末云〕你要做甚麼〔都子云〕我要充饑哩〔下〕〔正末云〕俺窮則窮更有窮似俺的我吹着這火可早粥熟了也哥哥請母親食用這一碗與哥哥食用〔趙孝遞粥科〕〔卜兒云〕趙禮孩兒有麼〔正末云〕母親您孩兒有〔趙孝云〕兄弟你有麼〔正末云〕哥哥您兄弟有了也〔唱〕

〔醉扶歸〕我喫的這茶飯有難消化母親那肌膚瘦力衰乏〔卜兒云〕可怎生孩兒碗裏無粥湯〔正末云〕母親你孩兒喫了也〔趙孝云〕母親你看兄弟拿着個空碗兒哩〔正末云〕哥哥您兄弟有〔唱〕量這半杓兒粥都添了有甚那我轉着這空碗兒我着這匙尖兒刮我陪着個笑臉兒百般的喜洽〔背云〕母親今日喫了這些粥湯明日喫甚麼那〔唱〕不由我淚不住行兒下

〔都子倈兒上云〕這個莊戶人家喫飯哩我叫化些兒咱〔正末云〕母親你見麼則道喒三口兒受

貧又有艱難似俺的也〔唱〕
〔後庭花〕我則見他番穿着綿納甲斜披着一片破背褡你覷他泥
汚的腌身分風梢的黑鼻凹〔都子云〕爹爹妳妳有殘湯剩飯與俺這小孩兒一口兒
喫也好那〔正末唱〕他抱着個小娃娃可是他髼鬆着頭髮歪篗笠頭上
搭麤棍子手內拿破麻鞋脚下鞁腰纏着一綹兒麻口咽着半塊瓜
一弄兒喬勢煞饑寒的怎覷他
〔都子云〕可憐見叫化些兒〔正末云〕母親哥哥〔唱〕
〔青哥兒〕他一聲聲向咱向咱抄化我羞答答將甚些甚些齎發可
憐我也萬苦千辛度命咱現如今心似油煠肉似鈎搭死是七八那
個提拔〔帶云〕母親哥哥〔唱〕似這般淒淒涼涼波波淥淥今夜宿誰家多
管在茅簷下
〔都子云〕孩兒也俺回去來〔倈兒云〕爹爹我肚裏饑〔都子云〕你肚裏饑麼〔倈兒云〕我肚裏饑
可喫些甚麼〔都子云〕他也沒的喫喒別處尋討去來〔都子倈兒下〕〔卜兒云〕孩兒每收拾了喒
趁熟去來〔正末唱〕
〔賺煞尾〕我口不覺開合脚不知高下我則見天轉山搖地塌〔跌科
卜兒云〕孩兒你敢無食力麼〔正末云〕母親您孩兒沒用倒諕着母親也〔唱〕不是我無食
力身軀閃這一滑多管是少人行山路凹凸〔帶云〕母親〔唱〕你莫便叫
吖吖你孩兒水米不曾粘牙看來日饑時俺喫甚麼不凍殺多應餓

殺眼見的山間林下可憐身死野人家〔同下〕

〔音釋〕竄倉算切 趁嗔去聲 乏扶加切 殺雙鮓切 髮方雅切 糲那架切 長音掌
插抽鮓切 煞雙鮓切 恰強雅切 觥古橫切 斝音賈 那音拿 洒商鮓切 札
莊洒切 掐強雅切 食繩知切 杓繩昭切 刮音寡 洽奚佳切 行音杭 納囊
亞切 甲江雅切 褡音打 腌音淹 凹汪卦切 簍音萬 搭音打 敕殺賈切
綹音柳 發方雅切 煠音查 八巴上聲 拔邦加切 合奚佳切 塌湯打切 滑
呼佳切 凹音妖 凸當加切

第二折

〔卜兒上詩云〕花有重開日人無再少年老身兩個孩兒趙孝趙禮大孩兒每日山中打柴為生小的孩兒每日山中採野菜藥苗俺三口兒充饑兩個孩兒山中去了老身家中做下些飯食等兩個孩兒回來食用咱〔下〕〔正末上云〕小生趙禮哥哥趙孝因趁熟來到這南陽宜秋山下蓋了一間草房居止哥哥每日山中打柴小生提着籃兒採些野菜藥苗與母親哥哥充饑趙禮也空學成滿腹詩書何日是你那發跡的時節也呵〔唱〕

〔正宮端正好〕則我這身似病中鶴心若雲間鶚我本待要駕清風萬里扶搖半生四海無着落空着我窮似投林鳥

〔滾繡毬〕文章教爾曹詩書訪先覺我如今居無安食無求飽慕顏回他也有一個陋巷簞瓢掙着我這餓肚皮拳攣着我這凍軀殼我道來學好也囉〔帶云〕似趙禮這等受窘呵〔唱〕我道來不學的也好似這般

無經營日月難熬可不道人無舉薦窮無奈說甚麼貧不憂愁富不
驕赤緊的衆口噭噭
〔云〕來到這山中採些野菜與老母食用波〔唱〕
〔倘秀才〕我遶着這淺水深山尋些個中喫無毒的藥苗我行過這
高嶺長堤採些個葉嫩枝新的野蒿喫了呵則願的年老的尊堂得
安樂捱日月度昏朝我猛轉過山林隘角
〔脫布衫〕見騰騰的鳥起林梢〔内僂儸打鼓科〕〔唱〕聽鼕鼕的鼓振山腰
〔敲鑼科唱〕璫璫的一聲鑼響〔打哨科〕〔唱〕颼颼的幾聲胡哨
〔衆僂儸出圍住科〕〔正末唱〕
〔小梁州〕我則見齊臻臻的強人擺列着〔云〕不中我與你走走〔馬武領僂
儸衝上科〕你走那裏去〔正末唱〕諕的我肉戰身搖黑黯黯殺氣震青霄〔馬武
云〕與我拿住那廝者〔正末唱〕他那裏高聲叫多咱是得命也無毛
〔馬武云〕這的是俺的地面你怎敢擅便到此那〔正末唱〕
〔幺篇〕這的是您占來水泊山林道〔馬武云〕這所在則許俺打圍射獵也〔正末
唱〕則許您官人每射獵漁樵〔馬武云〕你這些不合來〔正末唱〕小生也是不
合信脚行差來到〔馬武云〕這個是你的不是了也〔正末唱〕這的是小生的違
拗告太僕且躭饒
〔馬武云〕小校與我拿上山來者〔拿到寨科云〕某中酒也小僂儸打下泉水磨的刀快待某親自

剖腹剜心做個醒酒湯兒喫〔衆僂儸云〕理會的〔正末唱〕

〔倘秀才〕我見他料綽口凹凸着面貌眼嵌鼻樞撓着臉腦這廝那不劣缺的心腸決𡝩狡寬展那猿猱臂側坐着虎熊腰雄糾糾施呈那燥暴

〔馬武云〕小僂儸我請他喫筵席來去了那廝巾幘者〔正末云〕太僕請息雷霆之怒〔唱〕

〔滾繡毬〕則是這塵蒙了的貢禹冠〔馬武云〕剝了那廝衣服者〔正末唱〕止不過霜侵了的季子袍〔馬武云〕有甚麼金珠財寶將來買命〔正末唱〕我又無那鄧通鑄的錢那裏取金珠財寶〔馬武云〕某親自下手也〔正末唱〕又不是比干心七孔三毛〔馬武云〕這廝倒喫的好哩〔正末唱〕止不過黑林侵的肌體羸又無那紅馥馥的皮肉嬌我這裏骨崖崖欲行還倒我是個餓損的人有甚麼脂膘我這裏戰欽欽膝跪和莎草〔馬武云〕小僂儸與我把那刀磨的快者〔衆僂儸云〕理會的〔正末唱〕他那裏磣可可的人磨着帶血刀諕的我怯怯僑僑

〔馬武云〕好是奇怪我這虎頭寨上但凡拿住的人呵見了俺喪膽亡魂今朝拿住這廝面不改色兀那廝你有甚麼話說〔正末云〕小生有一句話可是敢對太僕說麼〔馬武喝云〕嗄兀那廝你說某聽咱〔正末云〕小生是個窮秀才家中有老母兄長母親年紀高大哥哥軟弱太僕可憐見告一個時辰假限辭別老母兄長上山來受死〔馬武云〕噤聲我跟前調喉舌我和你有個比喻便似那小孩兒籠裏盛着個鵪兒那鵪兒在那籠裏東撞西撞不能勾撞出那籠去不曉事的小的開了那

籠門兒那鶻兒忒楞楞飛在那樹上那小的可害慌也點手叫那鶻兒你入籠裏來他可是肯入來
麼我如今拿住你要殺了你你告一個時辰假限下山辭別老母兄長我放了你去呵你可是肯來
也不肯來你辭呵待怎的不辭呵待如何你說某聽咱〔正末唱〕
〔呆骨朶〕我辭一辭呵着俺那年高老母知一個消耗〔帶云〕太僕〔唱〕
豈不聞道是哀哀父母劬勞〔馬武云〕你辭那母親怎的〔正末唱〕爭奈俺老母
年高家兄軟弱〔馬武云〕對你哥哥說些甚麼〔正末唱〕我着俺哥哥行仁孝將
俺那老母恩臨報〔馬武云〕某不放你去〔正末唱〕你做的箇損別人安自己
母親也你可甚麼養小來防備老
〔馬武云〕我放你去呵你有甚麼質當〔正末云〕有小生當下這個信字〔馬武云〕這個信字打甚
麼不緊〔正末云〕俺秀才每仁義禮智信惟有個信字不敢失了天無信四時失序地無信五穀不
生人無信而不立大車無輗小車無軏其何以行之哉既是孔子之徒豈敢失信于人乎〔馬武云〕
既然如此我放你下山去〔正末云〕索是謝了太僕〔下〕〔馬武云〕小僂儸那廝去了也若是來呵
喒取一面笑若不來呵便罷小僂儸俺後山中飲酒去來〔下〕〔卜兒上云〕老身是趙孝趙禮的母
親兩個孩兒不在家一個孩兒負薪一個孩兒採野菜藥苗去了不知兩個孩兒有甚麼勾當老身
這一會兒肉似鈎搭鬓似人揪身心恍惚不見兩個孩兒回來〔正末慌上云〕走走走〔唱〕
〔倘秀才〕走的我這口枯渴熱烘烘面皮上渾如火燎走的我遍體
汗淥淥渾如水澆〔云〕到家中母親道孩兒你來了也〔唱〕我可甚麼買賣歸
來汗未消〔云〕母親開門來開門來你孩兒來了也〔見科卜兒云〕孩兒你這般慌做甚麼〔正

末唱〕我入門來他問個端的我欲待要說根苗〔云〕您孩兒恰纔山中撞〔卜兒云〕孩兒你撞着甚麼來〔正末唱〕一句話到我這舌尖上我便噤了〔卜兒云〕孩兒你這般慌呵為着甚麼〔正末唱〕

〔滾繡毬〕您兒恰纔山中覓喫食不想疎林外遇着賊盜他那片殺人心可敢替天行道他便待下山來將您兒緊緊的相邀他那裏茶飯忒整齊筵席忒寬綽這恩臨可端的殺身難報他有那管夷吾德行才學在先結下知心友我可敢道今日番為刎頸交也是我命運相招

〔卜兒云〕孩兒有誰人怎的你來你說咱〔正末云〕我說則說母親你則休煩惱〔卜兒云〕孩兒也你說我不煩惱〔正末云〕你兒恰纔採野菜藥苗子想遇着一夥賊盜拿我到虎頭寨裏待要殺壞了我我告了一個時辰假限下山來辭別了母親哥哥上山受死去也〔卜兒云〕孩兒痛殺老身也作不去呵也罷等你哥哥來俺三口兒親身告他去〔正末云〕母親告他去也不濟事了〔唱〕

〔二煞〕你道是辦着一個耐心兒三口親身告惱犯那賊人瞪睛把俺來殺壞了我寧可身做身當自遭自受我怎肯愁死愁生向他行求免求饒〔帶云〕母親〔唱〕你省可裏啼啼哭哭怨怨哀哀憋憋焦焦我奈家貧也那親老窮火院怎生熬

〔云〕母親俺哥哥何處去了〔卜兒云〕你哥哥打柴去了便回來也〔正末云〕我眼見的不能勾見俺哥哥一面了也〔做哭科唱〕

〔一煞〕我共俺哥哥半生情分干休了〔帶云〕母親〔唱〕這的是你養兒女一世前程無下梢我不能勾進取功名乾撇下母親兄長割捨我七尺身軀和這滿腹文學〔云〕母親請坐受您孩兒幾拜〔唱〕我這裏拜辭在堦下知咱每相見在何年不想我死在今朝〔卜兒云〕孩兒也等哥哥見一面去也好〔正末唱〕我也等不的哥哥來到怎肯失口信與兒曹

〔隨煞尾〕我猛然拜罷那雙脚〔卜兒哭云〕兒也則被你痛殺我也〔正末唱〕哎呀不隄防腦背後番身喫一交〔帶云〕母親〔唱〕那殘病的身軀省懊惱鼻痛心酸兩淚拋腹熱腸慌亂刀絞我想他毒害的強賊我今日死不可逃母親也則您這生分的孩兒我其實送不的你那老〔哭下〕

〔卜兒云〕孩兒受死去了也不見大的個孩兒來怎生是好〔趙孝上云〕小生趙孝山中打柴去來不知家中有甚麼勾當肉如鉤搭髮似人揪心中恍惚來到門首也見母親去來〔見科云〕母親您孩兒來家也母親你這般慌做甚麼〔卜兒云〕孩兒你不知道有你兄弟山中遇着一夥强賊要殺壞了您兄弟他告了一個時辰假限辭別了老身等不見你來怕誤了假限上山受死去了也〔趙孝云〕是真個母親你則在家中他是我一父母的親兄弟兄弟有難要我做甚麼可不道兄弟如同手足手足斷了難續捨了我這性命不管那裏我救兄弟去走一遭也〔下〕〔卜兒云〕誰想有這場事兩個孩兒都去了也要我這老性命做甚麼我掩上這門我一步一跌也趕將去救兩個孩兒性命走一遭孩兒也兀的不痛殺我也〔下〕

〔音釋〕鶴音豪 鷂音傲 落音澇 覺音皎 簞音丹 攣音聯 殼音巧 樂音澇 角音

皎　哨雙罩切　着池燒切　黯衣減切　拗音要　㬫欺岩切　𩩲枯妻切　猱音撓

莎音梭　磣森上聲　僑音喬　劬音渠　弱饒去聲　輗音移　軏音越　恍呼廣切

惚音忽　綽超上聲　學奚交切　瞪音澄　撇音鱉　分去聲　脚音皎　難去聲

第三折

〔馬武引僂儸上詩云〕澗水灣灣遶寨門野花斜插滲青巾帶糟濁酒論盆飲棄子黃金整秤分某姓馬名武字子章乃鄧州人氏學成十八般武藝當年應武舉去來嫌某形容醜陋以此上不用某某今在這宜秋山虎頭寨落草為寇也是不得已而為之每一日要喫一副人心肝今日拿住一頭牛欲待殺壞他他哀告某告一個時辰假限下山辭別他那老母兄長去了這早晚敢待來也〔正末上云〕走走走誤了時辰也〔唱〕

〔越調鬭鵪鶉〕好着我東倒西歪失魂喪魄北去南來〔帶云〕苦也羅苦也羅〔唱〕只恁的天寬地窄你也好別辨個賢愚怎麽的不分個皂白俺母親年紀高筋力衰怎當他一迷裏胡為百般家抪擺

〔紫花兒序〕投至得長營大寨我可甚麽樂道安貧〔帶云〕天那天那〔唱〕怎遭這場橫禍非災則你那睡魂不醒怪眼難開哀哉只我這七尺身軀本貫世才你劃的將我似牛羊般看待我又不會樂極悲生那裏是苦盡甘來

〔云〕可早來到山中也不免見太僕去〔跪見科〕〔馬武云〕兀那廝你來了也〔正末云〕太僕小生來了也與個快性殺殺殺〔唱〕

〔凭闌人〕由你將我身軀七事子開由你將我心肝一件件摘我道來我道來除死呵無大災〔趙孝慌上云〕那裏不尋我那兄弟兀那裏不是我兄弟〔趙孝見正末哭科云〕兄弟痛殺我也〔馬武云〕好好好又走將一頭牛來了也〔正末唱〕

〔調笑令〕兀的不快哉好着我痛傷懷不倈這的是那裏每哥哥走到來咱兩個好心實無賽一任將俺肉折皮開將俺這殘零骨殖兒休要損壞將俺這弟兄每一處裏藏埋〔卜兒上云〕遠遠的一簇人鬧敢是我那兩個孩兒麼〔卜兒做見哭科〕〔馬武云〕又走將一頭牛來了也〔正末云〕兀的不是母親來了也〔唱〕

〔禿廝兒〕至死也休將口開誰着你殺人處鑽出頭來這搭兒裏閒甚好共歹也是我年月日時衰應該

〔聖樂王〕誰着你頭不擡眼倦開大踏步走向捨身崖不索你三個爭那個乖也是前生注定血光災〔帶云〕好也囉〔唱〕今日早福謝一時來

〔馬武云〕你來了也我不殺你是我失信你若不來呵便是你失信〔拿正末科云〕我殺了這廝者〔趙孝云〕太僕可憐見小生肥留着兄弟殺了我者〔馬武云〕好好好留着你兄弟我則殺你〔殺趙孝科〕〔正末云〕太僕可憐見小生肥殺了小生者留着我哥哥侍奉母親殺了小生者〔馬武殺正末科云〕好好好我殺了這廝者〔卜兒云〕太僕可憐見兩個孩兒尋覓將來的茶飯都是老身

喫了老身肥留着兩個孩兒殺了老婆子者〔馬武云〕好好好我則殺了這個老婆子者〔趙孝同正末云〕太僕可憐見留着老母俺兩個肥殺了俺兩個者〔馬武怒科云〕噤聲你看他波殺着這廝這大的道太僕可憐見留着兄弟侍養母親殺了我者殺這大的那小的道留着哥哥侍養老母殺了我者殺這兩個小廝這婆子道老婆子肥殺了我者我不殺你你倒殺了我罷馬武也你尋思波兀的不是兄愛弟敬爲母者大賢爲子者至孝你家中也有一爹二娘三兄四弟五姊六妹知他死在誰人劍鋒之下填于草野溝壑之中說兀的做甚〔詩云〕從頭一一說行藏和我腮邊淚兩行我是個殺人放火搊搜漢則他這孝心腸感動我這鐵心腸罷罷罷我不殺你我饒了你放你回去

〔正末謝科云〕謝了太僕〔唱〕

〔絡絲娘〕我只道你殺人刀十分的利害元來這活人心依然尚在便做道俺兩個該死的遊魂甚躭待也則是可憐見白頭妳妳

〔馬武云〕你母子三個我都不殺了快回去罷〔卜兒同趙孝正末再拜謝科〕〔正末唱〕

〔東原樂〕敢道是凶年歲瘦骨骸便剮將來也填不滿一餐債因此在餓虎喉中乞得這免死牌蒙恩貸從今後遙望着你的營門常常禮拜

〔做行科〕〔馬武云〕你回來〔正末云〕太僕莫不番悔麼〔馬武云〕男子漢一言已出豈有番悔敢問賢士姓甚名誰〔正末云〕小生趙禮哥哥趙孝〔馬武云〕誰是趙孝趙禮〔正末云〕小生二人便是〔馬武云〕莫非是漢朝中三請不至的麼〔正末云〕然也然也〔馬武云〕我尋賢士覓賢士原來在于此處賢士請坐受馬武幾拜〔正末云〕太僕年紀大如何倒拜小生〔馬武云〕我拜德不拜壽

我把哥哥擒于山寨觸犯着賢士休怪請賢士穩穩安坐受取馬武八拜〔正末還禮科云〕壯士請起敢問壯士姓甚名誰〔馬武云〕某姓馬名武字子章〔正末云〕壯哉壯哉聞名不曾見面壯士爲甚麼不下山應武舉去〔馬武云〕某也曾應舉來嫌某醜又不用不得已而爲之小僂儸將那衣服一套金銀一秤白米一斛與兩個賢士侍養老母休嫌輕微也〔正末云〕壯士你若肯去進取功名到于帝都闕下呵〔唱〕

〔收尾〕穩情取馬步禁軍都元帥骨剌剌兩面門旗展開〔帶云〕寫着道是風高放火月黑殺人圖財致命你死我活〔唱〕我將你九江四海是非心〔帶云〕倒換做腰懸金印身掛虎符名標青史圖像麒麟〔唱〕兀的萬古千年那姓名來改〔並下〕

〔馬武云〕誰想今日遇着賢士兀那小僂儸每有父母的探望父母去無父母的跟着我應武舉去來〔下〕

〔音釋〕滲森去聲　論平聲　又去聲　魄鋪買切　窄責上聲　白排上聲　看平聲　摘責上聲

第四折

〔外扮鄧禹引衆將官祗從上詩云〕少小生來膽氣雄曾將長劍倚崆峒淩烟閣上丹青畫肯着他人第一功某姓鄧名禹字仲華輔佐光武皇帝平定天下官拜高密侯之職如今建武元年着某在丞相府差定二十八個開國功臣只有銅刀馬武是他戰功獨多封爲天下兵馬大元帥以下各隨次第加官賜賞這且不在話下某又奉聖人的命道各處盜賊已滅思得賢士以佐太平已曾分付

功臣馬武等但有所知即便舉薦入朝聽某擇用怎麼這幾時還不見有甚賢士到來令人你與某請將馬武來者〔祗從云〕理會的馬武安在〔馬武上詩云〕男兒立事業何用好容顏銅刀安社稷匹馬定江山某乃銅刀馬武是也自從離了宜秋山虎頭寨來到京師謝聖恩可憐用某爲將討滅了赤眉銅馬大盜屢立戰功現如今某爲兵馬大元帥之職奉鄧老丞相分付着某等舉薦賢士佐理太平想得當今賢士再無有過如趙禮趙孝的已曾將他名姓着令所在地方安車蒲輪傳送入朝去了今日老丞相呼喚不知更有何事須索見去可早來到也不必報復某自過去〔見科云〕老丞相呼喚末將那廂調遣〔鄧禹云〕即今聖人卧寐求賢好生懸望前者分付汝等保舉的賢士如何〔馬武云〕據末將所知有趙禮趙孝二人節義無虧堪充保舉〔鄧禹云〕這賢士今在何處〔馬武云〕末將已令人請去了這早晚敢待來也〔鄧禹云〕你且一壁住者待他來時看道可認的你麼令人只等賢士到來報復我知道〔祗從云〕理會的〔正末同母兄上云〕小生趙禮是也母親哥哥誰想有今日也呵〔唱〕

〔雙調新水令〕賢臣良將保鑾輿正遇着得收成太平時序一人元有慶四海永無虞頓首山呼顯見的聖天子百靈助

〔趙孝云〕兄弟我和你安車駟馬一路傳送到京全不似擡着母親到宜秋山下這段光景也〔正末唱〕

〔沈醉東風〕想當時受盡了千辛萬苦誰承望有今日駟馬安車隨着這同胞共乳兄將着俺皓首蒼顏母穩請受皇家俸祿煞強似一片荒山掘野蔬纔得個平生願足

〔云〕可早來到丞相府了也令人報復去道有趙孝趙禮母子三人在于門首〔祗從報見科〕〔鄧禹云〕二位賢士你敢是趙禮趙孝麼〔正末云〕小生便是〔鄧禹云〕這裏有你個大恩人在班中你自認他去〔正末做認科唱〕

〔喬牌兒〕對着這兩班文共武排頭兒認將去則俺那大恩人是甚的親和故〔馬武云〕賢士躧了脚也〔正末唱〕猛擡頭好教我添怕怖

〔掛玉鈎〕諕的我手兒脚兒滴羞蹀躞戰篤速〔馬武云〕賢士你怕甚麼〔正末唱〕想着你那摘膽剜心處〔馬武云〕宜秋山下不成一個管待至今猶自慚愧〔正末唱〕當日個管待殺我也峨冠士大夫誰想道這搭兒重相遇多謝你個架海梁擎天柱生死難忘今古誰如

〔云〕左右將那禮物過來白米一斛金銀一秤衣服一套權送將軍做答賀之禮〔馬武云〕這是宜秋山虎頭寨我與你的東西怎生不用留到今日〔正末云〕老母嚴教斷然不用〔唱〕

〔雁兒落〕休道是莽將軍不重儒肯放我潑書生還奉母既當日你金銀曾受來我如今這酬答何推拒

〔馬武云〕賢士敢道我這東西是打劫人的故此不用你只合就將來首告官中也不該私留盜賊在家做的個知情不舉〔正末唱〕

〔得勝令〕我可也須識報恩珠怎敢便不飲盜泉餘若非你肯發慈悲念誰替咱存留凍餓軀〔馬武云〕賢士你兩個那孝順不必說了久聞你學問過人文章蓋世直到今日舉薦入朝也是遲哩〔正末唱〕嗟吁還說甚有學問千金賦躊躇

乾着了薦賢良一紙書

〔卜兒云〕我母子若非得老丞相保奏豈有今日請受妾身和兩個孩兒幾拜〔正末唱〕

〔沽美酒〕離家鄉萬里途要囊篋一文無本是桑間一餓夫今日做朝中宰輔享榮華改門戶

〔鄧禹云〕賢士這就是馬武元帥舉薦你來老夫何功之有〔正末唱〕

〔太平令〕我只道保奏的是當朝鄧禹却原來是馬武一力吹噓但平生我和他有何知遇多則是天也有安排我處自語甚福托賴着帝主則願的萬萬歲民安國富

〔鄧禹云〕賢士你一家兒望闕跪者聽聖人的命俺大漢建武中興滅羣盜四海昇平雲臺上二十八將一個個圖畫丹青有元帥銅刀馬武舉薦你賢士來京道宜秋山讓肥爭死似這般節義堪稱封趙孝翰林學士兄趙禮御史中丞其老母猶爲賢德着有司旌表門庭更賜予黃金千兩助薪水永耀清名示羣臣各加策勵休辜負聖代恩榮

〔音釋〕差抽支切　祿音路　足臧取切　躞音屑　蹀音迭　速蘇上聲　剜碗平聲　重平聲　推退平聲　福音府　辜音姑　榮餘平切

題目　虎頭寨馬武仗義

正名　宜秋山趙禮讓肥

後堯婆淫亂辱門庭

潑姦夫狙詐占風情
珍倣宋版印

護橋龍邂逅荒山道
倣顧長康筆

鄭孔目風雪酷寒亭

珍倣宋版印

鄭孔目風雪酷寒亭雜劇

元　楊顯之撰

明吳興臧晉叔校

楔子

〔沖末扮李府尹引張千上〕〔詩云〕寒蛩秋夜忙催織戴勝春朝苦勸耕若道官民無統屬不知蟲鳥有何情小官李公弼是也官拜鄭州府尹之職今日陞廳坐起早衙張千說與那六房司吏有事稟復無事轉廳〔張千云〕理會的六房司吏老爺分付有事稟復無事轉廳〔外扮鄭孔目上詩云〕人道公門不可入我道公門好修行若將公直無顛倒脚底蓮花步步生小生姓鄭名嵩嫡親的四口兒家屬渾家蕭縣君一雙兒女僧住賽娘我在這衙門中做着個把筆司吏今日相公陞廳坐衙有幾樁稟復的事須索走一遭去〔做見科〕〔孔目云〕相公小人有幾樁事稟相公知道〔李尹云〕有何事〔孔目云〕有護橋龍宋彬打死平人解到了也〔李尹云〕與我拿過來〔孔目云〕張千拿過來〔丑扮解子押正末宋彬上云〕兀那廝行動些〔宋彬云〕自家護橋龍宋彬是也因帶酒路見不平拳頭上無眼致傷人命今日司房中呼喚須索見去〔做見科〕〔孔目云〕你便是護橋龍宋彬〔宋彬云〕小人便是〔孔目云〕你為甚麼打死平人〔宋彬云〕小人因帶酒拳頭上無眼打死平人哥哥與小人做主咱〔孔目云〕兀那漢子我有心待救你到那邊你則說誤傷人命不至于死你意下如何〔宋彬云〕煞是多謝了哥哥〔做見科〕〔孔目云〕相公這人是宋彬〔李尹云〕你是宋彬你怎生打死平人你實招來〔宋彬云〕小人因在街市上閑行見個年紀小的打那年紀老的小人勸他不從攔過來則一拳打死了年紀小的〔孔目云〕相公這個是路見不平拔刀相助則是誤傷人

命〔李尹云〕既不該死決杖六十刺配沙門島去〔孔目云〕張千拿下去決杖者〔張千打科〕〔李
尹云〕張千就着的當人押解他迭配沙門島去疾去早來者〔宋彬出門科云〕這一場多虧了孔
目哥哥等他出來我謝一謝咱〔孔目云〕兀那漢子若不是我呵那得你性命來〔宋彬云〕哥哥小
的打死平人罪當至死多虧了哥哥救拔得這性命你是我重生父母再長爺娘〔孔目云〕你多大
年紀了〔宋彬云〕小人二十五歲〔孔目云〕我雖然大你幾歲你肯與我做兄弟麽〔宋彬拜云〕哥
哥不棄嫌情願與哥哥做個兄弟〔做拜科〕〔孔目云〕兄弟免禮我這裏有些零碎銀子與你做盤
纏去到前面無災無難回來家裏住罷〔宋彬云〕謝了哥哥小的死生難忘也〔唱〕
〔仙呂賞花時〕若不是孔目哥哥救了宋彬這其間喫劍餐刀作鬼
魂我待學晉靈輒古今聞他爲甚甘心趙盾將臂膊代車輪
〔幺篇〕他則是報答桑間一飯恩存得堂堂七尺身也不敢望遂風
雲報雠雪恨則願的積趲下金贈有恩人〔下〕
〔孔目云〕兄弟去了也我看此人不是忘恩負義的日後必得其力〔詩云〕他本犯罪該刑一死灰
重翻招案却因誰正是當權若不行方便如入寶山空手回〔搽旦扮蕭娥上云〕自家蕭娥是也自
小習學談諧歌舞無不通曉當了三年王母我如今納下官衫帔子我嫁人去也〔做見孔目科云〕
孔目哥哥萬福我當了三年王母如今納了官衫帔子改嫁良人去也〔孔目云〕你跟將我來〔引
搽旦見官科云〕相公這個蕭娥當了三年王母如今他要改嫁良人去〔李尹云〕前官手裏有這
例麽〔孔目云〕這個是舊例〔李尹云〕既有例禮案中除了名字着他改嫁良人去〔搽旦叩謝出
門科云〕孔目哥哥多謝了〔孔目云〕大姐你回去我便來你家討茶吃〔搽旦云〕我先去你便來

〔下〕〔孔目云〕相公無甚事請轉廳〔李尹云〕既然無事張千將馬來我回私宅去也〔下〕〔孔目云〕相公去了也我往蕭娥家裏討茶吃去〔下〕

〔音釋〕 蛩音窮　嵩音松　彬音賓　盾豚去聲　膊音博

第一折

〔孔目同搽旦上云〕小生鄭嵩自到大姐家住許多時難得大姐赤心相待爭奈我那渾家害的重了我家中看一看去〔搽旦云〕那裏去再住幾日去怕有甚麼事〔淨扮高成上云〕頭頂軍資庫脚踏萬年倉若將來撒鏝不勾幾時光小可高成的便是在這衙門中做着個祗候我平生只是貪花戀酒我今到蕭娥家討一鍾茶吃去〔做見孔目科云〕呀孔目在此我回去也〔孔目云〕高成你這個村弟子孩兒你來這裏怎的〔高成云〕孔目這等人家你來的我也來的〔孔目打高科云〕噤你似個吊桶我似個井這吊桶常落在井裏我若尋你些風流罪過一頓拷下你下半截來快走〔高成云〕我去便了我出的這門來他打我倒罷了他說我是吊桶他是井則有吊桶落在井裏鄭嵩你若犯下事可是我當直我一下起你一層皮那時井可落在我吊桶裏〔正末扮趙用引倈兒賽娘僧住上云〕自家姓趙名用南京人氏在這鄭州衙門裏當着個祗候有孔目鄭嵩因蕭行首當了三年王毋與他除了名字做了良人這幾日則在他那裏住下不肯回來他嫂嫂也姓蕭百般的着人喚他他只不肯回家今日他嫂嫂央我到蕭行首家對孔目則說他嫂嫂死了也我如今領着他兩個孩兒去賺將他來孩兒行動些〔唱〕

〔仙呂點絳唇〕俺嫂嫂連夢交雜水米不下將亡化只等孔目來家有幾句遺留話

〔混江龍〕這幾日公文不押嚇魂臺緊傍着相公衙那裏管詳刑折獄每日價臥柳眠花戀着那送舊迎新潑弟子全不想生男育女舊嬌娃眼睜睜現放着家私上半點兒不牽掛可不怕夫妻間阻男女爭差

〔云〕可早來到門首也〔做見孔目科〕〔倈兒云〕爹爹俺妳妳死了也〔孔目悲科云〕大嫂兀的不痛殺我也〔搽旦云〕你家裏哭去張着大口號甚麼〔正末云〕這是甚麼言語〔唱〕

〔油葫蘆〕道不的猿鎖空房猶性耍哥哥也咱須是宦宦家怎麼好人家娶這等攬蛆扒〔搽旦向孔目云〕你老婆若死了我就嫁你〔正末唱〕怕不待傾心吐膽商量嫁都是些瞞神諕鬼求食話哥哥你休勸他他敢和我便怒發你看承似現世的活菩薩則待戀定潑煙花

〔孔目云〕姐姐看我面讓他幾句〔搽旦云〕他是那個我讓他〔正末唱〕

〔天下樂〕他不比尋常賣酒家詳也波察怎便信殺有錢財似你恁作塌不將那官事理終日家偎戀他久以後無根椽和片瓦

〔搽旦云〕孔目你放心我如今一壺兒酒一條兒肉替你慶喜吃三鍾〔孔目云〕我死了老婆與我慶甚麼喜〔正末唱〕

〔醉中天〕他如今尸首停在牀榻喪孝現居家剗地揀一個日頭慶喜咱恨不的嘴縫上拳頭打我待揪扯着他學一句燕京廝罵入沒娘老大小西瓜

〔孔目云〕大姐你休怪我領孩兒家去也〔同下〕〔搽旦云〕好道兒他丟了我就去了我如今借一身重孝穿上我直哭到他家中他若是死了就與他弔孝若不曾死我這一去氣死那箇醜弟子孩兒〔下〕〔旦兒扮蕭氏上云〕妾身蕭縣君是也頗奈鄭孔目終日只在蕭娥家氣的我成病眼見的無那活的人也我着孩兒叫他去了怎麽許久還不見回來〔孔目同末倈上云〕兄弟也那孝堂中物件你可曾准備下麽〔正末唱〕

〔後庭花〕做下個束身白木匣剪下些迎神雪柳花人鬧處休啼哭我則怕當街裏人笑話〔孔目哭入門見旦科云〕好也他原來不曾死兄弟你這般說謊〔正末唱〕誰不知你這吏人猾若不說妻兒亡化你這令史每有三千番廝調發

〔搽旦哭上云〕我穿着這一身孝服可無眼淚我這裙帶裏這都是白礬到那裏望眼裏則一抹眼淚便下來我那姐姐喋〔正末云〕你來怎的〔搽旦云〕我來弔孝哩〔正末唱〕

〔金盞兒〕這婆娘忒奸猾不賢達走將來淚不住行兒下則你這無端弟子恰便似惡那吒他夫妻每纔廝守子母每恰歡洽你不脫了喪孝服戴甚麽紙麻花

〔搽旦云〕我那幹家做活的姐姐好也他原來不曾死你怎麽說謊好不賢惠的臉〔孔目云〕怪不的他說他當街裏哭將來〔旦兒云〕我這場氣無那活的人也您兩口兒近前來將這十三把鑰匙交付與你好覷一雙兒女者〔旦做死科下〕〔孔目云〕大嫂則被你痛殺我也〔搽旦云〕你張口哭甚麽老婆有便治無便棄〔孔目云〕這是甚麽話兄弟破木造棺高原選地埋殯了大嫂者〔張千

上云〕孔目相公叫你攢造文書往京師去哩〔孔目云〕我停嬰在家着別人去罷〔張千云〕要你去哩〔孔目云〕兄弟怎生是好喒便收拾攢造文書往京師去來〔正末唱〕

〔賺煞尾〕准備着送靈車安排着裝衣架擺列些高馱細馬走去衙門自告咱問官人借對頭踏亂交加奠酒澆茶但見的都將你做話靶滿城人將你來怨煞街坊都罵罵你個不回頭呆漢活氣殺大渾家〔下〕

〔孔目云〕大姐你與我照管家中我便索長行也〔倈兒云〕爹爹我跟了你去罷〔孔目云〕兒也我怎生帶得你去大姐則一件家緣家計都交付了你你則是好看我一雙兒女我便放心也〔搽旦云〕你自去這都在我身上〔倈兒云〕爹爹我則跟了你去〔孔目云〕孩兒我怎麼帶得你去大姐孩兒痴頑待打時你罵幾句待罵時你處分咱〔搽旦云〕你不放心馬屁眼上帶將去罷則管裏囑付〔孔目云〕罷罷罷我去也我待不去上司的言語待去又怕這婦人折倒這一雙兒女也是我出於無奈孩兒兀的不痛殺我也〔下〕〔搽旦云〕您老子去了等我吃的飽飽的慢慢的打你〔下〕〔一倈兒哭下〕

〔音釋〕雜音咱　押羊架切　娃音蛙　發方雅切　薩殺賈切　察抽鮓切　殺雙鮓切　塌湯打切　榻湯打切　匣奚佳切　猾呼佳切　達當加切　那音挪　吒音渣　洽奚佳切　踏當加切　靶音霸　煞與殺同

第二折

〔搽旦同倈兒上云〕我把你兩個小弟子孩兒你老子在家罵我我如今洗剝了慢慢的打你待我

關上門省的有人來打攪（正末上云）自家趙用跟着哥哥攢造文書上京師去行到半途遺剩了一紙文書只得重回家中取那文書走一遭去也呵（唱）

（越調鬬鵪鶉）俺家裏少東無西可着我走南嘹北俺哥哥纔娶的偏房新亡了正室撇下個幼女嬌男可又沒甚的遠親近戚我這裏仔細的尋思起他則待臥柳眠花怎知道迷妖着鬼

（紫花兒序）想着他親娘在日見這般打罵凌辱不由的感嘆傷悲我一心似箭兩脚如飛走的我氣喘狼藉恨不得一步奔來城市裏早行至哥哥門內則聽的大叫高呼元來又打得他女哭兒啼

（搽旦云）如今酒又不醉飯又不飽我慢慢的打你這兩個小弟子孩兒（正末云）兀的不打孩兒哩（唱）

（小桃紅）則問你賽娘僧住爲何的他可也有甚麽閑炒刺 （云）嫂嫂開門來（搽旦云）這個是趙用的聲音你兩個且起去揩了淚眼我買饊饊你吃我開了這門 （見末科云）小叔叔你怎的回來有甚麽勾當（正末見俫兒科云）嫂嫂你爲甚麽打這孩兒（搽旦云）阿彌陀佛頭上有天我爲甚麽打他（正末云）嫂嫂我試猜咱（唱） 莫不是少柴無米苦央及（搽旦云）柴米都有一箇不肯上學一箇不肯做生活我逗他耍來（正末唱）便休題伶牙俐齒相支對想着他親娘在日看承似神珠寶貝 （搽旦云）天也我愛的是這一雙兒女（正末唱）怎禁他佯孝順假慈悲

（搽旦云）你爲甚麽回家來（正末云）哥哥遺剩了一紙文書說在背閣板上（搽旦云）你自家取

去〔正末取科云〕有了文書我去也〔倈兒哭扯末科云〕叔叔我跟將你去罷你去了呵他又打我
也〔正末云〕嫂嫂看着哥哥面皮休打孩兒〔唱〕

〔天淨沙〕我急忙忙取得文移趲程途不敢耽遲怎禁他這孩兒倒疾緊拽住咱家衣袂則待要步步追隨

〔調笑令〕這孩兒便頑癡有十分不是傷觸着你可憐他親娘不幸先辭世剛抛下一雙的業種無知你也則看覷他爺這面皮再休打的他哭哭啼啼

〔搽旦云〕哎喲小叔你放心去我怎肯打孩兒〔正末云〕謝了嫂嫂我去也〔倈兒扯住末科云〕叔叔我則是跟了你去〔正末云〕嫂嫂你道是不會打呵〔唱〕

〔禿廝兒〕爲甚麽適纔間叫天叫地都一般汪汪的淚眼愁眉他和你又沒甚殺爺娘的讎共隙怎這般苦死的怕相依也波堪悲

〔倈兒哭科云〕叔叔我則是跟着你去〔正末唱〕

〔聖藥王〕俺只見兒又啼女又啼哭的俺是鐵人石意也酸嘶他待要來也隨去也隨恰便似螞蝗釘了鷺鷥飛寸步不教離

〔云〕嫂嫂你是必看哥哥面上休打這孩兒者〔搽旦云〕有你我便不敢打兩次三番聒氣〔做推末出門科云〕你去我關上這門打這小弟子孩兒〔正末云〕這婦人推出我來關上門我待去了出不的這口惡氣街坊隣舍聽者〔詞云〕勸君休要求娼妓便是喪門逢太歲送的他人離財散家業破鄭孔目便是傍州例這婦人生的通草般身軀燈心樣手脚閑騎蝴蝶傍花枝被風吹在粧梳

閣蜘蛛網內打筋斗鵝毛船上邀朋友海馬兒馱行藕絲兒牽走有時蘸水在秤頭秤定盤星上何曾有這婦人搽的青處青紫處紫白處白黑處黑恰便似成精的五色花花鬼他生的兎兒頭老鼠嘴打街坊罵隣里則你是個腌腌臢臢潑婆娘少不得瓦礶兒打翻在井水底〔唱〕

〔寨兒令〕我罵你這歪刺骨我罵你這潑東西你生的來兎兒頭老鼠嘴長則待炒是尋非叫罵過日怎做的好人妻

〔幺篇〕這都是俺哥哥命運低微帶累你兩個孩兒受盡禁持我本待好心腸苦勸你你倒惡狠狠把咱推來來來我便死也拚得和你做頭敵

〔收尾〕我如今一脫氣直走向京都地一句句向哥哥說知有一日鄭孔目到來時不道肯輕輕的素放了你〔下〕

〔搽旦云〕好也着趙用這村弟子孩兒罵我這一場去了我如今且不打你等我吃的酒醉飯飽了慢慢的打你〔俫兒哭隨下〕

〔音釋〕洗先上聲　剩音戚　嘹音料　北邦每切　室傷以切　戚倉洗切　喘穿上聲　藉精妻切　刺倉洗切　𪗋音魔　及更移切　逗音豆　疾精妻切　蘸知濫切　日人智切　敵丁梨切

第二折

〔丑扮店小二上詩云〕曲律竿頭懸草稕綠楊影裏撥琵琶高陽公子休空過不比尋常賣酒家自家是店小二在這鄭州城外開着箇小酒店今早起來掛了酒望子燒的鏇鍋兒熱着看有甚麼人

來〔孔目上云〕自家鄭孔目攢造文書已回我一路上來多聽的人說我那渾家有姦夫折倒我那一雙兒女未審虛實遠遠的是一個酒店這城裏人家事務他都知道我試問他一聲賣酒的有麼〔小二云〕有官人要打多少酒〔孔目云〕你這廝不爽利張保在那裏你叫他來〔小二云〕官人請坐我叫他去張保有人尋你哩〔正末扮張保上云〕來也買賣歸來汗未消上牀猶自想來朝為甚當家頭先白曉夜思量計萬條小人江西人氏姓張名保因為兵馬嚷亂遭驅被擄來到回回馬合麻沙宣差衙裏往常時在侍長行為奴作婢他家裏吃的是大蒜臭韭水答餅禿禿茶食我那裏吃的我江南吃的都是海鮮會有四句詩道來〔詩云〕江南景致實堪誇煎肉豆腐炒東瓜一領布衫二丈五桶子頭巾三尺八他屋裏一個頭領罵我蠻子前蠻子後我也有一爺二娘三兄四弟五子六孫偏你是爺生娘長我是石頭縫裏迸出來的謝俺那侍長見我生受多年與了我一張從良文書本待回鄉又無盤纏如今在這鄭州城外開着一箇小酒店兒招接往來客人昨日有個官人買了我酒吃不還酒錢我趕上扯住道還我酒錢來他道你是甚麼人我道也不是回回人也不是達達人也不是漢兒人我說與你聽者〔唱〕

〔南呂一枝花〕我是個從良自在人賣酒饒供過務生資本少醞釀利錢多謝天地買賣和合憑老實把衣食掇俺生活不重濁不住的運水提漿炊盪時燒柴撥火

〔梁州第七〕也強如提關列窨也強如斡擔挑籮滿城中酒店有三十座他將那醉仙高掛酒器張羅我則是茅菴草舍瓦甕瓷鉢老實酒不比其他論清閑壓盡鳴珂又無那胖高麗去往來迎又無那小

扒頭濃妝豔裹又無那大行首妙舞清歌也不是我獎譽太過這黃湯強如醇醪糯則為我釃酒漿水刺破麪米相停無添和那說起玉液金波

〔做見科〕〔孔目云〕張保你在那裏來這早晚纔來你打二百錢的酒來〔正末云〕打二百錢的酒篩的熱着孔目自己吃〔孔目云〕酒且慢慢的吃你這裏有甚麼新事〔正末云〕有新事一貫鈔買一個大燒餅別的我不知道〔孔目云〕不是這個這裏有個鄭孔目娶了一個小婦折倒他前家一雙兒女〔正末云〕官人這個我知道你聽我說〔唱〕

〔賀新郎〕前家兒招了個後堯婆小媳婦近日成親大渾家新來亡過題名兒罵了孜孜的唖罵那無正事頹唆則待折損殺業種活撮〔孔目云〕那婦人折倒他一雙兒女他那街坊可罵鄭孔目麼〔正末唱〕這廝掌刑法做令史覓錢來養嬌娥送的他人離財散家緣破那賤人也不是魯義姑這廝也不是漢蕭何

〔孔目云〕我聽的說那小婦人不與他兩個孩兒飯吃那兩個孩兒只在長街上討吃有這話麼〔正末唱〕

〔紅芍藥〕道偷了米麪把瓮封合掬的些冷飯兒又被堯婆擘手把碗來奪孩兒每雨淚如梭黃甘甘面皮如蠟塌前街後巷叫化些波那孩兒靈便口嘍囉且是會打悲阿

〔菩薩梁州〕湯水兒或少或多乾糧兒一箇兩箇米麪兒一撮半撮

捨貧的姐姐哥哥他娘在誰敢把氣兒呵糖堆裏養的偌來大如今
風雪街忍着十分餓他不愛惜倒折挫常言道灰不如火熱多敢怕
我信口開合
〔孔目云〕張保聽的人說那堯婆有姦夫作踐了鄭孔目的家私你可常去他家送酒這等勾當却
是有也無〔正末云〕當日那堯婆來問張保買酒張保送去進入後門我張保在那裏等出家火那
堯婆教那兩個孩兒燒着火那婆娘和了麪可做那水答餅煎一個吃一個那兩個孩兒在竈前燒
着火看着那婆娘吃孩兒便道妳妳肚裏饑了那婆娘將一把刀子去盤子打一劃把一箇水答餅
劃做兩塊一箇孩兒與了半個那孩兒歡喜接在手裏番來番去吊在地下那婆娘說兩個爭嘴官
人他只是怕熱〔唱〕
〔罵玉郎〕把孩兒風流罪犯尋些箇吊着脚腕又不敢將脚尖那當
日紛紛雪片席來大衣服向身上剝井水向堦下潑肐膝兒精磚上
過
〔感皇恩〕他將那門戶關合怎生結磨顫欽欽跪在堦基可丕丕心
驚懼撲簌簌淚滂沱當日箇天時凜冽怎能勾身上温和孩兒每縮
着脖項拄着下頦聳着肩窩
〔採茶歌〕僧住將手心兒搓賽娘把指尖兒呵凍的他戰篤速打頦
歌他可也性子利害毋閻羅〔孔目云〕他可喚做甚麼〔正末唱〕則他是上廳
行首喚做燒鵝

〔孔目云〕敢是蕭娥〔正末云〕哦是蕭娥〔孔目云〕張保那鄭孔目的孩兒也常到你這裏來麼〔正末云〕他早晚便來也〔孔目云〕等他來時你引來見我〔倈兒上云〕我是鄭孔目的孩兒沿門叫化了回張保店裏去〔做見末科〕〔正末云〕兩個孩兒這裏有個官人你見他去〔倈兒見孔目科〕〔哭云〕兀的不是俺爹爹〔孔目云〕兀的不是我兩個孩兒則被你痛殺我也〔正末唱〕

〔哭皇天〕我與你打鬧處先趓過拿笠兒忙蓋合心驚的我面沒羅

〔孔目云〕張保〔正末云〕你是張保〔孔目云〕我喚你哩〔正末云〕我喚你哩〔孔目云〕你看這廝波你如何這等答應我〔正末唱〕小人幾曾離了鏇鍋我是王留一般弟兄兩個

〔帶云〕官人也〔唱〕你莫不是眼摩挲錯認了你這親眷你却是姓甚麼

〔孔目云〕張保我便是鄭孔目〔正末唱〕

〔烏夜啼〕謝天地小人剛道的這淫邪貨並不曾道甚孔目哥哥〔孔目云〕你也罵的我勾了你說他有姦夫是那一個〔正末唱〕要姦夫略數與你二十箇盡都是把手爲活對酒當歌鄭州浪漢委實多〔云〕那姦夫姓高〔孔目云〕高甚麼〔正末唱〕高陽公子休空過憑着我在口言是亡身禍言多語少小人有些九伯風魔

〔孔目云〕既然那婦人有姦夫把我這一雙兒女寄在你這店中我今夜晚間越牆而過把姦夫淫婦都殺了罷〔正末唱〕

〔黃鍾尾〕潤紙窗把兩個都瞧破拽後門將三簧鎖納合捕巡軍快拿捉急開門走不脫到官司問甚麼取了招帶枷鎖建法場把市郭

上木驢着刀剁萬剮了堯婆兀的不痛快殺我〔下〕〔孔目云〕天色晚了我殺那姦夫淫婦去來〔下〕〔搽旦同高成上云〕高成我老公不在家我和你永遠做夫妻可不受用〔高成云〕難得你這好心我買條糖兒請你吃〔孔目云〕天色晚了我來到這後園牆下攀着這柳枝跳過這牆來到臥房門首我試聽咱〔高成云〕我怎麽有些心跳把這吊窗開着有人來時我好走〔孔目云〕可知有姦夫我踏開這門進去〔高成慌科云〕不中有人來了走走走〔下〕〔孔目云〕兀的不是姦夫也〔搽旦云〕姦夫在那裏〔孔目云〕這等婦人要做甚麼不如殺了罷〔搽旦云〕救人也〔孔目殺科〕〔搽旦下〕〔孔目云〕我待走了可不帶累鄰舍我索官司中出首去來〔下〕

〔音釋〕稕准去聲　爽霜上聲　八音巴　迸逋孟切　醞音韻　釀泥降切　合音何　掇音朵　濁之娑切　盪湯去聲　窨音叫　斡烏括切　瓷音慈　缽波上聲　他音拖　釃音篩　液音逸　唾拖去聲　唆音梭　撮磋上聲　奪音多　墻音常　阿何哥切　劃音畫　腕碗去聲　顫音戰　簌音速　滂鋪忙切　沲音陀　頦音孩　搓音磋　趄山去聲　娑音梭　活音和　瞧音樵　簧音黃　捉之左切　脫音妥　麽眉波切　郭音果　剮音寡

第四折

〔李尹引張千上云〕小官李公弼見任鄭州府尹今日陞廳坐起早衙張千喝攛廂〔張千云〕在衙人馬平安擡書案〔孔目上跪科〕〔李尹云〕兀的不是孔目鄭嵩你告甚麽〔孔目云〕小人去京師攢造文書回來撞見姦夫在妻子房內我踏門進去姦夫走脫小人將妻子殺了今來出首　〔李尹

云〕鄭嵩你怎做的執法人拿姦要雙拿賊要贓走了姦夫你可殺了媳婦做的箇無故殺妻妾該杖八十迭配遠惡軍州張千拿下去打着者〔張千云〕小人行杖〔高成云〕今日該我當日我行杖〔高成打科云〕六十七十八十〔孔目云〕那行杖的可是高成則被他打殺我也〔李尹云〕與他臉上刺了字迭配沙門島張千着一個能行快走的解子便解將去〔高成云〕小人解去〔李尹云〕只今日就行〔高成押出門科〕〔孔目云〕我和你有甚麼冤讎你打的我這般狠〔高成云〕你今日這井可也落在弔桶裏麽〔孔目云〕天那有誰人救我也〔同下〕〔李尹云〕今日無事且轉廳〔詩云〕非我不憐他他罪原非小姑免赴雲陽且配沙門島〔下〕〔正末扮宋彬引僂儸上詩云〕虎着痛箭難舒爪魚遭密網怎翻身運去劍誅無義漢時來金贈有恩人自家護橋龍宋彬自從解出鄭州到的半路被我扭開枷鎖打死了解子就在這山中落草爲寇好是快活也呵〔唱〕

〔雙調新水令〕我如今向槽房連甕掇將來償還了我弟兄每口債酒斟着醇糯醅膾切着鯉魚胎今日開懷直吃的沉醉出山寨〔云〕小僂儸斟酒來〔僂儸進酒科云〕哥哥滿飲一杯〔正末唱〕

〔沉醉東風〕兄弟每滿滿的休推莫側直吃的醉醺醺東倒西歪把猪肉來燒羊羔來宰你可便莫得遲捱直吃到梨花月上來酒少呵您哥哥再買

〔云〕嗨我幾乎忘了我當初犯罪之時若不是鄭孔目哥哥救我性命豈有今日近來聞得俺哥哥也犯了罪迭配沙門島去我想這等遠惡軍州莫說到得那裏只在路上少不得是死的古人有言有恩不報非丈夫也小僂儸徹了酒者〔唱〕

〔落梅風〕只管裏貪戀着酒如泉可頓忘了他恩似海萬一個在中途被人謀害可不乾着了當初救命來則問你護橋龍宋彬安在

〔云〕我如今點起五百名僂儸直到鄭州地面若是俺哥哥解在中途正好迎着一同回還山寨若是未經解出拚的劫牢定要救俺哥哥者〔做上路科〕〔倈兒上云〕俺兩個僧住賽娘便是俺父親迭配沙門島如今在酷寒亭上俺叫化些殘羹剩飯與他充饑去〔做見僂儸拿住科〕〔正末云〕這兩個叫化小孩兒是誰家的〔倈兒跪科云〕俺是鄭孔目的孩兒賽娘僧住將軍可憐見波〔正末唱〕

〔喬牌兒〕俺這裏見孩兒添驚怪破衣服怎遮蓋凍的他兩隻手似冬凌塊誰救你爹爹脫杻械

〔倈兒云〕我叫化些殘茶剩飯與俺父親吃〔正末云〕你父親在那裏〔倈兒云〕俺父親因拿姦夫殺了淫婦被官司問遣迭配沙門島去如今在酷寒亭上哩〔正末云〕小僂儸跟了我就到酷寒亭上救俺哥哥走一遭去〔同下〕〔高成押孔目上科〕〔孔目云〕哥哥且慢行者我兩個孩兒尋覓些茶飯去了我在那酷寒亭上等一等避過這雪慢慢的再行將去〔高成云〕你這兩個小業種少不得先結果了他方纔慢慢的處置你旣是雪大且避過了這雪再走〔正末引僂儸同倈兒上〕〔唱〕

〔川撥棹〕這兩個小嬰孩引三軍何處來赤緊的雲鎖冰崖風斂陰霾雪灑塵埃則半合兒早粉畫樓臺玉砌衢街俺軍中也做了銀粧甲鎧俺哥哥在酷寒亭怕不活凍煞

〔云〕兀的不是俺哥哥小僂儸休教走了解子且打開哥哥的枷鎖者〔做解科〕〔唱〕

〔七弟兄〕莫猜快來把枷鎖疾忙開將哥哥左右相扶策在鬼門關奪轉得這凍形骸向酷寒亭展脚輸腰拜〔孔目云〕兀的不諕殺我也壯士你是誰〔正末云〕哥哥則我就是護橋龍宋彬〔唱〕

〔梅花酒〕喒兩個自間隔爲殺了裙釵攬下非災不得明白沙門島程途怎地捱酷寒亭風雪如何奈從別離三二載睡夢裏記心懷天對付巧安排〔孔目云〕兄弟是我當日救你命來今日你却做我的大恩人也〔正末唱〕

〔收江南〕呀誰承望月明千里故人來則被這潑煙花送了你犯由牌狠公人又待活燒埋到今日救解早收拾了那一點淚沾腮〔孔目云〕兄弟你救我咱則這解子高成便是姦夫〔高成云〕我死也〔正末云〕小僂儸將這姦夫與我綁了替哥哥報讐〔高成云〕不干我事我吃長齋的肯做這勾當〔孔目云〕兄弟教我怎生是好〔正末云〕哥哥休慌同兩個孩兒權到山寨上住幾日再作計較〔唱〕

〔鴛鴦煞〕從今後深讐積恨都消解且到我荒山草寨權停待暢道是本姓難移三更不改做一場白日胸襟轟雷氣概將這廝吃劍喬材任逃走向天涯外我也少不得手到拿來則做死羊兒般弔着宰〔云〕小僂儸把那廝先綁上山去就安排果卓請哥哥到寨中做慶喜筵席將那廝萬剮凌遲以報冤恨者〔詞云〕今天下事勢方多四下裏競起干戈其大者攻城略地小可的各有巢窠非是我甘心爲盜故意來啜賺哥哥眼見得這場做作官司裏怎好兜羅且共我同歸草寨徐觀看事勢如何

肯容他高成走脫早拏來綁縛山坡先下手挑筋剔骨慢慢的再剖胸膛也等他現報在眼纔把你讎恨消磨待幾時風塵寧靜我和你招安去未是蹉跎

〔音釋〕 酷鋪梅切 膾音貴 側齋上聲 杻音丑 械音薤 霾音埋 煞雙債切 策釵上聲 隔皆上聲 白巴埋切 轟音烘 啜昌說切 賺音湛 蹉音嗟 跎音陀

題目 後堯婆淫亂辱門庭
潑姦夫狙詐占風情

正名 護橋龍邂逅荒山道
鄭孔目風雪酷寒亭

鄭孔目風雪酷寒亭雜劇

七星官增壽延彭祖

桃花女破法嫁周公

桃花女破法嫁周公雜劇

元　　撰

明吳興臧晉叔校

楔子

〔老旦扮卜兒上詩云〕衣止三丈布食唯半升粟但得一子孝便爲萬事足老身本姓李夫主姓石人口順都喚我做石婆婆祖居洛陽人氏我們住的村坊也有百十多家出名的止有三姓一姓彭一姓任一姓石却好依年紀兒排房去那姓彭的名彭祖叫彭大公姓任的名任定叫任二公我夫主名石之堅叫石三公這三姓人家有無相濟真個是異姓骨肉一般只是子孫少那彭大公寸男尺女皆無任二公養得一女喚做桃花單則我家有個孩兒喚做石留住今年二十歲了我夫主亡化之後全虧這孩兒早起晚眠營幹生理養活老身自春初收拾些貲本着孩兒販南商做買賣去至今杳無音信想我河南人出外經商的可也不少怎生平安字稍不得一箇回來我常常見彭大公說他主人周公開着座卦鋪但經他算的無不靈驗我如今不免尋彭大公去劃捨幾文錢算其一卦看我孩兒幾時回家可不好也〔下〕〔沖末扮周公引外彭大上詩云〕洛陽老翁無所適上天下地鶴一隻除却人間問卜時滴露研朱點周易老夫周公是也自幼攻習周易之書頗精八卦之理在於洛陽居住渾家早年亡逝已過嫡親的三口兒家屬孩兒學名增福今年二十一歲還不曾與他定得親事女兒小字臘梅止得十三歲也還不曾許人以下亦無甚麼家僮使女止有一個傭工的喚做彭祖自從老夫在城中開個卦鋪整整三十年此人便在我家做工每年與他五兩銀子此人勤謹老實又不懶惰又不偷盜我家中甚是少他不的所以年年僱他也有三十多年了近因

年老做不的甚麽重大生活只教他管鋪無非開鋪面掛招牌抹桌櫈收課錢這輕省的事不是老夫誇口說真箇陰陽有准禍福無差我出着大言牌寫道一卦不着甘罰白銀十兩這三十年來並無一個算差了被人拿了我那銀子去彭祖今日開開卦鋪掛起招牌將這一個銀子挑出去看有什麽人來〔彭大云〕理會的〔做挑銀子科云〕兀那一街兩巷過來過往的人您都聽着俺這周公陰陽有准禍福無差但是一卦算不着甘罰這一箇銀子你要算吉凶的蚤些兒來也〔卜兒上云〕轉過隅頭抹過屋角此間有個卦鋪不知可是周公的怎得彭大公出來便好問他〔彭大做出見科云〕呀石婆婆你那裏去〔卜兒云〕你常對我說周公的卦算得有准我因要問我兒子幾時回家特特算卦來〔彭大云〕這就是周公的卦鋪你隨我見去〔卜兒做入見科云〕〔彭大云〕老爹這石婆婆是我的隣舍有個兒子做買賣去了半年多不見音信要你與他算一卦看道幾時得回家來〔周公云〕這等教他說那兒子的生年八字來〔卜兒云〕我兒子今年二十歲三月十五日午時生〔周公做算科云〕乾坎艮震巽離坤兌〔做拍桌科云〕嗨便好道陰陽不順人情我說則說你休煩惱你那兒子注着壽夭〔卜兒云〕便壽短也罷了只要得他回來也等我得見他一面〔周公做搖頭科云〕你要見面不能勾這卦中該今夜三更前後三尺土底下板殭身死也〔卜兒云〕老爹你敢是耍我麽還再與他算算看〔周公做冷笑云〕你這婆婆怎麽說我作耍我的陰陽有准禍福無差若是算不着我甘罰這一個銀子與你〔彭大云〕嗨好可憐也石婆婆俺周公的卦斷生斷死斷了三十年不曾差了一個你那孩兒定無活的人也你快回家打點復三去〔卜兒云〕老爹休怪這一分銀子送你做課錢〔周公云〕婆婆你將的去我不要你的〔卜兒做謝別悲科云〕天那兀的不煩惱殺人也〔詞云〕聽說罷流淚悲傷恰便似刀攪心腸不爭兒板殭身死天那着誰人

送我無常〔下〕〔周公云〕今日清早起開鋪就算着這一卦好不順當我也不起卦了彭祖與我關上鋪門我往周易去也〔同彭祖下〕〔正旦扮桃花女上云〕妾身任二公家桃花女是也我待繡幾朵花兒可沒鍼使急切裏等不得貨郎擔兒來賣我想石婆婆家小大哥是販南商的常有江西好鍼在家裏我如今到石婆婆處與他討一兩根咱〔卜兒哭上云〕我那兒阿兀的不痛殺我也〔正旦做見科云〕呀石婆婆你在那裏來〔卜兒云〕我到周公卦鋪裏起課來〔正旦云〕婆婆你爲何這般煩惱〔卜兒云〕兒也你可不知我因爲孩兒做買賣出去了半年多不見回還我心中有些恍惚去到周公卦鋪裏算了一卦他道我孩兒注該今夜三更前後三尺土下板殭身死怎教我不煩惱也〔正旦云〕婆婆便好道陰陽不可信信了一肚悶你小大哥那裏便犯這般横禍你信他怎的〔卜兒云〕人都說周公的卦無有不靈驗的不由我不信只是我那兒阿知道你今夜死在那裏好收拾你骨殖去也〔做悲科〕〔正旦云〕婆婆你且省煩惱說你那小大哥的生年月日來等我與他掐算者〔卜兒云〕他是二十歲三月十五日午時生的〔正旦做掐指科云〕嗨周公能算也真箇該今夜三更前後三尺土底下板殭身死只是也還可解禳哩婆婆我救你小大哥咱〔卜兒云〕你若救得我孩兒性命等他回來多多的謝你也〔正旦云〕我教與你到今夜晚間三更前後你倒坐着門限上披散了你頭髮將馬杓兒去那門限上敲三下叫三聲石留住哥哥他便不死了也〔唱〕

〔仙呂端正好〕我說與你自心知休對着別人道我可憐見你皓首年高你省可裏添煩惱只等的一鼓盡二鼓交驟雨過猛風飄坐着門桯披着頭稍將小名兒喚馬杓兒敲捱今夜待明朝〔帶云〕婆婆你則

牢記者〔唱〕穩情取做買賣的那兒來到
〔卜兒云〕兒也可有這等事麼〔正旦云〕難道我哄你只依着我的話去做包你小大哥明蚤回
來也〔卜兒云〕呀我倒忘了你適纔到我家來做什麼〔正旦云〕婆婆我不爲別的要和婆婆討
個江西鍼兒繡花〔卜兒云〕鍼兒有等明日孩兒回來我就帶着鍼兒同孩兒來謝你也〔正旦
云〕這等婆婆我去也〔下〕〔卜兒云〕桃花女去了也我不免依着他的說話等到三更前後風
止雨息倒坐在門限上披散了頭髮將馬杓兒去那門限上敲三敲叫三聲石留住搭救孩兒則個
〔下〕〔小末扮石留住上詩云〕耕牛無宿草倉鼠有餘糧萬事分已定浮生空自忙自家石留住的
便是春間辭別了母親出來做一場買賣謝天地利增十倍今日回家來到這裏爭奈天色已晚又
遇着風雨前不巴村後不着店怎生是好〔做看科云〕兀的不是一座破瓦窰權躲在窰內捱過
一夜明蚤回見母親去我入的這窰來且歇息些兒咱〔做睡科〕〔卜兒上云〕這蚤晚是時候了待
我披開頭髮倒坐門限上把馬杓兒敲三敲叫三聲石留住待〔做敲叫三科下〕〔石留住做三應
科云〕是那個叫我出的這窰來又不見個什麼人〔做驚科云〕呀我石留住好險也我纔出的這
窰來這窰忽的倒了爭些兒把我壓死在窰底下哩如今風雨已息天色漸明我不敢久停久住趕
回家見我母親去可蚤來到家門首也母親開門來開門來〔卜兒做開門石留住入見科云〕母親
您孩兒來家了也〔卜兒云〕你是人也是鬼〔石留住云〕您孩兒怎麼是鬼〔卜兒云〕你若是人我
叫你一聲你應我一聲高似一聲若是鬼呵一聲低似一聲〔卜兒做叫科云〕石留住待〔石留住
做應科云〕哎〔卜兒再叫科云〕石留住待〔石留住再應科云〕哎〔卜兒三叫科云〕石留住待
〔石留住云〕我哄母親咱〔做低應科云〕哎〔卜兒做怕科云〕是鬼是鬼〔石留住云〕母親爲何如

此〔卜兒云〕孩兒你不知因你離家許久老身放心不下這城中有個周公善能算卦出着大言牌上面寫道一卦不着罰銀一錠是他算你該昨夜三更前後三尺土底下板殭身死也〔石留住云〕母親這周公也算的着昨夜晚間孩兒在破瓦窰中歇息三更前後不知是什麽人叫我三聲我在睡夢中應了三聲慌忙走出窰來看時這窰便忽的倒了爭些兒壓死在窰底下哩〔卜兒云〕孩兒也你道周公算的着還有一個算的着我昨日算卦回來適值任二公家桃花女來到我家借鍼兒是他見我有些煩惱問其緣故我將前事說與他他問了你生年八字招算了一徧他說不妨這箇是有救的教我到三更前後披開頭髮倒坐門限上敲着木馬杓叫你三聲石留住我依了他這般做不想你今早果然無事回來着我歡喜不盡〔石留住云〕母親這等看來周公算不着了待孩兒去問他要這個銀子何如〔卜兒云〕你去恐怕他不服不肯罰這銀子我同你去來〔並下〕〔彭大做笑科上云〕你道我彭大公爲何發這笑來只好笑我家主人周公開着卦鋪但是人來算卦的少不的吉也斷凶也斷生也斷死也斷昨日算我隔壁石婆婆的兒子石留住該死道是不利市到今番日將晌午方纔着我開鋪面掛起那大言牌你道好淡麽〔卜兒同石留住上云〕彭大公你周公算我孩兒昨夜三更三尺土下板殭身死我孩兒今日可怎生無事回來算不着我來問他要這挑出的一錠銀子〔彭大做驚科云〕哎喲石小大哥果然沒事是他算不着了也我周公在卦鋪裏面你自喚他出來白他謊討他銀子去〔周公上做見科云〕你這婆婆又來怎的〔卜兒云〕老爹你算我孩兒昨夜身亡算不着你將那罰的銀子與我〔周公云〕我豈有算不着的〔卜兒云〕這個不是我孩兒石留住是今番回來的〔周公云〕敢不是你兒子私下借倩這個小廝要我的銀子來壞我的買賣〔卜兒云〕我只有的這個孩兒彭大公也認的他哩〔彭大云〕是他的親兒子與他銀

子去罷〔周公云〕住住住教他兒子自說生年八字來等我再算〔石留住云〕我今年二十歲三月十五日午時生〔周公云〕是這八字〔做再算驚科云〕怪哉這命本等該昨夜三更前後三尺土底下板殭身死今日算來有個恩星臨時進命救他無事怎麼昨日沒這恩星今日便有恩星救命這小後生一定不是石婆婆的兒子〔彭大云〕你這老人家他在我隔壁住從小裏看生見長的怎麼不是說話在前了我只除下這挑出的銀子與他去罷〔做與砌末科〕〔卜兒云〕孩兒得了這銀子俺們回家去來〔下〕〔周公做悶科云〕我算了三十年卦不曾差了今日可怎生差算被人罰了銀子去兀的不悶殺我也〔彭大云〕想是你老了不濟事了教一街兩巷過來過往的人都說周公算不着被人罰了這挑出的一個銀子去下次再不要他算了您好知道麼您常在我根前賣弄這陰陽有准禍福無差今日如何好惶恐人也毛毛毛〔周公云〕這一個銀子不打緊只是掛了三十年今朝被人拿去真個惶恐彭祖與我關上鋪門我也不去註周易了〔詩云〕獨擅陰陽三十秋猶餘妙理未窮搜饒君掬盡西江水難洗今朝這面羞〔彭大同下〕

〔音釋〕 傭音容　夭音杳　殭音姜　當去聲　橫去聲　禳仁張切　杓繩昭切　桯音汀　分去聲　晌音賞

第一折

〔周公同彭大上〕〔彭大云〕老官人不要怪我老人家多嘴你自從開這卦鋪已來也賺的勾了剛剛吃拿了一個銀子去便關上鋪門何等小器我聞的古人有言智者千慮必有一失你算了三十年的卦從不曾算差了止差的一個也不爲多你的名頭傳播的遠了那算卦的人難道爲這一個不着便不來要你算若如此別家起課的鬼也沒的上門了如今這青天白日關着鋪門像什麼模

樣便好道一日不害羞三日喫飽飯我們靠手藝的買賣怎害得許多羞老官人你依我說到廂子角兒裏再取出個銀子來待我依舊開了鋪面掛卜招牌挑出這甘罰的銀子去怕做甚的〔周公云〕你可不是這等說我這一個挑着三十年了如今被人拿去我是出大言牌的教我有甚嘴臉好見那火算卦的人不若且關鋪門幾日等他一街兩巷的人再三求我算卦然後重開鋪面方纔好看我在此悶坐甚是無事你說你那年月日時來等我與你閑算咱〔彭大云〕你要算我的命被別人拿了你銀子去拿我來襯鋪兒老官人你不濟事不要算我罷〔周公云〕你這老弟子孩兒我好意與你招算招算講這等胡話你說你那年月日時來〔彭大云〕你左右算不着我說與你知道我今年六十九歲了〔周公云〕幾月生的〔彭大云〕五月初五日戌時生〔周公做算科云〕乾坎艮震巽離坤兌嗨可是兩個兒也彭祖你今日安然明日無事到後日午時合該土炕上板殭身死〔做哭科〕〔彭大云〕你家裏盛廂滿籠放着銀子纔喫人拿的一個去便是這等啼哭這銀子想是你的命哩〔周公云〕我哭你哩〔彭大云〕誰呢〔周公云〕你到後日日當卓午土炕上板殭身死〔彭大云〕好說我可怎麼得死我不死你死〔周公云〕我這陰陽有准也〔彭大云〕是你這陰陽有准石留住不活了老官人你把這陰陽收拾起罷你這陰陽是哈叭狗兒咬虼蚤也有咬着時也有咬不着時我不信你了〔周公云〕來來來你伏侍我多年只今日放你回去打點送終之具〔做與砌末科云〕分外與你一兩銀子買些酒肉吃辭別了你那親識朋友你死之後我好好殯送你也〔下〕〔彭大云〕老官人你回來再與我算一算可有甚恩星救麽〔做哭科云〕我又不會要他算平白地問了我八字說我只在後日午時土炕上板殭身死打緊的我又怕死這板殭的板字教我怎當的起待不信他來他可陰陽有准待信他來我已是死的人了那個救得恰纔他與我一兩銀

子着我買些酒肉吃的醉飽辭別了一班兒親識朋友去我有什麼親識朋友在那裏只有隔壁任二公我今日先辭他一辭就帶這銀子去與他喫一鍾〔做哭科云〕天呵教我怎當的這板字也呵〔下〕〔外扮任二公上〕〔詩云〕急急光陰似水流等閑白了少年頭月過十五光明少人到中年萬事休老漢姓任名定人口順都叫我做任二公婆婆亡逝已過別無甚麼得力兒男止有一個女兒長成一十八歲未曾許聘他人這孩兒生下來左手上有桃花紋兒因此上喚做桃花女今日無事我到門前閑看去咱〔彭大上云〕恰好任二公正在門首待我見去〔做見科云〕兄弟今日特來辭別你去也〔任二公云〕哥哥你要辭我往那裏去〔彭大云〕兄弟不知今日周公算我一卦道我到後日午時身亡以此先來辭你〔做哭科〕〔任二公云〕哥哥且省煩惱這陰陽事信他怎麼那裏便准〔彭大云〕那周公算的卦從來沒個不准教我怎不煩惱他今日與我一兩銀子買些酒肉吃辭別了一班兒親識朋友去我銀子現帶在這裏待我買壺酒來與兄弟吃一鍾〔任二公云〕你到我家倒吃你的只等我女孩兒回來安排些酒肉與哥哥食用咱〔正旦上云〕妾身桃花女的便是蚤間石婆婆送了我鍼兒適纔到街市上配些絨線回來謝天地今年好收成也呵〔唱〕

〔仙呂點絳唇〕俺則見四野田疇禾苗豐茂登場後鼓腹歌謳現如今無士馬絕征鬪

〔混江龍〕雖然是農家耕耨感謝得天公雨露有成收則俺這村居野疃那羨您畫閣朱樓你道官人每出來的乘駿馬怎如俺那牧童歸去倒騎牛俺可也比每年多餘黍麥廣有蠶桑囤塌細米垜下乾柴端的個無福也難消受您穿的是輕紗異錦俺穿的是坌絹的這

麤紬

〔做見科云〕伯伯萬福〔背云〕你看他爲何這般煩惱莫不是與我父親有什麼言語來〔唱〕

〔油葫蘆〕你兩個自小兒相隨到白頭端的是老故友但同行共坐笑無休我則道別逢閑漢頻搖手你可也敢則是飽諳世事慵開口俺則見這壁廂悶悶的迎那壁廂鬱鬱的憂〔帶云〕伯伯〔唱〕你爲甚麼這等悄無言則辦的眉兒皺泪簌簌不住點兒流

〔云〕伯伯我去整治些酒菓兒來與俺父親飲幾杯去〔唱〕

〔天下樂〕却不道一盞能消萬古愁則俺這村也波坊不比那府共州那裏取笙歌綺羅擁上樓這快樂俺這裏無這快樂您那裏有伯伯也俺這裏止不過是村務酒

〔正旦暫下〕〔任二公云〕哥哥我女孩兒取酒去了也我勸你閑着懷抱那陰陽則不要信他便准殺也是後日的事常言道今朝有酒今朝醉明日愁來明日當你到後日再看如何且管今日喫個醉去也〔彭大云〕酒元是我要吃的只是心頭被他這個卦兒當着教我怎生喫的下去〔正旦捧酒上做送酒科云〕伯伯滿飲此杯〔彭大做接酒不飲科〕〔正旦云〕伯伯你接着酒則是不飲可也爲何〔唱〕

〔寄生草〕俺這裏有的是黃雞嫩白酒熟伯伯也你莫不爲茅簷草舍庄家陋〔彭大云〕俺每都是庄農人家一村疃兒居住的有甚麼好房子在那裏〔正旦云〕我也道來〔唱〕也一般兒青山綠樹風光秀〔帶云〕況我父親呵〔唱〕又和你傾心

吐膽交情厚〔彭大云〕兒也你不知道我家主人周公今日與我算一卦道我沒壽以此喫酒不下〔正旦云〕伯伯你沒壽今年也六十九歲了〔唱〕但願的樂豐年醉倒有百千場何必要鍊丹砂學取那松喬壽〔彭大做歎氣科云〕兒也你勸我喫酒豈不是你好意但那周公的算卦打着個大言牌說道陰陽有准禍福無差若一卦算不着甘罸白銀十兩我見他開鋪三十多年剛則是那石婆婆的孩兒石留住一個可也算錯了被他要了這錠銀子去今番他在鋪裏問我的生年八字與他掐算一卦道是今日安然明日無事到後日午時該在那土炕上板殭身死因此來辭別你父親〔做哭科云〕兒也這板殭的板字教我怎生當那〔正旦云〕伯伯你說你的生年八字來等我也替你掐算咱〔任二公云〕哥哥我這孩兒也說道會起課常常在手兒上掄掄掐掐胡言亂話的一般有准處你說與他算波〔彭大云〕兄弟你這女孩兒家怎麽算的周公過我今年六十九歲五月初五日戌時生〔正旦做掐指科云〕嗨周公好能算也真個注定後日日當卓午土炕上板殭身死也〔彭大做哭科云〕我可道周公算的有准則隔明日一日兒弟我便與你永無會期我是死的人了也〔正旦唱〕

〔後庭花〕你則管裏絮叨叨說事頭舌剌剌不住口你便待准備着哭啼啼長休飯伯伯也咱與你換上這喜孜孜歡慶酒休得要淚交流我着你依前如舊包管你病羊兒犇似虎彪困魚兒脫了釣鉤〔彭大云〕我那周公開了三十年卦鋪止算差的一個你怎麽道他又算差了〔正旦唱〕倒將咱佯不睬說周公百事有轉陰陽得自由更山川變宇宙

〔彭大云〕我伏侍他三十多年實見他的卦無有不靈無有不驗真個是光前絕後古今無比你教我怎生不信他〔正旦云〕伯伯〔唱〕

〔柳葉兒〕你賣弄他光前光前絕後不由我不鄧鄧火上澆油〔彭大云〕如今世上除了那周公一人妙算再無敵對哩〔正旦唱〕你道是周公世上無敵手蚤激的我嗔難忍怒難收伯伯也則教他到我行納下降籌

〔彭大云〕兒也你可怎生降着他來〔正旦云〕伯伯我今番救了你性命則教他算不着你意下如何〔彭大云〕你若救了我老命得不死呵我雖沒甚麼報答你我當口中銜鐵背上披鞍報答你也〔正旦云〕明日晚間正當北斗星官下降你買七分兒香紙花果明燈淨水供養着等到三更三點那七位星官下降之時受了你香紙花果明燈淨水再要一領淨席做一個席囤你悄悄的躲在那裏頭等星官每臨去你就跳出那席囤來你休害怕不揀那個星官扯住一個他問你要官呵你便道我不要他問你要祿呵你便道我不要他道你都不要你可要什麼你便道我則要些壽歲恁的呵便好救你的性命不死了也〔彭大云〕此言有准麼〔正旦云〕怎麼不准〔彭大云〕假若星官不來呵你着我等到多蚤晚也〔正旦唱〕

〔賺煞〕直等的月轉矮牆西人約黃昏後擺祭物澆茶奠酒只待那七位星官來領受伯伯也蚤諕的你顫篤簌魂魄悠悠那其間你可便休落了芒頭要記的語句兒滑熟〔彭大云〕那星官是什麼形相我可害怕怎生告他來〔正旦唱〕忍着怕擔着驚告北斗比似你做陰司下鬼囚爭似得他這天堂上陽壽〔帶云〕伯伯則今夜且和俺父親喫一個爛醉者〔唱〕管着你笑吟

吟同做醉鄉侯〔下〕

〔彭大云〕兄弟我如今依着孩兒說辦些素果齋食香花燈燭等到三更半夜拜告北斗星官去若得不死呵我依舊拿這一兩銀子與你做東道吃天那則願得所言有准保全我的老命也〔任二公云〕哥哥你只管依着他做去吉人天相到後日我同女孩兒來賀你也〔同下〕

〔音釋〕重平聲 襯初艮切 過平聲 耨囊鬬切 疃湯短切 囤音頓 垜音朵 坌蒲悶切 諳音庵 慵音蟲 簌蘇上聲 那上聲 熟常由切 剌音辣 犇音奔 瞅音啾 更音京 行音杭 降奚江切 顫音戰 相去聲

第二折

〔彭大做持祭物科上云〕自家彭大公的便是那桃花女說今夜晚間是北斗星官下降之日我依着他的說話擺下這七分香紙花果明燈淨水拜告星官又買了一領新席做個席囤着我躲在那席囤裏面擺的這祭物都停當了也我聽上衙更鼓咱〔做聽科云〕是三更時分了覺一陣風過吹的我毛森骨立敢是星官下來也我且躲在這席囤裏去咱〔外七人扮星官引小星兒上詩云〕莫瞞天地莫瞞心心不瞞人禍不侵十二時中行好事災星變作福星臨吾神乃北斗七星是也今夜吾神當降臨凡世糾察人間善惡來到此處不知甚麼修善之人虔心敬意安排下七分香紙花果明燈淨水接待吾神合該領受他供養波〔做拂袖科云〕吾神去也〔彭大做跳出扯住科云〕上聖可憐見救小人咱〔星官云〕你扯住我莫不要官麼〔彭大云〕我不要官〔星官云〕莫不要祿麼〔彭大云〕我不要祿〔星官云〕官祿好受用哩你都不要你要些甚麼〔彭大叩頭云〕小人叫做彭祖今年六十九歲了明日午時該死只望上聖可憐見與小人些壽歲咱〔星官云〕這個不打

緊我受了你香燈祭祀與你名下勾抹了該死的冊籍注上三十歲有九十九歲壽（彭大叩頭云）勾了勾了（星官下）（小星兒躲桌下科）（彭大云）恰纔我明明數着八位星官下來可怎麼則見的七位這一位到那裏去了（做撥桌見科云）呀却原來在這裏躲着（小星做走彭大扯住科云）上聖可憐見（小星云）你扯住我要些甚麼（彭大云）我要些壽歲（小星做嘆科云）啐啐啐（彭大云）不是這個啐我要些壽歲（小星云）你可不曾說我七位星官與了你多少（彭大云）他與了我三十歲（小星云）你今年多少年紀（彭大云）我六十九歲了（小星云）這等我也與你一歲湊做一百歲何如（詩云）彭祖一百歲牙齒拖着地飯也喫不的教他活受罪衆星官去遠了我趕上去也（下）（彭大做伸舌科云）有這等異事星官下降也是真的受了我香燈祭祀也是真的但不知與我這三十一歲可也是真的（內雞鳴科）（云）呀雞鳴了天色明了也只等捱過午時不死我到周公家討他銀子去周公也我替你愁哩（下）（周公上云）閻王注定三更死並不留人到四更今日是第三日了可憐那彭祖在我家勤勤謹謹伏侍了三十多年如今已過午時一定是土炕上板殭身死了我待親去埋殯他也見的我一點不忘故舊之意（彭大上云）老官人你這等感情我已心領了你這大言牌在我手裏掛起放倒三十多年須不好賴得這一錠銀子快拿出來與我（周公云）有鬼有鬼你靠後些（彭大云）老官人我行有影衣有縫怎麼是鬼只是你時運倒了前日算差了石留住今日又算差了我哩（周公云）只怕你說差了八字你說真的來（彭大云）我今年六十九歲五月初五日戌時生（周公云）八字不差（掐算科云）這命不死有些蹺蹊必是有人破了我的法要搶我的買賣（彭大云）是你老了不濟事有那個來破你的法你前日與了我一兩銀子如今只與我九兩便是（周公云）銀子不打緊你跟我進來待我關上門（做

打科云〕你不說那個破我的法我就打殺你看你可活得成〔彭大云〕住住住你這陰陽本慢帳自家算不着到恠人來破你的法你前日打發我去拜辭親識朋友我可有甚麼親識朋友只有我隔壁任二公去辭別他說你算我該今日午時身死那任二公有個桃花女也與我算一算說不死是有救的明夜三更時分該北斗七星下降你備下香燈祭祀着我躲在席囤兒裏只等星官領受了臨去之時便跳出囤來扯住一個問他要些壽歲我依着他果然有七位星官被我扯住與了我三十歲臨了又有一個油嘴小星兒也與我一歲說我整整的一百歲因此上我得不死便是那石留住小孩子也是那桃花女救的〔周公做算科云〕乾坎艮震巽離坤兌果然這一夜北斗星官下降可知道破了我這陰陽則除是這般〔做取砌末付彭大云〕我不失信這十兩銀子與你去只是你在我家這許多年我也不曾歹看承你有一件事你可與我做去〔彭大云〕是什麼事要我做去〔周公云〕明日我備下花紅酒禮要你將到任二公家只說謝桃花女的等他受了時我自有個主意〔彭大云〕你對我說這主意我便去〔周公云〕我不瞞你我在這洛陽城裏算卦則有我高如今桃花女甚有意思我那個增福孩兒還不曾定得親事只等任二公受了我花紅酒禮時我便好央媒去說親不怕他不許我若得他到我家做媳婦可不顯的我家越有人了這樁事都在你身上我還要謝你多如那媒人的哩〔彭大云〕這個是喜事我該去只是任二公與我老兄弟那桃花女又是救我性命的這花紅酒禮本等是你的怎麼認做我的謝禮我老人家可也不會說謊〔周公做怒云〕你這些謊不肯說不肯完成我這樁親事我這門還是關的我再打你〔彭大云〕老官人不要慄暴我替你去便了〔詞云〕勸周公莫便生嗔將酒禮强勸成親不爭我藏頭露尾可甚的知恩報恩〔下〕〔周公云〕彭祖去了也此事不宜遲慢就去街市上喚個媒婆來着他去任二公家說親

定要娶這桃花女做媳婦我想有這桃花女怎顯我的陰陽只等問成了親事時不怕不斷送在我手裏正是强中更有强中手惡人終被惡人磨〔下〕〔任二公上云〕自家任二公的便是俺桃花女着彭大公昨夜晚間等北斗星官降臨乞求壽歲今日已過午時不死想是不死了〔彭大持砌末上云〕兄弟非但不死倒與我添了三十一歲壽哩〔做謝科云〕兄弟你女兒的搯算靈驗的不可當昨夜果然三更時分有七個北斗星官下降我依着你女兒扯住他告壽七位星官與了我三十歲臨了一個油嘴小星兒也與我一歲直活到一百歲我今日特備些酒禮來致謝〔做遞酒科云〕兄弟請飲一杯〔任二公云〕這也難得我吃我吃〔做遞三杯俱飲科〕〔彭大云〕這一段兒紅送與你女兒做件衣服穿〔任二公云〕酒便好吃這紅忒重了也〔彭大笑云〕這是我買命的也不為重〔任二公做受謝科〕〔丑扮媒婆上云〕自家媒婆的便是奉周公言命着我到任二公家求親可蚤來到門首也無人報復逕自進去〔做見科云〕任二公你喜也〔任二公云〕我老人家有甚的喜〔媒婆云〕今有周公他的大官人二十一歲了他家事又富女壻又生的俊我特來與你家姐姐說這門親事你姐姐到他家時用不了使不了穿不了着不了味不了嚌不了有得好哩〔任二公云〕等我問女孩兒肯也不肯我不好自做主〔媒婆云〕任二公這事只在你做主怎麼倒憑你家姐姐適纔周公家肯酒你也喫了紅定你也收了怎還推辭得那今日說了親後日是個大好日辰就要娶你家姐姐做媳婦哩〔任二公云〕我那裏受他花紅酒禮來親事也不曾許就要過門做媳婦這等容易〔媒婆云〕你道不曾受他花禮紅酒那彭大公將來的不是〔任二公云〕哥哥你適纔那紅酒是你拿來謝我的怎說是周公的〔彭大云〕我本意自來謝你那周公見說替我備這紅酒我是窮漢巴不得他替我備禮豈知他這酒是肯酒紅是紅定〔任二公云〕哥哥你好歹也我女

孩兒救了你性命不指望你來謝他倒着你賣了他那〔彭大云〕兄弟你也知我在周公家傭工三十年了豈無些主人情分便是我曉得他要求親的意思也該替他攛掇一來你女兒也長成該嫁人了二來周公是個財主他增福哥一表人物儘也配得你女兒過兄弟不如依我說許了他罷〔任二公做氣科云〕你們裝這圈套來强娶我女孩兒兀的不氣殺我老漢也〔正旦上云〕妾身桃花女到東庄討鏡兒去心中有些恍惚須索趕回家來看是怎麼〔唱〕

〔正宮端正好〕則爲這鏡兒昏我可也難梳裹就東庄頭巧匠明磨去時節大齋時急回來可蚤日頭兒末不知俺家中有甚的人焦聒

〔滾繡毬〕我頭直上髮似揪耳輪邊熱似火我行行裏袖傳一課急慌忙把脚步兒頻挪我這裏穿大道桑柘林穿小徑荆棘科〔帶云〕蚤來到門首也〔唱〕則見亂交加不知是那個則聽的沸滾滾熱鬧鑊鐸〔任二公云〕彭大公你使這等見識我捹的和你做一場〔正旦唱〕俺父親揎拳攞袖因何事〔彭大云〕你要打我麼由你打由你打只要許了這親事便罷〔正旦云〕元來是彭大公〔唱〕他這般唱叫揚疾不倈便可也爲甚麼〔彭大做見正旦科云〕好好好女孩兒來了也我有說話要和你講哩〔正旦唱〕有甚的好話評跋

〔云〕父親你爲甚麼這般嚷鬧那〔任二公云〕孩兒也你可不知有彭大公今日午時不死拿着些酒禮來謝你因你不在家他把酒來勸我吃了三鍾又拿一段兒紅絹送你做件衣服穿誰知是周公着他來要求你親事做他媳婦的他道我吃了他肯酒受了他紅定現今領着媒婆在這裏約定後日是吉日良辰一頭下財禮一頭就要你過門這可不是把我生做起來這都是彭大公使的見

識因此上和他唱叫〔彭大云〕我委實不知怎麼屈枉我〔媒婆云〕這個是喜事五百年前注定的姐姐你許了罷〔正旦唱〕

〔倘秀才〕那問親的無禮法將我來劫奪若是我不許聘我可有甚麼罪過〔彭大云〕哎喲你這小孩子家就學得放潑那〔正旦唱〕知他是您行亮也那我放潑〔媒婆云〕喜事不要嚷姐姐你則許了罷〔正旦唱〕你休言語怎成合可正是望梅止渴

〔彭大云〕孩兒也周公家這門好親事我可着你受用一世兒哩我就與你做個落花的媒人也不虧了你〔正旦云〕誰聽你這話來〔唱〕

〔滾繡毬〕則你這媒人一個個啜人口似蜜鉢都只是隨風倒舵索媒錢嫌少爭多女親家會放水男親家點着火你將那好言語往來收撮則辦得兩下裏挑唆你將那半句話搬調做十分事一尺水翻騰做百丈波則你那口似懸河

〔云〕父親那周公家怎知有我來〔任二公云〕這是彭大公說的〔彭大云〕我幾曾說來想是你救石婆婆的兒子被他曉得了〔正旦唱〕

〔叨叨令〕你道是石哥哥我不合救了他亡身禍因此上被周公家知道我這賠錢貨我則道多是你這撮合山要賺松紋錁那裏管赤繩兒曾把姻緣縛兀的不氣殺人也波哥兀的不氣殺人也波哥〔帶云〕彭大公你好歹也〔唱〕我則問你個彭大公怎麼的也這等迎風欵

〔任二公云〕常言道衆生好度人難度孩兒也你前日救了彭大公的性命他把這樁親事報答你哩〔正旦唱〕

〔呆骨朵〕想當日泪漫漫哭的你那喉嚨破怕不眼睜睜的待見閻羅周公也他算着你身亡我端的救了你命活〔彭大云〕兒也你是我的恩人怎忘得你〔正旦唱〕哎你個彭大公纔得消磨難倒着我桃花女平白地遭摧挫〔彭大云〕這是周公家要求媳婦干我甚事〔正旦唱〕也是我不合搭救你你將這惡言詞展賴我

〔彭大云〕兒也你可不要嚷那我曉得周公是財主人家他下的聘財比別家必然富盛你到他家裏穿好的喫好的受用一世你若不許呵只怕乾老了你也〔正旦唱〕

〔伴讀書〕你休則管裏閑攛掇休這管裏空擔荷我如今綠鬢朱顏如花朵我又不蒼顏皓首年高大到來日你可便牽羊擔酒來相賀〔帶云〕大公也〔唱〕你看道是誰家結下絲蘿

〔媒婆云〕姐姐彭大公說話須不誤你若許了這親呵你居蘭堂住畫閣重裀臥列鼎食有的受用哩不是我媒婆說謊他後日下的財禮這樣高這樣大雪花銀子有三十個不比別人家寒酸你只滿口兒許了他罷〔正旦唱〕

〔笑和尚〕我我我不戀您居蘭堂住畫閣我我我不戀您列鼎食重裀臥我我我不戀您那雪花銀三十個〔媒婆云〕那周公算的好周易課只有他家大官人曉得再不傳別人的姐姐你過門之後他還要傳這周易課與你哩〔正旦唱〕他他他

論陰陽少講習我我我論卦爻多參破休休休我根前〔做推媒婆跌科〕

〔唱〕還賣弄甚麽周易的課

〔彭大云〕兒也你看我老人家面上許了這親事罷〔正旦云〕父親便許了他也不妨事〔任二公云〕孩兒也我若是蚤知他們的見識也不受他這紅酒來常言道的好男大須婚女大須嫁既是你肯許了我也許〔媒婆云〕元來這姐姐口强心不强只是我做媒的吃虧被他推這一跌〔正旦背云〕周公也你休見差了〔唱〕

〔煞尾〕則怕我到家來有危有難如何躲我勸你所作依公莫太過投至得到我根前問個定奪討個提掇決個死活哎周公俫你便有靈驗的陰陽敢可也近不的我〔下〕

〔彭大云〕兄弟你女兒已許下親事我便與媒婆回周公話去也〔做別科〕〔任二公做扯住科云〕哥哥也還喫鍾喜酒去〔媒婆云〕任二公不勞了周公在那裏懸望要准備下財禮迎娶過門許多事務都只在明日一日放彭大公蚤些去罷〔任二公云〕這等一發待成親之後同請你來吃喜酒便了〔同下〕

〔音釋〕糾音九　縫去聲　思去聲　懆音竈　咊音床　嚷襄去聲　末魔去聲　聒音果　柘遮去聲　鑊音和　鐸東挪切　揎音宣　攞羅上聲　俫郎爹切　跛音波　奪音多　潑音頗　合音何　渴音可　啜樞悅切　鉢波上聲　撮搓上聲　唆音梭　錁音課　縛浮臥切　簸音播　桀平聲　活音和　難去聲　摧慈隨切　掇音朵　荷去聲　大音惰　閣科上聲　强音絳

第二折

〔周公上云〕老夫周公昨日使了個智量着彭祖拿那紅酒去謝了任二公隨後着媒婆去說親要求他桃花女做媳婦喜的他已許允了今日是第三日我准備下綵段財禮已着彭祖喚媒婆去了只等他兩個來時好送到任二公家一邊輛起坐車兒兩傍擺着鼓樂吹打將去准要今日取那桃花女過門這早晚彭祖媒婆敢待來也〔彭大上云〕媒婆那裏我周公家喚你哩〔媒婆上做打擡科云〕呼你也睜開驢眼今日吉日周公家下財禮是我媒婆的身上事要你來喚〔做入見科〕〔周公云〕我這娶親的禮物一應已都齊備了你們領着快去不要誤了我好日辰〔彭大云〕這等我們就去媒婆到他門首讓你先入去通知行禮的事我隨後進來〔媒婆云〕彭大公你怎麼到讓我先入去〔彭大云〕那任二公的女兒性子好生利害倘或禮物有些不臻打將起來我在後面好溜〔媒婆笑云〕我做了一世的媒婆再不會着新人打了我們快去〔周公云〕且住〔做背科云〕待我算一算乾坎艮震巽離坤兌今日他出門之時正與日遊神相觸便不至死也要帶傷上車又犯着金神七殺上路又犯着太歲遭這般凶神惡煞必然板殭身死了也〔彭大做偷聽科云〕嗨元來周公懷這等惡意我只道他娶桃花女做媳婦那知要害他性命則他陰陽是有准的〔做掩泪科云〕兒嗏眼見得無那活的人也〔媒婆云〕彭大公去罷〔下〕〔周公云〕彭祖媒婆去了也我只在門前等候凶信咱〔下〕〔彭大媒婆引人衆捧財禮并車燈鼓樂上云〕你每捧財禮的捧的齊整着把車兒拽起着花燈點亮着兩邊鼓樂吹動着到任二公家娶親去來〔媒婆云〕時辰到了請新人蚤些兒上車者〔正旦引石留住淨挑擔兒上云〕妾身桃花女的便是我想周公好狠也他今日那裏是娶媳婦無過恠我破了他的法要擇些凶神惡煞的時日來害我性命只是你的陰陽怎麼出

得我這手裏我一椿椿早已准備下了今日清蚤起來先拜過了家堂辭別了父親着他不要送我上車去避過了他那惡煞隨即到隔壁去別了石婆婆與他借小大哥來送我着他與我解救咱吱周公你可枉用這一場歹心也呵〔唱〕

〔中呂粉蝶兒〕別人家聘女求妻也索是兩家門對寫婚書要立官媒下花紅送羊酒都選個良辰吉日大綱來爲正禮當宜那裏取這不明白強人婚配

〔醉春風〕你去那周易內顯神通怎如我六壬中識詳細也不待到家門就要算的我一身虧你道波可有這個理理由你有百般的陰謀千般的巧計怎當我萬般的隄備

〔彭大云〕兒也時辰到了你請出門上車兒者〔媒婆做扶行科〕〔正旦云〕且慢者這出門的時辰正犯着日遊神又犯着金神七殺有這兩重惡煞在此的着他道兒也石小大哥取我那花冠來待我帶上再取那篩子來你拿着在我前面先行咱〔石留住云〕理會的〔取冠與正旦戴持篩子先行科〕〔正旦唱〕

〔迎仙客〕他道是日遊神爲禍祟我桃花女受災危怎知有千隻眼先驅能辟鬼〔媒婆做扶出門科〕〔正旦唱〕我行出宅門前離得這閨閣裏我呵若不是粧束巍巍險些兒被金神打的天靈碎

〔彭大做看正旦科云〕好也被他蚤捽過兩重兒也輛起車兒媒婆扶新人上車者〔正旦云〕住住住這時辰正衝着太歲我想太歲最是一個凶神若不避着他那裏得我這性命來石小大哥你等

我上了車分付拽車的人先把車兒倒拽三步不許他便往前走〔媒婆扶旦上車科〕〔石留住云〕推車的聽着新人分付先把車倒拽三步方向前走〔衆應做倒拽三步科〕〔正旦云〕我這袖中有個手帕兒待我取出來兜在頭上〔做兜帕科唱〕

〔醉高歌〕坐車兒倒背我這身奇手帕兒遮幪了我面皮〔彭大云〕怎麼這新人車兒不向前走倒往後腿那〔正旦唱〕大公也你可怎生不解其中意我則怕撞着那凶神的這太歲

〔彭大做看正旦科云〕這一會怎麼孩兒不言語了我是看咱〔正旦云〕伯伯你看我怎麼〔彭大云〕沒〔周公上做望科云〕新人的車兒來了也〔問彭大云〕如何〔彭大云〕不濟事〔周公云〕我算他板殭身死〔彭大云〕他是活活兒的哩〔周公云〕他怎麼活了來〔彭大云〕你有這許多算法他可有許多的解法哩他出門時他教人先拿着一個千隻眼在頭裏走〔周公云〕那千隻眼是什麼東西〔彭大云〕是篩子〔周公云〕那千隻眼在前可不把日遊神先趕過一壁去了這金神七殺又怎麼解〔彭大云〕他又帶上一頂花冠層層都是神道粧的似天帝一般方纔出門〔周公云〕這等可知金神七殺倒要避他了也這太歲凶神他可又怎麼解〔彭大云〕他上了車不許推車的就走將車倒拽三步他袖兒裏取出個手帕兒兜在頭上蓋殺了面以此無事〔周公云〕你可不要聽他說把這車兒倒拽豈不死了〔彭大云〕新人的言語那個不遵聽他你先對我說不得〔周公云〕嗨這妮子好强也〔彭大云〕你可不濟哩〔周公云〕等我再算一課乾坎艮震巽離坤兌彭祖如今去請他下車兒來正踏着黑道我着他登時板殭身死〔下〕〔彭大做掩淚科云〕罷了兒嚛這遭可死了也媒婆請新人下車兒咱〔媒婆做扶正旦科〕〔正旦云〕且慢者今日是黑道日新人踏

着地皮無不立死則除是恁的石小大哥與我取兩領淨席來鋪在車兒前面我行一領倒一領

石留住云理會的（取席鋪地科）（正旦做下科）（唱）

（石榴花）今日是會新親待客做筵席倒准備着長休飯永別杯莫不我拜先靈打着面豹纛旗你暢好是下的使這般狡倖心機娶新人指望成佳配結百年諧老夫妻怎麼未成親先使這拖刀計蚤難道人善得人欺

（鬬鵪鶉）你送的我九死一生哎周公也枉壞了你那三財的這六禮（做倒席行科彭大云）你只管裏把這兩領席倒來倒去是甚麼主意（正旦唱）這的是我避難的機謀趓災的見識爲甚麼走走行行鋪下淨席則要你蓋了這裏他揀定這黑道的凶辰（帶云）我將這淨席呵（唱）與他換過了黃道的吉日

（彭大云）這一會兒可不聽的他言語了待我看咱（做看正旦科）（正旦云）伯伯你看我怎的（彭大云）沒（周公上問彭大科云）如何（彭大云）不濟事（周公云）這一番准着他板殭身死（彭大云）他還活活兒的哩（周公云）他怎生活了來（彭大云）他早知道了說今日是黑道日他把兩領淨席鋪在地下行一領倒一領換過黃道走了因此他可不死還是活活兒的哩（周公云）嗨這妮子好强也（彭大云）你可不濟哩（周公云）等我再算一卦乾坎艮震巽離坤兌如今他該入門了正是星日馬當值新人犯了他跑也跑殺踢也踢殺怕他不板殭身死彭祖你去請新人入門咱（下）（彭大做搖頭科云）周公你好忒狠也媒婆扶着新人入門者（正旦云）且慢者今日是星

日馬當直我過的這門限去正湯着他脊背可不被這馬跑也跑殺踢也踢殺那裏取我的這性命來石小大哥與我取馬鞍一副搭在這門限上波〔石留住做搭馬鞍科〕〔彭大云〕他把門限上放上這馬鞍子又做甚麼勾當〔正旦唱〕

〔上小樓〕你爭知就裏陰陽兇吉現如今星日馬當日降臨凡世正是該期我可也怎敢的擅便道湯他脊背先與他停停當當鞁上這一重鞍韂

〔彭大云〕嗨這一會兒我可不聽見他言語了〔做看正旦科〕〔正旦云〕伯伯你看我怎的〔彭大云〕沒〔周公上問彭大科云〕如何〔彭大云〕罷麼我道你老了不濟事了〔周公云〕他可板殭身死了麼〔彭大云〕老官人他還活活兒的哩〔周公云〕他怎的活了來〔彭大云〕我去請他入門他道今日是星日馬直日把一副鞍子來搭在門限上那馬便順順的伏了他跑也不敢跑一跑踢也不敢踢一踢因此不死還活活兒的哩〔周公云〕這妮子好强也〔彭大云〕我說道你可不濟事哩〔周公云〕等我再算一卦乾坎艮震巽離坤兌我如今請他入這牆院子來却是鬼金羊昴日雞當直這兩個神祇巡綽若見了新人呵雞兒啄也啄殺他羊角兒觸也觸殺他必然板殭身死也〔下〕〔彭大做掩泪科云〕兒嚛這一番可送了孩兒的性命也媒婆請新人入牆院子來〔媒婆做請科〕〔正旦云〕且慢者這早晚正值鬼金羊昴日雞兩個神祇巡綽我入這牆院子去必受其禍石小大哥取一面鏡子來與我照面再取那碎草米穀和這染成的五色銅錢等我行一步與我撒一步者〔石留住云〕兀的不是鏡子我便撒那碎草米穀去〔正旦做取鏡自照科〕〔石留住做撒草穀科〕〔彭大云〕這孩兒有許多瑣碎〔媒婆做扶入牆院科〕〔正旦云〕伯伯你可那裏知道

〔唱〕
〔幺篇〕我着這草喂了羊穀喂了雞〔帶云〕這銅錢呵〔唱〕着小孩兒每炒炒鬧鬧鬭爭相戲趣鬨裏向堂前將身平立哎周公也可蚤則頹氣了你那巽離坤兌

〔正旦做立科〕〔彭大云〕孩兒這一會不言語可敢死了我試看咱〔正旦云〕伯伯你看我怎的〔彭大云〕沒〔周公上問彭大云〕如何〔彭大云〕我說你不濟事就不濟事了〔周公云〕難道這一次他也不死〔彭大做抓臉科云〕他還活活兒的哩〔周公云〕他怎生活了來〔彭大云〕他可先算計了道是這時候該鬼金羊昴日雞巡綽把些碎草米穀撒一步行一步又撒下些五色銅錢等小孩子們去相爭相搶的他自家把個鏡子照了臉打鬧裏走進牆院子如今在堂上立着哩〔周公云〕都是你這老弟子孩兒你不要與他這草穀可不死也〔彭大云〕你家裏有草穀五色銅錢與我帶去哩都是他自家預備的〔周公云〕便是他備的你也不要與他撒纔是〔彭大云〕老官人他的算計比你高的多他央着石留住與他做事哩〔周公云〕嗨這妮子好強也〔彭大云〕你可不濟哩〔周公云〕等我再算一卦乾坎艮震巽離坤兌他如今入的這第三重門正是喪門吊客當直新人這一番入門來不板殭身死我也再不算卦了也〔下〕〔彭大做歎科云〕嗨兒嚛這遭無那活的人也〔媒婆云〕請新人入第三重門去〔做扶科〕〔正旦云〕且慢者這第三重門恰是喪門弔客當直這神煞是犯他不得的石小大哥取那弓箭來等我入第三重門時與我射三箭者〔石留住云〕理會的〔彭大云〕弓箭也備的有倒好做個貞即擔兒〔正旦唱〕

〔普天樂〕我這裏說真實言端的今日是犯着喪門吊客我蚤把弓

箭忙射弓拽開似明月彎箭發去似流星墜〔石留住云〕關上門者等我射箭一箭兩箭三箭〔正旦唱〕我這裏笑吟吟挪身來宅內周公也可不教我直挺挺板死在門闌羞殺你曉三才的孔明知六壬的鬼谷畫八卦的伏羲

〔彭大云〕這一遭他敢逃不去了待我看咱〔正旦云〕伯伯你看我怎的〔彭大云〕沒〔周公上問彭大科云〕如何〔彭大云〕不濟事〔周公云〕我算定他一准是板殭身死也〔彭大云〕他還活活兒的哩〔周公云〕這一番他怎生活了來〔彭大云〕他說道入這第三重門是犯着喪門吊客便教石留住取弓箭來先射三箭方纔入門怎麼不活〔周公云〕這妮子好強也〔彭大云〕乾坎艮震〔周公云〕你怎麼先擡了我的那〔彭大云〕眼見的你又是這句兒〔周公云〕如今入這臥房中在白虎頭上鋪床我在外面響動鼓樂來驚起這白虎怕他躲到那裏去我着他板殭身死也〔下〕〔彭大云〕兒喋這遭可躲不過了媒婆請新人到臥房中坐床去者〔媒婆請科〕〔正旦云〕且慢者我如今入臥房去這床正坐在白虎頭上他那裏響動鼓樂驚起白虎那裏取我的性命來伯伯〔彭大云〕你的解着都是石留住預備下哩〔正旦云〕伯伯我不爲別的我有些害怕他家有甚麼小孩兒着一個來與我做伴咱〔彭大云〕我也道這小孩子可放不得在貨郎擔兒裏的周公家有個小姑娘叫做臘梅今年十三歲了我着他來陪伴你如何〔正旦云〕好波你着他來〔彭大云〕小姑娘有請〔搽旦扮臘梅上云〕你叫我做甚麼〔彭大云〕我和媒婆要前後執料去要你來伴新人坐一坐〔臘梅云〕哎喲他是嫂嫂還不曾見面哩怎麼好去陪他〔彭大云〕小孩子家怕些甚的你則陪他去等他坐過了床還要出堂行禮見你爹爹哩〔同媒婆下〕〔臘梅做見正旦科云〕嫂

嫂萬福〔正旦云〕姑姑萬福你穿着我這鶴袖兒在這裏坐一坐我往後面更衣去便來〔虛下〕〔外動鼓樂科〕〔白虎上咬臘梅科〕〔臘梅做倒科〕〔正旦更衣上坐科〕〔彭大云〕這一會不聽的孩兒言語敢是死了也我試看咱〔做看科〕〔正旦云〕怎麼小姑娘臘梅死了也〔彭大云〕呀果然小姑娘死了周公快來〔周公上云〕如何〔彭大云〕小姑娘死了也〔周公云〕新人在那裏〔彭大云〕他兩個同坐着哩不知怎麼新人不死是小姑娘死了〔周公做哭科云〕桃花女你好促恰也〔媒婆慌上云〕周公家死了人你們還吹打些什麼我看那周公和這桃花女一不做二不休少不得弄出幾個人命來我媒人錢不曾賺得倒要陪工夫吃官司受他這等連累我們不如溜了的是〔同衆散下〕〔正旦唱〕

〔快活三〕我則怕這雷霆白虎威因此上要一個做相陪忽被那鼓聲驚動怎支持倒惹下你的悽惶淚

〔彭大云〕這都是俺那周公的陰陽有准應在小姑娘身上了也〔正旦唱〕

〔鮑老兒〕買弄殺周易陰陽誰似你還有個未卜先知意〔周公云〕若有妨礙你也該與小姑娘說一聲兒怎麼眼睜睜的看他死了也〔正旦唱〕不爭我小桃叮嚀說與臘梅又則怕泄漏了春消息〔帶云〕周公也〔唱〕怎這般哀哀怨怨煩煩惱惱哭哭啼啼

〔彭大云〕兒也這小姑娘還好救得麼〔正旦云〕你問俺公公可要他活哩〔周公云〕可知要活哩〔正旦云〕這等有淨水取一碗來〔彭大取水科云〕兀的不是淨水〔正旦接水用手招訣念呪云〕天啉啉地啉啉魔啉啉唵啉啉吾奉九天玄女急急如律令攝〔做噴水三科云〕你不活怎麼那

〔臘梅做醒科云〕父親也乾坎艮震〔周公云〕怎麼你也學我〔臘梅云〕你下次再休弄這虛頭了也〔正旦唱〕

〔尾煞〕算人間死與生較陰陽高共低再休提天文地理星家曆周公也你在我桃花女根前如何過去得〔下〕

〔周公做歎科云〕直被這妮子幾乎氣殺我也〔彭大云〕老官人我勸你罷了等桃花女滿月之後將這座卦鋪讓他開去可不還准似你〔周公云〕我怎麼放的他過等我再算一卦乾坎艮震巽離坤兌彭祖你到明日拿着一把快斧頭出到城外東南角上有一科小桃樹正是這桃花女的本命你不要着一個人看見也不要開言悄悄裏一徑砍倒這科桃樹我着那桃花女板殭身死〔彭大云〕這個我去不得我這老性命也是他救我的不指望我去報答他倒做這等魘鎮事欺心刺刺的我不去我不去〔周公云〕你不去麼待我關上門先打殺你〔彭大云〕我死不如他死我去我去

〔周公云〕一計不成又有一計看他明朝怎生躲避〔同下〕

〔音釋〕輛音亮　煞音殺　解上聲　日人智切　强欺養切　隄音低　祟音歲　辟音闢　閣音葛　幪音蒙　解音械　蹅音渣　席星西切　别邦爺切　蠹東盧切　的音底　識傷以切　吉巾以切　鞁音備　轡音配　祇音其　鬨烘去聲　立音利　實繩知切　射繩知切　息喪擠切　曆音利　得亨美切　魘音掩

第四折

〔彭大上云〕昨日周公着我磨了斧頭到城外砍那小桃樹去這桃花女在我面上有活命之恩本等不好去得被那周公逼勒不過只得應承了他我想他揀的日辰都是凶神惡殺尚且沒奈他何

他是個人叫做桃花女須不是那桃樹莫說砍倒這樹枝便連根掘了來難道這桃花女真個便板殭身死了不成敢是這老頭兒沒時運倒了寵也我如今且瞞着桃花女腰着斧頭往城外東南角上走一遭去來〔正旦衝上云〕伯伯你這般鬼促促的在這裏自言自語莫不要出城去砍那桃樹麽〔彭大驚云〕嗨真個好能也孩兒你也忒心多我不砍甚麽桃樹我自要劈些柴兒來燒〔正旦云〕伯伯你怎麽哄我那城外東南角上有一科小桃樹我今年一十八歲這桃樹也種十八年了那周公道是與我同年的就是我的本命因此上教你砍取他來只要傷害我性命怎知我昨日已預先知道也呵〔唱〕

〔雙調新水令〕則問你為甚麽腰橫利斧出城東怎生的我根前還來打哄我心間無限事盡在不言中不由我忿氣沖沖謝得公婆家將俺來廝知重

〔彭大云〕兒也實不相瞞委的是周公着我砍桃樹兒去哩〔正旦云〕伯伯想當初是我救你來今日可要你救我〔彭大云〕兒也你着我今日可怎生救你〔正旦云〕伯伯你砍那桃樹去休要傷了他根兒你只半中間砍折你若拿這桃枝進門那時節我須死了只要你記着我的言語將那桃枝去門限上敲一敲着周公家死一口〔彭大云〕敲兩敲呢〔正旦云〕着周公家死兩口〔彭大云〕敲三敲呢〔正旦云〕死三口〔彭大云〕這等我直敲到晚只是你不死我與你報冤便好你也死了就把周公家七代先靈都死絕了你怎得見〔正旦云〕只等周公死後你向我耳朵根邊高叫三聲桃花女快蘇醒者我便得還魂也〔彭大云〕這話有准麽〔正旦云〕豈有不准之理〔彭大云〕孩兒放心我牢記着哩我如今砍桃樹去也〔下〕〔正旦唱〕

〔沉醉東風〕我只道受了此三千驚萬恐那裏便埋沒我四德三從怎知你會把持能搬弄不則這日惡時凶逼的我難躲難逃一命終做一個虛名兒婦塚

〔正旦做伏几死科〕〔彭大做背桃枝上云〕我出的城門到這東南角上打一望只見茫茫蕩蕩一劉都是荊榛草莽並不見什麼小桃樹在那裏元來被一個棘鍼科遮着哩嗨周公好算也我走到這小桃樹下記起孩兒的說話不要傷了他根只把上半截桃枝一斧頭砍將下來如今背回去不知我孩兒性命可是如何待我看咱〔做放下桃枝看科云〕呀果然死了孩兒你好苦也周公你好狠也我記的孩兒會說他死了時將這桃枝去門限上敲一下周公家死一口敲兩下死兩口敲三下死三口我可不信待我叫周公出來試驗咱〔做叫科云〕周公快來桃花女死了也〔周公領小末扮增福臘梅上看科云〕小鬼頭你今日板殭身死了也彭祖快去買具棺木來裝了他與我擡在一壁者〔彭祖云〕這老弟子孩兒好狠也我是敲咱〔做取桃枝敲科〕〔臘梅倒科〕〔周公驚云〕呀怎麼女孩兒也死了〔再敲增福倒科〕〔周公云〕呀怎麼孩兒也死了你莫不爲沒了媳婦那我另娶一個好的與你〔三敲周公倒科〕〔三云〕真個周公也死了也〔做連敲科云〕你看一火隨邪的弟子孩兒都死了也只是這桃花女怎的他活我記得了他教我周公死後到他耳朵根邊高叫三聲桃花女快蘇醒者他便活起來待我叫咱〔做三叫科〕〔正旦做醒科云〕一覺好睡也〔唱〕

〔鴈兒落〕我這裏困騰騰睡正濃則聽的鬧嚷嚷聲驚動還不勾半竿日影斜蚤喚醒一枕遊仙夢

〔得勝令〕呀笑殺那注易的老周公枉了也砍折這小桃紅他道是

推休咎憑他用怎如我轉陰陽妙不窮他道是英雄要把我殘生送我如今從也波容也等他一家兒似夢中

〔彭大云〕兒也你怎生救得周公一家兒也是你的陰騭哩〔正旦云〕據他這一片狠心可也該死〔彭大云〕那周公是該死的這增福小官人一些兒不干他事他可也不該死〔正旦云〕這等你要救他活麼〔彭大云〕他死了我這工錢問那個討可知要他活哩〔正旦云〕伯伯有淨水取一盞過來〔彭大做取水付正旦科〕〔正旦接水用手揑訣念呪科〕〔先噴周公水科云〕你不活怎麼〔周公做醒科〕〔彭大云〕呀真個也活了〔正旦云〕公公也可不道乾坎艮震〔周公云〕你也學我的話那媳婦兒這都是我不是了也你則可憐見救我兩個孩兒咱〔正旦唱〕

〔川撥棹〕你須是俺公公比傍人自不同我實指望承奉歡容扶助家風怎知你逞盡頑凶設就牢籠不許我身安壽永到今日爻與卦兩無功

〔周公云〕媳婦兒你則可憐見救我兩個孩兒咱〔正旦再用水噴增福科〕〔增福做醒科〕〔正旦唱〕

〔七弟兄〕非是我指空話空做這等巧神通也只爲結婚姻本待諧鸞鳳因此上噀法水不惜救童蒙到底個想前情尚覺傷心痛

〔周公云〕增福是你女壻你可救活了這小姑娘你一發可憐見救了命咱〔正旦再用水噴臘梅科〕〔臘梅做醒科云〕爹爹也好乾坎艮震送的我兩遭兒也〔彭大云〕三口兒都活了這喜酒我有的吃哩〔正旦唱〕

〔梅花酒〕呀還說甚列瓊筵捧玉鍾這都是我蹇命相衝惡業偏逢爭此〻兒凶吉難同〔周公云〕不是我誇口說你做我家媳婦兒管着你一生豐衣足食也不虧負你哩〔正旦唱〕您脫空衠脫空我朦朧打朦朧再休誇家道豐衣能足食能充權放下翠眉峯且消停泪珠涌

〔收江南〕呀今日個桃花依舊笑春風再不索樹頭樹底覓殘紅多謝你使心作倖白頭翁若不是這些〻懵懂怎能勾一家兒團聚喜融融

〔周公云〕媳婦兒你也不要怪我了當初一日這洛陽城中則有我的陰陽高誰想兩番兒被你破了我的法可不有了你就不顯了我以此心中不忿要與你做個對頭如今百般的被你識破況我三口兒眼睜睜都是你救活的我怎敢再來算計你我則今日臥翻羊窨下酒教彭祖去請那任二公并石婆婆母子兩個都到我家裏來吃慶喜筵席可不好也〔彭大云〕我也道來昨日你家做一場親事也不會新人兩箇同拜天地也不會拜見公公親眷每也不會接來會會喜酒也不會擺幾桌沒酒沒漿不成道場也被人笑話老官人你今日說的纔是個說話我就請客去也〔做行又轉科云〕媒婆也要請來好扶新人拜堂〔周公云〕說的是你去一同請了來罷〔彭大下〕〔任二公石婆婆石留住媒婆同彭大上云〕我每同到周公家吃喜酒去來〔做入見科〕〔周公云〕媒婆你先扶新人和新郎拜謝天地者〔正旦同增福暫下更衣上媒婆扶行禮謝天地交拜科〕〔正旦同增福拜周公周公受科〕〔次拜任二公周公攙任二公受科〕〔次拜石婆婆石留住同回拜科〕〔周公送酒科〕〔正旦送周公酒科〕〔周公云〕今日是媳婦兒喜事待老夫讚歎幾句列位親眷都

喫一個爛醉者〔詞云〕我老夫在洛城算卦多年歲端的個論陰陽靈驗從無對聞知有桃花女妙法更通玄因此上與孩兒下聘成婚配非是我選時日故生毒害心實則要比高低試道他知未果然他六壬課又出我之先我只待服降他低頭甘引罪想則是我周公家道日當興纔得這好兒孫後輩超前輩今日裏草堂中羊酒大張筵願諸親共與我開懷喫個醉〔任二公云〕親家說的好我每拚喫的爛醉盡興方歸也〔正旦唱〕

〔鴛鴦煞尾〕從今後再休提一求一肯機謀中越顯你千占千驗聲名重也不索家貯神龜戶納錢龍暢道術似君平財如鄧通贏的個車馬填門四遠裏人傳頌你知我爲甚的所事兒玲瓏則我這桃花元是那上天的種

〔音釋〕哄烘去聲　從音匆　鸞音賃　噗荀去聲　衝唯平聲　中去聲　種上聲

題目　七星官增壽延彭祖

正名　桃花女破法嫁周公

桃花女破法嫁周公雜劇

呂洞賓顯化滄浪夢

陳季卿誤上竹葉舟

陳季卿誤上竹葉舟雜劇

元　范子安撰
明吳興臧晉叔校

楔子

〔沖末扮陳季卿上詩云〕慚愧微名落禮闈飄零不異燕孤飛連天大廈無棲處來歲如今歸未歸小生姓陳雙名季卿武林餘杭人氏幼習儒業頗有文名只因時運未通應舉不第流落不能歸家況値暮冬天道雨雪雖霽寒威轉添似小生這等舉目無親怎免饑寒之歎〔做歎科云〕嗨我陳季卿好命薄也我想起來那終南山青龍寺有個惠安長老他與小生同鄉甚是交好他曾屢次寄書約我到寺中相會或者他肯濟助我也未見得則索向終南山投謁惠安長老走一遭去來〔下〕〔外扮傑郎惠安領丑行童上詩云〕明心不把幽花撚見性何須貝葉傳日出冰消原是水回光月落不離天貧僧乃終南山青龍寺惠安和尚是也原籍餘杭人氏自幼攻習儒業中年落髮爲僧偶因遊方到此終南山青龍寺悅其山水遂留做此寺住持貧僧有一同窗故友叫做陳季卿此人飽諳經史貫串百家真有經天緯地之才吸露凌雲之手只爲功名未遂一時流落不能歸家貧僧也曾屢次寄書請他到來寺中相會並無一字回我行者你到山門前望去倘那陳解元來時快報我知道〔行童云〕理會的〔陳季卿上詩云〕纔離紫陌上便入白雲中可笑來到青龍寺門首也小和尚你惠安長老在家麼〔行童云〕呸你也睜開驢眼看看我這等長的和尚還教做小和尚全不知些禮體我看起來你穿着這破不剌的舊衣擎着這黃甘甘的瘦臉必是來投託俺家師父的却怎麼這等傲氣〔陳季卿云〕嗨小生好背時也〔做揖科云〕小師父恕罪煩報你惠安長老道有故人陳

季卿特來相訪〔行童云〕你這先生這纔是句說話怪不得自古以來儒門和俺兩家做對頭的罷罷罷你站在一邊我替你報復去〔做報科云〕且住待我關這禿廝耍子〔做入見科云〕師父外面有個故人自稱耳東禾子卽夕特來相訪〔惠安云〕這廝胡說世上那有這等姓名的人〔行童云〕你這老禿廝你還要悟佛法哩則會在看經處偷眼兒瞧人家老婆〔惠安云〕這廝敢風魔了再出去問明白了來說〔行童云〕有什麼不明白是耳東禾子卽夕特來相訪〔惠安云〕我不省的〔行童云〕你請出師父娘來他便知道〔惠安云〕嗄〔行童云〕我說與你這個叫做折白道字耳東是個陳字禾子是個季字卽夕是個卿字却不是你的故人陳季卿來了也〔惠安云〕快請進來〔行童出見科云〕陳先生恰纔俺師父再四不肯認你虧我一頓老禿廝罵的肯了如今請你哩〔陳季卿做入見科云〕小生數年光景有失拜謁〔惠安云〕貧僧久知仁兄文場不利累次寄書相請今日俯臨寶乃貧僧之萬幸也〔陳季卿云〕長老累蒙書召小生非不心感但是我螢窗雪案辛苦多年自謂功名唾手可拾豈知累科下第惶恐難歸以此拜訪無顏只望長老勿罪〔惠安云〕仁兄差矣豈不聞古人有云無學之謂貧學而不能行之謂病據仁兄這等宏才積學何患不得功名昔伊尹耕於有莘傅說困於板築後來皆遇明主居師相之位仁兄今日雖然淪落一朝運至時來爲師爲相做出那伊尹傅說的事業又何難哉〔陳季卿云〕好說小生告回了〔唱〕

〔仙呂賞花時〕我則爲十載螢窗苦學文慚愧殺萬里鵬程未致身因此上甘流落在風塵我可也幾迴家闇哂則是個無面目見鄉人〔下〕

〔惠安云〕仁兄你怎麼就去了請轉來呀真個去了行者你快請他轉來說貧僧還有話講〔行童

云〕我就趕出山門外請他去只怕師父娘不肯留他哩〔下〕〔惠安云〕你看這秀才功名心急想是要回下處溫習經史去哩我荒剎雖則淒涼尚也不缺饘粥不若留他在此資其衣食以待選場一則遂了他風雲之志二則也見我這點鄉曲之情有何不可〔詩云〕故人昔未遇借此山中居則恐登樞要何曾問草廬〔下〕

〔音釋〕 廈音下 諳音庵 吸音隙 累上聲 剌音辣 唾拖去聲 剎音察 饘音氈 樞昌書切

第一折

〔陳季卿上云〕小生陳季卿感蒙惠安長老念同鄉的義分留我在寺中溫習經史等候選場這是小生不幸中之幸也今日無甚事待惠安長老出定來要他指引我到什麼古蹟去處遊翫遊翫消遣我旅況咱〔惠安引行童上相見科云〕仁兄你屈留在此山寺荒涼甚多簡慢莫不有些見責麼〔陳季卿云〕長老說那裏話小生連月打攪感激不盡只是小生久聞終南山是天下第一座名山中間勝景必多乞長老指引容小生瞻仰一番可也不枉〔惠安云〕既如此待貧僧引路仁兄隨喜便了〔陳季卿做看寺科云〕委的好一座寺也你看殿侵碧落樹拂層雲水遶渼陂峯臨紫閣真個觀之不足翫之有餘〔做望科云〕長老這東南角上隱隱一條水路是通着那裏的〔惠安云〕這條水是渼陂通出去的從此入漢江就是我們的故鄉歸路〔陳季卿做歎科云〕長老小生對此不覺歸思頓發有筆硯乞借過來待小生賦滿庭芳一詞書於素壁之上可乎〔惠安云〕貧僧願觀行者取文房四寶過來〔行童云〕兀的不是文房四寶你這先生自揣做的好寫的好便寫不然你莫寫省得人笑你杭州阿獃〔陳季卿做寫科云〕長老待小生表白與你聽者〔詞云〕坐破寒氈磨穿鐵

硯自誇經史如流拾他青紫唾手不須憂幾度長安應舉萬言策會獻螭頭空餘下連城白璧無計取封侯可憐復失意羞還故里懶駐皇州感君情重借舍暫淹留暇日相攜登眺憑高處共豁吟眸家山遠如何歸去都付夢中遊〔惠安云〕好高才也〔行童云〕通得〔惠安云〕你曉的什麼快去看茶來〔行童下〕〔正末扮呂洞賓提荊籃上云〕世俗人跟貧道出家去來我着你人人了道個個成仙道裏可也無人我姓呂名岩字洞賓道號純陽子是也因應舉不第道經邯鄲得遇正陽子師父點化黃粱一夢遂成仙道今奉吾師法旨爲世間有一人陳季卿餘杭人氏有神仙之分教我來度脫他貧道按落雲頭見一道青氣此人正在終南山不免到青龍寺走一遭去也呵〔唱〕

〔仙呂點絳唇〕恰離了北海蒼梧可又蚤歲華幾度成今古歎世事榮枯誰識的這長生路

〔混江龍〕量那些一陀兒寰土經了些前朝後代戰爭餘俺從這劈開混沌踏破空虛俺不用九轉丹成千歲壽俺不用一斤鉛結萬年珠也不採甚麼奇苗異草也不佩甚麼寶篆靈符只要養的這精神似水煉的這骨髓如酥常日把那心猿意馬牢拴挂一任教陵移谷變石爛的這松枯

〔行童上云〕我且到山門首看咱〔正末云〕可早來到青龍寺門首也兀那小和尚你進去說與那陳季卿道有一仙長到來相訪〔行童云〕呸我今日造化低頭裏一個窮秀才叫我小和尚如今這個牛鼻子又叫我小和尚我這小和尚馱你家娘哩兀那牛鼻子陳季卿不在我這裏〔正末云〕貧道望氣知道他在你寺裏〔行童云〕望你娘頹氣疝氣你是太上老君漢鍾離呂洞賓便會望氣我

也不替你報我自去方丈裏吃燒酒狗肉去也〔下〕〔正末云〕小和尚不肯通報我自過去〔做入見科云〕秀才長老稽首貧道是一雲遊道者此來不爲別事單要度一個徒弟跟貧道出家去〔陳季卿云〕你這道者差矣此位是惠安長老仙釋不同教是做不得徒弟的難道你要度我麽〔正末云〕可知道來秀才你今日是個落第的舉子若跟了貧道出家去明日便是一個神仙也不辱沒了你秀才你可辭別了長老跟隨貧道出家去來〔陳季卿云〕你這道者我與你素不相識怎生便着我跟你出家小生學成滿腹文章正要打點做官哩老實對你說小生出不的家〔正末唱〕

〔油葫蘆〕歎你這千丈風波名利途端的個枉受苦便做道佩蘇秦相印待何如你則看凌煙閣那個是真英武你則看金谷鄉都是些喬男女〔陳季卿云〕這也要辨個賢愚怎麽一槪都說是假的〔正末唱〕你可也辨甚麽賢辨甚麽愚折莫將陶朱公貴像把黃金鑄倒底也載不的西子泛江湖

〔陳季卿云〕我做官的身上穿的是紫羅襴頭上戴的是烏紗帽手裏拿的是白象笏何等榮耀你們出家的無過是草衣木食到得那裏〔正末唱〕

〔天下樂〕早經了一將功成萬骨枯哎你區區文共武說甚麽榮耀人也紫羅襴烏紗帽白象笏爭如我誦黃庭道德經諷金精太素書倒落的播清風一萬古

〔行童捧茶上云〕你看中間一個老禿厮左邊一個牛鼻子右邊一個窮秀才攀今攬古的比三教聖人還張智哩〔送茶科〕〔陳季卿云〕我飯也不曾吃被這個道者可纏殺人也〔正末云〕秀才你

肯誦黃庭經便不饑寒〔行童云〕你這先生不要聽這牛鼻子說謊我每日誦經到晚肚裏常是餓
的支支叫哩〔正末云〕難道真個誦了經便不饑寒只是誦了經成了仙道便不饑寒了也〔陳季
卿云〕道者你說古來有那個是成仙了道的〔正末云〕待貧道略說一兩個與你聽者〔唱〕
〔那吒令〕豈不聞有一個列御寇駕泠風徧八區〔陳季卿云〕是一個了再
有誰呢〔正末唱〕有一個張子房追赤松別帝都〔陳季卿云〕再呢〔正末唱〕有
一個葛仙翁採丹砂入洞府他雖則土木骸這都是神仙骨不似你
肉眼凡夫
〔陳季卿云〕敢問道者神仙那裏可有甚的景致麼〔正末云〕怎麼沒有〔唱〕
〔鵲踏枝〕我那裏號蓬壺近天都一刻是貝闕珠宮霞徑雲衢則除
是大羅仙沒揣的過去〔陳季卿云〕這等你到我這下界來怎麼〔正末唱〕我今日
下塵寰也則爲點化你這頑愚
〔陳季卿云〕道者你不要這些大話你則老實的說你仙鄉何處〔正末云〕你要問我仙鄉何處我
便說與你也尋我不着哩〔唱〕
〔寄生草〕枉踏破你那遊仙屨怎尋的着我這鍊藥罏我則是任來
任去隨緣住無風無雨難傾覆不脩不壘常堅固那裏有洞門深鎖
遠山中端的個白雲滿地無尋處
〔云〕秀才你跟我出家去罷〔陳季卿云〕我要做官的人怎麼勸我跟你出家這等絮絮叨叨好話
不投機也〔做不禮科〕〔正末云〕秀才你休想那富貴榮華只跟我出家去罷〔陳季卿做反手看

圖科云〕這壁上是華夷圖待我看波〔正末云〕這秀才不禮我去看華夷圖待我就這圖上題詩一首與他看波〔做題科〕〔陳季卿云〕這道者也會做詩待我念來〔詩云〕閑觀九域志如同咫尺間縣排十萬鎮州隔五千山幽燕當北望吳越向南看雖無歸去路神往不爲難好高才也道者只是你怎生知道我要歸家來〔正末云〕我怎麼不知你題的那滿庭芳詞說道家山遠如何歸去都付夢中遊這不是你要歸家的意思〔陳季卿做歎科云〕嗨只是小生流落於此不知幾時得回家去也〔正末做笑科云〕秀才你若肯跟我出家我就借你一隻船送還家去可也不難〔惠安云〕道兄你這船在那裏好借與我故人去那〔陳季卿云〕道者你幾曾見我這滿庭芳詞來〔正末云〕你題時咱就見了也〔唱〕

〔醉中天〕這詞呵勝王粲登樓賦似宗炳臥遊圖〔做取竹葉黏壁上科〕〔一唱〕你覷這渺渺滄波一葉蘆〔云〕疾秀才兀的不是一隻船了也〔陳季卿云〕恰纔是一片竹葉兒黏在壁上怎麼就變成了一隻船可也奇怪〔惠安云〕道兄這船也小只怕借不得我故人回去〔正末云〕呆漢正好借去〔唱〕休猜做野水無人渡你本待挾三策做公孫應舉眼見的不及第學淵明歸去怎知道這兩樁兒都則是一夢華胥

〔云〕秀才你可看見你回家的路徑麼〔陳季卿云〕我小生在華夷圖上早看見了也〔正末云〕秀才你覷波〔唱〕

〔金盞兒〕你不見遠樹蔽荆吳闊水泛歸艫從教他風濤洶湧蛟龍怒你則是緊閉着雙目穩跕着身軀一任的棹穿江月泠帆掛海雲

孤寒煙生古渡兀良便是你茅舍舊鄉閭

〔行童云〕莫說這隻船是竹葉兒做的就當真一隻船只消我一脚早踹翻了也〔正末云〕秀才你則閉了眼者休迷了正道〔陳季卿做呵欠科云〕怎麼這一會兒精神疲倦只待要睡哩〔做伏几睡科〕〔正末云〕這呆漢睡了也我着他大睡一覺〔拂袖科〕〔唱〕

〔賺煞〕我與你踢倒鬼門關打開這槐安路把一枕南柯省悟再休被利鎖名韁相纏住急回頭又蚤則暮景桑榆你若是做吾徒我與你割斷凡俗怕甚麼苦海茫茫難跳出趁煙霞伴侶乘着這浮槎而去兀的不朗吟飛過洞庭湖〔留荆籃下〕

〔惠安云〕好奇事也恰纔這一個風魔道士將一片竹葉黏在壁上變做小小的一隻船兒倒也好個戲法那陳季卿又睡着了行者你可安排下茶飯等候他睡醒時食用者俺回方丈坐禪去也〔詩云〕持心只在前窗下不管人間是與非〔行童隨下〕〔陳季卿打夢做醒科云〕這一覺好睡也我如今上的這船趁便風回家去來〔下〕

〔音釋〕分去聲　渼音美　陂音杯　歎帶平聲　螭音癡　邯音寒　鄲音丹　相去聲　將去聲　笏音虎　泠音靈　骨音古　覆音赴　燕平聲　看平聲　思去聲　爐音盧　目音暮　柯音哥　俗詞疽切　出音杵　槎音茶

第二折

〔正末引外扮列御寇張子房葛仙翁上云〕貧道呂洞賓這一位是列御寇這一位是張子房這一位是葛仙翁貧道爲陳季卿一人親到終南山青龍寺裏度脫他爭奈此人迷戀功名略不省悟被

貧道將一片竹葉黏於壁上戲成一隻小船兒他便要上船趁便風趕回家見父母妻子去列位上
仙我們在此等候他來時慢慢的點化他歸於正道與他閻王殿上除生死仙吏班中列姓名指開
海角天涯路引的迷人大道行〔列御寇云〕兀那呆廝陳季卿這番晚好待來也〔正末唱〕
〔雙調新水令〕五湖四海自遨遊則俺這拂天風兩枚袍袖喚靈童
採瑞草同仙子下瀛洲似這等蕩蕩悠悠歎塵世幾昏晝
〔列御寇云〕道兄我看世俗之人貪嗔愛慾如青蠅之嗜血似羣蟻之慕羶只利趨前竟忘溺死好
愚迷也〔正末云〕上仙我看陳季卿本有神仙之分則是他塵心太重兩次三番再不省悟何時得
成正道也呵〔唱〕
〔駐馬聽〕仙苑優遊物換星移幾度秋將玄關參透經了些夕陽西
下水東流一生空抱一生愁千年可有千年壽則合的番回頭和着
那閑雲野鶴常相守
〔陳季卿上云〕小生陳季卿在青龍寺惠安長老處遇一風魔道士則管裏勸我出家他將片竹葉
兒黏於壁上戲成小船我不合一時間引動家鄉之思就上這船趁着便風回去到的這裏迷蹤失
路前後又沒個人兒可問怎生是了也〔正末云〕陳季卿你來這裏有何事幹那〔陳季卿做驚顧
科云〕呀那裏有人叫我哩〔正末唱〕
〔鴈兒落〕你急煎煎誤呑他名利鉤虛飄飄竟忘了我這煙霞叟白
茫茫窮途何處歸眼睜睜苦海無人救
〔陳季卿云〕叫我的是那個你可指引我一條大路等我好歸去波〔正末云〕呆漢〔唱〕

〔得勝令〕呀你不道經史習如流青紫不須憂怎不將連城璧丹墀
奏博一個取凌陽萬戶侯今日個啾啾這是你為官的偏生受倒不
如休也波休蚤隨我出家兒得自由
〔陳季卿做見科云〕呀元來就是寺中相遇的道者你可救我咱〔正末云〕噤聲〔唱〕
〔掛玉鉤〕你道我不是知音話不投只去把九域志閑窮究翻惹動
你一點鄉心淚闇流滴滿了征衫袖現如今路又迷途難叩你則認
那畫裏家山怎知是夢裏神遊
〔陳季卿云〕却元來還有三位願通姓名〔正末云〕他都是我的道友這一位是列御寇這一位是
張子房這一位是葛仙翁〔陳季卿云〕小生一時愚昧不知三位是何朝代人物何因得成仙道請
各自陳小生拱聽〔列御寇云〕貧道列御寇鄭國人也當穆公時見子陽為相專尚刑罰貧道因此
辭祿歸耕後遇廣成子傳其大道遂得成仙〔張子房云〕貧道張良韓人也九世相韓秦始皇無道
滅我韓國貧道私結壯士鬧擊始皇於博浪沙中誤中副車大索三日貧道亡匿下邳後因漢祖兵
起仗劍歸漢與劉蹙項得報韓讎漢祖封貧道為留侯只為漢祖誅殺功臣棄其侯印隨赤松子入
山遂成仙道〔葛仙翁云〕貧道葛洪吳興人也晉明帝時為勾漏令因採丹砂得遇羅浮真人授以
九轉之術從此棄官修道遂得成仙〔陳季卿云〕小生失瞻了據三位說來都是棄官修道得列仙
班的但小生十載寒窗受過多少辛苦如今正想做官說不得這等迂闊話哩〔正末云〕呆漢〔唱〕
〔沽美酒〕你道是困螢窗年歲久只待要題鴈塔姓名留壯志騰騰
貫斗牛巴的個風雲會偶肯落在他人後

〔太平令〕你則說做官的金章紫綬我則說出家的三島十洲你則說做官的功成名就我則說出家的延年益壽你呵罷手閉口只看我這道友呀那一個不棄官如垢〔陳季卿云〕你道這三位都是做官的小生在史書上也曾見來可是你這道者也做過官那〔正末唱〕

〔甜水令〕俺也曾鳳闕躋攀龍門踴躍馬蹄馳驟高折桂枝秋偶然間經過邯鄲逢師點化黃粱醒後因此上把塵心一筆都勾〔陳季卿云〕可知你不曾做官來〔正末唱〕

〔折桂令〕早則不頹氣了你這獨占鰲頭〔陳季卿云〕道者你不做官怎知那做官的快樂〔正末云〕呆漢你的官在那裏〔唱〕早則不羞還故里懶住皇州〔陳季卿云〕我如今正要歸家哩〔正末唱〕早則不阮籍迴車劉蕡下第王粲登樓終南山故人聚首青龍寺暇日舒眸棹一葉扁舟泛幾曲江流分明是一枕槐安怎麼的倒做了兩下離愁〔列御寇云〕秀才這做仙的雖然是天生下仙肌道骨也要異人傳授纔得成仙了道今日我這道友再三再四的度脫你出家你則不省悟可不連我等都乾著了也〔陳季卿云〕列位不知不是我小生不肯隨他出家去則是小生出家不得這應舉不第不消說了小生家中有父母年高妻子嬌幼怎生出的家待小生口占臨江仙一詞表白與列位聽者〔詞云〕一自長安來應舉本圖他富貴榮華誰知不第卻歸家妻兒年稚小父母鬢霜華中道迷蹤何處問遇羣仙下訪乘槎低迴無語漫

嗟呀斷腸俱失路延首各天涯〔列御寇云〕秀才你認這父母妻子是與你相守到底的好愚迷也〔陳季卿云〕道者你則指引我一條大路回去看我這遭來穩穩的奪個狀元中咱〔正末云〕呆漢唱

〔川撥棹〕我笑你這呆頭便奪得個狀元來應了口受用着後擁前騶畫閣朱樓舞袖歌喉也做不得功施宇宙〔做指列科唱〕怎如俺這馭清風列御寇〔做指張科唱〕

〔七弟兄〕怎如俺這運籌決謀漢留侯〔指葛科唱〕怎如俺這煉丹砂葛令辭勾漏你則看玉溪邊煙火不停流翠岩前風月長依舊

〔陳季卿云〕道者你則指引我去路休得要等老了人也〔正末唱〕

〔梅花酒〕你可也休待兩鬢秋與天子分憂歎歲月難留蚤白了人頭你獻長楊臨紫陌我尋大藥返丹丘共三人歸去休這一個倚銀箏步瀛洲這一個吹鐵笛臥巖幽這一個彈錦瑟上孤舟

〔收江南〕呀則俺呵曾經三醉岳陽樓踏罡風吹上碧雲遊枉了俺這大羅仙來度脫你個報官囚空笑殺城南老柳則教你做一場蝴蝶夢莊周

〔列御寇云〕秀才你既不肯跟隨我等出家不可久留在此你回去罷〔陳季卿云〕只是小生迷着路哩〔正末云〕呆漢前途不遠你到家近了也只要你休忘了正道〔唱〕

〔鴛鴦煞尾〕你則爲功名兩字相迤逗生熬得風波千里親擔受憑着短劍長琴遊徧赤縣神州唱道幾處笙歌幾家僝僽不勾多時蚤餓的你似夷齊瘦爭如我與世無求再不向紅塵道兒上走〔四人同下〕

〔陳季卿云〕他四個都去了也那風魔道士說我到家已近休忘了正道我想正道者大路之謂也我如今只依着大路趲行幾步回我家鄉去來〔詩云〕漸覺鄉音近翻增旅況悲途遙歸夢繞心急步行遲〔下〕

〔音釋〕羶扇平聲　中去聲　十繩知切　醒平聲　賁音墳　騶音鄒　罡音剛　迤音拖　逗音豆　僝鋤山切　僽音驟

第三折

〔外扮孛老引老旦卜兒旦兒倈兒上云〕老漢餘杭人氏姓陳因爲家中有幾貫錢鈔人皆稱我做陳員外嫡親的五口兒家屬這婆婆方氏媳婦兒鮑氏孫兒阿勝那個應舉去的叫做陳季卿我那孩兒一去許久再不見個音信回來使我一家好生懸念婆婆你且在家中閉門坐着待我到長街市上訪問消息去來〔卜兒云〕我知道〔孛老俱下〕〔正末改扮漁翁上詩云〕江上撐開一葉舟竿頭收起釣魚鉤箬笠簑衣隨意有斜風細雨不須憂俺這打漁人好不快活也呵〔唱〕

〔南呂一枝花〕這矮蓬窗新織成細網索重編就恰纔個背西風收絲釣又蚤則對明月棹扁舟煙水悠悠自釃下黃花酒親提着這斑竹簍捹的個醉酕醄斗轉參橫受用此閑快活天長也那地久

〔梁州第七〕管甚麼有程期夕陽西下一任他沒心情江水東流常則是淡煙疎雨迷前後經了些村橋野店沙渚汀洲俺自有簑衣斜掛箬笠輕兜從來這打漁人少悶無愁相伴着浴鷺眠鷗恰離了陶朱公一派平湖抹過了蜀諸葛三江渡口蚤來到漢嚴陵七里灘頭你道那幾個是咱故友無過是滄波老樹知心舊楚江萍勝肥肉還有那縮項的鯿魚新上鈎喫的不醉無休

〔陳季卿上云〕我陳季卿來到此間是一個截頭渡了怎生得一個船來渡我過去纔好〔做望科云〕遠遠望見不是個漁船待我喚咱〔做招手科云〕兀那漁翁撐船來〔正末做不應科〕〔唱〕

〔隔尾〕你莫不是燃犀溫嶠江心裏走你莫不是鼓瑟湘靈水面上遊却教我呆鄧鄧葭蒲邊耐心守這裏又不是闞津隘口又不是你家前院後怎麼的喚渡行人在那搭兒有

〔陳季卿做叫科云〕漁翁你撐船來渡我咱〔正末云〕你要到那裏去〔陳季卿云〕你問我怎的〔正末唱〕

〔賀新郎〕你道俺打漁人不索問根由俺則問你是做買賣經商〔陳季卿云〕不是〔正末唱〕是探故鄉親舊〔陳季卿云〕不是〔正末唱〕既不吵你怎生在長江側畔將咱候〔陳季卿云〕我是要過江去的〔正末唱〕你莫不是楚三閭懷沙自投你莫不是伍子胥雪父冤讎你莫不是李謫仙撈月去你莫不是鄭交甫弄珠遊〔陳季卿云〕我要去的急怎當這漁翁攀今攬古只管裏

盤問我這許多好生聒絮漁翁你猜的可也都不是你只渡我過江去罷〔正末云〕這等你是什麼樣人要我渡你若不說呵我也不渡〔陳季卿云〕我是個應舉落第的秀才如今要回家去哩〔正末唱〕

原來是趕科場應舉的村學究若及第呵驟春風五花驄馬轡不及第則待泛滄浪一葉小漁舟

〔陳季卿云〕是了我如今要趕回武林餘杭去見我父母妻子一面就趁你這船還要重來應舉我多與你些船錢何如〔正末云〕這也使的你快上來我便開船也〔陳季卿做上船科〕〔正末唱〕

〔罵玉郎〕則被一天露溼漁蓑透搖短棹下中流過得這橫橋獨木龍腰瘦見輕鷗廝趁逐粧點秋江秀

〔感皇恩〕雲影油油風力颼颼轉出這綠楊隄芳草岸蓼花洲〔陳季卿云〕漁翁這是那裏〔正末唱〕行盡了秦淮界首不覺的吳越分流可早則近鄉閭臨故里莫停留

〔陳季卿云〕好奇怪早到家門了也〔做聽更鼓科云〕這些時纔打三更哩〔正末唱〕

〔採茶歌〕你不索問更籌則看這水雲收半輪明月在柳稍頭〔做住船科云〕秀才我這船只在此等你見了你父母妻子你可便來〔唱〕我這裏將半橛孤樁船纜住則聽得汪汪犬吠竹林幽〔同陳季卿暫下〕

〔孛老卜兒旦兒俫兒上孛老云〕好煩惱人也孩兒應舉去了我在長街市上打聽音信不着婆婆且關上門者〔卜兒做關門科〕〔正末同陳季卿上云〕兀的不是你家裏〔陳季卿云〕待我叫門咱漁翁我見了父母妻子還要應舉去你這船不要那裏去了〔正末云〕只要你蚤些下船我沒這閒

工夫久等你哩〔陳季卿做叩門科云〕大嫂開門來開門來〔旦兒云〕誰人喚門待我開開這門看咱〔做見科云〕我道是誰元來是季卿來了也〔陳季卿云〕父親母親在那裏〔旦兒云〕在堂上哩〔陳季卿做入拜科云〕父親母親您孩兒回家了也〔孛老云〕孩兒你得了官也不曾〔陳季卿云〕您孩兒時運不通不曾得官因此羞歸一向流落在外有缺甘旨之奉如今可又開選場您孩兒特來探望父親母親依舊要應舉去也〔孛老云〕孩兒你離家多年纔得回來且住幾日去〔陳季卿云〕父親母親日子近了則怕趕不上科場〔孛老云〕既然日子近了下次小的每將酒來與孩兒送行者〔正末做笑科云〕陳季卿快些去罷〔唱〕

〔牧羊關〕你剗的席上歌金縷樽前捧玉甌這其間可不是炊黃粱鍋內纔熟你則合早辭了白頭爺娘割捨了青春配偶〔帶云〕陳季卿你此時不去還待怎的〔唱〕則你個不聰明愚濁漢枉教做疾省悟俊儒流不爭你戀斑衣學老萊舞怎發付這艤烏江亭長舟

〔陳季卿云〕大嫂我還赴科場去也〔旦兒云〕秀才你纔得歸家如何便割捨的去了〔做悲科〕〔陳季卿云〕大嫂我夫妻之情怎生捨的只是試期迫近轉眼便錯三年如之奈何〔正末唱〕

〔哭皇天〕則管裏絮叨叨將他鬬淚潸潸不住流快隨他齊臻臻鵷鷺侶權撇下嬌滴滴鳳鸞儔則不如準備着綸竿綸竿釣舟向富春渚側渭水河邊伴煙波漁父風月閒人倒落得個散誕逍遙逍遙百不憂遮莫的山崩海漏烏飛也那兔走

〔陳季卿云〕大嫂你將筆硯來待我口占一詩做留別者〔做寫科〕〔正末唱〕

〔烏夜啼〕你從今緊閉談天口休想我信風波東澗東流〔陳季卿云〕詩寫就了也待我表白一徧與你聽咱〔做念科〕〔詩云〕月斜寒露白此夕最難禁離歌嘶象管別思斷瑤琴酒至連愁飲詩成和淚吟明夜懷人夢空床閒半衾〔旦兒云〕季卿此詩悽惋多情使妾讀之潸然淚下兀的不痛殺我也〔陳季卿做拜別科云〕父親母親您孩兒應舉去也〔正末唱〕隨你便意徘徊詩吟就怎寫的出一段離愁兩處凝眸這一個裊金鞭遙拂酒家樓那一個泣陽關閣滴香羅袖蚤去來休生受則我這麻絛草履不傲殺你肥馬輕裘

〔陳季卿云〕父親母親您孩兒應舉去也〔旦兒做送出門科〕〔陳季卿云〕大嫂你回去罷〔做出科云〕漁翁船在那裏〔正末云〕快上船來要我等這幾時〔同下〕〔孛老云〕孩兒趕科場去了也婆婆你且關上門者眼望旌旗捷耳聽好消息〔卜兒旦兒俫兒並下〕〔正末同陳季卿上云〕秀才蚤到這大江了也〔唱〕

〔三煞〕趁着這響咿啞數聲柔艫前溪口早看見明滴溜幾點漁燈古渡頭〔陳季卿云〕漁翁把船搖近岸些兀的不起了風也〔正末唱〕則見秋江雪浪拍天浮更月黑雲愁疎剌剌風狂雨驟這天氣甚時候〔陳季卿云〕漁翁這等風雨波浪陡作兀的不諕殺我也〔正末唱〕白茫茫銀濤不斷流那裏也騎鶴揚州

〔二煞〕忽聽的雷盤絕壁蛟龍吼又則見電繞空林鬼魅愁似這等翻江攪海怒陽侯諕的他怯怯喬喬怎隄防傾覆這性命有誰救爭

些兒踏破漁翁一釣舟做的個水上浮漚
〔陳季卿云〕哎喲船壞了也漁翁你救我咱〔做念經科云〕太乙救苦天尊〔正末唱〕
〔黃鍾尾〕你枉了告玄冥禮河伯頻叉手只要你安魂魄定精神緊閉眸風陡作水倒流排三山蕩九州撼天關動地軸諕的你戰兢兢似楚囚死臨侵一命休不能彀葬故坵從今後萬古千秋誰與你奠一盞兒北邙墳上酒
〔陳季卿做墜水科云〕救人救人〔做驚醒科〕〔行童云〕先生俺師父請你吃齋飯哩〔陳季卿云〕這道者那裏去了〔行童云〕你在這裏睡我在這裏請你喫齋知他這風魔道士到那裏去〔陳季卿云〕我方纔回家去他在半路裏等我又引着幾個道友再四勸我出家這個道者有些古怪待我趕他去〔做趕見荊籃科云〕元來那道者留下一個荊籃在此待我看咱這荊籃內別無一物止有一紙書看他寫着甚麼〔做念科〕〔詩云〕一葉逡巡送客歸山光水色自相依纔經屈子行吟處又過嚴陵下釣磯親舍久慚疎奉養粧臺何意重留題別來慟哭黃昏後將謂仙翁總不知〔做驚駭科云〕怎麼夢中的事他都知道必然是個仙人我想人身難得中土難生異人難遇怎好當面錯過料這道者去亦未遠小師父你與我多拜上長老我齋飯也不喫了提着這荊籃趕那道者去也〔下〕〔行童云〕這秀才也是個傻廝青天白日餓肚裏睡了一覺不知做個什麼夢慌慌忙忙的醒來便要趕那道士去從來的風僧狂道有什麼究竟知道那裏趕他我自回師父話去餓出這傻廝的屎來也不干我的腿事〔下〕

〔音釋〕重平聲　釀泥降切　鎩叉搜切　酕音毛　醄音桃　肉柔去聲　嶠音叫　葭音家

捫音門 轡音配 逐直由切 熟常由切 艤音以 潸音山 咿音衣 啞音鴉 陡音斗 吼呵苟切 魅音昧 漚音歐 撼含去聲 軸直由切 印音忙 逡蛆荀切 傻商鮓切

第四折

〔列御寇引張子房葛仙翁執愚鼓簡板上詩云〕昨日東周今日秦咸陽燈火洛陽塵百年一枕滄浪夢笑殺崐崙頂上人貧道列御寇的便是因為純陽子要度陳季卿央貧道和張子房葛仙翁三人勸他入道只他塵心太重一時不得回頭那純陽子顯其法力另做一個境界與他看見必然省悟了也如今陳季卿尚未來我等無事暫到長街市上唱些道情曲兒也好警醒世人咱〔張子房云〕如此最好仙長請〔列御寇唱〕

〔村裏迓鼓〕我這裏洞天深處端的是世人不到我則待埋名隱姓無榮無辱無煩無惱你看那蝸角名蠅頭利多多少少我則待夜睡到明明睡到夜睡直到覺呀蚤則似刮馬兒光陰過了

〔元和令〕我吃的是千家飯化半瓢我穿的是百衲衣化一套似這等麤衣淡飯且淹消任天公饒不饒我則待竹籬茅舍枕着山腰掩柴扉靜悄悄歎人生空擾擾

〔上馬嬌〕你待要名譽興爵位高那些兒便是你殺人刀幾時得舒心快意寬懷抱常則是焦蹙損兩眉梢

〔勝葫蘆〕你則待日夜思量計萬條怎如我無事樂陶陶我這裏春

夏秋冬草不凋倚晴窗寄傲杖短笻凝眺看海上熟蟠桃

〔列御寇云〕這道情曲兒還未曾唱完純陽子蚤來了也〔張子房云〕我等且退下一壁者〔下〕〔正末唱〕

〔正宮端正好〕俺不去北溟遊俺不去東山臥得磨跎且自磨跎打數聲愚鼓向塵寰中坐這便是俺閒功課

〔滾繡毬〕歎光陰似擲梭想人生能幾何急回首百年已過對青銅兩鬢皤皤看王留撇會科聽沙三嘲會歌送了些乾崢嶸貪圖呆貨到頭來得了個甚麼你不見窗前故友年年少郊外新墳歲歲多這都是一枕南柯

〔陳季卿提荊籃慌上科云〕師父弟子有眼如盲只望師父救度咱〔正末唱〕

〔倘秀才〕則見他荊棘律忙忙走着〔做搖手科唱〕哎你個癡呆漢休來趕我〔陳季卿趕上扯住科云〕大仙只望你普度慈悲指引弟子長生之路〔做拜科〕〔正末唱〕則問你搗蒜似街頭拜怎摸俺是個窮貧道住山阿怎將你儒生度脫

〔陳季卿云〕你留下這荊籃內有詩一首把我到家見父母妻子的情狀盡都知道豈不是個神仙如今情願跟隨出家做個弟子去也〔正末云〕呆漢你這一遭趕科場去奪一個狀元中則管拜我怎的〔唱〕

〔滾繡毬〕你一心待遇君王登甲科怎倒來叩神仙求定奪〔陳季卿云〕

師父弟子看了這詩如今不願做官了也〔正末唱〕你道是看詩句把玄機參破俺則怕紫霜毫錯判斷山河〔云〕呆漢你如今省悟了麽〔陳季卿云〕弟子省悟了也〔正末唱〕你既知這榮華似水上沫這功名似石內火可怎生講堂中把面皮搶攞〔陳季卿做拜科云〕弟子懸眉肉眼怎知道真仙下降只望高擡貴手與我拂除塵俗者〔正末唱〕我如今與你拂塵俗將聖手搓挲便說殺九重天子明光殿怎如俺三島仙家安樂窩再不要碌碌波波

〔列御寇三人上云〕道兄那陳季卿可肯跟你出家麽〔陳季卿上云〕元來三位大仙都也在此〔做拜科〕〔正末云〕俺每爲這一個呆漢到塵世走了三遭兒也〔唱〕

〔倘秀才〕你昨日呵擺不去金枷玉鎖你今日呵蚤掙上朝元證果知他道誰是逍遙誰轗軻舉頭山色好入耳水聲和這便俺仙家的過活

〔陳季卿云〕師父我弟子想來這三位大仙不消說了昨日這一個漁翁渡我歸家的敢就是大仙一化哩〔正末云〕呆漢〔唱〕

〔滾繡毬〕你道俺駕扁舟泛碧波執漁竿披綠蓑這就是仙家使作你可也爭些兒暴虎憑河〔陳季卿云〕師父你既肯度脫弟子成仙了道怎生又要把我掉在大江之中險喪性命你好促掐也〔正末做指列御寇科唱〕俺若不是打這訛怎生着衆仙真收這科俺舊交遊還有弟兄七個〔陳季卿云〕師父你這上八界洞府却在那裏〔正末做手指科唱〕問洞府還隔的蓬嶺嵯峨〔帶云〕要舞呵〔唱〕自

有霓裳羽袖纖腰舞〔帶云〕要歌呵〔唱〕自有絳樹青琴皓齒歌莫更蹉跎〔陳季卿云〕師父你那裏有甚麼景致說與弟子知道〔正末唱〕

〔叨叨令〕俺那裏有蒼松偃蹇蛟龍臥有青山高聳煙嵐潑香風不動松華落洞門深閉無人鎖俺和你去來也麼哥俺和你去來也麼哥修真共上蓬萊閣〔沖末扮東華帝君執符節引張果漢鍾離李鐵枴徐神翁藍采和韓湘子何仙姑上〕〔陳季卿云〕呀許多大仙來了弟子一個也不認得望師父說與弟子知道〔正末指張科〕〔唱〕

〔十二月〕這一個倒騎驢疾如下坡〔陳季卿云〕元來是張果大仙〔做拜科〕〔正末指徐科唱〕這一個吹鐵笛韻美聲和〔陳季卿云〕是徐神翁大仙〔做拜科〕〔正末指何科唱〕這一個貌娉婷笊籬手把〔陳季卿云〕是何仙姑大仙〔做拜科〕〔正末指李科唱〕這一個髼鬆鐵枴橫拖〔陳季卿云〕是李鐵枴大仙〔做拜科〕〔正末指韓科唱〕這一個藍關前將文公度脫〔陳季卿云〕是韓湘子大仙〔做拜科〕〔正末指藍科唱〕這一個綠羅衫拍板高歌〔陳季卿云〕是藍采和大仙〔做拜科〕〔正末指鍾離科唱〕

〔堯民歌〕這一個是雙丫髻常喫的醉顏酡〔陳季卿云〕是漢鍾離大仙〔做拜科云〕敢問師父姓甚名誰〔正末云〕呆漢俺不說來〔唱〕則俺曾夢黃粱一晌滾湯鍋覺來時蚤五十載閒消磨〔陳季卿云〕師父已曾說過弟子真個忒愚迷〔做拜科云〕今

日可也拜的着哩〔正末唱〕纔知道呂純陽是俺正非他〔云〕呆漢只怕你也做夢哩〔陳季卿云〕弟子如今委實省悟不是做夢了也〔正末唱〕你自去評跋評也波跋休教咱冷笑呵只要你覷的那名利場做些些娘大〔東華帝君云〕奉上帝勅旨陳季卿既有神仙之分做呂純陽弟子可着羣仙引領西去共赴蟠桃宴者〔詞云〕西望瑤池集衆真東來紫氣徹天門從今王母瓊筵上共獻蟠桃增一人〔陳季卿同衆共拜科〕〔正末唱〕

〔煞尾〕會瑤池慶賞蟠桃果滿捧在金盤獻大羅增俺仙家福壽多保俺仙家永快活你將這鶴氅烏巾手自摩葛屨環縧整頓過青色騾兒便撒和駕一片祥雲俺同坐使有那十萬里鵬程怕甚麼海天闊

〔音釋〕蝸音蛙 覺音叫 筇音窮 皤音婆 着池何切 摸音摩 阿何哥切 脫音妥 奪音多 沫音磨 攞羅上聲 挲音梭 轗音坎 軻音可 活音和 作音左 嵐音藍 潑音頗 落羅去聲 閣哥上聲 娉聘平聲 婷音亭 笊音罩 晌音賞 他音拖 跋音波 大音墮 氅音敞 過平聲 和去聲 闊科上聲

題目　呂洞賓顯化滄浪夢
正名　陳季卿誤上竹葉舟

陳季卿誤上竹葉舟雜劇

乞兒點化看錢奴

布袋和尚忍字記
倣黃居寀筆
珍倣宋版印

布袋和尚忍字記雜劇

元　鄭廷玉撰
明吳興臧晉叔校

楔子

〔沖末扮阿難上詩云〕明心不把幽花撚見性何須貝葉傳日出冰消原是水回光月落不離天貧僧乃阿難尊者是也我佛在於靈山會上聚衆羅漢講經說法有上方貪狼星乃是第十三尊羅漢不聽我佛講經說法起一念思凡之心本要罰往酆都受罪我佛發大慈悲罰往下方汴梁劉氏門中投胎託化為人乃劉均佐是也恐防此人迷却正道今差彌勒尊佛化做布袋和尚點化此人再差伏虎禪師化為劉九兒先引此人回心後去嶽林寺修行可着定慧長老傳說與他大乘佛法若此人棄却酒色財氣人我是非功成行滿貧僧自有個主意則為他一念差罰去塵埃貪富貴不捨資財發慈悲如來點化功行滿同赴蓮臺〔下〕〔正末扮劉均佐領旦兒倈兒上正末云〕自家汴梁人氏姓劉名圭字均佐嫡親的四口兒家屬妻乃王氏某今年四十歲所生一兒一女小廝兒喚做佛留女孩兒喚做僧奴我是汴梁城中第一個財主雖然有幾文錢我平日之間一文也不使半文也不用若使一貫錢呵便是挑我身上肉一般則為我這般慳悋苦尅上所以積下這家私如今時遇冬天紛紛揚揚下着國家祥瑞有那般財主每紅爐暖閣賞雪飲酒恁般受用快樂我劉均佐怎肯這般受用却是為何則怕破敗了這家私也〔旦兒云〕員外常言道風雪是酒家天雖然是這等堪可飲幾杯也〔正末云〕大嫂我待不依你來可又不好待依你來呵又要費用罷罷罷喒將就的飲幾杯〔旦兒云〕員外飲幾杯可不好那〔正末云〕小的們打些酒來我與妳妳喫一杯你來

我和你說你休打多了則打兩鍾兒來勾了〔雜當云〕理會的〔遞酒介〕〔旦兒云〕員外你先飲一杯〔正末飲酒科云〕再將酒來大嫂你也飲一杯〔旦兒飲酒科云〕再將酒來〔雜當云〕無了酒也〔旦兒云〕則斟了兩鍾兒便無了酒再打酒來〔正末云〕酒勾了也老的每說來酒要少飲事要多知俺且在這解典庫裏閑坐看有甚麼人來〔外扮劉均佑上詩云〕腹中曉盡世間事命裏不如天下人小生洛陽人氏乃劉均佑也讀幾句書因遊學到此囊篋消乏時遇冬月天道下着大雪我身上無衣肚裏無食兀的不是一箇大戶人家我問他尋些茶飯喫早來到這門首無計所柰唱箇蓮花落咱一年家春盡一年家春兀的不天轉地轉我倒也〔做倒科〕〔正末云〕大嫂俺雖然在這裏飲酒俺門首凍倒一箇人孩兒每那裏與我扶將那君子進來討些火炭來盪些熱酒與他喫劉均佑也要尋思波大嫂我平日不是箇慈悲人每常家休道是凍倒一箇便凍倒十箇我也不管他這箇人好關我心也我試問他咱兀那君子你這一會兒比頭裏可是如何〔劉均佑云〕這一會覺過來了些兒也〔正末云〕君子你那裏人氏姓甚名誰因甚麼凍倒在俺門首你試說一遍咱〔劉均佑云〕長者小生洛陽人氏姓劉名均佑也讀幾句書因遊學到此囊篋消乏身上無衣肚中饑餒見長者在此飲酒無計所柰唱箇蓮花落不想凍倒在員外門首若不是員外救了小生那得有這性命來〔正末背云〕劉均佑你尋思波我問他那裏人氏他道是洛陽人氏姓劉名均佑可不道一般樹上無有兩般花五百年前是一家既是關着我這心呵兀那劉均佑我有心待認義你做個兄弟不知你意下如何〔劉均佑云〕員外休闘小生耍〔正末云〕我不闘你耍〔劉均佑云〕既是這般呵休道是兄弟在家中隨驢把馬願隨鞭鐙〔正末云〕兄弟我便是你親哥哥一般這箇便是你親嫂嫂哩你拜你拜〔劉均佑拜科云〕嫂嫂請坐受您兄弟兩拜咱〔旦兒云〕小叔叔免禮〔正末云〕

兩個孩兒過來拜你叔叔者〔倈兒拜科〕〔劉均佑云〕不敢不敢免禮〔旦兒云〕員外你與小叔叔共話我回後堂執料茶飯去也〔下〕〔正末云〕兄弟我今日認義了你我有件事與你說〔劉均佑云〕哥哥有甚事對您兄弟說咱〔正末云〕你恰纔在雪堆兒裏凍倒了你若不是我呵那裏得你那性命來我又認義你做兄弟你心裏便道這個員外必是箇仗義疎財的人你若是這等呵你差了也您哥哥爲這家私早起晚眠喫辛受苦積成這箇家私非同容易聽您哥哥說一遍咱〔劉均佑云〕哥哥說一遍與您兄弟聽咱〔正末唱〕

〔仙呂賞花時〕如今人則敬衣衫不敬人不由我只共錢親人不親恰纔那風凛凛這雪紛紛你在長街上便凍損〔云〕兄弟我是個財主認義你這等窮漢做兄弟你自尋思波〔唱〕我可也忒富貴你可忒身貧〔劉均佑云〕您兄弟身上襤褸則怕人笑話哥哥麽〔正末唱〕

〔幺篇〕你貧呵生受凄涼活受窘我富呵廣有金珠勝有銀〔云〕兄弟家私裏外勤苦要你早晚用心〔劉均佑云〕您兄弟理會的〔正末唱〕你在這解典庫且安身〔云〕兄弟也不爭我今日認義你做兄弟我是好心若俺那一般的財主每便道你看那劉均佑平日之間一文不使半文不用這等慳恪苦尅平白的認了個閑人〔唱〕一任教傍人將我來笑哂罷罷罷我權破了戒今日箇養閑人〔同下〕

〔音釋〕撚尼蹇切　行去聲　長音掌　窘君上聲　哂身上聲

第一折

〔劉均佑領雜當上云〕小生劉均佑自從哥哥認義我做兄弟可早半年光景也原來我這哥哥平

日是個慳悋苦尅的人他一文不使半文不用放錢舉債都是我今日是哥哥生日他平昔間不肯受用我如今臥翻羊安排酒果只說道是親戚朋友街坊鄰舍送來的他纔肯食用他若知道是我安排的就心疼殺他小的每酒果都安排了也不曾〔雜當云〕都停當了〔劉均佑云〕既然都停當了請哥哥嫂嫂出來哥哥嫂嫂有請〔正末同旦兒倈兒上云〕自家劉均佑自從認義了兄弟可早半年光景也我這兄弟十分的幹家做活早起晚眠放錢舉債如此般殷勤我心中甚是歡喜大嫂今日是我生辰之日大嫂你知道的我每年家不做生日你休對兄弟說他知道呵必然安排酒食可不破費了我這家私〔旦兒云〕今日你兄弟請不知有甚事你見兄弟去來〔正末見科云〕兄弟請俺兩口兒有甚事〔劉均佑云〕哥哥請坐今日是哥哥生辰之日您兄弟安排下些酒食拜哥哥兩拜盡您兄弟的心〔正末云〕嗨大嫂如何我說兄弟知道了安排酒食可不費了我這家私兀的不痛殺我也〔劉均佑云〕哥哥你不知道這東西都是親戚朋友街坊鄰舍送來的不是喒將錢買的我恰纔管待他每都回去了如今攞將來都是見成桌面請哥哥嫂嫂喫幾杯〔正末云〕哦原來如此你可早說波既然是這等呵喒飲幾杯〔旦兒云〕員外你直是這等慳悋喫用的多少也〔劉均佑云〕將酒來我與哥哥遞一杯則願的哥哥福壽綿綿松柏齊肩者〔正末云〕有勞兄弟〔唱〕

〔仙呂點絳脣〕感謝知交五更絕早都來到他道我福壽年高着我似松柏齊肩老

〔混江龍〕觥籌交錯我則見東風簾幙舞飄飄則聽的喧天皷樂更和那聒耳笙簫〔劉均佑云〕哥哥滿飲一杯〔正末云〕兄弟好酒也〔唱〕俺只見玉盞光浮春酒熟金爐烟裊壽香燒〔云〕說與那放生的〔唱〕着他靜悄悄休要

鬧炒炒〔劉均佐云〕小的每說與那放生的着他遠着些不要在此喧鬧〔正末云〕兄弟您哥哥爲甚積趲成這個家私來〔唱〕則爲我平日間省錢儉用到如今纔得這富貴奢豪

〔外扮布袋和尚領嬰兒姹女上云〕佛佛佛南無阿彌陀佛〔做笑科偈云〕行也布袋坐也布袋放下布袋到大自在世俗的人跟貧僧出家去來我着你人人成佛個個作祖貧僧是這鳳翔府嶽林寺住持長老行脚至此此處有一個劉均佐是個巨富的財主爭奈此人貪饕賄賂慳悋苦剋一文不使半文不用貧僧特來點化此人這是他家門首兀那劉均佐看財奴〔做笑科劉均佐云〕哥哥門首是甚麽人大驚小怪的我試看咱〔見布袋科云〕好個胖和尚也〔布袋笑科云〕凍不死的叫化頭你那看財奴有麽〔劉均佐背云〕我凍倒在哥哥門首他怎生便知道〔布袋云〕你那看財奴在家麽〔劉均佐云〕我對俺哥哥說去〔見正末笑云〕哥哥笑殺我也〔正末云〕兄弟你爲何這般笑〔劉均佐云〕哥哥你說我笑你出門去見了你也笑〔正末云〕我試看去〔見科〕〔布袋云〕劉均佐看財奴〔正末笑科云〕哎呀好個胖和尚笑殺我也〔布袋云〕你笑誰哩〔正末云〕我笑你哩〔布袋念偈云〕劉均佐你笑我無我笑你有無常到來大家空手〔正末云〕兄弟笑殺我也這和尚喫甚麽來這般胖那〔唱〕

〔油葫蘆〕猛可裏擡頭把他覷覷了將我來險笑倒〔布袋云〕嬰兒姹女休離了左右也〔正末唱〕引着些小男小女將他廝搬調〔云〕他這般胖呵我猜着他也〔唱〕莫不是香積廚做的齋食好〔布袋云〕你齋我一齋〔正末唱〕更和那善人家齋得禪僧飽他腰圍有籰來麤肚皮有二尺高便有那駱駝白象

青獅豹〔布袋云〕要那駱駝白象青獅豹做甚麼〔正末唱〕敢可也被你壓折腰

〔布袋云〕他嗓嗑貧僧哩〔正末唱〕

〔天下樂〕這和尚肉重千斤不算膘〔云〕他喫甚麼來〔唱〕我這裏量度將他比並着〔布袋云〕將我比並着甚麼〔正末唱〕恰便似快活三恰將頭剃了〔云〕兀那和尚你這般胖似兩個古人〔布袋云〕我似那兩個古人〔正末唱〕你肥如那安祿山更胖如那漢董卓〔云〕你這般胖立在我這解典庫門首知的囉是箇胖和尚不知的囉〔唱〕則道是箇夯神兒來進寶

〔布袋云〕劉均佐你愚眉肉眼不識好人則我是釋迦牟尼佛〔正末云〕誰是釋迦牟尼佛〔布袋云〕我是釋迦牟尼佛〔正末云〕你是釋迦牟尼佛比佛少多哩〔唱〕

〔那吒令〕你偌來胖箇肉身軀呵你怎喂的飽那餓鳥你偌來麤的腿脡呵你怎穿的過那蘆草你偌來大箇光腦呵你怎壘的住那雀巢〔布袋云〕貧僧憂你這塵世的人不聽俺如來教〔正末唱〕你道爲俺這塵世的人不聽你這如來教都空喫飯不長脂膘

〔布袋云〕劉均佐貧僧非是凡僧我是箇禪和尚兩頭見日行三百里田地哩〔正末唱〕

〔鵲踏枝〕你不敢向佛殿遶周遭你不敢禮三拜朝〔云〕你這等肥胖呵〔唱〕你穩情取滾出山門端上青霄〔布袋云〕劉均佐你齋貧僧一齋〔正末唱〕這裏面要飽呵得多少是了〔云〕和尚你這般胖呵有一樁好處〔布袋云〕有那一樁好處〔正末唱〕你端的便不疲乏世不害心嘈

〔布袋云〕劉均佐貧僧神通廣大法力高强則我便是活佛也呵〔正末唱〕

〔寄生草〕呀你道是神通大可惜你這肚量小〔云〕兀那和尚你聽者〔唱〕不想這病維摩入定參禪早誰想你是箇瘦阿難結果收因好不想你箇沈東陽削髮爲僧了〔云〕兀那和尚我憂你一半兒愁你一半兒〔布袋云〕你憂我甚麽愁我甚麽〔正末唱〕我愁呵愁你去南海挾不動柳枝瓶我憂呵憂你去西天西坐損了那蓮花萼

〔布袋云〕劉均佐你若齋我一齋呵我傳與你大乘佛法〔正末云〕如何是大乘佛法〔布袋云〕將紙墨筆硯來我傳與你大乘佛法〔正末云〕我無紙〔劉均佐云〕哥哥有紙我取一張來〔正末云〕兄弟也一張紙又要一箇錢買則喫你破壞我這家私〔布袋云〕既無紙呵將筆硯來就手裏傳與你大乘佛法〔劉均佐磨墨科〕〔正末唱〕

〔醉中天〕我見他墨磨損烏龍角〔布袋做蘸筆科〕〔正末唱〕他那裏筆蘸着一管紫霜毫〔布袋云〕將你手來我傳與你大乘佛法〔正末云〕我與你手〔布袋做寫科云〕劉均佐則這個便是大乘佛法〔正末做看科云〕我倒好笑〔唱〕我只見刃字分明把一箇心字挑〔布袋云〕這忍字是你隨身寶〔正末唱〕他道這忍字是我隨身寶〔云〕寫下這個忍字又要我費哩〔布袋云〕可費你些甚麽〔正末唱〕又費我半盆水一錠皂角巧言不如直道我謝你箇達磨俫把衣鉢親交

〔布袋云〕劉均佐你齋貧僧一齋〔劉均佐云〕哥哥放着許多的家私咱齋他一齋怕做甚麽〔正末云〕兄弟你看他那肚皮兩石米的飯也喫他不飽〔劉均佐云〕我這裏無有素齋〔布袋云〕貧

僧不問葷素便酒肉貧僧也喫〔正末云〕那箇出家人喫酒肉來〔劉均佑云〕有酒肉拿來與他喫
〔正末云〕兄弟將一盞酒來與他喫〔劉均佑斟酒科正末云〕兄弟淺着些忒滿了也〔布袋云〕將
來我喫〔奠酒科〕南無阿彌陀佛〔正末云〕嗨可惜了百米不成一滴可怎生澆奠了也〔布袋云〕
劉均佐再化一鍾兒喫〔正末云〕無了酒也〔劉均佑云〕哥哥再與他一鍾喫〔正末云〕則喫你這
等〔劉均佑斟酒科正末云〕兀的喫喫喫〔布袋云〕貧僧不喫與我那徒弟喫〔正末回頭科〕在那
裏〔布袋云〕兀的不是〔下〕〔正末云〕呀可那裏有人和尚那壁無人可怎生連他也不見了〔劉
均佑云〕哥哥那和尚那裏去了〔正末云〕好是奇怪也呵〔唱〕
〔河西後庭花〕他賺的咱回轉頭又不曾那動脚我恰纔斟玉斝相
邀命呀呀呀他可早化金光不見了〔云〕好奇怪也〔唱〕我這裏自猜着
多管是南方在道他故將人來廝警覺
〔云〕兄弟我正要喫酒走將箇胖和尚來攪了俺一席好酒也〔劉均佑云〕哥哥風僧狂道信他做
甚麼喒家裏飲酒去來〔正末云〕那胖和尚去了也要這忍字做甚麼將些水來洗去了〔劉均佑
云〕小的每將水來與哥哥洗手〔正末洗科云〕可怎生洗不下來將肥皂來〔劉均佑云〕有〔正
末擦洗科云〕可怎生越洗越真了將手巾來呀兄弟也可怎生揩了一手巾忍字也〔劉均佑云〕
真個蹺蹊〔正末云〕好是奇怪也〔唱〕
〔金盞兒〕這墨又不曾把鰾膠來調這字又不曾使繡鍼來挑可怎
生洗不下擦不起揩不掉這和尚故將人來撇皂直寫的來恁般牢
我若是前街上猛撞見若是後巷裏廝逢着我着兩條漢拿到官直

着一頓棒拷折他腰

〔劉均佑云〕哥哥信他做甚麽〔正末云〕兄弟是好奇怪也咱且到解典庫中閑坐一坐咱〔淨扮劉九兒上云〕衆朋友每你則在這裏我問劉均佐那弟子孩兒討一貫錢便來也劉均佐看財奴少老子一貫錢怎生不還我〔劉均佑云〕是甚麽人這般大驚小怪的我去看咱〔見科劉九兒云〕劉均佑叫化頭你家看財奴少老子一貫錢怎生不還我〔劉均佑云〕這個窮弟子孩兒要錢則要錢題名道姓怎的哥哥聽了又生氣也我對俺哥哥說去〔見正末云〕哥哥門首有那叫化頭劉九兒說哥哥少他一貫錢〔正末云〕兄弟你過來我看去〔見劉九科云〕劉九兒爲甚麽在我這門首大驚小怪的〔劉九云〕劉均佐看財奴還老子一貫錢來〔正末云〕你看我那造物波恰纔那胖和尚攪了我一場又走將一個窮弟子孩兒來兀那劉九兒你和人說我是個萬貫財主倒少你這窮弟子孩兒一貫錢〔劉九云〕你有錢你學老子這等快活受用你敢出你那解典庫來麽〔正末云〕你敢進我家裏來麽〔劉九云〕我便來你敢把我怎的〔正末打科云〕我不敢打你那〔劉九做倒科〕〔正末云〕這個窮弟子孩兒我倒少你的錢你倒在地下賴我兀的不氣殺我也〔劉均佑云〕哥哥休和他一般見識你請坐兀那廝你起來你要錢怎生毀駡人〔做驚科云〕哥哥你打的他口裏無了氣也〔正末云〕你看這廝我推了他一推便死了我不信〔劉均佑云〕哥哥你看去〔正末云〕過來我看去這廝輕事重報〔叫科云〕劉九兒討錢便討錢你又駡我則少一貫錢你好好的討起來起來〔摸劉九口科云〕兄弟真箇死了也〔唱〕

〔河西後庭花〕我恰纔胸膛上撲地着他去那颩街上不的倒不爭你這窮性命登時死哎將我這富魂靈險諕掉了只見他齁嘍嘍的

冷涎潮他可早血流出七竅冷冰冰的僵了手脚

（云）兄弟也爲一貫錢打死了這個人我索償他性命兄弟可憐見救您哥哥咱（劉均佑云）哥哥放心人命事您兄弟替哥哥當哥哥這死的人心上還熱哩不得死等我看去（看科云）哥哥他胸前印下箇忍字也（正末云）兄弟真箇你過來我看去（看科云）兄弟真印下箇忍字也（唱）

〔憶王孫〕這字他可便背書在手掌恁般牢（云）兄弟你看我手裏的和他胸前的一般哩（唱）可怎生番印在他胸脯可怎生便無一畫兒錯兩箇字肯分的都一般大小（帶云）到的官司三推六問呵（唱）我索把罪名招（劉均佑云）哥哥放心我替你承當去（正末云）兄弟你替不的我也（唱）你看赤緊的我手裏將咱自證倒

（云）兄弟也你將這家業田產嬌妻幼子都分付與你你好生看管我索逃命去也（布袋衝上云）劉均佑你打殺人走到那裏去（正末云）師父救您徒弟咱（唱）

〔金盞兒〕我從今後看錢眼辨箇清濁愛錢心識箇低高我從今後棄了家財禮拜你個真三寶（布袋云）我着你忍着你怎生打殺人也呵（正末唱）自從這個忍字在手內寫今日個業果眼前招（布袋云）你肯跟我出家去麼（正末唱）您徒弟再不將狠心去錢上用凡火向我腹中燒學師父清風袖裏藏做師父明月在杖頭挑

（布袋云）劉均佑我着你忍着你怎生不忍打殺人劉均佑（偈云）你得忍且忍得耐且耐不忍不耐小事成大我救活了他你跟我出家去麼（正末云）師父若救活這箇人我便跟師父出家去（一

〔布袋云〕要道定者休要番悔〔布袋叫劉九科〕疾劉九兒〔劉九起見衆科云〕一覺好睡也〔布袋念佛云〕南無阿彌陀佛〔劉九云〕劉均佐還老子一貫錢來〔正末云〕兄弟快與他一貫錢〔劉均佐與錢科劉九云〕可原來還老子一貫錢衆兄弟每我可討了一貫錢跟我喫酒去來〔下〕

〔正末云〕兄弟他去了也與了他多少錢〔劉均佐云〕與了他一貫錢〔正末云〕嗨兄弟也既是活了與他五百文也罷〔布袋云〕劉均佐跟我出家去來〔正末云〕師父可憐見我怎生便捨的這家業田產嬌妻幼子您徒弟則在後園中結一草菴在家出家三頓素齋念南無阿彌陀佛則便了也

〔布袋云〕劉均佐你捨不的出家凡百事則要你忍着只念南無阿彌陀佛〔正末云〕師父您徒弟理會的兄弟也我將這家緣家計且分付與你則好生看我這兒女也〔劉均佐云〕哥哥只管放心都在我身上〔正末唱〕

〔賺煞〕則這欠債的有百十家上解有二三十號〔帶云〕我為這錢呵〔唱〕使的我晝夜身心碎了將我這花園樓臺并畫閣我今蓋一座看經修煉的團標我也不怕有賊盜隄防着水火風濤〔帶云〕劉均佐你自尋思波〔唱〕我看着這轉世浮財則怕你守不到老〔做看忍字科〕〔唱〕我將這忍字來覷了謝吾師指教〔布袋云〕只要你忍的〔正末云〕師父我忍者我忍者〔唱〕哦原來俺這貪財人心上有這殺人刀〔下〕

〔布袋云〕誰想劉均佐見了小境頭如今在家出家等此人凡心去後貧僧再來點化〔偈云〕學道如擔擔上山不思路遠往難還忽朝擔子兩頭脫一個閑人天地間〔下〕〔劉均佐云〕那師父去了也俺哥哥在家出家將家緣家計都交付與我我須往這城裏外索錢走一遭去〔下〕

〔音釋〕觥古橫切 錯音草 饕音叨 賄音誨 賂音路 看平聲 那音拏 嗓桑上聲 嗑音渴 膘音標 度多勞切 着池燒切 卓之卯切 夯音亨 臕音標 阿何哥切 謷音傲 角音皎 倈離靴切 那音挪 脚音皎 斝音賈 覺音皎 揩楷平聲 鰾邦妙切 鍼與針同 推退平聲 齁阿勾切 涎徐煎切 脯音蒲 分去聲 濁雖梢切 閣音杲 賊則平聲 擔去聲

第二折

〔正末上云〕自家劉均佐自從領了師父法旨在這後花園中結下一個草菴每日三頓素齋食則念南無阿彌陀佛過日月好疾也呵〔唱〕

〔南呂一枝花〕恰纔那花溪飛燕鶯可又早蓮浦觀鵝鴨不甫能菊天飛塞鴈可又早梅嶺噪寒鴉我想這四季韶華撚指春回頭夏我想這利名心都畢罷我如今硬頓開玉鎖金枷我可便牢拴定心猿意馬

〔梁州第七〕每日家掃地焚香念佛索強如恁買柴糴米當家〔帶云〕若不是師父呵我劉均佐怎了也呵〔唱〕謝諸尊菩薩摩訶薩感吾師度脫將俺這弟子來提拔我如今不遭王法不受刑罰至如我指空說謊瞞咱這一場了身脫命虧他我我我謝俺那雪山中無榮無辱的禪師是是是傳授與我那蓮臺上無岸無邊的佛法來來來我做了個草菴中無憂無慮的僧家一回家火發我可便按納心頭萬事無牽掛數

珠在手中掐我這裏靜坐無言嘆落花獨步烟霞

(云)南無阿彌陀佛我這裏靜坐者(俫兒上云)自家是劉均佐的孩兒俺父親在後園中修行俺叔叔與俺妳妳每日飲酒做伴我告知俺父親去開門來開門來(正末云)是甚麼人喚開門哩(一唱)

(罵玉郎)我將這稀剌剌斑竹簾兒下俺這裏人靜悄不喧譁那堪獨扇門兒砑(俫兒云)開門來(正末唱) 我這裏疑慮絕觀覷了聽沈罷(俫兒云)開門來(正末唱)

(感皇恩)呀他道是年小渾家這些時不曾把他門踏我將這異香焚急將這衣服整忙將這數珠拿(俫兒云)開門來(正末唱) 莫不是誰來添淨水莫不是誰來獻新茶我這裏侵階砌傍戶牖近窗紗(俫兒云)開門來(正末云)可是甚麼人(唱)

(採茶歌)日耀的眼睛花莫不是佛菩薩(俫兒云)開門來(正末開門見科唱)呀原來是癡頑嬌養的這小冤家必定是他親娘將孩兒無事打我是他親爺腸肚可憐他

(云)孩兒也你來這裏做甚麼來(俫兒云)您孩兒無事不來自從父親修行去了俺母親和俺叔叔每日飲酒做伴我特來告與父親知道(正末云)喊你娘和叔叔在房中飲酒做伴是真個(俫兒云)是真箇不說謊(正末怒科云)這個凍不死的窮弟子孩兒好無禮也想着你在雪堆兒裏凍倒我救活了你性命我又認義做兒弟我見他家私裏外倒也着意將這萬貫家財都與他掌管

着我恨不的手掌兒裏攣着〔見忍字科云〕嗨孩兒你且要去〔倈兒云〕爹爹你只回家去罷〔正末唱〕

〔牧羊關〕你休着您爺心困莫不是你眼花〔倈兒云〕我不眼花我看見來〔正末唱〕他莫不是共街坊婦女每行踏〔倈兒云〕無別人則有俺妳妳和叔叔飲酒〔正末唱〕這言語是實麼〔倈兒云〕是實〔正末唱〕你休說謊咱〔倈兒云〕不敢說謊〔正末怒科云〕是實我真箇忍不的也〔唱〕也不索一條粗鐵索也不索兩面死囚枷不索向清耿耿的官中告〔帶云〕忍不的了也〔唱〕放心波我與你便磣可可的親自殺〔並下〕

〔劉均佑同旦兒上云〕自家劉均佑的便是自從哥哥到後花園中修行去了如今這家緣過活兒女都是我的倒大來索是受用快活也〔旦兒云〕叔叔正是這等說我早安排下酒食茶飯兩口兒快樂飲幾杯可不是好〔劉均佑云〕我正要飲幾杯哩我關上這臥房門飲酒者〔飲科〕〔正末上云〕我手中無刃器廚房中取了這把刀在手來到這門首也我試聽咱〔旦兒云〕叔叔這家私裏外早晚多虧你滿飲一杯〔劉均佑云〕嫂嫂之恩我死生難忘也嫂嫂請〔正末云〕原來真個有這勾當兀的不氣殺我也〔唱〕

〔哭皇天〕見無吊窗心先怕他若是不開門我脚去踏不由我怒從心上起刀向手中拏〔做看科云〕我試看咱〔旦兒云〕叔叔你再飲一杯〔正末唱〕他兩個端然在那坐榻〔云〕開門來〔劉均佑云〕兀的不有人來了也〔下〕布袋暗上〔旦兒開門科云〕員外你來家了也麼〔正末唱〕我把這房門來緊靠把姦情事親拏〔旦兒

云〕你要拏姦情姦夫在那裏街坊鄰舍劉均佐殺人哩〔正末唱〕何須你唱叫不索你便高聲〔拏旦兒叫科〕〔正末唱〕呀來來來我和你箇涙包婁〔推旦兒科〕〔唱〕涙包婁兩箇說話咱〔見刀靶上忍字科〕〔唱〕呀猛見這忍字畫畫兒更不差

〔烏夜啼〕我則見黑模糊的印在鋼刀靶天那則被你纏殺我也忍字寃家〔旦兒云〕好出家人如此行兇劉均佐殺人哩〔正末唱〕你可休叫吖吖一迷裏胡撲搭喒可便休論王法且論家法〔旦兒云〕劉均佐可不道你出家來你看經念佛剗地殺人〔正末唱〕那裏有皂直掇披上錦袈裟那裏也金刀兒削了青絲髮休廝纏胡遮刺我是你的丈夫你須是我的渾家

〔云〕我且不殺你那姦夫在那裏〔旦兒云〕你尋姦夫在那裏〔下〕〔布袋在帳幔裏打嚏科〕〔正末云〕這廝原來在這裏面趓着哩更待干罷〔唱〕

〔紅芍藥〕我一隻手將繫腰來採住向前搯可便不着你趓閃藏滑〔布袋云〕劉均佐你忍着〔正末見布袋科〕〔唱〕我這裏猛擡頭覷了自驚呀謊的我這兩手便可剌答恨不的心頭上將刀刃扎〔布袋云〕劉均佐心上安刃呵是箇甚字〔正末想科云〕心上安刃呵〔唱〕哦他又尋着這忍字的根芽把姦夫親向壁衣拿眼面前海角天涯

〔云〕我恰來壁衣裏拿姦夫不想是師父好蹺蹊人也〔唱〕

〔菩薩梁州〕兩模兩樣鼻凹一點一般畫畫磕頭連忙拜他則被你蹺蹊我也救苦救難菩薩些兒失事眼前差先尋思撇掉了家私罷

待將爺娘匹配的妻兒嫁便恩斷義絶罷雖然是忍心中自詳察〔布袋云〕劉均佐休了妻棄了子跟我出家去〔正末云〕他着我休了妻子出家去〔唱〕我且着些箇謊話兒瞞他

〔布袋云〕劉均佐我着你忍着你又不肯忍提短刀要傷害人可不道你在家出家則今日跟我出家去來〔正末云〕師父劉均佐一心待跟師父出家去爭奈萬貫家緣嬌妻幼子無人掌管但有箇掌管的人我便跟師父出家去〔布袋云〕劉均佐你道無人掌管家私但有掌管的人來你便跟我出家去你道定者〔劉均佑上云〕自家劉均佑恰纔索錢回來見哥哥走一遭去〔見科〕哥哥您兄弟索錢回來了也〔正末云〕兄弟便遲些兒來也罷〔布袋云〕劉均佐兀的不管家私的人來了也便跟我出家去〔正末云〕兄弟索錢如何〔劉均佑云〕都討了來也〔正末云〕好兄弟不枉了幹家做活兄弟我試問你咱〔布袋云〕劉均佐忍着念佛〔正末云〕是是是南無阿彌陀佛〔唱〕

〔牧羊關〕這分兩兒輕和重〔劉均佑云〕也有十兩五錢不等〔正末唱〕金銀是真共假〔劉均佑云〕俱是赤金白銀〔正末唱〕他可是肯心肯意的還咱〔劉均佑云〕都肯還若不肯還呵連他家鍋也拿將來〔正末云〕正是恩不放債南無阿彌陀佛兄弟將一箇來我看〔劉均佑遞銀科云〕哥哥雪白的銀子你看〔正末接銀子印忍字驚科〕〔唱〕我這裏恰纔便湯着却又早印下又不曾有印板也須要墨糊刷〔布袋云〕這忍字須當忍者〔正末唱〕師父道忍呵須當忍〔劉均佑云〕這個銀子又好〔正末唱〕擡去彼我可是敢拿也不敢拿

〔布袋云〕劉均佐管家私的人來了也你跟我出家去劉均佐你聽者〔偈云〕休戀足色金和銀休

想夫妻百夜恩假若是金銀堆北斗無常到來與別人不如棄了家活計跟着貧僧去修行你本是貪財好賄劉均佐我着你做無是無非窗下僧〔正末云〕罷罷罷自從認義了兄弟我心中甚是歡喜我為一貫錢打殺一個人平白的拿姦情也沒有爭些兒不殺了一個人我如今將這家緣家計嬌妻幼子都交付與兄弟我跟師父出家去也兄弟好生看管我這一雙兒女我跟師父出家去罷罷罷〔唱〕

〔黄鍾尾〕我說的是十年塵夢三生話我啜的是兩腋清風七盞茶非自談非自誇我是這在城中第一家我道喫了窮漢的酒閑漢的茶笑看錢奴忒養家嘆看錢奴忒沒法謝吾師度脫咱我將家緣盡齎發將妻兒配與他謝兄弟肯留納我將那撥萬論千這回罷深山中將一箇養家心來按捺僧房中將一箇修行心來自發〔布袋云〕你念佛〔正末云〕依着師父每日則念南無阿彌陀佛〔唱〕到大來無是無非快活殺〔下〕

〔布袋云〕誰想劉均佐又見了一個境頭將家計都撇下跟我往嶽林寺出家去那其間貧僧再傳與他大乘佛法便了〔下〕

〔音釋〕鴨羊架切　薩殺買切　拔邦加切　法方雅切　罰扶加切　發方雅切　納囊亞切　掐强雅切　踏當加切　磣森上聲　踏音渣　砑音訝　榻湯打切　靶音霸　搭音打　剌那架切　袈音加　裟音沙　髮方雅切　滑呼佳切　答音打　扎莊洒切　凹汪卦切　畫音畫　察抽鮓切　刷雙寡切　腋音逸　齎祭平聲　捺囊亞切　殺雙鮓切

第三折

〔外扮首座上詩云〕出言解長神天福見性能傳佛祖燈自從一掛袈裟後萬結人緣不斷僧貧僧乃汴梁嶽林寺首座定慧和尚是也想我佛門中自一氣纔分三界始立緣有四生之品類遂成萬種之輪迴浪死虛生如蟻旋磨猶鳥投籠累劫不能明其真性女人變男男又變女人死爲羊羊死爲人還同脫袴着衣一任改頭換面若是聰明男女當求出離于羅網人身難得佛法難逢中土難生及早修行免墮惡道想我佛西來傳二十八祖初祖達磨禪師二祖慧可大師三祖僧燦大師四祖道信大師五祖弘忍大師六祖慧能大師佛門中傳三十六祖五宗五教正法是那五宗是臨濟宗雲門宗曹溪宗法眼宗潙山宗五教者乃南山教慈恩教天台教玄授教祕密教此乃五宗五教之正法也〔偈云〕我想學道猶如守禁城晝防六賊夜惺惺中軍主將能傳令歲歲年年享太平今奉我佛法旨此處有一人姓劉名圭字均佐此人平昔之間好賄貪財只戀榮華富貴不肯修行今被我佛點化着此人看經念佛參禪打坐這早晚不見到來劉均佐誤了功課也〔正末上云〕南無阿彌陀佛自家劉均佐跟師父出家每日則是看經念佛師父有個大徒弟着他看管我修行我若凡心動他便知道就打如今須索見他走一遭去〔見科〕〔首座云〕劉均佐我奉師父法旨着你清心寡慾受戒持齋不許凡心動如若凡心動者只打五十竹篦凡百的事則要你忍你聽者忍之爲上〔偈云〕忍之一字豈非常一生忍過却清涼常將忍字思量到忍是長生不老方念佛念佛忍着忍着〔做睡科〕〔正末云〕是忍着念南無阿彌陀佛南無阿彌陀佛他睡着了也嗨劉均佐我當初一時間跟師父出家來到這寺中每日念佛雖我口裏念佛想着我那萬貫家緣知他是怎的也〔首座喝云〕哏劉均佐那個坐禪處有甚萬貫的家緣便好道萬般將不去只有業隨身我師父法

眞教你參禪打坐抖擻精神定要討個分曉不可胡思亂想須要綿綿密密打成一片只如害大病一般喫飯不知飯味喫茶不知茶味如癡似醉東西不辨南北不分若做到這些功夫管取你心華發現徹悟本來生死路頭不言而到生死事大無常迅速如十人上山各自努力便好道〔偈云〕人人有個夢千變萬化鬧嚷來細思量一切惟心造息氣受境禪迷惑若顛倒發願肯修行寂滅眞常道念佛念佛忍者忍者〔睡科〕〔正末云〕是念佛南無阿彌陀佛南無阿彌陀佛又睡着了也天那萬貫家緣不打緊棄了一個花朶兒渾家〔首座云〕哏劉均佐那個坐禪處有甚麼花朶兒渾家我師父着你修行養性要鎖住心猿拴住意馬呆漢〔偈云〕自理會自理會自不理會誰理會十二時中自着肩荳教落在邪魔隊一點靈光是禍胎做出不良空懊悔我笑世人閑理會爭人爭我情不退損他利己百千般生鐵心腸應粉碎眼光落地業根深爐炭鑊湯難趓避閻羅老子無人情始覺臨期難理會劉均佐念佛念佛忍者忍者〔睡科〕〔正末云〕是念佛忍者南無阿彌陀佛南無阿彌陀佛他又睡着了也花朶兒渾家不打緊有魔合羅般一雙男女知他在那裏〔首座云〕哏劉均佐那個坐禪處有甚麼魔合羅般孩兒我師父着你修行先要定慧心定慧爲本不可迷着定是慧體慧是定用即慧之時定在慧即定之時慧在定若識此言即是慧定學道者莫言先慧而發定定慧有如燈光有燈即光無燈即暗燈是光之體光是燈之用名雖有二體用本同此乃是定慧了也念佛念佛忍者忍者〔正末捧數珠科〕師父我忍不的了也〔唱〕

〔雙調新水令〕我如今跳離人我是非鄉〔帶云〕師父也想俺那妻子呵〔唱〕到大來閒別無恙我識破這紅塵戰白蟻都做了一枕夢黃粱我這般急急忙忙今日個都打在我頭上

〔首座云〕劉均佐你聽者你那一靈真性湛若太虛五蘊色身死如幻夢只是頂門具眼便知處裏無花直下圓成永超生滅染緣具就道業難成不了前因萬緣差別風景浩浩凋殘功德之林心火炎炎燒壞菩提之種道念若同情念自然佛法時時現前為衆如同為身怕不煩惱塵壓解脫〔偈云〕便好道念佛彌陀福最強刀山劍樹得消亡自作自招還自受莫待臨時手脚忙念佛念佛忍者忍者〔正末云〕是念佛南無阿彌陀佛南無阿彌陀佛〔睡科〕〔首座云〕劉均佐睡着了也着他見個境頭疾此人魔頭至也〔旦兒同倈兒上云〕自家劉均佐渾家便是我看員外去〔見科云〕員外〔正末云〕大嫂你那裏來〔旦兒云〕員外我領着孩兒望你來〔正末云〕大嫂則被你想殺我也〔唱〕

〔鴈兒落〕不由我不感傷不由我添悲愴喒須是美眷姻爭柰有這村和尚

〔旦兒云〕你怕他做甚麼〔正末云〕大嫂你那裏知道〔唱〕

〔得勝令〕他則待輪棒打鴛鴦那裏肯吹玉引鸞凰〔旦兒云〕員外則被你苦痛殺我也〔正末唱〕你道是痛苦何時盡我將你這恩情每日想〔印忍字旦兒手上科〕〔旦兒云〕你看我手上印下個忍字也〔正末唱〕我這裏斟量恰便似刀刃在心頭上放不由我參詳大嫂也這的是絕恩情的海上方

〔旦兒云〕兩個孩兒都在這裏看你來也〔正末云〕孩兒也想殺我也〔唱〕

〔水仙子〕眉尖眼角恰纔湯〔做印忍字倈兒眉額上科〕〔唱〕也似我少吉多凶歹字樣更做道壺中日月如翻掌大嫂也我則看你手梢頭不覷

手背上〔見忍字科〕〔唱〕如今這天台上差配了劉郎孩兒印在眉尖上女兒印在眼角傍〔看忍字科〕〔唱〕忍的也你生割斷了俺子父的情腸〔首座云〕速退〔旦兒同俫兒下〕〔布袋同旦兒俫兒上轉一遭下〕〔正末見科云〕師父纔來的那個不是俺老師父〔首座云〕是俺師父〔正末云〕那兩個夫人是誰〔首座云〕是俺大師父娘二師父娘〔正末云〕那兩個小的是誰〔首座云〕是師父一雙兒女〔正末怒科云〕好和尚也他着我休了妻棄了子抛了我銅斗兒家私跟他出家兀的不氣殺我也師父休怪休怪我也不出家了我還我家中去了也〔唱〕

〔川撥棹〕他原來更荒唐好也囉你可便坑陷了我有甚麼強我有那稻地池塘魚泊蘆場旅店油房酒肆茶坊錦片也似房廊畫堂我富絕那一地方那一日因賤降相識每重重講〔云〕正飲酒間兄弟道哥哥門首一個胖和尚〔唱〕

〔七弟兄〕我出的正堂庫房正看見你這和尚沒來由喫的偌來胖把這個劉員外賺入火坑傍〔首座云〕忍者〔正末云〕休道我〔唱〕便是釋迦佛惱下蓮臺上

〔梅花酒〕你送了我這一場休了俺那紅粧棄了俺那兒郎他倒有兩個婆娘好打這點地脚他可甚麼出山像又攬下這師長〔首座云〕劉均佐忍者休慌〔正末唱〕你不慌我須慌〔首座云〕忍者你休忙〔正末唱〕你不忙我須忙我從來可燒香他着我禮當陽我平生愛經商他着我守禪床

我改過這善心腸他做出那惡模樣吾師行得明降

〔云〕師父這出家人尚然有妻子呵〔唱〕

〔喜江南〕天那送的我人離財散怎還鄉不想這釋迦佛倒做了畫眉郎想俺糟糠的妻子倚門傍今日箇便往免了他短金釵畫損在綠苔牆

〔首座云〕劉均佐你不修行你往那裏去〔正末云〕師父你休怪我不出家了則今日還我那汴梁去也〔首座云〕你既要回你那家鄉去呵你則今日便索長行也〔正末唱〕

〔鴛鴦煞〕我早知道他有妻孥引入銷金帳我肯把金銀船沈入那驚人浪他剗地抱子攜男送的我家破人亡暢道好教我懶出這山門羞歸我那汴梁映衰草斜陽回首空惆悵我揣着個羞臉兒還鄉從今後我參甚麼禪宗聽甚講〔下〕

〔首座云〕嗨誰想劉均佐見了些小境頭便要回他那汴梁去這一去見了那酒色財氣人我是非貪嗔癡惡後遇我師父點化方能成道〔偈云〕我佛將五派分開參禪處討個明白若待的功成行滿同共見我佛如來〔下〕

〔音釋〕解音械　慧音惠　潙音圭　篦邦迷切　抖音斗　擻音叟　間去聲　種上聲　重平聲　行音杭　剗音產　白巴埋切

第四折

〔淨扮孛老領倈兒上云〕老漢汴梁人氏姓劉名榮祖年八十歲也我多有兒孫廣有田產我是這

汴梁第一個財主我的父親曾說我那祖公公劉均佐被個胖和尚領着他出家去了手心裏有個忍字是俺祖公公的顯證至今我家裏留下一條手巾上面都是忍字我滿門大小拜這手巾便是拜俺祖公公一般時遇着清明節令我帶着這手巾去那祖宗墳上燒紙走一遭去〔下〕〔正末上云〕自家劉均佐便是誰想被這禿廝閃我這一閃須索還我家中去也〔唱〕

〔中呂粉蝶兒〕好教我無語評跋誰想這脫空禪客僧瞞過乾丟了銅斗兒家活則俺那子和妻心意裏定道我在蓮臺上穩坐想必我坑陷的人多着這個看錢奴受這一場折挫

〔醉春風〕我甚恨這寺中僧難消我心上火則被他偌肥胖那風魔倒瞞了我我趕不上龐居士海內沈舟晉孫登蘇門長嘯我可甚麼謝安石東山高臥

〔云〕我自離了寺中數日這搭兒是俺祖上的墳可怎生別了我再認咱險些兒走過去了正是俺的祖墳也我入的這墳來〔唱〕

〔迎仙客〕我行來到墳地側〔云〕怎生這等荒踈了〔唱〕長出些棘針科〔云〕去時節那得偌大樹來〔唱〕去時節這一科松柏樹兒高似我至如道是長得疾莫不是雨水多我去則有三箇月期過可怎生長的有偌來大

〔云〕去這墳裏面看一看我走了一日光景也我這裏坐一坐咱〔孛老上云〕老漢劉榮祖可早來到這墳前也一個後生在那裏坐着我試問他咱兀那後生你來俺這裏做甚麼〔正末云〕是俺家的墳不許我在這裏坐那〔孛老云〕這弟子孩兒是俺家的墳你在這裏坐你倒又說是你家的墳

〔正末云〕這老子無禮也俺家的墳不由我坐〔孛老云〕怎生是你家墳你說我聽者〔正末唱〕

〔上小樓〕我和你個莊家理說也不索去官中標撥誰着你便石虎石羊周圍邊箱種着田禾〔孛老云〕既是你家墳有多少田地〔正末唱〕這裏則是五畝來多大一堝你常好是心麤膽大你把俺這墳前地倚強耕過〔孛老云〕是俺家的墳〔正末云〕正是俺家的墳〔孛老云〕既是你家的墳可怎生排房着哩〔正末唱〕

〔幺篇〕正面上排祖宗又不是安樂窩割捨了我打會官司唱叫揚疾便待如何〔孛老云〕兀那弟子孩兒你敢打我不成〔正末云〕我便打你呵有甚麼事〔唱〕我這裏便忍不住氣撲撲向前去將他扯攞休休休我則怕他布衫襟邊又印上一箇

〔云〕既是你家祖墳你可姓甚麼〔孛老云〕我姓劉〔正末云〕你姓劉可是那個劉家〔孛老云〕我是劉均佐家〔正末云〕是那個劉均佐家〔孛老云〕被那胖和尚引去出家的劉均佐家〔正末背云〕恰是我也〔回云〕那劉均佐是你的誰〔孛老云〕是我的祖公公哩〔正末云〕你這墳前可怎生排着哩〔孛老云〕這個位兒是俺祖公公劉均佐的虛塚兒〔正末云〕這個位是誰〔孛老云〕這是我祖公公的兄弟劉均佑〔正末云〕敢是那大雪裏凍倒的劉均佑麼〔孛老云〕呀你看這廝怎生這般說〔正末云〕這個是誰〔孛老云〕是我的父親〔正末云〕可是那佛留麼〔孛老云〕可怎生喚俺父親的小名兒〔正末云〕這個位兒是誰〔孛老云〕是我的姑娘〔正末云〕可是僧奴那妮子麼〔孛老云〕你收着俺一家兒的胎髮哩〔正末云〕你認的你那祖公公劉均佐麼〔孛老云〕我不

認的〔正末云〕睜開你那眼則我便是你祖公公劉均佐〔孛老云〕我是你的祖爺爺哩你怎生是我的祖公公〔正末云〕我說的是你便認我我說的不是你休認我〔孛老云〕你試說我聽咱〔正末云〕當日是我生辰之日被那個胖和尚在我手心裏寫個忍字水洗不下揩也揩不掉印了一手巾忍字我就跟他出家去了我當初去時留下一條手巾上面都是忍字可是有也是無〔孛老云〕手巾便有則怕不是〔正末云〕你取那手巾我認〔孛老云〕兀的不是手巾你認〔正末認科云〕正是我的手巾怕你不信呵你看我手裏的忍字與這手巾上的可一般兒〔孛老云〕正是我的祖公公下次小的們都來拜祖公公〔衆拜科〕祖公公你可在那裏來〔正末云〕你起來〔唱〕

〔滿庭芳〕您可便一齊的來拜我則俺這親親眷眷鬧鬧和和您當房下輩兒誰年大〔孛老云〕則我年長〔正末唱〕他可便髮若絲窩〔云〕這個是誰〔孛老云〕公公這個是俺外甥女兒哩〔正末唱〕則這外甥女倒老如俺嬤嬤〔云〕這個是誰〔孛老云〕這個是重孫子哩〔正末唱〕則我這重孫兒倒做得我哥哥將此事都參破人生幾何恰便似一枕夢南柯

〔孛老云〕公公你怎生年紀不老也〔正末云〕你肯依着我念佛便不老〔孛老云〕怎生念佛〔正末云〕你則依着我念南無阿彌陀佛嗨劉均佐也原來師父是好人我跟師父去了三個月塵世間可早百十餘年弄的我如今進退無門師父你怎生不來救您徒弟也〔唱〕

〔十二月〕師父你疾來救我這公事怎好收撮我想這光陰似水日月如梭每日家不曾道是口合我可便剩念了些彌陀

〔堯民歌〕呀那裏也脫空神語浪舌佛我倒做了個莊子先生鼓盆

歌師父也不爭你昇天去後我如何〔云〕罷罷罷要我性命做甚麼〔唱〕我則
索割捨了殘生撞松科〔撞松科布袋上云〕劉均佐你省了也麼〔正末云〕師父您徒弟
省了也〔布袋云〕徒弟你今日正果已成纔信了也呵〔正末唱〕說的是真也波哥皆因
忍字多〔云〕師父你再一會兒不來呵〔唱〕這圪兒連印有二十個
〔布袋云〕劉均佐你聽者你非凡人乃是上界第十三尊羅漢賓頭盧尊者你渾家也非凡人他是
驪山老母一化你一雙男女一個是金童一個是玉女為你一念思凡墮于人世見那酒色財氣人
我是非今日個功成行滿返本朝元歸于佛道永為羅漢你認的貧僧麼〔正末云〕不認的師父是
誰〔布袋偈云〕我也不是初祖達摩我也不是大唐三藏則我是彌勒尊者化為做布袋和尚〔正
末拜科云〕南無阿彌陀佛〔唱〕
〔煞尾〕不爭俺這一回還了俗却原來倒做了佛想當初出家本為
逃災禍又誰知在家也得成正果〔同下〕

〔音釋〕

跛音波　活音和　過平聲　大音惰　撥波上聲　堝音窩　攞羅上聲　嬷音姆
柯音戈　撮磋上聲　合音何　剩音盛　佛浮波切　圪音陀　驪音梨

題目　乞兒點化看錢奴
正名　布袋和尚忍字記

布袋和尚忍字記雜劇

趙汝州風月白紈扇
倣王若水筆

謝金蓮詩酒紅梨花
珍倣宋版印

謝金蓮詩酒紅梨花雜劇

元　張壽卿撰

明吳興臧晉叔校

第一折

〔冲末扮劉太守引張千上詩云〕寒蛩秋夜忙催織戴勝春朝苦勸耕人若無心治家國不知蟲鳥有何情小官姓劉名輔字公弼幼習儒業頗看詩書自中甲第以來累蒙擢用今除洛陽太守某有同窗故友乃是趙汝州離別久矣近日稍將一封書來與小官書中的意思說有謝金蓮者欲求一見小官在此不知此女子是何人張千你近前來我問你咱謝金蓮是甚麼人〔張千云〕好着相公知道這謝金蓮是一個上廳行首〔太守云〕原來如此張千你近前來我分付你〔做打耳暗科云〕趙秀才來時則說謝金蓮嫁了人也門首覷者若來時報復我知道〔張千云〕理會得〔外扮趙汝州上〕〔詩云〕雖是文章出衆前若無風月也徒然請君試把嫦娥問何事偏生愛少年小生姓趙雙名汝州我有同窗故友是劉公弼在洛陽做太守我先將一封書寄與哥哥欲求謝金蓮相會一面今日來到此處則這裏便是哥哥私宅門上人報復去道有兄弟趙汝州特來相訪〔張千報科云〕稟相公得知有趙汝州在於門首〔太守云〕道有請〔張千云〕請進〔做見科〕〔太守云〕兄弟別來久矣請坐〔趙汝州云〕不敢〔太守云〕張千安排酒來與兄弟把一杯拂塵者〔趙汝州云〕哥哥不勞賜酒前日書中所云專求謝金蓮一見哥哥意下如何〔太守云〕張千喚將謝金蓮來與兄弟相見〔張千云〕相公不知謝金蓮嫁人多時了也〔趙汝州云〕這等無緣既如此小生告回〔太守云〕兄弟你可不為我來且休要去張千收拾後花園中書房裏着兄弟安下慢慢安排酒餚與兄弟相

敘去來〔下〕〔張千引趙汝州至後園科〕〔趙汝州云〕嗨我此一來專爲要見謝金蓮而來不想他嫁了人哥哥便留我在書房中安住也沒什麼興味天色晚了也張千點過燭來〔張千云〕燈在此酒飯齊備了請相公慢慢的自吃晚飯小人回去也〔下〕〔趙汝州云〕張千回去了小生自飲幾杯咱〔正旦扮謝金蓮引梅香上云〕妾身謝金蓮是也奉相公的鈞旨教我假粧做王同知女兒往後花園逗引那趙秀才梅香這是那裏〔梅香云〕這是太守家花園〔正旦云〕梅香喒去來這早晚多早晚也〔梅香云〕姐姐這早晚初更時分了〔正旦云〕是好花也呵〔唱〕

〔仙呂點絳脣〕恰纔箇滿目繁華可又早落紅飛下春瀟灑苔徑輕踏香襯凌波襪

〔混江龍〕則在夕陽西下黃昏啼殺後棲鴉看一庭花月幾縷烟霞暮雨有情霑杏蘂春風無處不楊花我裙拖翡翠鞋蹙鴛鴦行過低矮矮這個荼蘼架我則見花穿曲徑草接平沙

〔趙汝州云〕我恰纔飲了幾杯酒閑行幾步看花去〔正旦見趙科云〕一個好秀才也梅香我久以後嫁人呵則嫁這等風風流流的秀才〔梅香云〕沒來由嫁那秀才做甚麼他有甚麼好處〔正旦云〕這妮子是甚麼言語那〔唱〕

〔油葫蘆〕秀才每從來我羨他提起來偏喜恰攻書學劍是生涯秀才每受辛苦十載寒窗下久後他顯才能一舉登科甲秀才每習禮義學問答哎你一個小梅香今後休奸詐只說那秀才每不當家

〔梅香云〕秀才每幾時能勾發達〔正旦唱〕

〔天下樂〕你豈知他那有志題橋漢司馬怎不教人嗔怒發是和非你心中自監察端的個無禮法只管裏抵觸咱梅香你記着我這一頓打

〔梅香云〕姐姐你待要嫁人沒來由煩惱怎麼便要打我我有甚麼罪過〔正旦云〕這妮子誰煩惱也〔梅香云〕你煩惱哩〔正旦唱〕

〔那吒令〕這妮子我問着呵沒些兒個勢沙這妮子道着呵將話兒對答這妮子使着呵早粧聾做啞潑賤才堪人罵再休來利齒能牙

〔梅香云〕我說甚的來〔正旦唱〕

〔鵲踏枝〕你可又不謙下可又不賢達迸定個腤臢不良鼻凹醜嘴臉渾如蠟渣直恁般性格兒謅吒

〔云〕梅香你那裏知道秀才每事聽我和你說咱〔唱〕

〔寄生草〕我這裏從頭說你那裏試聽咱有吳融八韻賦自古無人壓有杜甫五言詩蓋世人驚訝有李白一封書嚇的那南蠻怕你只說秀才無路上雲霄却不道文官把筆平天下

〔趙汝州做驚見旦科云〕呀一個好女子也不知誰氏之家怎生得說一句話可是好也〔正旦唱〕

〔後庭花〕俺將俏書生去問他又怕這劣梅香瞧見咱俺這裏有意傳心事他那裏無言指落花爭奈我是女孩兒家做這一場話靶可不的被傍人活笑殺

〔趙汝州云〕請問小娘子誰氏之家姓甚名誰〔正旦唱〕

〔金盞兒〕這秀才忒撐達將我問根芽妾身住處兀那東直下深村曠野不堪誇俺那裏遮藏紅杏樹掩映碧桃花兀艮山前五六里林外兩三家

〔趙汝州云〕小娘子你端的誰氏之家〔正旦云〕妾身是王同知之女今夜晚間因看花來到太守花園裏不想遇着秀才敢問秀才姓甚名誰〔趙汝州云〕小生是太守相公的表弟趙汝州是也小娘子既到此處到我書房中飲幾盃有何不可〔正旦云〕既然如此同到書房中攀話去咱〔做進書房科〕〔趙汝州云〕小娘子不嫌褻瀆請滿飲一杯〔正旦云〕秀才請〔趙汝州云〕難得小娘子到此多飲幾杯〔正旦唱〕

〔醉中天〕笑哈哈捧流霞我羞怯怯怎酬答也不知前世今生甚的緣法相會在花枝下可知道劉郎喜殺又值着我玉真未嫁抵多少香飯胡麻

〔趙汝州云〕小娘子今夜幸得相會但不知後會何時實難爲別〔正旦云〕妾明夜晚間將一樽酒一瓶花與秀才回禮〔趙汝州云〕小生來日晚間專望也〔正旦唱〕

〔賺煞〕這早晚二更過初更罷撲粉面香風颯颯夜靜歸來路兒滑露溶溶濕潤衣紗哎你個解元嗏覷着這幾朵梨花更一片銀河隔彩霞貪和你書生打話暢好是兜兜搭搭因此上不知明月落誰家〔下〕

〔趙汝州云〕小生慚愧有緣遇這個小娘子許我明夜再會果然若來時和他吃幾杯兒酒添些春興扢搭幫放翻他小娘子只怕你苦哩〔下〕

〔音釋〕蛩音窮　彌薄密切　逗音豆　踏當加切　襪忘罵切　翡肥去聲　妮女夷切　恰強雅切　甲江雅切　答音打　發方雅切　察抽鮓切　法方雅切　達當加切　迸逋夢切　腤音庵　臢音簪　凹汪掛切　謅之搜切　吒音渣　壓羊架切　靶音霸　哈五鴉切　殺雙鮓切　颯殺賈切　滑呼佳切　搭音打

第二折

〔趙汝州上云〕小生趙汝州是也昨夜晚間遇王同知家的小姐他約道今夜晚間再來如今天已晚了也怎生還不見小姐來〔正旦同梅香捧花上云〕梅香將這一樽酒一瓶花與那秀才回禮去〔梅香云〕喒和你去來〔正旦云〕風清月白端的好天氣也呵〔唱〕

〔南呂一枝花〕花稍月正高院宇人初靜爲憐才子約嫌煞月兒明俺忍怕䠊驚俏俏的穿芳徑怕人來更犬驚花陰裏躡足行柳影中潛身等等

〔梁州第七〕不離了這花陰柳影也強如繡幃中冷冷清清想才郎沒半米兒塵俗性他比着那謝東山後嗣杜工部門生潘安仁顏貌曹子建才能他生的才貌相應雖不設海誓山盟他他端的有千種風情俺俺俺辦着個十分志誠敢敢敢成合了一世的前程對着這良宵媚景玉纖重把羅衣整露濕的繡鞋兒冷遶徧園池過小亭

怎敢稍停
〔梅香云〕姐姐夜深了俺慢慢的行〔正旦唱〕
〔隔尾〕我爲甚直抄過綠徑慌忙迸我則怕遲到藍橋淹了尾生則
這竊玉偷香的急心性冷落了那畫屏香消了寶鼎這其間倚定鴛
鴦枕頭兒等
〔梅香云〕姐姐可早來到也俺和你過去〔趙汝州慌迎科云〕小娘子來了也〔正旦云〕秀才妾身
無甚麼禮物則這一樽酒一瓶花兒來與你回禮〔趙汝州云〕小娘子小生久等多時了也〔正旦
云〕梅香你先回去則怕夫人問着你可支吾咱〔梅香云〕理會得我先回去也〔下〕〔正旦云〕秀
才你認的這瓶花麼〔趙汝州云〕小娘子這瓶花是甚麼花〔正旦云〕你試猜咱〔趙汝州云〕敢是
海棠花麼〔正旦唱〕
〔哭皇天〕待道是海棠呵杜子美無詩興〔趙汝州云〕敢是桃花麼〔正旦唱〕
若是桃花呵怕阮肇却早共你爭〔趙汝州云〕敢是石榴花麼〔正旦唱〕那石榴
花夏月開這其間未過清明〔趙汝州云〕敢是山茶花麼〔正旦唱〕若論山茶花
却是冬暮景〔趙汝州云〕敢是刺梅花麼〔正旦唱〕刺梅花初開未盛〔趙汝州云〕敢
是碧桃花麼〔正旦唱〕若說着碧桃花那裏討牆外誰家鳳吹聲〔趙汝州云〕我
也猜不着〔正旦唱〕枉將伊傒倖說與你便省
〔烏夜啼〕這的是一朵紅梨花休猜做枯枝杏恰便似佳人面暈微
醒他三春獨掌着花權柄枝葉兒青青顏色兒熒熒且休說四季牡

丹亭更休過黃花徑這花與燈偏相稱燈光閃爍花影輕盈

（趙汝州云）小娘子既有如此好花何不作一首詩（正旦云）我單提着紅梨花作詩一首（趙汝州云）小娘子你就表白咱（正旦念詩科云）本分天然白雪香誰知今日却濃粧鞦韆院落溶溶月羞覩紅脂睡海棠（趙汝州云）妙妙妙小生也做一首（念詩科云）換却冰肌玉骨胎丹心吐出異香來武陵溪畔人休說只恐夭桃不敢開（正旦云）好高才也（唱）

（賀新郎）聽絶詩句猛然驚早是他內性兒聰明才調兒清正這兩般消的人欽敬不枉了風流俊英詩提着花酒爲名花嬌如玉軟酒色似冰清世間花酒詩人與酒斟金瀲灩花列玉娉婷

（趙汝州云）對這好花好酒又好良夜知音相遇豈不美哉（正旦唱）

（四塊玉）我剔的這燈燄兒光那的這花瓶兒正我對着這燭底花前說叮嚀則愿的燈休滅花休謝人休另這知音人存着志誠似花枝常在瓶似燈兒分外明

（淨扮嬷嬷上云）老身是這王同知的嬷嬷是也夜深了老夫人不見小姐着我尋去敢在太守家花園裏（做見科云）您做的好勾當也（正旦云）嬷嬷來了怎生是好（唱）

（罵玉郎）莫不是安排着消息踏着趣便這等怒忿忿沒人情雖然奉着俺尊堂命（嬷嬷扯趙科云）您做的好勾當也（正旦唱）怎敢緊揝住他角帶鞓走將來尋爭競

（感皇恩）嬷嬷也老不以筋力爲能咱須是負屈高聲俺賞的這上

陽花飲的這長壽酒燒的這短檠燈正是銀河耿耿玉露泠泠對着那一輪月千里風滿天星〔採茶歌〕俺從那期程伴着這書生直吃的碧桃花下月三更你個嬤嬤夫人心休硬便有合該罪犯俺招承〔云〕我央及嬤嬤你先回去我便來也〔嬤嬤云〕小姐我先回去你便來你若來遲呵老夫人行我替你愁哩〔下〕〔正旦云〕秀才我回去也〔趙汝州云〕小娘子這一去幾時能勾再來〔正旦唱〕

〔一煞〕你休愁我衾寒枕剩人孤另我則怕你酒醒燈昏夢不成佳期漏泄無乾淨慌出蘭堂四下裏天如懸鏡夜氣撲人冷一片閑雲近玉繩空餘着銀漢澄澄〔趙汝州云〕小娘子你回去呵倘老夫人有些嗔責小娘子你也則是爲小生而來教小生如何放心得下小娘子見老夫人是必善回話咱〔正旦云〕秀才你放心者〔唱〕

〔尾煞〕我把一枝翠柳將身映〔趙汝州云〕小娘子你可仔細走〔正旦唱〕這裏不比十二瑤臺獨自行曲欄傍月光淨粉牆邊晚風勁〔云〕呀兀的不有人來也〔唱〕只聽的撲簌簌鞋底鳴諕的我顫兢兢手脚冷俺只索立定身軀注着眼睛〔帶云〕原來不是人呵〔唱〕可正是雲破月來花弄影〔下〕〔趙汝州云〕小娘子去了也恰纔共他詩詞酧和正是有情不想嬤嬤走將來把小娘子喚的回去了依舊留下小生一個在此小娘子則被你思量殺我也〔詩云〕全憑着花月爲媒共佳人倡和傳杯被嬤嬤逼將回去把一天喜都做傷悲〔下〕

〔音釋〕躡音聶　迸音柄　肇音兆　吹去聲　暈音韻　熒音盈　爍燒上聲　瀲離店切
灩音艷　娉批明切　婷音亭　嬤音姆　揩簪上聲　鞓音汀　檠其行切　羚音凌
剩音盛　另凌去聲　顫音戰

第二折

〔太守上云〕自從兄弟趙汝州來到我着他在後花園書房裏安下我如今待要下鄉勸農去也則怕那秀才上朝應舉去的忙等不的我回來留下花銀兩錠全副鞍馬一匹春衣一套你與秀才說知道老夫再三傳示若是他去遲呵等我回來親自送他〔張千云〕理會的〔同下〕〔趙汝州上云〕自從那夜嬤嬤將小娘子喚將回去並無一箇信音小娘子幾時得和你再能勾相見也今日在書房中獨坐連張千也不見來問我的茶飯好生納悶〔正旦扮賣花三婆上云〕老身是賣花的三婆是也今日去太守家裏花園中去採幾朵花兒長街市上貨賣的些錢物養贍老身須索走一遭去也呵〔唱〕

〔中呂粉蝶兒〕則爲我年老也甘貧擕着個匾籃兒儼然廝趁賣幾朵及時花且度朝昏則被這牡丹枝薔薇刺將我這袖梢兒抓盡見如今節遇三春都不如洛陽丰韻

〔醉春風〕這蜂惹的滿頭香蝶翻的兩翅粉原來是賣花人頭上一枝春把蜂蝶來引引紅杏芬芳碧桃初綻海棠開噴

〔云〕來到這太守家花園裏也我與你採這幾般花兒去貨賣採幾朵桃花採幾朵海棠採幾枝竹葉採幾枝嫩柳都放在這花籃裏我且回去〔趙汝州做見科云〕三婆你那裏去你回來〔正旦做

慌科云　呀兀的不諕殺我也老身不知秀才哥哥在這裏〔趙汝州云〕你偷的我這花兒那裏去〔正旦云〕三婆不敢〔趙汝州云〕你採這竹葉那裏去〔正旦云〕哥哥不爭你提這竹葉來呵〔唱〕

〔迎仙客〕諕的我湘娥般灑淚痕你休節外把咱嗔虛心兒告他折了你甚本也則爲揉損了青枝諕的我慌搓玉笋你那裏便至本從根哎這葉兒又不曾傳芳信

〔趙汝州云〕你採的我這桃花兒那裏去〔正旦云〕不爭你提起這桃花來三婆也有一節說〔唱〕

〔紅繡鞋〕堪笑春風幾陣一簾紅雨紛紛飄香流水遶孤村親引上俺天台路得見恁武陵人哎你一個阮郎直恁般狠

〔趙汝州云〕你採這海棠何用〔正旦云〕這海棠花不可戀他〔唱〕

〔石榴花〕胭脂着雨色猶新粧點出豔陽春嬌滴滴似帶酒微醺若是他夢魂遇着東君這花也端的多風韻倚闌干睡足精神也曾高燒銀燭爭窺認則爲他無興上惱了詩人

〔鬬鵪鶉〕這花兒曾鶯燕邀留更有那蜂蝶鬬引嬌似嫣紅嫩如膩粉你看何處園林不是春我可便自暗哂哎你個折桂的書生怎放不過偷花的婦人

〔趙汝州云〕你要楊柳做甚麼〔正旦云〕這楊柳三婆也有說話〔唱〕

〔快活三〕這柳呵則會在長亭畔裊暗塵陽關外送行人渭城客舍

鬬清新休惹起我離愁悶

〔鮑老兒〕我待請去章臺上做個故人不倈乘着些些柳色黃金嫩若近柴門映着水濱枉把你箇五柳先生問伴的是和風習習輕雲冉冉落絮紛紛

〔趙汝州云〕這幾般花有甚麼好處〔正旦云〕這幾般花兒都不必戀他聽三婆說咱〔唱〕

〔十二月〕我和那海棠最親羨的是柳葉眉顰喜的是桃花噴火愛的是竹葉如雲四般兒都值的幾文則被你央煞俺窮民

〔堯民歌〕你去那百花園內㨂精神哎你個惜花人刁蹬煞賣花人你一春莫厭買花頻纔見春來又殘春纔也波紛飛花滿綠茵有多少東風恨

〔趙汝州云〕三婆我有一瓶花我看你認得麼〔正旦云〕你將來我看着〔趙汝州做取花科云〕兀的不是三婆你看〔正旦看科云〕有鬼也有鬼也〔趙汝州云〕三婆你見了這花可怎生說有鬼也你見甚麼來〔正旦唱〕

〔亂柳葉〕則這一瓶花諕了我魂悒悒的把身軀兒褪俺孩兒正青春猶兀自未三旬直被他送的個病纏身這便是災星進

〔趙汝州云〕你這等慌做甚麼〔正旦云〕誤了三婆賣花也明日來和你說〔趙汝州云〕三婆且休去你且說與我〔正旦云〕我說與你則休害怕〔趙汝州云〕你說來我不怕〔正旦云〕你道這花園是誰家的花園〔趙汝州云〕這個是太守家的花園〔正旦云〕不是太守家的花園可是王同知家

的花園王同知有個女孩兒爲他要看那花自家蓋了這所花園到的是春間天道萬花開綻牆裏一個佳人牆外一個秀才和那小姐四目相覷各有春心之意不能結爲夫婦那小姐到的家中一臥不起害相思病死了那小姐爺娘捨不的他埋在這花園背後他那一靈不散怨氣難消長起一科樹來開的可是紅梨花那小姐陰靈近新來則纏攪的年紀小的秀才道我是誰〔趙汝州云〕你是賣花的三婆〔正旦云〕我是李府尹的渾家我有一個孩兒李秀才爲那城中熱鬧無處看書也借了他這花園看書正看書裏到這一更無事二更悄然到那三更前後起了一陣怪風一個如花似玉的小娘子和我那孩兒四目相窺各有春心之意同到書房中飲了幾杯酒那小娘子便要起身對秀才說我無甚麼明夜一樽酒一瓶花與你回禮到那第二晚間俺那孩兒又這般等他到那一更無事二更悄然三更前後那小姐引着一個梅香將着一樽酒一瓶花可來與俺孩兒回禮在那書房正詩詞歌賦正飲酒中間被他那嬤嬤撞見那小姐一直的去了我那孩兒不知道他是鬼在那書房中一臥不起害相思病死了俺那孩兒在時曾問他甚麼模樣怎生打扮我說與你聽咱〔唱〕

〔上小樓〕他粧梳的異樣兒新眉分八字真口吐櫻桃眼轉秋波鬢挽烏雲那小姐怕不有千般兒淹潤秀才也說着呵老身心困

〔趙汝州云〕這一會兒不由的我也害怕起來〔正旦云〕逕有鬼有鬼〔唱〕

〔幺篇〕足律律起陣旋風刮起那黃登登幾縷塵正是那個婆娘纏俺孩兒狠毒寃魂向這裏又將待要咱親近拼的打你娘五千桃棍

〔趙汝州云〕三婆你不說我那裏知道兀的不唬殺我也〔趙汝州做扯住旦科〕〔正旦云〕我回去

也〔趙汝州云〕這花園不乾淨得你在這裏伴我　伴也好〔正旦云〕可不誤了我賣花〔唱〕

〔煞尾〕俺孩兒一年來不得託生秀才也你三更裏撞着鬼魂俺孩兒三年光景無人問〔帶云〕哎且喜波〔唱〕可早有替代你的生天路兒穩〔下〕

〔趙汝州云〕三婆去了也可怎生不見張千來〔張千上云〕我往書房中看秀才去〔見科〕〔趙汝州云〕張千相公在那裏〔張千云〕相公下鄉勸農去了〔趙汝州云〕相公曾分付你甚麼來〔張千云〕相公去時分付我來說公事忙有好幾時未得回哩留下物件着我交付與你是花銀兩錠春衣一套全副鞍馬一匹〔趙汝州云〕既有此物張千多多的拜上您相公則今日我就上朝取應去也〔張千云〕相公還有分付說秀才去的遲便等相公回來與你面別〔趙汝州云〕我只是不等他了〔詩云〕我不別仁兄不爲過只爲後花園裏難存坐萬一紅梨花下那人來可不與李家孩兒湊兩個〔張千隨下〕

〔音釋〕瞻傷佔切　趂嗔去聲　抓莊瓜切　揉音柔　搓音磋　嫣音煙　哂身上聲　蹬音鄧　繽音賓　褪吞去聲

第四折

〔太守引張千上云〕老夫劉公弼自從去歲有兄弟趙汝州來探望小官後來不辭而去不想今年他攛過卷子一舉成名得了頭名狀元所除在這洛陽爲縣令是老夫屬官今日來參見老夫令人准備酒餚這早晚敢待來也〔趙汝州上云〕滿腹詩書七步才綺羅衫袖拂香埃今朝坐享逍遙福不是讀書何處來小官趙汝州是也自到京都闕下攛過首卷一舉狀元及第所除洛陽縣令今日

須索拜見太守去可早來到也左右報復去道有新縣令特來參見〔張千報科云〕有新縣令來參
見相公〔太守云〕道有請〔張千云〕請進〔見科〕〔太守云〕賢弟功名得意可喜可賀張千收拾花
園亭子上安排酒餚與縣令拂塵咱〔趙汝州云〕不敢重勞您兄弟適纔在衙門裏飲過幾盃酒也
〔太守云〕再飲不妨喒去來〔趙汝州走太守扯科云〕將酒來兄弟滿飲此盃〔趙汝州云〕小官酒
勾了醉了也〔做睡科〕〔太守云〕縣令睡着了也張千與我喚將妓女伏侍相公〔張千云〕妓女每
走動〔正旦謝金蓮上云〕相公呼喚妾身做甚麼〔太守云〕你拏着一把扇子折一枝紅梨花插在
那扇子上與縣令招風打扇小心在意者〔正旦云〕理會的〔太守下〕〔正旦云〕知他俺那趙汝州
在那裏也呵〔唱〕

〔雙調新水令〕這紅梨花依舊豔陽天則不見那生之面往常我樽
前歌宛轉席上舞蹁躚生疎了品竹調絃不承望侍歡宴

〔沉醉東風〕想着他風流少年曾和俺在月下花前雖不曾共繡衾
雖不得同羅薦也兩個詩酒留連今日個將小扇輕紈出畫筵可知
是非吾所願

〔張千云〕相公分付好生打扇哩〔正旦云〕這扇呵〔唱〕

〔鴈兒落〕堪宜桂影圓可愛丹青面清風隨手生皓月當胸現

〔得勝令〕呀錯認做陶令酒中仙幾時得豁這班女腹中寃不枉了
十載寒窗下則願他清名四海傳哎天也波天天與人行方便我這
裏輕搧你箇颼風小狀元

〔云〕將一枝紅梨花插在扇上〔做插花扇上〕〔趙汝州見驚科云〕有鬼也有鬼也兀那婦人你是妖精鬼魅靠後休近前來〔正旦云〕兀的不是趙汝州〔趙汝州云〕你是鬼也〔正旦唱〕

〔掛玉鉤〕我和他邂逅春風甚可憐只道是有情人偏得多情眷怎知他別後些兒沒掛牽竟不記的梨花面倒着我莫近前須避遠直恁般醉眼模糊認不周全

〔趙汝州云〕賣花三婆說你是鬼如今白日都出來了好怕人也〔正旦唱〕

〔川撥棹〕不甫能見英賢又道我是鬼魂兒在眼邊謊的他對面無言有似風顛驚急力前合後偃便有那張天師怎斷遣

〔七弟兄〕別不上一年兩年說不盡恨綿綿負心人這搭兒裏重相見初相逢看我似蕋珠仙你今朝待送我到驅邪院

〔梅花酒〕呀我恨殺這狀元我本是畫閣嬋娟怎道我鬼魅相纏今日箇有口難言我衣有縫身有影敢是你無情我無緣兩下裏各茫然不能似扇團圓

〔趙汝州云〕兀的不是紅梨花我曉的這是你墓間之物你不要纏我待明日我做些好事超度你生天便了〔正旦唱〕

〔收江南〕呀你可爲甚麼一春常費買花錢那些兒色膽大如天把活人生扭做死人纏這相逢也枉然幾時得笙歌引至畫堂前

〔太守上云〕縣令你這般慌甚麼〔趙汝州云〕這婦人是妖精鬼魅〔太守云〕賢弟全然不知聽我

說與你聽當初你寄書來要見謝金蓮元來是個妓女我怕你迷戀烟花墮了你進取之志是我分付張千則說謝金蓮嫁了人也賢弟你在後花園中書房裏安下我却暗暗的着此婦人只做採花與你相見他不是別人則他便是謝金蓮着他隱姓埋名假說做王同知的女兒後來又着三婆說他是鬼迷死了他的兒子以此賢弟吃驚不辭而去了我將這婦人樂籍上除了名字另置別館今日賢弟來到伏侍你猶然不認的他說兀的做甚〔詩云〕自別佳人又一年今朝着你兩團圓他不是下方作鬼同知女正是上廳行首謝金蓮〔趙汝州云〕哥哥則被你瞞殺您兄弟也〔太守云〕則今日好良辰就此席上成合了你兩口兒〔正旦同趙汝州謝科云〕多謝了相公〔唱〕

〔水仙子〕則我是洛陽城裏謝金蓮好把宮花簪帽偏玳瑁筵好作瓊林宴脫白襴好將紫綬穿祗候人也得升遷雖然是劉公弼使的機變趙汝州偏能顧戀到底是紅梨花結果了這一段姻緣

〔音釋〕攛粗酸切 蹁音篇 躚音仙 搧扇平聲 颩音磋 邂音械 逅音後 嬋音蟬 娟音涓

題目　趙汝州風月白紈扇

正名　謝金蓮詩酒紅梨花

謝金蓮詩酒紅梨花雜劇

金安壽收意馬心猿

鐵拐李度金童玉女
倣任安筆
珍倣宋版印

鐵枴李度金童玉女雜劇

元　賈仲名撰
明吳興臧晉叔校

第一折

〔老旦扮王母引外扮鐵枴李上〕〔王母詩云〕閬苑仙家白錦袍海中銀闕宴蟠桃三更月下鸞聲遠萬里風頭鶴背高子童乃九靈大妙金母是也爲因蟠桃會上金童玉女一念思凡罰往下方投胎托化配爲夫婦他如今業緣滿足鐵拐李你須直到人間引度他還歸仙界不可遲也〔鐵枴云〕貧道既領仙旨便索往下方引度他二人走一遭去〔詩云〕領仙旨按落雲頭到女直度脫凡流全憑我這條枴神通變化不由他不隨我共返丹丘〔同下〕〔正末扮金安壽同旦兒童氏家僮梅香上云〕自家女直人氏叫做金安壽嫡親的兩口兒別無甚碎小俺小姐夾谷人氏童家女兒小字嬌蘭娶爲妻室十年光景甚是綢繆托祖宗福廕乖的是夫妻福齊者今日是小姐的好日頭共小姐天地根前燒香點燭祖宗根前祭祀了也下次孩兒每臥番羊者動着細樂大吹大擂慢慢的做個筵席俺看了這笙歌羅列是好受用也呵〔唱〕

〔仙呂八聲甘州〕花遮翠擁香靄飄颻燭影搖紅月梁雲棟上金鉤十二簾櫳金雀屏開玳瑁筵綠蟻光浮白玉鍾爽氣透襟懷滿面春風

〔鐵枴上云〕貧道按落雲頭來到女直地面這裏就是金安壽家我去與他添壽化齋看他說甚麼〔見科云〕稽首貧道特來化齋添壽〔正末云〕一個先生來化齋求利市不知先生從那裏來〔鐵

柺云〕從二鳥來〔正末云〕往那裏去〔鐵柺云〕特來度你爲神仙往蓬萊去〔正末云〕休胡說那

〔唱〕

〔寄生草〕俺圍珠翠冰綃內勝蓬萊閬苑中他淡昏昏半窗明月梨花夢我謾匆匆滿溪流水天台夢你嘆空空一襟清露游仙夢〔鐵柺云〕貧道昨日蕊珠宮醉倒今日却在這裏〔正末笑科〕〔唱〕你昨宵個夜沉沉醉臥蕊珠宮今日煖融融誤入桃源洞

〔鐵柺云〕金安壽嬌蘭你二人跟我出家長生不滅〔正末云〕休胡說看了我這等受用快活如何肯跟你出家去吃菜根也着我那歌兒舞女過來〔扮歌兒引細樂上舞科〕〔唱〕

〔滿堂紅〕鳳凰臺來鳳凰臺也波臺鳳凰臺上鳳凰來也波來天籟地籟聞人籟也波籟八音諧綠雲裁翠烟開月明吹徹海山白

〔大德歌〕碧泠泠玉鏗鏗七政匏爲定攢紫霞嵌曉星笙簧點點皆相應善吹的是子晉董雙成

〔魚游春水〕自嶰谷起遺風定雌雄十二筒律應黃鍾梅落江清吹三弄聲動關山感歸夢伴漁翁引牧童

〔芭蕉延壽〕韻清徹高山流水野猿嘶楚雨湘雲塞鴈飛清風明月孤鶴唳春融和鶯亂啼〔下〕

〔正末云〕你看我是好受用也〔唱〕

〔村里迓鼓〕擺窈窕翠娥紅袖出蒲萄紫駝銀甕聽嘹喨笙簧聒耳

間一派仙音齊動你看那梅香小玉丫鬟使數相隨相從鸞簫吹象板敲皓齒歌細腰舞琉璃鍾琥珀醲呀簇捧定可喜娘風流萬種

〔鐵拐云〕金安壽這是你塵世快樂不如俺仙家受用也〔正末云〕你更不見我受用處你聽我說

〔唱〕

〔元和令〕繡幙張翠靄濃錦堂晃曉雲籠俺小姐纖纖十指露春葱寶釵橫螺髻聳腮桃眉柳額芙蓉點星眸秋水同

〔上馬嬌〕日高也花影重風香也酒力湧寶篆裊博山銅羅裙輕拂湘紋動儂半札鳳頭弓

〔勝葫蘆〕恰便似銀漢星迴一道通嫦娥出素華宮弦管聲中更漏永千般婉轉萬般調弄不覺夜將終

〔幺篇〕可正是歌盡桃花扇底風人面映和花紅兩下春心應自懂憐香惜玉顛鸞倒鳳人在錦衕衕

〔鐵拐云〕你今跟我出家去脫離塵寰便登仙界乘着鸞跨彩鳳穩坐瑤池紫府俯視三茅太華可不好那〔正末唱〕

〔後庭花〕隨着你墜天花滿太空飄瑞香散九重登隱隱金霞殿游巍巍碧落宮上蒼穹把鸞驂鶴控俯三茅太華峯伴千年長壽松逐鍾離跟呂公尋安期訪葛洪赴蟠桃仙界中脫塵寰凡世冗

〔鐵拐云〕金安壽你這裏快樂有盡跟我出家去無窮受用〔正末云〕你更不曾見我受用處我推

開臥房門先生你看者〔唱〕

〔青歌兒〕爭似俺花濃花濃柳重更和這兩魂兩魂雲夢曲閣層軒錦繡擁香温玉軟叢叢珠圍翠繞重重鼉皮鼓兒鼕鼕刺古笛兒喁喁琵琶慢撚輕攏歌音換羽移宮助人笑口歡容幾多密意幽悰只這等朝朝暮暮樂無窮煞強似你那白雲洞

〔鐵拐云〕你這凡世快樂打甚麼緊在我根前賣弄〔正末云〕待我再說一遍〔唱〕

〔金盞兒〕珠琭簌玉玲瓏金蹀躞翠籠愡錦斑爛畫堂富貴人相共光燦爛碧天邊月色溶溶麝蘭香縹緲環珮玉丁東酒斟金錯落花列繡蒙茸

〔鐵拐云〕金安壽你只跟我出家去不生不死受用快活〔正末唱〕

〔賺煞尾〕枉了你費精神休則管相攔縱怎撇的玉天仙風流愛寵

〔鐵拐云〕這尤物要他怎麼〔正末唱〕端的個魚水夫妻兩意同少年人興味偏濃繡幃中淡蕩春風紅浪輕翻翠被重玉繩拽遙天半空銀漏逐梅花三弄直喫的斗杓回月影轉梧桐〔同旦下〕

〔鐵拐云〕這兩箇業畜正在不省之鄉必須再用心點化直待指開海角天涯路引得迷人大道行

〔下〕

〔音釋〕瑁音妹　稽音豈　閬音浪　籟音賴　白巴埋切　匏音袍　嵌音闞　嶰音械　塞音賽　唳音利　窈音杳　窕音調　萄音桃　從去聲　醲音濃　衚音胡　衕音同

璚與瓊同 穹區容切 鼉音陀 喁音濃 煞與殺同 琭音鹿 簌音速 蹀音迭
躞音屑 憽音鬆 茸音戎 杓音標

第二折

〔正末同旦扮家僮梅香上云〕某金安壽是也被一箇風魔道士每日上門上戶要我跟他出家時遇春天一來共小姐郊外踏青散心二來躲那先生〔做行科云〕來到這郊外是好春和景致也呵〔一唱〕

〔南呂一枝花〕花谿音樂喧竹塢人家小香車游上苑寶馬滿東郊雜雜嘈嘈一程程錦繡似花枝繞一處處管絃般鳥語調垂楊院賣花人一聲聲叫過紅樓杏花村題詩客一箇箇醉眠芳草

〔梁州第七〕看春江鴨頭綠皺接行雲鴈翅紅嬌酒旗向青杏園林挑佳人鬪草公子粧幺鞦韆料峭鼓吹遊遨上新黃柳曳金條綻嫣紅花簇冰綃芳叢內採嫩蕊粉蝶隊隊身輕迴塘畔點香芹紫燕翩翩翅裊碧陰中弄清音流鶯恰恰聲交難挑怎描便那女娘行心思十分巧其實的刺不成繡不到丹青手雖然百倍高也畫不出這重疊周遭

〔帶云〕我想俺這一對好夫妻也非今世姻緣是前生配定也〔唱〕

〔四塊玉〕他碾香輪將芳徑穿我催駿騟把絲鞭裊俺這對美愛夫妻宿緣招俊厖兒落鴈沉魚貌俺兩口兒恰便似地長就並蒂花水

養成交頸鴛天生下比翼鳥

（鐵柺上攔住馬科云）金安壽你躲的我好也（正末唱）

〔罵玉郎〕他將我這馬頭攔住高聲叫緊揪住黃金勒鞭挽住紫藤梢（鐵柺鼓掌大笑云）你愚眉肉眼怎識的貧道那（正末唱）見他風風魔魔摑着手佯推笑（鐵柺云）棄了家業快逃性命着你不生不滅跟我出家去（正末唱）你着我將家業拋性命逃便是朝聞道

（鐵柺云）我着你跨青鸞乘彩鳳上丹霄做神仙可不好也（正末唱）

〔感皇恩〕你覰花枝般淹潤妖嬈我更箏條般風流年少你着我跨青鸞乘彩鳳上丹霄怎如我那花柔柳嫩玉軟香嬌恨不的心窩裏放手掌中擎眼皮上閣

（鐵柺云）你欲心太重早棄家緣跟我出家教你做大羅神仙哩（正末唱）

〔採茶歌〕你着我戲仙瓢過金橋怎肯生拆散碧桃花下鳳鸞交伴着你個鐵柺雲游同去也可不悶的俺玉人何處教吹簫

（鐵柺云）金安壽下馬來我與你說話跟我出家去教你到十洲三島同赴蟠桃可不快活（正末云）我去不得（唱）

〔側磚兒〕我怎肯尋真誤入蓬萊島向羣仙隊裏會蟠桃早難道好者爲之樂（鐵柺云）棄了家緣跟貧道出家去（正末唱）怎捨的俺銅斗般錦窠巢

〔竹枝歌〕看了俺胸背攙絨宮錦袍（鐵柺云）俺出家的縢冠衲襖草屨麻縧長生

不老比你還受用哩〔正末唱〕怎繫這等續斷瀍麻絲你則看他江梅風韻海棠標櫻桃樊素口楊柳小蠻腰你可也徒勞怎把蘭蕙性淚比蓬蒿〔鐵拐云〕出家兒參祖師遵徑道其中清味玄中又玄做大羅神仙你休要迷了正道〔正末唱〕

〔玄鶴鳴〕遵徑道達玄妙參祖師習鴻寶說殺你駕青牛乘赤鯉驂白鹿騎黃鶴怎如俺這寶馬雕鞍最好〔鐵拐云〕你有甚快樂快快跟我出家去〔正末云〕我去不的〔唱〕俺春風桃李夏月葵榴秋天金菊冬雪江梅一年中景物饒料你那茅菴草舍爭似俺蘭堂畫閣〔鐵拐云〕你不知虛生的故事不勾一餐黃粱飯熟能得幾多光景〔正末唱〕

〔烏夜啼〕我平生不識邯鄲道料黃粱怎比羊羔〔鐵拐云〕俺那裏香風不動松花老跟我出家可不快活〔正末唱〕休誇你香風不動松花老爭如俺月夜花朝雨媚雲嬌〔鐵拐云〕跟我去赴蟠桃會好的多哩〔正末唱〕跟你去九重春色醉仙桃爭如俺一生花柳從吾好白玉池瓊花島將我度爲道友這便是你善與人交

〔鐵拐詩云〕俺那裏洞門無鎖鑰自有白雲封從他天地老容顏只似童比你好得多哩〔正末唱〕

〔黃鍾尾〕你那裏白雲封洞燒丹竈爭似俺錦水流香泛碧桃我這頭巾上珍珠砌成文藻玉兔鶻金廂繫繡袍紫絲韁金鞍駿馬驕葵花鐙靴尖斜款挑虞候親隨護從着茶褐羅傘雲也似繞絳蠟紗燈月也似皎重裀臥鋪陳換副兒交列鼎食珍羞揀口兒包你止不過

掘黃精和土斵砍青松帶葉燒蒸雲腴煑藜藿飲澗泉吃仙藥這兩般可是那件兒好〔鐵枴云〕則這般他也不肯須用仙術再點化他金安壽你見我手中鐵枴壓我輕輕搖動化道金光去也疾〔下〕〔正末唱〕見他顯神通將鐵枴輕搖早化一道金光不見了〔下〕

〔音釋〕塢音五　挑上聲　嫣音烟　豌音宛　厖音忙　轡音配　擓乖上聲　閣高上聲　巢鋤昭切　攙初銜切　鶴音豪　邯音寒　鄲音丹　鶻紅姑切　鐙登去聲　着池燒切　匏音袍　斵音沼　藿音好　藥音耀

第三折

〔鐵枴上詩云〕一足剛蹺一足輕數莖頭髮亂蓬鬙世人不識蒼蒼枴攪的黃河徹底清貧道點化金安壽未得回頭今番第三遭也若再不省呵貧道自有道理〔下〕〔正末同旦梅香上云〕小姐那先生纏定喒把前後門重重閉上喒去臥房坐下他須不能勾進來喒慢慢的飲幾杯酒托天地祖宗好是快活趁着這夏景清和避暑乘涼好受用也呵〔唱〕

〔商調集賢賓〕黃梅細絲江上雨碧沼內翠荷舒受用的是瑪瑙盤蔗漿酪粉珊瑚枕藤簟紗廚黍新包似裹黃金蒲細剉如攢白玉詠離騷歌楚些誰弔古奪錦標擢畫槳似飛鳧繫同心長命縷佩辟惡赤靈符

〔逍遙樂〕蘭湯試浴納水閣微涼避風亭倦午乘竹陰槐影桐疎疊冰山素羽青奴翦綵仙人懸艾虎開南軒奇峯雲布瓜分金子鱠切

銀絲茶煮雲腴

〔春歸怨〕夫貴妻榮多來大福晝堂羅列錦模糊妻才子祿前生注慶有餘美滿歡娛配鳳友對鸞雛

〔梅香云〕小哥據你風流浪子聰明俊俏怎生出家者〔正末唱〕

〔鴈兒落〕賦新聲詠樂府歌古調達音律是一朶沒包彈嬌柔解語花是一塊無瑕玷温潤生香玉

〔得勝令〕簾低歛碧鰕鬚沉細爇紫金鑪霜瓦窑鴛鴦甃雲軒高翡翠鋪俺同坐着香車似地長就連枝樹雙並着驊騮似膠粘成比目魚

〔旦云〕梅香你把重門閉上慢慢飲酒〔鐵枴上云〕金安壽嬌蘭他把重門閉了我便進不去這裏顯些神通就從虛空墜落在地看他說甚麼〔做見科云〕稽首〔正末驚科云〕呀你從何而來〔鐵拐云〕我徑來尋你跟我出家去教你長生不老〔正末云〕我何消的出家你則看我和小姐打扮可也不俗〔唱〕

〔賢聖吉〕縷金鞋玉兔鶻七寶嵌紫珊瑚墨錠髭鬍撚絨繩打着髻鬟皁紗巾珠瑑歛錦襖子金較輅花難比玉不如卷雲靴跟抹綠銀盆面膩粉團酥

〔云〕我那小姐打扮呵〔唱〕

〔河西後庭花〕翠娉婷衠不俗美嬋娟嬌豔姝似對月嫦娥並如臨

溪雙洛浦

〔鐵拐云〕金安壽早早跟我出家去來〔正末云〕大古裏你吃了風藥來也〔唱〕

〔幺篇〕他笑呵似秋蓮恰半吐他悲呵似梨花春帶雨行呵似新鴈雲邊落話呵似雛鶯枝上語醉呵似晚風前垂柳翠扶疎浴呵似海棠擎露立呵渲丹青仕女圖坐呵觀世音自在居睡呵羊脂般臥着美玉吹呵韻清音射碧虛彈呵拂冰絃斷復續歌呵白苧宛意有餘舞呵綵雲旋掌上珠

〔雙鴈兒〕團衫纓絡綴珍珠繡包髻鸂鶒袱翠鸞翹內粧束玉搔頭掩鬢梳喜相逢蟬對舞

〔鐵拐云〕元來他再不省悟看了這等如何捨的先磨了嬌蘭然後金安壽容易點化〔做手指科云〕嬌蘭你不過來等甚麼哩〔旦云〕師父稽首弟子省悟了也〔正末驚科〕〔唱〕

〔望遠行〕叵奈這無端的鐵拐使機謀不知怎生用些道術將俺同坐香車迷惑來去赴玄都攛攛攛扯碎俺姻緣簿忽剌八掘斷俺前程路空沒亂椎胸跌足揉腮瞪目將一朶並頭蓮磣可可分兩處生拆散燕鶯孤吉丁當摔碎連環玉

〔梧葉兒〕據情理難容恕論所為忒狠毒忍不住我怒氣夯胸脯一隻手揪着執袋一隻手揝住道服俺將他緊揪捽向明鏡也似官府告去

（正末扯旦云）那裏去（旦不採科）（正末云）我怎麽這一會也昏倦起來札掙不得（做睡科）（鐵柺云）金安壽睡着了也（引旦虛下）（正末夢科云）好奇怪恰纔共小姐飲酒前後門閂的鐵桶相似那先生不知從那裏來將小姐迷將去了小姐先生都不見這裏知他是那裏則見高山遠澗老樹橫橋靜巉巉的無一個人好怕人也（唱）

（賀聖朝）陡澗高山嶮峻崎嶇教我手脚慌亂無是處流水橫橋眼暈心虛蟠巨蟒老樹枯滲金睛猛虎伏且躱避在林莽掩映我身軀

（正末做慌科）（鐵柺叫云）金安壽（正末疑科云）是那個叫（唱）

（鳳鸞吟）聽的將金安壽名字呼我這裏低首拜伏（鐵柺云）金安壽你怎生得到俺這裏（正末唱）這塌裏雲水林巒甚麽去處（鐵柺云）這裏是洞天福地但能到此吃仙桃飲甘露伴猿鶴與龜鹿齊壽（正末唱）呀元來這琳宮紺宇是仙居洞府食仙桃飲瓊漿甘露朱頂鶴獻果猿綠毛龜銜花鹿壽長生玉篆丹書

（云）你將我小姐來（鐵柺云）這業畜重濁難悟則除這般將他本身嬰兒姹女心猿意馬現形點化較省些氣力疾（嬰兒姹女猿馬上追趕）（正末慌科）（鐵柺云）金安壽養白雪黃芽踈金枷玉鎖悟你初來路徑休迷了正道（正末唱）

（牡丹春）嬰兒姹女趣黃芽白雪枯被金枷玉鎖緊相拘將心猿意馬牢拴住雖然是得省悟你可也回首認當初

（鐵柺云）疾嬰兒姹女心猿意馬趕上拿住者（正末云）連天峻嶺萬丈懸崖趕到跟前如之奈何

〔做驚醒科云〕好奇怪我正和小姐飲酒那先生來迷惑了小姐我得了一夢中間光景都見了跌下澗去覺來還是舊處呀可改變的別了頹垣壞屋枯木昏鴉檐楹下站着個先生不知是甚麼人我是叫他問個端的兀那先生兀那先生〔鐵枴云〕金安壽你省悟麼恰纔蓬萊一夢塵世早四十年你原有仙風道骨尋你那本來面目休迷了正道〔正末唱〕

〔涼亭樂〕迅速光陰過隙駒一夢華胥走兔飛烏緊相逐晝夜催寒暑便道你本來面目仙風道骨爭如俺鼉鼓笛兒者刺古歌鸚鵡舞鷓鴣

〔鐵枴云〕他尚俗牽未盡再有道理金安壽你看那百花爛熳春景融和〔正末云〕是好景也〔鐵枴云〕可早炎天似火暑氣煩蒸〔正末云〕好熱也〔鐵枴云〕你覷黃花偏野紅葉紛飛〔正末云〕好慘也〔鐵枴云〕又早朔風凜冽瑞雪飄揚〔正末云〕好冷也〔鐵枴云〕金安壽你省的麼〔正末云〕兀的不傒倖殺我也正是春天又臨夏暑頃刻秋霜逡巡冬雪天地中造化難曉難參〔詩云〕纔見垂楊綠俄然麥又黃蟬聲猶未盡寒鴈已成行〔唱〕

〔小梁州〕恰纔個東風四友盡喧呼正青春紫翠模糊却早碧池綠水映芙蕖承炎暑又早是落葉曉霜鋪

〔幺篇〕正蛩吟清露滋黃菊便怎生水晶寒雪瑩冰壺暗裏將流年度怎不想個歸根之處直待臨死也做工夫

〔鐵枴云〕你可省了也麼〔正末云〕弟子省了師父你待着我那裏去〔鐵枴云〕金安壽記者望你那來處來去處去休差了念頭休迷了正道〔正末云〕稽首弟子知道了也〔唱〕

〔啄木兒尾〕拜辭了翠裙紅袖簇朱唇皓齒扶夢回明月生南浦向無何深處步瑤池游閬苑到蓬壺〔下〕

〔音釋〕蹺音敲　莖音形　鬅音朋　鬙音僧　簟音店　玉于句切　辟音匹　浴于句切　福音府　律音慮　蔌蘇上聲　爇如夜切　甃音湊　鞓音汀　輅音路　綠音慮　衠音諄　俗詞疽切　姝音朱　濆疎選切　續詞疽切　綴音贅　袱房夫切　翹音喬　東音暑　回音頻　謀音模　術繩朱切　足臧取切　揉與撓同　瞪音橙　目音暮　磣森上聲　摔音酒　毒東盧切　夯音亨　撍簪上聲　服房夫切　捽音祖　饞初銜切　陡音斗　嶮與險同　崎音欺　嶇音區　暈音韻　滲森去聲　伏房夫切　堝音窩　紺甘去聲　鹿音路　妵倉詐切　迅音信　逐長如切　骨音古　蛩音窮　菊音矩　簇音粗

第四折

〔王母引衆仙上詩云〕曉入瑤池霧氣清忽聞天籟步虛聲雲衢不用吹簫侶獨駕青鸞朝玉京俺西池金母爲金童玉女思凡謫生下方爲人如今他業債滿徹復還仙界着他過來者〔正末同旦上云〕小姐今日得省悟也見西池金母去來〔唱〕

〔雙調新水令〕你如今上丹霄赴絳闕步瑤臺比紅塵中別是一重境界我靈光回閬苑他慧性到蓬萊當日個染了凡胎誰承望填還這場債

〔金母云〕金童玉女爲你思凡致使吾令鐵枴親往塵世度你等重還仙界你從今後休動凡心者

〔正末旦拜云〕再不敢了〔正末唱〕
〔慶宣和〕不是俺忒踈狂性格乖也則是業緣裏合該今日個一雙雙跪在金堦乞仙真痛責
〔金母云〕您兩個思凡塵世托生女直地面配爲夫婦女直家多會歌舞您兩個帶舞帶唱我試看咱〔正末同旦舞科唱〕
〔早鄉詞〕墮塵埃爲貴客托生在大院深宅儘豪奢衒氣概忒聰明更精彩對着俺撒敦家顯耀些擡頦
〔掛搭沽〕則俺那頭巾上珍珠砌成界畫拖四葉飛霞帶繡胸背攙絨可體裁玉兔鶻堪人愛把翠葉貼將奇花摘趁着這綠鬢朱顏不負了杏臉桃腮
〔石竹子〕鼉鼓鼕鼕聲和凱縷管輕輕音韻諧女直家筵會實難賽直吃的梨花月上來
〔金母云〕再有何好處說來咱聽〔正末唱〕
〔山石榴〕紫雲娘多嬌色腰肢一搦東風擺謫仙女臨凡界
〔幺篇〕佩雲肩玉項牌鳳頭鞋羞花閉月天然態香串結同心帶
〔醉也摩挲〕咱和你同離瑤臺也波臺同離瑤臺也波臺楊柳形骸海棠顏色端的是可憎才
〔相公愛〕恰便似並蒂池蓮一處栽春水游魚兩和諧疑猜恐青春

不再來挨甚麼時光待

〔胡十八〕花鎮榮月常在人不老酒頻釃榮華富貴已定排金安壽俊才嬌蘭又美愛俺則是天上有也者料人間決無賽〔金母笑科云〕人世光陰如同斬眼你兩個只爲差了一念謫下塵凡還不早早回頭同他歡樂這等迷戀你且再說我聽〔正末唱〕

〔一錠銀〕趁着這千樹桃花雲錦開向流水天台動簫韶仙音一派可不是前世裏得修來

〔阿納忽〕酒捧金臺春滿瑤階鬱巃嵸翠微仙界罩祥雲隔斷浮埃

〔不拜門〕徧舞天錢滿眼來霞彩飄飄幢旛蓋金釵金釵兩下擺共奏着雲璈天籟

〔慢金盞〕猛想起步香堦露濕弓鞋宿世該前生載淡塗着花額眉分着翠黛玉簪着鳳釵粉襯着蓮腮和這畫堂金谷豪華客軟款情溫柔態

〔大拜門〕正是女貌郎才廝親廝愛這一段風流意脈題詩在綠苔吹簫在鳳臺似牛女在銀漢邊雙排〔金母云〕你兩個有這許多受用可知道沉迷難得省悟〔正末云〕我等如今却省悟了也〔唱〕

〔也不囉〕從今後碧雲齋道心閑無障隔無遮礙紅塵不到黃金界去弱水三千外

〔喜人心〕看松雲掩靄聞桂風瀟灑竹影藤花月色紫府金壇放毫彩醉舞狂歌長笑高吟疎散情懷他壺內天無壞咱靜裏神長泰

〔風流體〕臨清流臨一帶心快哉玩明月玩一輪情舒解枕黃石枕一塊意豁開臥白雲臥一片身自在

〔忽都白〕翠壁丹崖玉殿金堦再不必猜也麼猜我如今丫髻環絛椰瓢執袋麻袍寬快布襪芒鞋饑後餐松柏渴來清泉解

〔唐兀歹〕安樂窠修真好避乖翠林巒金碧樓臺納頭一覺回光入玄界暢好是清也波哉

〔金母云〕金童玉女您離瑤池多時您則知您女直家會歌舞可着俺八仙舞一會你看〔八仙上歌舞科〕〔共唱〕

〔青天歌〕真仙聚會瑤池上仙樂和鳴鸞鳳降鸞鳳雙飛下紫霄仙鶴共舞仙童唱　仙童唱歌歌太平嘗得蟠桃壽萬齡瑞靄祥光滿天地羣仙會裏說長生　長生自知微妙訣番口開口應難說不妨洩漏這玄機驚得虛空長吐舌　舌端放出玉毫光輝輝朗朗照十方春風只在花稍上何處園林不豔陽　豔陽時節採靈苗莫等中秋月色高顛倒離男逢坎女黃婆拍手喜相招　相招相喚配陰陽密雨濃雲入洞房十載靈胎生個子倒騎白鹿上穹蒼　穹蒼顯氣罡風健吹得璇璣從左轉三辰萬象總森羅三

界仙官朝玉殿　玉殿金堦列衆仙蟠桃高捧獻華筵仙酒仙花
映仙果長生不老億千年
（正末唱）
〔川撥棹〕今日個暢情懷縱神遊遍九垓慧眼睜開道性明白依舊
是風魂月魄悟春從天上來
〔七弟兄〕銀槐翠柏洞天開擊法鼓雷動滄瀛海扣金鐘霞散閬風
臺敲碧磬雲繞松花蓋
〔梅花酒〕呀俺如今便去來既換骨抽胎早降福消災也不須守戒
持齋昨日過今日改玉面猿戲丹澤綠毛龜枕碧苔銀斑鹿踐香埃
朱頂鶴守仙宅金睛獸護蒼崖衆毛女喜顏開共道侶笑哈哈獻蟠
桃筵會排度金童上丹臺引玉女列仙堦
〔收江南〕呀兀的不是月明千里故人來抵多少一場春夢喚回來
今日個滿堂和氣醉歸來賢賢易色再休提洛陽花酒一齊來
〔金母云〕今日金童玉女歸于正道你聽者（詞云）你本是大羅神仙在人間二十餘年今日個功
成行滿隨羣仙證果朝元（正末同旦拜謝科）（正末唱）
〔鴛鴦煞〕從來個天堂本與塵寰隔誰承望凡人重把神仙拜感謝
得金母提攜識認了羣真風彩唱道漢鍾離綠蟻醺酣唐呂公紅顏
不改韓湘子頃刻花開張果老倒騎的驢兒快藍采和達道詠諧李

先生四海雲游全憑着這條柺

〔音釋〕慧音惠　責齋上聲　客音楷　宅池齋切　畫胡乖切　摘齋上聲　色篩上聲　搦囊帶切　釃音篩　巃音籠　嵸音宗　罩嘲去聲　幢音床　擻音敖　額崖去聲　脈音買　隔皆上聲　柏音擺　顥音浩　璇音旋　魄鋪買切　澤池齋切　咍海平聲

題目　金安壽收意馬心猿

正名　鐵枴李度金童玉女

鐵拐李度金童玉女雜劇

張海棠屈下開封府
倣呂拙筆

包待制智勘灰欄記
珍倣宋版印

包待制智賺灰闌記雜劇

元 李行道撰
明吳興臧晉叔校

楔子

〔老旦卜兒上云〕老身鄭州人氏自身姓劉嫁的夫主姓張蚤年亡逝已過止生下一兒一女孩兒喚做張林也會教他讀書寫字女兒喚做海棠不要說他姿色儘有聰明智慧學得琴棋書畫吹彈歌舞無不通曉俺家祖傳七輩是科第人家不幸輪到老身家業凋零無人養濟老身出於無奈只得着女兒賣俏求食此處有一財主乃是馬員外他在俺家行走也好幾時了他有心看上俺女孩兒常常要取他做妾俺女孩兒倒也肯嫁他只是俺這衣食飯碗如何便割捨得且待女孩兒到來慢慢的與他從長計議有何不可〔沖末扮張林上云〕自家張林的便是母親俺祖父以來都是科第出身已經七輩可着小賤人做這等辱門敗戶的勾當教我在人前怎生出入也〔卜兒云〕你說這般閑話做甚麼既然怕妹子辱沒了你呵你自尋趁錢來養活老身可不好那〔正旦扮海棠上見科云〕哥哥你要做好男子你則養活母親者〔張林云〕潑賤人你做這等事你不怕人笑須怕人笑我我打不得你個潑賤人那〔做打正旦科〕〔卜兒云〕你不要打他你打我波〔張林云〕母親不要家煩宅亂枉惹的人恥笑我則今日辭了母親我往汴京尋我舅舅自做個營運去常言道男兒當自強我男子漢七尺長的身子出門去便餓死了不成兀那小賤人我去之後你好生看覷母親若有些好歹我不道的輕輕饒了你哩〔詩云〕匆匆發忿出家門別尋生理度寒溫男兒有軀長七尺不信天教一世貧〔下〕〔正旦云〕母親似這等倡叫幾時是了不如將女孩兒嫁與馬員外去

罷〔卜兒云〕兒也說的是只等馬員外來時我就許下這親事則便了也〔副末扮馬員外上云〕小生姓馬名均卿祖居鄭州人氏幼習儒業頗通經史因家中有幾貫貲財人皆以員外呼之則是我平昔間酷愛風流躭情花柳此處有個上廳行首張海棠與小生作伴年久兩意相投我要娶他這不消說了他也常常許道要嫁我被他母親百般板障只是不肯通口我想他也無過要多索些財禮意思聞得海棠近日與他哥哥張林唱叫了一場那張林離了家門到汴京尋他舅子去了料得一時間也未必就回今日恰好是一個吉日良辰我不免備些財禮求親去若是有緣分得成全這一樁好事豈不美哉呀姐姐正在門首這也是個彩頭待我見去〔做見正旦行禮科〕〔正旦云〕員外你來了也我再四與母親說不如趁我哥哥不在家許了這門親事磨了半截舌頭母親像有許的意思了我和你見母親去〔馬員外云〕妳妳既有此意也是我修的緣到了〔做入見科〕〔卜兒云〕員外我今日為孩兒張林不孝順與老身合氣你討些砂仁來送我做碗湯吃〔馬員外云〕妳妳自家孩兒有甚麼氣我如今特備白金百兩專求令愛的親事過門之後但是你家缺柴少米都是我來支持定不教你愁沒錢使今日是個大好日辰妳妳你接了財禮許了這親事罷〔卜兒云〕左右我的女兒在家也受不得這許多氣便等他嫁了人去倒也靜辦員外只是你家裏有個大渾家哩我女孩兒過門來倘或受他欺負又不如在家的好也要與員外說個明白一發講倒了纔好許你這親事〔馬員外云〕妳妳放心莫說我馬均卿不是那等人便是我大渾家也不是那等人令愛到家時與我大渾家只是姊妹稱呼並不分甚大小若是令愛養得一男半子我的家緣家計都是他掌把哩妳妳再不要你憂慮別的〔卜兒云〕員外只要說定了我受了你的財禮我家女兒便是你馬家媳婦只今日便過門去孩兒也不是我做娘的割捨得你你可也做人家媳婦去再不

要當行首了也〔正旦云〕員外你那大渾家處凡百事你須與我做主咱〔唱〕

〔仙呂賞花時〕憑着我皓首蒼顏老母親待着我盡世今生不嫁人〔云〕員外我可也不愛你別的〔馬員外云〕姐姐你愛我些甚的來〔正旦唱〕我只愛你性兒軟意兒真我今日尋的個前程定准〔帶云〕我着那一班姊妹道張海棠嫁了馬員外可也不枉了〔唱〕從此後不教人笑我做辱家門〔同馬員外下〕

〔卜兒云〕今日將俺女孩兒嫁馬員外去了也受着他這一百兩財禮也勾老身下半世快活受用哩如今別無甚事尋俺舊時姑姊妹們到茶房中吃茶去來〔下〕

〔音釋〕慧音惠　當去聲　行音杭　思去聲　分去聲　姊音子

第一折

〔搽旦上詩云〕我這嘴臉實是欠人人讚我能嬌豔只用一盆淨水洗下來倒也開的胭脂花粉店妾身是馬員外的大渾家俺員外取得一個婦人叫做什麼張海棠他跟前添了個小廝兒長成五歲了也我瞞着員外這裏有個趙令史他是風流人物又生得驢子般一頭大行貨我與他有些不伶俐的勾當我一心只要所算了我這員外好與趙令史久遠做夫妻今日員外不在家我蚤使人喚他去了這早晚敢待來也〔淨扮趙令史上詩云〕我做令史只圖醉又要他人老婆睡畢竟心中愛者誰則除臉上花花做一對自家姓趙在這鄭州衙門做個令史州裏人見我有些才幹送我兩個表德一個叫做趙皮鞋一個叫做趙哈達這裏有個婦人他是馬均卿員外的大娘子那一日馬員外請我吃酒偶然看見他大娘子這嘴臉可可是天生一對地產一雙都這等花花兒的甚是有趣害得我眠裏夢裏只是想慕着他豈知他也看上了我背後瞞着員外與我做些不伶俐的勾當

今日他使人喚我不知有甚事須索去走一遭來到此間徑自過去大嫂你喚我有何計議〔搽旦云〕我喚你來不爲別事想俺兩個偷偷摸摸的到底不是個了期我一心要合服毒藥謀殺了馬員外俺兩個做永遠夫妻可不好麼〔趙令史云〕你那裏是我搭識的表子只當是我的娘難道你有此心我倒沒此意這毒藥我已備下多時也〔做取藥付搽旦科云〕兀的不是毒藥我交付與你我自到衙門中辦事去也〔下〕〔搽旦云〕趙令史去了也我且把這毒藥藏在一處只等覷個空便纔好下手呀我爭些兒忘了今日却是孩兒的生日教人請員外來和他到各寺院燒香佛面上貼金走一遭去來〔下〕〔正旦上云〕妾身張海棠自從嫁了馬員外可早五年光景俺母親也亡化了連哥哥也不知那裏至今沒個消耗我跟前所生孩兒叫做壽郎自生下這孩兒來就在那褥草之上則在姐姐跟前擡舉如今長成五歲了也今日是我孩兒的生日員外和姐姐領着孩兒到那各寺院燒香佛面上貼金去了下次小的每安排下茶飯等員外姐姐來家食用張海棠也自從嫁了員外好耳根清淨也呵〔唱〕

〔仙呂點絳脣〕月戶雲窗繡幃羅帳誰承望我如今棄賤從良拜辭了這鳴珂巷

〔混江龍〕畢罷了淺斟低唱撇下了數行鶯燕佔排場不是我攀高接貴由他每說短論長再不去賣笑追歡風月館再不去迎新送舊翠紅鄉我可也再不怕官司勾喚再不要門戶承當再不放賓朋出入再不見隣里推搶再不愁家私營運再不管世事商量每日價喜孜孜一雙情意兩相投直睡到暖溶溶三竿日影在紗窗上伴着個

有疼熱的夫主更送着個會板障的親娘〔云〕怎麼這早晚員外姐姐還不回來我出門前看波〔張林上詩云〕腹中曉盡世間事命裏不如天下人我張林自從和妹子唱叫了一場出門去尋俺舅子誰想他跟着一個什麼經略相公秤師道到延安府去了一來投不着主兒二來又染了一場凍天行的病證不要說盤纏使盡連身上的衣服也典賣盡了走回家來母親也亡化了居房也沒了教我怎麼好聞得妹子嫁了馬員外那員外是好家計他肯看顧親眷要擡舉我舅子有何難處我如今一徑的去投托他問他借些盤纏使用可早來到馬家門首了可可的我妹子正在門前待我去相見咱妹子祗揖〔正旦見云〕我道是誰元來是哥哥我看你容顏肥胖倒宜出外〔張林云〕妹子你可蚤頭一句話兒也〔正旦云〕哥哥你敢替母做七來起墳來還是弔孝來〔張林云〕妹子你不見我吃的則看我穿的自家的嘴也養不過有什麼東西與母親做七起墳那〔正旦云〕哥哥俺母親亡化一應送終的衣衾棺槨之費那些兒不虧了馬員外來〔張林云〕妹子這雖是馬員外把我母親發送還是多虧了你我知道了也

〔正旦唱〕

〔油葫蘆〕自喪了親爺撇下個娘偏你敢不姓張怎教咱辱門敗戶的妹子去支當〔張林云〕妹子不必敲打我了我也知道多多的虧了你也〔正旦唱〕到今日你便安排着這一句甜話兒來尋訪〔張林云〕妹子我今日特來投托你怎做下這一個冷臉兒那〔正旦唱〕也不是俺便做下的這一個冷臉兒難親傍想當日你怒烘烘的挺一身急煎煎的走四方〔張林云〕妹子這舊話也休提了〔正旦唱〕我則道你怎生發跡身榮旺怎還穿着這藍藍縷縷的這樣

〔張林云〕妹子我和你是一父母生的兄妹你哥哥便有甚的不是你也將就些兒不要記怨了〔
正旦唱〕
〔天下樂〕哥哥也你便有甚臉今朝到我行聽說罷這裏也波腸〔張
林云〕妹子也我也是出於無奈特特投奔你來沒奈何不論多少賫發些盤纏使用等我好去〔正
旦唱〕口聲聲道是無奈向哥哥也你既無錢呵怎生走汴梁〔張林云〕
妹子你也不必多說了你不賫發我教那個賫發我〔正旦唱〕你今日投奔我個小妹子
只要我賫發你個大兄長〔帶云〕你不道來〔唱〕可不道是男兒當自強
〔張林云〕妹子你不曾忘了一句兒也打落的我勾了你則是賫發我去者〔正旦云〕哥哥不知俺
這衣服頭面都是馬員外與姐姐的我怎做的主好與人除這些有甚的盤纏好賫發的你哥哥你
則回去了罷休來這門首也〔做不禮入門科〕〔張林云〕妹子你好狠也你是我同胞親妹子我特
投奔着你一文盤纏也不與我倒花白了我這許多我如今也不回去只在這門首等着待他馬員
外來或者有些面情也不見得〔搽旦上云〕我是馬員外的大渾家領着孩兒燒香我先回來了呀
怎麼我家解典庫門首立着個教化頭你在此有甚麼勾當〔張林云〕姐姐休罵小人是張海棠的
哥哥來尋我妹子的〔搽旦云〕原來你是張海棠的哥哥這等是舅舅了你可認的我麼〔張林云〕
小人不認的那壁姐姐〔搽旦云〕則我便是馬員外的大渾家〔張林云〕我小人眼拙不認的大娘
子是必休恠〔做揖科〕〔搽旦云〕舅舅你要尋你妹子怎麼〔張林云〕說也惶恐因為貧難無以度
日要尋我妹子討些盤纏使用〔搽旦云〕他與你多少〔張林云〕他道家私裏外都是大娘子掌把

着哩自做不得主一些沒有〔搽旦云〕舅舅不知自從你妹子到我家來添了一個孩兒如今也五歲了這是你的外甥現今我家大小家私都着他掌把我是沒兒子的〔做敲胸科云〕一些也沒分了你是張海棠的哥哥便是我親哥哥一般我如今過去問他討些盤纏與你若有呵你也休歡喜若無呵你也休煩惱只看你的造化你且在門首待者〔張林云〕小人知道好一個賢慧的婦人也〔正旦見搽旦科云〕姐姐你先回來了勞動着姐姐哩〔搽旦云〕海棠門首立着的是什麼人〔正旦云〕是海棠的哥哥〔搽旦云〕哦原來是你的哥哥他來這裏做甚麼〔正旦云〕他問妹子討些盤纏使用〔搽旦云〕你便與他些不得〔正旦云〕我這衣服頭面都是員外和姐姐與我的教我可什麼與他〔搽旦云〕這衣服頭面與了你就是你的了便與你哥哥也何妨〔正旦云〕姐姐敢不中麼倘員外查起我這衣服頭面教我說甚的那〔搽旦云〕員外查時我替你說還再做些與你快解下來送與你哥哥去罷〔正旦做解下科云〕既是姐姐許了我便脫了這衣服除下這頭面與我哥哥去〔搽旦云〕怕我拿了你的將來待我送他去〔做取砌末出見科云〕舅舅則爲你這盤纏連我也替你惱起來那知道你家妹子這般個狠人放着許多衣服頭面一些兒不肯與你只當剮他身上的肉一般這幾領衣服幾件頭面是我爹娘陪嫁我的送與舅舅權做些兒盤纏使用舅舅你則休嫌輕道少者〔張林收科云〕多謝大娘子小人結草銜環此恩必當重報〔做謝科搽旦回禮云〕舅舅員外不在家不好留的你茶飯休怪也〔下〕〔張林云〕我則道這衣服頭面是我妹子的那知是他大娘子的你是我一父母所生的親妹子我討些盤纏使用並無一文倒花白我一場這大娘子我與他是各白世人賣發我衣服頭面我想他家中大妻小婦必有爭差少不得要告狀打官司的我如今將這頭面兒換些銀兩買個窩兒做開封府公人去妹子你常揀吉地上行吉地上坐休

要嗒兩個軸頭兒厮抹着若告到官中撞見我時我一杖子起你一層皮哩〔下〕〔搽旦見正旦科
云〕海棠你這衣服頭面與你哥哥去了也〔正旦謝云〕索是生受姐姐來只怕員外回時若問起
呵望姐姐與我方便一聲〔搽旦云〕不妨事放着我哩〔正旦下〕〔搽旦云〕海棠也你哥哥將那衣
服頭面去怕不歡喜只是員外問起時我倒替你愁哩〔馬員外引倈兒上云〕我馬均卿自從娶了
張海棠添了這個孩兒叫做壽郎可早五歲也今日是壽郎的生日到各寺院燒香去見子孫娘娘
廟有傾頹去處捨些錢鈔與他修理因此又耽閣了一會可蚤來到門首也〔搽旦同正旦迎科〕〔
正旦云〕員外回來了索是辛苦也我去取茶來者〔下〕〔馬員外云〕大嫂那海棠的衣服頭面怎
生都不見了那〔搽旦云〕員外不問我也不好說你因爲他生了孩兒十分的寵用着他誰想他在
你背後養着姦夫常常做這不慳悧的勾當今日我和員外燒香去了他把這衣服頭面都與姦夫
拿去正要另尋什麽衣服頭面胡亂遮掩被我先回來撞破了是我不許他再穿衣服重戴頭面只
等員外回來自家整理這須不是我妬他是他自做出來的〔馬員外云〕原來海棠將衣服頭面與
姦夫去了可知道來他是風塵中人有這等事兀的不氣殺我也〔做喚正旦打科云〕我打你這不
良的賤人〔搽旦攛調科云〕員外打的好似這等辱門敗戶的賤人要他何用則該打死他罷〔正
旦云〕我這衣服頭面本不肯與俺哥哥將去都是他再三攛掇我來誰想到員外跟前又說我與
了姦夫着我有口難分這都是張海棠自家不是了也〔唱〕

〔那吒令〕我當初自傷別無甚忖量別無甚忖量將他來不防將他來不防可送咱這場俺越打得手脚兒慌他越逞着言詞兒謗端的個狠毒世上無雙

〔馬員外氣科云〕你是生兒子的做這等沒廉沒恥的事兀的不氣殺我也〔搽旦云〕員外你氣怎的只是打殺他便了帳也〔正旦唱〕

〔鵲踏枝〕普天下有的婆娘誰不待要佔些些獨強幾曾見這狗行狼心攪肚蛆腸〔帶云〕你養着姦夫倒着我有這屈事也〔唱〕倒屈陷我腌臢勾當〔帶云〕也怪不得他贓埋我來〔唱〕也只是我不合自小爲娼

〔搽旦云〕可知道你這賤人舊性復發把衣服頭面與了姦夫去瞞着夫主做這等勾當哩〔正旦唱〕

〔寄生草〕便是那狠毒的桑新婦也不似你這個七世的娘倒說我實心兒主意瞞家長〔搽旦云〕誰着你背地裏養着姦夫還強嘴那〔正旦唱〕他道我共姦夫背地常來往他道我會支吾對面舌頭強不爭將濫名兒揣在我跟前姐姐也便是將個屎盆兒套住他頭上

〔馬員外做不快科云〕則被這小賤人直氣殺我也大嫂怎生這一會兒我身子甚是不快你可煎一碗熱湯兒我吃〔搽旦云〕這都是海棠的小賤人氣出員外病來海棠你快些些去熱熱的煎碗湯來與員外吃〔正旦云〕理會的〔唱〕

〔後庭花〕恰纔我脊梁上捱了棍棒又索去廚房中煎碗熱湯一任他男子漢多心硬大剛來則是俺這婆娘每不氣長〔做下捧湯上云〕姐姐兀的不是湯〔搽旦云〕拿湯來我試嘗咱〔做嘗科云〕還少些鹽醬快去取來〔正旦應下〕〔搽旦云〕前日這一服毒藥待我取將來傾在這湯兒裏〔做傾藥科云〕海棠快來〔正旦上唱〕怎這般忒

慌張連催鹽醬〔云〕姐姐兀的不是鹽醬〔搽旦做調湯科云〕海棠你將去〔正旦云〕姐姐你
將去波怕員外見了我越氣也〔搽旦云〕你不去員外又道你惱着他哩〔下〕〔正旦云〕理會得員外
你吃口湯兒波〔員外做接吃科〕〔正旦唱〕則見他悶沉沉等半晌苦懨懨口內
嘗〔員外做死科〕〔正旦驚云〕員外你放精細者〔唱〕爲甚的黃甘甘改了面上白
鄧鄧丟了眼光
〔青哥兒〕呀諕的我膽飛魂喪不由不兩泪千行眼見的四體難收
一命亡撇下了多少房廊幾處田庄兩個婆娘五歲兒郎從今後無
捱無靠母子每守孤孀孩兒也你將個誰依仗
〔正旦哭云〕姐姐員外死了也〔搽旦哭上云〕我那員外也忍下的就撇了我去也海棠你這小賤
人適纔員外是個好好的怎生吃你這一口湯便會死了這不是你藥死的是那個弄死的〔正旦
云〕姐姐這湯你也嘗過來偏是你不藥死則藥死員外〔做哭科云〕天那兀的不苦痛殺我也〔
搽旦云〕下次小的每那裏與我高原選地破木造棺把員外埋殯了者〔做家僮上擡員外下科搽
旦云〕海棠你這小賤人則等送了員外出去我慢慢的擺佈你看你好在我家裏過得那〔正旦
哭云〕姐姐員外無了這家私大小我都不要單則容我領了孩兒去罷〔搽旦云〕孩兒是那個養
的〔正旦云〕是我養的〔搽旦云〕你養的怎不自家乳哺了一向在我身邊煨乾避濕嚥苦吐甜費
了多少辛勤在手掌兒上擡舉長大的你就來認我養的孩兒這等好容易你養了姦夫合毒藥謀
死了員外更待乾罷你要官休還是要私休〔正旦云〕怎生是官休怎生是私休〔搽旦云〕你要私
休將一應家財房廊屋舍帶孩兒都與了我只把這個光身子走出門去你要官休呵你藥死親夫

好小的罪名兒我和你見官去〔正旦云〕我原不曾藥死親夫怕做甚麼情願和你見官〔搽旦云〕明有官防你不怕告官我就拿你去〔正旦云〕我不怕告官去告官去〔唱〕

〔賺煞〕且休問你真實休問咱虛謊現放着剃胎頭收生的老娘則問他誰是親娘誰是繼養〔搽旦云〕我是孩兒的的親親的親娘這孩兒是我的的親親的親兒是娘的心肝娘的腸子娘的脚後跟那一個不知道的〔正旦唱〕怎瞞得過看生見長的街坊〔搽旦云〕你合毒藥謀死員外也是我贜埋你的〔正旦云〕這毒藥呵〔唱〕你平日裏預收藏闇闇的傾下羹湯〔搽旦云〕明明是你下這毒藥在湯兒裏怎賴得我怕你不去償命〔正旦唱〕這的是誰藥死親夫可要將性命償你暢好是不良送的人來寃枉則普天下大渾家那裏有你這片歹心腸〔下〕

〔搽旦云〕如何中了俺的計也眼見得這家私大小帶孩兒都是我的〔做沉吟科云〕嗨事要三思免勞後悔你也合尋思波這孩兒本等不是我養的他要問那剃胎頭收生的老娘和那看生見長的一起街坊隣舍做證見若到官呵他每不向我可不乾着這一番我想來人的黑眼珠子見這白銀子沒個不要的則除預先安頓下他見人頭與他一個銀子就都向着我了則是衙門官吏也要安置停當怎得趙令史到來和他商量告狀的事可也好那〔趙令史上云〕纔說姓趙姓趙便到我趙令史數日不曾去望馬大娘子心裏癢癢的好生想他只是丟不下如今到他門首他家沒主人了怕做甚的徑自入去〔見搽旦科云〕大娘子只被你想殺我也〔搽旦云〕趙令史你不知道馬員外被我藥死了也如今和海棠兩個打官司要爭這家緣家計連這小廝你可去衙門打點把官司上下布置停當趁你手裏完成這樁事我好和你做長遠夫妻也〔趙令史云〕這個容易只是那小

廝原不是你養的你要他怎的不如與他去的乾淨〔搽旦云〕你也枉做令史這様不知事的我若把這小廝與了海棠倒底馬家子孫要來爭這馬家的家計我一分也動他不得了他無過是指着收生老娘和街坊隣里做證見我已都用銀子買轉了這衙門以外的事不要你費心你只替我打點衙門裏頭的事便了〔趙令史云〕大娘子說的是這等你蚤些些來告狀我自到衙門打點去也〔下〕〔搽旦云〕趙令史去了則今日我封鎖了房門結扭了海棠告狀去走一遭〔詞云〕常言道人無害虎心虎有傷人意我說道人見老虎誰敢湯虎不傷人吃個屁〔下〕

〔音釋〕長音掌　合音鴿　窣去聲　推退平聲　种音沖　傍去聲　行去聲　腌音庵　臢音簪　強音絳　晌音賞　中去聲

第二折

〔淨扮孤引祗從上云〕小官鄭州太守蘇順是也〔詩云〕雖則居官律令不曉但要白銀官事便了可惡這鄭州百姓欺侮我罷軟與我起個綽號都叫我做模稜手因此我這蘇模稜的名傳播遠近我想近來官府儘有精明的作威作福却也壞了多少人家似我這蘇模稜闇闇的不知保全了無數世人怎麼曉得今日坐起蚤衙左右與我擡放告牌出去〔祗從云〕理會的〔搽旦扯正旦徠兒上云〕我和你見官去來寃屈也〔正旦云〕你且放手者〔唱〕

〔商調集賢賓〕火匝匝把衣服緊揝着〔搽旦云〕你藥死親夫該死罪的我放了你倒等你逃走去了〔正旦唱〕你道我該死罪怎生逃〔帶云〕張海棠也〔唱〕我則道嫁良人十成九穩今日個越不見末尾三稍則我這負屈的有口難言赤緊的原告人見世生苗這一場沒揣的罪名除非天地表〔搽旦

云〕可知道你藥死了親夫自有個天理神明鑒察〔正旦唱〕我將這虛空中神靈來禱
告便做道男兒無顯跡可難道天理不昭昭
〔搽旦云〕小賤人這裏是開封府門首了你若經官發落這綳扒吊拷要棒椿兒捱過不如認了私
休也還好收拾哩〔正旦云〕便打殺我也說不得我情願和你見官去〔唱〕
〔逍遙樂〕你道是經官發落怎的支吾這場棒拷我則道人命事須
要個歸着怎肯把藥死親夫罪屈招平白地落人圈套拚守着七貞
九烈怕甚麼六問三推一任他萬打千敲
〔搽旦叫云〕冤屈也〔孤云〕什麼人在衙門首叫冤屈左右與我拿過來〔祗從拿進科云〕當面〔一
搽旦正旦倈兒跪見科〕〔孤云〕那個是原告〔搽旦云〕小婦人是原告〔孤云〕這等原告跪在這
壁被告跪在那壁去〔各跪開科〕〔孤云〕喚原告上來你說你那詞因等我與你做主〔搽旦云〕小
婦人是馬均卿員外的大渾家〔孤做驚起云〕這等夫人請起〔祗從云〕他是告狀的相公怎麼請
他起來〔孤云〕他說是馬員外的大夫人〔祗從云〕不是什麼員外俺們這裏有幾貫錢的人都稱
他做員外無過是個土財主沒品職的〔孤云〕這等着他跪了你說詞因上來〔搽旦云〕這個叫做
張海棠是員外娶的個不中人〔祗從喝科云〕咽敢是個中人〔搽旦云〕正是個中人他背地裏養
着姦夫同謀設計合毒藥藥殺了丈夫强奪我所生的孩兒又混賴我家私告大人與小婦人做主
咱〔孤云〕這婦人會說話想是個久慣打官司的口裏必力不剌說上許多我一些也不懂的快去
請外郎出來〔祗從云〕外郎有請〔趙令史上云〕我趙令史正在司房裏攢造文書相公呼喚我必
是有告狀的又斷不下來請我去幫他哩〔做見科云〕相公你整理甚麼事不下來〔孤云〕令史有

一起告狀的在這裏〔趙令史云〕待我問他兀那婦人告甚麼〔搽旦云〕告張海棠藥殺親夫強奪我孩兒混賴我家私可憐見與我做主咱〔趙令史云〕拿過那張海棠來你怎生藥殺親夫快快從實招來若不招呵左右與我選下大棍子者〔正旦唱〕

〔梧葉兒〕聽階下膝跪着聽賤妾說根苗〔趙令史云〕你說你說〔正旦唱〕狠虎般排着祗從神鬼般設着六曹〔趙令史云〕你藥殺親夫這是十惡大罪哩〔正旦唱〕若妾身犯下分毫相公也我情願喫那殺丈夫的繃扒弔拷

〔趙令史云〕你當初是什麼人家的女子怎生嫁與那馬員外來你說與我聽波〔正旦唱〕

〔山坡羊〕念妾身求食賣笑本也是舊家風調則爲俺窮滴滴子母每無依靠捱今宵到明朝謝的個馬均卿一見投他好下錢財將妾身娶做小他鶯燕交咱成就了

〔趙令史云〕原來是個娼妓出身便也不是個好的了你既然馬員外娶到家可曾生得一男半女麼〔正旦唱〕

〔金菊香〕我與他生男長女受劬勞〔趙令史云〕你家裏有什麼人也還往來麼〔正旦唱〕俺哥哥因爲少喫無穿來投托曾被我趕離門恰和他兩個廝撞着〔趙令史云〕是你的哥哥便和他廝見也不妨事〔正旦云〕俺姐姐道海棠既是你哥哥來投逩你時你便沒銀子何不解下這衣服頭面與他做盤纏使用去〔趙令史云〕這般說也是他好意〔正旦云〕我信了他將這些衣服頭面與哥哥去了等的員外回來問道海棠的衣服頭面爲何不見他便道瞞着員外都與姦夫了也〔唱〕豈知他有兩面三刀向夫主廝搬調

〔搽旦云〕哎喲我是這鄭州城裏第一個賢慧的，倒說我兩面三刀我搬調你甚的來〔趙令史云〕這都小事我不問你只問你爲何藥死了親夫强奪他孩兒混賴他家私一一的招來〔正旦唱〕

〔醋葫蘆〕俺男兒氣中了丕地倒醒來時俺姐姐自扶着〔帶云〕他道海棠員外要湯吃你去煎來〔唱〕煎的一碗熱湯來又道是鹽醬少〔帶云〕他賺的我取鹽醬去呵〔唱〕誰承望閤傾着毒藥〔帶云〕員外纔把這湯吃不的一兩口就死了也相公你試尋思波〔唱〕怎便登時間火焚了屍首葬在荒郊

〔趙令史云〕這毒藥明明是你的了你怎麼又要强奪他孩兒混賴他家私有何理說〔正旦云〕這孩兒原是我養的相公你只喚那收生的劉四嬸剃胎頭的張大嫂并隣里街坊問時便有分曉〔趙令史云〕這個也說的是左右快去拘喚那老娘街坊來者〔孤做票臂科〕〔祗從出喚云〕老娘街坊人等衙門中喚你哩〔二淨扮街坊二丑扮老娘上淨云〕常言道得人錢財與人消災如今馬員外的大娘子告下來了喚我們做證見哩這孩兒本不是大娘子養的我們得過他銀子則說是他養的你們不要怕打說的不明白〔淨丑等云〕這個知道〔做隨祗從入跪科云〕當面〔趙令史云〕你是街坊麼這孩兒是誰養的〔二淨云〕那馬員外是個財主小的每平日也不往來五年前因他大娘子養了個兒子小的們街坊隣里各人三分銀子與他賀喜那員外也請小的每吃滿月酒看見倒生的一個好哇哇以後每年兒子生日那員外同着大娘子領了兒子到各寺院燒香去這是一城人都看見的也不只是小的們這幾個〔趙令史云〕這等明明是他大娘子養的了〔正旦云〕相公這街坊都是他用錢買轉了的聽不得他說話〔二淨云〕我每買不轉的都是傾心吐膽說真實的話若有半句說謊你嘴上害碗大的疔瘡〔正旦唱〕

〔幺篇〕現放着收生的劉四嬸剃胎頭的張大嫂俺孩兒未經滿月蚤問道我十數遭今日個浪包婁到公庭混賴着您街坊每常好是不合天道得這些口含錢直恁般使的堅牢

〔云〕相公則問這兩個老娘他須知道〔趙令史云〕兀那老娘這個孩兒是誰養的〔劉丑云〕我老娘收生一日至少也收七個八個這等年深歲久的事那裏記得〔趙令史云〕這孩兒只得五歲也不爲久遠你只說實是誰養的〔劉丑云〕待我想來那一日産房裏關得黑洞洞的也不看見人的嘴臉但是我手裏摸去那産門像是大娘子的〔趙令史云〕喚張老娘你說〔張丑云〕這一日他家接我去與小廝剃胎頭是大娘子抱在懷裏則見他白鬆鬆兩隻料袋也似的大妳妳必定是養兒子的纔有這妳食豈不是大娘子養的〔正旦云〕你兩個老娘怎麼都這般向着他也〔唱〕

〔幺篇〕老娘也那收生時我將你悄促促的喚到臥房你將我慢騰騰的扶上褥草老娘也那剃頭時堂前香燭是誰燒你兩個都不爲年紀老怎麼的便這般沒顛沒倒對官司不分個真假辨個清濁

〔趙令史云〕何如兩個老娘都說大娘子養的可不是你強奪他的孩兒了〔正旦云〕相公街坊老娘都是得過他錢買轉了的這孩兒雖則五歲也省的人事了你則問我孩兒咱〔搽旦扯倈兒云〕你說我是親娘他是妳子〔倈兒云〕這個是我親娘你是我妳子〔正旦云〕可又來我的乖乖兒嚛〔唱〕

〔幺篇〕哎兒也則你那心兒裏自想度自暗約見您娘苦懨懨皮肉上捱着荊條則你那出胞胎便將人事曉須記的您娘親三年乳抱

怎禁這桑新婦當面鬧抄抄

（趙令史云）這孩子的話也不足信還以衆人爲主只一個孩兒還要強奪他的這混賴家私一發不消說了你快把藥殺親夫一事招了者（正旦云）這藥殺親夫並不干我事（趙令史云）這頑皮賊骨不打不招左右與我採下去着實打呀（祗從做打正旦發昏科）（搽旦云）打的好打的好打殺了可不干我事（趙令史云）他要詐死左右與我採起來（祗從做採科）（正旦做醒云）哎喲天那（唱）

【後庭花】我則見颼颼的棍棒拷烘烘的脊背上着撲撲的精神亂悠悠的魂魄消他每緊揝住我頭稍（祗從云）喂快招了者不強似這等受苦（正旦唱）則聽的耳邊廂大呼小叫似這般惡令史肯恕饒狠公人顯懆暴（趙令史云）你招那姦夫是誰（孤云）他又不肯招待我權認了罷（正旦唱）被官司強逼着指姦夫要下落

【雙鴈兒】我向那鬼門關尋覓到有兩三遭您這般順人情有甚好則我這膿血臨身要還報有錢的容易了無錢的怎打熬

（趙令史云）左右再與我打着者（正旦云）我也是好人家兒女怎麽捱得這般打拷只得屈招了罷相公是妾身藥殺了丈夫強奪他孩兒混賴他家私來天那兀的不屈殺我也（趙令史云）我屈千屈萬纔屈的你一個兒哩既是招了左右着那張海棠畫了字上了長枷點兩個解子押送開封府定罪去（孤云）左右將那新做的九斤半的大枷與他帶（祗從云）理會的（做上枷科）（祗從云）犯人上枷（正旦云）天那（唱）

〔浪裏來煞〕則您那官吏每忒狠毒將我這百姓每忒凌虐葫蘆提點紙將我罪名招我這裏哭啼啼告天天又高幾時節盼的個清官來到〔趙令史云〕掌嘴我這衙門裏問事真個官清法正件件依條律的還有那個清官清如我老爺的〔正旦哭科唱〕則我這潑殘生怎熬出這個死囚牢〔同祗從下〕

〔趙令史云〕這事問成了也干證人都着等家去原告保候聽開封府回文發落〔衆叩頭同下〕〔趙令史云〕我問了一日事肚裏饑了回家吃飯去也〔下〕〔孤云〕這一樁雖則問成了我想起來我是官人倒不由我斷要打要放都憑趙令史做起我是個傻廝那〔詩云〕今後斷事我不嗔也不管他原告事虛真笞杖徒流憑你問只要得的錢財做兩分分〔下〕

〔音釋〕罷與疲同　揝音昝　着池燒切　落音澇　從去聲　捱去聲　劬音渠　托音討
調平聲　藥音耀　濁雛稍切　度多勞切　約音耀　懆音竈　虐音要　傻商鮓切

第二折

〔丑扮店小二上詩云〕我家賣酒十分快乾淨濟楚沒人賽茅廁邊廂埋酒缸褲子解來做醡袋自家是個賣酒的在這鄭州城十里鋪上開着個酒務兒但是南來北往經商客旅都來我這店裏吃酒我今日開開這店門燒的這鏇鍋兒裏熱着看有什麼人來〔二淨扮解子同正旦上〕〔正旦做跌起坐科〕〔董淨云〕小子是鄭州衙門裏有名的公人叫做董超這個兄弟叫做薛霸解這婦人張海棠到開封府定罪去喂兀那婦人你也行動些兒你看這般大風大雪哩肚中饑餓了有什麼盤纏使用也拿些出來等我們買碗酒吃好趲路去〔做打科〕〔正旦做起科云〕哥哥你休打我我是屈受罪的人死在旦夕那討半分盤纏送你只望可憐見咱〔董淨云〕兀那婦人你當初怎生藥

殺親夫混賴他孩兒來你慢慢的說與我聽波〔正旦云〕則我這身上罪何日開除腹中冤向誰訴與被他人混賴了我孩兒更陷我毒殺夫主吃不過吊拷繃扒撞不着清廉官府〔薛淨云〕我兄弟兩個會見你半厘[illegible]口兒是那個要了你銀子說清廉不清廉〔正旦云〕那個是見義當爲肯憐咱這般苦楚濕浸浸棒瘡疼痛哽噎噎千啼萬哭空蕩蕩那討一餐薄怯怯衣裳藍縷沉點點鐵鎖銅枷軟揣揣婆娘婦女哎你個惡狠狠解子怎知哥哥也我委實的銜冤負屈〔董淨云〕便說殺冤屈須不是我們帶累你的教我怎生可憐你雪越大了行動些〔正旦唱〕

〔黃鍾醉花陰〕頭上雪何曾住半霎摧林木狂風亂刮我這裏䠒煩惱受嗟呀走的來力盡筋乏又加上些膿摵摵的棒瘡發〔薛淨云〕着我們當這等苦差還不走哩〔做打科〕〔正旦唱〕怎當這嗔忿忿叫吖吖但走的慢行的遲他可便捨命的打

〔董淨云〕你當初不招也罷誰着你招了來〔正旦云〕哥哥不嫌煩絮聽我說咱〔唱〕

〔喜遷鶯〕遭這場無情的官法方信道漫漫黃沙怎當的他家將咱苦打逼勒得將招伏文狀押到今日有誰來憐見咱似這等銜冤負屈空喫盡吊拷繃扒

〔董淨云〕兀那婦人你打掙些轉過這山坡去我着你坐一會再走〔正旦唱〕

〔出隊子〕蚤來到山坡直下凍欽欽的難立扎〔做走跌科唱〕脚稍天騰的喫個仰剌叉〔董淨喝云〕起來〔正旦唱〕哎你個火性緊的哥哥廝覷暇須是這光出律的冬凌田地滑

〔薛淨云〕千人萬人走不滑偏是你走便滑待我先走若是不滑呵我打折你這腿〔做走跌科云〕
真個這裏有些滑〔張林上云〕自家張林的便是在這開封府當着個祗候今有包待制西延邊賞
軍差着我去迎接回來好大雪也天那也住一住兒波〔正旦做見科云〕這一個走的好像俺哥哥
張林〔唱〕
〔刮地風〕綽見了容顏敢是他莫不我泪眼昏花再凝睛仔細觀瞻
罷却原來正是無差我這裏挺一挺聳着肩胛擺一擺摩着腰胯緊
待趕更那堪帶鎖披枷〔張林做看見云〕這一個帶鎖披枷的婦人是那裏解將來的〔正
旦叫云〕哥哥〔唱〕哥哥也且住咱將妹子怎生提拔〔叫云〕哥哥〔唱〕你是個
洛伽山觀世的活菩薩這裏不顯出救人心待怎麽
〔叫云〕哥哥救救你妹子咱〔張林云〕你是誰〔正旦云〕我是你妹子海棠〔張林做打推科云〕這
潑娼根那一日謝你好賚發我也〔做走科〕〔正旦做哭趕科唱〕
〔四門子〕我道他爲甚的聲聲把我娼根罵似這等無明火難按納
却原來正是他見了咱思量起在前讎恨殺正是他見了咱不鄧鄧
嗔生怒發
〔張走正旦趕上做扯衣服張林做摔科正旦叫云〕哥哥也〔唱〕
〔古水仙子〕他他他不認咱我我我捨性命向前趕上他恰恰恰待
扯住他衣服〔董淨做扯正旦髮科云〕被這婦人定害殺人也〔正旦唱〕早早早又被
揪撏了頭髮〔張林云〕潑娼根放手〔正旦唱〕告告告狠爹爹寧耐吵來來來

聽妹子細說根芽〔張林云〕你這潑娼根你早知今日當初那衣服頭面把些兒與我做盤纏不得〔正旦唱〕他他他坑殺人機謀狡猾你你你是將我這頭面金釵插我我我因此上受波查

〔云〕哥哥你妹子這場天來大禍都在這衣服頭面上起的你妹子當初不敢便將衣服頭面與你做盤纏使用也則怕那婦人來豈知他教我解下來與哥哥將的去待員外回時却說我養着姦夫將衣服頭面都送他去了氣的員外成了病又將毒藥闇地謀死倒把你妹子拖到官司問了個藥殺親夫混賴孩兒的罪名天那可憐寃屈殺人也〔張林云〕這衣服頭面是誰的〔正旦云〕是你妹子的〔張林云〕是你的這歹弟子孩兒說道是他爺娘陪嫁的這等我錯怪了你前面有所酒店我和你且吃鍾酒去來〔同解子到酒店科云〕賣酒的將酒來〔丑扮店保上云〕有有有請裏面坐〔張林云〕兀那解子我是開封府五衙都首領叫做張林這個就是我的親妹子我如今也接包待制回去你一路上與我好生看覷咱〔董淨云〕哥哥不勞分付只要到府時早些打發我批迴〔張林云〕這個容易妹子那個婦人我只道他賢慧却原來有這般狠毒你可怎生放得下他〔正旦唱〕

〔古寨兒令〕那婆娘面子花花你則道所事賢達搬調的男兒問咱家他便逞俐齒弄伶牙對面說三般話

〔古神仗兒〕他道我將男兒藥殺又道我將家私來盡把又道我要混賴他孩兒拖我去州衙中告發也不管難捱難熬只一味屈敲屈打活斷送在劍頭刀下這的是誰做就死寃家哎都是那攪蛆扒

〔云〕哥哥你在這裏我要見風去也〔下〕〔趙令史同搽旦上云〕自家趙令史的便是如今將張海棠解上開封府去我想那海棠又無什麼親人討命不若到路上結果了他何等乾淨因此特特揀兩個能事的公人董超薛霸解去起身時節每人與了五兩銀子教他不必遠去只在僻靜處所便好下手怎麼不見來回話事有可疑只得和大嫂親自打聽一遭去來〔搽旦云〕這等雪天走了這一會好生寒冷我們且到酒店中買碗酒吃㬉㬉寒再走〔趙令史云〕大嫂說的是〔做進店正旦見科云〕好也他同姦夫趕到這裏待我對哥哥說來〔唱〕

〔節節高〕這婆娘好生心狠好生膽大相趕到這裏要乾罷能如何乾罷〔云〕哥哥姦夫姦婦都在這店裏喒和你拿他去來〔張林云〕兄弟你攙哺着我拿那姦夫姦婦去也〔正旦唱〕忙出去休驚散快捉拿這的是誰風情誰當罪法

〔張林同正旦出捉科〕〔二淨做攔手令走科〕〔正旦扯住搽旦科〕〔搽旦掙脫同趙令史走科〕〔正旦唱〕

〔掛金索〕我這裏揝住衣服則被他撇撇我階直下因此上走了婆娘空做一場話柱着我哥哥氣力有天來大只恨那攔手的公人倒說道放了姦夫罷

〔張林云〕兀那解子你這精驢禽獸你和他一衙門中人你攔着手教他走了我是開封府五衙都首領就打你一頓怕你告了我來〔做打科〕〔董淨云〕你是上司弓兵打得我這婦人恰是我當的因人我可打得他〔做打正旦科〕〔正旦唱〕

〔尾聲〕他是奉命官差將我緊監押不爭你途路上兩下爭差〔張林

揪董淨髮科〕〔董淨揪正旦髮科〕〔正旦唱〕把我個病懨懨的罪囚沒亂殺〔酒保攔住科云〕你們還了酒錢去〔薛淨云〕呸有什麼酒錢還你〔踢倒科同下〕〔酒保云〕你看我這悔氣今日在店門首等了半日等得三四個人來買酒吃不知爲何打將起來把兩個好主兒也打了去一文錢也不曾賣的我如今也不開這酒店另尋個買賣做罷〔詩云〕這樁營生不爽快常常被人欠酒債我今放倒望竿關上門不如去吊水鷄也有現錢賣〔下〕

〔音釋〕濟上聲　醡音詐　鏨才敢切　哭音苦　屈丘雨切　霎雙鮓切　刮音寡　乏扶加切　撼含去聲　發方雅切　法方雅切　押羊架切　繃音崩　扎莊灑切　剌音辣　嘏音呀　滑呼佳切　胛江雅切　拔邦加切　伽音茄　納囊亞切　殺雙鮓切　撏詞纖切　髮方雅切　吵音沙　猾呼佳切　插抽鮓切　達當加切　直征移切

第四折

〔沖末扮包待制引丑張千祇候上〕〔張千喝云〕喏在衙人馬平安擡書案〔包待制詩云〕當年親奉帝王差手攬金牌勢劍來盡道南衙追命府不須東岳嚇魂臺老夫姓包名拯字希文乃廬州金斗郡四望鄉老兒村人氏爲老夫立心清正持操堅剛每皇皇於國家恥營營於財利唯與忠孝之人交接不共讒佞之士往還謝聖恩可憐官拜龍圖待制天章閣學士正授南衙開封府尹之職勑賜勢劍金牌體察濫官汚吏與百姓伸冤理枉容老夫先斬後奏以此權豪勢要之家聞老夫之名盡皆斂手兇暴姦邪之輩見老夫之影無不寒心界牌外結繩爲欄屏牆邊畫地成獄官僚整肅戒石上鐫御製一通人從森嚴廳階下書低聲二字綠槐陰裏列二十四面鵲尾長枷慈政堂前擺數百餘根狼牙大棍〔詩云〕黃堂盡日無塵到唯有槐陰侵甬道外人誰敢擅喧譁便是烏鵲過時

不啅噪老夫昨日見鄭州申文說一婦人喚做張海棠因姦藥死丈夫強奪正妻所生之子混賴家私此係十惡大罪決不待時的我老夫想來藥死丈夫惡婦人也常有這事只是強奪正妻所生之子是兒子怎麼好強奪的況姦夫又無指實恐其中或有冤枉老夫已暗地着人吊取原告幷干證人等到來以憑覆勘這也是老夫公平的去處張千擡聽審牌出去各州縣解到人犯着他以次過來待老夫定罪咱〔正旦同解子張林上〕〔張林云〕妹子你到官中少不得問你只要說的冤枉這包待制就將前案與你翻了若說不過時你可努嘴兒我幫你說〔正旦云〕我這冤枉今日不訴更待何日也〔董淨云〕待制爺爺陞廳久了須要趕牌解到快進去〔正旦唱〕

〔雙調新水令〕則我這腹中冤枉有誰知剛餘的哭啼啼兩行情淚恨當初見不蚤到今日悔何遲他將我後擁前推何曾道暫歇氣

〔張林云〕妹子這是開封府前了待我先進你隨解子入來這包待制是一輪明鏡懸在上面問的事就如親見一般你只大着膽自辯去〔正旦云〕哥哥〔唱〕

〔步步嬌〕你道他是高懸明鏡南衙內拚的個訴根由直把冤情洗我可也怕甚的則為帶鎖披枷有話難支對萬一個達不着大人機哥哥也你須是搭救你親生妹

〔張林做先進科〕〔正旦同二淨跪見科〕〔董淨云〕鄭州起解女囚一名張海棠解到〔張千云〕刑案司吏與解子批文打發回去〔包待制云〕留下在這裏待審過了發批迴去〔張千云〕理會的〔包待制云〕張海棠你怎麼因姦藥殺丈夫強奪正妻所生之子混賴他家私你逐一從頭訴與老夫聽咱〔正旦做努嘴看張千科〕〔張千云〕妹子你說麼嗨他出胞胎可會見這等官府來我替你

說罷〔跪云〕稟爺這張海棠是個軟弱婦人並不敢藥殺丈夫做這般歹勾當哩〔包待制云〕你是我衙門裏祗候人怎麼替犯人稟事好打〔張千起科〕〔包待制云〕兀那婦人你說那詞因來〔正旦再努嘴科〕〔張林跪云〕稟爺這張海棠並無姦夫他不曾藥殺丈夫也不曾強奪孩兒也不曾混賴家私都是他大渾家養下姦夫趙令史告官時又是趙令史掌案委實是屈打成招的〔包待制云〕兀那廝誰問你來張千拿下去與我打三十者〔張千拿張林打科〕〔張林叩頭云〕這張海棠是小的親妹子他從來不曾見大官府恐怕他懼怯說不出真情來小的替他代訴〔包待制云〕可知道爲兄妹之情兩次三番在公廳上胡言亂語的若不是呵就把銅鍘來切了這個驢頭兀那婦人你只備細的說那實話老夫與你做主〔正旦云〕爺爺阿〔唱〕

〔喬牌兒〕妾身在廳階下忙跪膝傳台旨問詳細怎當這虎狼般惡狠狠排公吏爺爺也你聽我一星星說就裏

〔包待制云〕兀那張海棠你原是什麼人家的女子嫁與馬均卿爲妾來〔正旦唱〕

〔甜水令〕妾身是柳陌花街送舊迎新舞姬歌妓〔包待制云〕哦你是個妓女那馬均卿也待的你好麼〔正旦唱〕與馬均卿心廝愛做夫妻〔包待制云〕這張林說是你的哥哥是麼〔張林云〕張海棠是小的妹子〔正旦唱〕俺哥哥只爲一載之前少喫無穿向我求覓〔包待制云〕這等你可與他些甚的盤纏麼〔正旦唱〕是是是他將去了我這頭面衣袂

〔張林叩頭云〕小的買窩銀子就是這頭面衣服倒換的〔包待制云〕難道你丈夫不問你這頭面衣服到那裏去了〔正旦云〕爺爺俺員外曾問來就是這大渾家攛掇我與了哥哥將的去却又對

員外說我背地送了姦夫教員外怎的不氣死也〔唱〕
〔折桂令〕氣的個親男兒唱叫揚疾〔包待制云〕既是他氣殺丈夫怎生又告官來
〔正旦唱〕沒揣的告府經官喫了些三六問三推〔包待制云〕你夫主死了那强奪孩
兒又怎麼說〔正旦唱〕一壁廂夫主身亡更待教生各札子母分離〔包待制云〕
這孩兒說是那婦人養的哩〔正旦唱〕信着他歹心腸千般妬嫉〔包待制云〕那街坊
老娘都說是他的〔正旦唱〕他買下了衆街坊所事兒依隨〔包待制云〕難道官吏每
再不問個虛實〔正旦唱〕官吏每更不問一個誰是誰非誰信誰欺〔包待制云〕
你既是這等也不該便招認了〔正旦唱〕妾身本不待點紙招承也則是喫不過
這棍棒臨逼
〔包待制云〕那鄭州官吏可怎生臨逼你來〔正旦唱〕
〔鴈兒落〕怎當他官不威牙爪威也不問誰有罪誰無罪早則是公
堂上有對頭更夾着這衹候人無巴壁
〔得勝令〕呀聽階下一聲叫似一聲雷我脊梁上一杖子起一層皮
這壁廂喫打的難捱痛那壁廂使錢的可也不受虧打的我昏迷一
下下骨節都敲碎行杖的心齊一個個腕頭有氣力
〔張千稟云〕鄭州續解聽審人犯一起解到〔包待制云〕着他過來〔搽旦倈兒并街坊老娘入跪
科〕〔張千云〕當面〔包待制云〕兀那婦人這孩兒是誰養的〔搽旦云〕是小婦人養的〔包待制
云〕兀那街坊老娘這孩兒是誰養的〔衆云〕委實大娘子養的〔包待制云〕此一樁則除是恁般

喚張林上來〔做票臂張林做出科下〕〔包待制云〕張千取石灰來在階下畫個攔兒着這孩兒在攔內着他兩個婦人拽這孩兒出灰攔外來若是他親養的孩兒便拽得出來不是他親養的孩兒便拽不出來〔張千云〕理會的〔做畫灰攔着倈兒上科〕〔搽旦做拽倈兒出攔科〕〔正旦拽不出科〕〔包待制云〕可知道不是他所生的孩兒就拽不出灰攔外來張千與我採那張海棠下去打着者〔張千做打正旦科〕〔包待制云〕着兩個婦人再拽那孩兒者〔搽旦做拽倈兒出科〕〔正旦拽不出科〕〔包待制云〕兀那婦人我看你兩次三番不用一些氣力拽那孩兒張千選大棒子與我打着〔正旦云〕望爺爺息雷霆之怒罷虎狼之威妾身自嫁馬員外生下這孩兒十月懷胎三年乳哺嚥苦吐甜煨乾避濕不知受了多少辛苦方纔擡舉的他五歲不爭爲這孩兒兩家硬奪中間必有損傷孩兒幼小倘或扭折他胳膊爺爺就打死婦人也不敢用力拽他出這灰攔外來只望爺爺可憐見咱〔唱〕

〔掛玉鉤〕則這個有疼熱親娘怎下得〔帶云〕爺爺你試覷波〔唱〕孩兒也這臂膊似麻稭細他是個無情分堯婆管甚的你可怎生來參不透其中意他使着僥倖心咱受着腌臢氣不爭俺兩硬相奪使孩兒損骨傷肌

〔包待制云〕律意雖遠人情可推古人有言視其所以觀其所由察其所安人焉廋哉人焉廋哉你看這一個灰攔倒也包藏着十分利害那婦人本意要圖佔馬均卿的家私所以要强奪這孩兒豈知其中真假早已不辯自明了也〔詩云〕本爲家私賴子孫灰攔辯出假和真外相温柔心毒狠親者原來則是親我已着張林拘那姦夫去了怎生這早晚還不到來〔張林拿趙令史上跪科云〕喏

裏爺趙令史拿到了也〔包待制云〕兀那趙令史取得這等好公案你把這因姦藥殺馬均卿强奪孩兒混賴家私并買囑街坊老娘扶同硬證一樁樁與我從實招來〔趙令史云〕哎喲小的做個吏典是衙門裏人豈不知法度都是州官原叫做蘇模稜他手裏問成的小的無過是大拇指頭撓癢隨上隨下取的一紙供狀便有些什麼違錯也不干吏典之事〔包待制云〕我不問你供狀違錯只要問你那因姦藥殺馬均卿可是你來〔趙令史云〕難道老爺不看見的那個婦人滿面都是抹粉的若洗下了這粉成個什麼嘴臉丟在路上也沒人要小的怎肯去與他通姦做這等勾當〔搽旦云〕你背後常說我似觀音一般今日却打落的我成不得個人這樣欺心的〔張林云〕昨日大雪裏趙令史和大渾家趕到路上來與兩個解子打話豈不是姦夫只審這兩個解子便見分曉〔董淨云〕早連我兩個都攀下來了也〔包待制云〕張千採趙令史下去選大棒子打着者〔張千云〕理會的〔做打趙令史科〕〔正旦唱〕

〔慶宣和〕你只想馬大渾家做永遠妻送的我有去無歸既不吵你兩個趕到中途有何意咱與你對嘴對嘴

〔趙令史做死科〕〔包待制云〕他敢詐死張千採起來噴些水者〔張千噴水醒科〕〔包待制云〕快招上來〔趙令史云〕小的與那婦人往來已非一日依條例也只問的個和姦不至死罪這毒藥的事雖是小的去買的藥實不出小的本意都是那婦人自把毒藥放在湯裏藥死了丈夫這强奪孩兒的事當初小的就道別人養的不要他罷也是那婦人說奪過孩兒來好圖他家緣家計小的是個窮吏沒銀子使的買轉街坊老娘也是那婦人來買囑解子要路上謀死海棠也是那婦人來〔搽旦云〕呸你這活教化頭番招了也教我說個甚的都是我來都是我來除死無大災拚的殺了

我兩個在黃泉下做永遠夫妻可不好那〔包待制云〕一行人聽我下斷鄭州太守蘇順刑名違錯革去冠帶爲民永不敘用街坊老娘人等不合接受買告財物當廳硬證各杖八十流三百里董超薛霸依在官人役不合有事受財比常人加一等杖一百發遠惡地面充軍姦夫姦婦不合用毒藥謀死馬均卿强奪孩兒混賴家計擬凌遲押付市曹各剮一百二十刀處死所有家財都付張海棠執業孩兒壽郎攜歸撫養張林着與妹同居免其差役〔詞云〕只爲趙令史賣俏行姦張海棠負屈銜冤是老夫灰闌爲記判斷出情理昭然受財人各加流竄其首惡斬首階前賴張林拔刀相助纔得他子母團圓〔正旦同張林叩頭科唱〕

〔水仙子〕街坊也却不道您吐膽傾心說真實老娘也却不道您歲久年深記不得孔目也却不道您官清法正依條例姐姐也却不道您是第一個賢慧的今日就開封府審問出因依這幾個流竄在邊荒地這兩個受刑在鬧市裏爺爺也這灰闌記傳揚得四海皆知

〔音釋〕甬音勇 啅音琢 膝喪擠切 覓忙閉切 疾精妻切 逼兵迷切 壁音彼 力音利 得亭美切 稽音皆 的音底 廋音搜 實繩知切

題目　張海棠屈下開封府

正名　包待制智勘灰闌記

包待制智勘灰闌記雜劇

張善友告土地閻神
倣高文進筆

崔府君斷冤家債主
珍倣宋版印

崔府君斷寃家債主雜劇

元　撰

明吳興臧晉叔校

楔子

〔冲末扮崔子玉上詩云〕天地神人鬼五仙盡從規矩定方圓逆則路路生顛倒順則頭頭身外玄自家晉州人氏姓崔名子玉世人但知我滿腹文章是當代一箇學者却不知我秉性忠直半點無私以此奉上帝敕旨屢屢判斷陰府之事果然善有善報惡有惡報如同影響分毫不錯真可畏也我有一箇結義兄弟叫做張善友平日儘肯看經念佛修行辦道我曾勸他早些出家免墮塵障爭奈他妻財子祿一時難斷如何是好〔歎科云〕嗨這也何足怪他便是我那功名兩字也還未能忘情如今待上朝取應去不免到善友宅上與他作別走一遭正是勸人出世偏知易自到臨頭始覺難〔下〕〔正末扮張善友同老旦扮卜兒上云〕自家姓張是張善友祖居晉州古城縣居住渾家李氏俺有箇八拜交的哥哥是崔子玉他要上朝進取功名說在這幾日間過來與我作別天色已晚想是他不來了也渾家你且收拾歇息者〔卜兒云〕是天色晚了俺關了門戶自去歇息咱〔做睡科〕〔淨扮趙廷玉上詩云〕釜有蛛絲甑有塵晉州貧者獨吾貧腹中曉盡世間事命裏不如天下人自家姓趙雙名廷玉母親亡逝已過我無錢殯埋罷罷罷我是箇男子漢家也則出於無奈學做些兒賊白日裏看下這一家人家晚間偷他些錢鈔埋葬我母親也表我一點孝心天阿我幾曾慣做那賊來也是我出於無奈我今日在那賣石灰處拿了他一把兒石灰你說要這石灰做甚麼晚間掘開那牆撒下些石灰若那人家不驚覺便罷若驚覺呵叫道拿賊我望着這石灰道上飛跑天阿

我幾曾慣做那賊來我今日在蒸作鋪門首過拿了他一箇蒸餅你說要這蒸餅做甚麼我尋了些亂頭髮折針兒放在這蒸餅裏面有那狗叫丟與他蒸餅吃簽了他口叫不的天阿我幾曾慣做那賊來來到這牆邊也隨身帶着這刀子將這牆上剜一箇大窟籠我入的這牆來（做撒石灰科云）我撒下這石灰（做瞧科云）關着這門哩隨身帶着這油罐兒我把些油傾在這門桕裏開門呵便不聽的响天呵我幾曾慣做那賊來（內云）你是賊的公公哩（趙做聽科）（正末云）渾家試問你咱我一生苦掙的那五箇銀子你放在那裏（卜兒云）我放在牀底下金剛腿兒裏你休問則怕有人聽的（正末云）渾家你說的是喒歇息咱（趙做偷銀子出門科云）我偷了他這五箇銀子不知這家兒姓甚麼今生今世還不的他那生那世做驢做馬填還你（做叫科云）有賊地方快起來拏賊呀（下）（正末驚科云）渾家兀的不有賊來你看那箱籠咱（卜兒云）箱籠都有（正末云）看喒那銀子咱（卜兒做看科云）呀不見了銀子可怎了也（正末云）我說甚麼來天色明了也且不要大驚小怪的悄悄裏去緝訪賊人便了（外扮和尚上詩云）積水養魚終不釣深山放鹿願長生掃地恐傷螻蟻命爲惜飛蛾紗罩燈貧僧是五臺山僧人爲因佛殿崩摧下山來抄化了這十箇銀子無處寄放此處有一箇長者是張善友我將這銀子寄與他家去這是他門首善友在家麼（正末云）誰喚門哩我試去看咱（做見科云）師父從那裏來（和尚云）我是五臺山僧人抄化的十箇銀子一向聞知長者好善特來寄放你家待別處討了布施便來取也（做交砌末科）（正末云）寄下不妨請師父吃了齋去（和尚云）不必吃齋我化布施去也（下）（正末云）渾家替師父收了這銀子（卜兒云）我知道（背云）我今日不見了一頭錢物這和尚可送將十箇銀子來我自有分曉（正末云）渾家恰纔那師父寄的銀子與他收的牢着我今日到東岳聖帝廟裏燒香去倘或我不

在家那和尚來取這銀子渾家有我無我你便與他去他若要齋吃你就整理些蔬菜齋他一齋也是你的功德〔卜兒云〕我知道〔正末云〕我燒香去也〔下〕〔卜兒云〕豈不是造化我不見了五箇這和尚倒送了十箇張善友也不在家那和尚不來取便罷若來呵我至死也要賴了他的那怕他就告了我來〔和尚上云〕貧僧抄化了也我可去張善友家中取了銀子回五臺山去張善友在家麼〔卜兒云〕敢是那和尚來了也我出去看咱師父那裏去來〔和尚云〕善友在家麼〔卜兒云〕俺家裏無甚麼善友你來怎的〔和尚云〕我恰纔寄下十箇銀子特來取去〔卜兒云〕這箇師父你敢錯認了也俺家裏幾時見你甚麼銀子來〔和尚云〕我早起寄在你家大嫂你怎麼要賴我的〔卜兒云〕我若見你的呵我眼中出血我若賴了你的呵我墮十八重地獄〔和尚云〕大嫂你聽者我是十方抄化來的布施我要修理佛殿寄在你家裏你怎麼要賴我的你今生今世賴了我這十箇銀子到那生那世少不得填還我你聽者我本爲修因化得十錠銀我着你念彼觀音力久已後還着與本人哎喲這一會兒害起急心疼來我且尋太醫調理去也〔下〕〔卜兒云〕和尚去了也等善友來家呵我則說還了他銀子善友敢待來也〔正末上云〕渾家我燒香回來也那和尚會來取銀子麼〔卜兒云〕剛你去了那和尚就來取我兩手交付與他去了〔正末云〕既是還了他呵好好好渾家安排下茶飯則怕俺崔子玉哥哥來〔崔子玉上云〕轉過隅頭抹過裹角可早來到張家了善友兄弟在家麼〔正末出云〕哥哥請家裏來〔做見科崔子玉云〕兄弟我觀你面色敢是破了些財〔正末云〕雖然破了些也不打緊〔崔子玉云〕你媳婦兒氣色倒像得些外財的〔卜兒云〕有甚麼外財那〔崔子玉云〕兄弟我今日要上朝求官應舉去一徑的與你作別來〔正末云〕哥哥兄弟有一壺水酒就與哥哥餞行到城外去來〔做同行科云〕渾家斟過酒來送哥哥一杯〔做送酒崔子

玉回酒科云〕兄弟我和你此一別又不知幾年得會我有幾句言語勸諫兄弟你試聽者〔詩云〕得失榮枯總在天機關用盡也徒然人心不足蛇吞象世事到頭螳捕蟬無藥可延卿相壽有錢難買子孫賢甘貧守分隨緣過便是逍遙自在仙〔正末云〕多承哥哥勸戒只是你兄弟善緣淺薄出不得家也有幾句兒言語誦與哥哥聽〔詞云〕也不戀北曈南圭也不戀高堂邃宇但容膝便是身安目下保寸男尺女冷時穿一領布衲饑時餐二盂粳粥除此外別無狂圖張善友平生願足〔唱〕

〔仙呂憶王孫〕麤衣淡飯且淹消養性修真常自保貧富一般緣分了任白髮不相饒但得箇稚子山妻我一世兒快活到老〔同卜兒下〕

〔崔子玉云〕兄弟同媳婦兒回家了也俺自登途去咱〔詩云〕此行元不為功名總是塵根未得清傳語山中修道侶好將心寄白雲層〔下〕

〔音釋〕甑晶去聲　阿何哥切　剜烏官切　罩嘲去聲　曈湯短切　邃音歲　粥音主　足臧取切

第一折

〔正末同卜兒淨扮乞僧丑扮福僧二旦上〕〔正末云〕老夫張善友離了晉州古城縣搬到這福陽縣一住三十年光景也自從被那賊人偷了我五箇銀子去我這家私火焰也似長將起來婆婆當年得了大的箇孩兒喚做乞僧年三十歲也以後又添的這廝是第二箇喚做福僧年二十五歲也這箇媳婦兒是大的孩兒的這箇媳婦是第二箇的這大的箇孩兒披星帶月早起晚眠這家私多虧了他老夫不知造下什麼孳來輪到這小的箇孩兒每日則是吃酒賭錢不成半分兒器皿那廝我問你咱恁的呵幾時是了也〔福僧云〕父親你孩兒幼小正好受用有的是錢使了些打什麼緊

〔乞僧云〕兄弟你怎生這等把錢鈔不着疼熱使用可不疼殺我也〔正末歎科云〕這都是命運裏招來的大的箇孩兒你不知道聽我說與你咱〔唱〕

〔仙呂點絳脣〕濁骨凡胎遞生人海三十載也是我緣分合該〔帶云〕正爲這潑家私呵〔唱〕我也曾捱淡飯黄虀菜

〔混江龍〕俺大哥一家無外急巴巴日夜費籌劃營辦着千般活計積儹下萬貫貲財俺大哥儘半世幹家私強掙起也是我在前生種陰德苦修來俺大哥爲人本分不染塵埃衣不裁綾羅段匹食不揀好歹安排爹娘行十分孝順親眷行萬事和諧若說着這禽獸知他是甚情懷每日向花門柳戶舞榭歌臺鉛華觸眼酒肉堆頦但行處着人罵惹人嫌將家私可便由他使由他敗這的是破家五鬼不弱如橫禍非災

〔乞僧云〕父親這家私費了我多少辛苦積儹就的到那兄弟手裏多使去了兀的不疼殺我也〔正末云〕大哥這家私都虧了你兀那廝我問你咱你這幾時做什麼買賣來〔福僧云〕偏我不會做買賣我打了一日雙陸曲的腰節骨還是疼的你可知道我受這等苦哩〔正末唱〕

〔油葫蘆〕賊也你搭手在心頭自監解這家私端的是誰闡闔則你那二十年何曾道覓的半文來你你你則待要抹着的當了拿着的賣也不管鬆時節做了急時節債你你你無花呵眼倦開無酒呵頭也不擡引着些箇潑男潑女相扶策你你你則待每日上花臺

〔福僧云〕父親你孩兒趁着如此青年受用快活也還遲哩〔乞僧云〕可知你受用快活單只苦了誰也〔正末唱〕

〔天下樂〕賊也這的是安樂窩中且避乖這廝從來會放歹我若不官司行送了你和姓改〔云〕我老夫還不曾道着俺婆婆便道老子他也好囉〔唱〕做爹的道不才做娘的早喝采慣的這廝千自由百自在

〔云〕兀那廝你曾少人的錢鈔來麼〔福僧云〕呸長進阿我並不曾少人錢鈔〔淨扮雜當上云〕張二舍你少我五百瓶的酒錢快些拿出來還我〔乞僧云〕父親兄弟欠了人家酒錢在門首討哩〔正末云〕你說不少錢門首有人索酒錢那〔福僧云〕還了他便罷打什麼不緊〔乞僧云〕還有什麼不還了他只虧了你〔卜兒云〕大哥你還了他罷〔乞僧云〕罷罷罷我還我還兀的不心疼殺我也〔做發付科〕〔雜當下〕〔丑扮雜當上云〕張二舍你少我爺死錢只管要我討還不拿出來〔乞僧云〕父親門首討什麼爺死錢在那裏嚷〔正末云〕什麼爺死錢〔福僧云〕你看這老頭兒這些也不懂的父親在日問他借了一千貫鈔父親若死了還他二千貫鈔堂上一聲舉哀堦下本利相對這不是爺死錢〔正末歎科云〕嗨有這樣錢借與那廝使來〔唱〕

〔那吒令〕你看這倚勢口囉巷拽街氣的我老業人亡魂喪魄你看這少鈔臉無顏落色〔福僧云〕這也只使得自己錢有什麼妨礙〔正末云〕禽獸你道是使了錢是自己的〔唱〕怎做的自己錢無妨礙兀的不氣夯破我這胸懷

〔鵲踏枝〕一會家上心來怎生出這癡騃氣的我手脚酸麻東倒西歪賊也你少不的破了家宅倒不如兩下裏早早分開

〔福僧云〕就分開了倒也乾淨隨我請朋友耍子〔正末唱〕

〔寄生草〕你引着些些幫閑漢更和這喫劍才你只要殺羊造酒將人待你道是使錢撒鏝令人愛你怎知囊空鈔盡招人怪氣的我老業人目下一身亡〔帶云〕我死了呵〔唱〕恁時節可也還徹你冤家債〔云〕大哥這也沒奈何你還了者〔乞僧云〕父親你孩兒披星帶月做買做賣一文不使半文不用怎生償下這家私都着他花費了也〔卜兒云〕大哥你還他罷〔乞僧云〕我還我還〔做發付科云〕還了你去罷〔雜當云〕還了我錢我回家去也〔下〕〔正末云〕婆婆趁俺兩口兒在將這家私分開了罷若不分開呵久已後吃這廝凋零的無了〔卜兒云〕老的這家私分他怎麼還是着大哥管的好〔正末云〕只是分開了罷大哥你將應有的家私都搬出來和那借錢鈔的文書也拿將出來〔乞僧云〕理會的〔正末云〕婆婆家私都在這裏三分兒分開者〔福僧云〕分開這家私倒也好省的絮絮聒聒的〔卜兒云〕老的怎生做三分兒分開〔正末云〕他弟兄每兩分我和你留着一分〔卜兒云〕這也說的是都依着你便了〔正末唱〕

〔賺煞〕你待要沙暖睡鴛鴦我則會歲寒知松柏你將我這逆耳良言不採這家私虧煞俺爺娘生受來我便是釋迦佛也惱下蓮臺想這廝不成才因此上各自分開隨你商量做買賣常言道山河易改本性兒還在我則怕你有朝福過定生災〔同下〕

〔音釋〕長音掌　攣音控　載上聲　分去聲　劃胡乖切　行音杭　閙去聲　闠音債　第斂上聲　晚鋪買切　色篩上聲　夯音亨　騃音諧　宅池齋切　應平聲　柏音擺

第二折

〔崔子玉冠帶引祗候上詩云〕滿腹文章七步才綺羅衫袖拂香埃今生坐享皇家祿不是讀書何處來小官崔子玉是也自與兄弟張善友別後到於京都闕下一舉狀元及第所除磁州福陽縣令誰想兄弟也搬在這縣中居住聞說他大的孩兒染了一箇病證未知好歹若何今日無甚事張千將馬來小官親身到兄弟家中探病走一遭去〔詩云〕駿馬慢乘騎兩行公吏隨街前休喝道跟我探親知〔下〕〔淨扮柳隆卿丑扮胡子轉上詩云〕不養蠶來不種田全憑說謊度流年為甚閻王不勾我世間刷子少我錢小子叫做柳隆卿這箇兄弟是胡子轉在城有張二舍是一箇真傻廝俺兩箇幫着他賺些錢鈔使用這幾日家中無盤纏俺去茶坊裏坐下等二舍來有何不可〔胡淨云〕你在茶坊裏坐的我尋那傻廝去這早晚敢待來也〔福僧上云〕自家張二舍自從把家私分開了好似那湯潑瑞雪風捲殘雲都使的光光蕩蕩了如今則有俺哥哥那分家私也吃我定害不過俺哥哥如今染病哩好幾日不曾見我兩箇兄弟到茶坊裏問一聲去〔做見二淨科云〕兄弟這幾日不見你想殺我也〔胡淨云〕小哥我正尋你哩茶坊裏有柳隆卿在那裏等你我和你去來〔相見科〕〔福僧云〕兄弟好麽〔柳淨云〕小哥一箇新下城的小娘子生的十分有顏色俺一徑的來尋你你要了他罷不要等別人下手先搶去了〔福僧云〕你去總承別人罷我可無錢了〔胡淨云〕你哥哥那裏有的是錢俺幫着你到那裏討去來〔福僧云〕這等我與你去〔同下〕〔正末引雜當上云〕自從將家私做三分兒分開了二哥的那一分家私早凋零的沒一點兒了大哥見二哥是親兄弟又將他收留在家中住不想那廝將大哥的家私又使的無了大哥氣的成病一臥不起求醫無效服藥無靈看看至死教我沒做擺佈小的喒和你到佛堂中燒香去來〔雜當云〕爹咱就燒香去〔正

末唱

〔商調集賢賓〕自分開近併來百事有這的是爲兒女報官囚閃的箇老業人不存不濟則俺這養家兒千死千休這的是天網恢恢果然道踈而不漏〔帶云〕若俺大哥有些好歹呵〔唱〕怎發付這無主意的老業人張善友三十年一夢莊周恰便似俞陽般服藥酒恰便似莊子歎骷髏

〔逍遥樂〕我則索仰神靈保佑爲孩兒所事存心我怎肯等閑罷手兒也閃的我來有國難投忍不住兩淚交流莫不是我前世裏燒香不到頭我則索把神靈來禱呪只願的滅罪消災絕慮忘憂

〔云〕來到這佛堂前也我推開佛堂門〔做跪科云〕小的每將香來家堂菩薩有這大的個孩兒多虧了他早起晚眠披星帶月掙揣下這箇家私今日可有病小的箇孩兒吃酒賭錢不成半器他可無病家堂爺爺怎生可憐見老漢着俺大的箇孩兒這病痊可咱〔做拜科〕〔唱〕

〔梧葉兒〕小的箇兒何曾生受他則待追朋趁友每日家無月不登樓大的箇兒依先如舊常則待將無做有巴不得敗子早回頭〔帶云〕聖賢也〔唱〕你怎生則揀着這箇張善友心疼處倒下手

〔雜當報云〕爹爹大哥發昏哩〔正末云〕既然大哥發昏小的跟着我看大哥去來〔同下〕〔大旦扶乞僧同卜兒上乞僧云〕娘也我死也〔卜兒云〕大哥你精細着〔乞僧云〕我這病覷天遠入地近眼見的無那活的人也〔卜兒云〕孩兒你這病可怎生就沉重了也〔乞僧云〕娘也我這病你不

知道我當日在解典庫門前適值那賣燒羊肉的走過我見了這香噴噴的羊肉待想一塊兒吃我問他多少鈔一斤他道兩貫鈔一斤我可怎生捨的那兩貫鈔買吃我去那羊肉上將兩隻手揑了兩把我推嫌羊瘦不會買去了我却袖那兩手肥油到家裏盛將飯來我就那一隻手上油啖幾口吃了一碗飯我一頓吃了五碗飯吃得飽飽兒了我便瞌睡去留着一隻手上油待吃晌午飯不想我睡着了漏着這隻手却走將一箇狗來把我這隻手上油都吮乾淨了則那一口氣就氣成我病我昨日請一箇太醫把脈那廝也說的是道我氣裏了食也〔卜兒云〕孩兒既是這等起的病你如今只不要氣慢慢的將養〔乞僧云〕喚的我父親來我分付他咱〔正末同雜當上云〕婆婆大哥病體如何〔乞僧云〕父親我死也〔正末做悲科云〕兒嚛則被你痛殺我也〔唱〕

〔醋葫蘆〕你胸脯上着艾灸肚皮上用手揉俺一家兒燒錢烈紙到神州請法師喚太醫疾快走將那俺養家兒搭救則教我腸慌腹熱似澆油

〔乞僧云〕父親我顧不得你我死也〔做死科〕〔正末同卜兒哭科云〕兒也你忍下的便丟了我去教我兀的不痛殺了也〔唱〕

〔幺篇〕我則見他直挺挺僵了脚手冷冰冰禁了牙口俺一家兒那箇不啼啼哭哭破咽喉則俺這養家兒半生苦受〔帶云〕天那〔唱〕常言道好人倈不長壽這一場煩惱怎乾休

〔云〕婆婆大哥死了也將些什麽供養的來一壁厢着人報與崔縣令知道者〔雜當云〕理會的

〔崔子玉上云〕小官崔子玉去看張善友的孩兒可早來到也張千接了馬者〔見科云〕呀元來

舊友的孩兒死了也兄弟你可省煩惱波〔正末云〕哥哥大的箇孩兒已死眼見兄弟的老命也不
久了也〔崔子玉云〕兄弟常言道死生有命富貴在天這也是箇大數且省煩惱〔福僧同二淨上〕
〔柳淨云〕小哥說你哥哥死了到家中看有什麼東西你拿與俺兩箇拿着先走〔福僧云〕說的是
你跟將我來拿着壺瓶臺盞便走我可無眼淚怎麼啼哭〔柳淨云〕我手帕角頭都是生薑汁浸的
你拏去眼睛邊一抹那眼淚就尿也似流將出來〔做遞砌末福僧哭科云〕我那哥哥也你一文不
使半文不用可不乾死了你我那爹也你不偏向我那哥哥也我那娘也你如今只有的我一箇也
我那嫂嫂也我那老婆也〔做怒科云〕怎生沒箇昧我的看起來我是傻廝那〔正末唱〕
〔幺篇〕只見那兩箇幫閒的花滿頭這一箇敗家的面帶酒你也想
着一家兒披麻帶孝爲何由故來這靈堂裏尋鬭毆直恁般見死不
救莫不是你和他沒些些瓜葛沒些些憂
〔云〕兀那廝大哥死了消受不的你奠一盞兒酒〔福僧云〕老人家不要絮聒等我澆奠〔做奠酒
將臺盞與淨〕〔卜兒奪科云〕你將的那裏去〔福僧推卜兒科云〕你們自去〔柳淨云〕有了東西
也俺跑跑跑〔同胡下〕〔卜兒云〕兀的不氣殺我也〔做死科〕〔乞僧做起叫科云〕我那臺盞也
〔正末云〕孩兒你不死了來〔乞僧云〕被那兩箇光棍搶了我臺盞去我死也怎麼捨得〔正末云〕
婆婆由他將的去罷呀婆婆死了也天那可是老漢造下什麼孽來大的箇孩兒死了婆婆又死了
天那兀的不痛殺老漢也〔崔子玉云〕兄弟少煩惱這都是前生註定者〔正末做悲科〕〔唱〕
〔窮河西〕你道死和生都是天數周怎偏我子和娘拔著短籌我如
今備棺槨將他殯不知我這業屍骸又著那箇收

〔云〕下次小的每將婆婆和大哥扶在一壁廂買兩箇棺槨埋殯了者〔雜當云〕理會的〔做扶下〕

〔正末悲科唱〕

〔鳳鸞吟〕怎不著我愁這煩惱甚日休天那偏是俺好夫妻不到頭怎不著我愁這煩惱甚日休天那偏是俺養家兒沒福留〔崔子玉云〕兄弟你的壽算也還遠哩這家私便破散了些打甚麼不緊且省煩惱波〔正末唱〕想人生到中年以後這光陰不久還望甚家緣成就隨你便攢黃金過北斗只落的乾生受天那早尋箇落葉歸秋

〔云〕老漢大的箇孩兒死了婆婆又死了我老漢不知造下甚麼孽來〔崔子玉云〕兄弟你休煩惱者〔正末唱〕

〔浪來里煞〕這煩惱神不知鬼不覺天來高地來厚本指望一家兒相守共白頭到如今夫妻情父子恩都做了一筆勾落得箇自僝自僽〔做悲科云〕天那〔唱〕則除非向來生重把那生修〔下〕

〔崔子玉歎科云〕嗨誰想他大的孩兒連婆婆都亡化了我那兄弟還不省哩〔詩云〕善友今年命運低妻亡子喪兩重悲前生注定今生業天數難逃大限催〔下〕

〔音釋〕 傻商鮓切 惺音星 揉音柔 僝鋤山切 僽音驟 重平聲

第三折

〔正旦扶福僧上〕〔福僧云〕哎呀害殺我也怎麼不見父親來〔二旦叫云〕大娘你與我請將父親來者〔大旦做應請正末領雜當上云〕自從大的箇孩兒死了婆婆又死了家私又散盡了如今小

的箇孩兒又病的重了教老漢好生煩惱也呵（唱）

〔中呂粉蝶兒〕活計蕭疎正遭逢太平時序偏是我老不著暮景桑榆典了庄宅賣了田土銷乏了幾多錢物委實的不曾半霎兒心舒一天愁將我這兩眉攢聚

〔醉春風〕恨高似萬重山淚多似連夜雨眼見的兒亡妻喪又有箇病着床老業人你暢好是苦苦則俺這小的箇孩兒倘有些好歹可著我那塌兒發付

（做見科云）二哥你這病證如何（福僧云）父親我死也（正末云）老漢則有這小的箇孩兒可又病的重天阿怎生可憐見老漢留下小的箇孩兒送老漢歸土可也好那（唱）

〔紅繡鞋〕禱祝了千言萬語天阿則願的小冤家百病消除兒也便使的我片瓦根椽一文無但存留的孩兒在就是我護身符又何必滿堂金纔是福

（云）二哥你這早晚面色不好你有什麼遺留言語分付我咱（福僧云）父親你不知道我這病別人害的是氣蠱水蠱我害的是米蠱（正末云）如何是米蠱（福僧云）若不是米蠱呵怎生偌大一箇枵佬父親我顧不的你也（做死伏科）（正末做哭科云）兒嚛則被你痛殺我也（唱）

〔迎仙客〕還只道沉沉的臥著床禱誰知他悠悠的赴了冥途空把我孩兒叫道有千百句閻君也你好狠心腸土地也你好歹做處閃的我鰥寡孤獨怎下的便撇了你這爹先去

〔云〕二哥也死了下次小的每買一具棺木來埋葬了者〔雜當云〕理會的〔扶福僧下〕〔正末云〕
兩箇媳婦兒你來兩箇孩兒都亡了我的婆婆又亡了我無兒不使婦你兩箇可也有爺和娘在家
裏不如收拾了一房一臥各自歸宗去罷要守孝也由的你便要嫁人也由的你〔兩旦做悲科云〕
哎呀痛殺俺也俺妯娌二人收拾一房一臥且回爺娘家守孝云男兒也只被你痛殺我也〔詩云〕
俺妯娌命運忒微將男兒半路拋離拚的守孤孀一世斷不肯向他人再畫蛾眉〔同下〕〔正末做
悲科云〕兩箇孩兒死了兩箇媳婦兒又歸宗去了我婆婆又亡了則撇下老業人獨自一箇我仔
細想來不干別人事都是這當境土地和這閻神勾將俺婆婆和兩箇孩兒去了我如今待告那崔
縣令哥哥着他勾將閻神土地來我和他對證有何不可不免拽上這門我首告他走一遭去〔下〕
〔崔子玉引張千祗候上〕〔詩云〕鼕鼕衙鼓響公吏兩邊排閻王生死殿東岳嚇魂臺小官崔子玉
是也今日升廳坐起早衙張千喝攛廂〔張千云〕在衙人馬平安擡書案〔正末上跪科〕〔崔子玉
云〕堦下跪着的不是張善友兄弟你告什麼〔正末云〕哥哥與老漢做主咱〔崔子玉云〕是誰欺
負你來你說那詞因我與你做主〔正末云〕我不告別人我告這當境土地和閻神哥哥你差人去
勾將他來等我問他俺兩箇孩兒和婆婆做下什麼罪過他都勾的去了〔崔子玉云〕兄弟你差了
也這是陰府神祇你告他怎的〔正末起科〕〔唱〕
〔白鶴子〕他本是聰明正直神掌管著壽夭存亡簿怎不容俺夫婦
到白頭〔帶云〕我那兩箇孩兒呵〔唱〕也著他都死因何故
〔崔子玉云〕兄弟陽世間的人我便好發落他陰府神祇我如何勾的他來便勾了來我也斷不的
〔正末云〕哥哥你斷不的他從古以來有好幾箇人都也斷的怎生哥哥便斷不的〔崔子玉云〕兄

弟那幾箇古人斷的你試說與咱聽〔正末唱〕

〔么篇〕哎想當日有一箇狄梁公曾斷虎有一箇西門豹會投巫又有箇包待制白日裏斷陽間他也曾夜斷陰司路〔崔子玉云〕兄弟我怎比得包待制日斷陽間夜斷陰間你要告到別處告去〔正末云〕俺婆婆到這年紀便死也罷了難道俺兩箇孩兒留不的一箇〔唱〕

〔上小樓〕俺孩兒也不曾訛言謊語又不曾方頭不律俺孩兒量力求財本分隨緣樂道閑居閻神也有向順土地也不胡突可怎生將俺孩兒一時勾去害的俺張善友牽腸割肚〔崔子玉云〕你兩箇孩兒和你的渾家必然有罪犯注定該死的你要問他也好癡哩〔正末云〕俺那婆婆和兩箇孩兒呵〔唱〕

〔么篇〕又不曾觸忤著那尊聖賢踏踐了那座廟宇又不曾毀謗神佛冒犯天公墮落酆都合著俺子共母妻共夫一家兒完聚〔做悲科云〕俺兩箇孩兒死了婆婆又死了兩箇媳婦兒也歸宗去了〔唱〕可憐見送的俺滅門絕戶〔做跪科云〕望哥哥與我勾將閻神土地來我和他折證咱〔崔子玉云〕兄弟我纔不說來假如陽世間人我便斷的道陰府神祇我怎麼斷的他你還不省哩快回家中去〔正末起科唱〕

〔耍孩兒〕神堂廟宇偏誰做無過是烈士忠臣宰輔但生情發意運機謀早明彰報應非誣〔云〕哥哥這樁事你不與我斷誰斷〔唱〕難道陽世間官

府多機變陰府內神靈也混俗把森羅殿都做了營生鋪有錢的免了他輪迴六道無錢的去受那地獄三塗

〔二煞〕我如今有家私誰管顧有錢財誰做主我死後誰澆茶誰奠酒誰啼哭誰安靈位誰齋七誰駕靈車誰掛服只幾箇忤作行送出城門去又無那花棺彩轝多管是蓆捲椽舁

〔煞尾〕天那最苦的是清明寒食時別人家引兒孫祭上祖只可憐撇俺在白楊衰草空山路有誰來墓頂上與俺重添半杯兒土〔下〕

〔崔子玉笑云〕張善友去了也此人雖是箇修行的却不知他那今生報應因此愚迷不省且待他再來告時我著他親見閻君放出兩箇孩兒和那渾家等他廝見說知就裏〔詩云〕方信道暗室虧心難逃他神目如電今日箇顯報無私怎倒把閻君埋怨〔下〕

〔音釋〕物音務　霎音殺　堝音窩　福音府　鰥音關　獨東盧切　妯音逐　娌音里　首音聲　祇音其　訛音娥　律音慮　突東盧切　謀音謨　俗詞疽切　哭音苦　轝音裕　舁音余

第四折

〔正末上云〕老漢張善友昨日到俺哥哥崔子玉跟前告狀來要勾他那土地閻神和俺折證怎當俺哥哥千推萬阻只說陰府神靈勾他不得今日到那城隍廟裏再告狀去有人說道城隍也是泥塑木雕的有甚麼靈感在那裏你哥哥不比他人日斷陽間夜理陰間還賽過那包待制你怎麼不告去因此只得又往這福陽縣裏走一遭去來〔下〕〔崔子玉引祗從上詩云〕法正天須順官清民

自安妻賢夫禍少子孝父心寬我崔子玉爲何道這幾句只因我兄弟張善友錯怨土地閻神屈勾
了他妻兒三命要我追攝前來與他對證我只說一箇斷不得回他去了料他今日必然又來我自
有箇主意張千今日坐早衙與我把放告牌擡出去者〔祗從云〕理會的〔正末上云〕哥哥可憐
與兄弟做主咱〔崔子玉云〕兄弟你說那詞因上來〔正末云〕我老漢張善友一生修善便是俺
那兩箇孩兒和婆婆都也不曾做什麽罪過却被土地閻神屈屈勾將去了只望哥哥准發一紙勾
頭文書將那土地閻神也追的他來與老漢折證一箇明白若是果然該受這業報我老漢便死也
得瞑目〔崔子玉云〕兄弟你好葫蘆提也我昨日不曾說來陽世間的人我便斷的陰府神祇我怎
麽斷的〔正末云〕哎喲一陣昏沉我且暫睡咱〔做睡科〕〔崔子玉云〕此人睡了也我著他這一
番似夢非夢直到森羅殿前便見端的〔虛下〕〔鬼力上云〕張善友閻神有勾〔正末驚起科云〕怎
生閻神有勾我正要問那閻神去哩〔下〕〔閻神引鬼力上詩云〕蕩蕩威靈聖勑差休將閒事惱心
懷空中若是無神道霹靂雷聲那裏來吾神乃十地閻君是也今有陽間張善友爲兒亡妻喪告着
俺土地閻神鬼力與我攝將那張善友過來〔鬼力云〕理會的〔鬼力做拿正末上科〕行動些〔正
末唱〕

〔雙調新水令〕一靈兒監押見閻君閃的我虛飄飄有家難奔明知
道空撒手怕甚麽業隨身託賴著陰府靈神得見俺那陽世間的兒
孫便死也亦無恨

〔駐馬聽〕想人生一剗的錢親呆癡也豈不聞有限光陰有限的身
嚕死後只落得半坵兒灰襯這的是百年誰是百年人都被那業錢

財無日夜費精神到如今這死屍骸雖富貴誰埋殯活時節不肯使半文死了也可有你那一些兒分〔鬼力云〕過去跪着〔正末見跪科閻神云〕張善友你知罪麼〔正末云〕上聖我張善友不知罪〔閻神云〕你推不知你在陽間告著誰來〔正末云〕我告閻神土地他把我婆婆和兩箇孩兒犯下甚麼罪過都勾的去了我因此上告他〔閻神云〕兀那張善友你要見你兩箇孩兒麼〔正末云〕可知要見哩〔閻神云〕鬼力將他兩箇孩兒攝過來者〔鬼力云〕理會的〔喚乞僧福僧上〕〔正末見驚科云〕兀的不是我兩箇孩兒大哥你家去來〔乞僧云〕我是你甚麼孩兒我當初是趙廷玉不合偷了你家五箇銀子我如今加上幾百倍利錢還了你家的和你不親不親〔正末云〕兒也我為你呵哭的我眼也昏了你今日剗的道和我不親兒也你好下的也呵〔唱〕

〔沽美酒〕你怎生直恁的心性狠全無些舊情分可便是親者如同那陌路人只為你哭的我行眠立盹〔見福僧科云〕二哥喒家去來〔福僧云〕誰是你孩兒〔正末云〕你是我第二的孩兒〔福僧云〕我是你的兒老的你好不聰明我前身元是五臺山和尚你少我的來你如今也加倍還了我的也〔正末做歎科〕〔唱〕兩下裏將我來不倸問

〔云〕這生忿忤逆的賊也罷了大哥你也須認的我〔唱〕

〔太平令〕他平日裏常只待尋爭覓釁兒也你怎的也學他背義忘恩這忤逆賊從來生忿你須識一箇高低遠近〔云〕大哥跟我家去來〔乞僧云〕我填還了你的俺和你不親了也〔正末唱〕你道我不親強親喒須是你父親

呀好教我一言難盡

〔閻君云〕着這兩箇速退〔鬼力引乞僧福僧下〕〔閻君云〕你要見你那渾家麼〔正末云〕可知要見哩〔閻君云〕鬼力與我開了酆都城拿出張善友的渾家來〔鬼力押卜兒上見科〕〔正末云〕婆婆你爲什麼來〔卜兒做哭科云〕老的也我當初不合混賴了那五臺山和尚十箇銀子我死歸冥路教我十八層地獄都遊徧了也你怎生救我咱〔正末做歎科云〕那五臺僧人的銀子我只道還他去了怎知賴了他的來〔唱〕

〔水仙子〕常言道莫瞞天地莫瞞人莫作瞞心與禍隣你如今苦也囉刀山劍嶺都遊盡怎做的閻羅王有向順擺列着惡鬼能神〔卜兒云〕我受苦不過你好生超度我咱〔閻君云〕鬼力還押入酆都去〔正末唱〕纔放出森羅殿又推入地獄門哎喲你暢好是下的波閻君

〔鬼力押卜兒哭下〕〔閻君云〕張善友你有一箇故人你可要見麼〔正末云〕可知要見哩〔閻君云〕我與你去請那尊神來與你相見咱〔下〕〔崔子玉上〕〔正末做見科云〕何方聖者甚處靈神通名顯姓咱〔崔子玉云〕張善友休推夢裏睡裏〔正末做覺科云〕好睡也〔崔子玉云〕兄弟你適纔看見些甚麼來〔正末云〕哥哥你兄弟都見了也〔唱〕

〔鴈兒落〕我也曾有三年養育恩爲甚的沒一箇把親爺認元來大的兒是他前生少我錢小的兒是我今世償他本

〔得勝令〕這都是我那婆婆也作業自殃身遺累及兒孫再休提世上無恩怨須信道空中有鬼神〔崔子玉云〕兄弟你省悟了麼〔正末云〕哥哥張善友

如今纔省悟了也〔唱〕總不如安貧落一箇身困心無困這便是修因也免的錢親人不親

〔崔子玉云〕兄弟你直待今日方纔省悟可是遲了兄弟你聽者聽下官從頭細數犯天條合應受苦則為你奉道看經俺兩人結為伴侶積攢下五箇花銀爭奈你命中沒福大孩兒他本姓趙做賊人將銀偷去第二箇是五臺山僧寄銀兩在你家收取他到來索討之時你婆婆混賴不與撚指過三十餘春生二子明彰報復大哥哥幹家做活第二箇荒唐愚魯百般的破敗家財都是大孩兒塡還你那債負兩箇兒命掩黃泉你那脚頭妻身歸地府他都是世海他人怎做得妻財子祿今日箇親見了陰府閻君纔使你張善友識破了寃家債主〔下〕

〔音釋〕襯初艮切　盹敦上聲　釁欣去聲　去上聲　復音府　負付上聲　祿路上聲

題目　張善友告土地閻神

正名　崔府君斷寃家債主

崔府君斷寃家債主雜劇

趕學士倣晉國婚姻

㑳梅香騙翰林風月
倣張遠筆
珍倣宋版印

㑳梅香騙翰林風月雜劇

元　鄭德輝撰

明吳興臧晉叔校

楔子

（末扮白敏中上詩云）黄卷青燈一腐儒九經三史腹中居試看金榜標名姓養子如何不讀書小生姓白雙名敏中乃白樂天之弟本貫太原人也五歲讀書七歲能文九歲貫通六經諸子百家無不通曉但出詩一章士庶遞相傳寫皆以爲文才不在我兄樂天之下先父是白參軍曾與晉公裴度征討淮西戰經百陣不期被賊兵圍困晉公在鎗刀險難之中我父親挺身赴戰救他一命身中六鎗因此上與俺父親結爲生死之交後來俺父親金鎗瘡發晉公親來問病對俺父親道萬一不諱有何遺囑俺父親回言別無所囑止有一子是白敏中年少勤學願相公量才提拔某死而無憾矣晉公泣下對俺父親道願將軍調護金瘡爲意此子但勿掛懷倘有不諱某有一女小字小蠻與你令嗣敏中爲妻就將官裏所賜玉帶一條留與爲信不意父親逝後晉公亦辭世某爲家事相羈一向不曾去的我如今一來進取功名二來弔孝將着玉帶就問親事走一遭去（詩云）收拾琴書踐路程一鞭行色上西京全憑玉帶爲媒證錦片姻緣指日成（下）（老旦扮裴夫人引院公上云）老身姓韓乃韓文公之姊也夫主姓裴名度官拜晉國公之職不幸亡逝已過俺先夫臨危時曾對老身說昔日征討淮西不期被賊兵所困多虧白參軍挺身赴戰殺退賊兵救我後來白參軍金瘡舉發俺親身探病說是將軍果如辭世願將小女小蠻與令嗣爲妻就將官裏所賜玉帶爲信後因白敏中居喪不曾成就我今日又病得重了我死之後那孩兒必然奔喪若不來呵等的他服

滿你便着人尋將那孩兒來成合了這親事者人有大恩不可不報你若違背了我的遺言死不瞑目言畢而逝後來不想白敏中不曾來弔喪也不通個信息想必路途遙遠雲山迢遞且慢慢的打聽那孩兒在那裏時着人尋將他來成合了這姻眷老身止有這一女年一十九歲生的天資淑慎沈重寡言更兼智慧聰明無書不覽無詩不讀更有一個家生女孩兒小字樊素年一十七歲與小姐做伴讀書他好生的乖覺但是他姐姐書中之意未解呵他先解了那更吟詠寫染的都好一番家使他王公大人家裏道上覆去呵那妮子並無一句俗語都是文談應對內外的人沒一個不稱賞他的因此上都喚他做㑳梅香常記的這孩兒學言語時舍弟韓退之會對老身言道姐姐那樊素神俊可愛待他成人時與您姪兒阿章做個媳婦兒罷老身笑道且等妮子長大着看嗨光陰好疾也今日怎生不見那兩個孩兒來講書（正旦扮樊素同旦兒扮小蠻上）（旦兒云）樊素咱背書去來（正旦云）姐姐咱過去來（做見科）（夫人云）孩兒你講的是甚麼書（旦兒云） 您孩兒請問孟子云西子蒙不潔人皆掩鼻而過之一章正意何如（夫人云）此章大意說人雖終身爲善不可少有點染人雖墮落惡道亦可勉勵自新這是聖賢勉人謹身與人改過的意思（正旦云）敢問男女授受不親禮也此章正意爲何而說（夫人云）此章大意說士君子雖則要達權通變亦須審己量時不可造次（白敏中上云）小生白敏中可早來到西京也問人來則這個便是晉府門裏人通報一聲有白敏中特來拜見（院公報科）（夫人云）正思念之間不想孩兒來了也（旦兒收書科云）既有人來俺且迴避咱（夫人云）不索迴避着白敏中孩兒過來廝見咱（院公云）秀才請進（白見科云）先相國捐館小子禮合奔喪爭奈路途遙遠音信不通老夫人不以怠慢見責實乃萬幸（白拜科）（夫人云）孩兒免禮令參軍棄世老身亦不曾弔喪聞知足下廬墓三年其孝至矣

〔白敏中云〕小子執喪三年乃人子當爲然亦不敢廢學也〔夫人云〕大丈夫學優登仕正宜如此秀才請坐〔白敏中云〕不敢小子當執洒掃應對進退之節安敢對太君侍坐〔夫人云〕休得太謙請坐〔白敏中云〕既然老夫人賜坐敏中豈敢固辭告坐了〔坐科〕〔夫人云〕兩個孩兒近前來拜了你哥哥者〔二旦拜科〕〔敏中還禮科〕〔夫人云〕兩個妹妹拜哥哥何故還禮〔白敏中云〕斷然不敢先相國臨終不曾言兄妹之禮小生見將着玉帶一條爲信物哩怎敢受禮〔夫人云〕秀才是甚休題兩個孩兒且拜了你哥哥者〔白還禮科〕〔夫人云〕將茶來〔正旦遞茶科〕〔夫人云〕秀才不遠千里而來則說偌大一個相國家沒一盞酒却與一盞茶吃秀才不知自從相國辭世後老身和這家下的人都戒絕這酒秀才休要見責〔白敏中云〕老夫人說的是何須用酒況小子亦不能飲〔夫人云〕兩個孩兒辭了哥哥回繡房中去者〔旦兒背云〕不知夫人主何意却着俺拜他做哥哥〔正旦云〕嗨此一遍相見議論揖讓真如競敵也呵〔唱〕

〔仙呂賞花時〕那生他文質彬彬才有餘和俺這相府潭潭德不孤更怕甚文不在茲乎合着俺三移的孟母應對不塵俗

〔么篇〕更壓着漢宮裏尊賢曹大家帷幔底論文董仲舒都則是問安否意何如往復間交談了數語幾乎間講遍九經書〔二旦下〕

〔白敏中云〕小生辭了老夫人往旅店中去也〔夫人云〕秀才休往旅店中去就向後花園中萬卷堂上安歇呵可也便當〔白敏中云〕既然老夫人垂顧小子收拾了行裝便來也〔下〕〔夫人云〕院公好生收拾安歇臥處潔淨者但是合用的物件休教缺少飲食茶飯上休得失節等他安歇的停當了時我親自探望他去〔詩云〕靜肅閨門志節真持家教女意殷勤先夫晉國聲名大留得清芳

〔音釋〕㑳音炒　思去聲　捐音元　俗詞疽切　家是姑

第一折

〔白敏中上詩云〕寂寞琴書冷竹牀硯池春煖墨痕香男兒未遂風流志剔盡青燈苦夜長自從昨日在綠野堂上見了夫人不知主何意將親事全然不題則說着小姐拜哥哥被我回言道先相國在日並不曾言兄妹之禮況兼小子見將着玉帶爲信物夫人急忙回言秀才是甚休題則說着孩兒拜了哥哥者我不免受了小姐的禮我見小姐容儀遠視而威近視而美端的可爲貴人之妻老子云不見可欲使心不亂信有之也我當初不見也罷了自見小姐之後朝則忘餐夜則廢寢其心飄飄然如有所失小子安歇在萬卷堂上夫人相待雖厚終非小生本願區區豈爲餔啜而來小生累次教人問這親事夫人回言終不還個明白如之奈何恰纔又使院公去說小生要辭夫人回家拜掃去看他有甚的言語我再做商量者〔下〕〔旦兒上云〕好悶倦人也呵我常記的我父親臨命終時對我母親說我征淮西被賊圍困刃將及首皆賴白參軍挺身殺退賊兵救我一命因此將女孩兒許與參軍之子白敏中爲妻就將玉帶一條爲信兀那時節我纔十二三歲也父親遺言明白如此在後不想白氏音問不通以此不曾成就這親事我前日和樊素在母親行講書院公報道白敏中來了我欲迴避不知母親主何意却着我拜他做哥哥那生回言道先相國存日並不曾言兄妹之禮母親便道秀才是甚休題我一見那生眉疎目秀容止可觀年方弱冠才名已遍天下若進取功名何所不至好着我放心不下此非有甚狂意乃前程所關況兼先人之語銘注肺腑萬一背却前言俺母親有何面目見先人于九泉之下乎近日又聽的那生要辭夫人回家拜掃去我仔細

尋思來不爭他回家去呵路途遙遠關山阻隔這親事幾時得就我兩日前悄悄的繡下一個香囊兒上面有一首詩詩中多有包含的意思我又不敢使人送去惟有伴我讀書的樊素與我不離半步兒那妮子生的聰明曉事諸餘可愛則是性兒飄逸些今這事他若知道呵便說的一家都知道了怎生是好這兩日樊素累累的對我說道姐姐後花園中看花去來被我罵將去了今夜點上燈不做生活和他講書若得他開口呵我便和他後花園中看花去我將這香囊兒撇在那生書房門首若是那生拾得看了這詩呵便知道我的意思倘別人拾了呵我則推不知非是我心多豈不聞人無遠慮必有近憂這早晚樊素敢待來也〔正旦上云〕妾身樊素自從綠野堂上和小姐在夫人行正講書中間有白敏中到來夫人不知主何意使小姐拜他做哥哥自此之後偷視俺小姐似乎不樂必有所感俺小姐是個知禮的人未嘗出那繡房門為他這般呵連我也不曾離他半步我數次勸他後花園中看花去他堅意的不去如今正是三月望日又值清明節近恰纔院公說道後花園中羣花爛熳萬卉爭妍我不管怎生勸他走一遭去〔見旦科〕〔旦兒云〕樊素你那裏去來我正等你講書哩〔正旦背云〕小姐剗的待要講書哩〔旦兒云〕樊素我想河出圖洛出書陰陽判而八卦生自伏羲神農傳至孔孟到秦始皇坑儒焚典其禍烈矣魯共王壞孔子故宅于壁中得詩書大經以傳後世蓋天之未喪斯文也每覽一書頓覺胸臆開豁終日無倦我是一女子不習女工而讀書若此不為癖症乎〔正旦云〕小姐但開卷與聖人對面受益多矣〔唱〕

〔仙呂點絳唇〕書喪秦嬴道絕孔聖坑灰冷漢代儒生他每都撥煨燼尋蹤影

〔混江龍〕孔安國傳中庸語孟馬融集春秋祖述著左丘明演周易

關西夫子治尚書魯國伏生校禮記舛譎楊子雲作毛詩箋註鄭康成無過是闡大道發揚中正紀善言問答詳明咱祖父乃文林華胄況外戚是儒業簪纓哀先相幾乎絶嗣使小姐振厥家聲又何須懸頭刺股積雪囊螢那裏也齊家治國顯姓揚名但只要動天機合天理識天時順天道盡天心知天命寸陰是競萬理咸精

〔旦兒云〕我和你再講一篇書〔正旦云〕小姐還要講書哩小姐恰纔樊素和老夫人去後花園中燒香見那景物多有好處趁此好天良夜不去賞玩却不辜負了這春光不索講書咱遊玩去來〔旦兒云〕聖人云吾十有五而志于學何況我輩乎〔正旦背云〕似此文魔可怎生奈何則除是恁的〔唱〕

〔油葫蘆〕小姐你罷女工留心在九大經吾日三省〔旦兒云〕日月逝矣歲不我與你爲甚麽不講書〔正旦唱〕則他那匆匆節序又清明這其間風光老盡芳菲景今夜個月明閑殺鞦韆影〔旦兒云〕樊素你到後花園中來麽〔正旦云〕小姐且休說那後花園中的景致你則聽者〔旦兒云〕教我聽甚麽那〔正旦唱〕你聽波杜鵑聲到耳清聞波梨花香拂鼻馨小姐你把看書心權作遊春興暫離了三尺短檠燈

〔旦兒云〕樊素不爭俺和你閑行老夫人知道可怎了也〔正旦唱〕

〔天下樂〕這其間燕寢夫人夢未醒〔旦兒云〕老夫人着你伴我讀書你倒搬逗我廢學〔正旦云〕若老夫人知道呵我便道不干小姐事都是樊素來〔唱〕樊素到天明親

負荊〔帶云〕樊素攛逗小姐廢學〔唱〕比着那終南山割席學管寧〔旦兒云〕不知你主何意這早晚只往後花園中去那〔正旦唱〕不是我主意兒別㕸賺的你早晚行〔云〕豈不聞春宵一刻值千金〔唱〕你休辜負了鶯花二月景〔旦兒云〕恁的呵我依着你走一遭去這事都是你承當今夜覺有些春寒等我再添件衣服你引的我去〔正旦云〕喒一同去來〔同下〕〔白敏中上詩云〕半似明珠半似花翠翹雲髻總堪誇自從識得嬌柔面魂夢悠悠會楚峽小生白敏中是也自從前日見了小姐一面恰便似玉天仙的容貌西施女的妖嬈着小生這兩日眠思夢想茶不茶飯不飯老夫人絕然不題這門親事今夜晚間月朗風清小生比及在這書房中悶坐我將過這琴來撫一曲咱琴也我哀告你咱想我與足下湖海相隨數載我今撫一曲都在你個仙人肩玉女腰蛇腹斷紋嶧陽焦尾金徽玉軫七條冰絃之上天那怎生借一陣順風兒將我這琴聲吹入俺那玉糚成粉揑就的小姐耳朵裏面去將你這琴高閣起四時祭祀不敢有失謹當下拜〔撫琴科云〕我撫一曲咱〔正旦上云〕小姐喒悄悄的行將去〔旦兒云〕樊素休要大驚小怪的俺揑住這玉珮慢慢的行將去〔正旦唱〕

〔那吒令〕搖玎璫玉聲蹴金蓮步輕蹴金蓮步輕踏蒼苔月明踏蒼苔月明浸淩波襪冷〔云〕小姐你看花紅似錦柳綠如烟端的是好春光也〔旦兒云〕是好景致也〔正旦唱〕九十日春意濃千金價春宵永端的個樂事難併〔云〕看了這桃紅柳綠是好春光也呵〔唱〕

〔鵲踏枝〕花共柳笑相迎風與月更多情醞釀出嫩綠嬌紅淡白深青對如此良辰美景可知道動騷人風調才情

〔云〕小姐樊素見這美景良辰偶成數句幸勿笑咱〔旦兒云〕願聞〔正旦唱〕

〔寄生草〕此景翰林才吟難盡丹青筆畫不成覷海棠風錦機搖動鮫綃冷芳草烟翠紗籠罩玻璃淨垂楊露綠絲穿透珍珠迸池中星有如那玉盤亂撒水晶丸松梢月恰便似蒼龍捧出軒轅鏡

〔白彈琴科〕〔旦兒云〕樊素那裏這般琴聲響亮〔正旦云〕必然是白敏中那生撫琴哩〔旦兒云〕樊素他這琴中的是何調也〔正旦云〕喒悄悄的向那窗兒外聽去〔白敏中云〕對此佳景我作歌一首〔歌曰〕月明涓涓兮夜色澄風露淒淒兮隔幽庭美人不見兮牽我情鱗鴻杳杳兮信難憑腸欲斷兮愁越增曲未成兮淚如傾故鄉千里兮身飄零安得于飛兮離恨平〔旦兒聽科云〕這生作的詞好傷感人也〔正旦唱〕

〔幺篇〕他曲未終腸先斷〔帶云〕連我也傷感起來〔唱〕俺耳纔聞愁越增一程程捱入相思境一聲聲總是相思令一星星盡訴相思病不爭向琴操中單訴着你飄零可不道牕兒外更有個人孤另

〔白又彈科〕〔歌云〕孤鳳求凰兮空哀鳴離凰何處兮聞此情〔正旦云〕你別彈一曲也罷呵〔唱〕

〔六幺序〕則管裏泣孤鳳琴中語怨離凰指下生〔云〕小姐喒回去來〔旦兒云〕樊素你慌做甚麼〔正旦唱〕這公他也不是個老實先生〔做驚科云〕小姐兀的不有人來也〔旦兒云〕人那裏來〔正旦唱〕踈剌剌竹弄寒聲撲簌簌花墜殘英忒楞楞宿鳥飛騰〔做聽科唱〕聽沉了半晌空傒倖靜無人悄悄冥冥〔旦兒云〕樊素做甚麼大驚小怪的那得人來你好踈狂也〔正旦唱〕不是我心憍怯非是

我踈狂性〔笑科云〕呵呵呵倒着我笑了一回〔旦兒云〕樊素你笑怎麽〔正旦唱〕恰纔喒的失笑喑的吞聲

〔白敏中云〕這牕外恰便似有人說話莫不是聽琴的麽我開開這書房門看咱〔正旦唱〕

〔幺篇〕聽呀的門扃似擦的人行驀的聞聲魆的潛行猛的凝睛淅的零零煞的風清却元來羣花弄影他將我來諕一驚〔云〕小姐喒回去罷則怕有人來也〔旦兒云〕再聽一曲怕做甚麽那〔正旦唱〕這的是小姐分明樊素實曾搬調的在後園中貪夜閑行只恐怕老夫人知道無乾淨別引逗出半點兒風聲夫人他治家嚴肅狠情性〔云〕若老夫人知道呵他道不干別人事都是樊素這小賤人喚過來跪者〔唱〕至少呵有三十拄杖去來波我其實怕的是你那七代先靈

〔云〕夜深了也喒回去來兀的不有人來了也〔旦兒云〕喒回去來〔正旦唱〕

〔賺煞〕你道信步出蘭庭庭院悄人初靜〔旦兒云〕這早晚有誰出來〔正旦云〕不是別人〔唱〕靜聽是彈琴的那生〔白咳嗽科〕〔旦兒云〕他便知道呵怎知俺來這裏做甚麽〔正旦唱〕生猜咱無情似有情〔旦兒云〕怎知無情似有情〔正旦唱〕情知喒甚意來聽〔云〕夜深了喒回去來〔旦兒云〕這早晚甚麽時候了〔正旦唱〕聽沉罷過初更更闌也休得消停〔旦兒云〕你要來便來你要去便去再待些兒怕甚麽〔正旦唱〕停待甚忙將那脚步兒行〔旦兒云〕行到那裏去〔正旦唱〕行過那梧桐樹兒邊金井〔旦兒云〕因甚麽往那裏去〔正旦唱〕井闌邊把身軀兒掩映〔旦兒云〕你前面行我

後面跟將去呵〔正旦唱〕映着我這影兒呵〔旦兒云〕樊素你則道我不看見你哩〔正旦唱〕

一好着我嫌殺月兒明〔下〕

〔旦兒云〕我瞞着樊素將這香囊兒撇下撇在那生書房門首那生若出來呵他自然看見也〔詩云〕亂落桃花流水去引將劉阮入天台〔撇香囊下〕〔白敏中出門見科云〕嗨原來是小姐在此聽琴可怎生去了我這裏趕將去嗨爭奈去的遠了也莫非是來偷望小生我須不知一定惱將去了嗨則是小生無緣我且回書房中去這月明之下是甚物件〔拾起看科云〕呀原來是個香囊兒這個是小姐故意遺下的我拿去書房中仔細看咱我剔的這燈明亮上下是兩個合歡同心結子這香囊兒上綉着一把蓮滿池嬌更有兩個交頸鴛鴦兒這上面有一首詩我看咱〔詩云〕寂寂深閨裏南容苦夜長粉郎休易別遺贈紫香囊原來這香囊兒是小姐故意遺下與小生的我仔細詳解一遍咱上面這同心結子他道與我同心合意中間是一把蓮蓮心爲藕他要與小生成其配偶下面有兩個交頸鴛鴦兒他意中與小生同衾共枕遂成交頸這一首詩中說道寂寂深閨裏他道在深閨無人知道的去處南容苦夜長南容者古之美婦也爲甚比他做爲南容爲他小字小蠻故比南容也粉郎休易別爲小生姓白故說粉郎休易別爲我累次要辭夫人回家去他教我休便去了遺贈紫香囊故意留與小生爲信物原來小姐向小生却如此留意從今日起頭那有心彈琴講書只索每日晨參暮禮將此香囊供養着香囊呵少不的爲你害殺小生也〔詩云〕香囊意重勝黃金惹的相思透骨侵則爲多情愁悶冗何如歡會稱其心〔下〕

〔音釋〕鋪音逋　啜樞說切　累上聲　行音杭　冠去聲　推退平聲　卉音毀　剗音產
共音公　煨音威　燼音信　伏房夫切　舛音喘　譌音蛾　闡昌展切　螢音盈

馨音興　興去聲　榮其行切　醒平聲　賺音湛　翹音喬　峽奚加切　嶧音驛
蹴音促　永于景切　併平聲　醞音韻　釀尼降切　罩嘲去聲　迸方孟切　境音
景　憍音喬　嗤抽支切　喑音陰　扃居名切　驀音陌　魆許屈切　夤音寅　聽
平聲

第二折

[夫人同正旦上詩云]相府堂堂仕宦家重門深鎖碧桃花治家不用聲名振惟願安閑度歲華老身韓夫人自從綠野堂上與孩兒每講書之間不期白敏中到來就題他這親事老身着言語阻住了則着小姐拜他做哥哥就着他在後花園中萬卷堂上攻書不想白秀才每日則是煩惱老身想來這孩兒是個孝順的人必是思想他那亡化的父母因此上在書房中染病一臥不起老身欲待親自探望爭奈他是個病人則怕勞碌着他如今先着樊素傳着老身的言語去書房中探望然後着箇良醫調治有何不可樊素你到書齋去探望秀才病體若何再請良醫調治早些來回我話者[正旦云]理會的[同下][白敏中抱病上詩云]身軀如削骨如柴怨雨愁雲撥不開沉沉不死如癡夢每日佳期事未諧自從得了小姐這個香囊兒第二日一臥不起我每日將這個香囊兒高高的供養着焚香禮拜思想小姐香囊兒則被你害殺我也[睡科][正旦上云]妾身樊素不知情是人間何物至于違父母棄功名損身軀赴湯火想昔日漢皐解佩韓壽偷香沈約詠賦相如絃歌蓋有自來矣皆爲兩相留戀故終始不能忘也不似這生一見小姐之面一日忘餐二日廢寢三日成病四日不起普天下不曾見這般害相思病的豈不可笑恰纔領老夫人言語着妾身問那生病症須索走一遭去也呵[唱]

〔大石調念奴嬌〕驚飛宿鳥蕩殘紅撲簌簌胭脂零落〔云〕可早來到書
房門首了也〔唱〕門掩蒼苔書院悄〔云〕我且着這唾津兒潤破紙牕我試看咱〔唱〕潤
破紙牕偷瞧〔望白科云〕兩日不見便病的這般瘦了好可憐人也〔唱〕這生則爲那
一操瑤琴一番相見又不曾言期約似這般多情多緒等閒間早害
得來肌膚如削
〔六國朝〕這生他不思獻賦不想題橋則俺那卓文君本無心把這
個漢相如乾病倒〔云〕我入這書房中去先生萬福〔白敏中慌摟旦科云〕小姐來了也
〔正旦云〕你怎的〔白羞科云〕羞殺我也小生病在身害的我是這般小娘子休怪〔正旦云〕你認的
是着〔白敏中云〕小娘子爲何至此〔正旦云〕夫人致意先生未知經宿病體康勝否〔唱〕教解元
善服湯藥把貴體和調〔白敏中云〕小姐可有甚傳示〔正旦唱〕且只去苦志攻
經史休把那文章來墮落〔白敏中云〕小姐還有甚心腹說話麼〔正旦掩白口科唱〕
你省可裏胡言亂語〔白敏中云〕害的小生魂夢顛倒也〔正旦唱〕誰教你夢斷魂
勞〔白敏中云〕小姐端的曾想念小生來麼〔正旦云〕俺小姐道來怕足下病篤時〔唱〕着碗來
大的艾焙燒〔云〕怕哥哥死時削一條柳椽兒〔白敏中云〕削一條柳椽兒可是爲何〔正旦
唱〕把你來火葬了
〔白敏中云〕可怎生下的把小生火葬了這裏又無別人止有小生和小娘子在此小生有一句話
只索對小娘子行實訴咱〔正旦云〕你有何話說〔白跪訴科云〕小生區區千里而來只爲小姐這
門親事不想夫人違背先相國遺言不肯成就自從那日在綠野堂上見了小姐如此般人物所以

得了這般病症如今着小生行思坐想廢寢忘餐我有甚麼心腸看這經書小生命在頃刻只除小娘子方可救的小生若不然此命必不可保矣〔正旦云〕是何言語大丈夫生于天地之間當以功名爲念進取爲心立身揚名以顯父母以君之才乃爲一女子棄其功名喪其身軀惑之甚矣豈不聞釋氏云色即是空空即是色老子云五色令人目盲五音令人耳聾夫子云戒之在色足下是聰明達者況相國小姐稟性端方行止謙恪至于寢食舉措未嘗失于禮度亂于言語真所謂淑德之女也今足下一見小姐便作此態恐非禮麽〔白敏中云〕知他怎生不由的則是想念小姐〔正旦笑云〕這等秀才只好休教他上門來〔白敏中云〕小生別無所告只索將這肺腑之言實訴與小娘子〔正旦唱〕

〔初問口〕不爭你先輩顛狂枉惹的吾儕恥笑你戀着這尾生期改盡顏回樂〔白敏中云〕小生今生不能成雙死于九泉之下也要相會呵〔正旦唱〕又不會薦枕席便指望同棺槨只想夜偷期不記朝聞道

〔白敏中云〕小娘子可憐見成就了這門親事小生必有犬馬之報〔正旦云〕先生既讀孔聖之書必達周公之禮老夫人使妾身探病如何只管胡言是何禮也〔唱〕

〔歸塞北〕則你那年紀小有路到青霄有一日名掛在白玉樓頭龍虎榜愁甚麼碧桃花下鳳鸞交早掙個束帶立於朝

〔云〕先生宜加調治妾身回夫人話去也〔白敏中跪下科云〕小生無可調治只除小娘子肯憐見方纔救得小生一命〔正旦云〕先生請起爲個婦人折腰于人豈不聞聖人云吾未見好德如好色信有之也〔白跪不起科云〕休道小生跪這一跪若是小娘子肯道一句話呵小生跪到明日也不

辭〔正旦云〕俺小姐幼小妾身常侍從左右深知其詳幼從慈母所訓貞慎自保年方及笄割不正
不食席不正不坐不啓偏行不循私欲雖尊上不可以非禮相干下人之言安敢犯乎枉變了臉我
委實做不的〔白敏中再跪科云〕小生現在顛沛之間小娘子爭忍坐視不救〔正旦云〕足下請
起妾身且慢慢的看小姐動靜若得空呵我假以他端聊發一言肯與不肯見乎語言顏色稍有好
音即當飛報但恐先生情緣淺薄反致其怒如之奈何〔白敏中云〕既然小娘子見許呵我有一物
件與你將去教你放心〔白取香囊與旦科云〕這物件是小姐遺下與我做信物的你將着去不妨
事〔正旦接香囊看科云〕這個香囊兒端的是小姐自綉的生活莫不真個有此意麼小姐也你
瞞着我多哩雖然如此未審虛實我將此物試與足下通報咱〔白敏中云〕我還有個簡帖兒寫下
多時了〔白取簡念科云〕詞寄清平樂旅懷蕭索腸斷黃昏約不似相思滋味惡縈絆騷人瘦却淒
涼夜夜高堂教人怎不思量若得那人知道爲他憔悴何妨薄倖河東白敏中百拜申意芳卿小娘
子粧次〔哭科云〕若今生不遇願相見于地下〔正旦接簡科云〕萬一有成先生之幸倘事不諧妾
身不免于箠楚那時先生爭忍乎我回老夫人話去也〔詩云〕雲情雨意心間事盡在今朝一簡中
〔下〕〔白敏中云〕小娘子去了也若是他將着我的簡帖兒到的那裏見了小姐一言便允是小生
有幸倘若有些間阻呵白敏中也有何面目立于人世此事成與不成小生之命則在一時半霎相
思病呵則被害殺我也〔下〕〔旦兒上詩云〕燕語鶯啼事偶然蜂媒蝶使苦留連當壚卓氏心何愧
贏得芳名萬古傳這幾日好是神思不寧自從那後花園中遺下那個香囊兒呵逗引的那生害病
我又不敢使人問也恰纔聽的夫人使樊素問病去了待他回來時我只做個不知道試問他看他
說甚麼〔正旦上云〕妾身樊素是也恰纔回老夫人說話我將這簡帖兒送與姐姐去看他說甚麼

〔見科〕〔旦兒云〕樊素你那裡去來〔正旦云〕夫人遣妾身探白敏中病去來〔旦兒云〕那生病體如何〔正旦背云〕我說的重着些〔回云〕那生病體甚是沉重看看至死〔旦兒背云〕怎生便病的這般了也我又不敢着意問他怎生奈何〔正旦背云〕適間小姐所問頗見其意這般呵不妨事〔回云〕小姐恰纔樊素探白敏中病去來他着我將數字來申意小姐不知上面寫着甚麼〔旦兒接簡看做怒科云〕這小賤人好大膽也〔正旦云〕呀可怎了也〔旦兒云〕樊素你過來跪者〔正旦云〕樊素無罪不跪〔旦兒云〕你這等辱門敗戶的小賤人這裏是那裏你敢這等無禮我更不中呵須是相國之家我是個未出嫁的閨女你與他將着這等淫詞來戲我倘或我風火性的夫人知道呵教你立地有禍我本將搊破你個小賤人的口來又道我是個女孩兒家惡乂白賴我只將這簡帖兒告與夫人去把你這小賤人拷下你下半截來〔正旦跪笑科云〕我則跪便了也那生着我將來我又不知上面寫着甚麼哩〔唱〕

〔雁過南樓〕呀他將那不犯觸的厖兒變了將我這奈搶白的臉兒難描他撲騰騰怒怎消我可丕丕心頭跳手腳兒滴羞篤速不知一個顛倒忙哀告膝跪着強扎掙剛陪笑〔帶云〕小姐若告老夫人去呵〔唱〕則被你送了人也乾相思洛陽年少

〔旦兒云〕小賤人好大膽也〔正旦將出香囊科云〕小姐且休惱波〔唱〕

〔六國朝〕梅香㗛省鬧小姐哎你休焦〔帶云〕這物件也要個下落〔唱〕你道是那物件要歸着〔帶云〕打睃〔唱〕這東西索尋個下落〔旦兒見香囊背云〕嗨怎生落在他手裏〔正旦云〕你不道來大膽小賤人這裏是那裏〔唱〕這須是先相國的

深宅院怎敢將小姐來便搬調〔帶云〕小姐是誰哩〔唱〕小姐是未出嫁的
閨中女怎敢把淫詞來戲謔至如那風火的夫人性緊把我這壞家
門罪犯難招請侍長快疾行〔帶云〕到夫人行去來〔唱〕教奴胎喫頓拷
〔旦兒云〕樊素喒和你且慢慢的商量〔正旦云〕先相國治家嚴整僕妾不敢輕出入今小姐不從
母訓不修女德背慈母以寄簡傳書期少年而踰牆鑽穴以身許人以物為信近日慵粧倦綉推稱
春困原來為此今已獲贓當小心將身請罪恁的呵倒有一個商量反以罪過加責于我是何相待
我且不問你別的這香囊上綉着兩個交頸鴛鴦兒煞主何意思那〔唱〕
〔喜秋風〕虧你也用工描〔帶云〕這的是一把蓮〔唱〕却不是無心草恁的
般好門庭倒大來惹人笑〔做走科唱〕我將這紫香囊待走向夫人行
告〔旦兒扯住科云〕我恰纔鬭你耍來你便要將到那裏去〔正旦唱〕你是個女孩兒家
端的可是甚為作
〔旦兒扯住科云〕是我的不是了也〔正旦云〕小姐你可不要拷下我下半截來〔唱〕
〔歸塞北〕請放了〔旦兒云〕樊素你且躭待着些〔正旦云〕那壁是小姐〔唱〕怎生向
賤妾行告躭饒〔旦兒云〕是我的不是了也〔正旦云〕小姐你恰纔不要打我來〔唱〕你却
不掴綻我這櫻桃樊素口〔旦兒云〕樊素你打我兩下波〔正旦云〕誰敢湯着你
那楊柳小蠻腰〔帶云〕你過來跪者〔唱〕今番輪到我粧么
〔云〕小姐你慌麽〔旦兒云〕我可知慌哩〔正旦云〕小姐你怕麽〔旦兒云〕我可知怕哩〔正旦云〕
小姐你休慌莫怕我也鬭你耍哩〔旦兒云〕則被你諕殺我也〔正旦云〕小姐你實說這香囊兒端

的是你授與那生的來〔旦兒云〕然也〔正旦云〕你如何瞞着我〔旦兒云〕我怕人知道因此上不敢對你說〔正旦云〕不爭小姐因而作戲那生實心希望以致臥病不起命垂頃刻事不獲已方對梅香說破再三叩頭頓首申意小娘子果今生不遇願相期于地府言與泣下使妾不覺垂淚因而不避雷霆之怒冒瀆玉顏敢通佳信以妾愚見那生貌如玉立聰若塗硃詞藻並驅于賈馬文翰不讓于鍾王異日當決策登科覷富貴如探囊取物若小姐誠有此心是佳人得配才子有何不可那生見今含情荏苒真欲就死小姐是仁者愛人於心豈安哉〔旦兒云〕伴讀你言之錯矣豈不聞聘則爲妻奔則爲妾況兼我乃相國之女背慈母而與少年野合將來有何面目立于天地之間那生爲一女子棄功名違尊親損天理成疾病自喪其軀此乃人而不仁我何救哉〔正旦云〕若顧小節誤人性命亦未爲得也惟小姐熟思之〔旦兒云〕伴讀你休說我決然不肯〔正旦云〕論語云人而無信不知其可也那生四海無家一身流落小姐以物爲信以詩見許今却失信豈爲女子之道既然姐姐堅意不肯我則將這香囊兒告與老夫人行去〔旦兒云〕且住者和你再做商量〔正旦云〕千求不如一諕〔旦兒云〕這裏也放刁既然這般呵等我再尋思咱〔正旦云〕救人一命勝造七級浮圖不索多慮小姐有何台旨着樊素回那生話去〔旦兒云〕等我寫數字你稍去回他他見了便知我的意思〔與正旦簡科〕〔正旦云〕我便將的去也〔旦兒云〕你將的那裏去〔正旦云〕我送的與老夫人去〔旦兒云〕姐姐你是必送與那生去若與夫人呵枉送了我也〔正旦云〕小姐休慌我送與那秀才去也〔旦隨下〕〔白敏中上云〕恰纔樊素小娘子將簡帖兒和香囊到小姐行去了良久杳無音信則這一時間如十年相似倘或有些阻礙可怎生奈何我且凭几假睡咱〔正旦上〕〔白起身摟科云〕小姐你來了也〔正旦云〕你又來了也〔白敏中云〕呸我錯認了那事如何〔正旦

唱〕

〔怨別離〕梅香今日有功勞〔白敏中云〕那簡帖兒小姐收了也不會〔正旦彈指科唱〕將一個小小的機關兒把你來完備了〔白敏中云〕有甚好音信教我知道咱〔正旦唱〕有他那親筆寫的情詞揣着吟藁〔白敏中云〕小姐的回音我看咱〔正旦懷裏取不見科唱〕呀那裏每不見了〔白敏中云〕你怎麼不小心等他不見了天那我可死了也〔正旦唱〕哎你個不了事的呆才可元來在這手兒裏搦着

〔白敏中云〕兀的不諕殺我也〔正旦與白簡科〕〔白跪接云〕小姐有書怎敢輕褻待我焚上一爐香小娘子替我喝拜咱〔正旦云〕我不會〔白敏中云〕你不肯我自喝咱〔拜與科〕〔正旦云〕見你娘也不似這般呵〔唱〕

〔歸塞北〕這簡帖兒方勝小見甚景像便待把香燒不爭你這狂客謹心參尺素可待學文王下馬拜荆條見娘書信倒看的喬

〔白敏中云〕我拆開看元來上面四句詩〔詩云〕寂寂深閨裏翻爲今夜春還將寫詩意憐取眼前人慚愧誰想有今日也着小娘子這般用心將何以報〔正旦云〕我適纔爲先生幾乎狼狽一言難盡〔白敏中云〕小姐約我今夜赴期不知多早晚來也〔正旦云〕他有囑付的話哩〔唱〕

〔淨瓶兒〕他想着書舍裏人蕭索恰便似陽臺上路迢遙〔白敏中云〕今夜小姐怎生擺布〔正旦唱〕他則待收拾雲雨怕洩漏春嬌待和你今宵〔白敏中云〕今宵和小生怎的〔正旦忍住不說科唱〕一句話到我這舌尖上却嚥了〔白敏中云〕可怎生却嚥了快說波教小生喜懽咱〔正旦唱〕不說破把先生且悶着〔白敏中

云〕小姐怎生分付你來〔正旦唱〕他着我對你便低低道〔白敏中云〕道甚麼〔正旦唱〕

他教你夜深時休睡〔白敏中云〕今夜我那裏得那睡來〔正旦云〕着你等〔白敏中云〕怎麼又不說了着小生等甚麼〔正旦唱〕着你等等等到明朝

〔白敏中云〕小娘休要耍快些兒說波〔正旦唱〕

〔好觀音〕上覆你個氣咽聲絲張京兆他待填還你枕剩衾薄待着你帽兒光光過此宵〔白敏中云〕天色晚了日頭敢落了也呵〔正旦唱〕恰正午怎盼的日頭落不曾見這急色的呆才料

〔白敏中云〕小姐委實多早晚來也〔正旦唱〕

〔隨煞尾〕你聽那禁鼓鼕鼕將黃昏報等的宅院裏沉沉都睡却悠悠的聲揭譙樓品畫角瑲瑲的水滴銅壺玉漏敲刷刷的風颭芭蕉鳳尾搖厭厭的月上花梢樹影高悄悄的私出蘭房離繡幕擦擦的行過闌干上甬道霍霍的搖動珠簾你等着巴巴的彈響窗櫺恁時節的是俺來了〔下〕

〔白敏中云〕小娘子去了兀的不懽喜殺小生也不枉了害這幾日相思病恰纔得了小姐這個簡帖兒小生好懽喜也這一會兒肚皮裏有些饑上來了小生喫一頓好茶飯打扮的齊齊整整等待小姐到來同諧魚水之懽共效于飛之樂那時節只怕小姐你苦哩〔下〕

〔音釋〕落音澇　約音耀　削音小　樂音耀　焙音備　樂音澇　榔活卯切　笄音肌　箠吹上聲　間去聲　霎音殺　摑音國　尨音忙　着池燒切　謔音曉　長音掌　慵

音蟲 作音卓 荏壬上聲 苒音冉 搦囊帶切 索音嫂 薄巴毛切 却音巧
譙音樵 角音皎 刷雙寡切 颭占上聲 颺平聲 幕音冒 甬音勇 燸音冬

第三折

〔白敏中上詩云〕萬籟無聲自寂寥一輪明月上花梢庭堦竚立痴心望盼殺姮娥下九霄小生白敏中感蒙小姐不棄許我今宵赴約這早晚還不見來小娘子你若不來呵我這病覷天遠入地近眼見的無那活的人也〔看天科云〕日頭可也還早哩我且看幾行書咱天也我有甚麼心腸看這書這早晚不知是甚麼時候我試看咱呀纔午時也天也偏生今日這樣長我試吟詩咱讀書繼晷怕黃昏不覺西沉強掩門欲赴海棠花下約太陽何故又生根呀可早未時也我且坐一坐〔坐科云〕我怎生坐的住我再看咱天也可怎生還是未時我央及你咱我與你唱喏怎生不動我與你下跪又不動我與你下拜也不動呸鰾膠粘住你哩潑毛團好無禮也小生不才殺波也是個白衣卿相今日用着你故意的不晚你則道我不認的你哩當日堯王時有十個日頭被后羿在崐崙山頂上射落九烏止留你一個你曉來夜去催迫了多少好人你若是懽喜呵腆着你那紅馥馥的臉兒你若惱了呵雲生在東南霧長在西北你聽者無端三足烏團團光閃爍安得后羿弓射此一輪落呀便好道人有善願天必從之頭裏未曾鬧他時還是未時方纔鬧了呵可早日頭落了也呀鼓樓上可早發擂也可早撞鐘也小生在此等候小姐這早晚敢待來也〔正旦上云〕妾身樊素我收拾下香卓兒了請俺小姐燒香去來我想白敏中可謂端謹之士從見小姐荏苒成病幾乎喪命將平日所學一旦廢矣正好道只因天下美人面改盡世間君子心此事若非妾在其中說誘騙嚇焉能成得如今瞞着夫人推燒夜香着俺小姐和那生赴約去正是一股金釵半邊鏡世間多少斷

腸人〔唱〕
〔越調鬭鵪鶉〕想着那星斗文章幾回家逢咱稽顙只爲那花月精神一見了教人斷腸用了我說六國喉舌下三齊智量不甫能添了晚粧推燒夜香如此般月白風清花濃氣爽
〔紫花兒序〕月溶溶梨花庭院風淡淡楊柳樓臺霧濛濛芳草池塘如此般好天良夜淑女才郎相將意廝投門廝對戶廝當成就了隻鳳孤凰這一個夜月南樓那一個窺視東牆
〔小桃紅〕那生敢倚書牕想像赴高唐〔白敏中向前摟旦科云〕小姐你來了也〔正旦慌科云〕是誰〔白敏中云〕是我〔正旦唱〕嚇得我可撲撲小鹿兒心頭撞偌早晚是誰人敢無狀〔白敏中云〕我則道是小姐來了〔正旦唱〕可怎生恁風狂〔白敏中云〕我不想是小娘子你恕罪咱〔正旦云〕可早是我哩是夫人呵可怎生了也〔唱〕若是俺夫人撞見如何講〔白敏中云〕是小生病的這般昏了也〔正旦唱〕便道是害的你神魂蕩漾你也合將眼皮開放你常好是熱莽也沈東陽
〔云〕先生你且在那廂等着俺小姐便來也〔旦兒上云〕天色晚了也我燒香去〔正旦云〕小姐你燒香咱〔旦兒云〕樊素將香盒兒來者〔正旦云〕小姐香盒兒在此〔旦兒云〕我拈香咱此一炷香願亡過父親早生天界第二炷香願在堂老母安康〔正旦背云〕我聽小姐這一炷香可願誰〔旦兒云〕我沒的願〔正旦云〕我與小姐說明這一願則願的俺小姐嫁一個風風流流可可喜喜標標致致好姐夫也拖帶樊素咱〔旦兒云〕你看這賤人〔正旦向白云〕先生那花陰之下燒香的不

是俺小姐（白敏中云）小生敢去也不敢去（正旦云）先生你去不妨（白敏中云）小生讀聖賢之書黃夜與女子相期莫是非禮麼（正旦唱）

【鬼三台】呀這的是赴約的風流況須不是樂道的顏回巷（白敏中云）子釣而不綱弋不射宿（正旦唱）哎那裏也歪談亂講（白敏中云）小生敢去麼（正旦云）先生我問你咱（白敏中云）問小生些甚麼（正旦唱）你因甚麼病在膏肓（白敏中云）小生則為小姐來（正旦云）你既為小姐呵你過去波（白敏中云）是好月色也（正旦唱）百忙裏賣弄甚麼風清月朗（白敏中云）我向小姐跟前去怎麼百般的那不動這脚步也（正旦唱）當初那不能彀時害的來狂上狂不甫能得相見諕的來慌上慌（白敏中云）見了小姐不由的我心頭忒忒的怕將起來（正旦唱）見他時膽戰心驚把似你無人處休眠思夢想

（白敏中云）過去不妨麼（正旦云）你過去不妨事（唱）

【金蕉葉】這的是桃源洞花開艷陽須不比祆廟火烟飛浩蕩（正旦推白云）去（旦兒叫云）是甚麼人（白慌科云）是小生（正旦唱）陽臺上雲雨渺茫可做了藍橋水洪波泛漲

（旦兒怒科云）却原來是白敏中你既讀孔聖之書必達周公之禮你這般行逕是何相待也（白敏中云）兀的不羞殺小生也（正旦云）呀小姐變了卦也白敏中你那背地裏嘴那裏去了（唱）

【調笑令】劈面的便搶和俺那病襄王呀怎生來翻悔了巫山窈窕娘滿口兒之乎者也無攔當用不着恭儉溫良諕的那有情人恨無

偃地縫兒藏（帶云）毛毛羞麼（唱）羞殺我也傅粉何郎（白敏中云）百忙裏你也花白我（正旦唱）

〔禿厮兒〕請學士休心勞意攘俺小姐則是作耍難當（旦兒打正旦科云）誰着你這早晚引將他來（正旦云）小姐休閃了手（笑科唱）這的是我傳書寄簡請受的賞誰承望向咱行倒有風霜（旦兒怒科云）這一場都是樊素辱門敗戶的小賤人（正旦唱）

〔聖藥王〕他道是這一場這一樁都是這辱門敗戶小婆娘（旦兒云）我告夫人去也（正旦冷笑科唱）殺人呵要見傷拿賊呵要見贓（白怕跪科云）望小姐憐小生咱（正旦唱）請起來波多愁多病俏才郎（出香囊科）（帶云）打睃（唱）這是誰與他的紫香囊（旦兒云）好姐姐我騙你耍哩（正旦云）我却疼哩（白起身科云）則被你諕殺我也（旦兒云）有人來也（夫人撞上咳嗽衆做慌科）（正旦唱）

〔麻郎兒〕這聲音九分是你令堂（夫人云）這一定是樊素小賤人（正旦唱）呀頭一句先抓攬着梅香（旦兒慌科云）是誰（正旦云）小姐悄悄的是老夫人來了（旦兒云）樊素直被你引的老夫人來可怎了也（正旦唱）您炒鬧起花燭洞房自支吾待月西廂（旦兒云）樊素老夫人問我可着我推甚麼（正旦扯旦兒科）（唱）

〔幺篇〕哎不妨（白敏中云）小娘子可怎了也（正旦指白科唱）莫慌（指自科唱）我當

〔夫人云〕先喚過樊素那小賤人來〔白敏中向旦云〕小姐望你遮蓋俺咱〔正旦云〕小姐你受責呵理之當然我可圖些甚麼來〔旦兒云〕罷麼好姐姐你先過去你自回的好着麼〔正旦云〕由他你兩個只在這裏我過去見夫人若說得過呵你休歡喜說不過呵你休煩惱〔見夫人科〕〔夫人云〕小賤人跪者〔正旦跪科〕〔夫人云〕小賤人你知罪麼〔正旦云〕我不知罪〔夫人打科云〕這小賤人你還說不知你做的好勾當哩〔正旦唱〕親生女非比他行家醜事不可外揚〔夫人云〕誰着你引着小姐往後花園中看白敏中去來你若實說呵我便饒了你你若不實說呵我打死你個小賤人〔正旦云〕誰見來〔夫人打科云〕我親自撞見你還强嘴〔正旦云〕老夫人休打閃了手此非妾之罪皆夫人之過也〔唱〕你索取一箇治家不嚴的招狀

〔夫人云〕這小賤人連我也指攀着〔正旦云〕請夫人息雷霆之怒容賤妾陳是非之由當日先相國臨終遺言道夫人將小姐納白敏中爲壻爲報參軍救死之恩如違我之遺言我死不瞑目言猶在耳白敏中到來不審夫人何意却令小姐以兄妹之禮相見既然如此只合將白敏中送于別館安下厚贐他還鄉以絕其望却留在後花園中萬卷堂上居住使佳人才子臨風對月心非木石豈無所思妾身之罪固不可逃夫人之愆亦不可免也〔夫人云〕我却有甚罪〔正旦云〕夫人有四罪〔夫人云〕我有那四罪〔正旦云〕不從相國遺言罪之一也不能治家罪之二也不能報白氏之恩罪之三也不能敝骨肉之醜罪之四也〔唱〕

〔絡絲娘〕自尋思識禮義尊嚴使長〔云〕我想孟母爲子三遷陵母爲子伏劍陶母爲子翦髮曾母爲子投梭古來賢者後代揚名〔唱〕幾曾做這般出醜腤臢勾當〔夫人云〕你這般說呵罷了那〔正旦唱〕罷不罷休不休乞個明降〔夫人云〕罷罷罷這妮子

倒連我也指下來想起來則是我養女兒不氣長都是我的不是了也〔正旦唱〕既恁的呵只

合着他兩個同歸鴛帳

〔夫人打科云〕小賤人倒只由你那我不饒你與我喚過小蠻來〔正旦起出見旦云〕小姐且喜老夫人將那棍子則是滴溜溜的打在我這身上被我比長比短一遍說過了老夫人如今叫你過去哩〔旦見云〕羞人答答的怎麼去見母親〔正旦云〕娘跟前有甚麼羞你見去則閉了眼者〔旦見夫人跪科〕〔夫人云〕好小賤人你羞麼我怎麼擡舉你來豈不聞男婚女配古之常禮你今日做下這等勾當我是個不戴頭巾的男子兀的不氣殺我也〔做喝科云〕小賤人且回房中去明日和你理會喚過那小禽獸來〔旦下〕〔正旦見白科云〕先生俺小姐招了也老夫人着你過去哩〔白敏中云〕小生惶恐怎麼見老夫人〔正旦云〕不妨事休佯小心老着臉子過去〔白見夫人科〕〔夫人云〕小禽獸你羞麼怎麼做那讀書人我着你兄妹爲之却做下這等勾當有那般賢明父母生下你這不肖兒男我待聲揚呵知道的是你個小禽獸無理不知道的說俺家忘了人大恩我若不看你那亡過的父親面呵喚宅院裏人來打壞了你等到天明鍾聲罷便離了我家去咥小後生家不存心于功名却向那女色上留心我看你再有甚麼臉見我來〔下〕〔正旦背聽科〕〔白敏中云〕羞殺我也這裏不可久留等待五更鍾聲罷呵便索離他家門去也〔正旦云〕先生你休煩惱〔唱〕

〔雪裏梅〕你好壯臉也畫眉郎〔白敏中云〕都着你的道兒〔正旦唱〕並不曾干多口小紅娘〔白敏中云〕我這裏不敢再住須索上朝應舉去也你叫小姐見我一面兒去也好〔正旦唱〕俺姐姐道足下不須悒怏好事也從來魔障〔帶云〕俺小姐道來

〔唱〕只教你把心兒放長

〔白敏中云〕小姐既有此心休倸落我也〔正旦唱〕

〔青山口〕哎不妨不妨你走將來效鸞凰女孩兒須是慌〔白敏中云〕這都是小生命薄偏生逢着夫人走將來的快也〔正旦唱〕左想右想全不想可可的老夫人偏撞上你便有口呵怎對當好羞慚做這場教你收拾書箱打迭行裝便赴科場獻策君皇兩袖天香一部笙簧宴罷瓊林出建章車蓋軒昂祗候成行鄉也麽鄉却還鄉堂也麽堂拜高堂子母商量舊約難忘錦屏前花燭輝煌那時節也替我撮合山粧一箇謊

〔白敏中云〕小姐別有甚麽囑付小生的言語〔正旦云〕小姐贈與足下玉簪一枝金鳳釵一隻你知道其意麽〔白敏中云〕不知小姐送我玉簪金釵却主何意〔正旦唱〕

〔收尾〕俺小姐情堅如碧玉簪心赤如黄金鳳意不別你個白衣相

〔白敏中云〕小姐還有甚麽分付小生來〔正旦云〕呀爭些兒把來忘了〔唱〕兩件事教先生行拜上〔白敏中云〕那兩件事那〔正旦云〕小姐道你若是鳳墀得志鴈塔題名可早來呵〔唱〕做俺這有情的相國狀元郎〔白敏中云〕那一件却是甚麽〔正旦云〕則不要教人罵你〔唱〕罵你做薄倖的長安少年黨〔下〕

〔白敏中云〕天色明了也小生收拾行裝求取功名走一遭去〔詩云〕纔見開花驟雨催團圓明月忽雲迷漁翁偶入荷花蕩打散鴛鴦各自飛〔下〕

〔音釋〕籟音賴　晷音癸　强欺癢切　鰾邦妙切　羿音意　腆天上聲　馥音伏　蟒忙上

聲　肓音荒　祆音軒　漲音帳　窈音杳　窕條去聲　當上聲　縫去聲　抓莊瓜

切　攬音覽　贐音盡　腤音菴　臢音簪

第四折

(外扮李尚書引祇從上詩云)捧持日月受皇恩掌握經綸四十春海內盡皆知姓字昔年龍虎榜中人老夫姓李名絳字深之自進士及第累蒙擢用隨朝數載因老夫廉能清幹謝聖恩可憐官封監察御史正授吏部尚書之職今有一人乃是白參軍之子白敏中攛過卷子日不移影應對百篇聖人見喜加爲翰林院大學士則他亡父在日與晉國公裴節度征討淮西曾被賊兵圍困有白參軍挺身步戰身被六鎗殺退賊兵救得裴節度後白參軍金瘡舉發將欲垂命裴相國就問有何遺囑參軍曰小官別無他囑止有一子名喚白敏中少習儒業頗相國量才提拔某雖死而無憾矣相國答曰足下但勿勤念某有一女小字小蠻就許令嗣敏中爲妻以報足下救死之恩次後彼辭世今日敏中一舉狀元及第奉聖人的命將裴相國家屬老小取到京師賜宅住坐着老夫主婚令白敏中早完這門親事老夫如今喚個官媒婆來着他就題這門親事去左右的與我喚一個官媒婆來(祇從云)理會的官媒婆相公喚你哩(淨扮媒婆上云)來了來了自家是個官媒婆這京城內外官宦人家都是俺說合親事門首有人喚我我見他去是誰喚我(祇從云)相公喚你哩(官媒云)哦是相公喚我我和你同去(祇從報科云)相公喚的官媒婆來了也(李尚書云)着他過來(官媒見科云)相公喚媒婆那廂使用(李尚書云)兀那媒婆你去那奉命搬取來的裴相國家說親去道有聖人命着老夫主婚着他那小蠻小姐招今春狀元爲壻則今日好日辰便要成親哩不可延遲(官媒云)理會的(李尚書云)左右你再叫一個山人那裏去下親老夫隨後便來了也

（同下）（夫人同旦正旦引院公上云）老身韓氏今蒙聖人恩命將俺子母二人撥取來京賜宅一所居住皆賴先夫積德也院公門首覰者若有人來時報復我知道（官媒上詩云）我做媒婆古怪人人說我嘴快窮的我說他有錢醜女我說他嬌態講財禮兩下欺瞞落花紅我則憑白賴似這等本分爲人定圖個前程遠大妾身乃官媒婆奉聖命往裴相國家說親去可早來到也院公報復去有官媒婆在于門首（院公報介）（夫人云）着他過來（官媒見科云）妾身乃官媒婆奉聖人的命差吏部李尙書主婚將今春狀元招與小姐爲壻則今日好日辰就要成這門親事着俺官媒婆來說知准備花紅酒食這早晚敢待來也（夫人云）媒婆你說去俺家小姐已有婚了不敢應（媒婆云）老夫人差矣我奉聖人的命你怎敢違宣抗勅則今日便要成親（丑扮山人上云）小子姓黃名孔是這在城人氏做着個山人今日奉吏部李尙書鈞旨着我去裴相國家去下親院公報復去道有山人來了也（院公報科）（夫人云）着他過來（山人見科云）老夫人磕頭奉李尙書的命着俺山人來下親（夫人云）誰想有這場蹊蹺的事如之奈何（旦兒云）嗨如今可怎了也（官媒云）好教小姐知道今日便要過門成親事哩那狀元說來他穿的是三品公服你家也沒甚人休想他下拜那裏爲個婦人折腰于人你每准備着這早晚狀元敢待來也（正旦云）嗨誰想有今日這場異事如今奉聖人的命勅賜一個狀元來俺家做女壻不爭這般呵那裏發付那生也呵（唱）

（雙調新水令）今日個洞房中勅賜與棟梁材（云）小姐我可是敢問你麼（唱）則你那寄香囊故人安在（旦兒云）說這狀元好才學哩（正旦唱）都因他七步才及第了（旦兒云）說那人有些㑳㑳囉（正旦唱）帶得那一塊㑳過門來他

承恩在玉殿金堦更堪那蘭省烏臺似這般相貌胎孩〔帶云〕他今日到
咱門呵〔唱〕休想肯拜俺先代
〔山人云〕兀那媒婆你說去時辰到了豫備香花果品紙燭千張壇斗弓箭五穀寸草這早晚新狀
元敢待來也〔白敏中冠帶引祗候上詩云〕宮錦宮花躍紫騮誇官三日鳳城遊不知結彩樓中女
若個爭先擲繡毬小官白敏中誰想有今日也我自到貢院中攛過卷子金鑾殿上聖人親試日不
移影應對百篇聖人言曰前朝李翰林不過如此將小生一舉狀元及第一日加某十三級官至翰
林大學士今奉聖人的命教我去裴相國家門下爲壻雖然如此想當日被老夫人那場羞辱有何
面目見之我待不去來奈聖人的命不敢有違我如今左使機關到他家裏則推素不相識看他認
的我麼〔行科山人唱科詩云〕錦城一步一花開專請新人下馬來今日鸞凰成配偶美滿夫妻百
歲諧〔白將牙笏遮面與旦並坐科山人云〕將五穀寸草來〔官媒云〕要做甚麼〔山人云〕先把新
女壻撒和撒和不認生〔官媒云〕你正是精驢休要胡說〔白敏中云〕山人去罷〔山人下〕〔正旦云〕
我待不言語來他道俺不理會的我着這秀才喫我幾句兒咱小姐梅香尋思來喒人只要得志便
好了也若是不得志呵〔唱〕

〔駐馬聽〕頭刺在萬丈深崖苦志捱時怎的捱〔帶云〕那窮酸每一投得了官
呵〔唱〕胸臆在九霄雲外可正是春風來似不曾來〔白坐不穩科〕〔正旦云〕他
爲甚麼坐不穩〔唱〕 則他那窮骨頭消不得相公宅〔白敏中云〕哎我肚裏好飽也
〔正旦云〕你直恁般豪氣那〔唱〕 則是你那饑肚皮不尅化黃虀菜儘教他休
要睬不到那二更過敢掙破了天靈蓋

〔官媒云〕樂人每好生動樂者〔白敏中云〕休動樂關雎樂而不淫哀而不傷動他做甚麽〔官媒云〕將酒來與狀元飲個交盃盞兒〔白敏中云〕甚的是交茶換酒好人呵殢酒我但嘗一點酒昏沈三日天生不飲酒〔官媒云〕夫婦婚禮少不得用些酒兒〔白敏中云〕我一生不待見婦人面但與婦人相見腦裂三分〔官媒云〕却不道夫唱婦隨〔正旦笑科云〕我若不花白他呵這人直胡說到明日他將我做何等看待却不道天有酒星地有酒泉聖人云惟酒無量不及亂幾會教人不飲酒來且休說上古賢人則說近代李翰林飲酒一斗作詩百篇稱爲謫仙這狀元却說但嘗一點昏沈三日〔唱〕

〔喬牌兒〕哎你可甚麽酒量寬似海〔云〕男子生而願爲之有室女子生而願爲之有家他說一生不待見婦人之面〔唱〕豈不聞無後最爲大着何時重解香羅帶吾未見好德如好色

〔豆葉黃〕他看書呵秉燭在寒齋幾曾畫眉呵走馬到章臺〔白敏中云〕若不是聖人教我來呵休道是個妮子你便是玉天仙誰愛他〔正旦云〕他道非聖人勑命呵〔正旦唱〕便做道玉天仙也不愛〔白敏中云男子大丈夫以功名爲念要這媳婦做甚麽〔正旦云〕小姐呵〔唱〕今夜比宋弘十分事不諧天地有混沌初開日月有昏晝推排男女有夫婦和諧他待將大道沈埋正義全乖那些兒配合三才便做有位列三台也須要燮理陰陽諧和鼎鼐〔云〕這狀元把牙笏半遮其面未知他生的如何我試看咱〔唱〕

〔滴滴金〕據他這般懆懒軒昂決然生的清奇古恠〔云〕我向前搓那生一

望咱〔唱〕我這裏推剪燭傍銀臺〔白敏中云〕媒婆那裏燒着花燭也〔正旦望笑科〕〔旦兒云〕你笑怎麼〔正旦唱〕不是我見景生情須是我便倂贓拏賊我爲甚的喜笑咍咍

〔旦兒云〕你怎麼這等好笑〔正旦唱〕

〔折桂令〕今夜個有朋自遠方來〔旦兒云〕是那個親眷〔正旦唱〕你今日對上菱花配上金釵〔旦兒云〕你說波是誰〔正旦唱〕當日個趕的他羞臉兒離門如今個氣昂昂日轉千堦從今後秦弄玉休登鳳臺早則是漢劉郎悞入天台〔旦兒云〕敢不是麼〔正旦唱〕不索疑猜我認的明白是少欠你無萬數相憶相思他步蟾宮將桂枝折得回來

〔旦兒云〕您且慢些攛掇休錯認了〔白敏中云〕兀那小奴才你說誰哩我待不言語來忍不的你這般胡說亂道你則道我不認的你你近前來我試問你咱〔正旦云〕小姐我道你休說波〔唱〕

〔鴈兒落〕呀惱了這春風門下客〔白敏中云〕你道我不敢打你麼〔正旦云〕你便是新狀元呵也則是俺家新女壻怎生要打我那〔唱〕則是我少欠你那膿血債〔白敏中云〕你則管胡言亂道端的是說誰〔正旦唱〕據梅香胡口開〔白敏中云〕我既是你家女壻也是你的侍長我怎生不敢打你〔正旦唱〕告學士高擡手權躭待

〔白將牙笏待觸介〕〔正旦云〕你打誰哩〔白敏中云〕兀的不是樊素小娘子你可休怪〔正旦笑科〕〔唱〕

〔得勝令〕這壁廂是沒上下的小奴胎〔白敏中云〕那壁廂莫不是小姐麼〔正旦

唱〕那壁廂是搶白你的女裙釵〔白敏中云〕那一夜小姐則被他搶白殺小生也〔正旦唱〕那的是俺小姐存貞烈〔白敏中云〕都是老夫人阻了佳期也〔正旦唱〕是俺那老夫人使的計策把好事衝開教你掙閦一個金魚袋〔白敏中云〕樊素今日有聖人的命可將我趕出麽〔正旦唱〕雖然是御筆親差你可也索安排着

玉鏡臺

〔白敏中云〕請岳母拜見咱〔夫人上云〕我道是誰來原來却是白敏中〔見科〕〔白敏中云〕請岳母穩坐將酒來我與岳母把盞呵〔正旦云〕住者〔唱〕

〔落梅風〕俺夫人從來天戒〔白敏中云〕夫人既不飲小生橫飲幾盃〔正旦云〕你便休要飲甚的是交茶換酒好人呵肯嬭酒你說但嘗一點昏沈三日也〔唱〕你道你酒量窄

〔白敏中云〕筵前無樂不成歡樂樂人每動樂者〔正旦云〕休動樂關雎樂而不淫哀而不傷動他怎麽〔唱〕聽不的亂宮商大驚小恠〔白放下盞對夫人云〕岳母請坐受你女壻兩拜咱

〔正旦云〕住者休拜〔正旦扶住科〕〔唱〕我見他參岳母向前忙扶策〔白敏中云〕我拜岳母你又扶我做甚麽〔正旦云〕你不道來〔白敏中云〕我道甚麽來〔正旦云〕那裏有那為個媳婦折腰于人的〔唱〕你穿的是朝君王紫袍金帶

〔白敏中云〕你都不曾忘了一句兒〔夫人云〕白狀元你休怨我不是老身趕你去呵焉能有今日

〔白敏中云〕當日蒙老夫人垂顧今日恩榮共享富貴了也〔正旦云〕先生是狀元才子不辱相國門楣〔唱〕

〔沽美酒〕漢相如志已諧卓文君笑盈腮〔旦兒云〕今日樊素也歡喜了也〔正

〔旦唱〕這的是一段姻緣天上來現如今名揚四海正淑女配多才

〔太平令〕俺小姐這一個有千般嬌態新狀元有萬種襟懷荷皇恩

榮陞寵賚成配偶不勝感戴端的個美哉壯哉這都是聖裁〔院公上

云〕喏報的夫人狀元知道有天朝使命到了〔白敏中云〕快排香案接待天使〔正旦唱〕願萬

萬載民安國泰

〔李尚書上云〕小官李絳奉聖人的命到晉國公宅上成合這門親事加官賜賞走一遭去可早來

到也白敏中你一家兒望闕跪者聽聖人的命只爲你父參軍曾救裴晉公之難許小蠻爲妻以報

大恩今白敏中登科及第成就此親官封三代裴夫人賜金千兩你聽者〔詞云〕晉國公開國勳臣

遺玉帶許結婚姻白敏中果登雲路奉聖命匹配成親賜小蠻鳳冠霞帔賜夫人萬兩金銀今日個

加官賜賞一家門共戴天恩

〔音釋〕

攛粗酸切　㑳音炒　㰆音必　宅池齋切　鼇祭平聲　過平聲　㸸音膩　色篩上聲　變音屑　𨯳音奈　賊池齋切　咍音台　白巴埋切　客音楷　策釵上聲　國音儈　窄齋上聲　賚音賴

題目　挺學士傲晉國婚姻

正名　㑳梅香騙翰林風月

㑳梅香騙翰林風月雜劇

珍做朱版郑

單雄信斷袖割袍
倣曹霸筆

尉遲恭單鞭奪槊
珍倣宋版印

尉遲恭單鞭奪槊雜劇

元　尚仲賢撰
明吳興臧晉叔校

楔子

〔沖末扮徐茂公引卒子上詩云〕少年錦帶掛吳鈎鐵馬西風塞草秋全仗匣中三尺劍會看唾手取封侯某姓徐雙名世勣祖居京兆三原人也自降唐以來謝聖恩可憐特蒙委任爲軍師諸將皆出吾下今因山後定陽劉武周不順俺大唐劉武周不強他手下有一員上將覆姓尉遲名恭字敬德此人使一條水磨鞭有萬夫不當之勇今奉聖人的命着唐元帥領十萬雄兵某爲軍師劉文靖爲前部先鋒在美良川交戰被俺統兵圍住介休城唐元帥數次招安敬德此人不肯降唐回言道某有主公劉武周見在定陽豈肯降汝某忽思一計着劉文靖直至沙沱使一反將計將劉武周首級標將來了某即今日將劉武周首級請唐元帥直至城下招安敬德走一遭去來〔下〕〔淨扮尉遲敬德引卒子上詩云〕幼小曾將武藝攻鋼鞭烏馬顯英雄到處爭鋒多得勝則我萬人無敵尉遲恭某覆姓尉遲名恭字敬德朔州善陽人也輔佐定陽劉武周麾下某使一條水磨鞭有萬夫不當之勇今因唐元帥領兵前來與我相持在美良川交鋒某與唐將秦叔寶交戰百餘合不分勝敗某因追趕唐元帥到此介休城誰想他倒下座空城被唐兵圍住裏無糧草外無救兵有唐元帥數次招安我怎肯降唐左右城上看着若有唐兵來打話呵報復某家知道〔下〕〔正末扮唐元帥同徐茂公引卒子上云〕某姓李名世民見爲大唐元帥如今領兵在美良川與尉遲敬德交戰被我將敬德引至介休城中圍住軍師某若得敬德投降俺呵覷草寇有如翻掌耳〔徐茂公云〕元帥數

次招安敬德他言稱道有他主公劉武周在沙陀他不肯背其主某今使一反將計着劉文靜直至沙陀把劉武周首級標將來了也〔正末云〕軍師此計大妙咱就將着首級招安敬德去來〔徐茂公云〕早來到城下了也兀那小校報與您那尉遲恭說俺唐元帥請他打話〔卒子報科云〕喏報的將軍得知有唐兵在城下請打話哩〔尉遲云〕我與他打話去〔做上城科云〕唐元帥你有何話說〔徐茂公云〕敬德你見俺雄兵圍的鐵桶相似你若肯降唐呵着你列座諸將之右你若不降呵俺衆兵四下裏安環八下裏拽砲提起這城子來摔一個粉碎你自尋思咱〔尉遲云〕徐茂公你說的差了也可不道一馬豈背兩鞍單輪豈碾四轍烈女豈嫁二夫俺這忠臣豈佐二主見有我主公在定陽我怎肯投降你〔徐茂公云〕將軍你主公劉武周已被我殺了也你不信有首級在此〔尉遲云〕俺主公有認處鼻生三竅腦後雞冠你拿首級來我看咱〔徐茂公云〕小校將鞦韆板弔上那首級去着他認〔做弔上尉遲做認科云〕嗨原來真個是俺主公首級可怎生被他殺了也〔做哭科〕〔徐茂公云〕將軍你主公已是死了你不投降更待何時豈不聞高鳥相良木而棲賢臣擇明主而佐背暗投明古之常理〔正末云〕敬德你若肯投降呵我奏知聖人將你重賞封官你若不降呵俺這裏雄兵百萬戰將千員你如何飛得出這介休城去〔尉遲云〕嗨誰想我主公被他殺了我待不降呵如今統着大勢雄兵我又無了主人可不道能狠安敵衆犬好漢難打人多罷罷罷唐元帥我降可降你依的我一件事我便投降〔徐茂公云〕休道一件事便是十件也依的你說〔尉遲云〕等我主公服孝三年滿時我便投降您〔徐茂公云〕軍情事急怎等三年等不的〔尉遲云〕既然這等呵等三個月孝滿可投降〔徐茂公云〕也等不得〔尉遲云〕罷罷罷男子漢勢到今日也一日準一年等我三日服孝滿埋殯追薦了我主公之時那其間我大開城門投降何如〔正末云〕

將軍此言有準麼〔尉遲云〕大丈夫豈有謬言你若不信將我這火尖鎗深烏馬水磨鞭衣袍鎧甲您先將的去權為信物三日之後我便投降也〔徐茂公云〕既是這等你可將來小校收了者〔正末云〕軍師似尉遲恭這等一員上將端的世之罕有〔徐茂公云〕元帥果然是好一員虎將也〔正末唱〕

〔仙呂端正好〕他服孝整三年事急也權那做三日此事着後代人知則這英雄能盡君臣禮待他投降後凱歌回卸兵甲載旌旗還紫禁到丹墀做個龍虎風雲會〔同下〕

〔尉遲云〕誰想俺主公死在唐將之手一壁廂做個木匣兒一般埋殯了主公則被你痛殺我也〔下〕

〔音釋〕勣與績同　降奚江切　竅敲去聲　日人智切

第一折

〔尉遲引卒子上云〕某尉遲恭今日是第三日也小校大開城門待唐兵來時報復某家知道〔卒子云〕理會的〔正末同徐茂公上云〕軍師今日第三日了尉遲敬德敢待來也〔徐茂公云〕元帥賀喜今日却收伏一員虎將也〔正末云〕軍師投至俺得這尉遲恭非同容易也呵〔唱〕

〔仙呂點絳唇〕天數合該虎臣囚在迷魂寨請的他來似兄弟相看待

〔混江龍〕因窺關隘自從那美良川引至介休來俺想着先王有道後輩賢才若不是周西伯能求飛虎將誰把一個姜太公請下釣魚

臺他可也幾曾見忽的旗展豁的門開鼕的鼓響璫的鑼篩投至得
這個千戰千贏尉遲恭好險也萬生萬死唐元帥到今日回憂作喜
降福除災

〔云〕軍師傳下軍令着大勢雄兵擺的嚴整者〔徐茂公云〕衆將都與我刀劍出鞘弓弩上弦把七
重圍子擺的嚴整〔正末唱〕

〔油葫蘆〕傳將令疾教軍佈擺休覷的如小哉則他這七重圍子兩
邊排〔徐茂公云〕元帥量敬德一人兵器袍鎧鞍馬俱無怕做甚麼〔正末唱〕雖然他那身
邊不挂𤞿猊鎧腰間不繫獅蠻帶跨下又無駿騄手中又無器械你
覷那巖前虎瘦雄心在休想他便肯納降牌

〔卒子報科云〕報元帥得知尉遲敬德來降了也〔尉遲做綁縛跪科云〕量尉遲恭只是一個麤魯
之夫在美良川多有唐突乞元帥勿罪〔正末云〕將軍既已歸降便當親解其縛〔徐茂公做解科〕
〔正末唱〕

〔天下樂〕縱便有鐵壁銀山也撞開哎你個英也波才休浪猜你既
肯面縛歸降我也須降階接待請將軍去了服罷了哀俺今日與將
軍慶賀來

〔尉遲云〕元帥請坐受尉遲恭幾拜〔做拜科〕〔正末云〕將軍請起〔尉遲云〕量尉遲恭有何德能
蒙元帥這般寬恕敢不終身願隨鞭鐙〔正末唱〕

〔那吒令〕看尉遲人生的威風也那氣概腹隱着兵書也那戰策可

知道名震着乾坤也那世界俺這裏雖然是有紀綱知興敗那裏討
尉遲這般樣一個身材

〔尉遲云〕元帥豈不聞晏平仲善與人交久而敬之〔正末唱〕

〔鵲踏枝〕說話處調書袋施禮數傲吾儕據着你斬虎英雄不弱如
那子路澹臺則怕俺弟兄每心不改可不道有朋自遠方來

〔云〕左右將酒來我與將軍遞一盃咱將軍滿飲一盃〔把酒科〕〔尉遲云〕元帥先請量尉遲恭無過是個武夫着元帥如此重待則一件想當日在赤瓜峪與三將軍元吉相持打了他一鞭今日尉遲恭降了唐則怕三將軍記那一鞭之讎麼〔正末云〕將軍但放心某如今奏知聖人自有加官賜賞誰敢記讎〔唱〕

〔寄生草〕你道是赤瓜峪與咱家曾會垓馬蹄兒撞破連環寨鞭稍
兒早抹着天靈蓋也則爲主人各佔邊疆界這的是桀之犬吠了帝
堯來便三將軍怎好把你尉遲怪

〔尉遲云〕韓信棄項歸劉蕭何舉薦掛印登壇想尉遲恭雖不及韓信之能料元帥不弱沛公之量也〔正末唱〕

〔後庭花〕你是個領貔貅天下材畫麒麟閣上客想當日漢高祖知
人傑俺準備着韓淮陰拜將臺把筵宴快安排俺將你真心兒酬待
則要你立唐朝顯手策立唐朝顯手策

〔青哥兒〕呀據着你英雄英雄慷慨堪定那社稷社稷興衰憑着你

文武雙全將相才則要你掃蕩雲霾肅靖塵埃將勇兵乖那其間掛印懸牌便將你一日轉千階非優待

〔徐茂公云〕元帥俺如今屯軍在此差人往京師奏知聖人說尉遲恭降了唐也聖人必有加官賜賞哩〔正末云〕軍師你與三將軍在此看守營寨某親自見聖人奏知就將的敬德將軍牌印來也〔徐茂公云〕這等元帥領二十騎人馬去路上防護者〔正末唱〕

〔賺煞〕則今日赴皇都離邊塞把從前寃讎事解直至君王御案上折一件件稟奏的明白便道不應該未有甚汗馬差排且權做行軍副元帥〔云〕軍師〔唱〕你與我整三軍器械緊看着營寨則我這手兒裏將的印牌來〔下〕

〔徐茂公云〕元帥去了也敬德將軍喒與你營中去來〔尉遲云〕軍師想敬德降唐無寸箭之功元帥去取某印牌去了我必然捨這一腔熱血與國家出力方顯某盡忠之心也〔詩云〕我背暗投明離舊主披肝瀝膽佐新君憑着我烏錐馬扶持唐社稷水磨鞭打就李乾坤〔下〕

〔音釋〕搪音唐 猊音移 駌音宛 策釵上聲 峪音裕 貔音疲 貅音休 客音楷 霾音埋 塞音賽 拆釵上聲 白巴埋切 應平聲

第二折

〔淨扮元吉同丑扮段志賢卒子上詩云〕朝爲田舍郎暮登天子堂出的朝陽門便是大黃莊自家不是別人三將軍元吉是也這個將軍是段志賢我哥哥唐元帥領兵收捕劉武周與尉遲交戰被我將尉遲引至介休城將軍兵圍住我則想殺了這匹夫不想俺哥哥收留了他如今俺哥哥親自

去京師奏知聖人要與他加官賜賞兄弟你可知我恨他〔段志賢云〕三將軍你爲何恨他〔元吉云〕兄弟也想當此一日在赤瓜峪我與尉遲交戰時他曾打了我一鞭打的我吐血數里他如今可降了唐我這寃仇幾時得報〔段志賢云〕三將軍要報這一鞭之仇也容易〔元吉云〕哥你有甚計策〔段志賢云〕如今唐元帥往京師去了你守着營寨你喚尉遲恭來尋他些風流罪過則說他有二心將他下在牢中所算了他性命等唐元帥回來時則說他私下領着本部人馬還要回他那山後去被我趕上拏回來下在牢中那廝氣性大的這一氣就氣殺了也這個計較可不好那〔元吉云〕此計大妙你那裏是我的哥便是我親老子也設不出妙計來左右那裏喚將尉遲恭來者〔卒子云〕尉遲恭安在〔尉遲云〕某尉遲恭自從降了唐有三將軍元吉呼喚不知甚事須索走一遭去〔卒子報科云〕敬德來了也〔元吉云〕着他過來〔見科尉遲云〕三將軍呼喚敬德那廂使用〔元吉云〕敬德你知罪麼〔尉遲云〕敬德不知罪〔元吉云〕你剗地不知罪哩你昨日夜晚間和你那本部下人馬商量還要回你那山後去是麼〔尉遲云〕三將軍想敬德初降唐無寸箭之功唐元帥如此重待又去京師奏知聖人取我牌印去了某豈有此心也〔元吉云〕這廝強嘴哩左右把這匹夫下在牢中去〔卒子拏科〕〔尉遲云〕罷罷罷我尉遲恭當初本不降唐來都是唐元帥徐茂公說着我降唐今日將我下在牢中這元吉當初在赤瓜峪我曾打了他一鞭他記舊日之仇陷害我性命天也教誰人救我咱〔下〕〔段志賢云〕三將軍此計何如〔元吉云〕老段好計我如今分付看守的人則要死的不要活的若是死了尉遲恭則顯我老三好漢憑着我這一片好心天也與我箇條兒糖吃〔下〕〔外扮單雄信上云〕某單雄信是也幼習韜略之書長而好武無有不拈無有不會使一條狼牙棗槊有萬夫不當之勇在俺主公洛陽王世充麾下今有唐元帥無禮要領兵前來偷

觀俺洛陽城更待乾罷是俺奏知主公就着俺統領十萬雄兵擒拏唐元帥走一遭去大小三軍聽
吾將令〔詩云〕他提大膽心懷奸詐入洛陽全然不怕若趕上唐將元戎我和他決無乾罷〔下〕〔
正末上云〕某唐元帥自從收捕了尉遲恭某自往京師奏知聖人去來到這途中後面塵土起處
兀的不有人馬趕將來也〔徐茂公慌上云〕某徐茂公自從唐元帥去了不想元吉思舊日之仇如
今把敬德下在牢中我須親趕唐元帥回來救敬德之難兀那前面不是元帥元帥且住者我有說
的話〔正末云〕軍師你為何趕將來〔徐茂公云〕自從元帥來了不想三將軍記舊日之仇如今把
敬德下在牢中誣言他有二心思量重回山後去若是敬德有些好歹顯的俺等言而無信了因此
一逕的趕元帥回去救敬德之難也〔正末云〕軍師我觀敬德豈有此心也呵〔唱〕

〔正宮端正好〕是他新喒頭舊沒揣的結下寃讎你道他尉遲恭又
往那沙沱走喒可也慢慢的相窮究
〔滾繡毬〕他有投明棄暗的心拏雲握霧的手休猜做人中禽獸論
英雄堪可封侯憑着他相貌搊武藝熟上陣處只顯的他家馳驟都
是我幾遭兒撫順的情由據着他全忠盡孝真良將怎肯做背義忘
恩那死囚乾費了百討千謀

〔徐茂公云〕元帥你且休往京師去疾回營中救敬德去來〔正末云〕咱便回營救敬德去也〔下〕
〔元吉同段志賢上詩云〕我元吉天生有計謀生拏敬德下牢囚只待將他盆吊死單怕他一拳打
的我做春牛自從把尉遲下在牢裏我則要所算了他性命又被這不知趣的徐茂公左來右去打
攪怎生是好〔段志賢云〕三將軍你不知如今軍師見你把敬德下在牢裏親自趕唐元帥去了〔

元吉云〕不妨事便唐元帥回來問我時我自有話說〔正末同徐茂公上云〕可早來到營門首也左右接了馬者〔徐茂公云〕報復去你說唐元帥同軍師下馬也〔卒子云〕喏有唐元帥同軍師下馬也〔段志賢云〕如何我說軍師趕元帥去了也〔元吉云〕不妨事我接待去〔見科云〕呀哥哥來了也請坐〔正末云〕三將軍敬德安在〔元吉云〕哥哥你說敬德那廝他是個忘恩背義的人想俺怎生看待他來剛剛你去了他領着本部人馬夜晚間要私奔還他那山後去早是我知道的疾我慌忙領着些人馬趕到數里程途着我拿得回來我待殺壞了爭奈元帥你可不在且將他下在牢中則等元帥回來把這廝殺了罷若不殺了他久已後也是去的〔正末云〕兄弟我覷敬德敢無此心〔元吉云〕哥也知人知面不知心你道無二心呵他怎生背了劉武周投降了俺來這等人到底不是個好的不殺了要他何用〔正末云〕兄弟投至俺得這敬德呵非同容易你若殺了他可不做的個閉塞賢路麼〔元吉云〕元帥想昔日劉沛公手下英布彭越韓信立起什大功勞後來蕭何定計誅了英布醢了彭越斬了韓信你道三個將軍有甚麼罪過尚然殺壞了量這敬德打甚麼不緊趁早將他哈喇了也還便宜你早些結果了他哥也我買條兒糖謝你〔正末云〕兄弟你則知其一不知其二〔唱〕

〔倘秀才〕那一個彭越呵他也曾和舍人出口那一個韓信呵他也曾調陳豨執手那一個英布呵他使一勇性強占了九州可不道千軍容易得一將最難求怎學那蕭何的做手

〔徐茂公云〕元帥你只喚出敬德來自問他詳細便見真假〔正末云〕這也說的是小校喚將敬德來〔元吉云〕拿將敬德來〔尉遲帶杻上云〕事要前思免勞後悔想當日降唐之後唐元帥往京師

去了不想三將軍元吉他記我打了他一鞭之讎將我下在牢中不期唐元帥半路回來我今見元帥去〔見科〕〔尉遲云〕元帥可不道招賢納士哩〔正末云〕三將軍敬德有何罪將他下在牢中〔元吉云〕元帥你不知自你去後他有二心領着他那本部人馬要往本處山後去早是我趕回來想敬德我有何虧負着他來〔尉遲云〕元帥三將軍記那一鞭之讎敬德並無此心〔正末云〕既然這般我親釋其縛我欲待往京師奏知聖人取將軍牌印來誰想將軍要回去可不道心去意難留留下結寃讎〔尉遲云〕我敬德並無此心〔正末云〕軍師安排酒菓來〔元吉云〕倒好了他他有二心要回山後去這等背義忘恩又饒了他不殺壞又與餞行那裏有這等道理〔正末唱〕

〔脫布衫〕他廝知重不敢擡頭我再相逢爭忍凝眸君子人不念舊惡小人兒自來悔後

〔云〕左右將酒來我與敬德遞一盃送行〔把酒科云〕將軍滿飲一盃〔唱〕

〔小梁州〕我這裏親送轅門捧玉甌將軍你莫記寃讎〔云〕左右將一餅金來〔卒子云〕金在此〔尉遲云〕元帥要這金做甚麼〔正末云〕將軍〔唱〕這金權爲路費酒消愁指望待常相守誰承望心去意難留

〔尉遲云〕我敬德本無二心元帥既然疑我男子漢既到今日也罷也罷要我這性命做甚麼我不如撞階而死〔正末扯科云〕哎敬德又說無此心三將軍又是那樣說〔向元吉云〕兄弟如今我也難做主張叫你那同去趕那敬德的軍士們來我試問他一番待他說出真情來便着敬德也肯心服〔元吉背云〕這個却是苦也他那裏會走我那會趕他他便走我也不敢趕他去如今叫軍士們說出實話來却是怎了也罷我有了〔回云〕哥哥你差了也那時節聽的這廝走了還等的軍士哩

我只騎了一匹馬拿着個鞭子不顧性命趕上那敬德他道你來怎的我道你受我哥哥這等大恩你怎逃走了你下馬受死他惱將起來咬着牙拿起那水磨鞭照着我就打來哥哥那時節若是別個也着他送了五星三誰想是你兄弟老三我又沒甚兵器却被我側身躲過只一拳𩩲的一聲把他那鞭打在地下他就忙了叫三爺饒了我罷我也不聽他說是我把右手帶住馬左手揪着他眼扎毛順手牽羊一般牽他回來了〔尉遲云〕那有這事來〔正末云〕敬德他一員猛將如何這等好拿我且問軍師咱〔向茂公云〕軍師你聽者想是敬德真個走來〔徐茂公云〕敬德也是個好漢三將軍平日却是個不說謊的〔元吉云〕我若不說謊就遭瘟〔徐茂公云〕如今與元帥同到演武場着敬德領人馬先走着三將軍後面單人獨馬趕上去拏的轉來這便見三將軍是實拏不來便見敬德是實〔元吉背云〕老徐却也忒潑賴這不是說話這是害人性命哩〔正末云〕此說最是〔元吉云〕那時也只乘興而已倖者不可屢僥哥哥要饒他便罷不消來勸揩我〔尉遲云〕三將軍也不消恁的我如今單人獨馬前行你拏槊來你捉的住我情愿認罪你刺的死我情愿死〔元吉笑科云〕我老三不是誇口我精神抖擻機謀通透平日曾怕那個我和你便上演武場去〔入場敬德先行科元吉刺槊被奪墜馬科〕〔元吉云〕我馬眼叉〔換馬如前科〕〔元吉云〕我手雞爪風兒發了〔又趕如前科〕〔元吉云〕俺肚裏又疼且回去吃鍾酒去着〔正末云〕元來如此敬德則今日俺與你同見聖人去來〔尉遲云〕這般呵謝了元帥〔正末唱〕

〔幺篇〕我和你如今便往朝中奏〔尉遲云〕則是三將軍記那一鞭之讎〔正末唱〕將從前事一筆都勾〔元吉云〕我也不和他一般見識〔正末唱〕將軍你莫讎從今後休辭生受則要你分破帝王憂

〔卒子慌上報科云〕喏報的元帥得知有王世充手下前部先鋒單雄信特來索戰〔尉遲云〕元帥那單雄信只消差三將軍去拿他也不用多撥人馬只一人一騎包拿來了〔元吉云〕何如我道你也伏了我老三的手段〔正末云〕是就撥五千人馬着兄弟做先鋒與我擒拏單雄信去來〔唱〕

〔上小樓〕你道是精神抖擻又道是機謀通透雄信兵來索要相持你合承頭想着你單鞭的拿敬德這般誇口又何況那區區洛陽草寇

〔元吉云〕適纔你兄弟說要當真就差我交鋒去〔做叫疼科云〕哎喲一時間肚疼起來待我去營中略睡一睡〔做出科〕〔詩云〕老三做事忒搊搜差去爭鋒不自由如今只學烏龜法得縮頭時且縮頭〔下〕〔尉遲云〕元帥想尉遲恭初來降唐無寸箭之功情願引領本部人馬與他交鋒去〔正末云〕不必將軍去我正要看洛陽城池如今領百十騎人馬同段志賢打探就觀看洛陽城去〔唱〕

〔幺篇〕我正待看洛城窺戰守因此上息却鉦鼙偃却旗旛減却戈矛〔尉遲云〕元帥休小覷了單雄信他人又強馬又肥使一條狠牙棗木槊有萬夫不當之勇若只是這等恐怕有失〔正末云〕不妨事〔唱〕雖然他人又強馬又肥也拚的和他歹鬭難道我李世民便落人機彀

〔徐茂公云〕既然這般元帥你要觀看他洛陽城元帥先行我與敬德將軍隨後來接應元帥來〔正末云〕軍師說的是我與段志賢先行軍師與敬德隨後來接應者〔尉遲云〕我就跟的元帥去可不好那〔正末唱〕

〔隨煞尾〕則這劏雞焉用牛刀手小將那消大帥收管教六十四處征塵一掃休十八處改年號的出盡了醜〔徐茂公云〕元帥這一去則願你鞭敲金鐙也〔正末唱〕那時節將軍容再脩將凱歌齊奏你可也早些兒准備安排着這個慶功的酒〔下〕

〔段志賢云〕雖然如此還要與三將軍一別三將軍安在〔元吉上云〕我適纔到營帳裏打的一個盹這肚就不疼了正待要去廝殺我哥哥便等不得自家去了〔段志賢云〕三將軍軍師㕶罪我同元帥先去也〔元吉云〕老段則要你小心在意者〔段志賢下〕〔徐茂公云〕三將軍你領兵合後我與敬德先接應元帥去來〔元吉云〕軍師先行我在後領兵再來接應你敬德據理來饒你不得看俺哥哥面上你且寄頭在項此一去若有疎失呵我不道的饒了你哩〔尉遲云〕三將軍別人不知你可知我那水磨鞭來我這一去遇着那單雄信呵只着他鞭稍一指頭顱早粉碎也〔詩云〕捨生容易立功難誰似吾家力拔山則這水磨鋼鞭一騎馬不殺無徒誓不還〔徐同下〕〔元吉云〕我要殺了這匹夫來不想俺哥哥回來救了也罷我這一去好歹要害了他若殺了敬德呵纔報的我這一鞭之仇軍師着我做合後我只是慢慢的去等他救應不到必有疎失豈不是一計〔下〕

〔音釋〕槊聲卯切　握音沓　擲音鄭　熟裳由切　醢音海　豨音希　餞音賤　僥音交
鉦音征　韃音疲　盹敦上聲

第三折

〔單雄信騙馬引卒子上云〕某單雄信是也聽知的唐元帥領着段志賢觀看我洛陽城更待乾罷某領三千人馬趕去來〔下〕〔段志賢騙馬上云〕某段志賢我唐元帥觀看他洛陽城不想單雄信

領兵趕將來了怎好也〔單雄信趕上科云〕段志賢及早下馬受降〔調陣科〕〔段志賢云〕我近他不的跑跑跑〔下〕〔單雄信云〕這廝走了也更待乾罷不問那裏趕將去〔下〕〔正末騙馬上慌科云〕怎生是好我正觀看洛陽城不想撞着單雄信領兵趕將來段志賢不知在那裏可怎生是好〔單雄信上云〕李世民少走你那裏去及早下馬受降〔正末唱〕

〔越調鬬鵪鶉〕人一似北極天蓬馬一似南方火龍他那裏縱馬橫鎗將咱來緊攻他急似雷霆我疾如火風我這裏走的慌他可也趕的兇似這般耀武揚威爭強奮勇

〔紫花兒序〕我恨不的脅生雙翅項長三頭他道甚麼休走唐童恰便似魚鑽入絲網鳥撲入樊籠匆匆馬也少不的上你凌煙第一功則要得四蹄那動只聽的喊殺聲聲更催着戰鼓逢逢〔單雄信云〕趕入這榆科園來了也你待走的那裏去〔正末唱〕

〔耍三台〕待把我征騎縱殘生送〔徐茂公騙馬慌上云〕兀的不是元帥〔做揪雄信科〕〔徐茂公云〕將軍且暫住一住〔單雄信云〕我道是誰元來是徐茂公你放手〔正末唱〕呀原來是軍師茂公〔徐茂公云〕元帥你快逃命走〔單雄信云〕徐茂公你放手〔正末唱〕他道我已得命好從容且看他如何作用則要你拿雲手緊將袍袖封談天口說轉他心意從你便是騙英布的隋何說韓信的蒯通〔單雄信云〕徐茂公你放手往日咱兩個是朋友今日各為其主也〔徐茂公云〕將軍看俺舊交之情〔單雄信云〕你兩次三番則管裏扯住我罷我拔出劍來你見麼我割袍斷義你若再趕將來我

一劍揮之兩段〔徐茂公云〕似此可怎生了也〔正末唱〕

〔調笑令〕見那廝不從支楞楞扯出霜鋒呀我見他盡在嘻嘻冷笑中我見他割袍斷袖絕了朋情重越惱的他忿氣冲冲不爭這單雄信推開徐茂公天也誰搭救我這微躬

〔徐茂公云〕不中我回營中取救軍去來〔下〕〔單雄信云〕徐茂公去了也李世民你及早下馬受降〔正末云〕我手中有弓可無箭兀那單雄信你知我擅能神射我發箭你看〔單雄信云〕他也合死手中有弓無箭量你到的那裏〔正末唱〕

〔小桃紅〕手中無箭慢張弓頻把這虛弦控元來徐茂公臨陣不中用〔敬德躍馬上叫云〕單雄信慢走〔正末唱〕則聽的語如鐘喝一聲響亮春雷動縱然他有些耳聾乍聞來也須怕恐〔尉遲云〕單雄信勿傷吾主〔正末云〕元來是敬德救我哩〔唱〕高叫道休傷俺主人公

〔單雄信云〕那裏走將這個賣炭的來這廝剗馬單鞭量你何足道哉〔尉遲云〕單雄信休得無禮〔做調陣科〕〔正末唱〕

〔禿廝兒〕尉遲恭威而不猛單雄信戰而無功我見他格截架解不放空起一陣殺氣黑濛濛遮籠

〔聖藥王〕這一個鎗去疾那一個鞭下的猛半空中起了一個避乖龍那一個雌這一個雄玷玎璫鞭槊緊相從好下手的也尉遲恭

〔尉遲打雄信下云〕元帥若不是我尉遲恭來的早呵險些兒落在他勾中被某一鞭打的那廝吐

血而走被我奪了那廝的棗木槊也〔正末云〕若不是將軍來呵那裏取我這性命則今日我與將軍同見聖人去來〔尉遲云〕量尉遲恭有何德能則是仗元帥虎威耳〔正末云〕壯哉壯哉不枉了好將軍也〔唱〕

〔收尾〕我則見忽的戰馬交出的棗槊起颼的鋼鞭重把一箇生硬漢打的來渾身盡腫哎則你個打單雄信的尉遲恭不弱似喝妻煩他這個霸王勇〔同下〕

〔音釋〕那音挪　逢音蓬　從音匆　楞盧登切　猛蒙上聲　解上聲

第四折

〔徐茂公上詩云〕帥鼓銅鑼一兩敲轅門裏外列兵刀將軍報罷平安喏緊捲旗旛再不搖某乃徐茂公是也今唐元帥與單雄信在榆科園交戰某見唐元帥大敗虧輸忙差尉遲恭接應唐元帥去了未知輸贏勝敗使的那能行快走的探子看去這早晚敢待來也〔正末扮探子上云〕一場好廝殺也呵〔唱〕

〔黃鍾醉花陰〕大路上難行落荒裏踐兩隻腳驀嶺登山快撚走的我一口氣似攛椽若見俺軍師一一的都分辯〔見科云〕報報報〔徐茂公云〕好探子他從那陣上來你只看他喜氣旺色那輸贏勝敗早可知了也〔詩云〕我則見雉尾金環結束雄腰間斜插寶雕弓兩腳能行千里路一身常伴五更風金字旗拿畫桿赤長蛇鎗拂絳纓紅兩陣相當分勝敗盡在來人啓口中兀那探子單雄信與唐元帥怎生交鋒你喘息定了慢慢的說一遍咱〔一探子唱〕聽小人話根源只說單雄信今番將手段展

〔喜遷鶯〕早來到北邙前面猛聽的鑼鼓喧天那軍不到三千擁出個將一員雄糾糾威風武藝顯是段志賢立陣前一個待功標汗簡一個待名上凌煙

〔徐茂公云〕元來是單雄信與某家段志賢交馬兩員將撲入垓心不打話來回便戰三軍發喊二將爭功陣上數聲鼕鼕鼓擂軍前兩騎馬相交馬盤馬折千尋浪裏蝎波龍人撞人冲萬丈山前爭食虎一個似摔碎雷車霹靂鬼一個似擘開華岳巨靈神端的是誰輸誰嬴再說一遍〔探子唱〕

〔出隊子〕兩員將刀回馬轉迎頭兒先輸了段志賢唐元帥敗走恰便似箭離弦單雄信追趕似風送船尉遲恭傍觀恰便似虎視犬

〔徐茂公云〕誰想段志賢輸了也背後一將厲聲高叫道單雄信不得無禮你道是誰乃尉遲敬德出馬好將軍也〔詩云〕他是那虎體鵷肩將相才六韜三略貯胸懷遇敵只把單鞭舉救難慌騎剗馬來捉將似鷹拏狡兎挾人如母抱嬰孩若非真武臨凡世便應黑煞下天臺俺尉遲敬德與單雄信怎生交戰探子你喘息定了慢慢的再說一遍咱〔探子唱〕

〔刮地風〕揣揣揣加鞭不剌剌走似煙一騎馬臢到跟前單雄信棗槊如秋練正望心穿見忽地將鋼鞭疾轉骨碌碌怪眼睜圓尉遲恭身又驍手又便單雄信如何施展則一鞭偃了左肩滴流撲墜落征駹不甫能躲過唐童箭呀早迎着敬德鞭

〔徐茂公云〕元來敬德手搭着竹節鋼鞭與單雄信交戰好鋼鞭也〔詩云〕軍器多般分外別層層疊疊攢霜雪有如枯竹節攢成渾似烏龍尾半截千人隊裏生殺氣萬衆叢中損英傑饒君披上鎧

三重抹着鞭梢骨節折敬德舉鞭在手喝聲着單雄信丟了棗槊口吐鮮血伏鞍而走好將軍也扶持宇宙整頓江山全憑着打將鞭怎出的拿雲手鞭起處如烏龍擺尾將落馬似猛虎離巢胡敬德世上無雙功勞簿堪書第一此時俺主唐元帥却在那裏探子你喘息定了慢慢的再說一遍咱（探子唱）

〔四門子〕俺元帥勒馬親回轉展虎軀驟駿駹看他一來一往相交戰是誰人敢占先那一個犇這一個趕將和軍躲的偌近遠剛嶮裏藏休浪裏潛馬兒上前合後偃

〔徐茂公云〕單雄信輸了也〔詞云〕他只待拋翻狠牙箭扯斷寶雕弓撞倒麒麟和獬豸沖開猛虎與犇熊好敬德也他有那舉鼎拔山力超羣出世雄鋼鞭懸鐵塔黑馬似烏龍殺人無對手上陣有威風壯哉唐敬德歸來拜鄂公今若敬德不去俺主唐元帥可不休了兀那探子你再說一遍咱（探子唱）

〔古水仙子〕呀呀呀猛望見便便便鐵石人見了也可憐他他他袋內有彎弓壺中無隻箭待待待要布展怎地展錚錚錚兩三番迸斷了弓弦走走走一騎馬逃入榆科園來來來兩員將遶定榆科轉見見見更狠似美良川

〔徐茂公云〕單雄信大敗虧輸俺尉遲恭贏了也探子無甚事賞你一隻羊兩坛酒一個月不打差你回營中去罷〔探子唱〕

〔煞尾〕俺元帥今年時運顯施逞會刻馬單鞭則一陣殺的那敗殘

軍急離披走十數里遠〔徐茂公云〕尉遲恭鞭打了單雄信俺這裏贏了也此一番回去可不羞殺了三將軍元吉一壁廂椎翻牛窨下酒做個大大的筵宴等元帥還營一來賀喜二來賞功已早分付的齊備了也〔詩云〕

胡敬德顯耀英雄單雄信有志無功聖天子百靈相助大將軍八面威風

〔音釋〕驀音陌　剌音辣　臢音戚　單平聲　犇與奔同　蝘音揜　窨音蔭

題目　單雄信斷袖割袍

正名　尉遲恭單鞭奪槊

尉遲恭單鞭奪槊雜劇

岳陽樓自造仙家酒

截頭渡得遇垂綸叟

西王母重餐天上桃

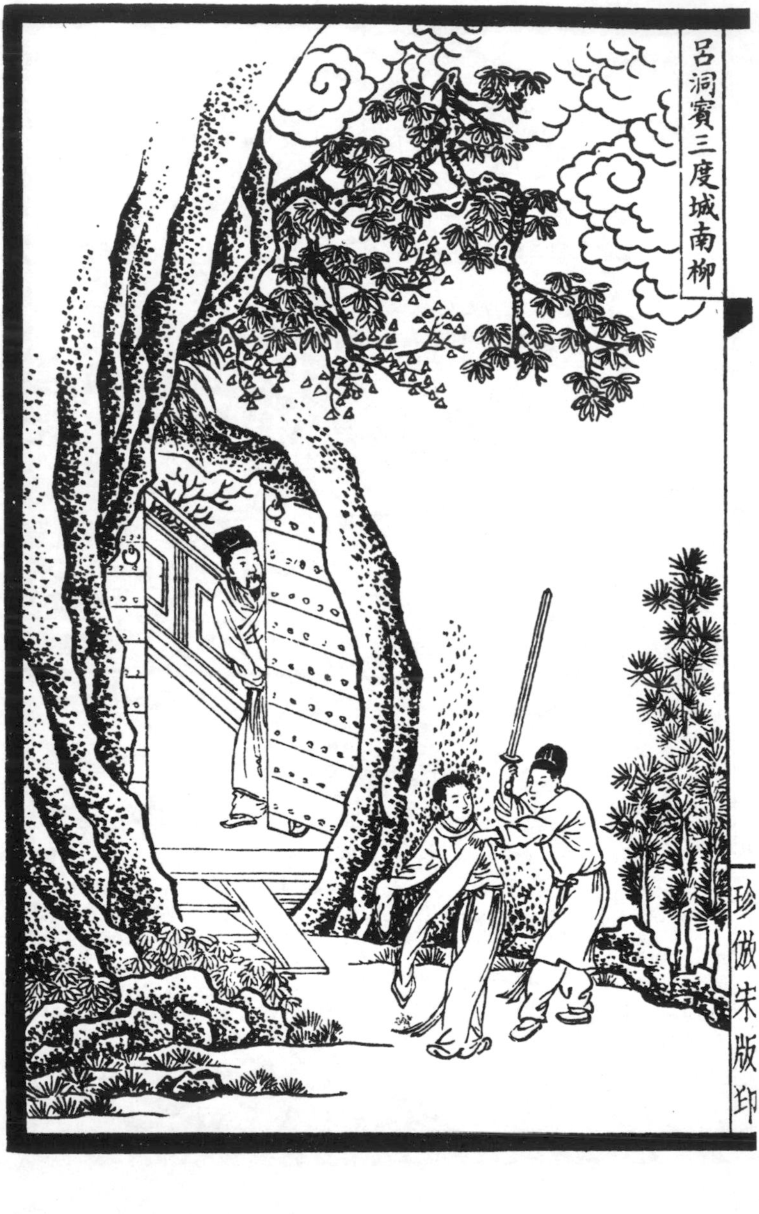

呂洞賓三度城南柳

呂洞賓三度城南柳雜劇

元　谷子敬撰

明吳興臧晉叔校

楔子

〔正末扮呂洞賓上云〕貧道姓呂名岩字洞賓道號純陽子隱于終南山遇鍾離師父授以長生之術得道成仙昔日師父曾說這岳州城南一株柳樹生數百餘年有仙風道骨教我度脫他如今來到這岳州地面不免扮做一個貨墨的先生去訪問咱哦遠望城南一片綠陰就是那株樹了原來在岳陽樓邊且往這樓上一看〔做到樓科〕〔叫云〕酒保何在〔丑扮酒保上云〕老漢姓楊在這岳陽樓下開着一箇酒店今日沒甚麼客只有一個先生在樓上我試問咱〔做見科云〕師父買幾多錢的酒〔正末云〕買五十文錢的酒相煩些下酒來〔酒保云〕這先生真是個乞化的買得五十文錢酒怎生又要案酒兀的酒在這裏實是遲了沒什麼下酒〔正末云〕有酒無殽怎生吃的下我這墨籃裏有王母賜的蟠桃一顆將來下酒〔飲酒喫桃科云〕咱凭欄看這柳樹果有仙風道骨爭奈他土木之物如何做得神仙必然成精之後方可成人成人之後方可成道我恰纔吃的這顆桃本是仙種我將桃核拋于東牆之下長成之後教他和這柳樹俱成花月之妖結爲夫婦那其間再來度脫他也未遲哩〔做下樓科云〕這桃終是仙種頃刻間可早開了花也你聽我囑付咱〔唱〕

〔仙呂賞花時〕今日箇嫩蕊猶含粉臉羞密葉空攢翠黛愁誇豔冶逞風流結上些鶯朋燕友可索及早裏便抽頭

〔幺篇〕休則管惱亂春風卒未休恐怕你憔悴秋霜非是久只等的

紅雨散綠雲收我那其間尋花問柳重到岳陽樓〔下〕

〔音釋〕 黛音代　卒粗上聲

第一折

〔旦扮桃花精淨扮柳樹精同上〕〔桃云〕妾身乃天上仙桃此乃城南柳樹昔日呂洞賓師父到此有意度脫這老柳將我種向鄰牆與老柳配作夫婦以此成爲精靈俺兩個都是妖物白日裏不敢出來則去深山裏潛藏晚夕方敢來這樓上宿歇似這等風吹日晾雪壓霜欺知他幾時能勾脫生如今天明了也俺兩個又索往深山中潛藏去來〔下〕〔正末上云〕貧道呂岩自從他天上仙桃配上城南老柳貧道不自去點化他如何成人則索離了仙府又往人間走一遭去也呵〔唱〕

〔仙呂點絳脣〕別却蓬壺坦然獨步塵寰去回首仙居兀良在縹緲雲深處

〔混江龍〕仙凡有路全憑着足底一雙鳧翱翔天地放浪江湖東訪丹丘西太華朝游北海暮蒼梧暫離真境來混塵俗覷百年浮世似一夢華胥信壺裏乾坤廣闊嘆人間甲子須臾眨眼間白石已爛轉頭時滄海重枯箭也似走乏玉兔梭也似飛困金烏看了這短光陰則不如且入無何去落的個詩懷浩蕩醉眼模糊

〔云〕可早來到岳陽樓也且買幾杯酒吃酒保何在〔酒保上云〕師父要多少錢酒〔正末云〕打一百錢酒〔酒保云〕酒在此〔正末云〕是好高樓也我且看景致咱〔唱〕

〔油葫蘆〕高聳聳雕闌十二曲接太虛層梯百尺步雲衢一會家望

齊州則索低頭數只恐怕近天宮不敢高聲語這樓襟三江帶五湖更對着君山千仞青如許喒這裏不飲待何如

〔天下樂〕拚着箇醉倒黃公舊酒壚笑三也波閭楚大夫如今這汨羅江有誰曾弔古怕不待騎鯨的飛上天荷鍤的埋入土則問你獨醒的今在無

〔酒保云〕這先生買了一百錢酒則管要添料這窮道人那裏討錢還我沒了酒也〔正末云〕他怕我無錢就說無了酒我飲與方濃怎生是好〔酒保云〕你要酒先數錢來〔正末云〕我委實無錢了也〔酒保云〕便無錢有甚麼隨身物件來當〔正末云〕道人有何物〔唱〕

〔金盞兒〕俺道人呵隻身軀走江湖量隨行有甚希奇物止不過墨籃琴譜藥葫蘆則你那尊中無綠蟻皆因我囊裏缺青蚨怎做得神仙留玉珮卿相解金魚

〔做解劍科云〕將這劍當下如何〔酒保云〕我不要他〔正末云〕我這劍非同小可〔唱〕

〔幺篇〕這劍六合砌爲罏二氣鑄成模呼的風喚的雨驅的雲霧屠的龍誅的虎滅的魑魅霜鋒如巨闕冰刃勝昆吾光搖牛斗暗氣壓鬼神伏

〔云〕你當下這劍有用他處〔酒保接劍掛背上科云〕這劍是有用處也好切菜先生酒不打緊如今天色晚了這樓上有兩個精怪到晚便出來迷人酒客晚間不敢在這樓上吃酒〔正末云〕有甚麼精怪我不怕他〔酒保云〕你有甚麼術法却不怕他〔正末唱〕

〔醉中天〕我比你無些懼你問我有何術〔指劍科〕則是這袖裏青蛇
膽氣麤怕甚麽妖精物我若是拔向尊前起舞手到處百靈咸助怎
容他山鬼揶揄
〔酒保云〕既然先生不怕我與你酒自斟自飲我下樓去也〔下〕〔桃柳精上云〕俺二人恰從山中
出來如今天色晚也咱去樓上宿歇去來〔做上樓驚拜科云〕不知上仙在此合當萬死〔正末唱〕
〔後庭花〕原來是逞妖嬈嬌豔姝弄精神老匹夫玄都觀爲頭樹彭
澤莊第一株〔云〕我問你咱〔唱〕你待何如敢又去迷人害物〔柳云〕弟子不敢
〔正末唱〕索問甚榮與枯無知的衰朽木反不如花解語
〔帶云〕桃呵〔唱〕
〔醉扶歸〕你自一點芳心苦〔柳云〕弟子幾時得度脫〔正末云〕柳呵〔唱〕幾時得
萬結翠眉舒〔桃柳各長吁科〕〔正末唱〕您兩箇對月臨風自嘆吁正是你
緣慘紅愁處〔桃云〕我這等仙種師父如何配與我柳樹〔正末唱〕只合與妖桃共居
天生下連枝樹
〔柳云〕師父弟子端的幾時得托生〔正末云〕你要托生你只在老楊家成人〔桃云〕弟子却是如
何〔正末云〕你也索跟將他去〔柳云〕師父別有甚遺下言語〔正末云〕你聽我說〔詩云〕獨自行
來獨自坐無限世人不識我惟有城南柳樹精分明知道神仙過〔唱〕
〔賺煞〕爲甚麽桃臉破紅顏柳眼垂青顧認得俺東君是主堪笑時
人空有目如盲般豈辨賢愚這火凡夫都是些懵懂之徒不識回仙

元姓呂則不如把紅塵跳出袖白雲歸去我則待朗吟飛過洞庭湖

（下）

（柳云）師父不肯度脫俺去了也我想師父說教俺老楊家成人必是老楊在師父跟前唆說不肯度脫咱兩個等老楊上樓來把他迷殺了却不是了當兀的不是老楊來也（酒保背劍上云）天色晚了我上樓收拾咱（見科叫云）有鬼有鬼（桃柳向前科）（酒保云）我可也不怕他有師父當下的劍將來砍這妖怪（做拔劍砍科砍中柳科柳走下）（又砍桃科桃走下）（酒保云）天色昏黑不知砍着甚麼東西只是各各的響我試點火來照一照（做照科云）原來砍着門前那老柳樹牆邊桃樹哦元來就是這兩件物成精作怪明日把柳樹截作繫馬樁埋在門前把桃樹鋸做桃符釘在門上着他兩個替我管門戶把這劍挂在樓上鎮着家宅我想那當劍先生也是高人他曾說這劍有用處果應其言等他來贖劍時請他吃一個爛醉也當是我的謝意（下）

〔音釋〕晾音諒　鳧音巫　翱音敖　俗詞殖切　眨側洽切　曲丘兩切　汨音密　鍤音括
物音務　魅音穌　魑音吾　刃仁去聲　伏房夫切　術繩朱切　揶音爺　揄音余
木音暮　目音暮　懵蒙上聲　出音杵　唆音梭

第二折

（正末上云）光陰好疾也自離了岳陽樓來山中住得一兩日世上早二十年也自從城南桃柳成其精靈貧道故將寶劍留與老楊着他手砍了他土木形骸教柳樹就托生在楊家爲男子教桃托生在隣舍李家爲女子他兩個成人結爲夫婦且教他酒色財氣裏過方可度脫他成仙了道則爲你這花和柳教我走三遭也（唱）

〔正宮端正好〕不爭我三入岳陽城又則索再出蓬萊洞跨黃鶴拂兩袖天風到世間不是我塵緣冗則被這花共柳相搬弄

〔滾繡毬〕怕不你柳色濃花影重色深沉暮煙偏重影扶疎曉日方融柳呵少不的半樹枯半樹榮桃呵少不的一片西一片東燕剪就亂絲也無用鶯擲下碎錦也成空幾曾見柳有千年綠都說花無百日紅枉費春工

〔帶云〕衆神仙都也笑我忙些甚麼〔唱〕

〔倘秀才〕那裏也清陰半空何處也紅芳萬種原來昨日今朝事不同尋舊跡覓遺蹤空留下故塚

〔云〕我上樓試看咱〔做坐定科云〕怎生不見人來〔桃柳精改扮同上〕〔淨云〕自家是岳陽樓下賣酒老楊的兒子生下來頭髮便白因此人皆叫我做老柳我今年二十歲了娶得個渾家是東鄰李家女兒名喚做小桃和我同年同月同日生我父親亡故多年我獨自管着這酒樓不知怎生俺這婦人常不言語可似啞的我十分愛他他却不愛我這家緣全然不管恰纔有個酒客上樓去了我去問他娘子你好生看着門戶〔做上樓見正末科〕〔正末云〕老柳你在這裏你認的我麼〔淨云〕我不認的你〔正末云〕二十年前我和你廝見來〔淨云〕這先生你敢錯認了我恰纔二十歲這二十年前那裏得我來你認的是俺父親老楊如今死過多年了〔正末背云〕他是不認的我去他身上帶意兒說上幾句看他省的省不的〔唱〕

〔滾繡毬〕當日死了你那老太公怎麼生下你這個小業種樗散材

怎能勾做梁作棟你這片歲寒心不到的似柏如松留下一枝兒繼你祖宗那取五株兒做你弟兄槁木般病形骸更沒些沉重乾柴般瘦身軀直恁麽龍鍾枉將你翠眉顰損閑愁甚空自把青眼睜開不認儂我須是昔日仙翁

〔云〕你看這掛的劍原是我昔日當下的今日特來回贖哩〔淨云〕先生休胡說這口劍不曾生我時有個神仙留下我父親說這口劍曾除了樓上兩個妖精以此掛着鎮宅你怎麽說是你的你比那神仙多幾歲〔正末云〕我不與你說喚你渾家來他便認的我〔淨云〕奇話俺那渾家從不曾出來賣酒他那裏認的你我喚他出來看認的你麽〔做喚科〕〔旦上見正末拜科〕〔正末云〕小桃你也在這裏〔唱〕

〔脫布衫〕則見他烏雲墜蟬鬢鬅鬆秋波困醉眼朦朧酒力透冰肌色濃枕痕印粉腮香重

〔小梁州〕爲甚這兩朵桃花上臉紅須是你本面真容想着那去年今日此門中你將我曾迎送這搭裏再相逢

〔旦云〕師父怎這許多時不見師父來買酒喫〔正末唱〕

〔幺篇〕恰便似漢劉郎誤訪桃源洞奈惜花人有信難通〔淨看旦笑科〕

〔正末唱〕他頻將柳眼窺你把花心動怕不年高德重人則道臨老入花叢

〔淨云〕好是蹺怪俺這渾家見了這先生就會說話了又似認的他一般〔正末云〕老柳再打酒來

不少你錢〔淨取酒上云〕今日見了師父俺渾家又會說話我喜之不勝俺夫妻二人伏侍師父只管吃醉不要還酒錢〔正末唱〕

〔滾繡毬〕我待從容飲巨觥他可殷勤捧玉鍾出紅妝主人情重強如列珍羞炮鳳烹龍〔淨云〕師父我會舞等渾家也唱一個曲兒替師父送酒何如〔做舞唱科〕〔正末唱〕你看尊中酒不空筵前曲未終怎消得賢夫婦恁般陪奉〔淨云〕師父俺兩口兒這般歌舞堪做一對兒〔正末唱〕你那小蠻腰敢配不上樊素喉嚨休看那舞低楊柳樓心月且聽這歌盡桃花扇底風倚翠偎紅

〔云〕感你兩個好意我雖醉有句話與你兩個說想人生青春易過白髮難饒你兩個年紀小小的則管裹被這酒色財氣迷着不肯修行辦道還要等甚麼〔唱〕

〔白鶴子〕年光彈指過世事轉頭空則管苦戀兩枝春可怎生不悟三生夢

〔云〕你跟我出家去罷〔淨云〕跟你去呵怎生〔正末云〕跟我去呵〔唱〕

〔幺〕學長生千歲柏不老萬年松我將你柳向玉堂栽花傍瑤池種

〔淨云〕不跟你去却怎生〔正末唱〕

〔快活三〕少不的葉凋也翠幕傾花落也錦機空管取你一般瀟灑月明中棲不得鸞和鳳

〔鮑老兒〕那其間白雪飄飄灞岸東飛絮將斜陽弄紅雨霏霏漢苑

中殘英把春光送老了錦鶯愁翻粉蝶怨殺遊蜂芳菲渺渺韶光苒苒歲月匆匆

（淨云）師父怕不如此說我怎生捨得這家緣過活夫婦恩情便跟隨你去（旦云）他不肯去小桃情願跟師父出家（正末唱）

〔啄木兒尾〕怕不你霜凝時剛挨得秋雪飄怎過冬覷了這沒下稍的枯楊成何用想你那南柯則是一夢爭如俺桃花依舊笑春風（同旦下）

（淨云）這潑婦真個跟了那先生去了我也顧不的家緣活計取下這劍來帶着趕將去賊道我不到的放過你哩（下）

〔音釋〕擲音直　樗昌書切　顰音頻　鬅音朋　鬆思宗切　叢音從　觥音公　炮音袍

第三折

（正末改扮漁翁上云）老夫漁翁是也駕着一葉扁舟是俺平生活計誰似俺漁人快活也呵（唱）

〔南呂一枝花〕蠅頭利不貪蝸角名難戀行藏全在我得失總由天甘老江邊富貴非吾願清閑守自然學子陵遁跡在嚴灘似呂望韜光在渭川

〔梁州第七〕雖是箇不識字烟波釣叟却做了不思凡風月神仙儘他世事雲千變實丕丕林泉有分虛飄飄鐘鼎無緣想着那鬧炒炒東華門外怎敵得靜巉巉西塞山前脚蹤兒不上淩烟夢魂兒則想

江堧覷了那忘生捨死的將軍過虎豹關中躭驚受恐的朝士擁麒
麟殿前爭如俺少憂沒慮的儂家住鸚鵡洲邊茍延數年我其實怕
見紅塵面雲林深市朝遠遮莫是天子呼來不上船飲興陶然
〔隔尾〕旋沽村酒家家賤自釣鱸魚箇箇鮮醉與樵夫講些經傳春
秋有幾年漢唐事幾篇端的誰是誰非喒兩個細數演
〔云〕因和那樵夫飲了幾盃酒不覺的醉了咱脫下這簑衣來鋪着就這磯頭上睡一覺咱〔睡科〕
〔淨上云〕不想俺那渾家跟着先生去了我隨後趕來到這渡頭原來是個截頭路兀的見一隻漁
船流將下來我帶住這船等有人尋時教他渡過我去〔做帶船〕〔正末醒科云〕怎生不見了漁船
〔唱〕
〔牧羊關〕恰纔共野老清辰飲因此伴沙鷗白晝眠覺來時怎生這
釣魚船不見這其間黃蘆岸潮平白蘋渡水淺莫不在紅蓼花新灘
下莫不在綠楊樹古堤邊則見那人影裏牽回棹原來是柳陰中纜
住船
〔背云〕那裏有什麼漁翁就是我故意變化了的教他不認得〔做叫科云〕兀那漢子這漁船是老
夫的〔淨云〕這船原來是那漁翁的我將這船還你借問漁翁曾見個出家的先生引着個年小的
婦人從這裏過去麽〔正末云〕是見有兩箇人過去〔唱〕
〔隔尾〕見一箇龐眉老叟行在前面見一箇絕色佳人次着後肩恰
渡過芳洲早望不見多管在竹林寺邊桃花塢前便趁着東風敢去

不遠〔淨云〕他端的是那裏去了〔正末唱〕

〔牧羊關〕他去處管七十二福地轄三十六洞天這河與弱水相連山號崑崙地名閬苑須不是繫馬郵亭畔送客渭城邊離你那汴河隄早程三百隔您那灞陵橋有路八千

〔淨云〕遮莫他恁地遠我也要趕上他漁翁怎生渡的我過去〔正末云〕要我渡你也容易你息得心上無明火便渡你過去〔淨云〕有何難處我若趕上他則不傷害他便了〔正末云〕你帶着劍做甚麼〔淨云〕這劍是那先生當下的我如今送還他去〔正末云〕既如此渡你過去〔淨上船正末收簑衣開船科云〕這等的風雪滿天沒奈何渡你過去〔唱〕

〔罵玉郎〕覷了這瓊花頃刻飄揚徧銀海島玉山川滄波萬頃明如練龍鱗般雲外飄鵝毛般江上剪蝶翅般風中旋

〔感皇恩〕可早漫地漫天更撲頭撲面雪擁就浪千堆雪裁成花六出雪壓得柳三眠〔淨云〕這雪看看下得大了好冷也〔正末唱〕你這般愁風怕雪甚的是帶雨拖烟你索拳雙足瞑雙目聳雙肩

〔淨云〕我起去搖櫓借你簑衣披着〔做借簑衣科〕〔正末唱〕

〔採茶歌〕他將我綠簑穿他把那櫓繩牽兀的是柳絲搖拽晚風前那裏是雪片紛紛大如手須是楊花滾滾亂如綿

〔云〕船到岸了你脫簑衣還我你上岸去〔淨脫簑衣科云〕漁翁我這一去尋得俺那渾家着尋不

着〔正末唱〕

〔哭皇天〕誰着你鎖鴛鴦繫不緊垂楊線今可去覓鸞膠續斷絃遮莫你上碧霄下黃泉赤緊的天高地遠你若不依着我正道我若不指與你迷途柳呵你便柔腸百結巧計千般渾身是眼尋不見花枝兒般美少年枉將你腰肢擺困怎得你眉頭放展

〔淨云〕我不認的去路漁翁指引我去咱〔正末唱〕

〔烏夜啼〕見放着一條捷徑疾如箭索甚麼指路金鞭管教得見你那春風面行處休俄延坐處莫留連要問時則問那昔年劉阮洞中猿待尋呵再休尋舊時王謝堂前燕那裏也白玉樓黃金殿休看做亞夫營裏陶令門前

〔淨云〕那裏是什麼所在俺渾家知他是有也無〔正末唱〕

〔賀新郎〕那搭兒別是一重天盡都是翠柏林巒那裏取綠楊庭院數聲鶴唳呵不比那兩箇黃鸝囀縱有那驚俗客雲間吠犬須無那聒行人風外鳴蟬你休錯認做章臺路管取你誤入武陵源那裏有碧桃千樹都開徧你去那叢中尋配偶便是花裏遇神仙

〔淨云〕多謝漁翁指引若尋得俺渾家回來還再謝你〔正末云〕正道不遠只在這裏便是〔唱〕

〔煞尾〕天寬呵無由得遇青鸞便海闊也有信難通錦鯉傳也不索登長空臨巨淵過重山涉大川只隔得一片白雲便相見天涯在你

目前海角在你足邊不比你那送行處西出陽關路兒遠〔下〕

〔淨云〕幸得這漁翁渡我過來又指引我正道則索依着他前面去走了許遠只見西面雲山重重疊疊知他是那裏兀那松陰下有個洞門裏面必定有人我索問一聲〔做敲門旦上開門科問云〕是誰〔淨做見科云〕我那裏不尋那裏不覓元來你却在這裏喒和你回去來〔旦云〕這便是家我那裏去師父在裏面等我〔淨云〕這歪剌骨無禮我偌遠趕來尋你你不回去只戀着那先生是甚麼緣故這等潑賤不殺了要他何用〔做拔劍殺旦科云〕我把這死屍丟在洞門前水裏流將去我藏了這劍等那先生出來也殺了他方纔出的我這一口臭氣〔外扮公人上云〕殺人賊那裏去〔淨慌走公人趕上拿住科云〕咱拿殺人賊見官去來〔左右報復云〕〔外扮孤上云〕今日升衙是誰這等炒鬧〔公人云〕拏得殺人賊在此犯人當面〔孤云〕這廝如何白日殺人〔淨云〕小人不曾殺人我的渾家被一個先生引到這裏小人尋見了教他跟我回去被那先生把我渾家殺了不干小人事〔孤云〕你認的那先生麼〔淨云〕小人認的〔孤云〕左右押這廝去尋那先生來對理〔押淨下〕

〔音釋〕 蝸音蛙 韜音叨 巉初銜切 堧口專切 轄音狎 閬音浪 旋去聲 唳音利

第四折

〔正末上云〕貧道呂岩若不引小桃到此怎能賺得老柳也到這裏我着小桃出洞相迎眼見的老柳將小桃殺了他如今已入長生之境如何殺得他老柳必然逃避遮莫你走到那裏貧道要尋你有何難哉〔唱〕

〔雙調新水令〕恰攜的半堤烟雨過瀟湘有心待栽培在九重天上

誰想從朝不見影到晚要陰涼空教我立盡斜陽臨岐處漫凝望

〔柳上云〕兀的不是那先生〔公人云〕恰纔拿住這賊他道這婦人是他渾家指攀你殺了來〔正末唱〕

〔駐馬聽〕則爲你體性顛狂柳絮隨風空自忙可憐芳魂飄蕩撇得桃花逐水爲誰香你是箇入天台逞大膽的莽劉郎掃蛾眉下毒手的喬張敞只待學賺神女楚襄王送的下巫峽你却在陽臺上

〔公人云〕同見官去你兩個折證咱〔行科孤上做見科〕〔正末云〕貧道稽首〔孤云〕兀那道人那廝指你殺了他媳婦端的是誰殺來〔正末云〕他渾家跟我修行辦道這廝尋見將他殺了不干貧道事〔淨云〕是他殺了〔正末云〕則看誰有刀仗便是殺人的〔孤云〕這個說的是左右搜看〔公人搜淨見劍科〕〔正末唱〕

〔喬牌兒〕自古道捉賊先見贓索甚當官與招狀覷了這殘紅數點在龍泉上眼見的小桃花劍下亡

〔孤云〕這廝白晝殺人合該償命又不合妄指平人就着這先生親手殺他〔正末指劍科云〕你可還我劍也〔淨哭云〕誰想我死在今朝也〔正末唱〕

〔鴈兒落〕枉了你千條翠帶長萬縷青絲颺不將意馬拴却把心猿放

〔得勝令〕呀推倒老孤椿橫在小池塘未做擎天柱先爲架海梁你看一寸春光能有幾日柔條旺犯着咱三尺秋霜管教你登時落葉

黃

〔做殺淨閉目科〕〔正末背劍打漁鼓領子孤公人各改扮衆仙上〕〔正末云〕弟子如今省了也〔淨開目科云〕恰纔殺了我如何又活了呀原來我是城南柳樹精可知頭上生出柳枝來〔做打稽首云〕師父原來這官府公人都是神仙可是那幾位〔正末云〕這七人是漢鍾離鐵拐李張果老藍采和徐神翁韓湘子曹國舅〔唱〕

〔水仙子〕這個是攜一條鐵拐入仙鄉這個是袖三卷金書出建章這個是敲數聲檀板游方丈這個是倒騎驢登上蒼這個是提笊籬不認椒房這個是背葫蘆的神通大這個是種牡丹的名姓香〔淨云〕這七位神仙都認的了師父可是誰〔正末唱〕貧道因度柳呵道號純陽

〔淨云〕弟子恰纔省了也師父是呂真人弟子是城南柳樹精〔正末云〕既知你本來面目我今番度你成道如今跟俺羣仙同赴瑤池西王母蟠桃會去如何不見桃花仙女來此獻桃〔旦捧桃上云〕因師父度脫成仙將自家結了的仙桃王母娘娘行獻壽去來〔見科〕〔正末云〕恰纔殺了的是他幻身他是瑤池仙種已入長生不死之鄉只爲你老柳是土木之物難以入道因此教他塵世走這一遭〔唱〕

〔落梅風〕則爲你臨官路出粉牆常只是轉眼間花殘花放引的箇呆崔護洞門前來謁漿且喜你桃源故人無恙

〔衆仙行科〕〔旦扮王母引金童玉女上云〕小聖乃西池金母是也今日設下蟠桃宴請八洞神仙都來赴會咱〔衆仙見科〕〔正末云〕今日呂岩度的老柳小桃特來娘娘前祝壽你兩個過來參見

娘娘者〔做見科〕〔旦獻桃淨進酒衆仙奏樂科〕〔正末唱〕

〔滴滴金〕看了這仙袂飄颻仙姿綽約仙音嘹喨人在五雲鄉更有那寶殿參差蓬山掩映瑤池搖漾全不比半畝方塘

〔折桂令〕端的是隔紅塵景物非常上面有彩鳳交飛青鳥翱翔和那瑤草爲隣靈椿共茂丹桂同芳只教你占斷風清月朗根盤的地老天荒我爲甚折取垂楊移向扶桑但能勾五千歲遐齡索強如九十日韶光

〔王母云〕蟠桃宴罷老柳你既成仙可隨洞賓去小桃只在小聖左右衆仙聽我剖斷他兩個咱〔詞云〕柳共桃今番度脫再不提妖嬈嬝娜說與你金縷千條道與你紅雲一朶你休去灞岸拖烟你休去玄都噴火柳絲把意馬牢拴桃樹把心猿緊鎖你做了酒色財氣你辭了是非人我今日個老柳惹上仙風和小桃都成正果〔旦淨謝科〕〔正末唱〕

〔隨尾〕從此後溪花喜有人相傍岩枝怕甚風搖蕩今日箇繁華夢恰纔醒翠紅鄉再休想

〔音釋〕賺音湛　颺音樣　笊音爪　嘹音僚　喨音亮　參抽森切　差抽支切　脫音妥
嬝音鳥　娜挪上聲

題目　岳陽樓自造仙家酒
截頭渡得遇垂綸叟
正名　西王母重餐天上桃

呂洞賓三度城南柳

呂洞賓三度城南柳雜劇

珍倣宋版印

須賈大夫誶范叔
倣丁野夫筆

張祿丞相報魏齊

珍倣宋版印

須賈大夫誶范叔雜劇

元　撰

明吳興臧晉叔校

楔子

（淨扮魏齊領卒子上詩云）自從分晉列爲侯天下雄兵數汴州誰想馬陵遭敗後至今說着也還羞某乃魏齊是也佐於魏國爲丞相之職想俺先祖魏斯與那趙籍韓虔同爲晉大夫三分其地我魏國建都於大梁今天下幷爲七國是秦齊燕趙韓楚和俺魏國各據疆土倚强凌弱不肯相下俺魏國與齊國有積世之讎前年齊國遣孫臏統領軍馬明稱救韓暗來襲魏被他詐敗佯輸添兵減竈在馬陵山下削木爲號衆弩俱發射死大將龐涓擄了長兄公子申歸齊俺魏國從此不振曾許他三年一進貢屈指之間早是三年了也近日俺惠王病染不安命俺權國欲遣一文武全備能言快語之士往聘齊國一來還他三年貢物二來求放公子申還朝重修兩國之好永爲唇齒之邦俺國中惟有中大夫須賈其人可以任使已曾奏知俺主着他前去他說今日起程必來辭別可怎生這早晚還不見來左右與我門首覷者若須賈來時報復我知道（卒子云）理會的（冲末扮須賈上云）小官魏國中大夫須賈是也俺主惠王不豫魏齊權國令小官奉使於齊奈小官生而拙訥不能應對恐誤兩國之好小官家中有一辯士乃是范雎此人深懷妙策廣覽羣書問一答十堪充其任小官欲舉此人同去也見俺魏國多才有何不可此間正是相府門首小校報復去道有須賈來了也（卒子做報科）（魏齊云）道有請（卒子云）請進（做見科）（魏齊云）大夫你來了也今日爲何還不登程（須賈云）須賈行李已發還有一事未敢擅便特此稟知（魏齊云）大夫有何事但

說不妨〔須賈云〕須賈平日拙口鈍辭猶恐應對有誤家中有一辯士名曰范雎得與此人同行凡事計議萬無一失須賈未敢自專請老相國裁奪〔魏齊云〕你說那范雎在於何處〔須賈云〕現在舍下〔魏齊云〕既然如此何不就着此人來見俺波〔須賈云〕左右請將范先生來者〔卒子做喚科云〕范先生安在〔正末扮范雎上云〕小生姓范名雎字叔本貫魏國人氏幼習儒業兼看兵書不幸父母早年亡化在此中大夫須賈門下做着箇門館先生今日着人呼喚不知有甚事須索走一遭去〔做見須賈科云〕大夫呼喚小生有何事分付〔須賈云〕今小官奉使往齊特舉先生爲副萬一請得魏申公子還國先生必有重用俺適纔已稟過魏相了同去見來〔正末云〕既如此大人請先小生隨後〔須賈做入見科云〕稟上老相國則此人便是范雎〔正末拜科〕〔魏齊云〕辯士免禮恰纔須賈大夫舉薦你同入齊爲使若保的俺長兄公子無事還於本國那其間自有重賞加官也〔正末云〕大人放心小生自今日入齊爲使管教公子無事還國也〔唱〕

〔仙呂端正好〕憑著俺仲尼書蒼頡字周公禮子產文辭奈家貧不遇人驅使怎肯道是無用也於才思

〔魏齊云〕只要你保的公子還國必有重用〔正末唱〕

〔么篇〕常則是半生忙不遂我平生志居陋巷甘分隨時今日箇和使臣冠蓋相隨次離魏國到臨淄憑喉舌決雄雌休戰陣免興師〔帶云〕大人放心憑范雎三寸之舌包請俺公子歸國便了〔唱〕管成就這公事〔下〕

〔須賈云〕須賈就此告行上託宗廟之靈君主之福下賴公子之德相國之威管取兩國和好無負此一番使命也〔做拜別科〕〔魏齊云〕大夫則要你小心在意者〔須賈做出門科云〕左右那裏收

拾行裝輕車一輛從者六七人與范雎先生同往齊邦爲使則今日走一遭去〔詩云〕從來使命本非輕猶喜相知共此行三寸舌爲安國劍一函書作固邊城〔下〕〔魏齊云〕令人安排酒果到於十里長亭與須賈大夫餞行去來〔下〕

〔音釋〕臏音鬢　使去聲　雎音疽　頡奚耶切　思去聲　分去聲　從去聲　函音銜　餞音箭

第一折

〔外扮騶衍領張千上詩云〕形據瑯琊勝財歸渤海肥七雄誰第一什二在東齊小官乃齊國中大夫騶衍是也方今周室既衰列國諸侯互相吞併號曰七雄是秦齊燕趙韓楚魏先年間俺國與魏邦有隙皆因魏邦倚恃龐涓之勢屢次侵犯俺國後來遣卜商大夫往魏進茶聞知孫子大賢在茶車裏暗藏他歸國俺主公拜爲軍師是時龐涓伐韓孫子口稱救韓卻引兵徑去襲魏詐敗佯輸添兵減竈龐涓大喜曰我固知齊軍怯入我境士卒亡者過半矣竟被孫子將那龐涓賺到馬陵山下誅了連他公子申也被擄了魏邦因此許俺三年進貢今經第三年也魏邦使臣乃是須賈帶一副使名爲范雎這范雎果然是箇能言巧辯之士俺主公見他一席話不勝大喜遂放公子申還國兩邦修好永爲脣齒俺主公特遣小官在驛亭中擺設筵宴管待范雎更有偌多賞賜禮物表俺主公敬賢之意張千門首覷者若賢士來時報復某知道〔正末上云〕小生范雎隨着須賈大夫到此齊國爲使見了齊君被小生幾句話打動的他心歡意悅就釋放俺公子申無事回還今日有齊國中大夫騶衍在驛亭中令人相請須索去走一遭想俺學成文武全才虛淹半世幾時是那崢嶸發達時節也呵〔唱〕

〔仙呂點絳脣〕日月煎熬利名牽擾人空老今日明朝則俺這愁思知多少

〔混江龍〕若依着先王典教貧而無謟富無驕俺可甚一身流落半世辛勞常只是白首相知猶按劍枉了也朱門先達有同袍猛回頭則落的紇地微微笑倒不如癡呆懵懂甘守着陋巷的這簞瓢

〔云〕可早來到驛亭也令人報復去道有范雎在於門首〔張千做報科云〕報的大人得知有范雎來了也〔騶衍云〕道有請〔張千云〕請進〔做見科〕〔騶衍云〕賢士小官奉主公命令在此相候良久賢士請坐〔正末云〕量小生有何德能勞大王如此重待〔騶衍云〕賢士有如此大才久後必有大用也〔正末唱〕

〔油葫蘆〕自古書生多命薄端的可便成事的少你看幾人平步躡雲霄便讀得十年書也只受的十年暴便曉得十分事也抵不得十分飽至如俺學到老越着俺窮到老想詩書不是防身寶剗地着俺白屋教兒曹

〔騶衍云〕賢士如今這秀才每但讀些書便去求官應舉賢士有如此大才何不進取功名也〔正末唱〕

〔天下樂〕他每只是些趨避當差影身草自古來文章可便將人都誤了〔騶衍云〕我想古人都是靠着文章出身的怎見得就誤了人來〔正末唱〕勸今人休將前輩學〔騶衍云〕學便如何〔正末唱〕學卞莊斬虎的入虎穴學呂望釣魚

的近池沼學太康放鷹鶻拿燕雀

〔騶衍云〕賢士你不學古人待要怎生也〔正末唱〕

〔那吒令〕我論着那斬虎的則不如去斬蛟〔騶衍云〕這釣魚的可是如何〔正末唱〕釣魚的則不如去釣鰲〔騶衍云〕這放鷹的可是如何〔正末唱〕放鷹的則不如去放鵰調大謊往上攛抱麤腿向前跳倒能勾祿重官高

〔騶衍云〕賢士如今世上都是只敬衣衫不敬人的時節也須穿着那鮮明衣帽打扮的齊整些纔好〔正末唱〕

〔鵲踏枝〕但有些箇好穿着好靴脚出來的苫眼鋪眉一箇箇納胯那腰說謊的今時可便使着天那則俺這誠實的管老死蓬蒿

〔騶衍云〕賢士你何不尋幾箇相識朋友告求些齎發去〔正末唱〕

〔寄生草〕本待要尋知契謁故交早十家九家門關了起三陣五陣簷風哨有千片萬片梨花落但得箇一頃半頃洛陽田誰待想七月八月長安道

〔騶衍云〕張千將酒來〔張千云〕酒到〔騶衍云〕賢士小官奉命將着那牛酒管待賢士請滿飲此杯者〔做遞酒科正末云〕大人請〔騶衍云〕賢士請〔正末云〕恭敬不如從命小生飲這杯酒咱〔做飲酒科〕〔騶衍云〕小官奉主公的命在此驛亭中管待賢士須要盡醉方歸張千喚將那歌兒舞女來者着他席間伏侍賢士〔張千云〕歌兒舞女走動〔二旦上動樂科〕〔騶衍云〕賢士如今暮冬天道紛紛揚揚下的是國家祥瑞更接着這歌兒舞女嬌喉細細紅袖翩翩賢士請放開懷抱滿

飲一杯者〔正末云〕大人委的是好受用也〔唱〕
〔金盞兒〕俺只見瑞雪舞鵝毛美酒泛羊羔這陰風不透重簾幙兩
行絃管列妖嬈頻敲白象板輕品紫鸞簫〔駱衍云〕賢士此處比門外又是一般
天氣〔正末唱〕抵多少地寒氈帳冷殺氣陣雲高
〔駱衍再遞酒科云〕小官想來據賢士有經綸濟世之才補完天地之手文通三略武解六韜只合
早決功名立取榮耀剗地困於窮途可不枉了你也〔正末云〕大人我范雎幼年失教不諳經史想
為官者要忠勤廉正去暴除貪量范雎是一愚魯之夫則可待時守分知命安身未敢希望功名也
〔唱〕
〔醉扶歸〕俺則待手把着嚴陵釣耳洗着許由瓢不圖他頂冠束帶
立於朝但得箇身安樂〔駱衍云〕賢士你怎麼說這等沒志氣的話人生功名富貴皆由
自取也不專是天數〔正末唱〕則這的便是俺一斟一酌再休題富貴也有箇
輪來到
〔駱衍云〕賢士你看俺為官的喫堂食飲御酒佳人捧臂壯士執鞭出則高牙大纛入則峻宇雕梁
堂上一呼堦下百諾何等受用似你這閑居的麤衣淡飯草履麻絛有甚麼好處〔正末云〕大人則
您這為官的怎比俺清閑快樂也〔唱〕
〔金盞兒〕你為官的剛量度今朝又早想來朝您幾時學得俺齁齁嘍
嘍一枕頭雞叫〔駱衍云〕倒是你那閑居的好〔正末唱〕閑居的無事那逍遙喫
的是醽醁一醉酒直睡到紅日半竿高則俺這無憂愁青衲襖索強

如你躭驚怕紫羅袍

〔騶衍云〕賢士再飲一杯〔正末做醉科云〕大人酒勾了也〔做睡科騶衍云〕賢士敢有酒睡着了也左右休大驚小怪的等賢士醒來時再飲幾杯者〔須賈上云〕不如意事常八九可與人言無二三小官須賈自至齊國賴得范雎之力在齊王座間反覆辯論范雎對答如流辭無凝滯齊王大喜厚賜回聘禮物又放俺公子申還國永爲唇齒之邦豈不可喜小官今早謝過了齊王止有中大夫騶衍尚未面別聞知他在驛亭待客不若就彼處告辭令人騶大夫在此麼〔張千云〕俺大夫在此待客哩〔須賈云〕有勞報復一聲道有魏須賈還國特來告別〔張千做報科〕〔騶衍云〕你說管待賢士着他回去明日來辭〔張千做回科云〕俺大夫管待賢士哩着你明日來辭〔須賈云〕公子和行李都已先去了怎生是好令人有勞再說一聲道須賈不能久待〔張千云〕俺大夫着你明日來辭我怎敢又過去〔須賈云〕沒奈何再央你過去說一說〔張千云〕也罷你且等着待我與你再稟〔張千做稟科云〕有須賈他說即刻要辭別不能久待〔騶衍做怒科云〕這廝好打說道管待賢士哩着他明日來我沒有私宅的這裏也不是他告辭處你休出去一壁有者〔張千做侍立科〕〔須賈云〕小官在此門下伺候良久不見回音莫不那祗候人不肯通報麼天色漸晚恐怕誤了程途待不辭來又恐怕大夫見罪他說管待賢士不知管待的是何賢士我自過去有何不可〔做入門科云〕這是儀門前且莫過去我試看咱〔做見正末驚科云〕我道大夫管待甚的賢士可是俺那范雎此席爲何而設我過去覷破此人看他說甚麼〔做進見正末驚起科云〕呀大夫到此也〔須賈云〕范雎你也在這裏那〔正末云〕是小生被召在此〔須賈云〕須賈奉使多謝大夫周方今日還國特來告辭〔騶衍云〕須賈你來是拜辭還是擡席我沒有私宅的麼這驛亭中豈是你辭別去

處我若不看賢士之面我將你囚於齊國着你終身不能回去也〔須賈做怕科云〕小官得罪了也小官在門外聽候〔騶衍云〕住者須賈着你道大雪中來辭我怎生無一杯酒與你喫看着賢士面上令人將酒來〔張千做斟酒騶衍遞科云〕須賈滿飲一杯〔須賈云〕小官謹領〔騶衍云〕住者賢士不曾飲過哩須賈你怎敢先飲〔須賈做低頭科云〕是是是〔騶衍云〕賢士滿飲此杯者〔正末云〕小生怎敢先飲〔騶衍云〕賢士恭敬不如從命賢士飲了者〔正末云〕小生飲〔做飲酒科〕〔騶衍云〕令人將酒來須賈你滿飲一杯〔須賈做接酒科〕〔騶衍云〕住者你慌做甚麼大甕家釀着酒哩你喫多少靠後賢士一隻脚兒來兩隻脚兒來賢士請箇雙杯〔正末做飲酒科云〕小生飲〔騶衍云〕令人將酒來須賈你飲這杯酒〔須賈做接酒科〕〔騶衍云〕住者幾年不曾見那酒兩隻手撈鈴一般相似靠後賢士可不道三杯和萬事一醉解千愁〔正末云〕小生酒勾了也〔騶衍云〕賢士旣不用酒叫左右將禮物來〔卒子做托砌末上科〕〔騶衍云〕賢士小官奉主公之命有黃金千兩權爲路費少助行色莫嫌輕微也〔正末云〕大夫小生多蒙大王厚禮這等牛酒管待尙且難消又賜黃金千兩斷然不敢叨受〔騶衍云〕賢士俺主公所賜之物賢士不受莫非嫌輕麼〔正末唱〕

〔賺煞〕我可也敢嫌輕〔騶衍云〕莫非爲少麼〔正末唱〕非爲少〔騶衍云〕賢士不受可是爲何那〔正末唱〕則俺這窮命裏消他不了〔騶衍云〕蔬菜薄味不成管待〔正末唱〕百味珍羞食又飽〔騶衍云〕賢士有酒哩再飲幾杯波〔正末唱〕便做道酒腸寬沉醉醄醄俺這裏下堦道〔做行復立科云〕范雎你不辭而回是何禮也〔做回謝科唱〕屈脊低腰承管待深恩甚時報〔騶衍云〕賢士這黃金是主公所賜請收了者〔正末

唱〕這千金敢叨〔須賈云〕大夫見賜安得而辭〔正末唱〕斷然的不要〔須賈云〕可不道富與貴人之所欲也〔正末云〕不義而富且貴於我如浮雲〔唱〕俺則待麤衣淡飯且淹消〔下〕

〔騶衍云〕賢士去了麼〔張千云〕去了也〔騶衍云〕須賈你知罪麼〔須賈云〕小官不知罪〔騶衍云〕須賈你豈不聞任賢則昌失賢則亡故秦用百里奚而秦霸鄭用子產而鄭强吳去子胥而吳衰越去范蠡而越滅如你魏國可謂失賢矣前者不用孟子爲相却用龐涓爲帥所以馬陵之戰你國公子申被擄於此如今有一范雎又不能用而爲相却用你爲大夫俺主公釋放你公子申還國者專爲范雎之賢也兀那須賈你到於本國便能辭官謝罪讓位范雎萬事罷論倘若挾寃記讎須賈你覷者俺這裏雄兵百萬戰將千員有一日兵臨城下將至濠邊四下裏安環八下裏拽砲人平了你宅舍馬踐了你庭堂將你魏國踏踏的粉碎那其間則怕你悔之晚矣須賈〔詩云〕你也曾讀古聖文章須知蔽賢者謂之不祥莫等待兵臨城下方纔懊悔道自取其殃〔下〕〔須賈云〕我正疑怪范雎今日臨行不見却在此間飲酒我乃魏國中大夫受命爲使倒不得與此宴范雎是一從者反受他牛酒管待又賜黃金千兩我若非親身至此怎知有這等事我想范雎本是一箇貧士因見我到此故不敢受他這千金之賜我如不來此金必然受了教我轉轉猜疑其中必然暗昧〔做沉吟科云〕這有甚麼難見處想必范雎在我背後以魏國陰事告齊故得此重賞范雎你好無禮也你坐於堂上我立於堦下全無一點不安的意思今日之事我且藏於腹中等待還國之後范雎喒和你兩箇慢慢的說話正是恨小非君子無毒不丈夫〔下〕

〔音釋〕騶音鄒　勝平聲　懵蒙上聲　懂音董　簞音丹　薄巴毛切　躡音聶　學奚交切

鶻紅姑切　雀音勦　著池燒切　脚音皎　苫聲占切　那音挪　哨雙罩切　落音

澇　重平聲　幞音冒　行音杭　解音械　樂音澇　酌音沼　纛音毒　軃阿溝切

勾去聲

第二折

(魏齊領卒子上云)某魏齊是也遣須賈大夫入齊為使不想齊王就放長兄魏申還於本國又有回聘之禮此皆是須賈大夫之功也今日他在宅中安排酒殽請某赴宴想為賞雪而設已曾分付左右輛起安車往須賈大夫宅中走一遭去(下)(須賈引祗從上云)小官須賈自從使齊還國主公大喜優禮甚厚止有范雎一事還不曾說明今日就家中略備菓桌專請丞相一人要究范雎受齊宴賞之私是何緣故早間已令人請下未見到來時遇暮冬天道紛紛揚揚下着國家祥瑞天色寒冷一壁廂備下熱酒伺候左右門首覷者等丞相來時報復我知道(祗從云)理會的(魏齊領卒子上詩云)紫閣黃扉相府開安危須仗出羣材車聲何事轔轔動專為華筵賞雪來此間正是須賈大夫私宅門首令人報復去道某家來了也(祗從做報須賈慌接科云)須賈有何德能敢勞老相國屈高就下也(魏齊云)多承大夫重意老夫來遲休怪(須賈云)不敢令人一面吹打擡上果桌來者(祗從做擡果桌須賈遞酒科云)將酒來老相國請滿飲此杯(魏齊云)大夫此一遭出使保的長兄還國皆是大夫之力也(須賈云)此豈須賈之能全仗主公的洪福老相國的餘威何足掛齒今日雪中荷蒙台駕降臨須賈不勝榮感但有一事要稟知老相國未敢擅便(魏齊云)大夫有何事但說不妨(須賈云)非是須賈饒舌實為國家利害不得不言前者須賈不才出使齊國所舉范雎同去事畢將回須賈因辭齊大夫騶衍於驛亭中適值騶衍奉其主齊君之命以牛酒筵

宴款待范雎宴罷又贈黃金千兩其時范雎看見須賈到來遂辭金不受我想此人必以魏之陰事告齊故得其賞不然何以致此須賈一向懷疑未敢遽發但此事關係非小今日難得老相國降臨乞差人召來與須賈面對審問一箇明白（魏齊云）大夫不說某豈得知便着人喚將范雎來者（卒子云）范雎安在（正末云）小生范雎是也自陪須大夫入齊爲使保的公子還於本國（歎科云）世不見一些功勞在那裏豈不是時也命也今日冬天臘月十二乃是小生賤降之日太學中同黌書生請小生飲一杯兒酒恰纔正飲之間有一書生說起太公事來俺想他遇不着那文王呵（唱）

〔南呂一枝花〕這其間尚兀自垂釣在渭水傍獨坐在磻溪上至如我有才如呂望也則怕無福可便遇文王暗自斟量天生下窮酸相幾時行通利方憑着啗鼓舌搖唇立取他封侯拜將

〔梁州第七〕但只問魏公子因何釋放全仗着那一箇遊說齊邦怎生這功勞不在咱頭上幾曾霑一絲兒賞賜壯半米兒行裝可着俺越多伎倆越受淒涼枉誤了十載文章乾捱了半世風霜他他他誰肯念陋巷間一瓢的書生是是是我願則願那都堂中八府的宰相來來來他每都不着我見那深宮內萬歲的君王這天氣怎當白茫茫冰連江海三千丈徒步去將何往早則是冒雪衝寒凍欲僵這便咱衣錦還鄉

〔做見祇從科云〕請小生有何事幹（祇從云）范先生你在那裏來俺大夫安排筵宴管待丞相哩

教我請你快行動些〔正末云〕元來是大夫教你請我麽〔唱〕

〔隔尾〕你那裏蒲萄酒設銷金帳羅綺筵開白玉堂聞知道魏相國親身到宅上〔做徘徊科云〕既是請丞相赴宴怎又請我〔唱〕故意把寒儒廝奬顯的他寬洪海量〔云〕哦我知道了也〔唱〕多應是須賈高情將我這范雎來講

〔做見科〕〔須賈云〕范雎你在那裏來〔正末云〕今日是小生賤降之日太學中一輩的書生請小生飲幾杯酒聽得大人呼喚小生不敢稽遲一徑造此〔須賈云〕哦元來今日是你生日祇從人與我掃一搭乾淨田地請先生去了衣服者〔正末云〕老丞相在上小生怎敢去衣服則這般呵好〔須賈云〕還請去了衣服〔正末云〕我猜着了也〔唱〕

〔牧羊關〕敢怕喫那細索麵醒酒湯便是油汁水濺汚也何妨今日箇爲公子設佳筵怎倒與小生做賤降〔魏齊云〕范雎恭敬不如從命也〔正末做脫衣服科〕〔須賈云〕將問事來〔祇從做丢下問事〕〔正末做慌科云〕酒席上怎麽用這東西〔唱〕只見一條沉鐵索當前面兩束麤荊棍在邊廂那裏有這般樣稀奇物大夫也強將來做薦壽觴

〔須賈云〕范雎你知罪麽〔正末云〕小生不知罪〔須賈云〕今日箇請老相國在此和你講明一句話當日同使於齊齊君牛酒金帛獨獨管待你是何緣故你可對老相國實說〔正末云〕老丞相在上當初隨大夫入齊爲使見了齊君小生一席話聞使齊君大喜釋放俺公子還國這的是小生之功怎做得小生之罪〔須賈云〕范雎你不以吾國陰事告齊焉得有此重待你如何不肯實說〔魏

齊云〕這匹夫不打不招〔須賈云〕祗從人與我打着者〕一杖子與他增添一歲〔祗從做打科〕〔

正末唱〕

〔隔尾〕正是那耕牛爲主遭鞭杖啞婦傾杯反受殃災禍臨身自天

降我吃了這一場棍棒天那這的是爲國於家落來的賞

〔須賈云〕左右將酒來老相國常言道酒肉攤場吃王條依正行今日筵上飲酒的自飲酒他受刑

的自受刑正所謂情法兩盡請老相國滿飲一杯〔正末云〕大夫這數九的天道去了衣服不凍殺

小生也〔須賈云〕你這等人不凍死了要他怎的〔正末唱〕

〔牧羊關〕淚罨子腮邊落血冬凌滿脊梁凍剝剝雪上加霜則被你

餓掉了三魂敲翻了五臟帶肉連皮顫徹髓透心涼似這等勘范叔

森羅殿抵多少凍蘇秦冰雪堂

〔須賈云〕左右將酒來〔祗從云〕酒到〔須賈做遞酒科云〕老相國請滿飲一杯少遮寒色〔正末

云〕大夫你打了小生一日也有甚麼茶飯與小生些兒吃〔須賈云〕你餓了麼據禮不當與你吃

我怎肯做的坐兒不覺立兒饑祗從人那裏將的他那茶飯來〔祗從做拿砌末放下科〕〔須賈云〕

祗從人你着他自己揭開食用波〔正末做開看科云〕這的是喂頭口的草料怎生與小生喫〔須

賈云〕你這是喂頭口的草料與你吃匹夫我保你同入齊爲使你以陰事告齊受他金帛牛酒你

與頭口何別豈不是背槽拋糞你喫了者一根草與你添一千歲壽若不吃呵祗從人將大棒子打

着者〔祗從做打科〕〔正末唱〕

〔紅芍藥〕哎呀一輪紅日爲誰藏地老天荒我則見半空中瑞雪亂

飛揚一剗顛狂則恁這待佳賓筵會上端的箇華堂別是風光放下
那一盤家剉草半青黃拌上些粗糠
〔須賈云〕你這等人只該與你這樣東西喫〔正末唱〕
〔菩薩梁州〕則我這綿囤也似衣裳坐不的紅爐也那土坑喫黃虀
的肚腸〔帶云〕擡了者〔唱〕我吃不的這法酒肥羊則我這三般地獄怎
生當無情風雪無情棒似吃着無心草死熬這腌情況打得我肉綻
皮開內外傷眼見的不久身亡
〔正末做死科〕〔魏齊云〕那范雎打的如何〔卒子云〕打死了也〔魏齊云〕大夫這酒也飲的勾了
〔須賈做醉科〕〔魏齊云〕哦大夫醉了也等他醒來時說我自回去也左右將坐車來還府中去〔下〕
詩云〕主人已沉醉老夫歸去來軒車還相府燈火出天街〔下〕〔須賈做醒科云〕丞相爺安在〔
祗從云〕適纔回去了也〔須賈云〕他回去了敢是怕我貽累他哩左右揣那匹夫過來〔祗從云〕
范雎已打死了也〔須賈云〕哦他死了休道打殺一箇打殺了十箇也無事祗從人與我將他撇在
後面廁坑裏明日將糞車載出去不是這等也警不的後人只為范雎不忠於國不孝於家小官平
生一世偏恠這等無恩無義的人〔詩云〕非我不心慈王法本無私夫人必自侮然後人侮之〔下〕
〔祗從做擡正末撇下科云〕將范雎丟在廁坑中也咱等伏侍這一日天氣寒冷各自回家吃杯酒
去待明早回話便了〔下〕〔正末做醒科唱〕
〔隔尾〕哎呀我幾曾醉眠繡被流蘇帳莫不是夢斷茅廬映雪窗長
歎罷剛將眼睜放我看了這廂我又覷了那廂天也原來我這七尺

身軀在那廁坑裏倘〔叫疼科云〕范雎你好苦也大夫你好狠也你便打死我也罷了怎麼丟在廁坑裏這穢氣教我如何當得且待我慢慢的掙闘起來只索逃我這性命去〔外扮院公沖上云〕自家須賈大夫家一箇院公是也今日俺主人擺設筵宴管待那魏齊丞相整整吃了一日的酒如今天色晚了也我點起燈來家前院後執料去咱〔做撞見正末慌科〕〔院公云〕是什麼人在這裏走動〔正末做躲科〕〔唱〕

〔牧羊關〕待走來如何走待藏來怎地藏沒揣的偏和他打箇頭撞〔院公云〕我舉起這燈來試看咱我道是誰原來是范雎你看一身穢污你也少喫一鐘波〔正末唱〕我幾曾吃美酒羊羔剛則是吃了會胡枷亂棒〔院公云〕你既不醉呵怎生渾身都是穢污〔正末唱〕則被這糞沾濕我兩鬢角尿浸透我一胸膛〔院公云〕你站開些這臭氣當不得〔正末唱〕你聞不的我這穢氣渾身臭院公也我幾喫那閑埕十里香

〔院公云〕你原來不會吃酒可怎生這箇模樣〔正末做跪科云〕院公可憐見你救我咱我同大夫入齊爲使見了齊王一席話間齊王大喜便將公子魏申釋放還國齊王命中大夫騶衍在驛亭中賜牛酒管待小生又賜黃金千兩我並不曾受這是大夫親見的今歸本國安排筵宴請魏齊丞相飲酒說我以陰事告齊將我三推六問吊拷綳扒打死了我丟在這糞坑中倒虧這穢氣熏活了望院公怎生救我出去此恩異日必當重報〔院公云〕嗨好可憐人也這裏也無人你跟將我來打些水淋的你身上乾淨脫了你那穢污衣服這寒冷天道不凍殺了你來我有穿的舊綿衣服待我取

將來與你穿〔做取砌末科上云〕你穿了這衣服還有五兩碎銀子與你將息去我如今開了後角門放你出去你休在這裏不問他州外府逃你的性命你久已後若得志呵只休忘了我的恩念〔正末做拜科云〕院公你是我重生的父母再養的爺娘小生也不往他處唯有秦國最强可以報讎就此告辭去也〔唱〕

〔黃鐘尾〕我便似伍員去楚心猶壯孫臏投齊氣怎降謝恩人肯主張放咱去入咸陽仗英雄顯志量見秦君說勾當管穰侯立辭相不荒唐有承望〔云〕院公不是我范雎說口想報寃之期可也不遠〔唱〕你則待的到蟄龍一聲雷震響〔下〕

〔院公云〕早是他遇着我哩若撞見別人可怎了也若是死了這樣有才學的人豈不可惜等主人問時我只說在糞車裏已將他送出城外去了料想不來尋他正是天上人間方便第一莫待他年纔想今日〔下〕

〔音釋〕　轔音隣　磻音盤　量平聲　將去聲　說音稅　仗其去聲　倆音兩　衣去聲　强欺養切　雹音薄　顫音戰　囤音遁　員音云　降奚江切　蟄音輒

第三折

〔須賈引祇從院公上詩云〕齊邦爲使有風塵今日驅車又入秦人道此中狼虎地可能容易出關門小官須賈此來爲秦國新拜一相乃是張祿遣人徧告六國各以中大夫入秦慶賀小官到此好幾日了爭奈各國使臣也還有未到的那張祿丞相不肯放參時遇冬寒天道風雪大作少不得要往相府前去伺候院公你在客館中整頓下茶飯我等雪慢呵乘車而回也〔院公云〕理會的〔院

公下〕〔須賈做行科云〕雪大的緊祇從人且將這車兒向人家房簷下略避一會等雪慢時再行也〔正末上云〕小官范雎是也入秦以來改名張祿代穰侯爲相曾遣人徧告六國各遣中大夫前來稱賀那須賈到此已幾日了我如今卸下冠帶仍舊打扮布衣到客館中看須賈去看他可還認的我麼想我范雎若不受那苦楚幾時得這崢嶸發跡也呵〔唱〕

〔正宮端正好〕未亨通遭窮困身居在白屋寒門兩輪日月消磨盡不覺的添霜鬢

〔滾繡毬〕人道是文章好濟貧偏我被儒冠誤此身到今日越無求進我本待學儒人倒不如人昨日周今日秦〔帶云〕似這般途路難逢呵〔唱〕可着我有家難奔恰便似斷蓬般移轉無根道不得箇地無松柏非爲貴腹隱詩書未是貧則着我何處飄淪

〔正末做窺望〕〔須賈見科云〕奇怪大雪中走將來這箇人好似范雎也待道是呵我當初打殺他了再怎生得箇范雎來待道不是呵你看那身分兒好生相似且休問他是不是待我喚一聲范雎范雎近前來我和你說話咱〔正末云〕誰喚范雎哩〔唱〕

〔叨叨令〕我聽的他兩三番叫喒往前進猛可便扭回身行至車兒近我這裏忙掠開淚眼將他認〔須賈云〕是我喚你哩〔正末唱〕我這裏覷絕時倒把身軀褪〔正末做怕科〕〔須賈云〕范雎你見了小官這般慌做甚麼那〔正末云〕大夫也你莫不又待打我也波哥你莫不又待打我也波哥諕的我兢兢戰戰忙逃奔

〔須賈云〕范雎少待一別許久正要和你講話何故如此驚恐先生固無恙乎〔正末唱〕
〔滾繡毬〕大夫也想着你折磨我那一場我喫了你那一頓你打到
我有二三百棍〔須賈云〕你且休題舊話則問先生何以到此〔正末唱〕自從我逃災
出魏國夷門〔須賈云〕原來先生西入秦邦有幾時了〔正末唱〕到今日經兩冬過
一春睡夢裏不曾得箇安穩〔須賈云〕你也曾思量小官麼〔正末唱〕想着你那
雪堆兒裏將我棍棒臨身〔須賈云〕你這般慌做甚麼〔正末唱〕但題着你名姓
先驚了膽夢見你儀容〔帶云〕兀的是須賈大夫來也〔唱〕哎呀可又早諕了
魂有甚精神
〔須賈云〕小官今日見先生觀其氣色比往時大不同想必崢嶸得意於此〔正末云〕大夫休說小
生吃的且看小生穿的〔唱〕
〔倘秀才〕你看我這巾幘舊雪冰透我腦門衣衫破遮不着我這項
筋甚的是白馬紅纓彩色新自歎氣自傷神只落的微微暗哂
〔須賈云〕嗟乎范叔一寒如此哉左右取一領綈袍過來〔祗從做取衣科〕〔須賈云〕雪大天氣寒
冷此綈袍聊與先生禦寒咱〔正末云〕量小生有何德能多謝了大夫〔做接衣科〕〔唱〕
〔伴讀書〕謝大夫多情分賜綈袍無慳吝我可便接將來怎敢虛謙
遜覺的軟設設身上如綿囤不由不喜孜孜頓解心頭悶我我我怎
報的你這救濟之恩
〔須賈云〕這綈袍穿着倒也可體〔正末唱〕

〔笑和尚〕比我舊腰身寬二分比我舊衣襟長三寸正遮了這破單
褲精臁刃凍剝剝正暮冬如今暖溶溶便開春來來謝綈袍粧點
了我腌身分
〔背云〕此人綈袍戀戀尚有故人之心也〔須賈云〕先生與小官同到邸舍共一飯敘舊如何〔正
末云〕敢問大夫為何至此〔須賈云〕先生不知小官特來慶賀張祿丞相先生在秦已久可曾聞
的張祿丞相與誰人最善也〔正末云〕原來大夫因賀張祿丞相到此小生別無聞見但張祿丞相
與小生亦有一面之交〔須賈云〕哦先生原來與張君有舊〔做背科云〕我這綈袍送的着了也〔
回云〕先生吾聞秦國大小之事一決於相君今吾等在此去留皆出其口先生如肯與小官少進
片言慨放小官回還也見得先生不忘故舊豈有意乎〔正末云〕這箇當得但恐人微言輕不足為
重〔須賈云〕我想先生在魏國時小官也不曾輕視先生〔正末云〕多感多感〔唱〕
〔滾繡毬〕想着你那日辰那時分我胡吃了三推六問着我似拽車
的驢馬同塵想着你喂惜的情草料的恩我怎肯背槽拋糞〔須賈云〕
君子不念舊惡這也不必提起了〔正末唱〕請你箇老哥哥遠害全身則喒這義
的到底終須義大夫也你那親的原來則是親我怎做的有喜無嗔
〔須賈云〕先生乃讀書儒者想昔日春秋趙盾在那翳桑下遇着靈輒也無過一飯之恩後來趙盾
有屠岸賈之難靈輒扶輪而報小官薄德怎敢自比於趙盾據先生義氣決然不在靈輒之後〔正
末云〕可知道來〔唱〕
〔呆骨朵〕休則管巧言令色閑評論到如今比並甚往古忠臣我可

也不似靈輒你可也難學趙盾大夫也假若你趙盾身危困我待學靈輒臂扶輪則不要槽中拌和草便是那桑間一飯恩

(須賈云)這早晚雪可慢些兒也我與先生同行數步前往相府去來(做同正末上車行科須賈云)先生你休瞞我想先生在秦必見重用旣不呵如何這相府前祗從人等見先生來皆凜凜然起避你必然發跡了也(正末云)大夫這廝每有甚麼難見處(唱)

(滾繡毬)他見我塵滿衣垢滿身更和這鬅鬆兩鬢纔出的相府儀門他罵我做叫化頭乞儉身都佯呆着不偢不問(須賈云)他如今為何懼怕先生也(正末唱)猛見這素綈袍在我身上全新為甚的那廝每趨前褪後都皆怕大夫也可知道只敬衣衫不敬人自古常聞

(須賈云)先生小官想張君得志於秦自非文武兼全焉能有此(正末唱)

(三煞)他論機謀減竈厭着齊孫臏他論戰策不弱如鞭屍楚伍員則他那智量似穰苴文學似子夏德行似顏淵舌辯似蘇秦端的箇能安其國能治其家能正其身請大夫把衣冠整頓我與你同作伴謁張君

(須賈云)先生小官去住皆在張君一語之下小官只在此等候(正末唱)

(二煞)你略消停且待窮交信便入去須防丞相嗔我着你早出潼關早歸汴水早到東京早離西秦引你去親登相府完却公差直着他開放賢門這歸期有准管着你蕩飛騎疾如雲

〔須賈云〕只是大雪中有勞先生改日另當致謝〔正末唱〕

〔煞尾〕我與你分開片片梨花粉拂散紛紛柳絮塵金馬門中往前進我將你箇納士招賢路兒引〔下〕

〔須賈云〕不想范雎與張祿丞相有一面之交我之事必濟矣倘得無事放還我仍舊帶了范雎回於魏國同享榮華也〔做等科云〕在此等候良久如何不見范雎出來我試向前問一聲咱〔做見卒子科〕〔須賈云〕小官借問虞候咱〔卒子云〕你問甚麼〔須賈云〕恰纔入相府去的先生如何不見出來〔卒子喝云〕休胡說這府內只有丞相爺出入那一箇敢入的去〔須賈做驚科云〕沒也恰纔入去的那箇秀才范雎〔卒子云〕甚麼秀才則他便是俺丞相爺〔須賈做慌科云〕恰纔入去的那秀才便是張祿丞相嗨須賈你中了計也初聞張祿丞相之名未知其詳故以列國中大夫皆至秦邦爲賀我若知是范雎小官焉敢自投虎狼之地原來他改名張祿實欲智擒須賈要報舊日之讎〔做哭科云〕哀哉可憐我須賈微軀不得還於本國矣罷罷罷如今且回客館去待到來日膝行肘步肉袒求見萬一有箇僥倖得免其死如不見饒這也是我命數盡此復何恨哉大丈夫睜着眼做到今日合着眼受惜乎俺一家老小倚門而望豈知死在秦邦永無還日〔歎科云〕俺一家人則當做了一箇惡夢者〔下〕

〔音釋〕奔去聲　褪吞去聲　幘音責　哂身上聲　綈音啼　賺音廉　刃仁去聲　翳音異
賈音古　難去聲　鬅音蓬

第四折

〔騶衍同衆大夫領張千上云〕小官齊國中大夫騶衍是也奉秦國之命着俺六國中大夫來賀張

祿丞相這位是楚國大夫陳軫這是趙國大夫虞卿這是韓國大夫公仲侈這是燕國大夫劇辛今日筵宴是俺國排設專賀秦相的除魏國須大夫有罪不敢同請這幾國大夫都在此等候多時想秦相這早晚敢待來也〔正末扮冠帶引卒子上詩云〕一自更名西入秦能令六國盡來賓正是壹虎未成君莫笑安排牙爪始驚人小官范睢是也自俺爲相各國大夫都來慶賀今日却是齊國騶大夫設宴相請須索走一遭去也〔做見科〕〔騶衍云〕有屈丞相俯臨小官等失迎勿令見罪〔正末云〕驛亭一別契闊至今既辱遠來又勞佳設則媿張某才輕德薄怎想有今日也呵〔唱〕

〔雙調新水令〕白身一跳到關西坐都堂便登八位入朝爭相印當殿脫儒衣口吐虹霓三千丈五陵氣

〔騶衍云〕令人將酒過來〔張千云〕酒到〔騶衍云〕各國大夫近前丞相喜得美除理當拜賀〔各國大夫同拜科〕〔正末云〕請起〔唱〕

〔步步嬌〕這的是楚趙秦韓齊燕魏今日箇七國冠裳會把干戈從此息我有甚不歡欣不肯拚沉醉〔騶衍云〕丞相請滿飲此杯〔正末云〕住者〔唱〕

且按住這鳳凰杯〔騶衍云〕丞相因何不肯飲酒〔正末云〕張千〔張千云〕小人有〔正末唱〕你只問須賈來也是未

〔云〕你各國大夫在此當日某同須賈入齊爲使因齊王爲某舌辯不勝見喜令騶大夫在驛亭中賜牛酒管待又賜金帛某不敢受當時有須賈撞見對魏齊丞相說某以陰事告齊將某推勘打死丟在糞坑之中如今齊國騶大夫現在於此我當初曾以陰事告齊也不曾〔騶衍云〕丞相當日並無此事〔正末云〕

〔沉醉東風〕我隨他千鄉萬里倒將我六問三推凍我在雪堆中撇我在茅坑裏說着呵尚兀自惡心嘔逆恰便似死羊般渾身尿共屎委實的受盡了腌臢氣息

〔張千做喚科云〕須賈安在〔須賈做膝行肘步上云〕死罪死罪賈不意相君能自致於青霄之上賈不敢復讀天下之書賈不敢復與天下之事賈不敢復相天下之人矣賈有死罪請入鼎鑊之中請置狐貉之地唯相君命之〔正末云〕須賈你罪有幾何〔須賈云〕賈得罪於相君多矣擢賈之髮不足數賈之罪〔正末云〕你今日因何來遲〔須賈云〕丞相可憐今日是須賈賤降之日望丞相寬容過了今日他日受責如何〔正末唱〕

〔沽美酒〕去年時我記的今日是你生日天教我便還報你〔云〕張千〔唱〕我這裏喚公吏快疾波請先生去了衣袂

〔太平令〕哎你箇須賈也哥哥休罪〔云〕張千將問事來〔張千云〕理會的〔做丢下問事科〕〔正末唱〕早准備棍子麻槌下着的國家祥瑞揀一塔乾淨田地將這廝跪只按只與我杖只直打的皮開肉碎

〔須賈云〕丞相與各國大夫飲宴須賈凍於雪中從旦至今不曾吃飯丞相安可忍乎丞相那吃不了的茶飯告些兒與須賈食用便死呵做箇飽鬼〔正末云〕張千將他那茶飯來與他吃〔張千云〕理會的〔張千將砌末放下科〕〔正末云〕教他自揭開食用〔須賈做揭開科云〕丞相這箇是頭口吃的草料怎生與我吃〔正末云〕你道是喂頭口的草料怎生與人吃想當日我與你同入齊爲使見了齊君一席話間齊君大喜放公子申歸國你道我以陰事告齊將我打死了丢在那廁坑裏四

夫你比頭口何別張千與我打着者〔張千做打科〕〔正末唱〕

〔川撥棹〕這東西去年時你備的我與你揣在懷裏放在跟底請先生服毒自喫俺這裏別無甚好飯食

〔云〕張千將那莝豆與須賈食用者〔須賈云〕這箇是喂驢馬的草料教我怎生食用波〔正末云〕四夫你不記的當初有言道是一根草與我添一千歲壽哩〔唱〕

〔七弟兄〕這的與你做生日一根草滿壽你一千歲去年將小子痛淩遲今日教你也知滋味

〔騶衍云〕丞相各國大夫都在此慶賀須要盡醉方休也〔正末唱〕

〔梅花酒〕俺只見衆公卿擺列齊在紫閣黃扉捧玉液金杯一週遭繡履珠衣從早起至晚夕食又飽酒又醉他在那大雪裏凍一會問一會問一會打一會

〔須賈云〕丞相你便在暖閣內飲宴將我凍在這大雪裏面可正是坐兒不覺立兒饑也〔正末唱〕

〔收江南〕呀你道我坐兒不覺立兒饑今朝輪到我還席則爲你損人利己使心機圖着箇甚的可正是得便宜翻做了落便宜

〔須賈云〕罷罷罷既到今日丞相終不饒須賈之罪他殺不如自殺願賜丞相寶劍待須賈自刎而亡〔院公冲上云〕老漢是須大夫家院公今日俺大夫在相府有難我索看去咱〔做窺望科云〕呀那張祿丞相果然就是范雎我如今顧甚麼生死不免徑自撞入〔做叩頭科云〕丞相爺在上院公叩頭〔正末云〕誰是老院公〔院公云〕則我便是院公〔正末起拜科云〕大恩人請坐受小官幾拜

咱（騶衍云）丞相他是須賈家院公爲何拜他（正末云）衆大夫不知我當初與須賈入齊爲使他道我以陰事告齊將我打死了丟在厠坑裏我掙鬧起來逃走性命肯分的遇着老院公齎發我盤纏衣服放出後門得至秦國若不是老院公救了我呵豈有今日則他便是我大恩人也（須賈做掙起扭住院公科云）原來是你老匹夫救活了他來若當時不放他得至西秦我豈受今日之恥我先殺了你這老匹夫落箇墊背的（正末云）令人與我將須賈打下者（唱）

〔清江引〕老院公肯分的來到這裏左右難迴避他怎敢輕料虎狼鬚快與我揪住猿猱臂（帶云）須賈（唱）你饒過了這老院公我也饒過了你

（院公云）望丞相爺看老院公薄面饒過俺主人罷（正末唱）

〔鴈兒落〕雖然是爲恩人有面皮我與你這賊子無情意你若要生辭函谷關只除非夢返夷門地

（須賈云）丞相這都是舊話不提他也罷了（正末唱）

〔得勝令〕呀你道是舊話再休題我可不乾喫你一場虧（騶衍同衆大夫跪科云）丞相在上須賈罪過雖重但他綈袍戀戀也還有故人之情望丞相姑恕（正末云）衆大夫請起（唱）也則爲尚有綈袍戀因此上權停棍棒威待饒伊我也要將今日思前日待不饒伊又道我只報讎不報德

（云）既然衆大夫在此討饒令人將須賈放了者（做放科云）須賈我不看綈袍分上怎肯便饒你死罪如今放你歸去傳示你主早早解過魏齊到來休教走了（唱）

〔收尾〕我如今且將須賈驢頭寄疾回去報與梁王得知着他早早的解過魏齊來〔帶云〕那時節再約衆大夫同臨敝國〔唱〕慢慢的再賀俺范雎喜

〔須賈換冠帶同衆大夫拜謝科云〕謝丞相寬恩敢不唯命〔院公云〕這一件倒不好承認那魏齊手下心腹人極多只怕也有似俺院公的私下放他溜了教俺主人那裏去爪他〔騶衍云〕小官等再奉丞相一杯〔正末云〕酒也深了一面撤過宴者〔詞云〕因須賈不識忠臣用讒言閉塞賢門施僥倖將人陷害怎知他天道無親大雪中綈袍戀戀纔得箇免禍全身快獻取魏齊首級罷刀兵永滅征塵

〔音釋〕逆銀計切　臢音簪　的音底　日人智切　只張恥切　夕星西切　席星西切　墊音店　猱音撓　德當美切

題目　須賈大夫誶范叔

正名　張祿丞相報魏齊

須賈大夫誶范叔雜劇

任繼圖天配鳳鸞交

李雲英風送梧桐葉
倣趙允文筆
珍倣宋版印

李雲英風送梧桐葉雜劇

元　撰

明吳興臧晉叔校

楔子

（沖末扮任繼圖引正旦李氏上云）小生姓任名繼圖字道統本貫西蜀人也渾家姓李名雲英乃故丞相李林甫之孫女小生攻習詩書兼通武藝有同堂朋友哥舒翰守禦西蕃遣使臨門取小生參贊軍事小生則索走一遭去渾家你在家中權時過遣我到彼處建立功業博得一官半職還來與你同享富貴有何不可（正旦云）男兒你去不爭目今安祿山作亂人不顧生倘有不測教妾一身如之奈何（任繼圖云）渾家不知自古修文演武取功名於亂世終不然戀酒貪花墮却壯志從來道學成文武藝貨與帝王家那時稱我平生之願腰金衣紫廕子封妻榮顯鄉閭也是好事渾家休得阻當小生便索登程也（正旦云）男兒既然堅意要去進取功名一路上小心在意者（唱）

（仙呂賞花時）兩淚流紅翠袖斑錦被分香鳳枕閒無計鎖雕鞍江空歲晚何處問平安（同下）

第一折

（外扮牛尚書同張千上云）老夫尚書牛僧孺是也從天子幸蜀有一女子李雲英乃李林甫孫女被軍中所擄他說原有夫主老夫收留在家夫人每每勸我納為侍妾老夫想來冠至敝不可棄之於足履雖新不可加之於首此女相門之家納之為妾此心安忍因此認為義女教俺親生女孩兒金哥拜為姐姐就學他針指女工待雲英家信通時還他夫婦完聚若他丈夫沒了就與他嫁個良

壻豈非陰隲今日俺夫人大慈寺中燒香去左右收拾轎馬一同小姐隨侍夫人走一遭去來〔下〕

〔正旦引梅香上云〕妾身丈夫任繼圖前往西蕃進取功名自他去後有安祿山作亂陷了長安天子幸蜀妾身被軍中所擄幸得牛尚書收買妾身留養府中以為義女教他女孩兒拜妾身為姐姐雖是坐享富貴則夫婦分離不知音耗這煩惱如之奈何目今春間天道花柳爭妍對此美景良辰越添離別之苦也呵〔唱〕

〔仙呂點絳脣〕鏡破釵分粉消香褪縈方寸洒美花新總是思家恨

〔混江龍〕韶華將盡三分流水二分塵悶懨懨人閑白晝靜嶢嶢門掩青春白鸚鵡頻傳花外語錦鴛鴦將避柳邊人囀曉日鶯聲恰恰舞香風蝶翅紛紛映樓閣青山隱隱漾池塘綠水粼粼過節序偏增感嘆對鶯花謾自傷神桃似火草鋪茵歌聲歇笑聲頻則為我眼中不見意中人因此上今春不減前春悶流淚眼桃花臉瘦鎖愁腸楊柳眉顰

〔云〕當日妾身不合容他去了致有今日也呵〔唱〕

〔油葫蘆〕悔殺當初不自忖輕將羅袂分今日個錦箋無路託鴻鱗我如今瘦岩岩腰減羅裙褪他那裏急煎煎人遠天涯近昨日是秋今日是春嘆光陰有盡情難盡無計覓行雲

〔天下樂〕可正是一樣相思兩斷魂青也波春斷送了人嘆孤身恰如飛絮滾虛飄飄離亂人孤另另多病身對清風憔悴損

〔那吒令〕瓊梳插綠雲顯青天月痕湘裙蕩曉雲污春衫酒痕鮫綃翦素雲揾啼粧舊痕打疊起心上愁拽扎起眉尖恨雖則是強點朱脣

〔梅香云〕姐姐快來着些〔卜兒扮老夫人上〕〔正旦云〕母親您孩兒到也〔行科〕〔唱〕

〔鵲踏枝〕隨侍着母親去遊春列兩行侍妾丫鬟簇擁定繡轂雕輪虞候們行得來大緊早來到聳青霄金碧山門〔虛下〕

〔任繼圖上云〕小生任繼圖自參哥舒翰軍事離家不久安祿山作亂殘破京師天子幸蜀小生家眷存亡未知下落每日愁思今安祿山被擒天下大定至尊還京小生方得還家今往大慈寺過權且歇馬約着友人花卿之子花仲清來此同遊怎麼還不見來小生見佛殿在側粉壁光淨口占一詞詞寄木蘭花慢以寫思家離別之懷〔做寫科詞云〕等閑離別一去故鄉音耗絕禍結兵連嬌鳳雛鸞沒信傳落花風絮杜鵑啼血傷春去過客愁聞佇立東風欲斷魂小生不留姓字寫了出門還候花仲清咱〔下〕〔卜兒同正旦上云〕點上燈燭來待我燒香也〔正旦出佛殿做行廊下科云〕前面行的那秀才看他模樣好與我男兒一般我向前試認咱〔任繼圖云〕我尋花仲清去來〔正旦唱〕

〔寄生草〕是何處風流客誰家年少人他轉回廊忙把身軀褪我隔雕欄不敢題名問他出山門不肯回頭認莫不是遊仙夢裏乍相逢多管是武陵溪畔曾相近

〔云〕俺母親等去燒香客去點上燈燭來〔做點燈科云〕請夫人上香〔做見詩科〕〔唱〕

〔金盞兒〕字體草連真詞句煞清新包藏着四海三江悶走龍蛇筆陣起烟雲〔帶云〕莫不是我男兒麼〔唱〕看時頻滴淚讀罷暗消魂可恰纔題句客兀的不傒倖殺斷腸人

〔帶云〕這字體好似俺男兒的〔唱〕

〔醉中天〕這書學宗秦漢摹唐晉這筆陣流三峽掃千軍好與俺男兒字逼真一點畫從頭兒認字法兒不差了半分既傳芳信不題名却為何因

〔云〕雖然如此天下人寫的字多有一般的未審是與不是索和一首若是俺丈夫見了必尋我也我試寫在此咱〔唱〕

〔後庭花〕捻霜毫訴事因別夫君又幾春思往事渾如夢恨不的上青山便化身拂綽了壁間塵〔云〕我依着他韻也做一首咱〔唱〕待酬前韻兩三行字體勻說當年夫婦恩願兒夫親見聞任傍人胡議論

〔青哥兒〕也是我一言一言難盡潑殘生進退進退無門恰便似月待圓花待春想當日阮肇劉晨採藥尋真花雨香雲隔斷凡塵尚兀自笙歌迎入畫堂春他也有姻緣分

〔云〕寫完了試念咱〔詞云〕臨岐分別一旦恩情成斷絕烽火相連鴈帖魚書誰與傳身如柳絮沾泥不復隨風去杜宇愁聞啼斷思鄉怨女魂〔卜兒云〕殿上燒香咱〔卜兒見正旦寫詞怒科云〕雲英你是裙釵女流之輩何故賡和他人詞章豈不出醜〔正旦云〕毋親孩兒見此詞與俺丈夫任繼

圖寫的無異以此和一首在後面倘若真箇是俺男兒他必來尋妾身也〔唱〕

〔賺煞〕聽孩兒訴衷情休嗔忿〔卜兒云〕你是個女孩兒題詩恐怕傍人恥笑〔正旦唱〕有甚他每笑哂非是荒淫惹外人〔卜兒云〕你題甚詩〔正旦唱〕這詞又不是道春情子曰詩云暗傷神雨淚紛紛低首無言聽處分〔卜兒怒云〕雖然如此你是女子賡和他人詞章是何體面〔正旦云〕母親息怒孩兒再不敢了也〔唱〕則今日從朝至昏不離分寸酩子裏向晚粧樓目斷楚臺雲〔同下〕

〔音釋〕 隲音執 褪吞去聲 巉初銜切 粼音隣 蘋音頻 行音杭 峽音狎 肇音兆

賡音京 酩音茗

第二折

〔外扮花仲清上云〕小生乃節度使李光遠手下偏將花卿之子花仲清是也從小隨父親習學兵法自誅逆賊段子章累建大功朝廷不蒙重用以此閑居小生有友人任繼圖此人乃飽學才子因哥舒翰請他參贊軍事不意祿山作亂回至家中妻子被擄家計一空此人發志與小生至此同應科舉適間同至郵亭小生馬要飲水以此落後了只索縱馬趕他去咱〔下〕〔任繼圖上云〕小生任繼圖到此大慈寺中歇馬壁間寫下一詞釋悶回至家中妻女已被擄去不知存亡小生想來夫妻會合聚散自有定數愁之何益目今朝廷開文武科場憑着我胸中萬卷文章且鏖戰一番若得一官半職以顯父母豈不美哉適同友人花仲清約至此寺中借一禪房安下候選待之久矣不見他來且往禪房下安歇去咱〔下〕〔正旦同小旦引梅香上云〕秋風颯颯落葉飄飄秋間天道刮起這般大風越感動我思鄉煩惱妹子你看是好大風也呵〔唱〕

〔正宮端正好〕薦新涼消殘暑落行雲頃刻須臾翻江攪海驚濤怒搖脫秋林木〔滾繡毬〕蕩岸蘆撼庭竹送長江片帆歸去動羣山萬籟喧呼他飜手雲覆手雨沒定止性兒難據亂紛紛敗葉凋梧則為你分開丹鳳難成侶吹斷征鴻不寄書使離人感歎嗟吁

〔云〕妹子這風有貴賤大小〔小旦云〕姐姐這風怎麼有貴賤大小〔正旦唱〕

〔倘秀才〕有一等入椒桂穿洞房的似大王般敬伏有一等揚腐儒起陋巷的以庶民比喻他也曾感動思鄉漢高祖催張翰憶蓴鱸休官出帝都

〔小旦云〕姐姐這風真箇大哩〔正旦唱〕

〔滾繡毬〕捲三層屋上茅度幾聲砧上杵颼颼颼吹散了一天烟霧送扁舟飄蕩江湖破黃金菊蕋開墜胭脂楓葉舞向深山落花滿路去時節長則是向東南巽位藏伏入羅幃冷清清勾引動懷怨閨中女渡關河寒凜凜徯落殺思歸塞下夫驚起老樹啼烏

〔做風吹梧葉科正旦拾葉云〕妹子你看怎生風吹一片葉子來我與你將描筆兒寫一首詩在上天若可憐倩這大風吹這葉兒上詩到家教俺丈夫知我音耗咱〔小旦云〕姐姐這千山萬水怎能勾到那裏也〔正旦題詩科詩云〕拭翠斂蛾眉為鬱心中事搦管下庭除書作相思字此字不書名此字不書紙書在秋葉上願逐秋風起天下有情人為我相思死天下薄情人不解相思意有情與

薄情知他落何地〔做手拈葉子對天祈告科云〕風呵可憐見妾身流落他鄉願借一陣知人心解人意慈悲好風吹這葉子到俺兒夫行去〔唱〕

〔倘秀才〕風呵你略停止呼號怒容咱告覆暫定息那顛狂性聽咱囑付休信他剛道雌雄楚宋玉敢勞你吹噓力相尋他飄蕩的那兒夫是必與離人做主

〔云〕風呵你是必聽我分付來〔唱〕

〔呆骨朵〕你與我起青蘋一陣陣吹將去到天涯只在斯須休戀他醉瓊姬歌扇桃花休搖動攪離人空庭翠竹休入桃源洞休過章臺路遞一葉起商飈梧葉兒恰便似寄青鸞腸斷書

〔云〕風呵兀的不傒倖殺人也方纔撼山拔樹飛沙走石般起投至央及你可倒定息了我想來天意多管是囑付不到你不肯吹這葉子去只索再囑付你咱〔唱〕

〔叨叨令〕你管他送胡笳聲斷城頭暮休道他攪旌旗影動邊城戍休戀他逐歌聲羅綺筵前舞休從他傳花信桃李園中入你是吹來也麼哥是吹來也麼哥直吹到受凄涼鰥寡兒夫行駐

〔云〕你看一陣大風起也〔唱〕

〔伴讀書〕順手兒吹將去一葉兒隨風度刮馬兒也似回頭不知處謝天公肯念俺離人苦飄然有似神靈助旋起堦除

〔笑和尚〕忽忽忽似神仙鳴佩琚颼颼颼似列子登雲路踈踈踈秸

玎璫簷馬兒聲不住噹噹噹噹鳴紙窗吸吸吸度天衢刷刷刷墜落斜陽暮

〔云〕四季之中風雖一般中間有各別處妹子你聽我說這四季風與你聽咱〔唱〕

〔三煞〕到春來向樓臺度歌聲輕敲檀板黃金縷入庭院扇和氣香引瓊漿白玉壺園花鳴條溪河解凍柳葉青搖桃萼紅舒花飛錦機草偃青苔梅落瓊酥簾垂檻曲寒料峭透羅廚

〔小旦云〕姐姐這夏天風可是如何〔正旦唱〕

〔二煞〕到夏來竹牀枕簟涼生處茶罷軒窗夢覺餘波皺魚鱗扇搖蟬翼香裊龍涎簾漾鰕鬚水面相牽荷帶池頭遠遞蓮香波心搖落荷珠涼生院宇送微雨出雲衢

〔小旦云〕這秋冬可是怎生〔正旦唱〕

〔煞尾〕到秋來啾啾響和蛩吟絮颯颯吹斜鴈影孤感動秋聲八月初綵扇題詩班婕妤對景悲秋宋大夫江上紛紛折敗蘆田內瀟瀟偃禾黍則送流螢入座隅積漸彫零岸柳疎荏苒荷盤老柄枯飄盡丹楓落井梧女怨淒涼滴淚珠悲向晚窗憶征旅到冬來羊角呼號最狠毒走石飛沙滿路途透入氈簾酒力徂寒助冰霜透體膚裊盡清香冷篆爐凜冽嚴凝掛冰筋刮面穿衣怎遮護四季中間無日無惟有秋深更淒楚怎當他協和芭蕉夜窗雨〔同下〕

〔音釋〕鏖襖平聲　木音暮　撼含上聲　竹音主　籟音賴　伏房夫切　蓴音淳　颼音搜
塞音賽　搦女角切　覆音府　玉于句切　飈音標　入如去聲　鰥音關　旋去聲
吸音喜　曲丘雨切　峭音俏　蛩音窮　荏任上聲　苒音冉　毒東盧切

第三折

〔任繼圖上云〕恰纔迎候友人花仲清至郵亭徘徊半晌尚不見來不免在寺中消遣去咱〔入廊下見葉科云〕這裏怎生有一片葉子從空飛將下來我拾起來看波〔做拾葉科云〕多管是那一箇知我失了渾家故作此詩想天與姻緣夫妻必有完聚的日子我且上殿去遊玩咱〔做上殿看壁上和詩科云〕這詩是我昔日題下詞章又有人賡和在後這一段姻緣須有着落且回禪堂中歇息去來〔詩云〕正是牢落空門嘆索居姻緣他日竟何如天涯遊子多羈思腸斷梧桐葉上書

〔下〕〔牛尙書上云〕老夫牛僧孺是也目今文武狀元及第這兩箇狀元都也生得好表人物俺那金哥孩兒長成了待結綵樓等狀元遊街時拋繡毬接絲鞭求取佳配這義女雲英孩兒是姐姐索教夫人儘問他一來看他有守志的心也無二來先及其疎後及其親禮也索請夫人商議夫人在那裏〔卜兒正旦小旦同上〕〔正旦云〕妾身自與兒夫分離至今三載音信杳無雖在此坐享富貴眉頭心上一點相思甚日放的下也呵〔唱〕

〔中呂粉蝶兒〕粉悴脂憔悶懨懨暗傷懷抱困騰騰劃損眉稍畫堂深朱戶悄鴈書不到情緒蕭條影兒孤鏡鸞羞照

〔醉春風〕人去玉簫閒雲深丹鳳杳夢魂無夜不關山何日是了了長則是錦被撈籠綺窗嗟嘆畫樓凝眺

〔小旦云〕姐姐母親喚哩須索去見來〔見科〕〔正旦云〕母親喚妾身有何言語〔卜兒云〕孩兒喚你有句言語和你商量趁你年少尋個良壻與你心下如何〔正旦唱〕

〔迎仙客〕老尊親錯見了失節罪難逃妾身況兼年紀小〔云〕我想鴈有雌雄一對沒了一箇再不入羣永爲孤鴈〔唱〕若壻了再求壻這是人不如鳥母親意下量度〔云〕我是個相門之女再嫁事於人〔唱〕則恐被傍人笑

〔帶云〕忠臣不事二君烈女不更二夫〔唱〕

〔紅繡鞋〕一來是先王禮教二來是唐宰相根苗〔卜兒云〕今日主張不從再休後悔〔正旦唱〕絃斷無心覓鸞膠〔卜兒云〕你敢待守丈夫的消耗麼〔正旦唱〕芳心懸玉杵舊約在藍橋哎則我個雲英怎生便嫁了

〔卜兒云〕父親搭蓋綵樓教你同金哥妹子共求佳配你是他姐姐索先問你若實有守志的心呵也隨的你教你引金哥妹子登綵樓拋繡毬你心下如何〔正旦云〕母親言者當也〔卜兒云〕既然如此就勞你和金哥妹妹添粧則箇〔正旦云〕妹子添粧罷越顯的十分顏色也呵〔唱〕

〔普天樂〕玉娉婷新梳掠曲彎彎柳眉青淺香馥馥桃臉紅嬌腰肢一捻輕舉止十分俏便似畫真兒描不成如花貌有三般兒比並妖嬈〔卜兒云〕是那三般兒〔正旦唱〕若耶溪西施戲瓢九龍池玉環鬬草鳳凰臺秦女吹簫

〔云〕夫人教小姐登樓去也〔卜兒云〕老相公俺且回後堂中去來〔先下〕〔正旦引小旦上樓科云〕好綵樓也呵〔唱〕

〔上小樓〕這綵樓百尺其高勢壓着南山北岳六曲闌干四面簾櫳一片旌旄綵扇交錦帳飄金珠錯落盼望他嬌滴滴梟香風玉人來到〔小旦云〕姐姐你扶我上綵樓去來〔做上樓科〕〔正旦唱〕

〔幺篇〕倩人扶登玉梯似天仙下九霄蘭麝氤氳環珮玎璫繡幙飄颻准備了等待著長安年少但不知那新狀元有甚些風調〔外作鼓樂迎二狀元科〕〔正末云〕我兄弟二人得了文武狀元今日誇官這是甚麼人家結起綵樓了也〔正旦唱〕

〔脫布衫〕噴香風撲鼻葡萄揭青天聒耳笙簫列翠袖金釵兩行光綽綽從人爭導

〔小梁州〕烟梟金爐寶篆燒傍雲錦衣飄羣仙引領下青霄忙傳報蹀躞馬蹄遙〔云〕妹子你看狀元來了也〔唱〕

〔幺篇〕雀屏銀燭相輝耀隱芙蓉繡褥光搖重奏樂人歡笑六街喧鬧春色醉仙桃〔任做見正旦掉眼科〕〔正旦云〕你看這狀元赴了瓊林宴也〔唱〕

〔石榴花〕狀元微醉據鞍轎猩血錦宮袍嘶風緩轡玉驄驕猛擡頭覷着多嬌〔小旦拋繡毬下科〕〔正旦云〕看繡毬哩〔任繼圖云〕山妻未知下落若貪富貴乃不

義之人也〔做不接科〕〔正旦唱〕見狀元高點玉鞭稍似躊躕待接還拋旣然他有意來推調又索別打那英豪

〔鬭鵪鶉〕再尋箇鳳友鸞交分甚麽文強武弱〔正旦看外科〕〔唱〕只要得女貌郎才不枉了一雙兩好有福分先奪春風翡翠巢〔小旦打着花狀元遞絲鞭科〕〔正旦云〕妹子後面狀元接了絲鞭也〔唱〕美姻緣天湊巧成就了錦片前程常則是同歡到老

〔耍孩兒〕歡聲鼎沸長安道得志當今貴豪小登科接着大登科播榮名喧滿皇朝始知學乃身之寶惟有讀書人最高宮花斜插烏紗帽紫袍稱體金帶垂腰

〔末指旦云〕這箇婦人好似我的渾家〔旦云〕這箇狀元好面熟也呵〔唱〕

〔三煞〕那狀元意遲遲點着玉鞭不轉睛廝覷着〔帶云〕這狀元是俺男兒也呵〔唱〕撲簌簌淚點兒腮邊落他形容好似俺親夫婿欲待相親又恐錯認了不敢分明道知他真心兒認我莫不是有意兒相調

〔各做意兒科〕〔正旦唱〕

〔二煞〕這狀元慢加鞭催玉驄那狀元故徘徊將寶鐙挑我倚欄縱目頻瞻眺莫不是老天肯念離人苦今日街頭廝抹着〔任做仔細認科〕

〔正旦唱〕那狀元臨去也金鞭梟他口兒裏作念意兒裏斟酌

〔帶云〕妹子下去見父親母親去來〔唱〕

〔煞尾〕一星星告與父母好共歹從他窨約那狀元多是張京兆若得相逢把黛眉掃〔同下〕

〔音釋〕羈音基 劃音畫 度多勞切 掠音料 岳音燿 落音澇 萄音桃 從去聲 蹀音迭 躞音屑 猩音生 轡音配 弱饒去聲 巢鋤昭切 着池燒切 酌音沼 窨音蔭 約音杳

第四折

〔牛尚書同夫人上云〕姻緣姻緣事非偶然當朝有文武狀元遊街教金哥女孩兒抛繡毬接絲鞭先打着文狀元躊躕一回把鞭稍攛住繡毬第二打着武狀元接了絲鞭成其佳配有義女雲英對老夫言道文狀元與他男兒一般模樣這狀元覷着雲英兩意徘徊勒馬相覷似有廝認之意彼各怏怏而回老夫想來容易今日是吉日良辰取狀元過門與金哥女孩兒成親就請那文狀元爲送客席上教雲英出來行禮便知端的左右那裏大排筵會請狀元過門者〔做接科〕〔任繼圖上云〕小官任繼圖一舉及第昨日武狀元遊街有牛尚書家中小姐在綵樓上抛下繡毬打着小生小生想失了渾家未知下落攛住繡毬策馬過了比後打着武狀元成其姻眷此日小生望見樓上一女子好似小官失了的渾家此女亦覷着小生眷戀不已四目相盼各有廝認之意想他是牛尚書府第不敢造次又恐錯認今日荷蒙尚書請小官爲送客伴着花狀元左右接了馬者〔正旦上云〕今日金哥妹子成親狀元過門父親喚妾身行禮相見索走一遭也呵〔唱〕

〔雙調新水令〕華堂褥隱繡芙蓉似錦粧成桃源仙洞這狀元簪花在玉殿前那狀元折桂在月宮中孔雀屏風今日箇已高中

〔駐馬聽〕和羽流宮一派笙歌徹太空烹龍炮鳳滿堂羅綺藹香風想當初雲英不到廣寒宮裴航空作遊仙夢只今日藍橋路不通玄霜玉杵成何用

〔正旦與任見科〕〔背云〕這箇狀元好似俺男兒也〔唱〕

〔喬牌兒〕都只在嫣然一笑中偷把幽情送他含顰不語把肩兒竦推將寶帶鬆

〔任繼圖低問云〕渾家緣何在此〔正旦云〕原來果然是我丈夫〔唱〕

〔沉醉東風〕爲兵戈擔驚受恐折夫妻斷梗飄蓬泣枕鴛悲衾鳳誰知道這搭兒重逢猶道相看是夢中捱了此淒涼萬種

〔牛尚書怒云〕狀元你是箇讀書人怎生不知禮小女乃裙釵女流與你有何親故〔任同旦跪科云〕小生自往西蕃安祿山作亂殘破京師渾家李氏被擄不知去向秋間在大慈寺中安下以待科舉入場在壁間吟和詞章是渾家所作小生又於廊下拾得梧葉兒葉上有詩一首亦是渾家所作小生錦囊收貯常揣在懷內不料今日荷蒙相公收留在宅上此恩難報也〔牛尚書問正旦云〕緣何你去寺中吟和詞章來〔正旦云〕我跟隨母親燒香去來見壁上字體似男兒所作以此吟和來〔牛尚書云〕梧葉上的詩有麽〔正旦云〕曾有來〔任繼圖云〕因何至此〔正旦唱〕

〔川撥棹〕想當日恨沖沖亂離間家業空浪迹浮蹤水遠山重逃命出鎗尖劍鋒謝大恩人廝敬重

〔牛尚書云〕你是女子何故題詩在梧葉上況這深沉院宇誰與你寄將出去那時你又不知狀元

下落中間豈無別情〔正旦唱〕

〔七弟兄〕當日正女功手擣着繡絨晝樓中忽聞聽遠院琴三弄離鸞別鳳恨匆匆淚雙垂把不住鄉心動

〔梅花酒〕倚欄杆數斷鴻起陣狂風吹落梧桐飄入簾櫳手親題一首詩寫離恨在其中爲家鄉信未通題詩罷告天公替鴈帖當魚封風捲起入長空任南北與西東

〔收江南〕呀我則道風吹一去杳無蹤似題紅葉出深宮淚痕相映墨痕濃喜今朝再逢想昨宵魂夢與君同

〔牛尚書云〕既然姻緣會合不是俺做大一向收留在俺府中爲女也是天數不然那兵荒馬亂定然遭驅被擄我便做你的丈人也做得過請同花狀元並居東牀着你團圓大排筵宴做箇慶喜的筵席者〔衆拜成禮科〕〔正旦唱〕

〔鴛鴦煞〕我則道涼宵衾枕無人共誰承望洞房花燭笙歌送樂事重重喜氣融融暢道人月團圓魚水和同依舊的舉案齊眉到老相陪奉若不是這一葉梧桐險些兒失落了半世夫妻舊恩寵

〔任繼圖詩云〕夫妻守節事堪憐仗義施恩宰相賢金榜掛名雙及第洞房花燭兩團圓

〔音釋〕炮音袍　嫣音烟　推退平聲　叢音從　擣詞纖切　當去聲

題目　任繼圖天配鳳鸞交

正名　李雲英風送梧桐葉

李雲英風送梧桐葉雜劇

圖　東坡夢

中華書局聚

花間四友東坡夢
倣僧智叶筆
珍倣宋版印

花間四友東坡夢雜劇

元　吳昌齡撰

明吳興臧晉叔校

第一折

（外扮蘇東坡上詩云）隱隱胸中蟠錦繡飄飄筆下走龍蛇自從生下三蘇後一望眉山秀氣絶小官眉州眉山人姓蘇名軾字子瞻別號東坡乃老泉之子弟曰子由妹曰子美嫁秦少遊者是也小官自登第以來屢蒙擢用官拜端明殿大學士今有王安石在朝當權亂政特舉青苗一事我想這青苗一出萬民不勝其苦爲害無窮小官屢次移書諫阻因此王安石與俺爲讎一日天子遊御花園見太湖石摧其一角天子問爲何太湖石摧其一角安石奏言此乃是蘇軾不堅小官上前道非蘇軾不堅乃安石不牢天子大笑回宮安石好生懷恨一日朝罷衆官聚於待漏院見一從者腰插一扇扇上寫詩兩句道昨宵風雨過園林吹落黃花滿地金某想黃花者菊花也菊花從來不謝自然乾老枝頭意甚以爲不然乃於詩後續兩句道秋花不比春花落付與詩人仔細吟誰想此詩乃安石所作一日請俺赴宴出歌者數人見一女子擎杯良久不見其手俺佯言道小娘子金釵墜也那女子出其手捫其鬢衆官皆發大笑安石令俺爲賦一詞小官走筆賦滿庭芳一闋誰想那女子就是安石的夫人到次日安石將小官的滿庭芳奏與天子道俺不合吟詩嘲戲大臣之妻以此貶小官到黃州團練就着俺去看菊花誰想天下菊花不謝惟有黃州菊花獨謝一時失言翻成大怨如今來到這潯陽驛琵琶亭有一故友乃是賀方回在此爲守留俺飲宴酒酣之次出一歌妓乃是白樂天之後小字牡丹不幸落在風塵之中此女甚是聰慧莫説頂真續麻折白道字恢諧嘲謔便

是三教九流的說話無所不通無所不曉小官眉頭一蹙計上心來比及到黃州歇馬有一同窗故友謝端卿在廬山東林寺落髮爲僧修行辦道一十五年不下禪床此人乃一代文章之士俺如今領着白牡丹魔障此人還了俗娶了牡丹與小官同登仕路量安石一人在朝有何難處當日辭了賀方回領着白牡丹訪謝端卿那裏走一遭去來〔詩云〕此去黃州冷似冰清心元不苦飄零我是能詩能賦朝中客去訪無是無非寺下僧〔下〕〔丑扮行者持苕箒上詩云〕積水養魚終不釣深山放鹿願長生掃地恐傷螻蟻命爲惜飛蛾紗罩燈南無阿彌陀佛掃過處方敢行不掃過處休行你道爲何南無阿彌陀佛只怕踏傷了螻蟻的性命〔正末扮佛印上云〕善哉善哉貧僧乃饒州樂平人氏俗姓謝名甫字端卿法名了緣後稱佛印俺有一班兒同堂故友俱登仕路止有貧僧一人拋棄功名在此廬山東林寺修行辦道今經十五年不下禪床這行者乃是貧僧的徒弟是一個癡愚的單要他掃地點燈而已俺想出家人好不清淨也呵〔唱〕

〔仙呂點絳唇〕每日間看誦經文受傳心印權粧溷俺可也識破天真此外都無論

〔混江龍〕法聰心滓〔行者云〕徒弟也不滓一本心經讀了三年六個月就念的摩訶般若波羅蜜一句出來這也不算滓〔正末唱〕我可也自來無喜亦無嗔直將這一心參透五派禪分閒伴着清風爲故友恍疑明月是前身這些時想晨鍾暮鼓馬足車塵細看來恰便似雲影空中盡拋離了煩冗落得箇清貧

〔云〕行者夜來伽藍道今日午時有魔障至此你去山門首望者但有遠方過路客官報我知道〔一

行者云）知道（東坡引旦扮白牡丹從者上云）小官蘇軾可早過了大江來到廬山脚下左右把船灣住江上牡丹你只在舟中坐下喚你便來不喚你不要來（旦應科下）（東坡做獨行科云）你看廬山果然好景致也端的是真山真水真寺真林非閑人不可到過澗子不容觀好山也山高巉嶮嶮嵯峨凜冽林巒亂石陀古怪怪松岩下掩山岩掩眼隔烟蘿山禽如語語不歇山澗飛泉迸碧波山童採藥山藥少樵夫擔柴貪擔多野猿摘菓攀藤葛葛絶餘藤藤倒拖仙洞仙童依虎睡仙人醉卧老龍窩峯勢側洞門砌洞裏月光婆娑婆莫訝朝嵐寒槭槭仙家洞府接天河大石欄灣大石欄灣幾重水幾重溷帶着野田空闊野田空闊一層積一層坡老樹老藤忘歲月古山古寺絶經過經過跡斷唯山在歲月年深奈寺何真箇此寺不同他寺宇此山非比別山阿青黛染成千塊玉雲霞粧就萬堆螺只除佛子神仙纔可到怎許遊人容易得攀摩這廬山景致觀之不盡翫之有餘你則看東林寺門首碑上有詩爲證詩道不到廬山不是僧廬山清景勝蓬瀛爲僧若到廬山下死葬廬山骨也清讀之未了只見山門下立着一個行者待我問他你那佛印師父可在法座上麼（行者云）師父打坐哩（東坡云）借你口中言傳俺心間事你道有箇客官不言姓名有兩句禪語又叫做偈語你道眉山一塊鐵特地來相謁（行者云）老官小和尚心㑥一本心經念了三年零六個月還記不得再說一徧（東坡云）這個㑥和尚（行者云）敢是姓鐵（東坡云）不姓鐵（行者云）不姓鐵就姓錫（東坡云）不姓錫（行者云）不姓鐵不姓錫就姓銅罷（入報科云）師父外面來到一個主兒不言姓名道兩句禪語又叫做偈語眉山一塊鐵特地來相謁（正末云）急急上堂來爐中火正熱（行者云）着手他便是鐵我師父是火架起爐來燒他娘老官我師父着我燒你哩（東坡云）怎麼說（行者云）叫你急急上堂來爐中火正熱（東坡云）這也是禪語再進去說我鐵重千

斤恐汝不能挈〔行者云〕你不怯我師父我師父也不怯你師父他又道兩句我鐵重千斤恐汝不能挈〔正末云〕我有八金剛將汝碎爲屑〔行者云〕着手我師父道我有八金剛將汝碎爲屑〔東坡云〕再進去說我鐵類頑銅恐汝不能爇〔行者云〕罷了軟了〔東坡云〕怎麼軟了〔行者云〕爇的軟了師父他又道兩句我鐵類頑銅恐汝不能爇〔正末云〕將你鑄成鍾衆僧打不歇〔行者云〕着手我師父要打你哩〔東坡云〕怎麼要打我〔行者云〕將汝鑄成鍾衆僧打不歇〔東坡云〕再進去說鑄得鍾成時禪師當已滅〔行者哭入科〕〔正末云〕行者爲何哭起來〔行者云〕他道鑄得鍾成時禪師當已滅〔正末云〕大道本無成大道本無滅心地自然明何必叨叨說夜來伽藍道今日午時有東坡學士至此果應其言快與我請進來〔行者云〕有眼不識灰堆學士老爺俺師父有請〔正末云〕十五年不下禪床今日須下禪床接待學士者〔做見科〕〔正末唱〕

〔油葫蘆〕自別經年十數春〔東坡云〕一別許久不會〔正末唱〕全不曾得動問〔東坡云〕且喜今日得一會〔正末唱〕喜君家平步上青雲〔云〕敢問大人那衙門除授〔東坡云〕自別吾兄官拜端明殿學士〔正末唱〕好好不枉了玉堂金馬多風韻〔東坡云〕小官如今不在翰林了謫在黃州團練經過此處訪問吾兄〔正末唱〕可甚的吳山楚水生勞頓〔東坡云〕共君一夕話勝讀十年書〔正末唱〕我和你話一夕勝如那酒一樽〔東坡云〕吾兄我和你是同堂故友哩〔正末唱〕咱須是舊時朋友相親近何必要飲的醉醺醺〔東坡云〕相逢不飲空回去洞口桃花也笑人〔正末唱〕

〔天下樂〕憑道是明月清風他可便也笑人〔東坡云〕那裏有幽僻去處待小

官遊歡一番〔正末唱〕似這般荒僻的山門〔東坡云〕好個古刹寺院〔正末唱〕你可也莫要哂〔東坡云〕這是伽藍堂怎生不打供〔正末唱〕俺這裏伽藍堂靜悄悄隔着世塵〔東坡云〕天陰雨有些疎漏麼〔正末唱〕便淋漓汚了衣顛倒可便褁了巾〔帶云〕學士大人〔唱〕俺這裏怕什麼騎驢衝大尹

〔東坡云〕騎驢衝大尹此乃賈浪仙的故事將小官比做韓文公何以克當〔正末云〕大人既拜端明殿學士爲何謫貶黃州團練到貧僧荒涼古刹來〔東坡云〕吾兄不問小官不敢言今有王安石在朝當權亂政特舉青苗一事我想青苗一出小民不勝其苦一日王安石請俺家宴出歌者數人內有一女子擎杯良久不見其手俺佯言道小娘子金釵墜也那女子慌忙出其手捫其髻衆官皆發一笑安石令俺題詠其事小官走筆賦滿庭芳一闋誰想安石將小官滿庭芳奏與聖人貶小官黃州歇馬打從此處經過忽想吾兄在此特來探望吾兄是個公直的人此一樁還是王安石不是小官的不是〔正末云〕此一樁還是王安石的不是也〔東坡云〕怎見得王安石不是〔正末唱〕

〔金盞兒〕爲學士受皇恩因此上重賢臣他要足下兩箇閒談論他不合高燒銀燭倒金樽他不合殷勤出侍女他不合貪夜款佳賓他不合隔簾聽語笑〔帶云〕常言道責人則明恕己則昏學士大人〔唱〕你也不合燈下覷他那佳人

〔東坡云〕連小官也不是了〔正末云〕願聞滿庭芳妙詞〔東坡云〕小官在吾兄根前念滿庭芳一闋却似持布鼓而過雷門豈不慚愧〔正末云〕貧僧草腹菜腸願聞願聞〔東坡云〕吾兄汚耳了〔詞云〕香靄雕盤寒生冰筯畫堂別是風光主人情重開宴出紅粧膩玉圓搓素頸藕絲嫩新織仙

裳雙歌罷虛雲轉月餘韻尚悠揚人間何處有司空見慣應謂尋常坐中有狂客惱亂柔腸報道金釵墜也十指露春笋纖長親會見全勝宋玉想像賦高唐〔正末云〕高才高才〔唱〕

〔後庭花〕你那滿庭芳雖稱席上珍送的箇老東坡翻成轅下窘則爲這樂府招讒譖抵多少文章可立身〔做笑科〕〔東坡云〕吾兄爲何發笑〔正末唱〕只落的笑欣欣倒不如咱家安分向深山將名姓隱

〔云〕行者看素齋飯管待學士〔行者云〕理會得香積廚下安排素齋拖麵煎草鞋醬拌鵝卵石快些管待學士〔東坡云〕叫那行者過來你方纔說些什麼〔行者云〕我師父方纔說香積廚下看素齋飯管待學士〔東坡云〕你去與那和尚說有酒有肉我便吃無酒無肉我回舟中去也〔行者云〕學士你就是我的親爺我這等和尚有什麼佛做熬得口裏清水拉拉的湯將出來望學士可憐見多與些小和尚吃〔東坡云〕這個饞和尚我多與你些吃〔行者云〕多謝學士師父合氣了那學士老爺說道有酒有肉我便吃無酒無肉我回舟中去也〔正末云〕既如此你下山去俗人家沽一壺酒買一方肉管待學士便了〔行者云〕那裏去買你好行止向年間爲師父娘做滿月賒了一副猪臟沒錢還他把我褊衫都當沒了至今穿着皂直掇哩〔正末云〕休得胡說〔行者向古門云〕山下俗道人家有一百八十多斤的猪宰一口兒〔內云〕忒大沒有〔行者云〕這等有八九兩的小猪兒宰一口〔內云〕忒小沒有〔行者云〕隨意增減些罷只要先把血臟湯做一碗來與我嘗一嘗〔正末云〕行者酒席完備未曾〔行者云〕酒席已完備了〔正末云〕學士當日遠公沽酒謁陶潛今日佛印燒猪待子瞻〔東坡云〕小官續上兩句蘇軾焉敢效昌黎佛印如何比大顛〔正末云〕高才高才〔唱〕

〔醉中天〕既然要敘舊開佳醞怎還說持戒斷腥葷捹的箇爛醉春風老瓦盆見學士和佛印你本是同堂故人須不比十方檀信俺只索倒賠些狗彘雞豚

〔東坡云〕吾兄常言道坐中無有油木梳烹龍炰鳳總成虛那裏有善歌的妓女請一個來唱一曲等小官盡醉而歸〔正末云〕學士說差了這荒涼古刹寺院那裏討善歌妓女〔東坡云〕真個無有〔正末云〕斷然沒有〔東坡云〕小官倒帶一個在此〔正末云〕如此最好在那裏請來相陪學士〔東坡云〕行者你去溪河楊柳邊小舟中叫一聲白牡丹安在只待他應了一聲你急急抽身便走〔行者云〕走遲了却怎麽〔東坡云〕走遲了只教你做雪獅子向火酥了半邊〔行者做跌科〕早酥倒了也轉灣抹角此間就是溪河楊柳邊小舟兒上叫一聲白牡丹在麽〔旦兒云〕誰叫〔行者做跌科云〕聽他嬌滴滴的聲音真個酥了也東坡老爺喚你哩〔旦兒上云〕來了妙舞清歌本足誇尤雲殢雨作生涯借問妾身何處住柳陌花街第一家妾乃白樂天之後小字牡丹不幸落在風塵今被東坡學士帶在此處差人呼喚須索走一遭去也〔行者云〕稟學士白牡丹來了也〔又稟正末科〕〔旦兒云〕大人萬福呼喚妾身有何分付〔東坡云〕我一路上與你說的前席那和尚便是你如今魔障此人還了俗娶了你他若爲官你就是一位夫人縣君也〔旦兒云〕多謝大人擡舉〔東坡云〕牡丹你把體面與那佛印禪師相見者〔旦兒云〕理會得久聞老師父大名今日得覩尊顏三生有幸〔正末云〕小娘子問訊〔行者云〕不消問訊是學士船上來的〔正末云〕學士大人此女姓甚名誰誰氏之子〔東坡云〕此女乃是白樂天之後小字牡丹莫說他姿容窈窕頗解文墨只可惜他落在風塵沒個人來擡舉〔正末唱〕

〔金盞兒〕你道是可惜他落風塵繫紅裙端的箇十分體態能聰俊
〔東坡云〕有那等惜花人見了無不愛他〔正末唱〕有那等惜花人見了怎不消魂
〔東坡云〕真個是天香出衆國色超羣〔正末唱〕真箇是天香偏出衆國色獨超羣
可知道教坊爲第一花內牡丹尊
〔東坡云〕牡丹與那佛印把一杯酒者〔旦兒應云〕師父滿飲此杯〔正末云〕小娘子貧僧葷酒不用〔旦兒云〕那師父葷酒皆不用〔東坡云〕吾兄差矣溪河楊柳影不礙小舟行佛在心頭坐酒肉穿腸過只管吃怕怎麼〔正末云〕既如此貧僧開酒不開葷〔東坡云〕不怕他不一椿椿開將來〔旦兒云〕師父滿飲此杯〔正末云〕貧僧告酒了〔東坡云〕吾兄請了〔行者唱舞科〕〔唱〕心肝肉那話兒且休題吃肉揀肥的自從見了你一頓一升米你也不想我我也不想你〔東坡云〕行者怎麼說〔行者云〕這是我師父和師父娘在禪床上吃酒吃肉小行者帶歌帶舞日常規矩〔東坡云〕果然有此事正是出家人活計〔正末云〕行者看酒來小娘子滿飲一杯〔旦兒云〕吃不了這些〔行者云〕就是小行者替吃罷〔東坡云〕牡丹放下酒者吾兄我此來非爲別事〔正末云〕却是爲何〔東坡云〕專爲吾兄今日是個好日辰娶了牡丹與小官同登仕路佳人捧硯壯士鎜鞭不强在深山古刹遁跡埋名吃的是瓢漏粉菜饅頭有何好處你與我惜芳春罷經文〔正末唱〕
〔金盞兒〕你教我惜芳春罷經文把一生功案都休論〔東坡云〕就是小官爲媒〔正末唱〕笑你箇東坡學士做媒人〔東坡云〕我能壞你十座寺你休阻我一門親〔正末唱〕你道是能壞我十座寺休阻您一門親我也會萬花叢裏過爭奈我一葉不沾身

(東坡云)牡丹你與那和尚告菩提露去(旦兒云)是曉得上告我師和尚一點菩提露滴在牡丹兩葉中(正末云)小僧半點俱無(旦兒云)那師父說半點俱無(東坡云)再告去(旦兒云)上告我師和尚一點菩提露滴在牡丹兩葉中(正末云)貧僧十五年不下禪床功行非淺實是半點俱無(旦兒云)大人那和尚說十五年不下禪床功行非淺實是半點俱無卻不羞殺我牡丹也(東坡云)吾兒因你不肯那牡丹煩惱哩(正末唱)

【賺煞】你道是不施些雨露恩倒惹得花枝恨俺怎肯壞了如來法身這雪山中不比巫山夢斷魂那裏有暮雨朝雲俺既是做僧人命犯着寡宿孤辰(東坡云)咳你個莽和尚不爭我牡丹成了這親事呵(正末唱)你教那首座闍黎怎主婚(東坡云)那裏有女家兒倒肯男家兒不順(正末唱)你道是女家兒倒肯男家兒不順(東坡云)小官舟中花紅羊酒都准備將來了(正末唱)學士你只索空賠羊酒(帶云)請恕罪了也(唱)可兀的拜俺沙門(下)

(旦兒云)大人那和尚不肯可不空帶牡丹走這一遭也(東坡云)牡丹你且放心待我明日准備着回席的酒般好共歹與你成就了這門親事那時節安排玳瑁筵款撒紅牙板低吟白雪歌高擎鸚鵡盞欹鞾玉斜橫髻偏雲亂挽務要摘回壯士頭只交閃開那禪僧眼(同下)

【音釋】絕藏靴切　摧慈隨切　捫音門　闋音缺　溷音混　悖蒲悶切　迸方孟切　側齋上聲　殜藏棱切　嵐音藍　槭音咸　重平聲　渦音窩　過平聲　阿何哥切　爇如月切　偈音忌　哂身上聲　污去聲　夤音寅　搓音磋　勝平聲　窘君上聲　分去聲　醞音運　葷音昏　炰音袍

第二折

〔正末云〕貧僧了緣和尚昨日被東坡學士魔障了一日蚤是貧僧若是第二個怎生是好〔行者云〕又是師父若是行者了當哩〔正末云〕今日天色已晚學士必然又來貧僧待要躲避他見得禪師法門無有智慧了行者大開方丈將燈燭剔得明亮着學士來時我貧僧自有主意〔唱〕

〔南呂一枝花〕身雖在東土居心自解西來意曾傳一盞燈能有幾人知參透禪機心外事無縈繫想昨宵甚道理那蘇子瞻一謎裏歪纏更和着白牡丹有千般標致

〔梁州第七〕本待要去西方脫除了地獄我怎肯信東坡洩漏了天機半生苦行修持力把心猿鎖閉意馬收拾由他閑戲任你胡爲端的箇幾番家識破皆非一心要隻履西歸枉了你玉人兒嬌滴滴待楓葉傳情排下箇迷魂陣香馥馥似桃花泛蘂攪的箇選佛場亂紛紛做柳絮沾泥怎知俺九年面壁蚤明心見性蒲團底到今日出人世笑你箇愚濫的東坡尚不知也只是肉眼凡眉

〔東坡引旦兒同上云〕牡丹我今日安排回席好共歹與你成就這門親事却蚤來到山門行者報復去說昨夜的客今日又來了也〔行者云〕師父分付多時學士老爺請進〔正末出迎科云〕學士大人有請學士夜來多有簡慢望乞恕罪〔東坡云〕禪師夜來多有攪擾〔旦兒謝科云〕奴家攪擾一發不當〔正末云〕惶恐惶恐〔東坡云〕小官今日薄酒一杯特來還敬〔正末云〕大人客邊何勞如此〔東坡云〕看酒過來端卿請飲一杯〔正末回酒科云〕學士請〔東坡云〕端卿咱閑口論閑事

想你在山間林下隱跡埋名幾時是了則不如留了髮還了俗同登仕路共舉皇朝可不好那（正末云）學士這各有所見難以强同（唱）

〔隔尾〕我貧僧呵半生養拙無人識你一舉成名天下知這的是名利與清閑各滋味（東坡云）你這出家的怎生（正末唱）俺躱人間是非（東坡云）俺爲官的怎生（正末唱）您請皇家富貴（東坡云）好便好則爲一首滿庭芳貶上黃州也怪不着（唱）兀的是那才調清高落來得

（東坡云）這禿廝倒着言語譏諷咱哎俺這爲官的吃堂食飲御酒你那出家的只在深山古刹食酸餡揑淡虀有甚麼好處（正末唱）

〔牧羊關〕雖然是食酸餡揑淡虀淡只淡淡中有味想足下縱有才思十分到今日送的你前程萬里（東坡云）舌爲安國劍詩作上天梯（正末唱）蚤難道舌爲安國劍詩作上天梯你受了青燈十年苦可憐送得你黃州三不歸

（云）行者看酒來大人滿飲一杯貧僧告睡去也（東坡云）禪師請穩便（旦兒云）那和尚着了忙哩（正末離席科云）我出的這方丈門來（唱）

〔罵玉郎〕則被這東坡學士相調戲可着我滿寺裏告他誰我如今修心養性在廬山內怎生瞞過了子瞻賺上了牡丹却教誰人來替

〔感皇恩〕你行者休違拗我須索把你來央及（做跪科）（行者云）師父只當搶了臉也（正末唱）我其實被東坡閑魔障廝禁持（行者云）我要赴白蓮會去哩

〔正末唱〕你待赴白蓮會裏先和那紅粉偷期〔行者云〕老人家沒正經不要我學好教我偷雞吃被人拏住怎麼了〔正末唱〕却待說又教我怎生題〔行者云〕師父我看你欲言不言的意思要我怎的常言道喫烏飯痾黑屎我只是依隨着你便了

〔正末唱〕

〔採茶歌〕你若是肯依隨不羞恥我比你先爭十載上天遲〔云〕行者將耳過來〔做耳囑科唱〕你和他共枕同眠成連理蚤是得些滋味休要着癡迷〔下〕

〔東坡云〕牡丹謝端卿往方丈去了便趕進方丈去與他雲雨和諧了時你就唱雨淋鈴今宵酒醒何處楊柳岸曉風殘月我就來拏住他不怕不隨我還俗去也〔旦兒趕進科云〕師父好共歹與牡丹成就這親事罷〔行者云〕成不得成不得貧僧整整十五年不下禪床菩提露半點俱無〔做歡會科〕〔旦兒唱〕雨淋零今宵酒醒何處楊柳岸曉風殘月〔東坡云〕好個謝端卿與牡丹雲雨和諧了令人點個燈來推開方丈門拏住那佛印了也〔正末上云〕被我瞞過子瞻了也〔旦兒云〕却不羞殺我牡丹也〔下〕〔行者云〕好不快活殺行者也〔下〕〔東坡云〕嗨吾兄是何道理你不肯也罷如何將行者污我牡丹牡丹你玲瓏剔透今何在俊俏聰明莫謾誇嫩蘂嬌枝關不住被狂風吹碎牡丹芽吾兄收拾酒筵我已醉矣〔正末唱〕

〔賀新郎〕東坡學士解禪機我怎肯損壞了菩提恰纔是脫身之計他那廝向羢毛氈裏撲綿被儘強如俺入龍華會兀的不辱沒殺釋迦的這年尼不爭那牡丹來赴約和尚去偷期東坡倒覺的有些不

怜悧一箇兒待惜花春起蚤一箇兒待愛月夜眠遲

〔東坡做睡科〕〔正末云〕大人再飲幾杯呀他睡着了着他大睡一覺花間四友安在〔旦兒扮四友上云〕妹子們走動師父呼喚俺姊妹四人有何分付〔正末唱〕

〔哭皇天〕我喚你無別意您四人各做准備梅也你輕謳着白雪歌柳也你與我滿捧着紫金杯桃也你和他共枕同眠竹也如魚似水我這裏做方做便陪酒陪歌東坡比那滿庭芳滿庭芳可便省些閑淘氣倚仗着神力鬼力只除是天知地知

〔烏夜啼〕這是戒和尚念彼觀音蜜自今宵卽便與你回席凭四人各同心兒商議柳也是必速離了隋堤竹也你是必休戀着湘妃梅也你兩箇羅浮山下會佳期桃也你與我武陵溪畔曾相識柳妖嬈桃美麗梅魂縹緲竹影依稀

〔黃鍾尾〕那學士呵你才高世上誰堪比我教你直睡到人間總不知柳也只要你迎過客送行人開青眼展黛眉伴陶潛的見識竹也只要你搖龍頭擺鳳尾敲翠節弄清音引王猷的興味桃也只要你烘曉日渲朝霞飄紅雨笑東風賺劉晨的旖旎梅也只要你散冰魂呈素魄欺凍雪傲嚴霜膩何郎的嫵媚不許你撲剌剌驚破他一枕晨雞只要你四人呵美甘甘迷着他南柯夢兒裏〔下〕

〔四友云〕學士大人休推睡裏夢裏〔東坡打夢做起科問云〕四位小娘子誰氏之家〔四友云〕俺

姊妹四人是佛印的專房妓妾聽師父法旨特來與大人奉一杯酒〔東坡云〕哦謝端卿你瞞的我多哩放着四位專房這般美麗可知不要我那白牡丹敢問四位小娘子尊姓盛名〔四友云〕俺姊妹們教做夭桃嫩柳翠竹紅梅〔東坡云〕小娘子會舞會唱麽〔四友云〕俺姊妹們都也會唱〔東坡云〕有勞四位舞一回唱一回待小官吃個盡興方歸也〔四友舞唱介〕

〔月兒高〕謾折長亭柳情濃怕分手欲跨雕鞍去扯住羅衫袖問道歸期端的是甚時候淚珠兒點點鮫綃透唱徹陽關重斟美酒美酒解消愁只怕酒醉還醒這愁懷又依舊

〔四友云〕學士大人請滿飲此杯俺姊妹們四人各求佳句一首永為家寶〔東坡云〕四位小娘子問小官求詩有有有一個個說來從那個起〔梅云〕妾身是紅梅〔東坡云〕玉骨冰肌非等閑耐他霜雪耐他寒一枝斜在書窻下惹得詩人冷眼看〔梅奉酒云〕多謝佳篇請學士大人滿飲此杯〔東坡飲科云〕如今該是翠竹了萬玉叢中汝最魁亭亭高節肯低迴詠人合配真君子灑淚成班却為誰〔竹奉酒云〕多謝佳篇請學士大人滿飲此杯〔東坡飲科云〕如今該是夭桃了溶溶粉汗濕香腮舞盡春風臉上來只因一點胭脂氣惹得劉郎着意栽〔桃奉酒科云〕多謝佳篇請學士大人滿飲此杯〔東坡飲科云〕如今該是嫩柳了腰肢嬝嬝弄輕柔舞盡春風卒未休流水畫橋青眼在為誰腸斷為誰愁〔柳奉酒科云〕多謝佳篇請學士大人滿飲此杯〔東坡云〕我吃我吃〔四友云〕俺姊妹們四個共求大人一詩〔東坡云〕有有有堪愛尊前四豔粧清陰護月鬧紗窻桃也魂依玉洞花千片竹也腸斷湘江淚幾行梅也大庾嶺頭躭寂寞柳也霸陵橋外弄輕狂何緣此夕同歡會小官拚得開懷醉一場〔四友云〕好高才也我姊妹們舞者唱者勸學士大人吃個盡醉方歸

〔東坡云〕我吃我吃兀的不快活殺我也〔同下〕

〔音釋〕解音械　縈音盈　繫音計　力音利　拾繩知切　壁兵迷切　思去聲　調平聲　拗音要　及更移切　密忙閉切　席星西切　識傷以切　渲疎選切　旖音倚　旎音你　嫵音武　卒粗上聲

第三折

〔正末扮松神持笏上云〕吾乃廬山松神是也今有佛印禪師密遣花間四友前去玉春堂魔障東坡學士恐上帝知道必然責罪小聖須索追趕那四個鬼頭去也呵〔唱〕

〔正宮端正好〕晚風輕霜華重雲淡晚風輕露冷霜華重轉瑤堦月色朦朧你看那花間四友相搬弄鬬起他那春心動

〔滾繡毬〕俺這裏步蒼苔攀怪松穿湖山凌翠峯正和那玉春堂相共俺只索悄冥冥躡足潛踪上堦基近窗孔見四箇小鬼頭將端明來簇捧竹梅呵滿泛着金鍾那一箇舞低楊柳樓心月那一箇歌罷桃花扇底風飲與方濃

〔松神做掀簾科〕〔唱〕

〔叫聲〕俺這裏排亮槅揭簾櫳赤律律起一陣劣風劣風不由人不悚然驚凜然恐險吹滅銀臺上燭花紅

〔東坡擁四友上云〕四位小娘子起大風了〔四友做怕科云〕學士大人風起神道來也〔東坡云〕這等小娘子躲着〔松神云〕學士快喚出那花間四友來〔東坡云〕沒有什麼花間四友〔松神云〕

學士你既讀孔聖之書必達周公之禮因何在此做這般勾當〔東坡云〕只小官在此飲酒有何妨礙〔松神唱〕

〔上小樓〕您了悟那色空且與吾師是昆仲你伴着那嫩柳夭桃翠竹紅梅闇約私通〔東坡云〕小官止一人在此並無別的陪伴〔松神唱〕這的是你自去自來相隨相從〔帶云〕那花間四友呵〔唱〕比不得出紅粧主人情重

〔東坡云〕這是小官做的滿庭芳元來神也知道〔松神云〕學士那花間四友快放他出來〔東坡云〕委實沒有〔松神努擊桌科唱〕

〔幺篇〕小聖呵可便眼又不矇耳又不聾〔東坡云〕四位小娘子躲者〔松神唱〕你那裏挨挨桜桜閃閃藏藏無影無蹤恰纔俺下虛空顯神通起一陣風颼微送〔云〕只喚出那紅梅來〔東坡云〕沒有什麼紅梅〔松神云〕你道是沒有紅梅〔唱〕這其間見踈影橫闇香浮動

〔松神再擊桌搜尋科云〕小鬼頭躲在那裏一個個都與我喚將出來〔四友出科〕〔東坡云〕上聖留一個兒與小官奉酒者〔松神唱〕

〔滿庭芳〕我看你箇東坡受用是處裏嬌歌妙舞酒醲花醲見踈梅一點芳心動蚤則怕漏泄了天工傍脩竹珮響玎玲映垂楊絲颺丰茸說甚麼桃源洞只落的胭脂淚湧再不能勾依舊笑春風

〔松神做趕四友科〕〔東坡云〕上聖念小官獨自在此飲酒無聊可留一個小娘子等他陪奉咱

〔松神唱〕

〔十二月〕你這裏齊臻臻前遮後擁美甘甘笑口歡容只待要靜巉巉巉幕天席地笑吟吟倚翠偎紅怎知道被禪師神挑鬼弄做一場捕影拿風

〔堯民歌〕好笑你端明學士忒朦朧全不想酒闌人散夜將終怎還許花間四友得從容東坡也不須埋怨我大夫松這的是禪宗禪宗都歸一箇空只有那伊蒲供〔松神提四友下〕

〔東坡云〕這四位小娘子怎生劃揜的小官就去了〔做伏桌睡科〕〔松神云〕學士學士〔唱〕

〔耍孩兒〕想東坡曾受金蓮寵直恁般癡呆懵懂則去那樹頭樹底覓殘紅恨不的添一對照道紗籠今宵剩把銀釭照猶恐相逢是夢中這聽明成何用本待要醉魔佛印倒做了寤寐周公

〔煞尾〕聽着這疎剌剌枕畔風響璫璫樓上鍾被誰人驚回一霎遊仙夢我笑你個殢酒色的東坡直睡到紅日三竿恁時節懂〔下〕

〔行者上云〕兩廊下僧院鍾樓經閣但有那銅頭鐵額釘嘴木舌不能了達者都到法座上問禪〔一再叫科下〕〔東坡做驚醒科云〕四位小娘子滿飲一杯呀原來是南柯一夢小官欲待回舟中去恐怕他謝端卿勘破且領着白牡丹到法座上問禪那裏走一遭去來〔下〕

〔音釋〕褊皆上聲　颺羊去聲　茸音戎　從音匆　勘坎去聲

第四折

〔正末引徒衆華幡法器上云〕行者將香盒過來〔行者云〕香盒在此〔正末云〕南無阿彌陀佛此

一炷香願吾王萬壽臣宰千秋此一炷香願黎民樂業五穀豐登此一炷香願法輪常轉佛日增輝(唱)

〔雙調新水令〕爇龍涎一炷透穹蒼祝吾王壽元無量八方無士馬四海罷刀鎗國泰民康願甘雨及時降(云)行者你去兩廊下僧院經閣鍾樓叫者但有那銅頭鐵額釘嘴木舌不能了達者都來法座上問禪(行者云)理會得(做叫科)(東坡領牡丹上云)牡丹謝端卿在法座上問禪我去問倒了他你就過來(旦兒云)是曉得(東坡云)上告我師和尚蘇軾特來問禪(正末云)速道(東坡云)佛印從來快開劈蘇軾特來閉料嘴(正末云)葛藤接斷老婆禪打破沙鍋璺到底(東坡云)可被他說倒了牡丹你過去問禪(旦兒云)上告我師和尚牡丹特來問禪(正末云)速道(旦兒云)我自牡丹因何到此慕風流特來嫁爾(正末云)你本不是妓館孫兒堪做俺佛門弟子(唱)

〔水仙子〕俺本是廬山長老恰升堂(旦兒云)這的是東林寺(正末唱)倒做了普救寺鶯鶯來鬧道場(旦兒云)你出家人比不得唐三藏(正末唱)你道俺出家人不及那往西天的唐三藏却原來你是曲江頭黃四娘(旦兒云)我只待堅心招你做新郎(正末唱)你道是堅心兒招俺做新郎(旦兒云)留了方丈和你同歸洞房(正末唱)你教我留了方丈同歸那箇洞房(帶云)那裏有和尚做女壻的(唱)俺可甚麼帽兒光光

(旦兒云)天香妓館久沉埋好向東林寺裏栽(正末云)若把牡丹移在此幾年能勾上蓮臺(唱)

〔落梅花〕你素魄兒十分媚慧心兒百和香更壓着魏紫姚黃(旦兒

〔天〕

云〕牡丹花摘將來膽瓶兒裏供養者〔正末唱〕你道是牡丹花摘將來膽瓶裏堪供養休休休只怕躭閣你淺斟低唱〔旦兒云〕情願離了花街柳陌不爲娼〔正末唱〕〔風入松〕你道是離花街柳陌不爲娼〔旦兒云〕一心待弃賤要從良〔正末唱〕你一心待棄賤要從良〔旦兒云〕輸情改嫁你個山和尚〔正末唱〕輸情願改嫁這山和尚兀的不是那畫堂中別樣風光你明明的把禪機問答怎知俺閒閒的把春色包藏

〔旦兒云〕果然是真僧問他不倒告師父借金刀一把削髮爲尼跟師父出家〔詩云〕禮拜廬山出世僧一心向佛苦修行免教鶯燕頻來往不在塵中掛孽名〔下〕〔東坡云〕我着牡丹魔障此人到被他脫度出了家待我再過去問禪那和尚可惜巫山窈窕娘夢魂偏嫁你禿襄王〔正末云〕堂上老師無答語坐中狂客惱柔腸〔四友上〕〔梅云〕上告我師父和尚紅梅特來問禪〔正末云〕速道〔梅云〕玉骨冰肌誰可比寂寞前村深雪裏〔正末云〕只愁昨夜夢中魂一枝漏泄春消息〔竹云〕上告我師和尚翠竹特來問禪〔正末云〕速道〔竹云〕冷氣虛心效琴瑟灑泪成斑憔悴死〔正末云〕東坡節外更生枝算來不是真君子〔桃云〕上告我師和尚夭桃特來問禪〔正末云〕速道〔桃云〕粉腮香臉淡勻紅曾賺劉郎入洞中〔正末云〕自是桃花貪結子錯教人恨五更風〔柳云〕上告我師和尚嫩柳特來問禪〔正末云〕速道〔柳云〕傍路臨溪不長久落葉歸秋又衰朽〔正末云〕可惜南海觀音柳昨宵折入東坡手〔東坡云〕敢問四位小娘子是誰氏之家甚麼姓名〔正末云〕酒冷燈殘月半昏名花傾國兩殷勤武陵溪畔曾相識今日佯推不認人〔唱〕

〔川撥棹〕想昨夜在玉春堂與東坡曾共賞這一個竹影悠揚這一個柳葉芬芳這一個梅蘂馨香這一個柳絮顛狂都是咱使的伎倆故將你厮魔障

〔東坡云〕小官已醉矣委實不認的四位小娘子〔正末唱〕

〔七弟兄〕你道是醉鄉〔東坡云〕敢是做夢哩〔正末唱〕又道是夢鄉也不似這等忒乖張昨夜個喜孜孜燈下相親傍今日裏假惺惺堂上問行藏可是你困騰騰全不記嬌模樣

〔梅花酒〕呀你從來有些些技癢你從來有些些技癢正夜靜更長對月貌花龐飲玉液瓊漿一個個逞歌喉歌婉轉一個個垂舞袖舞郎當只教你似劉伶怎惜的酒量似李白怎愛的詩章似周郎待按着宮商似宋玉待赴着高唐

〔收江南〕呀這的是主人情重出紅粧怎做得司空見慣只尋常不由你不坐中狂客惱柔腸一句句對當一句句對當總不離一曲滿庭芳

〔東坡云〕佛印從來多調笑到被花枝誇俊俏〔正末云〕高燒銀燭照紅粧燈光不把自身照〔東坡云〕果然是真僧問他不倒蘇軾從今懺悔情願拜爲佛家弟子〔正末云〕學士請尊重〔行者云〕上告我師和尚行者特來問禪〔正末云〕速道〔行者云〕摟住牡丹勝坐蓮臺師父咳嗽徒弟便來〔正末云〕癡迷性改分毫不采色卽是空空卽是色〔唱〕

〔鴛鴦煞尾〕從今後識破了人相我相衆生相生況死況別離況承謝繁華甘守淒涼唱道是卽色卽空無遮無障笑殺東坡也懺悔春心蕩枉自有蓋世文章還向我佛印禪師聽一會講

〔音釋〕穹區容切　祈音主　髀鋪米切　壆音閙　猱音撓　孽音聶　息喪擠切　瑟生止切　傍去聲　龐音忙　懺攙去聲　相去聲

題目　雲門一派老婆禪

正名　花間四友東坡夢

花間四友東坡夢雜劇

韓解元輕負花月約

老虔婆故阻燕鶯期

珍倣宋版印

石好問復任濟南府

杜蘂娘智賞金線池
倣張渥筆

杜蕊娘智賞金線池雜劇

元大都關漢卿撰
明吳興臧晉叔校

楔子

（外扮石府尹引張千上詩云）少小知名達禮闈白頭猶未解朝衣年來屢上陳情疏怎奈君恩不放歸老夫姓石名敏字好問幼年進士及第隨朝數載累蒙擢用謝聖恩可憐除授濟南府尹之職我有個同窗故友姓韓名輔臣這幾時不知兄弟進取功名去了還只是遊學四方一向音信杳無使老夫不勝懸念今日無甚事在私宅閒坐張千門首覷者若有客來時報復我知道（張千云）理會的（末扮韓輔臣上詩云）流落天涯又幾春可憐辛苦客中身怪來喜鵲迎頭噪濟上如今有故人小生姓韓名輔臣洛陽人氏幼習經史頗看詩書學成滿腹文章爭奈功名未遂今欲上朝取應路經濟南府過有我個八拜交的哥哥是石好問在此為理且去與哥哥相見一面然後長行說話中間早來到府門了也左右報復去道有故人韓輔臣特來相訪（張千報云）稟老爺得知有韓輔臣在於門首（府尹云）老夫語未懸口兄弟早到快有請（張千云）請進（做見科）（韓輔臣云）哥哥數載不見有失問候請上受你兄弟兩拜（做拜科）（府尹云）京師一別幾經寒暑不意今日惠顧殊慰鄙懷賢弟請坐張千看酒來（張千云）酒在此（做把盞科）（府尹云）兄弟滿飲一杯（做回酒科）（韓輔臣云）哥哥也請一杯（府尹云）筵前無樂不成歡樂張千與我喚的那上廳行首杜蕊娘來伏侍兄弟飲幾杯酒（張千云）理會的出的這門來這是杜蕊娘門首杜大姐在家麼（正旦扮杜蕊娘上云）誰喚門哩我開了這門看（做見科）（張千云）府堂上喚官身哩（正旦云）

要官衫麼（張千云）是小酒免了官衫（做行科）（張千云）大姐你立在這裏待我報復去（做報科）（府尹云）着他進來（正旦做見科云）相公喚妾身有何分付（府尹云）喚你來別無他事這一位白衣卿相是我的同窗故交你把體面相見咱（正旦做拜科）（韓輔臣慌回禮云）嫂嫂請起（府尹云）兄弟也這是上廳行首杜蘂娘（韓輔臣云）哥哥我則道是嫂嫂（背云）一個好婦人也（正旦云）一個好秀才也（府尹云）將酒來蘂娘行酒（正旦與韓連遞三杯科）（府尹云）住住兄弟我也吃一鍾兒（韓輔臣云）呀却忘了送哥哥（正旦遞府尹酒飲科）（正旦云）秀才高姓大名（韓輔臣云）小生洛陽人氏姓韓名輔臣小娘子誰氏之家姓甚名誰（正旦云）妾身姓杜小字蘂娘（韓輔臣云）元來見面勝似聞名（正旦云）果然才子豈能無貌（府尹云）蘂娘你問秀才告珠玉（韓輔臣云）兄弟對着哥哥根前怎敢提筆正是弄斧班門徒遺笑耳（府尹云）兄弟休謙（韓輔臣云）這等兄弟呈醜也（做寫科云）寫就了蘂娘你試看咱（正旦念云）詞寄南鄉子（詞云）嬝娜復輕盈都是宜描上翠屏語若流鶯聲似燕丹青燕語鶯聲怎畫成難道不關情欲語還羞便似會占斷楚城歌舞地娉婷天上人間第一名好高才也（韓輔臣云）兄弟此行本為上朝取應只因與哥哥久闊迂道拜訪幸覩尊顏復蒙嘉宴爭奈試期將近不能久留酒散之後便當奉別（府尹云）賢弟且休去略住三朝五日待老夫賫發你一路鞍馬之費未為遲也張千打掃後花園請秀才在書房中安下者（韓輔臣云）花園冷靜怕不中麼（府尹云）既如此就在蘂娘家安歇如何（韓輔臣云）願隨鞭鐙（府尹云）你看他一讓一個肯蘂娘這是我至交的朋友與你兩錠銀子拏去你那母親做茶錢休得怠慢了秀才者（正旦云）多謝相公（韓輔臣云）兄弟謝了哥哥大姐到你家中拜你那媽媽去來（正旦云）秀才俺娘忒愛錢哩（韓輔臣云）大姐不妨事我多與他些錢

釵便了也〔正旦唱〕

〔仙呂端正好〕鄭六遇妖狐崔韜逢雌虎那大曲內盡是寒儒想知今曉古人家女都待與秀才每爲夫婦

〔幺篇〕既不呵那一片俏心腸那裏每堪分付那蘇小卿不辨賢愚比如我五十年不見雙通叔休道是蘇媽媽也不是醉驢驢我是他親生的女又不是買來的奴遮莫拷的我皮肉爛煉的我骨髓枯我怎肯跟將那販茶的馮魁去〔同韓下〕

〔府尹云〕你看我那兄弟秀才心性又是那吃酒的意兒別也不別徑自領着杜蘂娘去了也且待三朝五日差人探望兄弟去古語有云樂莫樂兮新相知豈不信然〔詩云〕華省芳筵不待終忙攜紅袖去匆匆雖然故友情能密爭似新歡興更濃〔下〕

〔音釋〕解上聲 朝音潮 疏去聲 累上聲 濟上聲 尉音謂 樂音耀 樂音澇 行音杭 嫋音鳥 娜那上聲 占去聲 娉聘平聲 婷音亭 叔音暑

第一折

〔搽旦扮卜兒上詩云〕不紡絲麻不種田一生衣飯靠皇天盡道吾家皮解庫也自人間賺得錢老身濟南府人氏自家姓李夫主姓杜所生一個女兒是上廳行首杜蘂娘近日有個秀才叫做韓輔臣卻是石府尹老爺送來的與俺女兒作伴俺這妮子一心待嫁他那廝也要娶我女兒中間被我不肯把他撚出去了怎麼這一會兒不見俺那妮子莫非又提那廝去待我喚他蘂娘賤人那裏〔正旦領梅香上向古門道云〕韓秀才你則躲在房裏坐不要出來待我和那虔婆頽鬧一場去〔

韓輔臣做態云〕我知道〔正旦云〕自從和韓輔臣作伴又早半年光景我一心要嫁他他一心要娶我則被俺娘板障不肯許這門親事我想一百二十行門門都好着衣喫飯偏俺這一門却是誰人製下的忒低微也呵〔唱〕

〔仙呂點絳唇〕則俺這不義之門那裏有買賣營運無貲本全憑着五箇字迭辦金銀〔帶云〕可是那五個字〔唱〕無過是惡劣乖毒狠

〔混江龍〕無錢的可要親近則除是驢生戟角甕生根佛留下四百八門衣飯俺占着七十二位凶神纔定脚謝館接迎新子弟轉回頭霸陵誰識舊將軍投奔我的都是那矜爺害娘凍妻餓子折屋賣田提瓦罐爻槌運那些箇慈悲爲本多則是板障爲門

〔云〕梅香你看妳妳做甚麼裏〔梅香云〕妳妳看經哩〔正旦云〕俺娘口業作罪你這般心腸多少經文懺的過來枉作的業深了也〔唱〕

〔油葫蘆〕炕頭上主燒埋的顯道神沒事哏鬆麻頭斜皮臉老魔君拿着一串數珠是嚇子弟降魔印輪着一條拄杖是打鴛鴦無情棍茶房裏那一火老業人酒杯間有多少閑議論頻頻的間阻休熟分三夜早趕離門

〔梅香云〕姐姐這話說差了我這門戶人家巴不得接着子弟就是錢龍入門百般奉承他常怕一個留他不住怎麼剛剛三日便要趕他出門決無此理〔正旦云〕梅香你那裏知道〔唱〕

〔天下樂〕他只待夜夜留人夜夜新殷勤顧甚的恩不依隨又道是

我女孩兒不孝順今日箇漾人頭廝摔含熱血廝噴定奪俺心上人〔做見科正旦云〕母親吃甚麼茶飯那〔卜兒云〕鑪竈裏燒了幾個燈盞吃甚麼飯來〔正旦唱〕無人問

〔醉扶歸〕有句話多多的苦告你老年尊累累的囑托近比隣一片花飛減却春我如今不老也非爲嫩年紀小呵須是有氣分年紀老〔云〕母親嫁了恁孩兒罷孩兒年紀大了也〔卜兒云〕丫頭拿鑷子來鑷了鬢邊的白髮還着你覓錢哩〔正旦云〕母親你只管與孩兒撇性怎的〔卜兒云〕我老人家如今性子淳善了若發起村來怕不筋都敲斷你的〔正旦唱〕

〔金盞兒〕你道是性兒淳我道你意兒村提起那人情來往佯粧鈍〔帶云〕有幾個打踅客旅輩丟下些刷牙掠頭問妳妳要盤纏家去〔唱〕你可早耳朵閉眼睛昏前門裏統鏝客後門裏一個使錢勤揉開汪淚眼打拍老精神〔云〕母親嫁了你孩兒者〔卜兒云〕我不許嫁誰敢嫁有你這樣生忿忤逆的〔正旦唱〕

〔醉中天〕非是我偏生忿還是你不關親只着俺淡抹濃粧倚市門積攢下金銀囤〔卜兒做怒科云〕你這小賤人你今年纔過二十歲不與我覓錢教那個覓錢〔正旦唱〕你道俺纔過二旬有一日粉消香褪可不道老死在風塵〔云〕母親你嫁了孩兒罷〔卜兒云〕小賤人你要嫁那個來〔正旦唱〕

〔寄生草〕告辭了鳴珂巷待嫁那韓輔臣這紙湯瓶再不向紅鑪頓鐵煎盤再不使清油混銅磨笴再不把頑石運〔卜兒云〕你要嫁韓輔臣這窮

秀才我偏不許你〔正旦唱〕怎將咱好姻緣生折做斷頭香休想道潑烟花
再打入迷魂陣
〔卜兒云〕那韓輔臣有什麽好處你要嫁他〔正旦唱〕
〔賺煞〕十度願從㒵長則九度不依允也是我八個字無人主婚空
盼上他七步才華遠近聞六親中無不歡欣改家門做的個五花誥
夫人駟馬高車錦繡裀道俺有三生福分正行着雙雙好運〔卜兒云〕
好運好運卑田院裏趕趁你要嫁韓輔臣這一千年不長進的看你打蓮花落也〔正旦唱〕他怎
肯教一年春盡又是一年春〔下〕
〔卜兒云〕俺女兒心心念念只要嫁韓秀才我好歹偏不嫁他俺想那韓秀才是個氣高的人他見
俺有些閒言閑語必然使性出門去俺再在女孩兒根前調撥他等他兩個不和訕起臉來那時另
接一個富家郎纔中俺之願也正是小娘愛的俏老鴇愛的鈔則除非弄冷他心上人方纔是我家
裏錢龍到〔下〕

〔音釋〕撚尼蹇切　哏狠平聲　䜌音頊　降奚江切　鸂音溪　鶒音勅　熟繩朱切　分去
聲　捽音灑　比音疲　鑷音聶　憋音鱉　趖徐靴切　鏝音幔　囤音頓　過平聲
笴音趧　長音掌　訕山去聲　中去聲　鴇音保

第二折

〔韓輔臣上詩云〕一生花柳幸多緣自有嫦娥愛少年留得黃金等身在終須買斷麗春園我韓輔
臣本為進取功名打從濟南府經過適值哥哥石好問在此為理送我到杜蕊娘家安歇一住半年

以上兩意相投不但我要娶他書得他也有心嫁我爭奈這虔婆百般板障俺想來他只爲我囊中錢鈔已盡況見石府尹滿考朝京料必不來復任越越的欺負我發言發語只要攆我出門去我是個頂天立地的男子漢怎生受得一口氣出了他門不覺又是二十多日你道我爲何不去還在濟南府淹閣倒也不是盼俺哥哥復任思量告他只爲杜蘂娘他把俺赤心相待時常與這虔婆合氣尋死覓活無非是爲俺家的緣故莫說我的氣高那蘂娘的氣比我還高的多哩他見我這日出門時節竟自悻悻然去了說也不和他說一聲兒必然有些怪我這個怪也只得由他怪本等是我的不是以此沉吟展轉不好便離此處還須親見蘂娘討個明白若他也是虔婆的見識沒有嫁我之心却不我在此亦無指望了不如及早上朝取應幹我自家功名去他若是好好的依舊要嫁我一些兒不怪我便受盡這虔婆的氣何忍負之今日打聽得虔婆和他一班兒老姊妹在茶房中吃茶只得將我羞臉兒揣在懷裏再到蘂娘家去走一遭〔詞云〕我須是讀書人凌雲豪氣偏遇這潑虔婆全無顧忌天若使石好問復任濟南少不的告他娘着他流遞〔下〕〔正旦引梅香上云〕我杜蘂娘一心看上韓輔臣思量嫁他爭奈我母親不肯倒發出許多說話將他趕逐出門去了我又不曾有半句兒惱着他爲何一去二十多日再也不來看我教我怎生放心得下聞得母親說他是爛黃虀如今又纏上一個粉頭道强似我的多哩這話我也不信我想這濟南府教坊中人那一個不是我手下教道過的小妮子料必沒有强似我的若是他果然離了我家又去踹別家的門久以後我在這街上行走教我怎生見人那〔唱〕

〔南呂一枝花〕東洋海洗不盡臉上羞西華山遮不了身邊醜大力鬼頓不開眉上鎖巨靈神劈不斷腹中愁閃的我有國難投抵多少

南浦傷離候愛你個殺才沒去就明知道雨歇雲收還指望待天長地久

〔梁州第七〕這廝闌散了雖離我眼底忔憎着又在心頭出門來信步閑行走遙瞻遠岫近俯清流行行廝趁步步相逐知他在那搭兒裏續上綢繆知他是怎生來結做冤讎俏哥哥不爭你先和他暮雨朝雲劣妳妳則有分吃他那閑茶浪酒好姐姐幾時得脫離了舞榭歌樓不是我出乖弄醜從良弃賤我命裏有終須有命裏無枉生受只管撲地掀天無了休着甚麼來由

〔梅香云〕姐姐你休煩惱姐夫好歹來家也〔正旦云〕梅香將過琵琶來待我散心適悶咱〔梅香取砌末科云〕 姐姐琵琶在此〔正旦彈科〕〔韓輔臣上云〕這是杜大姐家門首我去的半月其程怎麼門前的地也沒人掃一剗的長起青苔來這般樣冷落了也〔正旦做聽科云〕那廝來了也我則推不看見〔韓輔臣做入見科云〕大姐祗揖〔正旦做彈科〕〔唱〕

〔牧羊關〕不見他思量舊倒有些兩意兒投我見了他撲鄧鄧火上澆油恰便似鉤搭住魚腮箭穿了鴈口〔韓輔臣云〕元來你那舊性兒不改還彈唱哩〔正旦做起拜科〕〔唱〕你怪我依舊拈音樂則許你交錯勸觥籌你不肯冷落了杯中物我怎肯生踈了絃上手

〔韓輔臣云〕那一日吃你家媽媽趕逼我不過只得忍了一口氣走出你家門不曾辭別的大姐這是小生得罪了〔正旦唱〕

〔罵玉郎〕這的是母親故折鴛鴦偶須不是咱設下惡機謀怎將咱平空拋落他人後今日個何勞你貴脚兒又到咱家走〔韓輔臣云〕大姐何出此言你元許我嫁哩〔正旦唱〕

〔感皇恩〕咱本是潑賤娼優怎嫁得你俊俏儒流〔韓輔臣云〕這是有盟約在前的〔正旦唱〕把枕畔盟花下約成虛謬〔韓輔臣云〕我出你家門也只得半個多月怎便見得虛謬了那〔正旦唱〕你道是別匆匆無多半月我覺的冷清清勝似三秋〔韓輔臣跪科云〕大姐我韓輔臣不是了我跪着你請罪罷〔正旦不採科云〕那個要你跪〔唱〕越顯的你嘴兒甜膝兒軟情兒厚〔韓輔臣云〕我和你生則同衾死則同穴哩〔正旦唱〕

〔採茶歌〕往常箇侍衾裯都做了付東流這的是娼門水局下場頭〔韓輔臣云〕大姐只要你有心嫁我便是卓文君也情願當鑪沽酒來〔正旦唱〕再休提卓氏女親當沽酒肆只被你雙通叔早掘倒了翫江樓〔韓輔臣跪科云〕大姐你休這般惱我你打我幾下罷〔正旦唱〕

〔三煞〕既你無情呵休想我指甲兒湯着你皮肉似往常有氣性打的你見骨頭我只怕年深了也難收救倒不如早早丟開也免的自僝自僽〔韓輔臣云〕你不發放我起來便跪到明日我也只是跪着〔正旦唱〕頑涎兒却依舊我没福和你那鶯燕蜂蝶為四友甘分做跌了彈的斑鳩

〔二煞〕有耨處散誕鬆寬着耨有偷處寬行大步偷何須把一家苦

苦死淹留也不管設誓拈香到處裏停眠整宿說着他瞞心的謊昧心的呪你那手怎掩傍人是非口說的困須休

〔尾煞〕高如我三板兒的人物也出不得手強如我十倍兒的聲名道着處有蕁些虛脾使些機勾用些工夫再去趁逐你與我高揎起春衫酒淹袖舒你那攀蟾折桂的指頭請先生別挽一枝章臺路傍柳〔下〕

〔韓輔臣做歎科云〕嗨杜蘂娘真個不認我了我只道是虔婆要錢趕我出去誰知杜蘂娘的心兒也變了他一家門這等欺負我如何受的過只得再消停幾日等我哥哥一個消耗來也不來又作處置〔詩云〕怪他紅粉變初心不獨虔婆太逼臨今日床頭看壯士始知顏色在黃金〔下〕

〔音釋〕姊音子　忔許乙切　逐直由切　掀音軒　剗音産　觥姑横切　裯音紬　肉柔去聲　僝鋤山切　僽音驟　涎徐煎切　蝶音爹　耨蠹鬬切　宿音秀　揎音宣

第三折

〔石府尹上云〕老夫石好問是也三年任滿朝京聖人道俺賢能清正着復任濟南不知俺那兄弟韓輔臣進取功名去了還是淹留在杜蘂娘家使老夫時常懸念已曾着人探聽他蹤跡未見回報張千門首覷者待探聽韓秀才的人來報伏我知道〔韓輔臣上云〕聞得哥哥伏任濟南被我等着了也來到此間正是濟南府門首張千報伏去道韓輔臣特來拜訪〔張千報科〕〔石府尹云〕道有請〔見科〕〔韓輔臣云〕恭喜哥哥復任名邦做兄弟的久客空囊不曾具得一杯與哥哥拂塵好生慚愧〔石府尹做笑科云〕我已謂賢弟扶搖萬里進取功名去了却還淹留妓館志嚮可知矣〔韓

輔臣云）這幾時你兄弟被人欺侮險些兒一口氣死了還說那功名怎的（石府尹云）賢弟你在此盤纏缺少不能快意是有的那一個就敢欺負着你（韓輔臣云）哥哥不知那杜家老鴇兒欺負兄弟也罷了連蘂娘也欺負我哥哥你與我做主咱（石府尹云）這是你被窩兒裏的事教我怎麼整理（韓輔臣云）您兄弟唱喏（石府尹不禮科云）我也會唱喏（韓輔臣云）我下跪（石府尹又不禮科云）我也會下跪（韓輔臣云）哥哥你真個不肯整理教我那裏告去您兄弟在這濟南府裏倚仗哥哥勢力那個不知今日白白的吃他娘兒兩個一場欺負怎麼還在人頭上做人不如就着府堂觸階而死罷了（做跳科石府尹忙扯住云）你怎麼使這般短見你要我如何整理（韓輔臣云）只要哥哥差人拿他娘兒兩個來扣廳責他四十纔與您兄弟出的這一口臭氣（石府尹云）這個不難但那杜蘂娘肯嫁你時你還要他麼（韓輔臣云）怎麼不要（石府尹云）賢弟不知樂戶們一經責罰過了便是受罪之人做不得士人妻妾我想此處有個所在叫做金線池是個勝景去處我與你兩錠銀子將的去臥番羊窨下酒做個筵席請他一班兒姊妹來到池上賞宴央他們替你賠禮那其間必然收留你在家可不好那（韓輔臣做揖科云）多謝哥哥厚意則今日便往金線池上安排酒果走一遭去也（下）（石府尹云）兄弟去了也這一遭好共歹成就了他兩口兒可來回老夫的話（詩云）錢爲心所愛酒是色之媒會看鴛鴦羽雙雙池上歸（下）（外旦三人上云）妾身張嬤嬤這是李妗妗這是閔大嫂俺們都是杜蘂娘姨姨的親眷今日在金線池上專爲要勸韓輔臣杜蘂娘兩口兒圓和這席面不是俺們設的恐怕蘂娘姨姨知道是韓姨夫出錢安排酒果必然不肯來赴因此只說是俺們請他酒席中間慢慢的勸他回心成其美事道猶未了蘂娘姨姨早來也（正旦上相見科云）妾身有何德能着列位奶奶們置酒張筵何以克當（唱）

〔中呂粉蝶兒〕明知道書生教門兒負心短命儘教他海角飄零沒來由強風情剛可喜男婚女聘往常我千戰千贏透風處使心作倖

〔醉春風〕能照顧眼前坑不隄防腦後井人跟前不㤈的喫場撲騰呆賤人幾時能勾醒醒雖是今番係干宿世事關前定

〔衆旦云〕這是首席姨姨請坐〔正旦云〕看了這金線池好傷感人也〔唱〕

〔石榴花〕恰便似藕絲兒分破鏡花明我則見一派碧澄澄東關裏猶自不曾經到如今整整半載其程眼前面兜率神仙境有他呵怎肯道蓦出門庭那時節眼札毛和他廝拴定矮房裏相撲着悶懷縈

〔鬭鵪鶉〕虛度了麗日和風枉誤了良辰美景往常俺動脚是熬煎回頭是撞挺拘束的剛剛轉過雙眼睛到如今各自托生我依舊安業着家他依舊離鄉背井

〔衆旦云〕俺們都與姨姨奉一杯酒〔正旦唱〕

〔普天樂〕小妹子是愛蓮兒你都將我相欽敬茶兒是妹子你與我好好的看承小妹子是玉伴哥從來有些獨強性〔衆旦云〕姨姨你爲何噎聲歎氣的今日這樣好天氣又對着這樣好景致務要開懷暢飲做一個歡慶會纔是〔正旦唱〕說甚麽人歡慶引得些鴛鴦兒交頸和鳴忽的見了惱的面赤兜的心疼

〔衆旦云〕姨姨俺則這等吃酒可不冷靜〔正旦云〕待我行個酒令行的便吃酒行不的罰金線池

褁涼水〔衆旦云〕俺們都依着姨姨的令行〔正旦云〕酒中不許題着韓輔臣三字但道着的將大觥來罰飲一大觥〔衆旦云〕知道〔正旦唱〕

〔醉高歌〕或是曲兒中唱幾箇花名〔衆旦云〕我不省得〔正旦唱〕詩句裏包籠着尾聲〔衆旦云〕我不省得〔正旦唱〕續麻道字鍼鍼頂〔衆旦云〕我不省的〔正旦唱〕正題目當筵合笙

〔衆旦云〕我不省的則罰酒罷〔正旦云〕折白道字頂鍼續麻搊箏撥阮你們都不省得是不如韓輔臣〔衆旦云〕呀姨姨你可犯了令也將酒來罰一大觥〔正旦飲科唱〕

〔十二月〕想那廝着人讚稱天生的濟楚才能只除了心不志誠諸餘的所事兒聰明本分的從來老成聰俊的到底雜情

〔堯民歌〕麗春園則說一個俏蘇卿明知道不能勾嫁雙生向金山壁上去留名畫船兒趕到豫章城撇甚麽清投至得你秀才每忒寡情先接了馮魁定

〔正旦做歎氣科云〕我不合道着韓輔臣被罰酒也〔衆旦云〕姨姨又犯令了再罰一大觥〔正旦做飲科〕〔唱〕

〔上小樓〕閃的我孤孤另另說的話涎涎鄧鄧俺也曾輕輕喚着躬躬前來喏喏連聲但酒醒硬打掙強詞奪正則除是醉時節酒淘真性

〔正旦做醉跌科衆旦扶科〕〔韓輔臣上換科〕〔衆旦下〕〔正旦唱〕

〔幺篇〕不死心想着舊情他將我厮看厮待厮知厮重厮欽厮敬不是我把不定無記性言多傷行扶咱的小哥每是何名姓〔韓輔臣云〕是小生韓輔臣〔正旦云〕你是韓輔臣靠後〔唱〕

〔耍孩兒〕我爲你逼綽了當官令〔帶云〕謝你那大尹相公阿〔唱〕烟花簿上除抹了姓名交絕了怪友和狂朋打併的戶淨門清試金石上把你這子弟每從頭兒畫分兩等上把郎君子細秤我立的其身正倚仗着我花枝般模樣愁甚麼錦片也似前程

〔二煞〕我比那劖牆賊蝎螫索自忍我比那俏郎君掏摸須噤聲那裏也惡茶白賴尋爭競最不愛打揉人七八道猫煞爪掐紐的三十馱鬼捏青看破你傳槽病摑着手分開雲雨騰的似線斷風箏

〔尾煞〕我和你半年多衾枕恩一片家繾綣情交明春歲數三十整〔帶云〕我老了也你要我怎的〔唱〕你且把這不志誠的心腸與我慢慢等〔做摔開科下〕

〔韓輔臣云〕嗨他真個不歡喜我了更待干罷只得到俺哥哥那裏告他去〔下〕

〔音釋〕妗巨禁切　驀音陌　縈音盈　雜音咱　行去聲　劖音拱　蝎音歇　螫音適　摑乖上聲　繾音遣　綣音眷

第四折

〔石府尹引張千上詩云〕三載爲官臥治過別無一事繫心窩唯餘故友爲鴛會金線池頭竟若何

老夫石好問爲兄弟韓輔臣杜蘂娘在金線池上着他兩口兒成合這蚤晚不見來回話多嗜是圓和了也張千擡放告牌出去〔韓輔臣上云〕門上的與俺通報去說韓輔臣是告狀的要見〔張千報科韓輔臣做入見科云〕哥哥拜揖〔石府尹云〕兄弟您兩口兒完成了麼〔韓輔臣云〕若完成了時這蚤晚正好睡哩也不到你衙門裏來了那杜蘂娘只是不肯收留我今日特來告他〔石府尹云〕他委實不肯便罷了教我怎生斷理〔韓輔臣云〕哥哥你不肯斷理您兄弟唱喏〔做揖石府尹不禮科云〕我不會唱喏那〔韓輔臣云〕您兄弟下跪〔做跪石府尹不禮科云〕我不會下跪那〔韓輔臣云〕你再四的不肯斷理我只是死在你府堂上教你做官不成〔做觸階石府尹扯科云〕那個愛女娘的似你這般放刁來罷罷罷我完成了你兩口兒張千與我拿將杜蘂娘來者〔張千云〕理會的〔喚科云〕杜蘂娘衙門裏有勾〔正旦上云〕哥哥喚我做甚麼〔張千云〕你失誤了官身老爺在堂上好生着惱哩〔正旦云〕可怎了也〔唱〕

〔雙調新水令〕忽傳台旨到咱麗春園則道是除抹了舞裙歌扇逢個節朔遇個冬年拿着這一盞兒茶錢告哥哥可憐見

〔云〕可蚤來到府門首也哥哥你與我做個肉屏風兒等我偷覷咱〔張千云〕這使的〔正旦做偷覷內幺喝科旦唱〕

〔沉醉東風〕則道是喜孜孜設席肆筵爲甚的怒哄哄列杖擎鞭好教我足未移心先戰一步步似毛裏拖氈本待要大着膽挺着身行靠前百忙裏倉惶倒偃

〔張千報科云〕稟爺喚將杜蘂娘來了也〔石府尹云〕拿將過來〔韓輔臣云〕哥哥你則狠着些些〕

石府尹云〕我知道〔張千云〕當面〔正旦云〕妾身杜蘂娘來了也〔石府尹云〕張千準備下大棍子者將枷來發到司房裏責詞去〔正旦云〕可着誰人救我那〔做回顧見科云〕兀的不是韓輔臣俺不免揣着羞臉兒哀告他去〔唱〕

〔沽美酒〕使不着撒腼腆仗那個替方便俺只得忍恥躭羞求放免〔云〕韓輔臣你與我告一告兒〔韓輔臣云〕誰着你失誤官身相公惱的狠哩〔正旦唱〕你與我搜尋出些巧言去那官人行勸一勸

〔韓輔臣云〕你今日也有用着我時節只要你肯嫁我方纔與你告去〔正旦云〕我嫁你便了〔唱〕

〔太平令〕從今後我情願實爲姻眷你只要蚤些兒替我周全〔韓輔臣云〕我替你告便告去倘相公不肯饒你如何〔正旦唱〕想當初羅帳裏般般逞徧今日個紙褙子又將咱欺騙受了你萬千作賤那些兒體面呀誰似您浪短命隨機應變

〔石府尹云〕張千將大棒子來者〔韓輔臣云〕哥哥看您兄弟薄面饒恕杜蘂娘初犯罷〔石府尹云〕張千帶過杜蘂娘來〔正旦跪科〕〔石府尹云〕你在我衙門裏供應多年也算的個積年了豈不知衙門法度失誤了官身本該扣廳責打四十問你一個不應罪名既然韓解元在此替你哀告這四十板便饒了那不應的罪名却饒不的〔韓輔臣云〕那杜蘂娘許嫁您兄弟了只望哥哥一發連這公罪也饒了罷〔做跪科〕〔石府尹忙扯起科云〕杜蘂娘你肯嫁韓解元麽〔正旦云〕妾委實願嫁韓輔臣〔石府尹云〕既如此老夫出花銀百兩與你母親做財禮則今日准備花燭酒筵嫁了韓解元者〔韓輔臣云〕多謝哥哥完成我這樁美事〔正旦云〕多謝相公擡舉〔唱〕

〔川撥棹〕似這等好姻緣人都道全在天若是俺福過災纏空意惹情牽閒阻的山長水遠幾時得人月圓

〔七兄弟〕蚤則是對面並肩綠窗前從今後稱了平生願一個向青燈黃卷賦詩篇一個翦紅綃翠錦學鍼線

〔梅花酒〕憶分離自去年爭些兒打散文鴛折破芳蓮咽斷頑涎爲老母相間阻使夫妻死纏綿兩下裏正熬煎謝公相肯矜憐

〔收江南〕呀不枉了一春常費買花錢也免得佳人才子只孤眠得官呵相守赴臨川隨着俺解元再不索哭啼啼扶上販茶船

〔韓輔臣同正旦拜謝科云〕哥哥請上您兄弟拜謝〔石府尹答拜科云〕賢弟恭喜你兩口兒圓和了也但這法堂上是斷合的去處不是你配合的去處張千近前來聽俺分付你取我俸銀二十兩付與教坊司色長着他整備鼓樂從衙門首迎送韓解元到杜蘂娘家去擺設個大大筵席但是他家親眷前日在金線池上勸成好事的都請將來飲宴與韓解元杜蘂娘慶喜宴畢之後着來回話者〔詞云〕韓解元雲霄貴客杜蘂娘花月妖姬本一對天生連理被虔婆故意凌欺擔閣的男遊別郡拋閃的女怨深閨若不是黃堂上聊施巧計怎能勾青樓裏蚤遂佳期

〔音釋〕過平聲　席星西切　褙音貝　學奚交切　間去聲

題目　韓解元輕負花月約
　　　老虔婆故阻燕鶯期

正名　石好問復任濟南府

杜蕊娘智賞金線池雜劇

郭秀才沈醉誤佳期

王月英元夜留鞋記
倣趙宣筆
珍倣宋版印

王月英元夜留鞋記雜劇

元　曾瑞卿著
明吳興臧晉叔校

楔子

〔老旦卜兒同正旦王月英領梅香上〕〔詩云〕生男勿喜女勿悲曾聞有女作門楣世人誰解求凰曲拈得瓊簫莫浪吹老身姓李嫁的夫主姓王自夫主亡化過了俺兩口兒守着胭脂鋪過其日月女孩兒小字月英年長一十八歲未曾許聘他人老身爲此一件憂心不下今日姑姑家做好事差人請我梅香你和姐姐在鋪兒裏坐我往姑姑家裏走一遭去也〔下〕〔正旦云〕母親去了這早晚怎不見人買胭脂那〔梅香云〕姐姐早些兒哩再一會兒敢有人來也〔末扮郭華上詩云〕一自離家赴選場命中無分面君王方信文齊福不至錦衣何日早還鄉小生姓郭名華字君實本貫西京洛陽人也年長二十三歲未曾娶妻俺父親諱郭茂母親亡逝已過止有小生一人並無以次弟妹祖上已來皆習儒業因小生學成滿腹文章更兼儀表不俗今年春榜動選場開奉父親嚴命特來上朝應舉自謂狀元探手可得豈知時運不濟榜上無名屢次束裝而回却又擔閣人都道我落第無顏羞歸鄉里那知就中自有緣故這相國寺西有座胭脂鋪兒一箇小娘子生得十分嬌色與小生眼去眉來大有顧盼之意我每推買胭脂粉覷他一遭爭奈他母親常在鋪裏不能勾說句話兒小生今日再推買胭脂去看他母親在鋪兒裏也不在若是不在呵小生與那小娘子說句知心的話有何不可〔做見正旦云〕小娘子祗揖有胭脂粉我買幾兩呢〔正旦云〕秀才萬福有有有好箇聰俊的秀才也梅香取上好的胭脂粉來打發這秀才咱梅香待我去問他你買這胭脂是做人事

送人的還是自己要用的〔郭華云〕你問我怎麼〔梅香云〕你若自用我取上等的與你若送人只
消中樣也彀了〔郭華云〕你不要管我只把上好的拿來我還要揀哩〔正旦唱〕
〔仙呂賞花時〕誰知道半霎相看百種愁則被那一點相思兩處勾
〔郭華云〕小娘子這胭脂粉不見好還有高的換些與我〔正旦唱〕他把這脂粉作因由
〔云〕秀才這是上等的胭脂粉哩〔郭華云〕看小娘子分上便不好也收了去〔正旦唱〕我見他
趨前褪後待言語却又早緊低頭〔同梅香下〕
〔郭華云〕謝天地今日他母親不在鋪兒裏我看那小娘子的說話儘有些意思則做我銅錢不着
日日來買胭脂若能勾打動他做得一日夫妻也是我平生願足〔詩云〕一見俏裙釵妖嬈甚美哉
相思分兩下何日稱心懷〔下〕
〔音釋〕解音械　分去聲　霎音殺　種上聲　褪吞去聲　思去聲

第一折

〔正旦同梅香上云〕妾身王月英自從見了那郭秀才使妾身每日放心不下卽漸成病況值傷春
天氣好是煩惱人也呵〔唱〕
〔仙呂點絳唇〕獨守香閨懶臨階砌慵梳洗溼透羅衣總是愁人淚
〔梅香云〕姐姐你這幾日情懷欠好飲食少進看看憔瘦了也〔正旦唱〕
〔混江龍〕你道我粉容憔悴恰便似枝頭楊柳恨春遲每日家羞看
燕舞怕聽鶯啼又不是侍女無情與我相憋懆又不是老親多事把
我緊收拾爲甚麼粧臺不整錦被難偎雕闌悶倚繡幙低垂長則是

苦懨懨不遂我相思意到如今釧鬆了玉腕衣褪了香肌

〔梅香云〕我見姐姐好生憔悴你可思想些甚麼那〔正旦唱〕

〔油葫蘆〕瘦損春風玉一圍九十日韶光能有幾席前花影坐間移〔梅香云〕想姐姐這般丰韻自然有個俊俏的郎君作對哩〔正旦唱〕你道是鸞鳳自有鸞凰配鴛鴦自有鴛鴦對〔梅香云〕姐姐說便是這等說只是你年紀兒小那喜事還早哩〔正旦唱〕你道我年紀小喜事遲我則怕鏡中人老偏容易常言道花也有未開期

〔梅香云〕姐姐你纔一十八歲慌怎麼的〔正旦唱〕

〔天下樂〕我則怕一去朱顏喚不回誤了我這佳期待怎的若得箇俏書生早招做女壻暗暗的接了財悄悄的受了禮便落的虛名兒則是美

〔梅香云〕姐姐這等事你不明對我說怎生得個成就日子那〔正旦唱〕

〔那吒令〕這件事天知地知這件事神知鬼知這件事心知腹知口裏言心中計休得便走漏天機

〔梅香云〕這幾時莫要說姐姐連我梅香也害的消瘦了〔正旦唱〕

〔鵲踏枝〕我爲他蹙蛾眉減腰圍但得箇寄信傳音也省的人廢寢忘食若能勾相會在星前月底早醫可了這染病躭疾

〔梅香云〕這等說來想是你看上那秀才了他有那件兒生的好處中了姐姐的意來〔正旦唱〕

〔寄生草〕他可有渾身俏我偷將冷眼窺端的個眉清目秀多伶利他把嬌胭膩粉頻交易與我言來語去相調戲現如今紫鸞簫斷彩雲空幾時得流蘇帳煖春風細

〔梅香云〕姐姐這般呵可不躭閣了你我如今拚的與你擔着這箇罪名兒你有什麽說話我替你寄與那秀才去〔正旦云〕若是這等多謝了你也〔唱〕

〔金盞兒〕咱兩箇最相知說真實梅香也你休要等閑泄漏春消息我忙陪笑臉廝央及〔帶云〕你若去時呵〔唱〕我索與你金環兒重改造鶴袖兒做新的〔梅香云〕姐姐我說便也說了則沒箇媒人怎生是好〔正旦唱〕何須尋月老則你是良媒

〔做寫詩科云〕我親筆寫下一首詩在此你與我送與那生去咱〔梅香云〕姐姐我去便去則是把什麽做定禮那〔正旦唱〕

〔後庭花〕你將這錦紋箋爲定禮〔梅香云〕也要鼓笛送去纔好〔正旦唱〕你將這紫霜毫做鼓笛〔梅香云〕誰是保親的〔正旦唱〕保親的是鴛鴦字〔梅香云〕誰是主婚的〔正旦唱〕主婚的是錦繡題〔梅香云〕母親知道呵可怎了也〔正旦唱〕休怕我母親知抵多少姻緣相會卓文君駕香車歸故里漢相如到他鄉發志氣薛瓊瓊有宿緣仙世期崔懷寶花園中成匹配韓彩雲芙蓉亭遇故知崔伯英兩團圓直到底

〔梅香云〕常言道得好佳人有意郎君俏可知姐姐看上他來〔正旦唱〕

〔柳葉兒〕這的是佳人有意都做了年少的夫妻那會真詩就是我傍州例便犯出風流罪暗約下雨雲期常言道風情事那怕人知〔梅香云〕姐姐你可還有什麼說話對那秀才說麼〔正旦唱〕

〔賺煞尾〕只幾句斷腸詞寫不盡中心意全靠你梅香說知我比待月鶯鶯不姓崔休教咱羅幃中魂夢先飛莫延遲你與我疾去忙歸〔梅香云〕姐姐也還要選箇好日期纔是〔正旦唱〕揀甚麼良辰并吉日則願他停眠少睡早早的成雙作對趁着那梅稍月轉畫樓西〔下〕

〔梅香云〕姐姐進房中去了分付我將這箇帖兒暗暗的送與那秀才去〔詩云〕我是小梅香好片熱心腸全憑詩一首送與有情郎〔下〕

〔音釋〕慵音蟲　看平聲　憋音鱉　懆音竈　拾繩知切　釧川去聲　丰音風　的音底　食繩知切　疾精妻切　中去聲　調平聲　實繩知切　息喪擠切　及更移切　重平聲　笛丁梨切　那上聲

第二折

〔郭華上云〕歡來不似今朝喜來那逢今日小生郭華自從在胭脂鋪裏與那小娘子相會了幾次那小娘子深有留戀小生之意爭奈不得成就正思慮間誰想小娘子遣梅香送一箇帖兒來與我小生看那詩中之意是約小生今夜在相國寺觀音殿中相會今日正是元宵佳節衆朋友每請我賞燈多飲了幾杯酒我進的這山門來這箇不是觀音殿我進殿門來〔做揖科云〕觀音菩薩你是慈悲的你是救苦難的今日一天大事都在這殿裏你豈可不幫襯着我〔做醉科云〕這一回酒上

來了且在此等待着小娘子權時盹睡咱〔做睡科〕〔正旦領梅香挑燈上云〕妾身王月英是也慚愧今夜上元佳節那郭秀才在寺中等候久了我被社火遊人攔當兀的不有三更時分梅香敢怕誤了期約也〔梅香云〕姐姐行動些〔正旦唱〕

〔正宮端正好〕車馬踐塵埃羅綺籠煙靄燈毬兒月下高擡這回償了鴛鴦債則願的今朝賽

〔滾繡毬〕天澄澄恰二更人紛紛鬧九垓〔云〕不知今夜怎生這等耳熱眼跳也〔唱〕敢是母親行有些嗔責〔梅香云〕奶奶着俺們看罷燈早回去哩〔正旦唱〕則教我看燈罷早早回來你看那月輪呵光滿天燈輪呵紅滿街沸春風管絃一派趁遊人擁出蓬萊莫不是六鰲海上扶山下莫不是雙鳳雲中駕輦來直恁的人馬相挨

〔梅香云〕姐姐你看這般月色映着一片燈光寶馬香車往來不絕果然是好景致也〔正旦唱〕

〔倘秀才〕看一望瓊瑤月色似萬盞瑠璃世界則見那千朵金蓮五夜開笙歌歸院落燈火映樓臺把梳粧再改

〔梅香云〕姐姐你生得桃腮杏臉星眼蛾眉便比着月殿嫦娥也不讓他但不知那秀才的福分生在那裏要姐姐這等費心也〔正旦唱〕

〔滾繡毬〕淺淺的勻粉腮淡淡的掃眉黛不梳粧又則怕母親疑怪沒奈何雲鬟上斜插金釵風飄飄吹縷衣露泠泠溼繡鞋多情月送我在三條九陌又不曾泛桃花流下天台則因這武陵仙子春心蕩

却被那塵世劉郎引出來今夜和諧

（梅香云）姐姐早來到相國寺了也（正旦云）梅香跟我觀音殿上遊翫去來（做上殿拜科）（唱）

〔叨叨令〕背着這鬧火火親身自向蓮臺拜只見他靜悄悄月明千里人何在（做見科唱）元來個困騰騰和衣倒在窗兒外（云）哦我猜着他了（唱）莫不爲步遲遲更深等的無聊賴早些兒覺來也波哥早些兒覺來也波哥我只索向前去推整他頭巾帶

（梅香云）這廝敢睡着了待我叫他（做叫不醒科云）這等好睡姐姐待我推醒他（做推不醒科）

（正旦唱）

〔滾繡毬〕且饒過王月英待喚聲郭秀才又則怕有人在畫簷之外我靠香肩將玉體輕挨覷着時眼不開問着時頭不擡扶起來試看他容顏面色（做見郭醉科唱）哎却原來醉醺醺東倒西歪我這裏一雙柳葉眉兒皺他那裏兩朵桃花上臉來說甚乖乖

（梅香笑科云）元來他吃的醉了也姐姐你則聞他口中可不酒臭哩（正旦云）這生直恁般好酒早知如此我不來也罷了（唱）

〔呆骨朵〕說甚麼金尊倒處千愁解好教人感歎傷懷你只戀北海春醪偏不待西廂月色我道是看書人多志誠你如今倒把我廝禁害（帶云）哎秀才秀才（唱）那裏也色膽天來大却原來酒腸寬似海

（梅香云）既是他醉了則管喚他怎的姐姐咱家去來夜深了也（正旦云）梅香休慌再等一等或

者醒來也不見得〔做聽更鼓科云〕呀四更了也我如今只得回去〔做行再住科云〕我若是不與他些表記則道俺不曾來此我把這香羅帕包着一隻繡鞋兒放在他懷中以爲表記有何不可〔做放懷中科云〕梅香喒家去來〔梅香云〕姐姐你也忒急性你再等這秀才一等兒〔正旦云〕梅香我只怕母親嗔怪喒回家去來秀才你好無緣也〔唱〕

〔煞尾〕本待要秦樓夜訪金釵客倒教我楚館塵昏玉鏡臺則被伊家廝定害醉眼朦朧喚不開一枕南柯懶覺來遺下香羅和繡鞋再約佳期又一載月轉西樓怎停待角奏梅花不寧奈空抱愁懷歸去來〔帶云〕哎秀才秀才〔唱〕你若要人月團圓鸞鳳諧那其間還把那三萬貫胭脂再來買〔同梅香下〕

〔郭華醒云〕不覺的睡着了也〔做聞科云〕怎生一陣麝蘭香是那裏吹來的呀我這懷中是甚麼東西〔做見手帕鞋兒科云〕原來是一個香羅帕包着一隻繡鞋兒嗨這鞋兒正是小娘子穿的他必定到此處來見我醉了睡着了他害羞不肯叫我故留繡鞋爲記小娘子你有如此下顧小生之心我倒有怠慢姐姐之意這多是小生緣薄分淺不能成其美事豈不悞殺我也〔做看鞋科云〕我看了這一隻繡鞋兒端端正正窄窄弓弓這箇香羅帕兒香香噴噴細細膩膩的物在人何在天阿我費了多少心情纔能勾今夜小娘子來此寺中相約一會誰想小生貪了幾杯兒酒睡着了正是好事多磨要我這性命何用我就將這香羅帕兒嚥入腹中便死了也表小生爲小娘子這點微情〔詩云〕苦爲燒香斷了頭姻緣到手却乾休拚向牡丹花下死從教做鬼也風流〔做嚥汗巾噎倒科〕〔淨扮和尚上詩云〕我做和尚年幼生來不斷酒肉施主請我看經單把女娘一溜小僧是這

相國寺殿主時遇元宵節令大開山門遊人翫賞這早晚更深夜靜長老分付着我巡視殿宇兩廊燈燭香火來到這觀音殿內（做絆倒科云）呀怎生有個人睡在地下我試看咱（做舉燈看科云）原來是個秀才秀才起來天色將明了你起來家去罷呀可怎生喚不醒也我再看咱（做驚科云）呀這秀才原來死了（做手摸科云）怎生一隻繡鞋在他懷內敢是這秀才死了還不死哩等我扶起他來送出山門去省的連累我（做扶科）（丑扮琴童慌上云）自家琴童的便是俺主人相國寺看燈去了一夜不見回家我索尋去咱（做入寺見科問云）和尚難道俺主人吃的這等醉哩（和尚云）醉倒是活的不知你家秀才怎生死在這裏（琴童做驚科云）俺主人死了（做摸身上科云）俺主人懷中現有一隻繡鞋我想來俺主人在你寺裏做的事你必然知情你如今將俺主人擺佈死了故意將這繡鞋揣在懷裏正是你圖財致命便待乾罷我將這屍首停在觀音殿內明有清官我和你見官去來（拖和尚下）（外扮伽藍同淨鬼力上云）人間私語天聞若雷暗室虧心神目如電小聖相國寺伽藍奉觀音法旨分付小聖因為秀才郭華與王月英本有前生夙分如今姻緣未就吞帕而亡那秀才年壽未盡着他七日之後再得還魂與王月英永為夫婦鬼力那裏休得損壞了郭華屍首待小聖自回菩薩話去也（同鬼力下）

〔音釋〕盹敦上聲　當上聲　垓音該　行音杭　責齋上聲　輦連上聲　色篩上聲　泠音凌　陌音賣　儍商鮓切　解上聲　禁平聲

第三折

（淨扮張千引祗從排衙上科云）喏在衙人馬平安擡書案（外扮包待制上）（詩云）鼕鼕衙鼓響書吏兩邊排閻王生死殿東嶽攝魂臺老夫姓包名拯字希仁乃廬州金斗郡四望鄉老兒村人氏

現爲南衙開封府尹之職因爲老夫廉能清正奉公守法聖人敕賜勢劍金牌着老夫先斬後奏今日陞堂坐起早衙張千將放告牌擡出去者〔琴童扭和尚上云〕寃屈也〔和尚云〕干貧僧什麼事〔包待制云〕張千甚麼人喧嚷〔張千云〕是一個書童扭着一個和尚叫寃屈哩〔包待制云〕那叫寃屈的着他上來〔張千喝云〕告狀的當面〔琴童和尚做入見科〕〔包待制云〕兀那廝你有甚麼寃枉不明之事分說明白老夫與你判斷咱〔琴童云〕爺爺可憐見小的是個琴童跟着郭華秀才來京應舉俺秀才因遇元宵看燈去到相國寺中不知這和尚怎生將俺秀才弄死了懷兒裏揣着一隻繡鞋小的每扯住這和尚特來告狀望爺爺與小的做主咱〔包待制云〕兀那和尚你既爲出家人可怎生謀死人你從實的說來免受刑法〔和尚云〕爺爺小僧當夜在寺中巡綽燈火到觀音殿內見箇秀才睡在地下我則說他酒醉倒了我用手去他口邊摸着早沒的氣了恐怕連累小僧正待扶起他來送出山門去不想撞見琴童來尋他就扯住小僧道我害了他性命小僧委實不知別情〔包待制云〕這件事必有暗昧張千將琴童共和尚收在牢內我自有箇處治〔張千云〕理會的牢裏收人〔和尚云〕寃屈阿可教誰人救我也〔同琴童下〕〔包待制云〕張千你近前來聽我分付〔做耳語科云〕小心在意疾去早來〔張千云〕理會的〔下〕〔包待制云〕張千去了老夫無甚事且退後堂歇息咱〔暫下〕〔張千扮貨郎挑擔上云〕自家張千奉老爺的言語着我扮做箇貨郎挑着這繡鞋兒體察這一樁事若有人認的呵便拏他見老爺去自有發落〔做搖鼓科〕〔卜兒上云〕老身王月英的母親便是夜來有我女孩兒因與梅香看花燈耍去失落了一隻繡鞋兒無處尋覓我恰纔去親戚家吃筵席回來遠遠的看見一箇貨郎兒擔上掛着一雙繡鞋好似俺女孩兒的待我試問他咱〔做見科云〕哥哥你這隻繡鞋兒是那裏來的〔張千云〕老人家我因看花燈去拾的

你問他怎麼〔卜兒云〕哥哥不知我女孩兒因看花燈掉了這隻繡鞋兒你回與我罷〔張千云〕你老人家再仔細看着是也不是〔卜兒云〕哥哥是我女孩兒的〔張千做扯住卜兒科云〕好呀這隻繡鞋兒不打緊干連着一個人的性命我拏着你見官去來這的是踏破鐵鞋無覓處得來全不費工夫〔同下〕〔正旦同梅香上云〕妾身王月英夜來相國寺赴期那秀才醉倒在地誤了期約我留下一箇手帕一隻繡鞋爲表記不知他醒了時怎生悔恨今日母親去親戚家吃筵席去了我想那秀才好是無緣也呵〔唱〕

〔中呂粉蝶兒〕雲鬢堆鴉斂雙眉不堪妝畫有甚事愁緒交加我這裏晝忘餐夜廢寢把咱牽掛想昨宵短命寃家引的人放心不下

〔梅香云〕姐姐想那秀才好沒福也姐姐爲他費了多少心乾走了我們這半夜哩〔正旦云〕怎麼這一會兒有些心緒不寧梅香待我少將息咱〔張千上云〕自家張千的便是適纔拏得王婆婆到官去如今又着我勾他女孩兒王月英只索再走一遭王月英在家麼〔梅香云〕姐姐門首有人喚你哩〔正旦云〕梅香你看去這是什麼人〔梅香云〕是那開封府的公人好生兇狠哩〔正旦云〕這事可怎了也〔唱〕

〔醉春風〕我只道開封府要勾誰元來題着王月英單喚咱〔張千做入見科云〕兀那王月英有人告着你哩〔正旦唱〕你沒來由揣與我箇罪名兒敢不是耍耍〔張千喝科云〕喂〔正旦唱〕我恰待東掩西遮他早則生嗔發怒不由人不膽慌心怕

〔云〕哥哥你莫不錯拏了我麼〔張千云〕上司着我勾拏王月英怎麼錯勾了〔正旦云〕我這王月

英會犯什麼罪來〔唱〕

〔迎仙客〕我須是王月英又不是潑煙花又不是風塵賣酒家有甚麼敗了風化有甚麼差了禮法公然便把人勾拏哥哥也你休將這女孩兒相驚諕

〔張千云〕王月英快跟我去來〔正旦云〕哎呀可着誰救我也〔同張千下〕〔包待制上云〕着張千勾王月英去了這早晚怎生還不見來〔張千拏正旦入跪科云〕稟爺這就是不見了繡鞋兒的王月英〔包待制云〕你便是王月英麼〔正旦云〕妾身是王月英〔包待制云〕你多大年紀曾有婚配來麼〔正旦云〕告爺爺可憐見試聽我王月英說一遍咱〔唱〕

〔紅繡鞋〕俺年紀小未曾招嫁〔包待制云〕你在那裏住坐〔正旦唱〕從小裏長在京華〔包待制云〕你家做甚營生買賣〔正旦唱〕祖輩兒賣脂粉作生涯〔包待制云〕你有兄弟也無〔正旦唱〕歎隻身無兄弟〔包待制云〕你有父親麼〔正旦唱〕更老親早亡化〔包待制云〕你是何門戶〔正旦云〕本是箇守農莊百姓家

〔包待制云〕你既是個女子怎生不守閨門之訓這繡鞋兒却揣在郭華懷中有何理論從實招來休討打吃〔正旦唱〕

〔石榴花〕相公你懷揣着明鏡掌刑罰斷王事不曾差我本是深宅大院好人家說甚郭華〔包待制云〕胡說你道不認的郭華這繡鞋兒是飛在他懷裏的〔正旦做慌科唱〕郭華因咱諕的我兢兢戰戰寒毛乍〔包待制云〕眼見得這繡鞋是與他做表記了〔正旦唱〕見相公語話兒兜搭〔包待制云〕你還不招只這繡鞋兒便是

真贓正犯了〔正旦唱〕你道是真贓正犯難乾罷平白地揣與我個禍根芽〔包待制云〕你快實說你這一隻繡鞋兒怎生得到郭華懷裏來〔正旦做沉吟科云〕嗨這事可着我說個甚的〔唱〕

〔鬬鵪鶉〕又不曾錦被裏情濃原來是繡鞋兒事發〔包待制云〕可知是你的鞋兒張千喚他母親出來對證〔張千云〕王婆婆老爺呼喚〔卜兒上見正旦哭科云〕孩兒此一件事你做下了也〔正旦唱〕見母親哭哭啼啼却教我羞羞答答〔卜兒云〕孩兒這繡鞋因甚在那秀才懷裏來〔正旦唱〕則管裏將那緣由審問咱我則索無言指落花本待要寄信傳情却做了違條犯法

〔包待制云〕你還不實說左右選大棒子打着者〔正旦云〕爺爺可憐見待我王月英供來〔唱〕

〔上小樓〕我金蓮步狹常只在羅裙底下為貪着一輪皓月萬盞花燈九街車馬更漏深田地滑遊人稠雜鰲山畔把他來撇下

〔包待制云〕這女子巧言令色不打不招左右與我打呀〔張千做打科云〕你招了者招了者〔正旦唱〕

〔滿庭芳〕哎你箇官人休怒發又不曾偎香倚玉殢柳停花這繡鞋兒只為人挨匝知他是失落誰家〔包待制云〕既是你的鞋兒快招了罷枉自吃打也免不得你的罪哩〔正旦唱〕相公道招了呵不須責打弓兵每他又更亂捉胡拏〔數云〕罷罷〔唱〕沒奈何招了罷我則索從頭兒認下禁不的這吊拷與綳扒

〔包待制云〕你也招了麽〔正旦云〕招便招了只望爺爺與我王月英做主咱〔包待制云〕只要你招的明白我與你做主〔正旦云〕當此一夜還有個香羅帕同這繡鞋兒都揣在那秀才懷中見的我留情與他的意思豈知倒害了他性命好可憐人也〔唱〕

〔十二月〕尚不見留情手帕却教我受罪南衙〔包待制云〕哦元來還有個香羅帕兒你是未嫁的閨女可也不該做這等勾當〔正旦唱〕本待望同衾共枕倒做了帶鎖披枷這一場風流話靶也是箇歡喜冤家

〔包待制云〕這兩件東西却也不該就害了他性命〔正旦唱〕

〔堯民歌〕呀都只爲武陵仙子泛桃花可教我一靈兒身死野人家只落的瀟瀟灑灑伴殘霞杳杳冥冥臥黃沙差也波差當初怨恨咱常言道色膽天來大

〔包待制云〕既是這等張千將這王月英押去相國寺觀音殿內看着屍首尋那香羅帕去若有了呵我自有個處治小心在意疾去早來〔張千云〕理會的〔做押正旦行科〕〔卜兒云〕孩兒也你小小年紀犯下這等的罪過兀的不痛殺我也〔正旦云〕母親是你孩兒做的不是了也〔唱〕

〔煞尾〕娘呵你年紀過五旬擡舉的孩兒青春恰二八不爭葫蘆提斬首在雲陽下把我這養育的娘親痛哭殺〔同張千下〕

〔卜兒云〕孩兒去了也我如今收拾些茶飯相國寺內看孩兒去來〔下〕〔包待制云〕張千押的那女子去了待他回話必有分曉左右打鼓退衙者〔詩云〕從來三尺貴持平莫把愚民苦用刑人命關天非細事舉頭豈可沒神明〔同下〕

〔音釋〕法方雅切　諕音夏　長音掌　罰扶加切　宅池齋切　搭音打　發方雅切　答音打　狹奚加切　滑呼佳切　雜咱上聲　殢音膩　匝咱上聲　綳音崩　八巴上聲　殺雙鮓切

第四折

〔雜當做擡郭華上科〕〔張千同正旦上云〕上命官差事不由己自家張千是也奉老爺的言語押着王月英到相國寺裏去王月英你是好人家兒女怎做這等的勾當快行動些〔正旦云〕王月英誰想有這一場禍事也呵〔唱〕

〔雙調新水令〕痛傷情望的我眼睛穿喒兩箇得成雙死而無怨雖然是相期燈月底又不曾取樂枕屏邊如今你命掩黃泉這陰司下怎分辯

〔張千云〕這是你自做的差了還要分辯什麼那〔正旦唱〕

〔駐馬聽〕有口難言月裏嫦娥愛少年恩多成怨你莫是酒中得道遇神仙抵多少笙歌引至畫堂前鴛鴦深鎖黃金殿空教我恨綿綿當初悔不休相見

〔正旦云〕天那我當初寄詩之意豈謂有此〔唱〕

〔殿前歡〕本是箇好姻緣〔張千云〕你是個閨女也不合和他私通〔正旦唱〕好姻緣翻做了惡姻緣〔張千云〕那秀才難道不等你就睡着了〔正旦唱〕則爲他貪杯醉倒觀音院〔張千云〕他醉便醉也不至死〔正旦唱〕却教我負屈啣冤剗地花

中宿酒裏眠遂不了今生願後世裏爲姻眷〔張千云〕你和他還想做夫婦哩

〔正旦唱〕怎能勾夫妻結髮依舊得人月團圓

〔張千云〕可早來到相國寺觀音殿了也兀那女子你進去這的是郭華的屍首尋你那手帕咱〔正旦做入殿見郭華怕科〕〔張千云〕你怕什麼看那手帕在那裏〔正旦做看科云〕哥哥你看那秀才口邊露着個手帕角兒哩〔張千云〕真個是你扯將出來看〔正旦做取手帕科唱〕

〔沽美酒〕只道你嚥不下相思這口涎原來是手帕在喉咽苦痛聲聲哭少年猛聽的微微氣喘越教我揾不住淚漣漣

〔郭華做欠身科〕〔正旦云〕秀才你休諕殺我也〔唱〕

〔太平令〕諕的我手脚兒驚驚戰戰鬼魂靈怎敢胡纏〔郭華做見旦科云〕小娘子我和你相見知道是睡裏夢裏〔做起身摟正旦摔開科唱〕斷不了輕狂寒賤還只待癡迷留戀我這裏躍然向前謝天呀險些的在雲陽推轉

〔郭華云〕原來是小娘子在此救我小娘子你爲甚麼來〔正旦云〕慚愧張千哥哥那秀才活了也

〔張千云〕既然秀才活了俺一同見老爺去來〔同下〕〔包待制上云〕老夫包待制今爲郭華身死未見下落如今坐起晚衙專等張千回話這早晚一行人敢待來也〔張千同正旦郭華卜兒上做跪科云〕稟爺小的同那王月英到寺中尋手帕去不期這秀才口邊露出手帕角兒被那王月英扯將出來這秀才便活了如今都拏來見爺聽憑發落〔包待制云〕兀那秀才你說你那詞因來〔郭華云〕小生西京人氏因應舉不第去買胭脂偶見這小娘子在於胭脂鋪內四目相視甚有顧盼之意爭奈他母親在堂難以相約不意小娘子暗着梅香將一首詩約小生元夜到相國寺赴期

小生因酒醉睡着了小娘子後至呼喚不醒誠恐失信將繡花鞋一隻香羅帕一方揣在小生懷內含羞回去小生醒來悔之不及吞帕于腹堵住口中之氣而死今日已經七日光景恰纔王月英同大人差的公人看見小生口角微露手帕因而扯將出來小生遂得還魂只望大人可憐見並不干王月英之事委實小生自行殘害乞大人做主咱〔包待制云〕王月英你說你那詞因來〔正旦云〕那秀才已都招了我王月英說個甚的〔唱〕

〔川撥棹〕你懷揣着似軒轅似軒轅明鏡前他如今訴說根源兩下當年都則爲一點情牽我王月英有甚言任恩官怎發遣〔包待制云〕那郭秀才到你鋪裏買胭脂你曾接受他多少錢哩〔正旦唱〕

〔七弟兄〕則他這解元使錢早使過了偌多千〔包待制云〕他是個讀書人買你胭脂做什麼〔正旦唱〕奈胭脂不上書生面都將來撒在洛河邊恰便似天台流出桃花片〔包待制云〕元來你家接了他許多錢也當的財禮過了那王氏上來〔卜兒跪上科〕〔包待制云〕兀那老婦人你的女兒背地通書約人私合本等該問罪的如今那秀才幸得不死你可肯將女孩兒嫁那秀才麼〔卜兒云〕爺爺問我女孩兒肯便嫁了他罷〔正旦唱〕

〔梅花酒〕呀俺娘親敢自專俺娘親敢自專待擇取英賢匹配嬋娟斷送他的衰年問什麼鸞膠續斷絃巴不得順水便推船呀謝恩官肯見憐休拗折並頭蓮莫掐殺雙飛燕〔包待制云〕既如此你一行人聽老夫下斷〔詞云〕你二人本有那宿世姻緣約元宵相會在佛殿

之前怎知道爲酒醉一時沉睡不能勾敘歡情共枕同眠將羅帕和繡鞋留爲表記到的來酒醒後悔恨難言那秀才呑手帕氣噎而死有琴童來告狀叫屈聲冤我老夫秉公道當堂勘問將和尚提出去並沒干連押月英到寺內認他屍首幸喜得神明護早已生全今日個開封府判斷明白合着你夫和婦永遠團圓（正旦同衆拜謝科唱）

〔收江南〕呀也不枉了一春常費買花錢誰承望包龍圖倒與我遞絲鞭贏的個洛陽兒女笑喧闐都道這風情不淺准備着今生重結再生緣

〔音釋〕 樂音澇　涎徐煎切　咽音燕　搵温去聲　推退平聲　拗幺去聲　闐音田

題目　郭秀才沉醉誤佳期

正名　王月英元夜留鞋記

王月英元夜留鞋記雜劇

圖　氣英布

漢高皇濯足氣英布
珍倣宋版印

漢高皇濯足氣英布雜劇

元　　　撰

明吳興臧晉叔校

第一折

〔沖末扮隨何上詩云〕君王何事薄儒臣博帶褒衣懶進身一自酈生烹殺後漢家遊說更無人小官姓隨名何投事漢王麾下封為典謁之職俺漢王自亭長出身起兵豐沛只重武士不貴文臣每每看見儒生便取其儒冠擲地溺尿其中嫚罵不已以此小官隨從數年官不過典謁粟不過一囊甚不得意但是他生得隆準龍顏豁達大度所居之處長有五色祥雲籠罩於上小官想來這個是帝王氣象只得隱忍權留麾下替他掌百官之朝參通各國之使命以外運籌設計讓之張良點將出師屬之韓信皆與小官無涉待得破楚之後附立功名共成帝業此時圖個封拜未為不可今日漢王升帳召集羣臣議事須索在此伺候者〔外扮漢王引卒子上隨何做見科云〕臣隨何見〔漢王云〕且一壁有者〔詩云〕紛紛逐鹿競稱雄短劍親提出沛中五國諸侯俱聽命一時無奈楚重瞳孤家姓劉名邦字季沛人也自秦始皇死後諸侯共起亡秦其時孤家與項羽並事楚懷王懷王封孤家為沛公項羽為魯公各引人馬三萬同諸侯入關懷王約道先入關者王之却是孤家先破關中本等該王其地爭奈項羽自恃重瞳有舉鼎拔山之勇佯尊懷王為義帝自號西楚霸王改封五國之後皆王惡地將孤家徙為漢王建都南鄭未幾項王使英布陰殺義帝于郴五國諸侯一時同叛孤家用韓信之計明修棧道闇度陳倉攻定三秦劫取五國以彭越之衆襲破彭城自謂項王不日滅矣誰想項王先發一枝軍馬使大將龍且當住彭越親自邀擊孤家於靈壁之東被他殺得

人亡馬倒睢水爲之不流幸得大風走石飛砂對面不能相覷孤家遂得逃脫即今重收敗卒屯駐滎陽軍聲復振只是五國諸侯見孤家敗後又去歸順項王怎生是好且待羣臣到來將這破楚之策仔細計議者（外扮張良曹參淨扮周勃樊噲上云）貧道張良韓國人也這一位是曹參這一位是周勃這一位是樊噲皆沛縣人現爲漢王大將今早主公升帳轅門大開我每須索進見波（樊噲云）軍師請先（隨何做報科）（衆做相見科）（漢王云）孤家與項王夾著廣武而軍自揣諸將皆非其敵不知軍師有何妙策能擊破項王重收五國取天下乎（張良云）據貧道算來齊王田廣本項王所惡他雖一時歸順項王到底終不和好只消遣彭越抄襲楚軍糧道項王必親擊之既勝彭越則必引兵攻齊雖以項王之威非數十日不能往返那項王手下有一英布其勇力頗類項王他領著四十萬精兵屯於九江恰纔靈壁之戰項王遣使徵布會布與龍且有隙稱病不赴若得能言巧辯之士說他歸降縱項王馳還我有韓信拒之於前彭越邀之於後大王親帥英布直攻其中破項王必矣（漢王云）軍師之策甚善但孤家聞得項王之兵能以少擊衆者專恃有英布爲之羽翼也他今擁兵四十萬屯劄九江必爲項王親信恐非一口片舌可以說其歸降不若移韓信之兵擊之何如（樊噲云）何消遣的韓信只要大王借與俺樊噲八十萬軍馬包取活拿英布來也（曹參云）此時那裏討這許多軍馬與你（樊噲云）這英布手脚好生來得若不是兩個拿他一個可不倒被他拿了我去（隨何云）臣與英布同鄉又是少年八拜至交的兄弟願得二十人隨臣往使九江必能使英布舉兵歸漢不負大王之命（漢王做取隨何冠投地科云）豎儒妄言你在孤家帳下貌不能驚人才不能出衆已經數年無所知名今欲以二十人使九江說英布此何異持蒼蠅而釣巨鼇會足供其一啜乎（隨何云）何大王見不早也當大王傳檄攻項王時親委韓信重兵三十

萬衆又使張耳佐之半年之間僅舉趙五十餘城酈生掉三寸之舌不勞一旅之師數日間說下齊七十餘城能使其不做隄備是以韓信得襲破歷下軍由此觀之儒生亦何負於漢哉臣隨何雖不才實不在酈生之下若不能說得英布歸漢臣請就烹（張良云）隨何既出大言料此一去必不辱命願主公勿疑（漢王云）既如此曹參你去軍中精選二十個郎溜軍士跟隨何出使九江去者（曹參云）理會得（樊噲云）隨何你這一去若不得成功等我來幫你將那黥面的囚徒夾領毛一把拿他見大王也（隨何做辭出科云）二十名軍士聽令奉大王的命跟隨我往九江去走一遭（詩云）說英布舉兵歸漢絕勝他捐金反間必不似酈生賣齊被油鍋烹來稀爛（下）（漢王云）隨何去了也孤家一壁廂闇遣彭越邀截楚軍糧道一壁廂整搠軍馬屯守滎陽之南與項王相拒去來（衆同下）（正末扮英布引卒子上云）某姓英名布祖貫壽州六安縣人氏少時遇一相士說喒當刑而王年至二十犯法遭黥人皆叫喒做黥布者是也秦始皇之末本郡會著喒送囚徒數千人到驪山做工中途阻雨不能前赴律法後期者當斬喒遂釋放其縲紲令亡去那數千人見喒英勇皆推喒為主舉兵謀反後遇項王軍於鉅鹿之下以兵屬之共擊秦軍斬王離擄趙歇降章邯皆喒力也項王為此親信喒家封為當陽君之職授以精兵四十萬衆屯劄九江近來漢王劉季劫五諸侯兵襲破彭城與項王大戰靈壁之東項王遣使徵喒家的軍馬共擊漢軍你道喒家為何託病不去只因為楚將龍且心懷嫉妬屢屢在項王根前譖喒有反叛之意雖則項王不信然也不能無疑於喒累次差使命來到喒這裏窺探動靜因此喒與龍且兩個有隙勢不並存未幾打聽的項王擊破漢兵將他四十六萬人馬都皆殺死睢水之上睢水盡赤喒想項王喑啞叱咤有千人自廢之威那一個劉季怎做的敵手也呵（唱）

〔仙呂點絳脣〕楚將極多漢軍微末真輕可戰不到十合早已在睢水邊廂破
〔混江龍〕今番且過這迴休再動干戈〔帶云〕咱項王呵〔唱〕憑着咱范增英布怕甚麼韓信蕭何咱待要獨分兒興隆起楚社稷那裏肯劈半兒停分做漢山河常則是威風抖擻斷不把銳氣消磨拚的箇當場賭命怎容他遣使求和〔丑扮探馬上〕〔卒做報科云〕喏報元帥得知有探馬報軍情到來也〔正末唱〕咱則見撲騰騰這探馬兒闖入旗門左不由咱嗔容忿忿〔做拍案科云〕兀那探子有甚的緊急軍情與咱報來〔探子云〕有漢王遣一使臣喚做隨何帶領二十騎人馬特來迎接元帥敬此報知〔正末唱〕都付與冷笑的這呵呵〔云〕那隨何是漢家的臣子咱這裏是楚家軍寨他為什麼事要來迎接咱那廝好大膽也〔唱〕
〔油葫蘆〕那廝把三歲孩童小覷我便這等敢恁麼難道他不尋思到此怎收羅恰便似寒森森劍戟峯頭臥恰便似明颩颩斧鉞叢中過他可也忒不合他可也忒放潑恰便似一箇飛蛾兒急颭颭來投火這的是他自攬下一頭蹉
〔天下樂〕怎不教我登時殺壞他便教我做活佛活佛怎定奪〔做沉吟科云〕哦咱知道他來意了也〔唱〕咱將他來意兒早識破他道是逞不盡口內詞却教咱案不住心上火〔帶云〕令人一壁廂准備刀斧伺候者〔卒云〕理會的〔正末唱〕咱如今先備下這殺人刀門扇似闊

〔云〕令人與喒將隨何抓進來〔卒應科〕〔隨何佩劍引從者上〕〔卒做拿隨何入見科〕〔隨何云〕賢弟我與你是同鄉人又是從小裏八拜交的兄弟只爲各事其主間別多年今日特來訪你只該降階接待纔是怎麽教刀斧手將我簇擁進來此何禮也〔正末唱〕

〔那吒令〕喒道你這三對面先生來瞅我那裏是八拜交仁兄來訪我多應是兩賴子隨何來說我〔隨何云〕我好意來訪你下甚麽說詞要這等隄防我那〔正末唱〕你怕不待死撞活功折過一謎裏信口開合〔隨何云〕賢弟不是我隨何誇說我舌賽蘇秦口勝范叔若肯下些說詞也不由你不聽哩〔正末云〕噤聲〔唱〕

〔鵲踏枝〕你那裏話兒多廝勾羅你正是剔蝎撩蜂暴虎憑河誰着你鑽頭就鎖也怪不的喒故舊情薄

〔寄生草〕你將那舌尖兒扛喒則將劍刃兒磨喒心頭早發起無明火這劍頭磨的吹毛過你舌頭便是亡身禍〔隨何云〕賢弟你的亡身禍倒在目前我隨何特來救你哩〔正末做喝科云〕噤聲〔唱〕你道是特來救喒目前憂敢可也不知自己在壕中坐

〔云〕令人鬆了綁者〔卒做放隨何科〕〔正末云〕且請過來相見〔做拜科云〕仁兄可也受驚了彼此各爲其主幸勿介懷〔隨何云〕這也何足爲驚只可惜賢弟你的禍就到了也〔正末云〕喒的禍從何來〔隨何云〕這等你敢說三聲沒禍麽〔正末云〕不要說三聲便百二十聲喒也說喒有什麽禍在那裏〔隨何云〕賢弟你是個武將只曉的相持廝殺的事却不知揣摩的事你道是項王親信

你比范增何如〔正末云〕那范增是項王的謀臣稱爲亞父喒怎麼比的他〔隨何云〕那范增爲着
何事就打發他歸去死於路上那〔正末云〕他則爲陳平反間之計以太牢饗范增使者以惡草具
待項王使者項王疑他歸漢因此放還居巢路上死的〔隨何云〕賢弟既知范增見疑之故則你今
日之禍亦可推矣〔正末云〕你道項王疑喒是些甚麼來〔隨何云〕當日我漢王襲破彭城時項王
從齊國慌忙趕回進則被漢王據其城池退則被彭越抄其輜重兵疲糧竭自知不能取勝所以特
徵賢弟一來憑仗虎威二來要借這一枝生力人馬壯他軍氣真如飢兒之待哺何異旱苗之望雨
乃賢弟稱病不赴欲項王無疑其可得乎若項王與漢戰而不利勢方倚仗賢弟再整干戈倒也無
事今漢王大敗虧輸項王意得志滿更加以龍且之譖日在耳傍必且陰遣使臣覘你罪釁此不但
范增之禍已也賢弟請自思之〔卒子報云〕喏報元帥得知楚國使命到〔正末做驚科〕〔唱〕
〔玉花秋〕那裏發付這殃人貨勢到來如之奈何若是楚國天臣見
了呵其實難迴避怎收撮〔云〕令人快與喒裝香案迎接者〔唱〕喒一下裏相迎
你且一下裏趓
〔云〕仁兄你只在屏風後躲者〔淨扮楚使上云〕楚王手勅到來英布跪聽者〔勅曰〕天祚吾楚寡
人親率萬騎擊劉季於靈壁之東破其甲士四十六萬一時睢水爲之不流汝雖病不能赴亦無籍
汝爲也茲特布捷書使汝聞知汝其加餐自愛以胥後會〔正末跪受勅科〕〔背云〕喒被那廝這一
番說話只道楚使之來必然見罪取喒首級却元來是宣捷的早使那廝預先躲過不等使臣看見
也還好哩〔唱〕
〔後庭花〕不爭這楚天臣明道破却把你箇漢隨何謊對脫〔帶云〕喒

則等使臣去了呵〔唱〕喒便喚他來從頭兒問看他巧支吾說箇甚摸非是喒起風波都自己惹災招禍且看他這一番怎做科那一番怎結末〔隨何做出見楚使云〕英布業已歸漢你來此怎麽〔楚使云〕英將軍這是何人〔正末做不能應科〕〔隨何云〕我是漢王使者隨何因你項王聽信龍且之譖使英布不能自安已舉九江之兵歸降於漢特遣小官親率二十餘騎到此迎接我饒你快回去罷〔楚使云〕英將軍你豈有降漢之理〔正末做不能應科〕〔隨何云〕賢弟你既歸漢便當背楚却騎不得兩頭馬的今已被楚使看見不如殺之以滅其口〔做拔劍殺楚使科〕〔正末做奪劍不及科〕〔云〕仁兄則被你害殺喒也〔唱〕

〔金盞兒〕諕的喒面沒羅口搭合誰似你這一片橫心惡膽天來大沒來由引將狠虎屋中窩這一箇宣捷的有甚麽該死罪這一箇仗劍的莫不是害風魔不爭你殺了他楚使命則被你送了喒也漢隨何

〔云〕令人拿下隨何待喒送他親見項王去來〔卒應做拿隨何科〕〔隨何云〕不消綁得我就隨你見項王去你那個對頭龍且正在項王左右我又是個辯士一口指定你要舉兵歸漢著我引二十騎來迎接也是你來着我殺楚使滅口也是你來你說的一句我還你十句看道項王疑我還是疑你那龍且譖我還是譖你〔正末做歎氣科云〕嗨喒若拿那廝見項王去那廝是能言巧辯之士口裏含着一堆的老婆舌頭喒是個麤鹵武將到得那裏只有些氣勃勃的可半句也說不過來罷罷罷喒也不要你去了令人且放了他者〔卒做放科〕〔正末唱〕

〔鴈兒〕楚王若是問英布〔帶云〕那項王問道他是漢家你是楚家若是你不將書去接

他〔唱〕他怎敢便帶領着二十人到軍寨裏鬧鑊鐸那其間哥可教喒答應是如何

〔隨何云〕賢弟你只說已舉兵降漢便了〔正末云〕事勢至此也不得不歸漢了只一件要與你說過喒在楚項王相待頗重如今要漢王待喒更重如項王喒方甘心背楚歸漢也〔隨何云〕那項王待你有甚重處你與他救鉅鹿破秦關弒義帝功非小可只封的你當陽君之職我漢王豁達大度凡克城邑卽便封賞曾無少吝所以英雄之士莫不歸心賢弟你不見韓信乎他本一亡將聽蕭何之薦卽日築臺拜為大帥何況賢弟雄名久著漢王必當重用取王侯如反掌耳請賢弟早決歸降之心無使自誤〔正末唱〕

〔賺煞〕你休將喒厮催逼相攛掇英布也今番去波不爭我服事重瞳沒箇結果赤緊的做媳婦先惡了公婆怎存活恰便似睜着眼跳黃河你着喒歸順他隆準的君王較面闊你這裏怕不有千般揣摩却將喒一時間瞞過則怕你弄的喒做了尖擔兩頭脫〔卒隨下〕

〔隨何云〕那英布歸漢了也我若是不殺他楚使他怎肯死心榻地便肯歸降我當時在漢王根前曾出大言如今果應吾口也與儒生添多少光彩只等英布兵起之日我引著二十騎隨後進發便了〔詩云〕兵間使事誰能料當陽片言立應召從此儒冠穩放心免教又染君王溺〔下〕

〔音釋〕酈音歷　說音稅　長音掌　溺泥叫切　使去聲　重平聲　王去聲　郴抽森切　棧音綻　且音疽　睢音雖　滎音盈　噲音快　降奚江切　啜樞悅切　黥音擎　間去聲　捌聲卯切　邯音寒　累上聲　喑音音　啞音鵶　咤瘡詐切　末魔去聲

合音何　分去聲　闖音敞　颩音磋　叢音從　潑音頗　颭昌染切　他音拖　活
音和　佛浮波切　奪音多　闊科上聲　抓音爪　謎迷去聲　薄音婆　扛孤桁切
刃仁去聲　壕音豪　覷癡髯切　釁欣去聲　撮磋上聲　脫音妥　末磨上聲　大
音墮　鹵音魯　鑊音和　鐸東那切　掇音朵

第二折

〔正末引卒子上云〕喒英布一向在項王麾下擁四十萬衆鎮守九江單則不曾封王以此心常怏怏不意一時間聽了隨何說詞便背楚歸漢一路行來漸近成臯關了怎不見漢家有什麼糧草供應人馬迎接敢則是隨何自家的意思要賺喒去獻功那漢王還不知道哩〔做歎氣科詩云〕嗨非是喒服事君王不到頭則爲一時同輩有宼讎早知又上漁人手何用貪他別釣鉤令人與喒請將隨何來者〔卒云〕隨大夫有請〔隨何引卒子上云〕事不關心關心者亂我隨何掉三寸舌出使九江說的英布舉四十萬衆來歸漢王已到成臯關下那英布着人請我必是爲漢王不來迎接之故我若待他說起便是我的言詞不應口了如今我去見他自有一個主意〔做見科云〕賢弟你可知道楚漢相拒的事麼〔正末云〕喒家不知〔隨何云〕我漢王與項王夾着廣武江爲陣那項王請我漢王面見要兩個比力我漢王道比智不比力因數項王十大罪那項王大怒伏弩射中漢王足指這一向堅閉營門在裏面養瘡隨他緊要軍情都不通報哩〔正末云〕這等可知道來喒如今到成臯關隔的一射之地喒也道漢家怎沒些兒糧草接濟喒家軍馬這便罷了則論尋常受降之禮也該遣人相迎纔是〔隨何云〕賢弟待不才先去報知漢王着他擺半張鑾駕出境迎接你意下如何〔正末云〕只是不該重勞仁兄〔隨何做別科云〕這個是我做典謁的本等〔詩云〕暫時匹馬去少

刻八鸞迎（下）［正末云］隨何去了也便漢王患箭瘡不能出境親接少不的將官也差幾個迎咱
令人分付衆軍馬慢慢行者［衆應科］［正末唱］
［南呂一枝花］抵多少遵承帝主宣稟受將軍令不由咱不叛反不由咱不掀騰現如今兩國吞併使不的風雷性且朦朧入漢城也是咱不合就聽信了這一謎的浮詞劍砍了那差來的使命
［梁州第七］卻教咱實丕丕興劉滅楚笑吟吟背闇投明這的是太平本是將軍定折末他提人頭廝摔噴熱血相傾勢雄雄要分箇成敗威糾糾要決箇輸贏齊臻臻領將排兵鬧垓垓虎鬬龍爭咱也曾涇浸浸臥雪眠霜咱也曾磕擦擦登山驀嶺咱也曾緝林林劫寨偷營隨何也咱是你綰角兒弟兄怎生來漢王不把咱欽敬你說他有龍顏是真命因此上將楚國重瞳看的忒煞輕哎隨何也須索箇心口相應
［卒報云］稟元帥得知已進成皋關了也［正末云］那隨何去了許久怎生還不見漢王出來迎接這也可怪［做沉吟科云］怎麼連隨何也不來了令人與咱劄下營寨者［卒云］理會的［正末唱］
［隔尾］咱這屯營劄寨寧心等瞋目攢眉側耳聽恰待高叫聲隨何你那一步八箇謊的可也喚不應咱則道是有人來覷咱動靜［做看科云］可不是［唱］咱則道是有人來供咱使令［做看科云］可又不是哑［唱］卻元

來是撲剌剌風動轅門這一幅繡旗的影

（隨何上）（正末做見怒科云）喒問你這半張鑾駕恰在那裏（隨何云）賢弟我不才失言了漢王若是箭瘡好了莫說半張鑾駕出境迎接便是全副鑾駕也不爲難只因瘡口未收不便勞碌況他周勃樊噲一班大將都是尙氣的人在漢王根前說你初來歸降未有半根折箭功勞自古以來那會見君王親迎降將之禮我不才道是賢弟虎威非他將可比爭些兒磨了半截舌頭終是漢王爲樊噲等所阻使不才說了謊話如之奈何（正末云）事已至此難道他不來迎喒依舊回還九江不成如今漢王在那裏待喒見去（隨何云）漢王現臥帳中你隨我入營見來（正末做臨古門見科）

（漢王引二宮女上做濯足科）（正末做怒科）（唱）

【牧羊關】分明見劉沛公濯雙足覷當陽君沒半星直氣的喒不鄧鄧按不住雷霆眼睜睜慢打回合氣撲撲重添讛掙不由喒不怒從心上起惡向膽邊生卻不道見客如爲客輕人還自輕

（做仰天掀髯噴氣科云）叵奈劉季那廝濯足相見明明覷的喒輕如糞土這一來喒好差了也令人傳下將令卽刻拔營而起重回喒九江去來（隨何云）賢弟你這回去可還見項王麼（正末云）怎麼不見（隨何云）賢弟你若見項王時項王道英布你殺了俺使命舉兵歸漢去了漢王不用你依舊歸俺楚國俺楚國是個無祀鬼神壇憑你自去自來沒些門禁的那龍且在邊厢又攛上幾句那項王好個性兒只一聲道刀斧手與俺推出轅門斬訖報來那時節則怕賢弟悔之晚矣（正末云）這也說的有理則是喒今日弄的有家難奔有國難投兀的不被你害殺喒也（隨何云）賢弟且省煩惱者（正末唱）

〔哭皇天〕是誰人這般信口胡答應大古裏是你箇知心好伴等則你那劉沛公無君臣的新義分哎隨何也喒與你有甚麽弟兄的舊面情〔隨何云〕我元說漢王被項王的伏弩射中足指現今瘡口未收所以要濯足哩〔正末唱〕這其間都是你隨何隨何弊倖據着喒一生氣性半世威風若不看你少年知識往日交遊只消喒佩中劍支楞支楞的響一聲折末你能言巧辯早做了離鄉背井

〔烏夜啼〕那其間這漢隨何不償了喒天臣命則你箇劉沛公見面不如聞名你道是善相持能相競用不着喒軍馬崩騰武藝縱横則教你楚江山覷不得火上弄冰凌漢乾坤也做不得碗内拿蒸餅哎隨何也你怎麽不言語不承領從今後將軍不下馬各自奔前程

〔隨何云〕賢弟你則寬心兒等待者我漢王少不得重用你哩〔正末云〕那濯足的感情喒已領了常言道頭醋不酸二醋不淡喒還待他個甚的只是楚國又不好去這普天下那裏容喒七尺身子不如拔劍自刎罷了〔做拔劍科〕〔隨何做按住劍科〕〔正末唱〕

〔罵玉郎〕哎是誰人緊握住喒青鋒柄可又是隨何也這先生〔隨何云〕賢弟差矣螻蟻尚且貪生爲人怎不惜命據賢弟英雄蓋世右投則右重左投則左重何處不立功業何處不取王侯却做這自盡的勾當可不是匹夫匹婦之諒好短見也〔正末唱〕你道喒英雄蓋世無人並投一國一國重立功業功業成取王侯王侯定

〔感皇恩〕可是喒要做愚夫婦溝瀆自經倒不如那螻蟻尚惜殘生

拚的箇割斷了絳紅纓掀翻了犀皮胄血染了征袍領從今後收拾了喧喧嚷嚷略地攻城畢罷了轟轟烈烈奪利爭名一任他遊魂散幾時休遺骸倩何人葬只乾着了這當王相枉遭黥〔云〕既然你勸咱不要自刎咱如今也不臣漢也不還楚率領四十萬大兵依舊往鄱陽湖中落草去也〔隨何云〕賢弟你的封王只待早晚間滅了項羽便是囊中之物却要去做草頭大王好沒志氣也〔正末云〕噤聲〔唱〕

〔採茶歌〕咱如今疾驅兵速離營只去那鄱陽湖上氣憑陵權待他鷸蚌相持俱斃日也等咱漁人含笑再中興〔云〕隨何借你的口傳語漢王者咱此一去抵二十個楚霸王好些難禦哩〔唱〕

〔煞尾〕不爭教劉沛公這一徧無行徑單注定漢天下有十年不太平他只要自稱尊自顯能覷的人糞土般汚草芥般輕激的咱引領大兵還歸舊境汗似湯澆怒似雷轟直抵着二十箇霸王沒的支撐連你箇說咱的隨何也不乾淨〔隨何云〕賢弟你聽我說還再等一等自有重用之日〔正末做喝科云〕噤聲〔唱〕誰待將你那無道的君王做聖明來等〔引卒子下〕

〔隨何云〕適纔漢王濯足見英布非是故意輕他使這嫚罵的科段只因為英布自恃英勇無敵怕他有藐視漢家之心故以此折挫其銳氣況他元是鄱陽大盜出身無甚麼高識遠見待他回歸營寨自有牢絡之術乃漢王顛倒豪傑之處想此時英布已到營了我再看他去波〔下〕

〔音釋〕思去聲　賺音蘸　中去聲　併平聲　糾音九　磕音可　驀音陌　營音盈　兄虛

盈切　應平聲　瞋音嗔　聽平聲　鸚音吳　掙爭平聲　叵音頗　攛麤酸切　競其硬切　轟音烘　鷸音穴　蚌音謗　境音景　轟呼橫切　藐音眇

第三折

（漢王引張良曹參周勃樊噲卒子上云）孤家漢王是也前者遣隨何下九江說得英布歸降孤家故意使兩個宮女濯足接見英布聞他不勝大惱幾欲拔劍自刎如今他還營去了要引着大兵重向鄱陽落草這是他的故智孤家想來人主制禦梟將之術如養鷹一般飢則附人飽則颺去今英布初來歸我於楚已絕於漢未固正其飢則附人之日也孤家待先遣光祿寺排設酒筵教坊司選歌兒舞女到他營中供用看他喜也不喜再遣子房領着曹參等一班兒將官同去陪待致孤家殷勤之意料他必然歡悅如若怒氣未平孤家另有理會不怕他不死心搨地與孤家共破楚王子房以爲何如（張良云）主公高見與貧道相合聞的項王遣龍且救魏當住韓信自家親率大兵擊彭越於外黃據貧道料來彭越怎敵得項王則外黃必破外黃破則楚軍益張今英布歸降不若捐一侯印與之就着他率領本部人馬往救彭越等兩個來攻項王此機會不可失也（漢王云）孤家之意正欲如此如今子房且同諸將到英布營中去孤家隨後亦至矣（張良云）曹將軍我等共往英布營陪待去來（樊噲云）那英布有甚麼本事在那裏不過是個黥面之夫適纔俺大王見他時先該除他這鐵帽子撒脬尿在裏面怎麼只將兩隻臭脚去薰他他是個驢鼻子一些香臭也不懂的他那裏便肯頭低我每如今到他營寨去軍師你只憑着我等我一交手先摔他一個脚稍天你不要失了我自家的門風（曹參云）樊將軍不要多說到那裏只隨着軍師便了（共下）（正末引卒子上）（詩云）不如意事常八九可與人言無二三喒英布自謂舉九江四十萬衆投降漢王必得

重用豈知漢王濯足見咱明明是覷的咱輕如糞土爭些兒一氣一個死如今重引大兵到鄱陽湖中落草去令人傳下軍令將營寨拔起取舊路進發者〔衆應科〕〔正末云〕只是那隨何是咱綰角兒弟兄他可不該來哄咱不殺的他也出不得這口臭氣〔做噴氣科〕〔隨何引廚役扛筵席四旦扮妓女上云〕賢弟請了我說漢王必然重待賢弟如今着光祿寺排設筵席教坊司選歌兒舞女供應哩〔正末云〕咱少這些筵席喫那〔唱〕

〔正宮端正好〕則咱這鎮江淮無征鬭倒大來散誕優游不爭的信隨何說謊謾天口你道咱封王業時當就

〔滾繡毬〕折末您皓齒謳錦瑟搊列兩行翠裙紅袖更擺設百味珍饈顯的咱越出醜却元來則爲口大古裏不曾喫些酒肉則被您送的人也有國難投折末您造起肉麪山也壓不下咱心頭火鑿成酒醴海也洗不了咱臉上羞怎做的楚國亡囚

〔張良同曹參周勃樊噲上入見科〕〔張良云〕俺主公因爲足瘡未愈適間甚多失禮特着貧道同一班兒大將造拜一來替主公請罪二來就陪待君侯休得見怪者〔正末做不應科〕〔樊噲做扯架子科云〕想是他還惱哩待我老樊與他打一個流星十八跌〔張良云〕取酒來〔做送酒科云〕君侯請滿飲此杯〔正末做不接科〕〔唱〕

〔倘秀才〕咱與您做參辰卯酉誰待喫這閑茶浪酒〔隨何云〕賢弟這一位是軍師張子房〔正末唱〕哎您這箇燒棧道的先生忒絕後您當日箇施謀略運機籌煞有

〔隨何云〕這一位是建成侯曹參〔正末云〕好曹參他會提牢押獄哩〔隨何云〕這一位是威武侯周勃〔正末云〕好周勃他會吹簫送殯哩〔隨何云〕這一位是平陰侯樊噲〔正末云〕好樊噲他會宰猪屠狗哩〔樊噲做怒科云〕他笑我屠狗麼咄你是黥布我可也不似你會殺人放火做强盜〔正末唱〕

〔滾繡毬〕元來這樊噲也做萬戶侯他比喒單則會殺狗無過是託賴着君王親舊現統領着百萬貔貅他和喒非故友枉插手他怎肯去當今保奏吱元來這子房也是箇傖頭您待把一池綠水渾都佔怎生來不放傍人下釣舟却教喒何處吞鉤

〔張良云〕主公遣貧道引着衆將來陪待君侯若不飲呵是無主公的面分了〔正末云〕喒英布舉四十萬大兵遠遠的從九江到這裏投見漢王豈知漢王不以人禮相待踞牀濯足覷的喒輕如糞土一般今日的酒便真個是金波玉液英布福薄可也飲不下去〔隨何云〕賢弟你也忒氣重了些俺漢王本爲足上箭瘡未曾收口要洗的乾淨好貼膏藥又是從小裏患些脚氣症候他接見人十次倒有九次洗脚哩〔正末唱〕

〔脫布衫〕那時節在豐沛縣草履團頭常則是早辰間露水裏尋牛驪山驛監夫步走拖狗皮醉眠石臼

〔小梁州〕這的是從小裏染成腌證候可不道服良藥納諫如流誰似你這般輕賢傲士沒謙柔激的喒爲雠寇到如今都做了潑水怎生收

〔漢王引沖末扮宣勅官卒子捧牌劍推車上〕〔卒報科云〕聖駕來了也〔沖末上立宣勅云〕漢王手勑到來英布跪聽者〔勑曰〕寡人聞良鳥擇木而棲忠臣擇主而事爾當陽君英布本以楚將來歸寡人非其擇主之明何以至此今項王遣龍且救魏與我韓信親率二十萬騎擊彭越於外黄特加爾爲九江侯破楚大元帥即領本部軍馬往援彭越共討項王功成之日另行封賞爾其欽哉謝恩〔正末做跪接詔科〕〔卒捧牌劍正末上立〕〔漢王拜送科云〕請元帥受牌劍者〔卒推車上科〕〔漢王云〕請元帥就車寡人親自推轂者〔正末做上車科〕〔漢王跪把轂科云〕從天以下從地以上苟利漢室唯元帥制之〔做卒牌劍先行漢王推車三轉科〕〔正末做下車拜見漢王科〕〔漢王云〕取酒過來〔妓女斟酒科云〕酒到〔漢王做跪送科云〕請元帥滿飲此杯〔正末跪接飲起科〕〔唱〕

〔幺篇〕喒則道遣紅粧來進這黄封酒恰元來劉沛公手捧着金甌相勸酬能勤厚〔帶云〕喒本待見漢王花白他幾句這一會兒喒可不言語了〔唱〕早則被天威攝的喒無言閉口哎英布也你是箇銀樣鑞鎗頭

〔正末做背科云〕今日這一杯酒不打緊使後代人知漢王幾年幾月幾日在英布營裏跪送一杯酒喒英布死便死也死的着了也〔做回身拜謝科云〕謝大王賜酒〔唱〕

〔叨叨令〕請你箇漢劉王龍椅上端然受早來到張子房半句兒無虛謬光祿寺幾替兒分前後教坊司一派的笙歌奏兀的不快活殺喒也麽哥兀的不快活殺喒也麽哥似這般受用可也誰能勾

〔云〕人說漢王見臣子們動不動嫚罵全無些禮體今日看起來都是妄傳也呵〔唱〕

〔剔銀燈〕喒則道舌剌剌言十妄九村棒棒呼幺喝六查沙着打死麒麟手這半合兒敢罵偏了諸侯元來他罵的也則是鄉閭漢田下叟須不共英雄輩做敵頭

〔蔓青菜〕則見他坦心腹披袍袖依然似枌榆社麥場秋笑吟吟自由雖然做不得吐哺握髮下名流也是喒的風雲湊

〔漢王做醉睡科〕〔張良云〕俺主公醉了也隨大夫你護送回營去者〔隨何扶漢王下〕〔張良云〕請問元帥幾時起兵救彭越去〔正末云〕大王回營去了那救彭越之事如救火一般豈可停留時刻的看末將即日傳令提兵擊項王去來〔樊噲云〕你不如把這元帥的牌印讓與我老樊當日鴻門宴上我老樊只除下兜鍪把守轅門的軍校一時打倒諕得項王在坐上骨碌碌滾將下來你可知道麼〔張良云〕前日韓信拜了元帥就壇上點名便先斬了英蓋一員大將今日英元帥也是俺主公親拜的牌印在手他要剸你這頭可也容易〔樊噲云〕他也剸得頭的這等只不如屠狗去也

〔正末唱〕

〔柳青娘〕眼見得君王帶酒休驚御莫聞奏喒囑付您箇張子房莫愁看英布統戈矛今番不是強誇口楚重瞳天亡宇宙漢劉王合霸軍州管教他似雀逢鷹羊遇虎一時休

〔道和〕把軍收把軍收看江山安穩盡屬劉不剛求想喒想喒恩臨厚教喒教喒難消受這報答志難酬肯遲留撲騰騰征駝驟看者看者喒爭鬭都教望着風兒走看者看者喒爭鬭都教死在喒家手看

沙場血浸橫屍首直殺的馬頭前急留古魯亂滾滾死死死死人頭〔啄木兒尾〕免了彭越憂報了睢水讎直殺的塞斷江河滔天溜早則不從今已後兩分疆界指鴻溝〔同卒下〕

〔張良云〕那英布領兵擊楚去了也項王平日所恃大將止英布龍且兩個貧道算來龍且是莽撞之夫必然死於韓信之手項王聞得龍且死已自心怯又見英布歸漢反去擊他必然不戰而外黃之圍自解却又放出彭越這枝軍馬與英布夾攻項王項王必然敗走一面通知韓信着他繞出夏陽截他歸路擒項王必矣〔樊噲云〕軍師既然算的這等停當俺家也整搠軍馬同攻項王去難道只在營裏殺狗肉喫〔張良詩云〕黥布英雄肯出師天亡楚國正斯時轅門預備功成宴教兒學唱大風詩〔曹參等同下〕

〔音釋〕刎文去聲　鄱音婆　梟音驍　颺音羊　脬音拋　齉奴凍切　摔音灑　肉柔去聲　醴音里　貔音疲　貅音休　傖音撐　六音溜　鍪音謀　鵷音冤

第四折

〔漢王引張良曹參周勃樊噲隨何二旦執符節上詩云〕霸王當日渡江來一騎烏騅百萬開欲知沛上真龍起試看軍前大會垓孤家用軍師之計着英布往救彭越共擊項王去了好幾日還不見捷音到來使我好生懸望〔張良云〕貧道已會差能行快走夜不收往軍前打探去了着他一見輸贏便來飛報適纔一陣信風過貧道袖傳一課敢有喜音來也〔隨何云〕彭越元是漢家一員虎將如今又添上英布兩個夾攻項王那項王雖則英勇怎當的腹背受敵這一遭戰臣敢立的包狀只有勝無有敗〔樊噲云〕你又來調喉了當日俺每攻破彭城時節那項王自齊國三晝夜趕回是走

乏的人馬俺每衆將從城中殺出彭越從外面殺入那項王可不也是腹背受敵則被他一騎馬一笴鎗衝突將來殺的人人退縮個個奔逃漢家四十六萬人馬都擠落睢水裏面幸的死人多睢水不流俺每都打死人堆上騎着馬跑方纔脫的性命至今說起俺這心膽還是磕撲磕撲的跳你道增了個黥面囚徒就說這等好看話兒要在軍前立下包狀你這個油嘴可包的俺老樊恰包不的

（正末扮探子執旗打搶背上云）這一場好廝殺也呵（唱）

〔黃鍾醉花陰〕俺則見楚漢爭鋒競寰土那楚霸王肯甘心伏輸此一陣不尋俗這漢英布武勇誰如據慷慨堪稱許善韜略曉兵書（帶云）出馬來出馬來（唱）沒半霎兒早熬翻了楚項羽

（做入見科云）報報報喏（張良云）好探子也他從陣面上來則見他那喜色旺氣一張弓彎秋月兩枝箭插寒星肩擔一幅泥金令字旗頭戴八角紅纓桶子帽九重圍裏往來直似攛梭萬隊營中上下渾如走馬殺氣騰騰徹遠空一聲傳語似金鍾兩家賭戰分成敗只在來人啟口中探子你把兩軍陣上那家勝那家輸喘息定了慢慢的說一偏咱（正末唱）

〔喜遷鶯〕骨剌剌旗門開處那楚重瞳在陣面上高呼無徒殺人可恕情理難容這匹夫兩下裏廝恥辱那一箇道待你非輕這一箇道負你何辜

（張良云）哦那項王在陣上看見英布怎不着惱（西江月詞云）兩陣旗門相對軍前各舉戈矛高聲英布楚亡因怎敢和咱爭鬭畢竟交鋒深處是誰奪得嬴籌君王側耳聽根由專待捷音宣奏探子你喘息定了再說一偏咱（正末唱）

〔出隊子〕俺這裏先鋒前部會支分能對付咮咮咮響颼颼陣上發箇金鏃火火火齊臻臻軍前列着士卒呀呀呀俺則見垓心裏驟戰駒

〔張良云〕兩陣對圓門旗開處俺這壁英元帥出馬怎生打扮戴一頂描星辰晃日月插鷄翎排鳳翅玲瓏三角叉裹攘紫金盔披一付湯的刀避的箭鎖魚鱗掩月鏡柳葉砌成的龜背狻猊鎧襯一領攝人魂耀人目染猩紅奪天巧西川新十樣無縫錦征袍繫一條拆不開組不斷裹香綿攢綵線緊緊粧束的八寶獅蠻帶穿一對上殺場踢寶蹬刺犀皮攢獸面吊根墩子製吞雲抹綠靴輪一柄明如雪快如風沁心寒逼齒冷純鋼打就的宣花蘸金斧跨一匹兩耳小四蹄輕尾兜細胸膛闊入水如平地捲毛赤兔馬怕不贏了那項羽也探子你喘息定了再說一徧咱〔正末唱〕

〔刮地風〕鼕鼕鼕不待的三聲凱戰鼓忽刺刺兩面旗舒撲騰騰二馬相交處則聽的鬧垓垓喊震天隅俺則見一來一去不見贏輸兩匹馬兩員將有如星注那一箇使火尖鎗正是他楚項羽忽的呵早刺着胸脯

〔張良云〕俺這壁英元帥是一員虎將難道當不得項王一鎗〔詩云〕蕩起征塵二馬交鎗來斧去肯相饒要與漢家出力爭天下拚命當先在此朝探子你且喘息定氣慢慢的再說一徧與俺聽者

〔正末唱〕

〔四門子〕俺英布正是他的英雄處見鎗來早輕輕的放過去兩員將各自尋門路整彪軀輪巨毒虛裏着實實裏着虛廝過瞞各自依

法度虛裏着實實裏着虛則聽的連天喊舉

〔古水仙子〕紛紛紛濺土雨靄靄靄黑氣黃雲遮了太虛刷刷刷馬蕩動征塵隱隱隱人蟠在殺霧吁吁吁馬和人都氣促吉當當鎗和斧籠罩着身軀扢掙掙斧迎鎗幾番烟燄舉可擦擦鎗迎斧萬道霞光出厮琅琅斷鎧甲落兜鍪

〔尾聲〕嗔忿忿將一匹跨下征騅緊纏住殺的那楚項羽促律律向北忙逋〔打旋風科云〕俺英元帥呵〔唱〕兀的不生揣損明晃晃這柄簸箕般金蘸斧

〔張良云〕俺這壁勝了也那壁敗了也探子賞你三壜酒一肩羊十日不打差〔探子叩頭謝科下〕〔樊噲云〕不知項王敗走那裏去俺每領些軍馬趕上殺他一陣也好分他的功不要獨獨等這黥面之夫佔盡了〔隨何云〕項王既敗帝業成矣臣等請爲大王舉千秋之觴〔漢王云〕今日之勝皆賴軍師妙算隨使者遊說之功諸將翊贊之力只等英元帥奏凱回來孤家當裂土而封大者王小者侯不敢吝也〔正末引卒子蹦馬上唱〕

〔側磚兒〕爲甚麼捐軀死戰在沙場也則要赤心扶立漢家邦莫道喒居功處無謙讓喒本是天生下碧玉柱紫金梁

〔竹枝兒〕他若問英布如何救外黃喒則說項羽虧輸走夏陽恨不就窮追直趕到烏江今日箇鳴金收士馬奏凱見君王隄防只怕他放二四又做出那濯足踞胡床

〔云〕可早到漢營了也令人接了馬者〔做下科〕〔卒報云〕喏報大王得知有英元帥到於轅門之外〔漢王云〕隨大夫你出去引進來〔隨何出迎科〕〔正末入見云〕末將引兵到外黄城下與項王決戰幸獲微功只是不曾請的旨不好窮追望大王勿罪〔漢王云〕項王此敗其意氣消折盡矣況他龍且周蘭已爲韓信所斬只待諸將之兵會集那時追他亦未爲遲孤家聞知兵法有云兵賞不踰日當時韓王克齊就封三齊王今卿建此大功封爲淮南王九江諸郡皆屬焉隨何說卿歸漢功亦次之加爲御史大夫其餘諸將姑待擒獲項王之後別行封賞一壁廂椎翻牛宰下酒就軍營前設一慶功筵宴賜士卒大酺三日者〔正末同隨何謝恩科〕〔唱〕

〔水仙子〕謝天恩浩蕩出尋常〔帶云〕喒英布呵〔唱〕與韓信二三齊共頡頏便隨何豈有他承望也則爲薦賢人當上賞消受的紫綬金章喒若不是扶劉鋤項逐着那狐羣狗黨兀良怎顯得喒這黥面當王

〔音釋〕騎去聲 笴音趧 俗詞疽切 霎音殺 剌音辣 辱如去聲 咮音床 鋤聰疎切 卒從蘇切 乂去聲 搪音唐 猊音倪 沁侵去聲 毒東盧切 促音取 出音杵 鍪音謨 掿音鬧 窨音陰 酺音蒲 頡音俠 頏音杭

題目　隨大夫銜命使九江
正名　漢高皇濯足氣英布

漢高皇濯足氣英布雜劇

兩軍師隔江鬬智
倣黃辭玉筆

劉玄德巧合良緣
珍倣宋版印

兩軍師隔江鬭智雜劇

元　　撰

明吳興臧晉叔校

第一折

（冲末扮周瑜領卒子上詩云）幼習兵書苦用功鏖兵赤壁顯威風曹劉豈是無雄將只俺周郎名振大江東某姓周名瑜字公瑾廬江舒城人也輔佐江東孫仲謀麾下爲將方今漢世之末曹操專權逼的劉關張弟兄三人棄樊城而走江夏後來諸葛亮過江借兵我主公助他水兵三萬拜某爲元帥黃蓋爲先鋒在三江夏口只一把火燒的曹兵八十三萬片甲不回私投華容小路而走某使曹仁守南郡叵耐劉備那廝暗地奪取荊州想他赤壁鏖兵全仗我東吳力氣平白地他倒得了荊襄九郡怎生乾罷某數次取索被那獺夫諸葛亮識破計策如今又生一計可取荊州等衆將來時商議令人轅門外覷者若衆將來時報復某知道（卒子云）理會的（淨扮甘寧丑扮凌統上）（甘寧云）某姓甘名寧字興霸本貫江東人氏這位將軍乃是凌統在于吳王孫仲謀麾下今日元帥呼喚不知有甚事須索走一遭去令人報復去道有甘寧凌統來了也（卒子報科云）甘寧凌統到（周瑜云）着他過來（甘寧凌統做見科云）元帥喚俺二將有何事差遣（周瑜云）您二將且一壁有者令人再去請將魯子敬來（卒子云）魯大夫元帥有請（外扮魯肅上詩云）赤壁會將百萬燒折戟沈沙鐵未銷區區不勸周郎戰銅雀春深鎖二喬小官姓魯名肅字子敬祖貫臨淮郡人也輔佐主公孫仲謀官爲中大夫之職自因荊王劉表辭世某過江去遇着孔明問俺借兵俺主遣周瑜爲帥敗曹孟德於赤壁之下不意劉玄德乘機奪了荊襄九郡只說暫借屯軍久據不還俺元帥數

次要取荆州小官勸他且待兵戈稍定再做商量爭柰元帥堅執不從今日着人來請想必又是這椿事了須索走一遭去可早來到轅門之外令人報復去道有魯肅來了也（卒子報科云）魯大夫到（周瑜云）道有請（卒子云）請進（魯肅見科）（云）元帥呼喚魯肅有甚的事來（周瑜云）大夫今日請你來不爲別事某數次取索荆州被那癩夫諸葛亮氣殺我也某如今又尋思得一個計策可取荆州（魯肅云）元帥計將安出（周瑜云）大夫我想劉備在曹操陣中折了甘糜二夫人一向鰥居有俺主公妹子孫安小姐可配與劉備爲婚（做低語科云）俺如今要得孫劉結親那裏是真個結親則是取荆州之計俺這裏暗調人馬等他家不做准備則說是送親來的乘機就奪了城門這個是頭一計倘若不中等劉備拜罷堂着小姐暗裏刺殺劉備某然後大軍直抵荆州必能取勝大夫你道此計如何（魯肅云）元帥此計好則好則怕瞞不過諸葛孔明（周瑜云）大夫你放心那癩夫斷然不能識破你先去啓過主公說我這一計要孫劉結親暗取荆州某只在柴桑渡口等候回信你可疾去早來（魯肅云）小官則今日便離了大營稟知主公走一遭去也（下）（周瑜云）魯子敬去了也甘寧凌統你二將整點人馬只等魯子敬來時我自有調度（甘寧云）得令（周瑜詩云）推結親各解戈矛因劉備與俺爲讎（甘寧詩云）諸葛亮雖然有計則一陣立取荆州（同下）

（外扮孫權領卒子上云）某姓孫名權字仲謀祖居江東人也累輩漢臣父親孫堅爲長沙太守自從征討呂布之後各佔其地某兄孫策不幸爲許貢降卒射死傳位于某如今雄鎮江東八十一郡某想當日劉玄德被曹操追至江夏孔明過江求救某借與他水軍三萬遣周瑜爲帥黃蓋做先鋒赤壁大戰火燒曹兵八十三萬片甲不歸那荆州之地却不原是俺江東的却被劉玄德詭計暫借屯軍因而久據周瑜數次取索不能得這荆州如之柰何（魯肅上云）纔離江上早到朝中令人報

俺去道有魯肅來見〔卒子云〕喏報的大王得知有魯肅要見〔孫權云〕魯子敬來必然有甚緊要的事着他過來〔卒子云〕着過去〔魯肅見科〕〔孫權云〕子敬此來有何事商議〔魯肅云〕主公魯肅這一來則為周瑜累次要取荆州多瞞不過那諸葛孔明今又定了一計想劉玄德在曹操陣中折了甘糜二夫人有主公的妹子孫安小姐堪配劉備與他結親其時暗帶衆將進城乃是賺城之計孔明雖有機謀一定不知就裏如若不中着孫安小姐過江時周瑜另有計策〔孫權云〕還有甚的第二計〔魯肅做打耳暗科〕〔云〕主公可是您的〔孫權云〕雖然如此這事我也做不的主有老母在堂請來計議定了再與你說你且回避咱〔魯肅云〕魯肅且回避咱〔下〕〔孫權云〕令人請出老夫人來者〔卒子云〕老夫人主公有請〔旦兒扮夫人領宮娥上詩云〕自出長沙到石頭至今猶為長兒愁不是仲謀能破敵誰保江東數十州老身孫權的母親是也夫主孫堅所生二子長是孫策次是孫權有一幼女是孫安小姐孫策棄世是老身主張傳位與弟孫權執掌江東八十一郡今日請我老身不知有甚事來須索見他去咱〔卒子做報科云〕大王老夫人來了也〔孫權云〕何不早說我接待去〔做接見科云〕母親您孩兒接待不着勿令見罪〔夫人云〕仲謀你請老身來有何事商議〔孫權云〕母親有一件事周瑜因數次取不的荆州他如今定了一計有我妹子長立成人尚未許聘適值劉玄德失了甘糜二夫人欲將妹子嫁他孫劉結親使諸葛亮不做准備俺着軍將跟隨進城就奪了他城門此乃取荆州之計您孩兒孫權不敢擅便稟母親得知〔夫人云〕既然這等就請妹子出來商議令人着梅香傳報請小姐出來者〔宮娥云〕梅香傳報繡房中請出小姐來〔正旦扮小姐領搽旦梅香上〕〔正旦云〕妾身乃孫安小姐是也今日繡房中閑坐有母親在前廳上呼喚不知為着甚事梅香俺見母親去來〔梅香云〕小姐也你這幾日茶飯懶進覺的清減了些

却是爲何〔正旦云〕梅香你那裏知道也呵〔唱〕

〔仙呂點絳唇〕每日家枉費神思怎言心事則我這裙兒徑掩過腰肢〔梅香云〕小姐這等瘦了着梅香沒處猜那〔正旦唱〕何曾道半霎兒閑針指〔梅香云〕敢是梅香伏侍不中小姐麽〔正旦唱〕

〔混江龍〕論你個梅香伏侍那些兒寒温饑飽不宜時〔梅香云〕小姐芙蓉面楊柳腰這般標致誰人近得〔正旦唱〕你道我這面呵還賽過芙蓉豔色這腰呵不弱似楊柳柔枝有時節將綵線纂成新樣譜有時節向綠窗酬和古人詩常則是嬪風作範女誡爲師慵粧粉黛淨洗胭脂兀那繡簾前幾曾敢偷窺視〔梅香云〕老夫人請哩小姐行動些〔正旦唱〕若不是堂前呼喚我也怎輕出這廳上堦址

〔云〕可早來到也梅香跟我見母親去來〔見科云〕母親哥哥萬福〔梅香云〕小姐正在繡房中着梅香描花樣兒聽的老夫人呼喚就來了也〔夫人云〕孩兒喚你出來只因一件事要與你計較〔正旦云〕母親是甚的事與孩兒說咱〔孫權云〕母親喚將妹子出來與他說了罷〔夫人做悲科云〕孩兒也說着這事使我不勝煩惱因此不好和你說得〔正旦云〕哎母親好傒倖人也呵〔唱〕

〔油葫蘆〕母親你無語低頭甚意兒喚我來何處使〔云〕梅香老夫人煩惱可是爲何〔梅香云〕你也不知道我那裏省得〔正旦唱〕敢是那一個潑無知惱犯俺尊慈〔夫人云〕孩兒你哥哥將你許了人家也〔梅香云〕就與我也尋一門兒親波〔正旦唱〕你把俺成婚作配何人氏也則要門當戶對該如此〔云〕哥哥許了甚的人家

來〔孫權云〕妹子將你許了人便罷了不必問他〔正旦唱〕端的是誰保親在幾時〔孫權云〕則在這一二日內就要成這親事哩〔正旦唱〕爲甚麽慌慌速速成親事〔孫權云〕我則爲荆州九郡纔想這個念頭〔正旦唱〕元來你圖取荆州地免興師〔夫人云〕孩兒你哥哥要憑着你身上幹大事哩〔正旦唱〕

〔天下樂〕您則待暗結春風連理枝我這裏尋也波思好着我難動止〔孫權云〕妹子你休得推托你那生時年月我已寫的去了也〔正旦唱〕赤緊的老萱堂將我年月時早送與新壻家怎再辭吱也須揀一個無相犯的好日子

〔云〕哥哥因甚麽將我許了人也〔孫權云〕妹子你不知聽我說與你如今要將你與劉玄德爲夫人俺那裏是與他結親正意則要圖他荆州等你過門之日俺這裏暗暗的差撥名將假稱護送乘勢奪了城門俺隨後統着大兵一鼓而下豈不這樁大事都靠着你妹子身上你再不要推辭了也〔正旦唱〕

〔鵲踏枝〕只見你喜孜孜把計謀施也不和我通個商量匹配雄雌只就着這送親的將士穩情取賺城門不待移時

〔元和令〕我這裏勸哥哥要三思怕瞞不過諸葛亮那軍師萬一箇被他識破有參差可不把美人圖乾着使〔孫權做耳喑科〕〔云〕妹子若此計不成又有一計只等劉玄德拜罷堂回到臥房裏面你平日侍婢們都是佩着刀劍的你覷個方便將他刺死不怕荆州不歸我國這就是你的功勞我當替你別選高門重婚俊傑也不誤你一世〔正旦唱〕

哎我只道你甚機謀節外會生枝元來只要我轉關兒將他陰刺死

〔云〕哥哥只怕此計不中麽〔唱〕

〔後庭花〕我本待誦睢鳩淑女詩怎着我仗龍泉行劍客的事你只怕躭誤了周元帥在三江口哎怎不想斷送我孫夫人一世兒〔孫權云〕妹子你則依着我做我若不取了荊州不爲丈夫〔做怒科〕〔夫人云〕孩兒你哥哥惱了也你只依着他罷〔正旦云〕母親你孩兒知道只憑哥哥自家做去便了〔唱〕哥也你直恁的便怒嗤嗤綽起了紫髯髭我如今並不的推三阻四任哥哥自主之將母親卽拜辭就佳期赴吉時便新婚恰燕爾

〔孫權云〕妹子既許了這親明日就着子敬說親去看劉備怎麽回話〔正旦唱〕

〔青哥兒〕哥也你道是明朝明朝遣使就問他討箇討箇言詞不圖他羊酒花紅半縷絲這壁是吳國嬌姿那壁是漢室親支情願倒陪家私送上門兒香裊金獅酒泛瓊巵抵多少笙歌引至畫堂時那其間纔稱了你平生志

〔夫人云〕孩兒你既然許了這門親事其中就裏也還要與哥哥仔細討議休得後悔我先回後堂去也〔詩云〕匹配良姻自作保早將親事應承了縱把荊州索取來也須慮道躭誤孩兒怎的好〔下〕〔孫權云〕妹子你與母親且回房中去我就擇個吉日着魯肅過江題這門親事去也〔梅香云〕我就跟姐姐出嫁罷〔正旦云〕哥哥我知道了〔唱〕

〔賺煞〕哥哥哎只怕你未解的腹中愁早添上些心間事從今後惹

起干戈不止怎靠得這不冠帶的男兒某在斯〔梅香云〕姐姐常言道姻緣姻緣事非偶然這椿兒親事也是天緣注定哩〔正旦唱〕這姻緣甚些天賜且因而勉強從之免的道外向夫家有怨詞〔孫權云〕妹子只要你小心在意休走漏了消息也〔正旦云〕哥哥你妹子知道〔唱〕雖則你圖為造次我可也聰明無二怎肯把軍情泄漏了一些兒〔下〕

〔孫權云〕妹子回後堂去了既然商量停當令人快請魯子敬到來〔卒子云〕魯大夫有請〔魯肅做見科云〕主公議論的事體定了麼魯肅便要回元帥話去他立等着哩〔孫權云〕子敬恰纔稟了老母連我妹子也都依允了便煩你做媒過江說親去着周瑜預備軍馬奪還荊州豈不是萬全之計也〔魯肅云〕既然商量停當魯肅便見元帥回他話者〔做下科〕〔孫權云〕子敬你且轉來我再叮囑你幾句你見了劉玄德只說我家妹子志氣倜儻容貌端莊堪可匹配皇叔做個夫人自今孫劉結親免動干戈豈非兩家之福只等劉玄德依允了我就擇定吉日親送妹子直到荊州界上小心在意疾去早來〔詩云〕為荊州日夜勞神不尋取誓不回軍〔魯肅詩云〕周公瑾暗施巧計故意使孫劉結親〔同下〕

〔音釋〕鏖阿高切　將去聲　屯音豚　量平聲　縲音闕　累上聲　降奚江切　長音掌　絰音至　纂音纘　和去聲　嬪音貧　慵音蟲　勝平聲　三去聲　參抽森切　差音蚩　選上聲　睢音疽　使去聲　稱去聲　應平聲　解上聲　強欺養切　造音糙　當去聲　倜音剔　儻他曩切

第二折

（周瑜同甘寧淩統領卒子上）（周瑜云）某周瑜爲取荊州時定一計要將主公妹子孫安小姐許配劉玄德爲夫人外面見得兩國結親暗中就帶着軍將則粧送親使他不做准備乘機奪取荊州料諸葛亮癩夫不能參透此計如今日期將近須先着魯子敬到荊州預報他送親日子我這裏好分撥諸將（甘寧云）前日魯子敬往荊州說親時聞那劉玄德頗有不允之意倒是諸葛亮再三攛掇眼見元帥妙計堪可瞞過諸葛穩取荊州也（魯肅上云）小官魯子敬自從周公瑾着小官啓過主公說這孫劉結親之事幸得夫人小姐都已允諾回了元帥的話可又着我到荊州親爲媒證剛說的停當又着我回主公話去往往來來走了一個多月至今頭目還是昏眩的今日元帥又着人來請真個做媒的好辛苦也令人報復去道有魯大夫下馬也（卒子報科云）喏報的元帥得知有魯大夫來了也（周瑜云）道有請（卒子云）請進（見科）（魯肅云）元帥喚魯肅來有何公事（周瑜云）大夫請你來別無他事你前日到荊州去與劉玄德說親兩家已都允了如今主公選定吉日送小姐過門去那劉玄德家還不知道這個日子再煩你大媒先去通知着他家准備花燭等小姐結親此外我自有計策你只今便過江去小心在意者（魯肅云）元帥尊命小官不敢推辭則今日便去荊州與劉玄德家說知去也（下）（周瑜云）魯大夫去了也甘寧淩統聽令你二將各點五百精兵夾着小姐翠鸞車前往荊州他那裏有人阻當只說是老夫人差來中途護送的進了城乘勢奪下南門我親統大軍隨後便至休得違誤者（甘寧云）得令俺二將只今點就一千精兵去江岸口護送小姐翠鸞車去來（詩云）俺二將護送新人元帥令敢不依遵（淩統詩云）隨鸞車直抵荊郡暗奪了鐵裹城門（下）（周瑜云）二將去了也我想孫安小姐若肯依我這二計怕不穩穩的取了荊州九郡大小三軍聽吾將令牢守大營勿得有失某自統精兵三萬接應二將去來（下）

〔外扮諸葛亮上詩云〕漢家王氣已將終鼎足三分各自雄周瑜枉用千條計輸與南陽一臥龍貧道覆姓諸葛名亮字孔明道號臥龍先生寓居南陽隴中自從劉玄德弟兄三謁茅廬請貧道下山拜爲軍師貧道曾言先取荊州後圖西川爲三分鼎足之勢前者劉表在時屢次將荊州讓與主公我主公是個仁德之人不聽貧道之言堅讓不受劉表死後他次子劉琮投降曹操這荊州遂爲曹操所擄却被貧道親過江東借他軍馬在那祭風臺上祭得三日三夜東風只一把火將曹兵八十三萬都燒死赤壁之下逼的曹操私投華容小路而走我主公依舊取了荊襄九郡可奈周瑜道是前番曾領兵助俺破曹現在柴桑渡口扎營數次設計圖取荊州盡被貧道識破不能如意我量那周瑜怎生出的貧道之手如今他又生一計要得孫劉結親貧道已允諾的他去了今日須請主公和衆將來計議此事令人只等主公衆將來時報復知道〔卒子云〕理會的〔淨扮劉封上詩云〕我做將軍慣對壘又調百戲又調鬼在下官名是劉封表德喚做真油嘴自家劉封是也父親劉玄德如今得了這荊州之地俺孔明軍師委實有神機妙算只一陣燒的那曹操往許都一道烟也似跑了若是我在陣上還比他跑的快些今日俺軍師陞帳有事計較不得我去主張也成不的令人報復去道我大叔來了〔卒子報科云〕劉封到〔劉封做見科云〕他不來接我也罷我自過去〔做見科云〕軍師我劉封來了也〔諸葛亮云〕劉封且一壁有者待衆將來全時貧道自有計議〔外扮趙雲上詩云〕威震華夷立大功當陽猶自說英雄百萬軍中擒後主則我是真定常山趙子龍某姓趙名雲字子龍乃真定常山人也本公孫瓚部將後於青州遇着劉玄德投其麾下曾在當陽長坂與曹操大戰三日三夜百萬軍中抱得後主回還曹操稱我子龍一身都是膽信不虛也尀柰江東周瑜數次取索荊州被俺孔明軍師識破他今屯軍在柴桑渡口還不能捨此荊州之地軍師陞帳

多咱議這事來某須索見軍師走一遭去令人報復去道有趙雲來了也（卒子報科云）趙雲到（趙雲進見科云）軍師某趙雲來了也（諸葛亮云）子龍且一壁有者（外扮劉玄德同末關羽末張飛上）（劉玄德云）小官姓劉名備字玄德乃大樹樓桑人也祖乃漢景帝玄孫中山靖王之後兩個兄弟這是蒲州解良人姓關名羽字雲長這是涿州范陽人姓張名飛字翼德俺同在桃園結義自破呂布之後向在許都輔佐聖人有曹操與小官不和因此出了許都暫借樊城居住三請孔明軍師下山燒屯博望鏖兵赤壁殺的曹操片甲不歸方纔取的這荆襄九郡住扎軍馬二弟三弟今日軍師請俺不知甚事須索走一遭去（關羽云）大哥請（張飛云）大哥據我老三料這周瑜匹夫累累與兵來索取俺荆州地面如今在柴桑渡口安營扎寨其意非小今日軍師陞帳大哥須要計較此事不要做了馬後礮弄的遲了（劉玄德云）三弟這周瑜之事軍師自有妙算令人報復去道我弟兄三人來了也（卒子云）喏報的軍師得知主公和二將軍三將軍都來了也（諸葛亮接見科云）貧道孔明接待不及勿令見罪（劉玄德云）軍師軍機重務勞苦了也（諸葛亮云）主公衆將都來全了貧道有一件緊要的事要與主公計議咱（劉玄德云）軍師有何高見（諸葛亮云）昔日曹兵陣上主公失了甘糜二夫人至今劉禪無人看管如今孫權使人過江說有孫安小姐年紀相當要孫劉結親貧道亂言這門親事正當相配未知主公心下如何（劉玄德云）軍師此一樁事某不敢主張問俺衆將莫非是周瑜之計麼（諸葛亮云）主公放心此事貧道已料過了今日必有吳國人來也（魯肅上云）小官魯子敬奉周公瑾暗取荆州之計着小官再到荆州報知小姐過門吉日可早來到了也小校報復去道有江東魯肅來見（卒子云）喏報的軍師得知有吳國魯肅大夫來見（諸葛亮云）請進來（卒子云）請進（魯肅進見科云）軍師前者周公瑾元帥差小官說

孫劉結親之事幸蒙允諾〔諸葛亮云〕大夫貧道這裏已准備停當則等回報小姐過門吉日哩〔魯肅云〕軍師今日玄德公衆將在此俺主公就着魯肅權做個撮合山媒人報知軍師只今日是個大吉日子俺主公差人送小姐過江軍師須要接待咱〔諸葛亮云〕大夫不必分付貧道已准備多時了三將軍你近前來〔張飛云〕軍師張飛有〔諸葛亮做打耳暗科云〕可是恁的〔張飛云〕得令〔卒子擡正旦車同甘寧凌統梅香佩刀上〕〔正旦云〕妾身孫安小姐是也俺哥哥送俺來荊州結親甘寧凌統如今來到那裏了〔甘寧云〕小姐這裏離荊州不多遠了〔正旦唱〕

〔中呂粉蝶兒〕見了些江景淒淒蕩蕩洪波不分一個天地望前程尚隔着霧鎖煙迷只見那野鷗閑堤草合不由我心間留意俺哥哥為荊州將我分離安排着許多姦計

〔甘寧云〕小姐到那裏須索要小心些〔梅香云〕俺小姐不要你分付他好不精細哩〔正旦唱〕

〔醉春風〕不索費叮嚀我從來識道理見他時自有巧機關我着他可也喜喜那一個掌親的怎知道弄假成真那一個說親的早做了藏頭露尾那一個成親的也自會拏粗挾細

〔凌統云〕遠遠的望那荊州城外許多人馬定是接待俺們的了也〔梅香云〕凌將軍我從來不曾出外你待諕我麼〔正旦云〕是好一座城池也呵〔唱〕

〔迎仙客〕你看桑麻映日稠禾黍接天齊〔甘寧云〕皆因荊州九郡地廣民富俺主公以此不能棄捨〔正旦唱〕這荊州我親身我親身可便到這裏你看那地方寬民富實端的是錦繡城池無福的難存濟

(甘寧云)可早來到南門外了前哨報復去說俺吳國衆將送孫安小姐到了快開門者(卒子報科云)喏報的三將軍得知有吳國衆將送親到了也(張飛云) 小校止放小姐一輛翠鸞車梅香一騎馬進來其餘吳國衆將都停住城外不許放進一個說我老張親自在此(卒子云)得令兀那吳國軍將聽着三將軍分付止放小姐一輛翠鸞車梅香一騎馬其餘不許進來(甘寧云)不放俺軍將進城我親自見三將軍去(做見張飛科云)三將軍俺們送小姐來都是要討喜酒喫的怎麼不放俺進去(張飛云)兀那吳國軍將您非送親而來我知您周瑜的計策故來賺俺的城門如有一個進來我一鎗一個(梅香云)這個環眼漢利害小姐我們回去了罷(正旦云)甘寧凌統您回去罷我和梅香自進城中去也(甘寧云)既是這等俺們不要在這裏喜酒沒得喫還要惹場沒趣不如回去了罷(凌統云)甘將軍你說的是便索回元帥話去來(詩云)周公瑾用盡心機諸葛亮未動先知不會喫半瓶喜酒乾惹下一場是非 (下) (張飛云)擡車的跟將我來等我先報復去(做見科)(云)哥哥有嫂嫂翠鸞車已到門上我將送來的吳將都攔回去了(劉玄德云)兄弟我已知道(魯肅云)既然小姐到了小官迎接去(諸葛亮云)俺們都接待去來 (魯肅同衆做接見科云)小姐請下車衆將都在此接待哩(梅香云)魯大夫休謊着小姐等我扶將進去(梅香做扶正旦科)(衆跟隨科)(魯肅云) 小姐如今無大似你的人你同玄德公拜了天地然後衆將參見(諸葛亮云)趙將軍一壁廂安排酒果者(趙雲云)小校擡上果桌來(卒子云)理會得 (梅香扶正旦同劉末拜天地科)(諸葛亮云)將酒來我先送一杯(諸葛亮做遞酒與劉玄德科云) 主公滿飲一杯喜酒咱(劉玄德云)動勞軍師某飲咱 (劉玄德飲酒科)(衆將做拜科)(諸葛亮與正旦遞酒科)(云)夫人滿飲此一杯(正旦云)大夫此位是誰(魯肅云) 此位便是軍師諸葛孔明

道號叫做臥龍先生小姐把體面相見者〔正旦做接酒回酒科云〕軍師先請〔諸葛亮云〕不敢夫人請〔梅香云〕你兩個再一會兒不喫我便喫了也〔正旦唱〕

〔普天樂〕我則見玳筵前擺列着英雄輩一個個精神抖擻一個個禮度委蛇那軍師有冠世才堪可稱龍德覷他這道貌非常仙家氣穩稱了星履霞衣待道他是齊管仲多習些戰策待道他是周呂望大減些年紀待道他是漢張良還廣有神機

〔諸葛亮云〕貧道再送酒者〔劉玄德云〕不必勤勞軍師二弟你替軍師送酒〔關羽云〕軍師請自在三弟執壺關某把酒〔張飛云〕您兄弟知道〔做執壺科〕〔關羽遞酒科云〕哥哥先飲一杯〔劉玄德做飲酒科云〕我飲乾了也〔關羽云〕嫂嫂滿飲一杯〔正旦云〕魯大夫這兩位是誰〔魯肅云〕這兩個一位便是關雲長一位便是張翼德〔正旦云〕是好虎將也呵〔唱〕

〔十二月〕看了他形容動履端的是虎將神威想我那甘甯淩統比將來似鼠如狸可知道劉玄德重興漢室却元來有這班兒文武扶持

〔關羽云〕夫人這喜酒當飲一杯〔正旦唱〕

〔堯民歌〕呀我見他曲躬躬雙手捧金杯喜孜孜一團兒和氣藹庭闈不由我不立欽欽奉命謹依隨攙的個醉醺醺滿飲不辭推我今日須也波知周瑜你好沒見識怎不的觀時勢

〔正旦做飲酒科云〕妾身飲了酒也〔劉封云〕你每則管裏勸酒我還不會拜母親哩〔劉封做拜

科云〕母親您孩兒有些不成器早晚要你照顧咱〔劉玄德云〕梅香你且和小姐回後堂中去〔梅香云〕小姐俺先回後堂中去來〔正旦云〕魯大夫你回去對哥哥說等我對月回門之日我見母親自有話講〔魯肅云〕小官知道了〔正旦背云〕我看劉玄德生的目能顧耳兩手過膝真有帝王儀表以爲丈夫也不辱抹了我孫安小姐〔唱〕

〔耍孩兒〕從來不出閨門裏羞答答怎便將男兒細窺則我這三從四德幼閑習旣嫁雞須逐他雞只見他目睛轉盼能過耳手臂垂來直至膝赤帝子真苗裔暫時間蛟龍蟠屈少不得雷雨騰飛

〔云〕我只笑那周瑜好癡也你自家沒智識索取荊州却將我送到這裏你須要做的功勞我爲甚來倒替你守寡一世〔唱〕

〔三煞〕不甫能射金屏中雀來只索便上秦樓跨鳳歸也是我婦人家自爲終身計你只爲一時功效猶難遂却將我百歲姻緣竟不提那箇肯無番悔你使着這般科段敢可也枉用心機

〔云〕我哥哥好狠也這一座荊州直恁的中用把我許了人又要我去害他難道你妹子害了一個又好另嫁一個哥哥虧你就下的那〔唱〕

〔二煞〕想着我同胞的能有幾我大哥哥又不到底提起來尚兀自肝腸碎我母親呵可憐永日萱花晚哥哥也沒甚傍枝棠棣稀怎不顧親生妹倒着我明爲嫁送暗奪城池

〔云〕我想母親也曾勸來着我只依着哥哥做事這不是割捨的我也只爲哥哥做下主意斷然撓

回不得我如今自有個道理〔唱〕

〔煞尾〕怕只怕母兄上別了情愁只愁夫妻上傷了美從今後做了個弄丸的宜僚我只從中兒立直着他兩下裏干戈再不起 〔同梅香下〕

〔諸葛亮云〕夫人回後堂中去了也魯大夫再飲一杯酒歸見吳王煩替俺主公多多拜上〔魯肅云〕軍師小官酒勾了也如今孫劉結親做了唇齒之邦永息干戈實爲萬幸小官今日就回主公話去多多攪擾容謝容謝〔諸葛亮云〕大夫管待不周惶恐惶恐若見周元帥時則說柴桑渡口去此不遠貧道不得躬候千萬勿罪〔魯肅云〕領命小官告回江東去也〔詩云〕周公瑾設計無休諸葛亮識破情由今兩姓結爲唇齒看何日得取荊州〔下〕〔諸葛亮云〕主公這孫劉結親之事是周瑜要襲取荊州的計策被我參破了料他不忿必然又生甚麼計策來今孫夫人初到請主公自回後堂中與夫人飲宴慶賀容貧道別有調度〔劉玄德云〕有勞軍師費心兩個兄弟在此聽令俺回後堂中飲宴去也〔下〕〔諸葛亮云〕二將軍〔關末云〕軍師着關某那廂使用〔諸葛亮云〕二將軍你去漢陽各路整點人馬專等我有驅遣之處疾來聽令者〔關羽云〕則今日奉軍師將令便往漢陽各路整點人馬走一遭去〔詩云〕美髯公威震江東整精兵准備交鋒任周瑜心腸使碎俺軍師談笑成功〔下〕〔諸葛亮云〕子龍〔趙雲云〕軍師着趙雲那廂使用〔諸葛亮云〕子龍你去新野等處整點人馬專等我有驅遣之處疾來聽令者〔趙雲云〕得令則今日便往新野等處整點人馬走一遭去〔詩云〕俺軍師妙算通神笑周瑜枉結姻親若到我荊州城下早將頭納下轅門〔下〕〔諸葛亮云〕劉封近前聽令〔劉封云〕等了我這一日元來也用着我大叔〔諸葛亮云〕劉封與你五

百人馬把守南門小心在意者〔劉封云〕得令則今日領五百人馬緊守南門走一遭去〔詩云〕劉封好本事上陣膽包身若見周元帥將他打斷筋〔下〕〔諸葛亮云〕三將軍隨着貧道早晚自有撥調的去處我想周瑜這一計眼見的又不成功也他若再生別的計策貧道也不愁他〔詩云〕羽扇綸巾一孔明梁父歌吟信口成〔張飛云〕周瑜周瑜休誇妙計高天下只教你陪了夫人又折兵〔同下〕

〔音釋〕眩虛眷切　王去聲　調平聲　解音械　離去聲　實繩知切　騎去聲　委平聲　虵音移　冠去聲　德當美切　重平聲　室傷以切　推退平聲　識傷以切　習星西切　過平聲　膝喪擠切　中去聲　幾上聲　立音利

第三折

〔周瑜領卒子上云〕某周公瑾是也自赤壁鏖兵大戰折了某大將黃蓋倒被劉備占了俺家荆州九郡今某設下孫劉結親之計暗差甘寧凌統二將只推送親奪下城門便來飛報怎麼這早晚還不見一個消息好惱人也〔甘寧同凌統上〕〔甘寧云〕某是甘寧這是凌統奉元帥的將令去送孫安小姐恰纔回來此間是轅門外令人報過我等徑入〔見科〕〔甘寧云〕元帥甘寧凌統回來了也〔周瑜云〕你二將奪下荆州城門不曾〔甘寧云〕元帥俺二將送親剛到城門口有張飛當住去路說道我知您等之計推送親來賺俺城門則放進小姐翠鸞車和梅香進來您吳將若有一個進城我一鎗一個爺這張飛的鎗好不快哩早是俺二將走的快略遲些也着他一鎗兒了〔周瑜云〕嗨這癩夫是強也兀的不氣殺我麼〔凌統云〕元帥不必賭氣俺江東有八十一郡錦繡封疆便不圖他這荆州也儘勾受用哩〔周瑜云〕我怎生捨的這荆州等魯子敬來呵某又有一計這早晚魯子

敬敢待來也〔魯肅上云〕小官魯子敬過的江來這柴桑渡口正是周元帥大寨令人報復去道有魯肅來了也〔卒子做報科云〕喏報的元帥得知有魯大夫來了也〔周瑜云〕道有請〔卒子云〕請進〔魯肅見科〕〔周瑜云〕大夫那癩夫諸葛亮說甚麼來〔魯肅云〕元帥那諸葛亮先使張飛把住城門當住俺吳將小官隨小姐至荊州王府當日拜了堂小姐十分歡喜想是看的劉玄德中意這二計都成不得了也元帥喒不取他荊州也罷〔周瑜云〕大夫某怎生捨的這荊州你再去啓知主公這對月之時取劉備同小姐回門拜見老夫人來我這裏使衆將把住江口不放劉備過江若還俺荊州萬事全休不然就殺了劉備興兵攻取荊州此計如何〔魯肅云〕元帥好計策則怕孔明不肯輕放劉備過江來〔周瑜云〕大夫你則依着某稟知主公去這癩夫那裏識的此計〔魯肅云〕小官領命〔詩云〕周公瑾獨霸江東諸葛亮妙算無窮你兩人隔江鬬智單勞我奔走匆匆〔下〕〔周瑜云〕魯子敬去了這一計定然取了荊州甘寧凌統〔甘寧云〕元帥要俺二將那廂使用〔周瑜云〕撥與你二人各五千人馬等劉備過江之時把住江口不許放他回去小心在意者〔甘寧云〕得令〔周瑜云〕某這一計叫做賺將之計且看那癩夫怎生對付我來〔詩云〕三分國龍蛇一混恨諸葛神謀廣運若劉備到俺江東穩取了荊州九郡〔同下〕〔諸葛亮領卒子上云〕貧道孔明是也可柰周瑜無禮數次定計被某識破了前日又着魯子敬來請俺主公同孫安小姐回門過江拜老夫人貧道也不推辭着主公過江去了那周瑜的計策則要留住俺主公不放過江撥換了荊州嗨周瑜也你怎生出的貧道之手令人喚將劉封來者〔卒子云〕劉封安在〔劉封上詩云〕劉封本領欠高强纔說交鋒便躲藏每日家中無甚事跟着油嘴打釘忙自家劉封的便是有我父親劉玄德因孫劉結親前日是個對月過江回門去了今軍師喚我不知有甚事令人報復去道我大叔來了也

〔卒子報科云〕劉封到〔劉封見科云〕軍師叫我怎麼〔諸葛亮云〕劉封今主公過江去了數日你送些煖衣去就帶我這錦囊去裏面有一封書休着別人見你近前來〔做打耳喑科云〕你與主公穿衣時悄悄送這錦囊教主公袖了再打個耳喑教主公酒散只粧醉掉下錦囊等孫權拾去自有妙計小心在意者〔劉封云〕我知道了正要去耍子哩則今日過江送煖衣帶了錦囊走一遭去來〔下〕〔諸葛亮云〕劉封去了也令人喚三將軍來者〔卒子云〕三將軍安在〔張飛上云〕某張飛是也可柰周瑜定下孫劉結親之計被俺軍師識破前日又請俺哥哥嫂嫂拜門去了今有軍師呼喚須索走一遭去令人報復去道有張某下馬也〔卒子報科云〕三將軍到〔張飛做見科云〕軍師呼喚張飛那廂使用〔諸葛亮云〕三將軍貧道與你一計去漢江邊迎接主公并孫安小姐翠鸞車你近前來〔做打耳喑科云〕可是恁的〔張飛云〕得令則今日領了人馬江邊接待哥哥孫安小姐走一遭去〔詩云〕既結爲唇齒之邦沒來由故惹刀鎗鸞車內聊施巧計着周瑜一氣身亡〔下〕〔諸葛亮笑科云〕周公瑾你怎生出的貧道之手你待賺我主公過江撥換荊州貧道偏要着你孫權自送主公回來直氣你的死哩〔詩云〕周公瑾枉施三計反受我一場嘔氣這的是自送殘生只可惜把小喬孤單半世〔下〕〔夫人同孫權領卒子上云〕老身孫權的母親是也有我女兒孫安小姐配與劉玄德爲夫人今日是對月他來拜見老身我說多着劉玄德住幾日纔放他過江去也見郎舅的情分仲謀筵宴齊備了麼〔孫權云〕母親筵宴齊備了也孩兒取玄德公過江來拜見母親正意只要撥換荊州哩他到此數日尚缺管待令人與我請將玄德公來者〔卒子云〕理會的〔劉玄德上詩云〕不知就裏伏神通孔明令我到江東幾時得摔破玉籠飛彩鳳頓開金鎖走蛟龍某劉玄德自從孫劉結親有魯子敬來請某過江拜見老夫人某欲待不來有軍師說不妨事則管裏過

江去貧道自有計策來此已經數日不放回去今日吳王相請須索走一遭去令人報復去道有小官來了也〔卒子做報科云〕喏報的大王得知有劉皇叔來了也〔孫權云〕快有請〔卒子云〕請進〔劉玄德見科云〕老夫人量劉備有何德能敢勞如此重待〔孫權云〕玄德公恕罪等我妹子來時行酒〔正旦領梅香上云〕妾身孫安小姐自從結親之後又經一月有餘今日母親哥哥在前廳安排筵宴管待俺劉玄德我須索見母親去來〔梅香云〕小姐梅香先看了來他擺設的花一攢錦一簇好大大的筵席也〔正旦云〕梅香這席面莫不是楚霸王的鴻門宴麼〔唱〕

〔商調集賢賓〕則俺那畫堂中攢簇的來件件兒好你看那鋪淨几列佳殽齊臻臻銀屏也那繡褥韻悠悠鳳管的這鸞簫〔梅香云〕小姐則請的姐夫一位怎生安排的這等豐盛也〔正旦云〕你那裏知道〔唱〕那裏是錦上添花衝一味笑裏藏刀他將那一片狠心腸早多時排下了〔梅香云〕今日筵席上可少着姐夫喫酒免的醉了又着梅香扶侍他哩〔正旦唱〕梅香也怎參透這段根苗則他那愁懷猶未解怕不的酒力也難消

〔梅香云〕姐夫心中可想些甚麼那〔正旦云〕

〔逍遙樂〕想則想荊州消耗與他那結義的人兒這幾日離多來會少〔梅香云〕比及姐夫想他每兄弟呵可着他回去了罷〔正旦唱〕你說的來好沒分曉俺哥哥有妙計千條則待取霸圖王在這遭〔梅香云〕既然主公不肯放姐夫去着他悄悄的走了罷〔正旦唱〕怕不要安排歸棹倘或的驅兵追趕兀那一片長江何處奔逃

〔梅香云〕小姐也要自家做箇計較且見老夫人去來〔正旦做見科云〕母親萬福哥哥萬福〔夫人云〕孩兒則等你來行酒者〔孫權云〕令人擡上果桌來者〔卒子云〕理會的酒到〔孫權云〕母親先飲一杯〔夫人云〕我先飲這杯酒〔做飲酒科〕〔孫權云〕再將酒來這一杯酒玄德公飲〔劉玄德云〕恭敬不如從命某領這杯酒也〔孫權云〕這一杯酒該妹子飲〔正旦云〕哥哥請〔孫權云〕妹子請〔正旦唱〕

〔梧葉兒〕哥哥當尊重敢動勞則見他金盞泛香醪〔孫權低云〕妹子也這一杯酒則要你見功者〔正旦唱〕但飲酒只說酒中事怎又傷我的心着我心下惱〔孫權云〕妹子你惱做甚麼飲了這杯酒者〔正旦背唱〕我背地裏將這酒兒澆天地也只願的俺兩口兒夫妻到老

〔做飲酒科〕〔孫權云〕令人接了盞者酒慢慢的行〔劉封上云〕自家劉封奉軍師的將令着我送暖衣過江來與我父親我帶着箇包袱兒只等筵席散後就將這桌面包了家去喫可早來到也令人報復去道有劉封到此哩〔卒子云〕喏報的大王得知有劉封求見〔孫權做背科云〕劉封此一來却為何事玄德公有你那劉封來見你哩〔劉玄德做醉科云〕老夫人某酒勾了也〔孫權云〕玄德公醉了妹子這劉封來此怎的〔正旦云〕哥哥我不知道〔孫權云〕妹子差了也你怎生推不知道你則實說劉封此一來却是為何〔正旦唱〕

〔金菊香〕哥哥你道我過門來事事有蹊蹺則你這兩下裏機關不甚巧〔孫權云〕妹子我當日與你計較的事你幾曾依我一些兒來〔正旦唱〕若有那歹心兒天覷着則願你早放他還朝也免的動槍刀

（孫權云）令人着劉封過來（卒子云）劉封主公喚你哩（劉封做見科云）我劉封見父親來的日子多了天色寒冷我爲送暖衣過來這桌面上喫不了的也該散些我喫（孫權云）哦你原來爲送暖衣劉封你父親醉了也（劉封云）哦我還不曾唱喏哩老妳妳唱喏母親唱喏俺父親醉了也父親劉封送暖衣在此（劉玄德做醉科云）老夫人劉備酒勾了也（劉封云）母親我家老子怎麼喫的這等醉了你叫他一聲（正旦云）劉封你且不要叫他等我問你幾句話咱（劉封云）母親問我甚麼（正旦唱）

【醋葫蘆】你那裏羣臣喜共憂（劉封云）軍師們都好好的沒什麼憂（正旦唱）事情歹共好（劉封云）我們荆州一個低錢買箇大饝饝這箇便是事情（正旦唱）則您那雲長翼德敢心焦（劉封云）俺兩箇叔叔終日喝酒快活則不心焦（正旦唱）則怕他急煎煎盼着音信杳爲着個甚些些擔閣我怕您無人處將我厮評跋（劉封云）父親醉了只是打盹哩母親叫他一聲兒（正旦云）等我叫他玄德公劉封送暖衣在此（劉玄德做偷看劉封科云）小姐某飲不的酒了也（正旦唱）

【幺篇】他眼朦朧恰待開對着人不敢瞧則他那巧機關在腹內暗藏着（孫權云）小姐你扶起劉玄德來與他穿上暖衣再飲幾杯咱（正旦唱）你教我扶將他起來把衣換了他正是醉人難叫（劉封云）父親你這一睡到幾時也（正旦唱）他直睡到明月上花梢

（云）玄德公你換了衣服者（劉玄德做醒科云）哦夫人你叫劉封過來（正旦云）劉封你見父親咱（劉封做見科云）父親劉封送暖衣到這裏也（劉玄德云）劉封將暖衣來我換（劉玄德做穿

科〕〔劉封做遞錦囊科云〕父親這箇錦囊收了者〔孫權做背科云〕哦一箇錦囊兒〔劉玄德做袖科〕〔劉封做打耳喑科云〕父親仔細着〔劉玄德云〕我知道〔正旦云〕這事好蹺蹊也呵〔唱〕

〔幺篇〕他耳邊廂悄悄的言〻心兒裏暗暗的曉不爭你把我廝瞞着怎知我這些〻心地好〔劉封云〕母親看俺父親咱〔正旦唱〕我怎肯將他來違拗我須是忠臣門下女妖嬈

〔劉玄德云〕劉封你回去罷〔劉封云〕酒也不曾喫的一鍾兒就着我回去老妳妳母親休怪我過江去也〔詩云〕軍師差我送暖衣順風順水疾如飛平空走了數千里眼看筵前只忍饑〔下〕

〔孫權背科云〕劉封去了也恰纔遞與劉玄德一箇錦囊一定是封書劉玄德已是醉了妹子你凡事不肯依我這一封書你好歹與我看一看咱如今着梅香且扶的劉玄德歇息去了妹子你暗地拏將書來我看書中詳細依舊還你這些小事你也不依我母親劉玄德醉了着梅香扶他歇息去

〔夫人云〕梅香扶玄德公歇息去者〔梅香云〕姐夫你醉了我扶你歇息去罷〔孫權云〕玄德公明日再會也〔劉玄德做唱喏科云〕多謝多謝攪擾攪擾〔做掉錦囊科下〕〔孫權做拾錦囊科云〕天假其便我可可的拾着這錦囊兒劉備你合敗也我折開這書來看咱我說是一封書麼〔做念科〕

諸葛亮書奉玄德公座前開拆自過江之後衆將各安勿勞記念今有曹操爲赤壁之恨點集大兵百萬要來攻取荆州如書到日主公且慢回來等貧道分撥衆將緊守各處關隘早晚便過江問吳王再借些軍馬共拒曹操一者江東衆將都是舊識二者孫劉結親又添上這一重親眷必然無阻此書勿洩于外諸葛亮書哦原來如此我留他在這裏做甚麼不如放他回去只不借兵與他等曹操殺他不好妹子則今日收拾了行李就與玄德公回荆州去罷〔正旦云〕謝了哥哥也〔夫人云〕

仲謀你爲甚麽就着他兩箇回荊州去了〔孫權云〕母親不知〔孫權做打耳喑科〕〔夫人云〕既然如此只憑你罷〔正旦唱〕

〔浪里來煞〕你那裏擔着愁我這裏倒含些笑只待做了脫金鈎東海冠山鰲〔孫權云〕妹子你則今日就起身罷〔正旦唱〕你還怕我有心留戀着只望俺那荊州疾到便排下那幾千番筵席你也休的再來邀　〔同夫人下〕

〔孫權云〕誰想周瑜枉用了一場心若是諸葛亮過江來俺一定又要借與他軍馬便好道覆車之轍前一番錯了如今又錯不成只就今日將劉玄德同我妹子放他回去有何不可〔詩云〕一心望把荊州勒要不想又曹兵來到早放他玄德渡江也免得借兵聒噪〔下〕

〔音釋〕勾去聲　捽音灑　衡准平聲　閣音杲　跋巴毛切　着池燒切　拗音要

楔子

〔劉玄德引祇從上詩云〕急離江東趲路歸荊州還隔綵雲偎鰲魚脫却金鉤釣擺尾搖頭再不回某劉備自到江東已經旬日孫權意故將我拘留在國索換荊州昨日孔明着劉封推送暖衣故墜錦囊賺某還家孫權不知是計即日打發俺夫妻二人上路到得江口被甘寧凌統當住虧俺夫人喝退放了過來不覺已近漢陽了此去荊州不遠只怕周瑜知覺領兵追趕急難脫身怎生得一枝接應軍馬來可也好也〔卒子擡旦車子上〕〔旦云〕玄德公着從者行動些俺早到荊州咱〔劉云〕恰纔這江口吳將攔路不是夫人喝退怎麽能勾過來這裏已是漢陽江口是俺荊州地方了雖則如此還怕周瑜來追哩〔旦云〕玄德公放心諸葛軍師必有主張兀那蘆葦叢裏有軍馬來敢是你

家兵也〔張飛領卒子上云〕某張飛是也奉軍師將令到這漢陽地面迎接哥哥兀那遠遠望見不是哥哥來也〔見科〕〔劉玄德云〕三弟你來了也俺軍師有甚麼話說〔張飛云〕哥哥請嫂嫂下車上了馬先回荊州去這是軍師的將令〔張飛做打耳喑科云〕可是恁的〔劉玄德云〕我知道了也夫人請下的這翠鸞車換上了馬和俺先回荊州去留二將軍在後護送〔正旦做下車上馬科云〕三叔叔你小心在意者〔張飛唱〕

〔仙呂賞花時〕我着你換上青驄前路發這早晚周瑜沒亂殺再休來俺面上弄姦猾憑着俺單鎗也那隻馬則着你都不得好還家

〔劉玄德同正旦梅香下〕〔張飛云〕小校牽着我的馬待我上的這翠鸞車自在的坐坐小校擡動些〔周瑜同甘寧凌統上〕〔周瑜云〕某周公瑾甫能賺得劉備過江來不想主公為甚麼就放他回去了更待乾罷甘寧凌統〔甘寧凌統云〕元帥有〔周瑜云〕我着你兩箇把住江口你怎敢違我將令放他過去〔甘寧云〕俺兩箇怎麼肯放把守的似荷包口兒緊緊的有孫安小姐說道奉老夫人吳王的令旨況且小姐平日好箇性兒老夫人又向着他便是元帥自在那裏也不敢阻當何況小將〔周瑜怒科云〕哇你豈不聞將在軍君命有所不受我的將令管甚麼孫安小姐如今權饒你將功折罪點起人馬隨我追趕去來〔追科〕〔甘寧云〕兀那前面行的不是小姐翠鸞車元帥親自趕上問他箇回去的緣故可不好那〔周瑜做下馬跪科云〕小姐某周瑜定了三計推孫劉結親暗取荊州今日甫能請的劉備過江來拏住他不放回還這是某賺將之計怎麼這江口上小姐倒叱退了衆將放劉備走了着某甚日何年得他這荊州你護你丈夫家也不該是這等〔張飛做揭簾子科云〕兀那周瑜你認的我老三麼好一箇賺將之計虧你不羞我老三若不看你在車前這一跪

面上我就一鎗在你這匹夫胸脯上戳箇透明窟窿〔周瑜做氣科云〕原來是張飛在翠鸞車上坐着我枉跪了他這一場兀的不氣殺我也〔做氣倒科〕〔甘寧云〕三將軍俺元帥箭瘡發了也〔張飛云〕我不殺他你扶這匹夫回營中去〔甘寧凌統扶周瑜下〕〔張飛云〕周瑜眼見的你這一氣無那活的人也哥哥嫂嫂前面去遠了小校攏着車兒慢慢的走將馬過來待某趕上先見軍師回話去來〔下〕

〔音釋〕從去聲　疾方雅切　殺雙鮓切　猾呼加切　戳側角切　籠上聲

第四折

〔諸葛亮領卒子上云〕貧道諸葛孔明因周瑜要取荊州之地請玄德公拜門不肯放過江來我着劉封送暖衣就帶一箇錦囊去我料孫權定放主公即日回來也早遣三將軍江邊接應去了貧道安排下筵席與主公夫人拂塵這早晚敢待來也〔劉封上云〕自家劉封過江送暖衣去俺父親正喫酒醉了整整的餓了我這一日我如今見軍師去〔卒子報科云〕劉封到〔劉封做見科云〕軍師着我劉封送暖衣并錦囊去父親着我先回來那孫家裏擺的好席面只是我劉封沒造化單只看的一看做了眼飽肚中饑哩〔諸葛亮云〕劉封這也算你的一功了〔劉封云〕多謝軍師〔劉玄德上云〕某劉備自過江住了十數日多虧軍師之計就當日孫仲謀着某同夫人回荊州來江邊迎着張飛兄弟接應俺先將夫人送回後堂中去了我見軍師去咱〔卒子報科云〕喏報的軍師得知有主公來了也〔諸葛亮云〕主公回了俺迎接去來〔見科〕〔劉玄德云〕軍師好妙計孫權一見了書呈就着俺過江來了〔諸葛亮云〕主公請坐待衆將來全了時一同慶功飲酒〔關羽同趙雲上〕〔關羽云〕某關雲長這是趙子龍奉軍師將令着往樊城新野各處整點人馬聽知俺大哥過江拜

門今日回來了子龍俺和你見哥哥去來〔趙雲云〕二將軍請令人報復去道有關某同趙子龍下馬也〔卒子報科云〕二將軍趙將軍到〔二將做見科〕〔關羽云〕軍師俺關羽同趙雲在樊城新野等處整點人馬回來了也〔諸葛亮云〕二位將軍少待等三將軍來時與主公夫人慶功飲酒〔張飛上云〕某張飛奉軍師將令接應俺大哥回來令人報復去道有張某來了也〔卒子報科云〕三將軍到〔張飛見科云〕軍師張飛在江邊接着哥哥先打發嫂嫂換上了馬同大哥自回荊州某就坐在嫂嫂翠鸞車上周瑜領兵趕上跪在車前所說他取荊州之計被某揭起簾子羞辱了他一場那周瑜一口氣氣的撇然倒地扶的回營去了這早晚多喒死也〔諸葛亮云〕三將軍成此大功可喜可喜主公今日回了兩國孫劉結親又保守了荊州之地貧道設一大宴請孫夫人來慶賀咱〔關羽云〕軍師說的是令人傳入後堂請嫂嫂出來飲宴者〔卒子云〕夫人有請〔正旦上云〕妾身孫安小姐今日同玄德公復還荊州軍師會衆將排宴論功慶賞非同容易也呵〔唱〕

〔雙調新水令〕聽的箇東君今日綺筵開則俺這美前程世間無賽想當初要荊州通使去捨了個親妹子度江來若不是巧計安排怎能勾錦鴛鴦得寧耐

〔正旦見科〕〔諸葛亮云〕夫人來了主公請就坐咱〔劉玄德云〕您衆將這幾時若不是軍師妙計俺豈得復回荊州也〔諸葛亮云〕此非貧道之能衆將之力一來托賴主公洪福二來多虧夫人賢德方得俺兩家罷兵令人擡上果卓來者〔卒子云〕理會的酒到〔諸葛亮云〕貧道先與主公夫人送一杯然後衆將以次而飲〔諸葛亮做遞酒科云〕〔正旦唱〕

〔沉醉東風〕我只見衆公卿歡容滿腮齊臻臻把果卓忙擡畫堂中

音樂諧寶鼎內香煙藹祝千秋磕頭禮拜不知道赤壁東風大會垓可似這今朝奏凱

〔諸葛又遞酒科云〕夫人滿飲此杯〔正旦云〕軍師先請〔諸葛亮云〕不敢夫人請〔正旦唱〕

〔沽美酒〕見軍師送酒來空折殺女裙釵多虧你決勝成功將相才與妾身有何擔帶敢勞動這酬待

〔諸葛亮云〕夫人飲過這酒者〔正旦云〕妾身領這杯酒〔做飲酒科〕〔劉玄德做遞酒科云〕將酒來我與軍師敬一杯〔正旦唱〕

〔太平令〕合謝你軍師元帥只這一封書促你回來識破了千般成敗杜絕了他十分毒害這一場佈擺喝哚是誰的手策呀保護得荊州安泰

〔劉玄德云〕衆將斟上酒多要盡醉方歸也〔衆飲酒科〕〔關羽云〕嫂嫂想當初周公瑾怎生用計要取索荊州你是說一遍與俺衆將聽咱〔正旦唱〕

〔錦上花〕要取荊州人人無柰則有個周瑜逞盡狂乖定下機關送親過來囑付我的言詞揚揚不採

〔張飛云〕若不是嫂嫂賢達俺哥哥險些兒中了他的計策也〔正旦唱〕

〔幺篇〕非干賤妾賢凡事要明白未入門程先納降牌既做姻親怎好亂猜喒這裏歸伏他乾生計策

〔諸葛亮云〕似夫人大德端的少有〔正旦唱〕

〔碧玉簫〕這也是天數合該姻緣線牽來夫妻有情懷永遠得和諧願皇圖萬萬載保封疆弭禍災御酒釃宮花戴長似這筵前宴樂無妨礙

〔諸葛亮云〕您衆將跪下者聽主公與你敍功賜賞〔詞云〕貧道本壠上遺民遇明主三顧殷勤在軍中運籌決策長則是羽扇綸巾借荊州暫屯人馬柰東吳索取頻頻屢設計皆爲參透故遣使議結姻親賺過江陰圖謀害錦囊至立送回輪張翼德雖然粗魯翠鸞車假作夫人將周瑜當場恥辱箭瘡裂一命難存關雲長雄略蓋世趙子龍大膽包身便劉封不曾臨陣往來間亦有功勳玄德公漢朝枝葉孫小姐出自名門正相應天緣匹配排筵席慶賀長春諸將佐加官賜賞一齊的拜謝皇恩〔衆謝科〕〔正旦云〕俺玄德公呵〔唱〕

〔收尾〕他本是漢皇帝室親支派少不得將吳魏併做了劉家世界顯得俺臥龍的諸葛十分能笑殺那短命的周瑜剛則一時歹

〔音釋〕 策釵上聲　白巴埋切　桯音形　載上聲　弭音米　釃音篩

題目　兩軍師隔江鬭智

正名　劉玄德巧合良緣

兩軍師隔江鬭智雜劇

西元二〇二二年一月一日重製一版

元曲選 冊三（明臧懋循輯）

平裝四冊基本定價參仟捌佰元正
（郵運匯費另加）

發行人：張敏君
發行處：中華書局
臺北市內湖區舊宗路二段一八一巷八號五樓（5FL., No. 8, Lane 181, JIOU-TZUNG Rd., Sec 2, NEI HU, TAIPEI, 11494, TAIWAN）
客服電話：886-8797-8396
公司傳真：886-8797-8909
匯款帳戶：華南商業銀行西湖分行 179100026931
印刷：維中科技有限公司
海瑞印刷品有限公司

No. N3038-3

國家圖書館出版品預行編目(CIP)資料

元曲選/(明)臧懋循輯. -- 重製一版. -- 臺北市 : 中華書局, 2022.01

冊 ; 公分

ISBN 978-986-5512-77-4(全套 : 平裝)

834.57 110021471